长·篇·小·说

杨新城◎著

谨以此书献给
那个年代一无背景二无关系在各自人生路上
艰难跋涉的同伴们

人民日报出版社
北京

图书在版编目（CIP）数据

较劲 / 杨新城著. -- 北京：人民日报出版社，2023.8
ISBN 978-7-5115-7402-2

Ⅰ. ①较… Ⅱ. ①杨… Ⅲ. ①长篇小说－中国－当代 Ⅳ. ① I247.5

中国版本图书馆CIP数据核字（2022）第 115487 号

书　　　名：	较劲
	JIAOJIN
作　　　者：	杨新城
出 版 人：	刘华新
责任编辑：	郭晓飞
封面设计：	金　刚
出版发行：	人民日报出版社
社　　　址：	北京金台西路2号
邮政编码：	100733
发行热线：	（010）65369527　　65369846　　65369509　　65369510
邮购热线：	（010）65369530　　65363527
编辑热线：	（010）65363486
网　　　址：	www.peopledailypress.com
经　　　销：	新华书店
印　　　刷：	北京博海升彩色印刷有限公司
法律顾问：	北京科宇律师事务所　　010-83622312
开　　　本：	710mm×1000mm　　1/16
字　　　数：	400千字
印　　　张：	21.75
版　　　次：	2023年9月第1版　　2023年9月第1次印刷
书　　　号：	ISBN 978-7-5115-7402-2
定　　　价：	40.00元

目　录

那村那地 / 001

在高大坚硬的大王坟下，于步青掘开了一个田鼠洞，黄澄澄的豆粒下面有四只钧瓷古碗。一片乌云罩在了他的头顶。

那城那墙 / 017

县城里每面墙都被刷得白白的，于步青拿起蘸足辣椒红颜料的排笔，写下了一行行漂亮的仿宋体艺术字。在灿烂朝霞的映照下，满城红彤彤的。

那厂那人 / 041

厂里的工种是按家庭背景分的，金娃娃分到了化验室和洁净的配电间，银娃娃到了技术含量高、轻巧潇洒的电工班，土娃娃去翻砂。

那门那坎 / 086

市委的大门是可以进去的，也可以在里面待一会儿，但要想成为那里的正式一员，需要跨过一道又高又硬的坎。

那校那事 / 123

　　大学生活就这样开始了。在知识的海洋里遨游，让他增加了抛开门第、出身、金钱的自信，一改过去看他人眼色的懦弱，变得健谈和幽默起来。

那官那权 / 142

　　世界上最容易的事是做官，最难的事也是做官，说容易就是熟知和掌握官场的规律，不容易是不能世事练达。

那县那菜 / 221

　　一方水土养一方人。一个地方的经济发展要不唯上、不唯书、只唯实，扬长避短，发挥优势，走出自己的特色道路。

那爱那恨 / 333

　　往事并不如烟。无论当多大的官，退休后的生活都会回到原点，当初的爱还在继续，一生的恨也在聚合、爆发。

后记：那花夕拾，感悟真实 / 341

那村那地

在高大坚硬的大王坟下，于步青掘开了一个田鼠洞，黄澄澄的豆粒下面有四只钧瓷古碗。一片乌云罩在了他的头顶。

1

二十世纪七十年代初的一个冬天，悬在榆柳堡上空的太阳像村西头赵寡妇用惨白的纸剪出的一个圆片片，无根无基地飘浮在稀薄的几丝白云中，浑浊而呆板，一点生机和活力都没有。

十八岁的于步青是在母亲的叫骂声中放下手中的《中国通史演义》起床的。他搓了搓有些冻僵的双手，看着窗户上糊的粗糙发黑的马粪纸，听着她的声音。每天早晨把几个孩子数落一遍是这个家庭的开场锣鼓。

"当个穷教员，晚上和一帮穷孩子在学校嫖着不回家，回来也不插好门，门槛也不上，让张家的贼花狗钻进来了，吃了猪槽子里的食，咱家的猪就少长二两肉，到了年下怎么卖个大价钱？拿什么给你们一家子添衣裳？春天里拿什么去买统销粮过春荒？"这是说大哥的。

"这么大闺女了，连个锅也刷不净，你没长眼啊，刷锅前也不看看，好多饭粒子就这么倒了，半个山药干窝头也扔了，能顶半顿饭哩。别看家里有两囤山药干子、一囤高粱，哪里禁得住一大家子人天天往嘴里填啊。老话说得好，'宁省囤尖，不省囤底'。你姥姥家后邻三棒槌娶了个媳妇会过日子，每次往锅里下米都留下一小撮，两年攒了一口袋，到了灾荒年救了一家子的命。别拿着粮食不当好的，到了明年春天青黄不接的时候你们就知道了。"这是说大姐的。

"秋天里弯弯腰，强过冬天里转三遭。遍地有嚼头的时候，非跟着公社

较 劲

的什么宣传队拉那个破弦子，和一帮不务正业的闺女、小子跳语录歌，往墙上刷大标语，顶吃啊，顶喝啊。老话说'是小子不吃十年闲饭'，你都十七八了，家里缺柴少粮，也不知道为大人操操心，白念了十来年的书。"这是说他了。

"唉——"他叹了一口气，放下手里的《中国通史演义》，把一张毛主席题词的"一定要根治海河"的宣传画包好，放进土炕洞里的一只白板柳木箱子里。于步青穿上老粗布棉袄，刹上在县城中学当红卫兵时从武装部弄来的一条军用皮带，从院里的棉花垛上拿了一个黑包袱皮，背起大门楼过道里的粪筐，扛起铁锨出了门。

天上的太阳依旧是白惨惨的，照着全村光秃秃的榆树和柳树。村里只有这两种树。据老辈讲，老祖宗来这里建村修堡，几个老族长在祠堂里商量了一番，定下了村里的树种：榆树的榆钱春天可以吃，树皮遇到灾荒年扒下来能磨面吃，树身盖房能当檩条和大梁；柳树不怕水淹，长得快，可以做棺材。有这两种树，就能保证全村几千口人活着饿不死、死了有睡的地方。

于家有人在抗战中有功，土改时分了本村姓黄的大地主的家产。于步青的父亲作为抗战家属，分到的黄家家产的房子处于十字大街口，出大门，东西望，南北瞧，可以看见四面已经破旧的寨墙。

于家后面是生产队的牲口棚。长着一双色眯眯眼睛的饲养员花汉子双刚和满脸络腮胡子、瞎了一只眼的老恒修正把一头老犍牛往饲养棚里赶。那头老牛似乎是贪恋那点阳光或是讨厌棚子里的潮湿，撅着屁股不肯动。两个人一个牵一个赶，老恒修拿着榆木棍子朝着老牛的屁股猛敲打了两下，嘴里骂着："×你娘的，快要挨刀下锅的老家伙，还给老子较劲啊。"

两人把牛弄进圈里，蹲在北墙根下卷上旱烟抽了起来。双刚看着不远处走过来的人说："你不用×它娘了，咱们有烟卷抽了。"

村里有名的"光棍王"二永华拿着四个骰子跟耍杂技一样上下抛着，嘴里念叨着："新买的风箱靠锅台，试试新呀么呀呼嗨。新东西用起来真顺手，一晚上赢了两三块。"他抬头看了看村里大队部房顶上升起的红旗，嘴里又说起了"四大红"："庙里的门，杀猪的盆，骑马布子，小红旗。"

嘴里念着顺口溜，他来到饲养棚的门口，从破棉袄里掏出两盒一毛六的钻石烟扔给他们，自顾自地往里走。

两人把烟放在嘴上亲了一下，各自抽出一支点着，美滋滋地抽了一口。

双刚冲着二永华的背影喊道:"你慢着点儿,那小花牛才八个月大,还是大闺女呢。"回头对老恒修说,"你说,那牛会不会生出个怪胎来?要是生出来了,可是大乐子啊。"老恒修说:"不会的。俺家侄子大河是赤脚医生,说人的和牛的根本弄不到一块去。他和牛较劲过过干瘾,咱们也弄盒烟抽。"双刚说:"可怜啊,家里女人死得早,一个老光棍带着五个小光棍,一天连根娘们毛也看不着,看见老母猪都当貂蝉,别说咱这里浑身油光的小母牛了。嘻嘻。"恒修说:"都是穷逼的啊,逼得一个大小伙子和牛较劲。"双刚说:"羊马比君子,男女那点事,只要是块膏药能拔出脓来就行了。嘻嘻。"

于步青心里涌出一阵厌恶,快步往北疾走。过了三个土门楼,一个没有院墙的三间土屋前,本族的哥哥头,也是老光棍的大个子才端着缺了边的大海碗正在转圈喝粥,旁边的土窗台上戳着一支土枪,放着几个糠窝窝头。子才喝了一口粥,拿起一个窝头往嘴里塞,嚼了半天就是咽不下去,嘟囔着说:"好啊,较劲是不?"说着从房檐下扯下了两个小红辣椒塞到了嘴里,一阵狂嚼,糠窝窝下了肚。他嘶哈着抬起袖子擦了擦嘴,低头看着剩下的窝头自言自语:"卤水点豆腐,一物降一物,不怕你较劲,总有治你的玩意儿。"一抬头看见了于步青,说,"大兄弟,这大冷的天,场光地净白毛风,哪里都是吊蛋精光,你还去地里转悠个啥呀?对了,今年西北地里大王坟那块高粱、谷子长得好。那天我去打兔子,看到地里老鼠挺多,要是碰见它们的窝,兴许能挖出不少粮食来。唉,你那一大家子人,不容易啊,不像我,光棍一条,一人吃了一家子不饿,锁上门不怕饿死小板凳。"

2

大胡同的尽头是半截土寨墙,翻过去是护村沟,沿着沟坎往西走就是连着村外大片土地的西北桥。站在桥头上,于步青苦恼地笑了,自言自语地说着,"我的滑铁卢"。

去年他从县城揣着学校革委会发的初中毕业证,背着简单的行李回村,走到这儿的时候,正赶上支书徐老金领着社员们在修这座简单的桥。看到他,徐老金说:"咱们村的中学生回来了。你给算算,咱们这座桥载重量是多少?修好后咱也像城里一样竖上一块牌子,别让大车给压坏了。"于步青在学校听物理老师讲过,要算桥的载重量,需要懂流体力学和材料力学,他一个初中生根本没学过，便红着脸说自己不会算，匆匆走了。身后几个女社员说起了顺口溜："中学毕业生，白费三年工，胸前钢笔亮晶晶，其实什么也不懂。叫他去锄地，麦苗韭菜分不清；叫他去掏粪，他说不卫生。"后来，村里找几个文化人往墙上写大标语，他在学校跟一位老师学的仿宋美术字派上了用场。桥修好后，支书让他写了"西北桥"三个美术字，让石匠刻在了护栏的水泥板上，还涂上了红油漆，很是醒目，这才让他心理平衡了一点儿。从此，他被乡亲们称为"小秀才"。

下了西北桥就到了村外，一条南北大道笔直，往北直通县城、河海市、省城、北京。道东是一大片长着稀稀拉拉小树的半盐碱地，据说一九五八年是公社的林场，是徐老金当了支书后要回来的，有五百多亩呢。近两年盖了几排平房，修了两个院子。靠近村里的院子是知青点，后边的院子是河海市革命委员会的五七干校，改造老干部的。当初修这几排房的时候，支书徐老金考虑得很周全。知青都是从城市来的，而且女的不少，都长得细皮嫩肉，腰腿顺溜。村里光棍多，女知青住在村里保不齐引起那些男人贼眼睛狠看和咸猪手乱摸，要是趴在破墙头的豁口上看换衣服，围着大门挠墙根，出了事可担不起。徐老金就跟上边要了钱，由本村出工，修了知青大院，拉了围墙，规定了早晚开门锁门制度，并派民兵在外围值班，这样就保证了本村的光棍汉子们不打女知青的主意，至于这伙男女知青在里边怎么折腾就与村里无关了。去年，市里一个革委会的头头来这里视察，看到这个村的地特多，交通也相对方便，当场决定把市里一批顽固不化的走资派放在这里监督改造，于是就在知青点的背面又建了几排房，挂上了一块黑牌子，叫"河海市榆柳堡干校"。

此刻，来自北京的女知青秦半月和张梅文，一人拿着排笔，一人拎着油漆桶，正在描去年写在墙上被风雪侵蚀得模糊不清的标语，这是毛主席说的，"知识青年到农村去，接受贫下中农的再教育，很有必要"。张梅文写了两个字，倒退几步怎么看怎么不顺眼，看到于步青走过来便喊道："小秀才，来，帮我们写两笔吧。"于步青放下粪筐，挽起袖子，接过排笔唰唰地写了起来，横平竖直，起笔藏头，落笔掀尾，一行鲜红漂亮的仿宋美术字在白墙上显得特别庄重。两个姑娘啧啧称赞，秦半月还拿出小手绢要给他擦手，正巧大门里走出来河海市来的大个子知青郭大郎。他披着军大衣，叼着烟卷，两只大狼眼有些嫉妒地忽闪了两下说："擦什么手啊，你没看他要去拾粪啊。你别说，

较 劲

这字是写得不赖。一个小村里的人,一个小县城中学毕业的,还真有两把刷子啊。可惜了啊,咱们原来吃商品粮的,还有机会回城,他就得在这里看一辈子牛屁股、戳一辈子牛腚啊。不过他腰里这根皮带倒是正宗货,不像这里的人刹麻绳还说什么'刹根腰里硬,能顶六级风'。"

于步青和这个家伙有点儿过节。春天锄地的时候,他俩挨着。郭大郎眼里看着旁边的女知青,手里锄头乱挥,一连锄掉了三棵玉米苗,于步青心里疼得慌,便说:"你是知青,国家供应你们粮食,我们可是指望着这些苗子吃饭呢。三棵苗就是六个大棒子,能收五六斤啊。"郭大郎不屑地看了他一眼说:"你这个土鳖,有什么权力管我?"于步青说:"你这是破坏农业生产。"两人越说越急,最后动手打了起来。郭大郎抡起锄把子照着他就砸了下来,于步青往旁边一闪,郭大郎用力过猛,锄头脱了手,于步青趁机在他屁股上踹了一脚。对方摔了一个嘴啃地,两人徒手斗起来。别看郭大郎人高马大,到底不如农村长大的孩子底子壮,没几个回合就被于步青摔了三个跟斗。两人抱在一起顶起牛较劲,社员们聚在一起看热闹,多亏了徐老金赶过来分开他们,先安慰了郭大郎几句,让人送他回去休息,而后把于步青叫到地边小声说:"小子,你做得对,但我也不能给你评理,咱村那几吨化肥还得指望着他娘批条哩。别跟他较劲,忍了吧。"

于步青想起这些和刚才二永华进牲口棚的一幕,憋着屈辱,扛起铁锨往北走了。身后,郭大郎把在河海商业副食品公司上班的妈捎来的大白兔奶糖给两个女知青一人分了几颗。

道路经过夏天雨水的浸泡,秋天的牲口踩、车轧人走,冬日的寒风凝固了地面,到处坑坑洼洼。干校门口,两个穿着中山服干部模样的人拉着一车水正在和一个深深的车道沟较劲,半个车轮陷在一个硬硬的道沟里,怎么也出不来。河海市委原农工部长高杰脱掉棉袄,甩在地上,往手心吐了两口唾沫,擦了擦说:"来,老张,喊几句毛主席语录,再来一次!"两人喊着"下定决心,不怕牺牲,排除万难,去争取胜利",嘴里呼哧呼哧地冒着白气和车较起劲来。于步青抄起铁锨,在车轮前嚓嚓地铲了几下,形成了一道斜坡,两膀较力推车上坡,车上了平道。高杰欣赏地看着他,黑红的脸上充满笑意说:"小伙子,谢谢你啊。"

他们走后,于步青发现刚才高杰放棉袄的地方有一个红皮夹,拾起来一看,里面有几块钱和三十斤在当时极其珍贵的全国粮票。他大步追上去还给了他们，引得高杰深深地看了他好几眼。

大道的西面是一大片收割完庄稼被村里老庄稼人称为"金银洼"的耕地，在洼地的中央，有一座高大的坟丘，上面寸草不生。老人们说，筑坟丘用的土根本不是当地的，是来自西北高原的黄黏土，修坟的时候用大铁锅炒熟了，里面还加了糯米和石灰，硬邦邦的。有一次，二永华到这里放牛，故意用小镐头凿了一个小坑，把一把高粱放进去，引诱老公牛去啃，结果老公牛把门牙崩断了两颗。他说："四大硬的城墙砖、大门叉、野猪鬃、铁道钉，还得加上大王坟的土把老牛的门牙崩。"据传说，这里埋的是汉朝的一个王爷，也有人说是宋朝的一个将军，当地老百姓都叫它"大王坟"。

高高的大王坟矗立在平原上，挡住了北来的寒风，也把一些狂风刮来的树叶、枯草、干树枝堆在了坟根的北面。于步青很快装满了一筐。看到不知从哪儿刮来的一堆麦秸草缠到了一丛碱蓬棵上，他上去摸了摸碱蓬棵坚硬的枝条，觉得填在灶膛里能多烧一会儿，就想把它和麦秸草一起拔走，于是抄起铁锨挖了起来。一锨下去，土质松软，他连挖几下，发现这里竟是一个田鼠洞，凹凸不平的洞壁上有少许黄豆粒和玉米粒。于步青心头有了喜悦，赶紧蹲下身子，一颗一颗捡了起来，装在小包袱里。再往下挖，洞到底了，左右两边各出现了一个洞口，他心中一阵狂喜，知道是碰上大田鼠洞了，两边是它们储存过冬的粮仓。农村的孩子，从小就知道怎么对付这些专门在地里偷粮的耗子。他拿出火柴，点着一把干干的野草，火苗起来的时候，往上面尿了几滴尿，扔在了洞口。不一会儿，几只大老鼠带着家口从烟雾中冲了出来，跑得无影无踪。

本着先左后右的说法，于步青先掏左面的洞，掘进一米多后，发现了干干的玉米叶，再往里掏，是一个长方形的大洞，里面堆满了黄澄澄的玉米粒，足有十多斤。他小心翼翼地一把一把地抓起来，放在了小包袱里，而后掘开了右边的洞口，哈，是一堆大黄豆，个个籽粒饱满。他好像闻到了炒黄豆的香味和曾经过年才吃的大块豆腐炖粉条的菜味，这可是好多年没吃过了。记得三年前下大雨，邻村的一块黄豆地被大水淹了，早晨他跟着姐姐拾了两筐黄豆，回来后交给母亲收好，一直放到冬天，换了一大桶豆腐，大年初一母亲做了一锅粉条菜，全家解了解馋。

小包袱里装了玉米，黄豆往哪里放？他脱下外罩，把袖子用麻绳扎住，一把一把地往里面装黄豆，最后还有几粒豆子被一块砖头挡住了，他拿起铁

较 劲

锹使劲把砖头撬了出来，随着"哗啦"一声，洞壁坍了一块，一只碗露了出来。他拿起来一看，这只碗和家里用的不大一样，不是白色的，是青色的，底部沿很大，很好端，碗底还有荷花图案。正好昨天家里的碗让小弟弟摔了一个，父亲惩罚他用破豁口大碗吃饭。他又往里掏了掏，铁锹尖碰到的是瓷片声，两手挖了挖，竟然还有三只同样的碗。他抠出里面的泥土，抓起一把筐里的野草，坐在坑底认真擦拭起来。

忽然，头顶黑暗起来，抬头一看，一个戴着黑皮帽子、黑墨镜，穿着黑皮大衣，脚上蹬着一双大马靴的中年人正在他的上方贪婪地看着他手中的碗，旁边还停着一辆大摩托。于步青下意识地护住了怀里的粮食，另一只手抓起了铁锹。黑皮大衣立刻笑了，笑眯眯地说："小兄弟，别紧张，我可不抢你的粮食。咱商量个事，把你这几个碗卖给我吧，一口价，给你一百元。"一百？于步青吓了一跳，想起了自己住的小土坯房，当时想建成砖挂面的，可家里买不起砖啊。他长这么大，最大的数额就见过五块的。邻村窑上烧的蓝砖才两分钱一块，一百能买五千块砖呢。

就在他迟疑的时候，黑皮大衣从兜里拿出一个皮夹子，点出十张十块的票子塞到他手里，拿过那四个碗，从大黑皮包里掏出棉花将碗包好放进皮包，临走时说："小兄弟，你是有点儿文化的人。我知道你们村一个工分是三毛二，这一百可是一笔大钱，不要轻易露出来啊。你们这里在汉朝时有一个叫王朗的，放牛回来的路上在官道上捡了一块金子，回去辞了财主家的活计，盖了三间大瓦房，买了十亩地，还没享受呢，就被村民告他是强盗，很快被县衙门投进了牢狱。兄弟，人这一辈子，大多时候是和自己的命运较劲，得学会能忍会藏啊。"说完，意味深长地看了他一眼，大摩托一阵轰鸣，一溜烟地跑了。

于步青坐在地上，警惕地看了看四周，转到离大道更远的大王坟的西边，把这十张十块的大票翻来覆去地数了好几遍，望着天上的流云想了半天，把九张票子放到了贴身的内衣兜里，一张放在了外面棉袄的小兜里，收拾了一下回家了。

这天中午于家的小院是欢乐的。小脚母亲看着黄澄澄的玉米、黄豆满脸笑出菊花，先抓起一把张开手指让它们哗啦啦地流到簸箕里，享受着粮食经过手中的快感，然后提起秤来称了称，足有四十多斤，啧啧地称赞说："步青啊，你可给咱家出了大力啦，这些掺上糠菜能吃一个月啊。今天中午咱吃一顿黄豆米饭，剩下的等到过年换一桶大豆腐吃。小青啊，你下午也别出去了，天挺冷的，愿意在家看书就看吧。要不是闹着穷'文革'，你说不定就上大学了啊。东头老尹家的老二，北京什么钢铁学院毕业的，一个月能挣五十多块呢，月月给家里二十块，能买一口袋棒子面。"

于步青告诉母亲，刚才在西北桥听干校的人说，下午有县运输社的马车队来送煤，自己要去捡马粪。其实，他心里另有主意。

3

这里平原上的老百姓有个对天气的说法，叫"大风不过晌，过晌呼呼响"。太阳刚往西南上走，没到中午，风就停了。于步青拆了猪圈旁边小棚子里放着的一个快要散架的油布伞，在自己的小土屋里折腾了半天，而后背起粪筐拿着铁锨出了胡同口。翻过寨墙进入半人深的护村沟，他和花汉子双刚走了个对面，对方大棉袄里似乎藏着什么东西正在往西走，发现他后装作没看见急急地跑了。他瞥了一眼，双刚手里似乎拿的是一个黑色的葫芦瓢，端着沉甸甸的东西。

于步青顺沟往东，爬出沟沿，穿过一片芦苇洼，顺着机耕路来到自己曾经上过高小的公社所在地的田镇，到新华书店买了一本《艳阳天》、一本《金光大道》。付了两块三毛钱后，他一直瞅着旁边一大堆各村前两年破"四旧"收上来的旧书。戴着一副近视眼镜、据说是从大学下放的老店员嘟囔着说："这些可是好东西啊。小伙子，你要是喜欢，就挑几本赶紧走，算我没看见。"于步青感激地鞠了一个躬，跳过去稍微一扒拉，找出了唐诗宋词、《资治通鉴》和几本外国小说装在粪筐里走了。他转到供销社的马棚里，偷着铲了几铁锨马粪，迎着将要落山的白纸片似的太阳回家了。

当天晚饭后，于步青和父母说今天在路上捡到了五块钱，母亲自然是一阵惊喜，父亲说，"要是再有二十块，就能买一千多块砖，把那三间小土房挂上面，就能给你大哥娶个媳妇了"。

于步青捏了捏藏在贴身口袋里的两块七毛钱，听着村中央大榆树上的高音喇叭里放着的歌曲《大海航行靠舵手》，摘下挂在墙上的二胡，向大队部走去。

在那个年代里，虽然因为白天刮白毛风社员们歇了一天工，但晚上学习

较 劲

毛主席语录、唱革命歌曲、批斗坏分子的政治活动是不能少的。按支部书记徐老金的话说，上边说的事都得干，反正大家都住一样的土房、吃一样的糠菜粮，都憋在家里和穷较劲也较不出什么花样来，不如都出来学学语录、唱唱歌、斗斗坏分子乐呵乐呵，省得老光棍子们挠墙根、扒墙头，有媳妇的在土炕上穷倒腾，弄出小孩子来跟生产队里要吃要喝，干部发愁。

大队部是一个大院子，为普及样板戏搭了个土台子，台子上有一个县里统一发的半人多高的毛主席的石膏像，旁边点着大汽灯。看人到得差不多了，徐老金和几个支部委员先上台，领着社员们首先对着石膏像鞠躬，举手共同祝愿毛主席万寿无疆，而后领着大家念毛主席语录："领导我们事业的核心力量是中国共产党，指导我们思想的理论基础是马克思列宁主义。""下定决心，不怕牺牲，排除万难，去争取胜利。"郭大郎挥舞着一杆大红旗，带着一伙穿着自己做的军装、戴着红袖标的男女知青上台表演红卫兵战歌："拿起笔，做刀枪，集中火力打黑帮。革命师生齐造反，文化革命当闯将。"而后是于步青和一帮小青年上台，拉响手中的乐器、吹响笛子。刚刚入党的团支部书记于新生拉着新娶的媳妇唱了一段《老两口学毛选》："收了工吃罢了饭，老两口儿坐在了窗前呐，咱们两个学《毛选》。"合唱结束后，两个人走圆场，装模作样地拿出两本《毛泽东选集》开始对唱："老头子哎！老婆子哎！你看咱们学哪篇……我看就学这篇。阶级敌人总想着来变天，咱们贫下中农一定要擦亮眼，咱学习《中国社会各阶级的分析》，团结起来打垮敌人，咱们革命意志坚。"二人随扭随唱。台下的瞎恒修看着台上自家的侄女嘟囔说："扭吧，扭吧，回去又多吃一个窝头，和穷较劲啊。"他们唱完后，一个女社员上台，随着于步青呜咽的二胡悲声，唱起了"天上布满星，月牙亮晶晶，生产队里开大会，诉苦把冤申，万恶的旧社会，穷人的血泪恨……止不住的辛酸泪，挂在胸"。她正唱的时候，下面的二永华对旁边的花汉子双刚说："挂在胸就应该把眼泪落到妈妈头上，她一没掉泪，妈妈头也看不见啊。"双刚说："你个儿马蛋子懂什么，她还没婆家哩，还没见过男人，妈妈头还藏着呢。吃了婆家的饭，闺女胖一半，到那时妈妈头就出来了。"

最后一个节目是批斗坏分子，今天批斗的是"黄皮子"。"黄皮子"是外号，真名叫黄树田，年轻的时候跟着他爹经常到内蒙古贩牲口，整年累月地穿着一件经过雨淋泛黄的翻毛羊皮大衣，所以村里人就叫他"黄皮子"。实行公社化后，他因为从小就没干过地里的活儿，怕累，家里孩子也多，还是偷

较 劲

着跑去内蒙古干老本行：从草原上赶着一群牲口入关，随走随卖。去一趟总能赚个百八十的，还能带来那里的牛肉干和马奶子酒，回来后和当家的几个兄弟胡吹海侃。"文革"开始割资本主义尾巴，他被定为投机倒把分子，成了村里的批斗对象，也是大家最愿意批斗的人，主要是他能讲故事，能让这群常年生活在穷乡僻壤的人知道外面的事，刺激精神。

这不，"黄皮子"刚被民兵押上来，于新生还没领着大家喊口号，台下就有人喊："'黄皮子'，老实交代你在内蒙古钻蒙古包，早晨人家让你喝凉水的事。""黄皮子"答应着讲起来，说那一年到内蒙古买马，和几个老蒙古谈好了价格，紧接着喝酒，喝醉了躺在人家的大蒙古包里就睡着了，半夜尿急起来一看，旁边睡着一个女人。"你们别笑，那里都这样，男女在一个大炕上睡觉。我当时吓坏了，可一看，全家人都睡得死死的。我下地尿了一泡，回来睡不着了。蒙古包里牛粪火烧得很热乎，那个挨着我睡的女人把被子蹬开了，露出了半截白大腿。结果早晨起来男主人逼着我喝了一大瓢凉水。底下二永华喊："'黄皮子'你不老实，人家为啥叫你喝凉水？快说！""黄皮子"坏笑着说："怀疑我干坏事了呗。""你到底干没干？""反正喝了以后我的肚子挺疼，难受了一天，娶了老婆的爷们都知道。"又有一个小光棍喊道："说说怎么干的。"团支部书记一看会议要走板，站起来踢了"黄皮子"一脚说："不许讲低级趣味流氓事，不要只交代老的不说新的，只说小的隐瞒大的。扒下你江湖骗子的画皮，向劳动人民低头认罪。""黄皮子"赶紧说："我交代，我这半辈子好逸恶劳，干的坏事很多，净是大坏事。一九六二年，我在内蒙古倒卖牲口，中午喝多了，在一个大草垛上睡着了，夜里被一阵大风刮跑，醒来后睡在乌兰巴托一个大宾馆的花园里，正碰上蒋介石在那里访问，早晨在花园里散步呢。我跟他说，你这么大岁数了，从大陆带去的兵也快老了，变成胡子兵了，赶紧打回去吧。这老小子听了我的话，咂摸咂摸地想了半天，说有道理。后来就有了国民党反攻大陆的事。还有，一九六三年，我骑着马从内蒙古回来，路过一个酒厂。我喝酒，马吃酒糟，我们俩都醉了。你们知道吗，人醉了睡觉，马醉了瞎跑。马驮着我迷迷糊糊一夜跑到了太行山上，遇到一个大水库，我拿出一袋子牛肉干喂一个在岸边晒太阳的老鳖，对它说，你要能把这个大堤拱开一个口子，我再给你一袋子马肉干，结果那家伙真的招来了一群大虾米。虾米用头上的虾米枪一扎，几个水桶粗的泥鳅一钻，老鳖一晃膀子，把大堤拱开了一道大口子，结果咱这里发了一场大洪水。"他还没说完，底下的人已经笑得前仰后合。他本家的一个大辈老头拎着老榆木拐棍上去，啪地敲了一下他的脑袋说："看你能的，不叫两个蛋子坠着你就要上天了。"大家又一阵哄笑，批斗会就这样结束了。

一日大风，云开雾散，湛蓝的天空嵌满了星星，在寒风中眨着眼睛。于步青夹着二胡往回走，在经过一个用秫秸当墙头、用树枝子栅栏当大门的破院子时，听到土屋里花汉子双刚媳妇秀段正和他吵架，秀段说："你说，你是不是又上西头赵寡妇家去了？""没有。""胡说，今天下午我拿着高粱上四队的醋房里换醋，看见赵秀英拿的那个黑葫芦瓢就是咱家的。我说怎么找不着了，是你给她了啊。快说，你给她端什么去了，是不是把咱家棒子面给她了啊。别摸我，摸我也不给你。我拧你，快说。"花汉子双刚嘟囔说："那个黑葫芦瓢不是我给牲口拌料拿到牲口棚里去的吗？看你个小气劲儿，我就给了她二斤队里的黑豆。哎，你个熊娘们儿，还真拧啊，我给你要回来不就完了吗。等瞎恒修不在的时候，我拿回几斤高粱来。""那也不行，你是我爷们儿，凭什么叫她用啊。""对对。"过了一会儿，又听秀段说："把你的狗爪子拿开！我来问你，她有的咱有吗？""有。""你要的时候我给你了吗？""给了。""给了还上外边偷嘴吃！都是一样的东西，她那个长着花吗？""没有。""没有还去！""以后再不敢了。""再去我把你这个玩意儿拿剪子铰下来，你信不信。慢着点儿，使这么大劲干什么。"

于步青看着寒风中死气沉沉的村庄，土窗台上偶尔亮起的油灯像闪动的鬼火，心中充满了悲哀。

4

挂在老榆树上的半截铁轨按连续五下一个节奏被队长敲响，于步青来到自家所在的第五生产队队部，听队长分配活。队长说："今天生产队的牲口归大队统一调配，到村东拉土修机耕路。五个男劳力到县城送棉花，二永华带队驾辕。老规定：大家自带干粮，每人补助五毛钱，大车店费用实报实销。"

于步青从家里拿了两块高粱饼回来时，二永华已经独自一人把一辆胶皮轮大车拉了出来，嘴里还念叨着："队长队长你别发愁，人拉犁铧人拉耧。队长队长你别发火，人拉耙子人拉车。"二永华看到他的挎包里除了干粮还有两本书，就说："二步青啊二步青，你真是个书虫子，咱这是往粮棉厂送棉花，不是叫你到你那中学去上课。"

二永华是个嘴闲不住的人,大家的拉车绳一上肩,他就念叨起来了:"一等人是支书,吃喝嫖赌公家出。二等人是队长,走走晃晃一过晌。三等人是会计,拨拉算盘把工记。四等人是钱粮,花个小钱不商量。五等人车老板,卖点马料下饭馆。六等人看草垛,镰刀锄头都不摸。七等人是保管,使啥用啥都方便。八等人饲养员,用个车马不用言。九等人记工员,隔三岔五加一天。十等人老社员,吃苦受累没个完。老少爷们,咱们走起来吧,县城里有好吃头,大闺女、小媳妇都比咱村里的长得俊。"拉帮套的老坛子打趣道:"你小子就是嘴滑溜,怎么说不上个媳妇啊。"二永华说:"说着呢。前天说了一个,三头两头都愿意了,就剩下一头了。""哪一头不乐意啊?""我愿意,媒人愿意,就是那家的闺女不乐意。"老坛子说:"你这不是嘴上抹石灰,白说嘛。其实,这个年头,娶媳妇是好事,有了孩子是玩意儿,要吃要喝是难事。男人这一辈子,就是和裤裆里那个玩意儿较劲,找个媳妇,也就是为了那点事。"大家一阵哄笑。

于步青知道,像这种农村成年男人的下三路聊天,他是没资格参与的,按二永华的说法,就是"十七八的青叫驴,毛还没长全呢"。但是,这些话也进入了他的心里,看似没记,其实记住了,以致影响了他一生某个生活的侧面,也成了他以后婚姻生活中的一个坐标。

天冷脚步快,穷乐和着也不觉得累,一车棉花看着堆很大,其实并不沉。出村五里地就是柏油马路,胶轮车走起来更轻快,三十多里地,日头刚偏西就到了县城边上。在南关大车店订了一个大通铺,跟掌柜的要了一大盆热汤,大家吃了点儿自带的干粮,重新拉起大车到了县棉花加工厂。

过秤、验级,趁大家往下卸车的时候,于步青跑到厂里的传达室里看新来的省报和《河海日报》,其中一篇知青写的散文《农村的早晨》吸引了他,一时半会儿又看不完,就跟看门的老大爷说要上厕所,问在哪里。老大爷正忙着和一个上夜班的工人下象棋,用手指了一下东边,他拿着那张报纸匆匆走了。

刚进厕所,碰到了一个穿一身蓝工装戴口罩的人,那人喊道:"这不是我们的学习委员吗,你怎么到这儿来了,是送棉花来了吧?我已经碰见咱们好几个同学了。"于步青见是在一个宿舍里住过的段长森,连忙说:"你怎么来这里了,成了工人阶级了啊。"段长森告诉他,自己的一个亲戚在县棉麻公司当经理，看他在村里干活挺苦的，给说了说，就来这里当合同工了，随后对于步青说："咱这拨学生够倒霉的，本来上中学时户口都迁到城里来了，一下子又回去了。我回村后，和一个大哥去放羊。他带着一个七八岁的小孩，也是闲得无聊，就问小孩大了干什么，他说跟着爹学放羊，挣工分，攒钱盖房子娶媳妇，娶了媳妇生小孩，再教给小孩放羊。我听了以后，心里哇凉哇凉的，从那天起我就跟家里较劲，活儿不干，饭不吃，逼着我爹去找他表弟，也就是在县棉麻公司当经理的表叔。我爹没法了，宰了家里的一只羊、两只老母鸡来县里三次，才给我找了这么个差事。步青，你得想法出来啊，农村的活真是苦啊。去年夏天我劈高粱叶，地里密不透风，进去小褂就让汗水浸透了。那叶子像刀子，把胳膊划得一道道血印子，晚上都睡不着觉。"于步青苦笑着说："你还有这么个表叔，我上哪里去找这样的亲戚啊。不过，是得和命运较劲啊。"想着还好自己回乡这一年多，大部分时间在宣传队拉二胡，帮着支书在墙上写大标语，真正受苦的农活还真干得不多。

上班铃响了，段长森匆匆跑向了车间。

于步青找到大车时，二永华已经和大家装上了两大桶棉籽油。他让众人等着，拿起一个包袱跑到车间旁边的菜窖里偷了两棵白菜回来说："都回大车店吧，愿意歇着的歇，不愿意歇着的出来逛。晚上我给咱用白菜烩干粮，大大的油水。回去谁也不能说咱吃了这大桶里的油，谁说了是这个，爬爬着走。"用一只手比划着乌龟样。

5

于步青在县城的街上闲逛着。此时的大街上，已经没有了"文革"初期两派造反组织扛着红旗游行、站在桌子上拿着高音喇叭辩论，拉着走资派批斗的热闹景象，不过"红海洋"运动正进行得如火如荼：商店、工厂、机关单位门前的红旗，写着最高指示的红条幅挂在了建筑物、树干的最高处，迎风激荡飘扬；所有的墙壁都刷成了白色，等待着红色的标语上身。

跨过南关桥，于步青不自觉地来到了熟悉的中学校园。昔日一老书法家写的牌子不见了，换上了"工农兵红色培训基地"标语式的红条幅。看门的老刘头告诉他："这里办了许多学习班，有你不少同学呢。"正说着，一阵铃声响起，原来的高二班走出来一帮年轻的男男女女，其中一个穿着时髦的绿军装上衣、梳着两条小辫子的姑娘冲他喊道:"这不是于步青吗,你也来参加培训了啊,上的哪个班啊?"

是同班的女同学齐远航,城关镇齐家庄的。她哥哥在部队当兵,因此她最早在学校穿上了真正的绿军装。她也是当年文艺宣传队的骨干,还是学校一派造反组织"红卫兵团"的广播员。在和对立派"井冈山"战斗队辩论时,他和她曾在学校最高的钟楼上靠着四个窝头、一桶凉水坚持了一整天,一个现编词,一个现广播,把对手说得哑口无言,以致对方喊出了"打倒满肚子黑墨水的于步青,活捉能言善辩的齐远航"的口号。后来齐远航还差点让对立派捉了现行。

那是前年夏天,刚下过雨,两人一组在大街上刷标语。齐远航想写"打倒刘少奇",结果听着大喇叭里播送的"敬爱的毛主席,我们心中的红太阳",把"打倒"后面写了个"毛",正赶上对立派的一队人马唱着歌走过来,把远航吓得脸都白了,如果被发现,就是现行反革命,马上剃阴阳头,游街挨批斗。于步青一下子摔在了泥水里打了个滚,爬起来贴在墙上蹭,用泥巴糊住了刚才写的字。对立派的一个家伙笑着说:"革命的战友们,你们看见了吗,心虚的敌人看到我们雄赳赳、气昂昂的革命闯将都吓得屁滚尿流了。"他们走了之后,于步青精心写好了那条标语,远航几次想开口致谢,他都没让她说,一直到毕业。

同学本就自来熟,何况两人之间还有秘密,见了就格外亲。远航毕竟住在城边上,常来县城逛,知道的事多,告诉他,偌大的中学校园从今年开始变成了各种培训班,有红色拖拉机手培训班、普及样板戏培训班、通讯报道培训班,自己上的是红色赤脚医生培训班。她还告诉他,同学们谁当兵走了,谁在这儿的哪个培训班里。两人随说随走,来到了他们班教室后边的老城墙前,那是他们班毕业时大家互相告别的地方。那时,他们已经从两年多的运动狂热中冷静下来了,不少人认识到无学上、没工作干的严酷现实,于秋风萧瑟中在一块大石头上纷纷写下留言:"亲爱的同学,拿起你那支笛子,吹吧,吹吧,吹出一支最悠久的曲子,让我们的情谊地久天长""亲爱的舍友,亮开你那夜莺般的嗓子,唱吧,唱吧,让你的歌声永远留在每个人的心中"……

"你看,这是你写的。"齐远航指着一行漂亮的仿宋体说,"笑也罢,愁也罢,悲也罢,生活却不罢。千言万语化作一句话:'济沧海,挂云帆。'"远航看着他嘴边上刚长出的小黑胡子说:"你这字还是跟陆文峰老师学的呢,他还说你应该去学哲学。对了，陆老师正在街上写标语呢。他忙得很，从各单位抽了许多人。咱去看看。叫他把你要来帮忙吧，有点儿补助，还可以在队里记工分呢。反正你又不愿干活，在班里每次打扫卫生你都偷懒。"

于步青苦笑着说："还'济沧海，挂云帆'呢，生活太严酷了，多大的雄心壮志到了黄土地里都会被打入尘埃，到了村里就得和那几亩地较劲，想懒也懒不成了，天天累得一身汗还挣不到能填满肚子的粮食呢。刚才我在粮棉厂茶炉房打水，那个烧茶炉的一个月都能挣三十，顶我整一年的工分。哪怕给我二十我也干，可咱没那个机会啊。"

于步青嘴里这么说但心里承认，自己是有懒惰的毛病，一提干活心里就发怵，理想的事是坐在屋子里读书、写字。

6

县城最繁华的大街上，夕阳下，县中学语文老师陆文峰和几个中年人正在往刚刷好石灰的街道一侧墙上写标语、画宣传画。看到于步青，陆老师搓了搓冻僵的手，甩了甩有些麻木的胳膊笑了，说："步青，来城里逛来了？来，替我写几个字。"于步青挽起袖子，拿起排笔，一笔一画地把"战无不胜的毛泽东思想万岁"那条标语写完整。陆文峰旁边一个戴眼镜、背着照相机的人说："小伙子字不错啊。文峰，可以和你的字媲美了。"陆文峰得意地说："当然了，这是我的学生，也是我书法的嫡传弟子。"随后给于步青介绍说，这位是他的大学同窗冯文斌，现在河海日报社当编辑兼摄影记者，是来县里采访"红海洋"活动的。于步青也趁机跟老师说了自己在村里的苦恼以及刚才齐远航的提议。

正说着，旁边文化馆的一个美术老师过来说："陆老师，齐官屯学大寨、改造盐碱滩的宣传画画好了，旁边还闲着一块地方，写什么呀？"

三人走过去看。宣传画是两幅，都画得很传神：一幅是大雪纷飞的冬天，一面写有毛主席语录"为有牺牲多壮志，敢教日月换新天"、三面写有"愚公移山"大字的红旗高高飘扬，一伙男女社员精神抖擞，挥镐扬锨，推车挑担，热火朝天地挖土开渠；另一幅是收获的秋天，高粱举着红火炬，沉甸甸的谷穗压弯了腰，大大的玉米棒子咧开一排排金牙冲着太阳笑。

陆老师对于步青说："你来琢磨几句诗吧。"随后对冯文斌说，他这个学生极具文学天赋，初中一年级就在《上海少年文艺》上发表过散文，还写过快板书和活报剧。

于步青看着宣传画想了想，拿起一支斗笔，用楷书写下了"毛泽东思想威力大，社员思想革命化，盐碱滩变成米粮川，改造自然人当家"。

"好！"于步青刚放下笔，背后就传来一声赞叹，一个穿军大衣骑着崭新飞鸽自行车的人说，"好画，好诗，这才表现出了我县贫下中农学习毛泽东思想的巨大动力和深刻的变化与成果。"

此人叫崔文革，是县革委政治部宣传组的负责人。他叉着腰，很有派头地问于步青是哪儿的，看着有些面生。陆文峰把他叫到一旁，轻轻嘀咕了几句。他点了点头，随后问了于步青家里的成分，是不是贫下中农家庭出身，待得到肯定答复后说："明天我给你们公社革委会打电话，欢迎你加入我们创造'红海洋'的革命队伍。"

从那天起，于步青的命运发生了小小的转折。

那城那墙

县城里每面墙都被刷得白白的，于步青拿起蘸足辣椒红颜料的排笔，写下了一行行漂亮的仿宋体艺术字。在灿烂朝霞的映照下，满城红彤彤的。

7

榆柳堡的革委会主任兼支部书记徐老金坐在一把三条腿的凳子上，拿着公社革委会转来的县革委政治部抽调于步青到"红海洋"宣传组帮助工作的信玩味了半天，问自己提拔的团支部书记、年轻的军师于新生："'一招鲜，吃遍天'还是真有道理。你说，于家的这二小子是让他去还是不让他去？"于新生是从附近镇中学毕业的，在大队办的农村青年俱乐部里和这位本家兄弟交流过，感到不仅是写字、拉二胡就是在别的方面也不如对方，便说："还是你原来定的策略，有点儿能耐的，咱能管得住、用得上的就留住，能耐大的咱就送走，别将来长大了夺了咱的权。"徐老金说："这小子能耐是有点儿，别的还没看出来。算了，老于家七八个孩子，都在家里啃地皮，一点儿活钱也没有，穷得透了气了，让他走吧，反正是临时的，只要户口在村里，他就跑不出咱的手心。"

这天晚上于家小院是欢乐的。一大家子围着一张破桌子，坐着小板凳，吃着一多半是胡萝卜块只有少许米粒的稀饭，啃着高粱面窝窝头和老咸菜疙瘩。父亲放下碗，看了看有残疾的老大，对于步青说："咱家总算有了一个吃官饭的。听说那里每月给你十八块钱的生活费，家这边还给你记全工分，这么算起来，你每个月还能省出四五块钱吧。你别乱花，给家里攒着，明年春天把那三间土房挂上砖面，给你哥娶个媳妇，好赖他还有个民办教员的牌子，有了房就好说亲。"母亲也叮嘱他说，到了外边要机灵点儿，要眼里有活，手脚勤快点儿，多干点儿累不死人，别吃死蝇子。

于步青点了点头，看了一眼穿得破破烂烂的大姐和几个弟弟妹妹，起身回到了自己的小土屋。大姐刷完了锅碗，拿来一双新做的鞋说："二青，生在这个穷家是咱的命不好，你总算逃出去了一步。出去之后先吃饱肚子，你别委屈自己，家里怎么也能对付着过。"于步青说："姐姐，生在穷家咱没办法，可咱就要和穷较劲。咱爷爷活着的时候就说，人的脖子后边有三条犟筋，立起来就能改变命运有收获。你看，那天我就是犟着这白毛风下地了，挖着一个大田鼠窝，还有……"他没往下说，姐姐也没问。

第二天早晨，于步青背着一个小铺盖卷出村下了西北桥向县城方向走，在桥头，回望这个死气沉沉的村庄时，意外地发现郭大郎和秦半月从小树林里钻了出来。脸色绯红的秦半月抖了抖身上的树叶子，很快恢复了常态说："小秀才，要去县城上班啊？祝贺你啊，真是鸡窝里飞出了金凤凰啊。"郭大郎轻蔑地笑着说："什么鸡窝的凤凰啊，叫我看顶多是草窝里出了一只麻雀，飞不远，也飞不高。"随后朗诵着"鹰有时比鸡飞得低，但鸡永远飞不了鹰那么高"，趾高气扬地走了，引得秦半月两腿有些别扭地在后面追着，嘴里还嘟囔着说："没良心。"于步青只当是风过耳。

8

"红海洋"宣传组的办公地点在原来的县文化馆，于步青被安排在了存放排笔和颜料的一个小屋里，每天的任务就是拟定标语报县革委政治部批准后分区域去写标语。受那天于步青写了那首墙报宣传诗歌的启发，"红海洋"宣传组的头头提出，不仅要写毛主席的最高指示，还要配合形势，画红色宣传画，创作红色诗歌，讲红色故事。

这天，于步青分到的任务是靠近城东的县农业局区域。按照县里的要求，大门口两侧高大的红砖墙已经抹上了白石灰，像两张巨大的白纸，单等他在上面描图绘画。

按照县革委的通知，各个单位对"红海洋"写标语的人要给予配合。农业局的办公室主任搬来了一条长凳，提来了一壶热水，跟于步青说，他们局在东古城大队搞了学大寨、用毛泽东思想武装农民、大种高产棉的试点，今年取得了亩产籽棉三百斤的好收成，局长让通过门口这两面大白墙好好宣

较 劲

传一下。

于步青在墙下端详了一会儿，按照新兴的以左为上的规矩，在两侧墙的上端用仿宋体写了两条"最最伟大领袖毛主席万岁，战无不胜的毛泽东思想万岁"的大标语，随着在左侧的墙上先画上了金光闪闪的毛主席的头像，接着是油灯下一群农民在几个干部模样的人的带动下学习毛主席著作的场面，配了一首诗："人将毛主席著作比太阳，我们说太阳比不上。太阳上山有下山，毛主席著作日夜放光芒。"右侧墙上画的是蓝天白云下，绿树成行，红旗招展，社员们欢天喜地闹秋收，喜摘丰收棉，也配了一首诗："红太阳出来闪金光，棉田一片白茫茫，丰收的喜讯到处传，社员心里齐欢唱。"冬日的夕阳毫不费力地穿过光秃秃的洋槐树枝子照过来，在万木凋零的冬天里，两幅画显得特别生动。

随着一阵马达的轰鸣，大个子农林局局长李忠礼带着一股气坐着三轮摩托从县革委开会回来了。他叫司机在宣传画前停车，迈着狗熊一样的步子来到跟前，对着旁边的办公室主任说："好，画得好，写得也好，这才叫抓革命、促生产。光像崔文革那小子嘴里整天喊口号，地里能长出好粮食、好棉花来？他忘了那年他在白庄公社当秘书时饿得半夜到粮库里偷白面烙饼吃了，今天还在会上批评我是唯生产力论！他要再说，我就把他的小辫子揪出来！人啊，不怕你狂，就怕在别人手里有见不得人的东西。"

他回头看着于步青端详了一会儿说："哎，小伙子，你是榆柳堡的吧？"于步青点头。他继续说："你是不是于木匠家的老二啊？"于步青再次点头说："局长，您认识我家啊？"李局长哈哈大笑说："我从十五岁参加工作，在咱这个县工作快三十年了，一直干农林业，走遍了四百三十二个村。前年搞'四清'，也就是社会主义教育运动，就在你们村住了三个月，到贫下中农家吃派饭，第一户就是你家。你爹手艺好啊，打的桌子、板凳，榫卯严丝合缝，坐烂了也不脱臼。那年你父亲给我做了一个凳子，我家三个孩子上学全用的它，到现在也没坏。你家就是孩子太多，家里太穷啊。他跟我说，你别看我家孩子多、现在穷，一人一命，只要有一个成大器的，家里就能翻身。你知道哪块云彩能下雨，地里的哪棵苗能结大穗棒子啊？那些孩子少的，一个不成器，家里就全完了。你父亲说家里老二在县城上中学，能写会画，说的就是你吧？"于步青再次点头，心里也似乎明白了自己姊妹多的原因。李局长继续说："你娘是个大好人啊，从你姥姥家借了二斤白面，早晨做的是白面掺

较 劲

着高粱面的卷子,中午做的是打卤捞面,就我和你爹坐在里屋炕头小桌上吃,孩子一个也不让进来。你的兄弟姐妹眼巴巴的、流着口水隔着窗户和门帘子缝隙往里看着,我那心里真不是滋味啊。你娘说,孩子们,你们还小,吃的时候多着呢,让工作队的同志吃好,让你爹吃好出去多挣钱养活你们。"

李局长一边说着一边跺着脚,搓了搓冻得有些发僵的手说:"这天,真冷。小伙子,你写了一下午标语,也冻得够呛吧,今晚在这里吃饭吧。"回头对办公室主任说,"告诉伙房,今晚羊腥油炝锅杂面汤、贴饼子,暖暖和和地吃一顿。"于步青腼腆地低声说:"我没带粮票和钱。"李局长哈哈笑着指着院里的一大片土地和几个饲养棚说:"我这里有试验田,搞良种培育的,收的庄稼和养的牲畜不在国家统购统销之列,不要钱和粮票,你就放心吃吧。你这个年纪,正是长身体的时候。"

大伙房,大案板,大灶膛,呼呼的大风箱,红红的大劈柴火苗,大铁锅里大块的羊尾巴油爆炒葱花、辣椒,滚开的水煮着宽宽的杂面条,锅沿上贴出带着嘎巴的黄黄的玉米饼子。于步青吃得浑身冒汗、满口流香,出了身大汗,驱走了一下午寒风的侵袭,内外舒坦,感觉这是自己在十八年的味觉记忆中吃得最好的一顿饭。从小家里穷,买不起猪肉,每年春天家里就买一只小山羊,兄弟几个轮流带到地里放羊,腊月杀掉过年,好肉要给奶奶、父亲吃,还要送给姥姥家一部分,孩子们只能喝两碗杂碎骨头汤;羊棒骨往往要煮三次才砸开分给几个孩子嘬点骨髓;肥点儿的肉被炼成油,储存在罐子里,作为一家一年的炒菜用油。每次炒菜,母亲总是用一根用水浸过的筷子轻轻在小油罐里蘸一下然后在锅底划拉一下就把菜倒在里面炒,实际上就等于干炒,仔细闻才有那么一点儿羊腥油的味道。久而久之,小罐子里的水比油还多,母亲就会笑着对孩子们说:"还是咱们家有福,晚上有神仙给咱家的油罐添油了。"

李局长刚放下大海碗,守电话的值班秘书跑进来说:"县革委政治部紧急通知,下星期解放军野营拉练部队经过我县,各单位要积极做好拥军活动,除了夹道欢迎、送水、送干粮外,晚上要在解放军的宿营地演出文艺节目,特别要求说我们农林局有文化的多,要出一个高水平的节目作为压轴戏。"

李局长抬起袖子,抹了一把秃脑门上的汗珠子说:"这是崔文革跟我较劲啊,看到今天下午会上书记表扬我心里不服,又想出这种幺蛾子来了。我这里是有文化的多,但都是搞植物保护、品种改良、测土施肥的,又不是学文演戏的。"回头看着于步青说,"哎,于家老二,我看你刚才在墙上写的诗歌不错,你给编个节目吧。咱们土肥站的陈眼镜不是河南人,会唱河南坠子吗,你会拉二胡,就给他编一段,你们一起上台演出。不过,一个节目少了点儿,你再琢磨两个。也不叫你白干,一个节目按我们雇一个农民锄一天地算,一天一块钱,也就是二斤猪肉钱,咋样?"于步青心里一阵狂喜,连忙点头答应,但还是说,宣传毛泽东思想是每个青年的责任。李局长哈哈笑着说:"是人就得吃饭,就你家那个穷样,算了,我不说了,毛主席说的共产主义还是各尽所能、按劳取酬呢。"

9

那个年代县城冬天的夜晚,白天人造的那些"红海洋"在几盏昏暗的路灯下显得黑黝黝的。从城北金角湖冰面上刮来的阵阵寒风,像顺着大街拐进胡同满地乱窜的野狗,让人们东躲西闪,急急抬腿蹦脚,赶紧回家关门;又像鲁班爷的无影神鞭,抽打着路上的破砖烂瓦,驱赶着废纸、布条各种分量轻的垃圾飞向空中,毫无目的、毫无方向地撞在沿街房屋的窗户上,挂在房檐上。

于步青看着窗外寒风肆虐的景象,瞅着宿舍中央铁皮炉子里蜂窝煤冒出的蓝色火焰,想着家里冰灶凉炕,心中涌出了满满的幸福。怀着一展才华的喜悦,怀着挣钱的欲望,怀着对命运转折的希冀,这三种念头在脑子里轮番起伏,时而温柔甜蜜、时而澎湃激荡地拱动着全身,促使他铺开稿纸、奋笔疾书,首先写了一段河南坠子唱词。

> 红旗飘,军号响,
> 解放军野营到俺庄,
> 欢迎的锣鼓敲起来,
> 男女老少喜洋洋。
>
> 花生炒得嘎嘣脆,
> 大红枣儿甜又香,
> 大娘大婶走上前,

较 劲

争着往战士兜里装。

小伙子接过背包肩上扛,
女民兵载歌载舞把歌唱,
老支书乐呵呵地分配宿营地,
众乡亲把子弟兵接到了炕头上。

村东头的王大娘,
接来了红一连的刘班长,
拎过背包烧热了炕,
熥热了馒头剁生姜,
做了一锅面片汤,
看着战士们吃得出了汗,
舒舒服服地进入了梦乡。

王大娘顶着星光进伙房,
给亲人做明天带的干粮,
拿出了鸡蛋一小筐,
有心给战士们全带上,
又怕班长用军纪来阻挡。

她对着和好的白面细思量,
灵机一动喜上眉梢眼睛亮,
麻溜地把鸡蛋倒进了大锅里,
点着了劈柴拉风箱,
煮熟了把皮剥掉溜溜光,
把鸡蛋揣在了面团里,
做成了裹着鸡蛋的大干粮,
战士们吃了体格壮,
紧握钢枪保国防。

较 劲

这就是贫下中农拥军的一小段，

明天咱们接着唱。

写完后，于步青很欣赏地又看了一遍，想着自己在台上拉着二胡受人瞩目的样子，心里有了几分得意。他喝了一口水后又觉得意犹未尽，想着大家看节目主要是看唱曲的，对于伴奏者往往不是那么注意，在屋里转了两圈又坐下来写了一个小歌剧，大意是一个汽车兵在给部队送物资的路上遇到生产队的拖拉机坏了，女拖拉机手急得汗水直流，战士停车帮她修好了拖拉机，并赶时间把公社急需的化肥送到了大寨田里。中间有念白也有唱段，还有集体伴唱。两个节目，一个是拥军，一个是爱民。

写完后，伴随着窗外凛冽寒风的嘶吼声，他睡着了，做了一个很温暖的梦，梦见自己在一个黑暗的坑道里爬啊爬啊，爬得筋疲力尽，终于爬到了坑道口，看到了东方日出的霞光；又梦见自己在一条漫漫黄沙的小路上跋涉，口渴难忍，咬牙前行，看到前面有一条波光粼粼的大水渠，鱼儿搅动的水花多情地洒在了岸边的青草地上；还梦见自己从坑道口滑到了黑暗的深渊里，眼前的水渠不见了，前面依然是看不到头的弯弯曲曲的黄土小路，路旁几棵落了叶子的小树傻呆呆地站在那里，地上的几蓬衰草在秋风中匍匐着，自己沮丧地坐在路边。

10

于步青多了个心眼，过了一天才把稿子交到大李局长手里。李忠礼看了看他红红的双眼，翻了一遍稿子后说："于老师傅说得还真不错，你真是个人才，写得挺好，就是这个解放军战士叫崔建国，看着有点儿别扭。对了，崔文革那小子原来就叫建国，也当过兵，不过他是个挖坑道的地老鼠兵，不是开汽车这种高级兵。算了，就是他吧，也让这小子高兴高兴，省得老找我的碴儿。"随后通知财务室给于步青支两天工钱。财务室主任说："局长，这大冬天的，咱可没雇锄地的啊。"局长说："你咋这么死心眼呢，猪圈里的土不需要垫啊，羊圈里的粪不需要打扫啊。"随着安排全局有点儿文艺细胞的人跟着于步青晚上排练，加夜餐，可以吃一顿羊腥油炝锅杂面，还亲自开了一个动员会，说："抓革命不能忘了促生产，咱农业局的任务是品种改良和改变生产条件，多打粮食让全县农民吃饱饭，不能让闲板耽误了正事。当然，拥军是政治任务，也得干好，争取在全县拿个先进。"

以后的七八天里，于步青白天写标语，晚上到农业局的大会议室里排练节目，晚上十一点那顿羊腥油炝锅杂面让他吃得满面红光肚儿圆，还挣了十来块钱。这天晚上回宿舍的时候，他算计着加上原来存的钱就快到一百元了，就可以把家里那三间土房挂上砖，娶个新嫂子进门了。另外，自己开的补助钱是以农工的名义，将来是不是可以真到农业局的试验场里当个合同制工人呢。不过，和在村里锄地拔草是一样的，也没什么劲，但是能挣钱总是好的。想到这儿，他哼起了那个年代最流行的歌："公社是棵常青藤，社员都是藤上的瓜，瓜儿连着藤，藤儿牵着瓜，藤儿越肥瓜越甜。"

十来天以后，解放军的拉练部队来到了县城。慰问大会在原县中学大操场上举行。县委、县革委领导，部队首长讲完话，文艺演出开始，集体大合唱"敬爱的毛主席，您是我们心中的红太阳"之后农业局的节目首先上场。

报幕员说："首先由县农业局演出第一个节目，河南坠子《解放军野营到俺庄》。"话音刚落，土肥站的陈眼镜拿着祖传的红木阴阳板和掂着坠子、二胡的于步青上场。在一个铺了红布的小桌旁，阴阳板打头敲起来，二胡拉起来，带着中原大地与黄河风情的坠子调唱起来。阴阳板敲得节奏明快，二胡拉得悠扬动听。陈眼镜把段子中的各个人物表演得惟妙惟肖，尤其是把王大娘小脚走路风摆杨柳的动作模仿得逼真动人，赢得了掌声一片。

紧接着是小歌剧《军民鱼水情》。舞台天幕上用幻灯打出了昨夜于步青加班绘制出的红军过雪山、草地的场景，李局长带领全体机关干部呼啦啦走上台站成一排，男低音合唱着著名的长征组歌中的一段："雪皑皑，野茫茫，高原寒，炊断粮。红军都是钢铁汉，千锤百炼不怕难……"随后身穿一身解放军军装的于步青做着开汽车的动作上场，念白："我姓崔，叫建国，当兵三年多，战斗在太行山，任务是开汽车。"坐在台下第一排的崔文革对着旁边的人说："真巧啊，我原来的名字就叫崔建国，当兵的时候在燕山脚下，燕山也属于太行山脉。"旁边的人应付了一声，继续往台上看。于步青转场一圈后唱道："伟大领袖发号召，解放军野营拉练好，战友们千里跋涉练本领，我要把给养快送到。"

他下场后，布景换成了广阔的原野和丰收的庄稼，后面站着的人唱起了欢快的歌："天下的风光哪儿最美？公社的山啊公社的水……几番烈日晒呀几度狂风吹,烈日晒,狂风吹,青山绿水色不退。"

随后,一个穿一身劳动布工作服、头戴前进帽的女拖拉机手上场,伴随着扩音器里传来的"突突"发动机声,她唱道:"毛主席号召学大寨,贫下中农干起来,渠水哗哗清泉流,撒上化肥浇小麦。队长派我去拉尿素,哪知半路上机器坏。"边唱边擦汗道白,"渠水到了地边上,我这化肥却停在了半路上,真是急死人了!哎,远处好像有汽车声,我这死机子有救了。"

后面的情节是解放军战士帮助女拖拉机手修好了拖拉机,一起把化肥送到了麦田里。末尾全剧在《洗衣歌》"是谁帮咱们翻了身呢?是谁帮咱们得解放呢?是亲人解放军是救星共产党"中结束,部队首长带着战士们喊出了"军民团结如一人,试看天下谁能敌"的口号。

最后的节目是县红医班的学员表演的《六二六指示放光芒》。齐远航和一群姑娘穿着白大褂,背着印有毛主席"把医疗卫生工作的重点放到农村去"的指示药箱上场,唱着"我们背起红色的药箱,我们走向广阔的战场,我们是毛主席的医疗队员,向着红旗向着党"。

临散场时,远航跑过来向于步青伸出大拇指说"你真棒",随之告诉他自己要去河海市上卫校了,转商品粮户口。于步青看着她和一群姑娘的背影,在原地怔怔地站了半天。

11

转眼到了阳历年底,县里照例召开了"高举毛泽东思想伟大红旗,抓革命,促生产,誓夺明年大丰收"的县、公社、生产大队三级干部大会。会上首先表扬了全县学习宣传毛泽东思想的积极分子,于步青跟大家一起上台戴了红花、领了奖章。

"大力批判资本主义,大干社会主义"是县委、县革委提出的新口号,简称为"大批促大干"。在这个口号的指引下,县里组织了由青年民兵组成的大兵团,统一调配,建大寨田,修机耕路,各个工地热火朝天。"红海洋"宣传组紧紧跟上,拟定了"大批促大干,誓让碱滩变良田""要发扬革命战争时期那么一股劲儿,那么一种革命精神,与天斗,与地斗,早日建成大寨县""同是一个天,同是一个地,同是一个太阳照,大寨能做到的,我们一定能做到"等多条标语,分工到各个工地写标语、插牌子、办板报,忙得不亦乐乎。

较 劲

　　一场纷纷扬扬的大雪下了一天一夜，覆盖了原野，打湿了红旗，也让那些标语消失得无影无踪，把人赶回了屋里，人们开始拾掇着过年了。县里腊月二十六放假，于步青背着县农业局低价卖给他的二斤猪肉、五斤豆腐和给父亲买的两瓶红薯干酒回到了榆柳堡。他先到自己的冷屋子里摸索了一会儿，然后到父母屋里，交给了父亲六十块钱。父亲高兴得眉毛上扬，对全家说："好了，够买两千块砖了。明年春天把三间土房挂上砖面，给老大娶个媳妇，算完成了一个任务。"并告诉他，大姐上月被大队调到做麻绳的副业组去了，不用风吹日晒，挣全工分，还能一天补助三毛钱。是支书徐老金从县里开三级干部大会回来找到家里办的。大哥说，大概是看到咱家老二在县里领奖的缘故。

　　这个春节于家是欢乐的。大年二十八宰了那只小山羊。二十九炖了一锅羊肉汤，吃的白面和高粱面两掺的花卷。三十下午，父亲破例地拿出了两块钱给最小的老四说："去，到供销点上买两挂鞭炮、一把二踢脚，崩崩这穷气。"晚上包了猪肉白菜馅饺子。初一中午吃上了羊肉片炖豆腐、粉条。

　　来家里拜年的人多了起来，尤其是大小队干部都来了。支书徐老金破例到家里坐了一会儿，特邀父亲到他们家喝了一顿酒。回来后，老木匠摸着嘴巴上的胡茬子说："人啊，在村里混，前三十年看老敬小，后三十年看小敬老啊。"

　　春节后，趁着生产队还没开工，父亲到大柏舍的砖窑上买了两千块砖，叫了几个帮工，把前几年盖的小土房挂上了砖面。大哥说下了邻村的闺女，交换了彩礼，领着媒人和那个闺女到城里吃了一顿水煎包，买了两身衣服，就算订了婚，打算过麦前娶回家。

　　两千块砖没用完，剩下二百多块排在了土门楼下面，媒人走的时候看见了说："还不如再添上点，把这个破门楼子换了呢，娶亲的时候多好看，又威风，又干净，显得我脸上也有面子。"大哥怕媳妇娶不到家，就写信告诉了他。于步青趁给砖瓦厂写标语的时候给厂长买了盒好烟，花了五块钱买了一堆少了棱角的三等砖，星期天借了辆小拉车运到家。父亲带人拆了土坯过道，盖起了一溜到顶的大门楼，用碎砖头砌起了一米多高的影壁墙，抹上白灰。他又花了半天的工夫，在墙上画了红梅报春、喜鹊登枝的吉祥画。只要大门一开，进院一片喜气，引得左邻右舍和乡亲们啧啧称赞。父亲在饭桌上下了令，只要家里有人，就不要关大门。村里的老光棍二永华在他家门口看了两眼，抽了他大哥给的一支烟，随着说了一段顺口溜："于家二步青，写字画画精了个精，给家里带来了好福气，日子噌噌往上升。"

于家的日子在村里有了起色。

12

又是一年春草绿，又是一年麦梢黄，麦子进了仓，秋苗噌噌长。立秋后，芝麻开花节节高，谷子开花弯着腰，棉花开花白又嫩，玉米开花一撮毛。

政治风云变化不定。这一年，上面抓革命的调门低了一点儿，促生产的口号高了，庄稼长得特别好，按农业局李局长暗地里的说法是，"正经事多了，闲淡事少了"。

"红海洋"宣传组工作节奏慢下来许多，上边也没发最新指示，许多标语也不用替换，县里也没盖新房子，也没有空白的墙。县革委主任换了一个刚解放出来的老干部，在常委会上提出，撤销不必要的临时机构，清退临时人员，回原单位就地抓革命、促生产，保证秋粮归仓，用实际行动落实毛主席"备战备荒为人民"的指示，支援世界上还生活在水深火热中受压迫的人民。"红海洋"宣传组被撤销了，于步青自然被辞退了。

昨日阳光灿烂，今日暮云低垂。于步青的眼睛红红的，带着没睡好的疲惫，走在黄昏少人的大街上，没有想陆文峰老师无奈的安慰，说以后有机会还让他来；没有想崔文革在会上说的哪里都是革命的战场，哪里都是可以发挥聪明才智去落实毛主席最高指示的地方；想的是今年家里刚有点儿欢乐的春节，父亲多年愁苦的脸上刚刚露出的一点儿笑容，大姐和弟弟妹妹们看着他期盼的目光，乡亲们见到他家人刚刚堆起的笑脸，支书徐老金到他家坐着时露出的和善的表情，郭大郎耻笑他的嘴脸……

天边的乌云逐渐消散，他感觉都笼罩到了他的头顶，堆在了他的心里，像一堆化不开、铲不动的稠稠的黑泥。

路灯亮了，下班的人开始多了起来，两腿不自觉地把他带到了路边斑驳的暗影里。他漫无目地地走着，来到了郊外的农业局门前，呆呆地看着去年自己在这里写的字、画的画，望着大门内自己小小发了一下的地方，站着，看着，想着。他两腿发酸、发胀、发软，不觉靠在了一棵大柳树上，身子往下一出溜，全身如同抽去了筋一样瘫坐在了树下，一阵困苦的倦意袭来，头一歪，竟靠在树根上睡着了。

也不知过了多久，一阵腥臭把他熏醒了，睁眼一看，一条大黄狗正在舔食他脖子上随着树叶落下的肥大的秋虫。他一激灵，蹦了起来。出来遛狗的大个子李局长笑呵呵地对着他说："不用怕，这是条土狗，不咬人的。"拉着他分坐在大门底下的两个树墩子上，用真诚的看透一切世间事的目光对他说道："我从远处看着就像你。怎么，是为辞退的事发愁吧？我列席了那次常委会，新来的书记说的是对的，喊口号喊不来粮食，大标语上长不出棉花，还得靠实干。不过是你没了事儿干，好不容易出了农村又得回去，面子上过不去，这还是小事，重要的是你家混得那个穷样，想指望你又指望不上了。唉，这样吧，你先来我的试验农场当几天临时工吧。年中合同订不了，工资待遇和他们一样，一天一块钱。你也不是干活的料，帮着记录个出勤、算算账。我这里舞文弄墨的秀才少，业务脑瓜子多，以后县革委政治部要的抓革命的材料、学习领袖著作的汇报你也帮着写点儿。先这么混着吧，以后有机会再说。"

就这样，于步青成了县农业局的临时工。他给家里写信说，县革委"红海洋"组开始分片包干，自己被分到了县农林系统，驻扎在农业局。在这期间，文化馆看门的周老头托人捎口信给他，说有一封从河海卫生学校来的信。他晚上过去一看，是齐远航来的，说了她在卫校的学习生活情况，并告诉他有一次去大礼堂听政治形势报告，市委书记讲，要大力发展支援农业的小化肥、小农机、小棉纺等五小工业，走自力更生的道路，并说他们班的同学有的已经到化肥厂了，招的还有一部分知青。他看了以后，想着自己的农业粮户口和不明亮的境遇，也没回信。他也没想想，一个姑娘为什么平白无故地给一个男同学写信。

当天夜里，他主动承担了在收获了一半的玉米良种地里看农具的任务。在低矮的工棚里，他拿出在文化馆堆放"四旧"的仓库里偷来的司汤达的《红与黑》，一直看到天亮。

13

秋雨洗过的红高粱穗子，在和煦的阳光照耀下，在秋风的摇曳中，闪动着朴实的微光，就像未曾落下的露珠包着一颗颗红宝石。

九九艳阳天，榆柳堡通往县城的大道边、村口上，锣鼓响了起来。团支部书记于新生带着一伙腰里扎着红绸带的男女民兵舞着秧歌唱起来："工作队

较 劲

下乡来，贫下中农笑颜开。一斗二批三要改，促进农业学大寨。干部参加集体劳动，把资本主义根子拔出来。"

支书徐老金带着班子成员把以县农业局李局长为首的"斗批改"工作队迎接到了大队部。李局长一一介绍自己带来的几个人，当说到副队长之后的第三个人是工作队的资料员时，徐老金说："这个不用介绍了，是俺们村的于步青，大秀才，户口还在俺村里呢，分着俺村的粮食，记着大队的工分。"李局长说："我还是要说两句，他是我从县革委政治部'红海洋'宣传组要来的，当过宣传毛泽东思想的积极分子，以后村里的各种上报材料、外调信件、向上汇报全要经过他的手，和工作队一起吃住。"

当天晚上，于步青回了一趟家，交给了父亲二十块钱，没说在试验农场干活的事。母亲把钱数了又数，藏在一个小金属盒子里，锁在从娘家带来的被阁里，上了大铜锁，对全家说，这钱要攒着，给大妮子置办嫁妆。父亲兴致勃勃，说自己在县里做木匠活时听人讲，干部都是这样，在机关干一阵子，就下来锻炼一段时间，回去就提拔，问他是不是工作队完了之后回到公社当个干部。"要是下来，最好是到咱们这个公社，让家里在村里直直腰、长长脸，让那些看不起咱家的亲戚也来开开眼，我老于家也有了一个在官府干事的人。"于步青苦笑了一下，吃过饭拾掇了两床被子搬去工作队的驻地。经过饲养棚的时候，他听到那两个饲养员靠在秫秸垛上扯闲篇。花汉子双刚说："想不到于木匠家的老二要成气候了，老坟上要冒青烟。真是不怕孩子多，有一个成器的就行。"老恒修抽了一口烟，在石头上磕了磕黄铜烟袋锅说："这个于家老二别看话不多，是个较劲的主儿。"

工作队的驻地，徐老金原来安排在村西北桥边上的知青宿舍，原因是郭大郎和北京的几个知青被招工走了，剩下的几个也被合并到别的知青点了，房子是现成的，也清净，但李局长说，那样不好，离贫下中农太远，不利于联系群众。最后找了接近村中央的一户闲房子，一溜五大间，男女队员各占一间，中间的堂屋做会议室，另外两间李局长自己住，里间是他的宿舍，外间是于步青写材料的地方。于步青放好被子，看着李局长的宿舍还亮着灯，掀开门帘进去什么也没说，双膝跪地，眼含热泪给他磕了一个头。李局长拉他起来说："小伙子，我知道你的心意，你们家太穷了，看不见头的苦日子啊。我们家比你家也不强，父母没本事，就知道多生孩子。我初中毕业后上农校的钱是爷爷装瞎子在集市上拉胡琴挣来的小钱凑起来的。老母亲把家里小麦

较 劲

卖掉换成山药面省出钱来供我上学，饥荒年拉着弟弟妹妹要饭。他们去要饭，我也要去，妈妈逼着我在家写作业。肚里没食脑子空，在解方程式的时候，我饿得昏在了破桌子底下，是妹妹从五里地外揣回要来的一碗稀饭救活了我。全家供出了我一个中专生。我参加工作后，拼死拼活地干，从农业技术员干起，一步一步地熬，才把弟弟妹妹们都想法从农村弄了出来。你知道吗，光是那个试验农场里就有我家的三个人。没办法啊，人啊，总要活着，总要活得像个人。生为男子汉，'男'字怎么写，上面一个田，下面一个力，农民就是要在田里下大力，当主要劳力。田也可以理解为天，男子汉就要顶天立地，把家带起来，兴旺起来，总要把家里混出样子让人看得起。虽然说人民群众是真正的英雄，但是，一个家庭、一个单位、一个村、一个县，甚至一个国家，有时就全靠一个人啊，就和耕地一样，第一犁开好了，整块地就活了。人穷、家穷没办法，关键是脖子后头有没有三条犟筋，肚子里有没有韬略，敢不敢和穷较劲，会不会使真劲，用巧劲较劲。其实，人帮人也没有白帮的事，你给我们局画的那两幅画，特别是写的那两首诗，还有编的解放军野营拉练那几个节目也救了我一回。我这整天就知道种粮食的脑瓜子，崔文革那小子早就给我梳了好几条小辫子了，下去的那个革委会主任早就想把我打成唯生产力论的走资派了。"

也是这天晚上，榆柳堡的支书徐老金斜倚着被摞，吃了大个子才送来的一只野兔腿，扯了一根扫帚苗剔着牙对坐在炕下小板凳上的于新生说："我总觉得于家老二来当工作队员的事有点儿蹊跷。按说斗批改是政治运动，要揭露问题、查阶级敌人，一般不允许本村的人来本村搞。"

于新生说："可能因为他是县里宣传毛泽东思想的积极分子吧。"

徐老金说："也不大对。我问了别的村的支书，他们那里没有本村出去的干部又回来的。不过，上边的事咱也管不了，这次运动的重点是斗争走资本主义道路的当权派、批判资产阶级思想、改革阻碍革命的旧制度，少不了要发动群众、揭发批判、内查外调的折腾。你作为党支部和工作队的联络员，要往他们那里多跑着点儿。二步青不是善茬子，村里的事要都让他知道了，了不得。不行，这小子不能让他留在村里，得让他走。"

"我听说县里要出台一个文件，要在优秀的贫下中农青年中选拔一批干部，你想让他去当啊？"于新生有些酸溜溜地说。

徐老金摇摇头说："不是，让他在公社里、县里当干部都不行。这小子嘴里说得少,眼里看得多,脑瓜里装的事不少,而且还会写,早晚是个人物。得把他送得远远的,最好离开咱这个县,最好是到一个工厂里。我孩子他舅舅在省城的五金厂当工人,就是吃个商品粮、挣个工资,整天就在车间里干活,活动范围就是围墙里边,外面的事一点儿也不知道,官面上一个人也不认识,说起政治来还不如我呢,傻瓜一个。"

于新生临走的时候,徐老金说:"给大个子才报个五保户吧,每年给点儿补助金。"

14

谁是我们的敌人,谁是我们的朋友,这个问题,是革命的首要问题。亲不亲,阶级分。查历史,看成分,分清谁是仇人、谁是亲人,这是那个年代搞运动的基本套路。

秋日的农村,空气中弥漫着新粮的清香。社员们大都下了地,村里静悄悄的,偶尔传来几声土狗的叫声和老太太吆喝鸡吃食的声音。李局长带着其他工作队员参加集体劳动或是访贫问苦去了,工作队的院子里只有于步青在值班。他写完上级部门要的一个汇报材料,又把李局长准备晚上召开忆苦会用的讲话稿改了一遍后,打开了六十年代中期党在农村搞"四清"也就是社会主义教育运动时前任工作队写的榆柳堡的村史。

说实在的,于步青虽然生在这里长在这里,但正儿八经在村里的时间并不多。上小学之前,除了在胡同里野跑野玩,奶奶喊的时候才像个土猴似的回家喂肚子,别的什么也不懂。四年小学是在本村上的,对大人们说的话似懂非懂;以后的两年高小去了田镇堡,早上去,晚上归,中午带一顿干粮,和村里基本没什么接触,放了假不是到自留地干活就是砍猪草、放羊,和大人们搭不上话,按现在的话说没有进入过村里的主流社会。到县城上中学三年多,基本脱离了村里,前年回来后才参与了村里的团支部、民兵、宣传队等组织,才对这个村近年的情况知道了一点儿,所以看起村史来津津有味。

过去总听老人们说这一带的村民都是来自山西洪洞县大槐树底下,榆柳堡却不是。这里的人虽然不姓朱,但和明朝的皇帝有关,是来自安徽凤阳朱元璋的亲戚,他姑母或者是他姨母家的人,虽然不是纯正的凤阳人,但是离凤阳很近的地方。朱元璋从小家里很穷,亲戚们也不跟他家来往,也没受过

较 劲

亲戚的照顾，所以当了皇帝后基本不认亲戚。那年安徽遭灾，这伙人身背着三棒鼓出来逃荒。到了南京不让进城，领头的人掐指算了算说，朱皇帝和咱平辈，还是大哥，不认咱没办法，可封了燕王的朱棣比咱这辈小，总不能看着他这些长辈没饭吃吧，那可就叫大不孝了。于是，一行人风餐露宿地往北京进发。那时朱棣正忙着北征，听到这些人来的消息后，想着老皇帝残暴，自己日后做皇帝要博得一点儿仁慈的好名声，就派了一个传令官跟这伙亲戚所在地的州官说，给这伙来自老家的人在太行山以东找一块水草丰美之地，安家屯垦，十年不征税。于是，这伙人就仗着燕王的势力，在这里占了一块沃野平畴。除了种植北方常见的小麦、玉米、棉花外，逃荒要饭的人总忘不了没吃没喝的年代，种树决定只种榆树、柳树，饥荒年榆树能吃、柳树能做棺材，村名就叫榆柳村。

有山的地方就有树，树多了就成林，山林里盛产土匪流寇。水草丰美的地方打的粮棉多，自然就富裕，山林草寇自然就来抢劫。一到秋后，榆柳村的人扔掉了三棒鼓，抡起了大刀、挺起了长枪和土匪干。全村一个姓，都抱团，一家有事，百家支援。锣鼓敲，火把亮，人群呐喊，刀枪闪闪，一鼓作气把土匪赶出了村。

到了冬天，老族长捻着嘴巴上的灰白胡子对大家说，光这么着也不是长法，咱得筑寨墙防范，不让土匪进村。众人皆然。全村男女老少齐上阵，挖沟起土，掺上黏高粱熬成的粥，围着村筑起了高高的结实寨墙，外面自然成了护城河，留了东西南北四个寨门，砍了二十多棵老榆树做成半尺厚的寨门还包上了铁皮。每当场光地净、粮棉入仓之后，每晚寨门紧闭，青壮年在寨墙上巡逻。土匪来了几次，还真没进得了村。从此，榆柳村改名为榆柳堡。有一年冬天的傍晚，来了一群人，嚷嚷着要进村，老族长登上门楼一看，这伙人很是特别，有骑马拿着刀枪的、背着弓箭的，也有坐着牛车的老弱妇孺，还有背着三棒鼓、提着农具的中年人。于姓人自然紧闭寨门不让进，外面的人非进不可，双方互相投掷石块、砖头打了起来。在呐喊声中，一个骑马的中年人张弓搭箭，高喊了一声"圣旨到"，一下射中了老族长的前胸。老族长倒下，众人上前解救时，看到箭上并没有箭头，是一个用红绸子裹着的黄表纸，上面有已经做了皇帝的朱棣的一封信，大意是安徽闹饥荒，被错杀冤死的大将军徐达的后代来黄河以北求生，皇帝恩准他们到榆柳村一带耕读落户。

有了皇帝的指示，大家自然不敢怠慢，将人接进村一番招待叙旧，随即

较 劲

安排他们在村西的一块空地上盖房安家，外出开垦荒地。从此，榆柳堡成了于、徐两大家族的栖息地，尽管后来又进来些其他姓氏，可这么多年在村里一直是小户，村里的规矩基本上还是按照于家老祖宗定的章法行事，同时也掺进了徐家的许多意见。

也就是从那时起，村里的掌权也一直在于、徐两家族中更迭。从清朝的地保制到民国时期的保长制，一直到共产党掌握政权后的基层党支部书记、村长、村委会主任、大队长制，一把手总是从于姓和徐姓家族中出，基本上是三五年一更替。但是，更替的形式都不是很和平，清朝时期有于姓地保出门被劫道打了闷棍的，也有徐姓村官被太行山的土匪挟持到山寨，因交不出巨大的赎金被撕票的。到了民国时期就更乱了，北方军阀混战，狼烟四起，不是于姓保长被突如其来的一支军队砍了头，就是徐姓保长被抓了壮丁不知去向。于、徐两大家族告状打官司的事更是层出不穷，两家多年较劲的结果就是村里的政权轮流坐庄，三五年一换，乱哄哄的，你方唱罢我登场。中华人民共和国成立后，两家掌权的更替方式就是互相找对方的碴儿，借机把在台上表演者搞下台。

榆柳堡的人就这么一辈一辈地混下来了。从两家后代的发展来看，于家出去读书做文官的比较多，徐家当兵的多，基本继承了徐达将军的衣钵。徐老金就是"四清"运动那年戴着党员的牌子从部队回来，积极同前任支部书记于老方斗争，靠揭发他同戴着富农分子帽子的小舅子一起投机倒把当上支部书记的。不过，这家伙上台后搞得徐、于两家倒不是那么泾渭分明，党支部、村委会、民兵连、团支部、妇联会等组织吸收了不少于姓和其他小姓家族里的人参加，并且提出了一个时髦的口号，"不再是亲不亲家族分，而是毛主席革命路线上分"，颇得上级的赞赏。他提拔于新生做团支部书记后，被老族长叫到了家里，发出了两问：一问他为什么不用从许镇中学回来的两名姓徐的团员，非要用姓于的；二问班子里姓于的为什么都快占一半了。他给老族长点了一锅烟说："于新生在学校是团支部书记，说明比咱们徐姓那两个小伙子能耐大。不用他，他那帮同学会不服气，他也会在村里闹事；用了他等于给他拴上了缰绳，他会感谢咱，在村里会稳定一大块。再者，老叔你没看最近演的一个叫《艳阳天》的电影啊，里面的歌里唱着'群雁高飞头雁领'，你侄子就是头雁，全村都得按照咱姓徐的道走，咱们吃不了亏。"当然，这些话不是村史上的，而是于步青从县中学回来的那一年，夜里实在饿得不行，跑到徐家老族长的房顶上偷山药干时听到的，这会儿看着村史想起来了。

看完村史，于步青不自觉地念了一段语录："革命是暴动，是一个阶级推翻另一个阶级的暴烈的行动。"

丁零零，外面传来一阵自行车的铃声。在一群小孩子的带领下，穿一身绿衣服的邮递员送来一封信，就是这封信让于步青走上了人生的另一条道路。

15

"堵住资本主义的路，迈开社会主义的步，革命生产两不误。晚上抓革命，白天促生产"。这是支书徐老金在欢迎工作队召开群众大会上的表态发言。他说："现在是秋收大忙季节，在毛泽东思想的光辉照耀下，今年咱们大队的庄稼长得特别好，我们要做到颗粒归仓。白天家家锁门下地收粮，晚上抓革命，要把抓革命产生的巨大思想能量化作白天冲天的干劲。"

他说这话的时候，敦敦实实的个子站在台上，挥着拳头，很是带劲儿。坐在底下的花汉子双刚低声说："晚上男的和女的一睡觉把劲儿都用完了，早晨腿都发酸，化什么狗蛋的冲天，蔫儿吧唧地起不来了。"老恒修说："你说得也不对，晚上开会到三更，困得眼迷瞪，啥也顾不上了，一觉到天亮，自然就冲天了。"

不管老百姓怎么说，会议还是照开。秋月升起来的时候，男社员夹着旱烟袋、女社员拿着鞋底进了大队部的院子。徐老金宣布："看到今年的好庄稼，想起了万恶的旧社会和灾荒年，今晚我们开一个忆苦思甜大会。首先由工作队的资料员拉琴，女团员唱歌。"说完，很巴结的样子把于步青请上了台。

随着一段长长的凄凉悲惨的二胡声，女团员徐淑琴带着几个姑娘唱起来："北风吹来天气冷，佃农一家把地耕，没有牛了没有驴，全家肩上背麻绳。天又寒来地又冻，肚中无食拉不动，狗腿子上前挥皮鞭，打得爹爹头发蒙……"

紧接着是村里长工出身的徐老闷的老婆张翠花上台忆苦思甜。她歪歪小脚上台就说："俺娘家穷，嫁给老闷子家也不富，进门的那一天看见新房里摆着一个雕花梨木大立柜，俺心里喜欢得不行。三天后回娘家我还跟俺娘说，别看他们家是小土房，屋里的摆设可不赖，还有梨木大立柜呢。俺娘也说，这叫包子有油不在褶上。谁知道俺回去之后，大立柜没了，换成了柳木箱子，俺问、俺哭、俺闹，徐老闷蹲在门槛上就是不言声。俺上前揪住他的头发让他说,他把俺一下子掀到了炕上说,那是借的,还给人家了,反正你和俺上过炕了,爱咋着咋着。这还有什么办法,那个年头又不实行离婚,凑合着过呗。家里就二亩地,打的粮食顾不住嘴,他常年去财主家当长工。一到忙的时候,俺也去财主家打短工。五黄六月天,拔麦子,多累的活儿啊。财主一家坐在大树底下的阴凉里吃茄子肉丁打卤面、馒头大肉菜,俺们吃的是什么啊,白面高粱面两掺的花卷子、老咸菜疙瘩,绿豆汤熬的水一样,能照见人影子,你说财主家是多坏啊。"

她在上面说着,底下憋不住话的老恒修又嘟囔了:"老闷家的这是满嘴跑大车,屎壳郎飞进嘴里不想想多么硌硬人。俺也在徐财主家扛过长工,他一个老娘们什么也干不了,就是在麦子垄里放放草腰子、拾拾掉了的麦穗子,能有卷子吃、喝上绿豆汤就不错了。俺们几个割麦、打场的老爷们是大饼卷肉,晚上还给二两小酒喝哩。徐老财主也没闲着,一样在场里拿着扫帚扬麦糠。"花汉子双刚说:"我在城里给韩老七家的车行里赶大车时,回来晚了,老板娘亲自下厨擀面条、切牛肉,那个手啊,跟小葱一样嫩。"

台上,徐老闷家的还在接着说:"俺这一辈子啊,受的苦多了去了,就说一九六零年吧。老天不叫收庄稼,吃光了地窖里的山药,淘净了缸里的山药干子面,到了春天青黄不接,在老祖宗种的榆树上捋完榆钱、扒光树皮,磨成榆面,掺上糠,做成窝窝头。实在没吃的了,三个孩子饿得嗷嗷叫,俺求村长于老方给点儿救济粮,他连个好脸也没给,去了他家连屋子也不让进,一下把俺推出了门。俺本来就饿得腿发软,坐在地上半天起不来啊。俺家是穷大辈,按说他还叫俺婶子哩。你们说说,有这么对待婶子的吗?"

张翠花的话走了板,李局长的脸色阴沉下来,徐老金急得冒出了汗。于步青想起在县城红卫兵辩论时的经验,"话说错,口号过",马上站起来振臂高呼:"不忘记阶级苦,牢记血泪仇,打倒万恶的旧社会!"洪亮的声音破口而出,大家也跟着喊,打断了张翠花的话,掩盖了大家的议论声。于新生赶快派两个女民兵把徐老闷的媳妇架下了台,送回家。

说过大鼓书的于三黑赶紧上台,回忆苦难的旧社会,主要讲了一九四三年被抓到田村堡给日本鬼子修炮楼挨打、胳膊上挨了一刺刀的事。八路军夜袭炮楼,他偷出一桶汽油,淋在谷草上,放在了底楼的伙房里。早晨伙夫做饭点着火,把四个鬼子和一个班的伪军烧成了煳家雀。他连比画带说,中间还不断地喝水,说着"且听下回分解",把大家带入了抗日烽火连天的故事里，群情振奋。

最后，工作队长李局长讲话。他首先批评了榆柳堡大队党支部在选用忆苦发言对象时的错误，要求党支部做出深刻检查，而后表扬了于步青，说他用实际行动制止了一个巨大的政治错误，挽回和避免了一场政治事故，并且宣布，以后再开这样的会议，都要写成发言稿，并交工作队资料员审查。

散会时，徐老金把于步青约到一棵月亮光照不到的老榆树底下，搂着他的肩膀说："虽然咱们不是一个姓，按街坊说是平辈，可往远了说，我们上辈的一个老姑还出嫁到你们于家门里，还是老表亲呢。你是我的好兄弟，今天要不是你就坏了菜了。你毕竟还是咱们村的人，户口关系还在你们队里，我们党支部想发展你入党。"

16

回到工作队驻地，于步青给李局长烧好洗脚水端进里屋，把那封信拿了出来。信是从香港来的，因为涉及海外，显然被有关部门拆开审查过，信封上贴着一张条子，上面写着"转榆柳堡驻村工作队收"，下面盖着县革委政治部信件检查章的长方形戳子。

信是竖着写的，字很有劲儿，像是用铁棍子在纸上使劲划出来的，上面就几句话，说自己叫徐财旺，老家是榆柳堡的，十多岁时到安徽逃荒要饭，后来转到了河南，被当时国民党汤恩伯的部队抓了壮丁。打了几年仗，他升了连长，后来在上海撤退时坐着美国的军舰到了台湾，再后来退伍了，目前在香港和美国做些小生意。人越老越思念故乡，家里的其他人可能都不在了，只记得自己最小的一个弟弟叫徐财发，麻烦政府给找一找，让他这个快要进入天堂的人回故乡一趟，最好能找到他弟弟。

李局长看完信后沉思了一会儿淡淡地说："天灾人祸这么多年，又闹鬼子又闹国民党，流离失所的人多了，那几年我在你们村登记人口，光出去没有音信、断了风筝线的就好几十口子。谁知道这个人是真是假，真是找麻烦事，县里也没说要结果。这封信就放到你那里吧，有空找村里的老人们问问，真找到这个人的弟弟了就让他给香港那边回封信。不过，你得审查一下，别惹出什么事来。"

在他往外走的时候，李局长说："凡事要沉住气，多琢磨，少说话。老百

较 劲

姓盼的是有饭吃、有衣穿的实在日子，多挖出一个阶级敌人，地里不会多长出一棵棉花、多收一粒粮食。榆柳堡这个大破村，两姓穷较劲，穷了几十年了，徐老金上来还是干了不少正事。"像是自言自语，也好像说给他听。

于步青拧亮了煤油泡子灯，先看了几个上级来的文件，又仔细看了一遍那封信，按照阶级斗争的方法分析起来。上级明确规定，历史反革命分子包括军、政、警、宪、特。军政按职务分，军指的是连长以上，政指的是保长以上。按照信里的说法，此人当过国民党部队的连长，定为反革命分子毫无疑问。榆柳堡谁要和他沾亲带故，必然是反动家属，一家人必受牵连，政治前途算是完了。

第二天早晨，李局长接了一个电话，对他说："二步青，你虽然是工作队的人，但毕竟是榆柳堡人，也帮着村里办点儿事，他们不是还要发展你入党吗。往前要种小麦了，大队里说要讨换些抗倒伏的好种子，我给农场的王麻子场长写了封信，你带着村里的人一起去。你在那儿待过，办事还方便。别着急，慢慢挑。"

于步青和两个善于钻研农业技术的青年农民，在县农业局的试验场里整整用了三天的时间，精挑细选了三百多斤优质麦种拉了回来。回到工作队驻地后，女队员朱秀群告诉他，李局长到县里开会去了，他不在的这两天县委政治部来人检查工作进度，带队的是崔文革副主任。自己代替他当了几天资料员，只是字没他写得好，李局长还硬说是他写的，真有意思。

于步青听了后有些惊诧，也没说什么，看着桌子上也没有要处理的文件，便把那封信揣在兜里，找老人多的地方聊天去了。

初冬季节，天气已经转凉，队里的大黑驴下了一个小骡驹，老恒修和花汉子双刚点着了两个火盆，棒子核烧得红红的，暖意融融，几个老人围坐在那里抽旱烟、扯闲篇。

于步青没说那封信，先说了几句村里的老事，接着问他们记不记得有个叫徐财旺的人，逃荒出去没回来，后来还当兵了。花汉子双刚仰着脸想了想说，不记得有这么个人。老恒修是徐姓里的二大辈，掐着手指头算着自己族里辈分"庆、恒、杰、时、宏……"，而后说"俺们族里也没这个辈分啊"。花汉子双刚上过几年私塾，拿出点儿文化的样子说："这个名可能是名号，过去的人都讲究这个，有了名字后再起个号。比如你恒修吧，你的号不是叫茂廷吗。一般都是意思相近的字或者是词。"于步青插话说："对，比如说胡同北头是富农的那一家,名字叫书堂,名号叫琴轩,意思就是在大堂书案上写字读书累了,就到旁边一个有着小轩窗雅致的屋里去弹一曲古琴,换换心情,振奋一下精神。"双刚说:"二步青到底是在县城里读过书的,说得有道理。哎,我想起来了,徐老金不是叫徐时金吗,时和拾同音,他不是有个号叫财发吗,拾到金子就是发财,发财就是财发,这个徐财旺是不是他家的人啊?"老恒修脸色一变说:"拉倒吧,俺们徐家的事你哪里知道?他家就那么几个人,就像场院里的驴粪蛋,明摆着呢,哪有财旺那么个人。"花汉子双刚说:"你这老小子,我就这么一说,你值当这么狗脸猫腔的吗?"

于步青心里明白了点儿什么,起身去了大队部。门前的小广场上停着一台新买的拖拉机,几个小孩子爬上爬下地折腾。他进了院子,静悄悄地,看到最西头的支书办公室里伸出了一截白铁皮烟囱,冒着袅袅青烟。门紧关着,他大声咳嗽了一声,门开了,东头八队的妇女队长秀萍一手捋着头发一手系着棉袄扣子红着脸走了出来,见了他也没打招呼,匆匆地走了。

徐老金正坐在一个柳木圈椅上喘着粗气,见到于步青进来,赶忙站起来沏了一壶红枣茶,热情地喊着大兄弟,同时掏出了一盒红梅烟。于步青摆手谢绝,直截了当地把那封信拿出来给他看了一下又收回来,旁敲侧击地说"据了解,这个人的名号和你在一个字上",而后不说话了,沉着脸看着对方。

徐老金先是脸上出了汗,而后大眼珠子转了几圈,斩钉截铁地说:"不对,咱村里绝对没这个人,一定是邮递员投错了,要不就是那个人缺心眼记错了投胎的地方。"

于步青面无表情地说:"也可能,我再问问别人吧,李局长说让我查一查。再说吧,我还有个材料要写。"说完,拿着信起身往外走。不知怎的,他总觉得坐在工作队的办公室里心里舒服一点儿,似乎比村里的人高了一个档次,虽然都是盖在一块地上的同样的农家房子。

徐老金赶紧起身把他送到大门外,指着小广场上那台拖拉机说:"我听说咱家三弟初中毕业不上学了,叫他来大队开拖拉机吧,和秀萍大小子一起到县农机局去学习。"随后凑在他耳边又说,"你的入党申请书支部委员们都看了,抽空开个党员大会,把你加进来。你有空的时候也来参加一下支部会,帮助村里的工作。"

这天中午,于步青回家吃了一顿饭。在大队副业上班的大姐分了两瓶油坊新榨出来的葵花籽油,母亲破例做了一锅炒面条,父亲高兴地喝了一杯山

较 劲

药干酒，得意地说："咱家又出了一个开机子的。大妮子在副业上，老二在县上，有了三个半吃公家饭的人了，咱在村里终于能抬抬头、直直腰了。"

于步青没说话，吃完饭站在砖门楼底下，望着高远的天空，觉得自己的肩膀上长了不少力量。

冬季里的天气昼短夜长，日子过得快。春节过后，光秃了一个冬天的柳树、榆树抽出了嫩芽，挂上了叶子，小麦也返青了，榆柳堡内外一片绿油油。春日的阳光透过青枝绿叶点缀在黄土地上，给人暖暖的感觉。

年年月月春相似，岁岁年年人不同。于步青这半年多来顺风顺水，顺利地入了党，除在工作队写材料外，还正式列席了村里的党支部会议，大事小情也有了发言权，蓝制服上边的一个兜里插着两支钢笔，手里经常拿着一个印着毛主席语录的硬皮笔记本，俨然是一副小干部的模样了。左邻右舍，连住得比较远的乡亲来他家串门的都多了，甚至有老太太上门给他提亲了，母亲嘴里说着"俺家老二还小哩，过两年再说"，但脸上笑呵呵的。父亲手里的活儿多了起来，八个生产队的耧子、耧、耙、盖和大车好像同时坏了，这个换个耧把，那个换个盖帮、修个车辕子，院子里堆了一大片，父亲的小锯子吱吱吱地叫着，斧头、凿子噼噼啪啪地响着，家里的零花钱自然多了起来。

榆柳堡老人们常说，风水轮回转，人有十年旺，鬼神不敢傍。花汉子双刚也常在牲口都下地后蹲在于家砖门楼下显摆他那点儿学问，说着古代一个大文人写的大门口的对联："祸不单行昨日行，福无双至今日至"。

还真让他说对了。这天下午，于步青刚把一份材料写完，徐老金让于新生把他叫到了大队部，拿出一张由市县劳动部门和公社革委会盖了章的招工表说："河海市农机厂招一批学徒工，给了咱村一个指标，大队决定让你去，工作队李局长也同意了。转户口，吃商品粮。兄弟，你可是一步登天离开穷农业社了，以后发达了可别忘了老哥哥啊。"徐老金一面呵呵地笑着，一面亲自盖上了大队革委会的章。

一股巨大的幸福感立刻笼罩了全身，一股血液冲上了头顶，于步青刚想说什么，李局长"凡事别着急，多琢磨，少说话"的教诲让他冷静下来。他努力压住内心的冲动，双手抱拳作揖，随说"老哥哥，大恩不言谢"随手把那封香港来信交给了对方。

来到工作队驻地，李局长摆手制止了他的话，笑着说："我都知道了，你这个小子终于跳出农门了，我这里也轻松了，不用瞒着掖着了。时间长了，我还真怕崔文革那小子查出个冒名顶替来。二步青啊，根据我看人的经验，你不是池中生长的人，日后说不定会有一番大作为的。不过，你要记住，你是农民的后代，是农家的儿子，走到哪一步也别忘了脚下的黄土地、头顶上的柳树叶子和榆钱。"

于步青走后，他让女队员朱秀群填了一张表，推荐了工作队的资料员，并让大队盖上章报到了县革委政治部。资料员的名字是于新生。

对于于步青的走，村里有很多议论。有的说，是这家伙当过一回宣传毛主席著作积极分子，县里直接点的名。有的说，是于木匠拿出了一冬天做木匠活的钱送的礼。也有的说，二步青是工作队的资料员，知道村里的事太多了，不让他走，徐老金的宝座要翻个。

那厂那人

厂里的工种是按家庭背景分的,金娃娃分到了化验室和洁净的配电间,银娃娃到了技术含量高、轻巧潇洒的电工班,土娃娃去翻砂。

17

无论人们怎么说,于步青都要走了。"儿行千里母担忧",这老话一点儿都不错。趁着儿子在屋里整理行装的时候,母亲站在门楼下看着前几年栽在门前的榆树已经长成碗口粗,树枝上挤挤挨挨嫩绿的榆钱一串串开得好不热闹。

毕竟是全家第一个出去到几百里外工作的人,虽然全家高兴,但当娘的心里还是空落落的。她最想要的生活还是从地里卖力流汗收来粮食,烟熏火燎地做熟一锅饭,一大家子欢欢喜喜地吃着、闹着。

可是,毕竟家里太穷了,几个孩子就像对门排着当上房梯子用的小砖摞,从高到低,眼巴巴地要吃要喝要穿,一年比一年大。给小子盖房娶媳妇,给闺女准备嫁妆出门子,是当大人的责任,这该办的事背后是钱,指望着自家爷们手里的斧子把,指望着生产队干一天十分工那三毛钱,怕是一辈子也卸不下身上的重担,出去一个兴许家里还有点儿希望。

风筝放出去了再远也得有条线牵着。她从过道里搬来凳子,站在树下,把大襟袄撑开,捋下一串串嫩绿的榆钱。闻了闻那股甜滋滋、滑溜溜的清香味,她快步来到灶房,烧开一锅水,挖了一勺白面、一勺玉米面,掺好,加水,用筷子打成豆粒大小的面疙瘩,顺到锅里,等咕嘟开后把榆钱扬在上面,撒上两颗大盐粒子一搅,再撒上一点儿香油、葱花,满院子飘溢起了浓郁的香气。一锅榆钱疙瘩汤做好后,她又打了个鸡蛋,连同榆钱一起掺到玉米糊糊里和好，把另一口铁锅烧热，刷上油，用勺子把面糊薄薄地摊在锅底，须臾之间，一张张榆钱锅出溜也就是玉米面薄饼就出锅了。油黄的苞米面夹着葱绿的榆钱，不仅样子好看诱人，吃起来也松软香甜。

榆柳堡到最近的周庄汽车站有十多里土路，下午一点多有一趟到河海的车，需要步行两个小时。春耕大忙季节，家里的人都去忙着挣工分了，于步青吃完了母亲做的这顿意味深长的加餐，背起行李，提着一个装满书籍的包袱走了。村里静悄悄的，胡同里没有一个人，他出了寨子的北门，过西北桥的时候，桥头的老榆树上罕见地落着几只喜鹊和三只乌鸦，看到他后，叫着不同的声音飞走了。

18

河海农机厂的占地面积很大，但建设得很不规则，从北到南像三块越来越小的积木，北面的积木最大——一个插入云天的大烟囱，一组纵横交错的六层高的楼房，一个四四方方的晾水池，一个偌大面积的储煤场。往南是一片两层到三层楼房高的大车间，再往南是新盖的一层半楼房高的车间。这些比较高大的建筑物都在西边，隔着一条小油漆路。东边是整齐划一的十多排平房，是工厂的办公区、宿舍区、伙房以及工人俱乐部。奇怪的是，这个工厂有三个大门，就像旧社会地主老财的三进院一样，随着家财的增多不断扩张建成的。

这样的格局是历史的产物，是来自毛主席的两个伟大指示和工厂的两个大能人。

河海虽然处在华北大平原上，但这里是黄河故道。黄河曾在这里几千年，有一天待得不耐烦了，看了几眼这两岸农人们日复一日总种着小麦玉米春绿秋黄单调的风景，闭上眼滚了几滚，一下子滚到了开封郑州那边，看秦岭山脉和皇帝老儿的故居去了。

它走了，忘了带走那些出了五服的远亲戚。山中无老虎，猴子称大王。那些小河小汊每到夏秋借着太行山上下来的老亲戚来串门的时候就闹腾起来，不是旱就是淹，春天把小苗渴得嗓子冒烟，身子变软变黄弯着腰匍匐在大地上，秋天来一阵洪流把还没成熟的穗子狠狠地摁在了水里面。贫穷像幽灵一样在这块土地上游荡徘徊。七七卢沟桥事变，来到这里的日本鬼子，出去扫

较 劲

荡往往被数不清的小河沟子、弯弯曲曲被荒草蚕食的小路弄蒙,下决心修了一条东西铁路,却也只是给几个大城市运送弹药粮草,铁轨上常年带着红锈。太阳旗落下后,国民党美式装备的部队也因湖河港汊的阻隔以及这里油水太少没过来,所以解放得较早。共产党在这里建立政权,首要的任务是碾米磨面支援大军南下,可掌权者发现这里没有任何动力,连办公还要点煤油灯,于是向上级打报告请求支援。华北人民政府把在山西缴获的一个装有德国两台汽轮机的小电厂整体搬迁到了这里,随着来的还有一批山西口音的工人。这伙工人里面有两个大能人,一个叫王命长,一个叫吴顺心。王命长是八级钳工,号称凡是能转悠的东西他都能修能造。有一年检修长长的输煤链,他居然鼓捣出一个小机器,安在小推车上,像坐着电动轮椅一样来回巡视,指挥着徒弟们干活。吴顺心是读过电力专业的中专生,在那个年代是少有的知识分子,职称是电气技师,号称只要在车间里走一圈,听声音就知道发电机有没有毛病,毛病出在哪儿,手到病除。两个人依仗着各自的本事互相瞧不起。王命长说:"耳朵听算什么,能动手造出个什么来才算能耐。"吴顺心说:"我这叫科学,你那叫手艺,不在一个重量级上。"两个人见了面经常顶牛较劲,每逢厂里春节聚餐互不服气,你喝半斤,我吹半瓶。工人说,这叫"命长不顺心,顺心不命长"。

二十世纪六七十年代,贫困地区的主要任务是提高单位面积产量,让人们吃饱,领袖也在关心着这件事,写了一句题词,"农业的根本出路在于机械化"。河海的领导坚持自力更生,给全市唯一一家大型工厂的发电厂下达了一个任务——造出柴油机,带动绞盘打机井,安上水泵抽上水来浇灌庄稼。当时的厂长是部队转业的团政委,很会做思想工作。他把六级工以上的老工人叫到一起,亲自指挥大家唱了一首歌,"咱们工人有力量,嘿!咱们工人有力量",看大家唱得铿锵有力,而后说,咱们是新中国的第一代工人阶级,是共和国工业的奠基人,咱们不仅要给农民兄弟送去光明,还要给他们造出夺高产的机器来,这是涉及工农联盟、巩固红色政权的大事。

一首歌,几句话,把人们的劲头鼓了起来,大家摩拳擦掌,可具体怎么造,谁也说不出个子丑寅卯来。个子矮、胖墩墩的吴顺心拧着眉头说:"咱是用机器的,要造机器有很大难度。"他不说话还好,他一说,王命长心里的气就往上顶,瘦长的身体噌地一下站了起来,声如洪钟地说:"什么困难不困难,困难怕大干,大干没困难。我拆过一台柴油机,主要零部件就是缸筒活塞加

较 劲

曲轴连杆,工作原理是吸、压、爆、排。活塞在缸筒里吸气,压缩下去使柴油爆发产生动力,而后排出废气,机器就转起来了。这有什么难的?这个活儿我们车间包了!"

他带着徒弟们奋战了几个月,还真把单缸的12马力的柴油机造出来了。后来领导又提出加快机械化进程,每个生产小队要有一台小拖拉机,这个任务又给了发电厂。王命长说:"这有什么难的,焊个铁架子,把咱的小柴油机放上去,加上一套传动装置,让它长上腿不就行了?别说这个小拖拉机,就是汽车,不就是四个轮子加两排沙发吗?"

领导大力支持,很快两层楼高的厂房建起来了,天车安上了,一台台柴油机安在了角铁和工字钢焊成的底盘上,通过皮带曲轴传动,带动了四个轮子,一辆辆红色的小拖拉机突突地开出了厂区,走向了原野,结束了河海收秋收麦牛拉驴驮的历史。王命长声名大振。这天中午在伙房打饭时,他看到吴顺心,故意指着院里的一排排拖拉机说"这才叫技术,叫手艺,得用手拿着扳子、钳子造出来,用耳朵听不出来",弄得吴顺心很是憋气,本来该吃两个馒头只吃了一个半,连那碗紫菜蛋花汤也没喝完。

机井打多了,水位下降了,普通水泵抽不上水来了,需要潜水泵。配套的柴油机跟不上趟,需要用电动机做动力,上级要求生产电动机。吴顺心有个女婿在市政府上班,早早知道了这个消息,没等厂长开会,悄悄把这个任务领了回来,对徒弟们说:"电动机和咱们发电机的原理大同小异,矽钢片铸铝做定子,铜线圈做转子,加上一个铸铁壳保护起来,通上电就产生动力。这一次咱们要鼓足干劲、力争上游,让老王头看看咱们的本事。"

技师画图纸,徒弟们做零件,不到两个月,样品做出来了,通上电嗡嗡一叫,转速均匀,声音平稳,拿出电流表一测试,各项指标比上海出的黄浦江牌三相异步电动机一点儿也不差。于是,厂子又往南征地,建起了翻砂、绕线、机加工、组装四个大车间,发电厂变成了既发电又生产小拖拉机还出电动机的综合农机厂。按电厂的老工人们说,拖拉机厂是电厂下的第一个蛋,电机厂是第二个蛋。厂长说,这可不是一般的蛋,是支援农民兄弟创高产、夺丰收的金蛋银蛋。

有了新产品就得扩充队伍增加人手。造拖拉机时招了一批中专毕业生和一批复员军人,现在又要造电机了,招了一批农村有点儿文化的青年和城镇待业的下乡知青。于步青他们这一批就是来造电动机的学徒工,那时叫新学员。

较 劲

于步青被分到了铸造电机壳的翻砂车间。

19

于步青上班的第三个月碰上了郭大郎，而且还是有求于他。

翻砂车间的活儿分为两部分：一是做电机壳，两人一组配合作业；一是做电机壳一端的大盖，一个人操作。活儿很简单，类似农村的打土坯，需要两个铁方框、一个木质的大盖模型。把沙子掺上一定比例的黏土粉，喷上水达到一定湿度，而后先在一个铁方框里用铁锨装入一定的沙子，把模型放在里面，再把第二个方框摞在上面，装满沙子，用沙冲子夯实，把一根铜管插进去，把沙子带出来，作为倒铁水的口子，拿一根粗铁丝扎几个气眼，最后把上面的铁框搬起来，拿出模型，用提钩压勺把不规则的地方抹平，拿排笔扫净沙粒也就完工了，等着化铁炉开炉时接上铁水往里一倒，自然冷却之后拿出来就是一个电机大盖。

工艺比较简单，于步青三天就学会了。唯一有点儿技术含量的是磨提钩压勺，在台钳上矫正一下形状，到砂轮上磨出光滑度，让产品少出毛刺。昨天开炉浇铸时有两个大盖出了废品，是压勺的问题。今天一早他来到车间，先在大台钳上矫正了工具的角度，来到砂轮旁磨的时候，按上电闸，砂轮未转，师傅说可能是保险坏了，打了电话让电工班来人修理。

一会儿，来了一个穿着蓝工装，腰上扎着牛皮带，挂着试电笔、老虎钳、电工刀四大件的神气十足的大个子。于步青抬头一看，是郭大郎。

工厂里有句俗话，叫"紧车工，慢钳工，累死累活翻砂工，吊儿郎当是电工"。电工是最好的工种，而且不属于哪个车间，直属厂部生产科领导。

此时，郭大郎趾高气扬地看着他说："我说那天你们这帮新学员报到的时候我看着一个背影这么熟呢，原来真是你啊，榆柳堡的小秀才也来这儿干这个粗活啊。不过话说回来，凭你一个小村里来的农民，有个工作就不错了，并且还是河海这样的城市。告诉你，按工厂的规矩，早来一天也是师傅。看在我认识你的分上，我就给你把电源接上。这里是工厂，凭技术和力气吃饭，会写会画没有用。电工最高可以定到八级，翻砂工是熟练工，最高也就四级到头了。这个地方也挣不了多少钱，也没什么出息。记着啊，以后见了我要喊郭师傅。"

较 劲

于步青一屁股坐在了地上，呆呆地望着灰色车间内一堆黑乎乎的工具和窗外灰蒙蒙的天空，眼神黯淡。

郭大郎说中了他的心事。拿到了红褐色的商品粮户口本，他的心情是开朗的，终于告别了面朝黄土背朝天的原始劳动，告别了靠弯腰撅腚挣工分年底分几十斤吃不饱的粮食、一辈子牵牛尾巴看牛腚的人生。穿上深蓝色的工作服时，他的心情是激动的。看着工厂围墙上写的伟大领袖语录"工人阶级领导一切"的标语，他的心里是自豪的。尤其是在欢迎新学员大会上书记那一番"为早日实现农业机械化而奋斗"的讲话和最后指挥大家唱着"工人阶级硬骨头，跟着毛泽东我们向前走，胸怀祖国，放眼世界，革命的路上决不停留"那首歌时，他更是激情澎湃。在那次会上，政工部的老杨，一个文文雅雅据说是从文教部门来此深入生活的人拿着花名册点了他的名说，"下面请新学员中的共产党员于步青同志代表新来的学员发言表决心"。他的心中立刻燃起了一团火，在中学看的文艺作品、读过的诗歌的好词涌上了脑海。他穿着一身新工装，像当年在学校演出节目报幕一样走上了主席台，将近一米八的个子稳重挺拔，浓密的黑发在水银灯下发着墨绿的光，神采飞扬地开口念了一首散文诗："今夜的星光分外灿烂，今夜的月光特别明亮，我们的心情格外激动，因为，我们心中都有一个最红最红的太阳，那就是伟大的领袖毛主席，是战无不胜的毛泽东思想。今天，我们穿上了盼望已久的蓝工装，成了新时代工人阶级队伍中的一员，虽然我们来自不同的城乡，但我们有一个共同的愿望，那就是读毛主席的书、听毛主席的话、向老师傅们学习、做毛主席的好工人，用我们的青春和汗水，造出更多更好的农业机械，运往大地的四面八方，让一道道清泉灌溉干旱的土地，贡献出如山如海的棉粮，支援亚非拉，支援世界各地受苦受难的阶级兄弟，让他们心向伟大的中国共产党。"

散会后，政工部的老杨特意下台握了握他的手，拍了拍他的肩膀。在回宿舍的路上，他听到有人说，"这个乡村来的小伙子还真不简单啊，看来有点儿文化啊"，也有人说，"这么年轻就是党员，看来村里好入党啊"，还有人说，"刚来三天就露了一鼻子，看来这家伙得分个好工种，说不定直接到科室去呢"。他听了以后，心里乐滋滋的。

会后的第二天，一个姓郭的秃头车间主任把他们来的这批人叫到了一块，拿出了一个名单说："你们听好了，按我点的名排好队，我点的第一名在最前边，而后以此类推。"结果排出了一支男女混杂、大小个不分的队伍，跟着主

较 劲

任往各个车间走。于步青和几个农村来的小伙子被排在了最后。

秃头主任领着这支排列奇怪的队伍往各个车间走去,就像农民在下了雨的空闲地上随便撒萝卜种子一样,走进一个车间就放下几个,过了电机绕线、机加工、组装、铸铝几个车间后,最后来到了翻砂车间,把铸造班长叫出来交代了两句就走了。就这样,于步青被分配到了全厂最脏、最累、工种最差的岗位上。

于步青的心情灰暗到了极点,常常做完定额后坐在沙土堆旁看着凌乱插在沙土上的工具,看着门前灰色的化铁炉、灰色的生铁块、黑色的焦炭发呆。这种工作,这个环境,和农村干活没多大区别,非要说区别的话,区别之一是在屋子里,不用受风吹日晒,但是开炉时那一千多度高温的铁水可比夏天在高粱地里劈高粱叶热得不是一星半点;区别之二是在家挣的是工分,这里挣的是工资,而且是一月一发。说到工资,学徒工第一年每月是十八块,加上副食补贴两块,一共是二十块。基于家里的经济状况,他给自己定了一个开支标准,早晨是一碗稀饭、两个馒头加一撮小咸菜。稀饭一分钱一碗,馒头是两分钱一个,小咸菜一分钱,加起来五分。中午是两个馒头或一碗大米饭再加一份一毛五到两毛的素菜,花两毛左右。晚上还是早晨的标准,这样算起来一天三毛以内,一个月九块,预算是十块,即熬不住的时候吃个肉菜,因为红烧肉是五毛,但一个月不许超过两次。剩下的十块给家里六块,平均一天两毛,够一大家子人一个月买盐打酱油醋的;四块里理发、买牙膏一块,买书两块,存下一块。上个月他穿着工作服回了一趟家,给了家里十块,富余的两块买了一包糖块、两盒烟。尽管出去才两个月,乡亲们见到他也都羡慕地喊着,"大工人回来了,吃商品粮的回家了",这让他心里痛快高傲了许多。当问他在工厂具体做什么时,他含糊地说是发电车间的发电工。说这话的时候,他的语气是发虚的,别人听着是含糊的。二永华前年到外地挖海河是经过河海的,他嘴里嚼着糖,叼着烟说:"河海最大的工厂就是发电厂,我从那儿经过,大烟囱比咱们村最高的榆树十棵接起来还要高。将来咱们村要是楼上楼下、电灯电话了就是用的那里发的电。"

尽管那两天他在外人面前含笑和大家说话,可也常常站在门楼里发呆。细心的大姐在给他洗衣服的时候,发现了结实的劳动布上被铁水烫出的半圆形窟窿眼说:"老二,你是不是在厂子里打铁啊,怎么我看着是火星子迸出来烧的眼子。"他没说话,拿起衣服回到了自己的破屋里,大姐在他后面幽幽地

较 劲

说："甭管干什么，你也算是出了农业社，吃上商品粮了，又能挣个现钱。咱娘说了，有你那十块钱，俩月买盐、打酱油醋、晚上点灯都不发愁了，还说剩下的钱给我攒着。"他知道，已经有人给大姐说下了婆家，对方是军人，据说家庭条件不错。她是个要脸的人，肯定是想着自己的嫁妆。

他很后悔在报到时人事科问他有什么特长没说自己出自木匠世家，也没说自己能写会画，光想着自己终于脱离农村了，光想着自己是共产党员服从分配了，光想着自己是这个国家的领导阶级了。实际上，工人阶级谁也领导不了，谁都可以领导你，厂部随便一个小科员都可以来车间指手画脚，都可以指挥他们这伙小工人干这干那。前天，大家刚开完炉，给沙模浇上铁水等着铸件冷却休息时，厂财务科那个梳着两条大辫子的女会计对主任郭秃子说，自己要换办公室，去两个人把保险柜抬一下。郭秃子顺手就把活儿给了他和一个年轻的伙计。两人抬那个铁家伙累出了一身汗，那个女会计躲得很远，柜子放好后连句客气话都没说。他自言自语地发牢骚道："真是'劳心者治人，劳力者治于人'啊。"这话被经过的一个戴眼镜的技术员听见了，有些诧异地看着他说："哦，一个翻砂的还懂《论语》啊？"

他在乡亲们和同龄伙伴眼里是白天鹅，在这个工厂里是丑小鸭，这是回家探亲后于步青给自己的结论和定位。他还真怀念在县革委政治部"红海洋"宣传组和在工作队当资料员的日子，尤其是在办公桌前拟写标语和写材料的时光。可惜那是临时的，不挣钱，农业户口回去记工分。这一点，他心里是非常清楚的，也常常以此安慰自己。

灰暗的生活里也有亮点。单身的青年工人业余时间是很多的，他把大把的时间用在了读报和看书上。那时政治氛围很浓，每个班组都订了两报一刊（《人民日报》《解放军报》《红旗》杂志）以及当地的报纸，大批的材料一本一本发，这些都成了他在车间完成定额生产量后坐在一旁消磨时间的最好食粮，因为这，他成了车间里的读报员和写大批判稿子的骨干。按翻砂班那个只上过三年小学的班长常师傅的说法，"别看这个于步青干活不咋的，可念起报纸来像炒黄豆一样，每个字都嘎嘣脆；写的字像书上印的一样，规规矩矩，整整齐齐"。车间里的墙报专栏每期都有他代表翻砂班写的文章。每逢往墙上写这些的时候，他总觉得找到了一点自我。

正是有了这点特长，他几次做的大盖模型用铁水浇铸后出的废品多，班长也没有批评他。

较 劲

　　这点特长是他灰色生活中的一个亮点，另一个亮点就是他从家里带来的那把二胡。新学员宿舍是平了一个坑塘临时盖起来的，他住的是最南边的第一排，门前还有一个没有填满土的大水坑。半池碧水悠悠，几棵垂柳斜倚在半空，春天嫩绿的柳枝在微风的吹动下轻拂水面，挑逗着小鱼小虾。白天，这里是退休老工人乘凉钓鱼的地方，晚上青工们则在这里聊天侃大山。有调皮的青工洗完了一身臭汗后对着隔壁棉纺厂的宿舍，学着朝鲜电影《苹果熟了的时候》里面的男主角喊："纺织厂的姑娘爱上了对面的翻砂匠。"事实上，这一排住的都是翻砂工和铸铝车间的男工人，一个女工也没来过。

　　一到月光融融的晚上，于步青总要拿出那把二胡对着洒满柳树倒影的水面拨动琴弦。当着众人的面，他拉《北京有个金太阳》《洗衣歌》《毛主席派人来》欢快的曲子；等夜深了的时候，他调低弦音，降下两个调门。今晚，想起下午在大澡堂子洗澡时碰到郭大郎等一伙电工嚷嚷着说"你这个浑身沙土的家伙一会儿再洗，把水弄脏了我们还不如不洗呢"。他本想跟他打一架，但看到跟着郭大郎的那几个不怀好意的家伙，还是忍下了。此刻，他把心里的憋屈情绪倾注到了腕底，传导到了弓弦上，一曲悲愤的《江河水》过后是如泣如诉的《二泉映月》。凄凉的琴声伴随着凉凉的月光在水池边游走、游荡。

　　一件带着体温的工作服披在了他有些发凉的肩上，同室的工友，满脸络腮胡子、长得很老相的驼背大个子史得志站在他面前悄悄说："兄弟，别拉了，俺听着挺难受的。那天报到的时候，俺一看你这文绉绉的样子，听了你在欢迎会上的发言，看了你写的字，就知道你是个不简单的人，不是卖苦力的料。俺没什么文化，是瞒了岁数，给支书送了半头猪才来这里的。俺挺满足的，比在家里打土坯、拔麦子强多了。你不一样，但是现在也没办法啊。人啊，走一步说一步吧，不怕没机会，就怕没本事，老天爷饿不死瞎眼雀。"说完，向四边看了看说，"兄弟，现在可是大抓阶级斗争啊，你刚才拉的不会是靡靡之音吧，要是叫人知道了可就麻烦了。再拉个别的，我听着，省得让人抓了把柄。"于步青点了点头，拉起了那个年代人人都知道、都会唱的"抬头望见北斗星，心中想念毛泽东，想念毛泽东。迷路时想你有方向，黑夜里想你照路程"。

　　不想史得志这句话一语成谶。第二天，一个阶级斗争弦崩得很紧的夜班工人就向厂里反映说，翻砂车间的宿舍门前有人在用二胡拉颓废的民间小调，

较 劲

有损工人阶级的形象。政工部马上下来人调查。史得志首先站了出来，证明那天晚上于步青拉的是歌颂毛主席的歌曲，并且用粗嘎的嗓音哼出了"心中想念毛泽东"。一个出身三代贫农并且在村里当过民兵排长的人出来作证，自然有力量，这件事就过去了。同时，于步青也接受了一次随便发泄情绪可能招来大祸的教训。

有失就有得，于步青拉二胡很棒的事很快让厂部知道了。为了宣传毛主席的最高指示，促进工业学大庆，按照上级的指示，厂里组建了毛泽东思想业余文艺宣传队，他理所当然地被抽调了去。

宣传队的排练场在厂部办公那一排前出一步廊的高大平房里，占的是一个中等会议室，会议室的东边是生产科，西边是厂部直属电工班。那天下午，于步青拎着二胡去报到时，正碰上郭大郎靠在一棵洋槐树下看来报到的女青工，尤其是发电车间那个留着披肩发、一双大长腿、名叫华露浓外号叫"花露水"的女工往这边走的时候，郭大郎的大狼眼忽闪忽闪的，像里面长出了钩子，恨不得扒了这个高挑姑娘的衣服。于步青讽刺他说："别看了，小心看到眼里拔不出来了。"郭大郎不情愿地转过身来说："哼，你这个小子也能进宣传队，你真是个混子。"于步青把手里的二胡举了举说："可惜你不会这个啊。"把新理的分头一甩，昂然走了进去，心里觉得很是解气。

不管在什么年代，青年人的心总是火热的。拉着悠扬的乐曲，唱着激情飞扬的歌，看着十八九岁的姑娘和二十出头的小伙随着他拉出的曲子跳着《洗衣歌》、表演着《草原上的红卫兵见到了毛主席》《库尔班大叔上北京》，他似乎又回到了中学红卫兵宣传队和公社农民文艺宣传队里，但这里和县城的公社又有很大不同，这里的姑娘身材更曼妙，小伙子身体更匀称，细皮嫩肉的多，粗壮黝黑的少，而且大部分是从发电、绕线等工种比较好的车间来的，来自脏累车间的就他一个。他们的工作服是整洁干净的，只有他的身上带着油污和沙土。

宣传队是半业余状态，上级有宣传演出任务时脱产排练，平时利用晚上"天天读"，也就是下班后读一小时毛主席著作、排练节目。这一天是翻砂车间开炉浇铸的时间，高温铁水和沙土亲吻的焦煳味道发出的腥臭充斥着整个车间，赶跑了树上的麻雀。于步青把大盖用铁钩子扒出排好，拿过水管子给焦煳的沙土喷上水，到门前的自来水前洗了一把脸，抖了抖工作服上的铁屑沙粒，跑到宿舍拿起二胡就往排练室跑。

较 劲

今天排练的是《丰收舞》。一群姑娘拿着镰刀，小伙子挑着担子，边舞边唱"春浇青苗几遍水，夏收麦子千张镰，你追我赶场上运啊，你追我赶担子担"。走了几遍场子，乐队总和舞蹈队的动作不和谐，不是快半拍就是慢半拍。导演兼队长说，乐队中的二胡、笙、笛子手和舞蹈队的人一起跳一下，增加乐感和舞步的协同性。

于步青把二胡卡在了皮带上，加入舞蹈的队伍还没跳几步，就被舞蹈领队"花露水"一把推了出来，尖声喊着"你这人，身上怎么这么大味啊，熏死人了"，用手帕捂住鼻子躲到了一旁，几个姑娘也随着她喊着"腥味""臭味""铁末子味"纷纷离队坐在了靠墙的长椅上。于步青尴尬地站在中央，像几个穿着华服敲鼓敲锣的恶人围着一只丑陋的小猴子。他心中羞愧无比，脸憋得通红，恨不得找道地缝钻进去。

队长杜一鸣是个聪明人，没管于步青，而是拿出了毛主席语录本，高声喊道："现在，大家跟着我学习《毛主席语录》第一百二十二页：'卑贱者最聪明，高贵者最愚蠢。'别看农民脚上沾满了牛粪，工人手上满是油污，他们是最纯洁最革命的。"在那个年代，此语一出，犹如"姜太公在此——诸神退位"。大家都不敢说话了，排练继续进行，只有不好好学习、伸着脖子在窗户外面偷看姑娘的郭大郎对他的小兄弟们轻蔑地说，"屎壳郎往公路上爬，愣充大坦克；小麻雀往凤凰群里钻，早晚得出丑吧"。

尽管队长当时镇住了场子，"花露水"在毛主席语录的威压下向他道了歉，杜一鸣后来还跟他一起到革命路饺子馆来了一顿饺子就酒，哥们兄弟地说了半天，这件事还是在于步青的心里扎下了一根刺。每逢排练结束，他拿着二胡经过那一排窗明几净的办公区时，心里总是痒痒的，攥着拳头暗暗发誓，一定要在这排房子里有一张办公桌。

人就是要和命运较劲，较劲需要资本，自己的资本是什么呢？正值青春的身体有一把子好力气，但所有的青工都有；靠手里这把二胡？也不行。不用说和专业团体比，就是和队长杜一鸣比，自己那两下子也差得很多。那家伙不仅会拉板胡、高胡，大提琴、小提琴、手风琴也都摆弄得滚瓜烂熟，而自己连颤音、滑音都拉不好。剩下的就是画和写了。画，需要有人给你提供阵地和平台，纸笔投资也很大。最后就是写了，写小说，写诗歌，写散文，给报纸和出版社投稿。想到有一天自己在报纸上发表了大块的文章，出了一本厚厚的书，在工友面前，是何等的荣光！再调到厂政治部写材料，看着郭

较 劲

大郎他们穿着工作服到满是油污的车间里接电线,是何等的解气!自己拿着笔记本到"花露水"她们车间去了解生产和学习情况,是何等的神气!

第二天,他狠了狠心,拿出五块钱,到文具商店买了几本稿纸,找工友帮忙,焊了一张小铁桌子放在了床前,除了上班,就趴在上面写。半年多来,他写出了反映红卫兵生活的《峥嵘岁月》、农业学大寨题材的《大地壮歌》以及十多篇散文、诗歌。一份份的稿件寄出去,一封封的退稿信邮回来,都是报社和出版社的牛皮纸的大信封。很快,全厂都知道了他写稿的事,更成了郭大郎耻笑他的借口。电工班上班自由,郭大郎经常在传达室坐着,只要有他的退稿信,郭大郎总要拿在手里,在众人吃饭的时候高举着说,"大家看哪,于步青于大秀才的稿子又退回来了"。弄得他脸红脖子粗,一把夺过来,懊恼不已地端着饭碗找一个没人的地方去吃。这期间,只有政工部的老杨见了他说:"小伙子,坚持下去就有希望。"

20

于步青十八岁以前没出过柳城县,没见过真正的火车。河海不产煤,全凭火车从山西运来。发电厂是用煤大户,所以建在了铁路边上。每天都有几节车厢停在厂区外边的煤场上,再有人卸下拉进来。于步青下班后常到那里去看火车,有时候还扒在空车厢上往东走一段,过过坐火车的瘾。

仲夏日长,这天五点多下班后,西边的太阳还有一竿子多高,于步青洗完澡直奔厂区北门。不知哪年种下的几棵老槐树下,几个拉煤卸煤的工人戴着护住耳朵、脖子的渔夫帽,摘下口罩、眼镜正在抽烟闲聊。其中一个人说,今年天旱,地里缺水,用电量增加,这煤来得多了。咱们是包工活,按件给钱,连装带卸带拉,一车三毛钱。现在一天才拉五车,挣一块五,一个月才四十五,要是能拉十车,差不多就能挣百十块了。"另一个络腮胡子说:"盼着吧,听说东面城郊要上一个大钢厂,用电量老鼻子了,恐怕这个电厂还得增加机组,那时用煤更多,说不定超过十车呢。咱们当工人的,不怕卖力气,能多挣钱就行,老婆孩子在村里挣工分,就指望着咱们啊。"

听到这里,于步青心里动了一下,看着卸完煤的火车已经启动,一个箭步蹿上去,轻舒猿臂,扒在了车厢边上,随着"咣当,咣当"的声音,一手扒车、一臂展开做飞行状向东飘去。夏日傍晚的风吹在脸上,他看着脚底下

较 劲

依次而过的建筑,分外惬意。在经过与煤场一墙之隔的发电厂巨大的晾水池时,他看见在一丛茂密的紫穗槐旁,"花露水"正和那个尖脑袋秃顶、瘦得跟麻秆一样的刘厂长依偎在一起,大概是隆隆的火车声惊动了他们,矮下身子不见了,只有那丛紫穗槐剧烈地晃动起来。

火车继续前行,于步青闭上眼睛,想体会一下长风吹动脸颊的感觉,但车却停下来了,一截车厢被甩掉,几个工人拿着大铁锨哗哗地往下卸开了煤末。旁边的大敞篷里,十几台蜂窝煤机在叮叮当当地工作着。一个戴着大眼镜、把白背心扎在长裤里外面还穿着深色半截袖小褂的中年人拿着户口本开票交钱后,小心翼翼地把三百块蜂窝煤装在了前后有挡板的小拉车上,两手驾辕,拉绳套上肩膀,向前走去。快出煤场大门时,他脚上加力,想一口气爬上通往大马路的陡坡,可跑到半截腰上力气用尽,怎么也上不去了。眼看着车轮往后滑动,于步青一个箭步赶上去,托住车尾,帮他推到了马路上。那人回头刚说声"谢谢",于步青马上认出了这是陆文峰老师的同学冯文斌,自己几次到报社没找到的人。对方也认出了他,二人会心一笑,走了一段,把车停在了路旁的大槐树下,买了两根冰棍,拉呱起来。

于步青说了来河海当工人的经过、体会以及苦恼。冯文斌卷了一支烟抽着说,他这一年多一直在五七干校劳动锻炼。看着于步青嘴角绒毛开始变黑的小胡子,他拿出了曾经当过老师的口吻道:"按说呢,你们这个岁数正是应该在大学读书的时候,可命运把你们送进了工厂。比起那些还在农村种庄稼的中学生来说,你是幸运的;和比你早十年的同代人相比较,你又是不幸的。尤其是你这种有点儿文学文艺天赋的人,不幸又增加了一层。社会不公是任何朝代都存在的。我采访调查过你们这批新进厂的工人,基本分为三部分,也俗称金银土娃。金娃娃是市委市政府的子弟,一般都进了工作条件好的无线电厂、大商场;银娃娃是来自各县头头脑脑的子女,他们的父母和市里某些管事的领导熟悉,因而分到了棉纺厂、农机厂、化肥厂。虽然厂子的生产条件一般,但都能进入不错的车间,干好的工种。再就是你们这批从农村来的土娃娃了,父母是农民,一个熟人也没有,分到脏累的车间是必然的。"

冯编辑三个部分的划分,一下子让于步青明白了许多。

晚霞逐渐褪去,二人推着一车煤边走边说。冯文斌告诉他,他给自己的信和稿子都看了,立意不错,就是语言和形象还不够老到,对大题材的驾驭还欠火候，建议他要立足厂里，从办黑板报开始，逐渐积累素材，同时注意一下不断飞速发展的革命形势，写点儿政论文章，引起上边的重视。还告诉他说，自己可能很快要回报社上班了，可能主管一版的"群言堂"栏目。

到了报社家属院，他帮冯文斌卸完煤，冯文斌搬开宿舍里间的杂物，从床下一个樟木箱子里拿出了自己在大学哲学系的课本，让他回去仔细看看，打好基本功。在他离开的时候，冯文斌拍着他的肩膀说，哲学上的对立统一、质量互变、否定之否定三大规律是认识改造世界的基本武器和方法，不管社会发生什么变化，都摆脱不了三大规律的制约和预判。

这天晚上，于步青把带回来的书包上了《毛泽东选集》的塑料皮，然后转了三个车间找到了所需的原料，自制了一个小台灯，上面罩上一块纸箱板，一点明亮的光正照在他的床头上，从此下了班的时间成了他苦读的时光。

21

那个年代的最高指示很多，不断发布新的。春天再次到来的时候，来自北京的红色电波传来新的消息：要认真学习无产阶级专政理论，促进工业学大庆、农业学大寨运动深入开展。市委政治部随即发下了通知，要求各单位、各企业首先向工人、农民宣传好，要充分利用广播、墙报等工具造声势，做到家喻户晓、人人明白。

河海发电厂作为市直的大企业、红旗单位，当然要紧跟照办。在新来的张书记的直接领导下，厂政治部成立了专门班子。在政工部老杨的建议下，于步青暂时从车间抽了出来，专门做厂子三个大门口的专栏墙报。

宣传组有专门的办公点。尽管是在一个刚刚腾出的旧仓库里办公，中间是装满铜线圈的木箱，于步青还是早早吃了饭，坐在设计草图的一张钳工案前，心里还是找到了一种和车间工人不同的感觉，仿佛回到了县里"红海洋"宣传组的办公室。他学着机关干部的样子，泡了一杯茶，摊开从图书馆借来的画报和几本大批判文集、一大沓《人民日报》，细细品评琢磨起来，并随手在一张绘图纸上勾画着专栏墙报的草图。

"吱扭"一声，隔壁仓库的大门开了，随着小皮鞋敲击地面有节奏的声音，女中音的歌声也传了过来："公社是棵常青藤，社员都是藤上的瓜，瓜儿连着藤，藤儿牵着瓜，藤儿越肥瓜越大。"他知道这是和他一起进厂也在宣传队跳舞的谭俊雅上班来了。据说她能分到仓库,是因为她爹是食品公司的副经理。

歌声刚停,车间主任郭秃子粗嘎的声音响起来:"小俊,来得好早啊。领几根细钢管,一米半的,给翻砂车间那几个小子做沙冲子。你这闺女,真是个好工人,这么早就来了,不像后勤那帮货,每天都迟到。"俊雅柔柔地说:"郭师傅,你坐在这儿等着,我给你拿。"几声轻微的叮当声过后,俊雅哆哆地说:"郭师傅,听说厂子里要推荐青工去上大学了,我想去。你和刘厂长都是从山西过来的,是老乡,你可得给我说说啊。"郭秃子说:"你这库房属咱们车间,车间推荐没问题。不过我跟你说,现在厂里来了一个姓张的书记,是从方城县县长位置上来的,种地出身,抗战时当过区委书记,抓权抓得厉害,咱还得做他的工作。另外,上大学要想带工资得工龄够八年,你才来厂里不到三年,一走工资可没了。"俊雅嘻嘻笑着说:"你放心吧,郭主任,我们家不在乎我挣的这二十几块钱,只要离开这个破厂子就行。对了,我爸还有两瓶大曲陈酿的酒票呢,回头我给你拿来。"

听到上大学,于步青心里动了一下,后来听到不带工资,马上泄气了。他现在是学徒的第三年,每月二十四块,除去自己花销十四块,那十块家里还指望着买油盐酱醋呢,不用说走不了,就是真推荐上了,大学里每月怎么也得花十几块钱,那钱从哪里来呀,冲着谁哭啊,哭也哭不来啊。

倒是郭秃子说的新来的张书记的出身和女管库员唱的那首歌给了他创作的灵感,草图和文字哗哗地奔涌而来。

一个星期后,三块巨大的专栏展牌竖在了发电厂的三个大门口,一律角铁做架铝合金的框,中间镶嵌着标语、文章和图画。第一个门口,上面是一行仿宋体的大标语,"深入学习无产阶级专政理论,深入开展工业学大庆、农业学大寨运动",比起报纸上常用的印刷黑体字显得活泛和艺术了许多。往下是根据厂政工部老杨提供的材料介绍发电厂学大庆的情况,自然是上到书记、厂长下到车间主任、班组长以及模范工人表扬了一个遍。再往下画了一条天蓝色的竖线,分成了两栏,左边是一首通俗诗歌:"工农联盟是常青藤,工人农民是藤上的花,花儿向着共产党,齐心协力往前闯,造出电机送四方,泉水哗哗把歌唱,粮棉丰收果飘香,大寨红旗遍地扬。"写这首诗的时候,他翻了一遍唐诗宋词,想用一点儿古典和文学知识,后来仔细研究了一下《河海日报》上的书记、市长讲话,发现这些抗战、土改过来的干部文化水平不是

较 劲

很高，觉得还是用大白话好。分栏右边是一幅画，初秋的景色，绿色的庄稼铺满了大地，高粱举着红火炬，金黄的谷穗弯着腰，红薯把土地拱出了蘑菇堆，棉花咧嘴吐着白絮桃，粗大的玉米棒上挂着红缨，在数不清的机井棚下，电机带着水泵喷出道道清泉，浇灌着万亩良田。四边用黄色麦穗和形状画得像工具锤一样的黑色工字连起来，代表工农联盟的边框。报头是太阳下的大片的向日葵，尾花是工人农民热火朝天的劳动景象。整个画面除了红色的毛主席语录和黑体的文字外，其他是蓝色和黄色，切中了美术界的一句术语，"蓝配黄，亮堂堂"，显得光彩夺目。

跟着他打下手的工友史得志仔细地看着，蹲在地上掏出旱烟袋抽了一锅子烟说："我的步青兄弟啊，你可真是个大能人啊，真不该和俺在一起翻砂啊。俺在村里要是和你画得一样好，俺又在这里翻砂干什么呀。"说完，吐了吐舌头，看了看四周，赶紧闭上了嘴。

于步青笑而不答，领着他到了第二个门口。画面变成了无数台拖拉机奔跑在广袤的原野上，社员们人喊马叫，扬起镰刀、木杈，把收获的庄稼装上拖拉机，拉向打谷场。绿柳成行的机耕大道上，几十辆小铁牛拉着籽粒饱满的粮食送往粮站。每辆车上都插着一面小红旗，上面写着"交售爱国粮，支援亚非拉，打倒帝修反"。旁边又是一首诗："毛主席思想闪金光，咱们工人有力量，挥起了铁锤叮当响，造出铁牛跑四方，支援农民多打粮。"

从大门口经过的发电厂两大能人之一的八级钳工王命长看着说："带劲儿，画得好，是咱厂里制造出来的样子。好机器是用好手艺造出来的，手艺好，造出的机子就能跑，不是整天拿着个电表这儿测那儿连机子就能造出来的。咱这个拖拉机不用电，也在地里跑得欢。"后面那句话，肯定是说发电车间的技师吴顺心的。半辈子了，两人一直较着劲。

在第三个大门口的展牌上，于步青首先写上了一行毛主席语录："电力是工农业生产的先行官。"右上角是一幅远景画，高高的发电大楼，飞转到每分钟三千转的汽轮机，巨型的变压器，输变电调相机。下面是两幅图，一幅是发电工人学习毛主席著作的会场，一幅是条条银线凌空飞架，跨过山谷桥梁，越过河流原野，大小城镇灯火璀璨。也配了一首诗："电线杆子行对行，这里日夜发电忙，机器响来家家亮，城市乡村齐欢唱，各项事业大跃进，感谢伟大的共产党。"

"咿，画得还真像咱们的车间啊。"长腿白净的"花露水"和一群上早班的工人拿着饭盒从大楼上走了下来，停住脚步看着、喊着，随即对于步青说："哎，我说翻砂匠，你怎么能画出我们这么干净的车间来啊，你又不在这里上班？""这你就不懂了，"杜一鸣在旁边说，"你们刚来的时候不是参观过吗？告诉你，有艺术天分的人只要看一眼留心了，就会印在脑海里。""呵呵！"戴着黑框眼镜、手里拿着测电表的吴顺心眉开眼笑地说，"画得好，写得也好。毛主席说的是伟大真理，没有电，一切都是死的，哪儿都是黑乎乎的，抡榔头也得砸在手上。"说完，还往制造拖拉机的车间狠狠地看了一眼。

等他们走了之后，史得志对于步青说："兄弟，你真是个有心眼的人啊，就凭着手里这几支笔，哄得谁都高兴、谁也不得罪，你是个当官的料啊。"

"燕雀安知鸿鹄之志。"于步青对着蔚蓝的天空骄傲地说了一句工友没听懂的话。

22

在迎接市委"学习无产阶级专政理论，促进工业学大庆、农业学大寨运动宣传"大联查的前一天，厂政工部老杨给新来的张书记提了一个建议，要宣传队脱产排练藏族歌舞《洗衣歌》，到时在大门口演出。看着张书记迷惑的神态，他拿出一张报纸放在桌上笑了笑走了。

张书记一看，是市里庆祝八一建军节的一张照片，上面的市革命委员会沈主任穿着军装正在台上讲话。他一拍大腿说："对呀，沈主任是军分区司令员啊，还是从西藏野战部队回来的，当了一辈子兵啊。这个老杨，真有意思，怎么不明说啊。这知识分子啊，就是鬼名堂多。"

河海发电厂电机车间扩建时占的是西大望村的一片树林子，里面有两棵东北大白杨长得特别挺拔，有十来丈高，建大门口的时候被留下了，正好一边一棵。今天，宣传队在老杨的指挥下派上了用场，一条宽幅的红绸布凌空飞架两树，上面写着金灿灿的"热烈欢迎市委、市革委领导莅临指导"一行仿宋大字。厂里的张书记和尖脑袋秃顶的刘厂长一人穿一身干部中山装、一人穿一身工作服，领着两队干部职工分列两旁，大喇叭里播送着《东方红》的乐曲。

看着两辆吉普和一辆面包车徐徐开来，政工部老杨果断地关了广播的开关，向着杜一鸣一使眼神，杜一鸣手中的手风琴和旁边的一个长号手立即响

较 劲

了起来。于步青拿起桌子上的麦克风,深深地吸了一口夏日路旁洋槐树上传过来的带有几丝甜味的风,气沉丹田,浑厚的男高音平地而起:"太阳啊霞光万丈,雄鹰啊展翅飞翔,电厂风光不寻常,叫我怎能不歌唱……"歌声起的时候,身材微胖一身戎装的沈主任正要走出车门,听得微微停顿了一下,对着同来的"学大庆办公室"综合组长祖晨光说:"西藏的歌听着就是带劲儿,第二句改得也好,不仅是高原风光不寻常,咱这电厂的风光也是不寻常啊。"

他们下车走向大门口的时候,歌声戛然而止,一声清脆的女声"巴扎嘿"轻柔地送进了每个人的耳中,六个穿藏族服装的女孩从厂传达室像花蝴蝶一样飞了出来,在乐队的伴奏下边歌边舞:"是谁帮咱们翻了身呢?是谁帮咱们得解放呢?是亲人解放军是救星共产党……"

沈主任还带着一点儿高原红的脸上绽开了笑容,脚下生风,迈着军人的步伐上前,对迎过来的书记、厂长视而不见,大臂带动小臂,竟然对着跳舞的姑娘们行了一个军礼。

走在后边的祖晨光对同来的人说:"电厂这一手高啊,让老头子想起了在西藏军区当团长时接见地方、慰问歌舞团的情景啊。"

此时是上午九点多,太阳升高了,把宣传展牌照得更加亮堂。沈主任一行人在书记、厂长的陪同下仔细地看着。他把军帽摘下来又戴上,大声说:"好,好,写得好,画得好,尤其是这工农联盟说得好。毛主席早就说过,我们的国家是以工人阶级为基础,工农联盟的无产阶级专政的国家。"张书记也指着田野里的庄稼说画得真实,真想挽起袖子拿起锄头到地里干一回。

他们看展牌的时候,站在一旁的于步青感到右肩膀被人轻轻捅了两下,隔着薄薄的衬衫,能感觉到捅他的手是细腻的,还带着温热,同时鼻子里闻到了一股淡淡的薄荷香水味。没等他回头,谭俊雅把一瓶水递给了他,悄悄地说:"刚才唱歌累了吧,润润嗓子。"说完,快速地闪到了大杨树后面。于步青喝了一口,水是甜的,肯定是加了冰糖。那个年代,冰糖是凭票购买的,一家子人一年只有一斤。

那边,领导们的对话还在继续。沈主任说:"老张啊,我看了好几个单位了,就数你这里办得好。"回头喊道,"小祖,你过来评判评判,你是在报社干过的,能说出点儿门道来。"祖晨光说:"整个宣传栏突出了政治,深刻理解了市委的指导思想,这是没问题的了。你们看这版面设计、标题排列、尾花报头的搭配,文章的语言风格,基本达到专业水平了,比你们那张油印小报《电厂通讯》强多了。张书记，你们从哪里请的能人啊。"政工部老杨凑上前说："这是我们厂的一个工人设计的。"张书记马上说："哎，我们厂还有这样的人才啊，把他调到政工部去办小报吧。"刘厂长赶紧凑到他耳边说了几句，他不耐烦地说："宣传毛泽东思想嘛，要不拘一格用人才，什么出徒不出徒啊，当年我在县大队当了不到半年的新兵就成了排长，这事就这么定了。"

书记一锤定音，就这样，于步青被调到了厂政工部。在众人一片艳羡的目光中，首先被气坏的是在人群里看热闹的郭大郎。

23

青少年时代结下的仇恨很难说清楚，可能是一个无关紧要的眼神、一个动作、一句话，就会让两个素昧平生的人较劲一辈子、嫉妒一辈子、仇恨一辈子。

从郭大郎到榆柳堡下乡的第一天，在第一次本地和外来的青年联欢会上，郭大郎看着他们那轻蔑的眼神，于步青就觉得他不顺眼，自己怎么也想不通，郭大郎，这个自己上中学的县城边上村里二流子一样的人，怎么就成了城市的下乡知青？

郭大郎是河海城郊的实权庄人，但从他家的远祖算起，却是河海这个城市大东边的海沧人。那里临海，盛产盐巴。他爷爷身材高大，人称"郭大骆驼"，据说年轻时做过海盗，出渤海湾到过琉球，很迷信日本人的生活，给儿子起名叫郭太郎。郭太郎由于从小缺乏管教，长大后成了野猪林镇上的闲汉，力气不小，有点儿懒，种地怕累，到海边晒盐受不了风吹日晒，十几岁起跟着一个号称"大刀王五"徒弟的后代学武术，干些为盐商保镖的营生。他发现每次豁着命干一次活儿，大部分银两都被镖头拿走了，自己只是落个肚儿圆，得到的那点儿散碎银子还不够喝两次酒、到花明楼找一回妓女的。这家伙狠了狠心，磨快了那把大砍刀，偷了镖头的驳壳枪，在一个月黑风高的晚上悄悄摸到一个盐垛子旁，算准了山西那伙抠门的老西来贩盐舍不得住旅店自己搭帐篷的习性，先用刀拉开了帐篷的一个角，往里扔了一个沾满煤油的火把，把那几个老西烧了个吱哇乱叫，趁势开了几枪，吓得那帮人连包袱也没带，骡车也顾不得套，连滚带爬地逃了出去。抢了他们的本钱，他拉起一头骡子，背着太阳往西一路跑到了太行山脚下的保定府。他用抢来的银子买了几间房，在西关开了一个酱菜坊，做起了小老板。招了几个伙计，雇了一个掌柜的，他自己自由自在地当起了大东家。刘伶醉喝足了，驴肉烧饼吃饱了，少不了到烟花柳巷的温柔乡里溜达一番。盐碱滩上长大的粗野汉子，农村里的穷小子，哪里见过城里坐绣楼、做女红、弹琴的白嫩女子。他一下子上了瘾，专门偷看大户人家的女子。一次在西关的一家成衣铺里，看到一个年轻的太太在量身做旗袍，那高挑的个头、婀娜的腰身、白里透红的瓜子脸把他迷了个色胆包天，不顾周围几个保镖警惕的神色，竟然跟到了一个大宅院的门口。他到旁边的一个小铺里要了一盘驴腱子肉，喝了半斤刘伶醉，以酒壮胆，趁着夜色，仗着几分武功，蹿上了丈八高的墙头，悄悄到了后院。一溜五间的青堂瓦舍里灯光明亮，只有旁边的西屋里一灯如豆。他慢慢移步向前，舔破窗户纸，看到一个黑胖子正在欺负一个丫鬟，椅子上放着一件警服和一把手枪。他大喜，断定那个姨太太屋里准没人，一步蹿到了正房，拉开门见那个白天做旗袍的女人正在镜前试衣。女人看见他大叫一声，抱起博古架上的一个瓷瓶向他砸来。郭太郎一躲，瓷瓶落地，惊动了正要得逞的黑胖子，放开丫鬟，拿起枪走了出来，几个保镖也从前院奔来，一时间喊贼捉贼声不绝于耳，枪声响成了一片。郭太郎东躲西藏，穿过夹道，正在一个小门前走投无路时，一个瘦弱的小女人，也就是那个丫鬟跑过来，拿出钥匙开门拉着他跑了出去，一气狂奔到城南。丫鬟说自己是河海人，是被人骗卖到这里当丫头的，感谢他的救命之恩，告诉他那个黑胖子是保定市警察局的队长，明天一早肯定要全城搜捕。

千条万条，逃命是第一条；千重要，万重要，活着最重要。二人过了南关，在通往清远县大路旁一个小旅店里歇脚。丫鬟早有逃跑之心，包袱里装有一些散碎银两。两人吃饱喝足，就在一个小炕上睡了。女人不知道他是采花贼子，只当是侠义好汉，以身相许，男人饱暖思淫欲，二人当夜就成了夫妻。

天色微明时，一伙国民党的兵进了这家小店，吆五喝六地叫掌柜准备吃喝，说是从清风店战场上下来的，要到保定城搬救兵。其中一个军官模样的人一脚踹开了郭太郎他们住的小屋，看到朝霞中的丫鬟眉清目秀，勃朗宁手枪一指要郭太郎出去，瞪着一双淫邪的眼睛就要上炕。郭太郎哪里肯把自己仅用了两次的女人拱手相让，仗着自己练过武术，假装穿鞋矮下身子，顺势来了一个扫堂腿，那军官扑通趴在了地上，手里的枪也响了，一颗子弹打得房梁上的尘土腾起了一片烟雾。

较 劲

这时,外面也响起了冲锋枪的连发声,几个蒋军士兵大喊:"连长,解放军追来了。"军官顾不得女人了,一个虎跃蹿出了屋子,躲在一个石磨后仔细看了看说:"弟兄们别慌,他们就是七八个人,顶多一个班,咱们是堂堂正正的国军一个排,岂能怕了这几个土八路。来,把院门关上,消灭他们。"一时间,五六个解放军战士在一个大胡子的指挥下,和三十多个国民党兵打成了一团。几阵枪声过后,由于距离近,怕误伤自己人,谁也不敢开枪了,哼哧哼哧地拼开了刺刀。

郭太郎看着自己新媳妇的胳膊被那个军官抓的一道红印,心里来气,抄起了一个老榆木顶门棍猫着腰来到了军官身后,左脚当轴,右脚滴溜溜一转,老榆木棍扇面抡开,一下子把那家伙砸了个脑浆迸裂,当即把勃朗宁抢了过来,顺手一枪打死了一个,再开枪没子弹了。当官的一死,士兵没了斗志,心里一慌,被解放军战士刺倒了三四个。郭太郎看着两个国民党兵照着他冲过来,想起了师傅教的少林棍法,扫、捅、砸——一使了出来,又打倒了几个。解放军的大胡子喊着好样的,神勇大发,一连刺死了两个。敌人胆寒,开门就跑。有一个断后的家伙很不服气,临走时冲着院里突突了一梭子,一颗跳弹正好崩在了郭太郎的大腿上,在腿肚子上钻了一个眼。

大胡子看了说,"兄弟,没事,贯通伤,养几天还能上战场",问他是哪支队伍的。郭太郎可不想跟着他们去卖命,胡诌说原来是保西抗日游击队的,后来被国民党打散了,恰好接到老家来信,说老娘病了,自己正要带着媳妇回家。

那时候兵荒马乱,也没法核查,况且刚才他又帮着打了胜仗。大胡子是解放军的侦查科长,忙着到保定城里探索敌人的兵力部署,也就信了他,又问他家是哪儿的,小媳妇说是河海附近一个村的。大胡子让战士给他上了药,随手给了他几个银圆,开了一张路条就让他们回家了,并告诉他们说,河海那一片国民党还没到,正搞土改哩。临走看着郭太郎身上被刺刀挑破的破衣服,大胡子又送了他一套旧军装。

就这样,郭太郎穿着一身解放军的军装,腿上带着一点儿伤,带着解放军野战军开的路条,来到了河海城边一个靠着龙阳河的满村都是洋槐树的小村庄。这个丫鬟叫三改,当初是她爹要把她嫁给一个老地主做小,她逃婚到保定,在街头要饭时被人卖到警察队长家里去的。现在土改了,老地主被斗倒了,婚姻也就不存在了,这次回家还带回来一个解放军的丈夫,小丫头在村里立刻神气起来。

那时候共产党刚刚取得政权,最缺的是基层干部。郭太郎见过世面,能说会道,有解放军开的路条,加上他的胡编乱造,就被当作军人,跟着分了田,还分了老地主最好的一套房子,被当时的工作队长贾为民提拔当了农会主任,后来还入了党,成了这个小村的支部书记。

这个小村的名字很怪,叫石犬庄。据说是祖上来这河边落户,挖出了一个石狗,开始就叫石头狗庄,后来有点儿文化的人说太难听了,不如叫石犬庄。郭太郎当了官后,在群众大会上说,如今是咱们穷人当家作主,掌握了政权,咱们村就叫实权庄。大家一致赞同,还说,军人就是觉悟高,一下子洗刷了外村人叫咱狗家庄的耻辱。

在村里当着官,住着好房子,家里还有当过大户丫鬟的小女人伺候着,郭太郎的日子过得很滋润。有一年夏天发大水,龙阳河里波浪滔滔,从上游冲下来不少死猪死羊、檩条柴草。实权庄正在河流的转弯处,不少东西在这里被截住了,村里的人都去下河捡"洋落"。这天,三改到河边洗衣服,看到水面上漂来一个柜子,里面还露出了几件花布绸缎,就赶紧下水去抓,这时一个浪头打来,她和柜子一起顺着大水漂走了,最后在下游三里地一棵刺槐树上才找到尸首。

村支书的老婆死了,大伙都来吊唁。郭太郎表面上很悲痛,心里却暗暗高兴,一是再也没人知道他在保定的那段历史了,二是看上了镇供销社在村西头卖货的大辫子姑娘王淑敏。

那是新中国成立初期,国家领袖发号召说要"发展经济,保障供给"。有关部门把城里的大商业一部分变成了供销社,触角伸到了乡镇和村庄,具体是在乡镇设立供销总社,在比较大的村建立分社或者是供销点,卖日用杂品和种子化肥。王淑敏原来是河海市商业局的打字员,青年团员,响应组织号召主动下乡,来到了河东镇实权庄供销社。她一来,郭太郎就被城里姑娘那高高的个子、白皙的脸庞吸引了,尤其是那两根黝黑耷拉到屁股蛋上的大辫子,随着她那青春富有弹力的脚步的移动而飘逸,更让郭太郎心里痒痒。他仗着支书的身份,有事没事就往那里跑,有时也帮着搬搬化肥袋子和比较沉的商品,或是斜倚在门框上说些不咸不淡的话。王姑娘作为国家工作人员,当然知道和当地贫下中农搞好关系的事,也就随口答应几句,但郭太郎的痞子话一旦出了口,就闭口不言或是红着脸玩弄着自己的大辫子,让郭太郎心里更加像猫爪在挠。

现在好了，老婆死了，郭太郎的胆子壮了，心里想，找机会把她放翻了，生米做成熟饭也不算什么，有人怪罪顶多是搞对象时急了点儿，也不算犯错误。

算计已定，丧事办完，有一天晚上，郭太郎瞅准了晚上王淑敏自己值班，半夜以大队开会传达上级文件没有煤油点灯为理由，敲开了供销社的门，把大辫子摁在了柜台上，上下得手，一炮开花。怀了孕的王淑敏只得嫁给他，九个月后生下了郭大郎。按当时的国家政策，孩子的户口随娘，郭大郎一出生就是商品粮的城市户口，以后上了河海一中，"文革"时下乡成了知青。

24

得意，在得意者的每条血脉和神经里畅快游走，充盈着各个器官，从每个毛孔里冒出来，使于步青感到浑身通泰、精神饱满、情绪兴奋，力量无处不在，尽管别人看着轻飘飘的。

好几年了，尽管太阳依旧在河海东方的地平线上升起，《东方红》乐曲依旧在早晨的河海发电厂的上空回响，可在于步青的感觉中，今天的朝阳特别灿烂，乐曲特别悦耳动听。

在即将调往政工部的前一天，他拿出在村里卖古碗私存的八十块钱，买了两件的确良衬衫、一双皮鞋，跑到郊区集市买了一辆半旧自行车，还到车站饭馆吃了一碗焖面条、喝了一碗菠菜海米汤。第一次尝到海鲜味，他在嘴里咂摸了一路，到了第二天早晨还舍不得刷牙。

还是那间宿舍，早晨起床洗漱后的于步青对着老工友史得志念了一首对方似懂非懂的诗："昔日龌龊不足夸，今朝放荡思无涯。春风得意马蹄疾，一日看尽长安花。"

史得志的大眼珠子白了他一下，套上放在铁丝上的油渍麻花的工作服走了。于步青穿了一件白衬衫，套上前两天用刷子和碱面在水里刷了好几遍的泛起了白色条纹、晒干后在枕头底下压了一夜的劳动布工作服，扔掉了翻砂车间发的翻毛皮鞋，换上了一双蓝色的网球鞋，没系上衣扣，拢了拢乌黑的小分头，拿起饭盒步履轻快地向食堂走去。

这样的打扮既符合上班就要穿工作服的规定，又和下车间的工人有了区

较 劲

别。车间工人接触的是铁锈、机油，所以都不穿白色的内衣，一般都是颜色深的秋衣，有的干脆就在里面加个背心，还要把扣子系得紧紧的，谨防油污和铁末子钻进去，就连爱美的女工里面的花衬衫也大都是蓝花。于步青这身装扮和上衣小兜里卡着的两杆钢笔让人一看就是厂部的人。

吃完饭在餐厅水池旁洗碗的时候，他把工作服和里面白衬衣的袖子一块挽起来，那段白特别显眼。旁边来自锻工车间黝黑粗壮的女工刘大满看了他一眼，把饭盆的水故意泼在他脚下野声野气地说："看他娘的你那个德行。"于步青躲了一下，高傲地仰着头看着窗外在柳树枝条上蹦蹦跶跶的不知名的小鸟轻蔑地说，"一只小燕雀而已"，随后就往外走。

不想刚买了饭的谭俊雅和刘大满干了起来。一向文文静静的她竟然高声地冲着刘大满说："你说谁德行啊，你才德行呢。""我没说你。""你就是说我呢，你的眼睛刚才看着我说的。"

于步青没有理会她们，也没有看到谭俊雅哀怨的目光，径直向曾经向往了好几年的厂部办公室走去。

这天郭大郎一伙电工正在生产科门前等着派活，看到于步青，电工小赵说："你看人家，一下变成厂部的干部了，比咱们电工还强，真是人比人该死、货比货该扔啊。"郭大郎在一旁抽着烟嫉妒得眼里几乎冒出火来，想着和这个小子的新仇旧恨。当年到榆柳堡第一天，老支书徐老金开青年会，看着大队部的白墙说："来，你们都是有知识的人，给写几条标语。"郭大郎仗着自己在学校搞运动时刷过大标语的本事，自告奋勇说"我来"，脱掉军大衣，拿起排笔，在墙上写了"向贫下中农学习"几个横平竖直的大字。北京来的知青秦半月和张梅文拍着手说"写得好"。这时，人群里的于步青嘟囔着说："这也叫字？"郭大郎停下笔，看着一个穿着粗布棉袄、腰里扎着一根麻绳的人说："你来啊"。于步青拿起排笔，蘸满油墨，挥手写上"知识青年到农村去，接受贫下中农的再教育，很有必要"的毛主席语录，标准的仿宋体，庄重潇洒。和郭大郎的字一比，一个是笨大黑粗的傻小子，一个是精明强干的小伙子。喂牛的老恒修吧嗒着小烟袋说："看来城里的孩子也有不好好念书的，也不怎么样啊。"

从那时起，他就和这个小子较上了劲。在村里，他吃的比他好，穿的比他好，压了他一头；来厂里，他是人人羡慕的电工，而他是最次的翻砂工，又压了他一头。而今，这个小村里的土鳖小子竟然到了厂政治部，比自己高

较 劲

了一头,真他妈的是可忍孰不可忍。

尽管还隔着几个人,于步青还是感到了从郭大郎身上冲着他发出的杀气,如同一支支利箭连环射来,但此时的他,得意的细胞如同穿上了铜盔铁甲,不怕任何攻击,腰板挺得更直,昂头对着电工班长说:"晚上要请报社的编辑来上通讯报道课,张书记也参加;会议室天花板上的两盏灯坏了,叫电工班的派人去修一下,最好派个子高的人去。"

郭大郎"噗"的一声吐出烟头,在树身上狠狠捻灭,扔在地上又踩了一脚,对着班长说:"屌毛灰,我家里有事,请假。"说完,跨上自行车扬长而去。

于步青说的是真的。自从接手了《电厂通讯》后,他连续跑到河海日报社冯文斌那儿请教,学会了许多报纸编辑业务,回来后在一张蜡纸上分了好几个区域,除了在顶天的地方定期刊登毛主席语录外,在报头下设了"厂领导指示"专栏,选登书记、厂长在不同会议上讲话的精彩部分,还设了"班组生活""一线劳模英雄录""工人之声""后勤风采""科室动态"等,使这张小报生机勃勃起来。按政工部老杨的说法是,"于步青办的这张报纸实现了三个'微微笑':突出了政治,让上面微微笑;突出了书记、厂长,让领导微微笑;兼顾了全厂各个层面,让群众微微笑",暗地里赞叹说,于步青是个搞政治的料。

版面活了,需要的素材和文章就多,于步青整天忙得团团转,白天到车间采访写稿,晚上还要刻蜡版,自己还得推滚子油墨印刷。

不知不觉已经到了夏天,发电车间的吴顺心看着王命长搞出了24马力的柴油机,马上要生产中型拖拉机,心里来气,把发电机研究了一番,提出要改造设备,实现超出力发电,增加发电量百分之三十。会战从早晨开始,一直干到晚上七点多,于步青一直在现场记录采访,回来赶紧写稿、刻板、印刷。把最后一张印完,他伸了伸酸痛的胳膊,走出了办公室。月亮已经升起来了,清辉铺满了大地,门前的老槐树在熏风的吹动下轻轻摇曳。他吸了几口槐花香,感到肚子有些饿了,看着上夜班的工人往食堂走的身影,摸了摸兜里不多的饭票又忍住了。他坐在树下透过树枝密叶看着有些神秘的月亮,想着张若虚写的《春江花月夜》里的"江上何时初见月,江月何时初照人"。

天上飘着的几丝白云像飞天的仙女一样依偎在了月亮身旁。月光朦胧中,一个穿着白底蓝花连衣裙的姑娘向他款款走来。谭俊雅红着脸把一个饭盒递过来悄声说:"这是我们家今晚包的饺子,猪肉韭菜馅的。快吃吧。"而后低

较 劲

着头扭着柔软的腰肢匆匆走了,倩影消失在了路边一棵南方来的工程师栽种的合欢树下。

于步青有些发蒙,心里有了一种说不出来的甜蜜感觉,站起来伸长了脖子用热辣辣的目光追寻着姑娘的身影,但此时,饺子的香气和咕噜咕噜的肚子战胜了那远去的倩影,他急忙打开饭盒,大嚼起来。真香啊!他可以对着月亮发誓,这是他有生以来吃到的最好的饺子。在老家过年的时候,最多是白菜羊肉馅,对于韭菜猪肉馅,连想都不敢想。吃完后,他联想到上次参观团来时谭俊雅给他的白糖水,心里自言自语:"这难道就是爱情?是她对我有意,我难道也能娶个城市长大的姑娘?哎哎,算了吧,就凭家里那个熊样,凭自己连个自行车、手表也买不起的穷样,人家会跟我搞对象?'癞蛤蟆想吃天鹅肉',做梦去吧。"不一会儿,男子汉英雄气概又上来了:"'王侯将相,宁有种乎',我于步青也是一条堂堂正正的汉子……"第二天,他跑到仓库,采写了一篇管库工人牢记毛主席教导勤俭持家的稿子,里面重点表扬了谭俊雅,也没让政工部老杨审稿,登在了小报上。老杨看了以后意味深长地对他说:"秀才人情纸半张啊。"

冯文斌看了他几期报纸后说,"篇幅样式不少,就是写法雷同化,仔细一看就知道是你一个人写的",建议他建立通讯报道队伍,每个车间和科室明确一名通讯员。他当然把谭俊雅发展进来了。

组织建立起来后,于步青对老杨说想请报社的编辑来讲一堂写作课,让他主持,显得尊重。老杨永远用启发式的语气说:"你为什么不请张书记来主持呢,别看他是老粗,但当年是上过几年私塾的。他所在的抗日根据地有一张《抗敌报》,说不定还有他写过的稿子呢。"

拍马屁就像拿着痒痒挠,挠到了对方身上正痒痒而自己的手又够不到的地方。在当晚的通讯员培训会上,张书记果然谈兴大发,说当年自己在游击队里是秀才,政委让他当《抗敌报》特约记者。他把队里战士们英勇杀敌的事迹投了稿,不仅上过《抗敌报》,还在晋察冀边区日报上登过稿呢;不但写新闻稿,还搞过文学创作,写诗歌。那次和一二零师的警备旅五团一起端了鬼子黑风口的炮楼,乘兴写了一首诗:"八路军,拉大栓,游击队,投炸弹,打得鬼子到处窜。端了乌龟壳,缴获了粮和弹,十八村的百姓笑开颜。"这首诗还被选编在著名作家孙犁编著的《冀中一日》书里面。他越说越激动,站起来说:"笔杆子、枪杆子,干革命就要靠这两杆子。过去打日本,打老蒋是这样，现在学大庆也是这样，既要靠广大工人师傅手里的铁锤子、大扳子、大钳子，也要靠你们这伙小秀才手里的笔杆子。"当场宣布，要给所有通讯员发证，不过不在今天发，而是要在下周的全厂大会上发。

在张书记讲话的时候，已经做完业务讲座的冯文斌来到隔壁政工部老杨的办公室，点燃一支烟说："老学兄，你对陆文峰学弟的高足真是关怀备至啊。"老杨说："你不也一样吗，哪个单位能请得动你这大编辑啊。说实在的，咱们都是学师范的，教书出身，眼看大学停止招生好几年了，初高中办成了耕读、工读的业余学校，心里不是滋味啊。你看这伙小工人，最小的才十五六岁，正是在学校读书的年龄，发现一棵好苗子不容易啊。"

25

看到于步青和厂领导在一起给各车间的通讯员发证，坐在台下的郭大郎肚子里气鼓鼓的。尤其是看到于步青给谭俊雅发证时，谭俊雅那双扑闪扑闪的大眼睛里对着自己的仇人发出的一束束柔情，甚至还偷偷地握了一下于步青的手，郭大郎真想一跃而起，跳到台上，给于步青几个大耳光，扇他个鼻青脸肿。不，像"文革"中斗那个总说自己作文写得不好的老师一样，一脚踹到腿弯上，让他一下子跪在台上。

散会后，看着谭俊雅拿着一篇稿子跟着于步青去了厂政工部，他的气越来越大，掏出电工刀，对着一棵大柳树又砍又戳又剜又剁，让那棵正吐着浓绿的树身露出了白惨惨的一片。这还不算，他回头双手举起电工刀狠狠地削去了旁边一棵小白杨的头。

这个小村里来的穷小子，真是越来越猖狂了，不仅成了厂部人员，还要抢走自己相中的姑娘。那次市委领导在大门口看宣传展牌时，谭俊雅递给了于步青一瓶水，他心里就有点儿不舒服，后来想他们也就是在宣传队里那点儿跳舞唱歌的交情，也没什么。再后来听他们电工班上夜班，獐头鼠目，也是他的小兄弟赵小六跟他说，晚上谭俊雅竟然给这个穷小子送了一盒饺子，心中嫉妒之火开始燃烧。今天，两个人居然成双成对地走在了一起，这还了得！这个小俊雅也是，你难道不知道我们家正在提亲吗？愤怒之后是哀鸣。

河海当地老百姓有句俗话："再好的地不上好肥料，也会慢慢变孬，长不出好庄稼来。"当年那个单纯的大辫子售货员被郭太郎弄到手后，有好几年被这个地痞流氓迷得五迷三道。在那个崇尚英雄的年代，白天，郭太郎胡吹六拉自己在保西抗日游击队如何化装侦察到炮楼，夜袭小野太郎的宪兵队，在保南的小店里如何单挑三个国民党兵，一棍打死了反动军官，受伤被首长表扬的事；夜晚，用在妓院里和老嫖客们学到的本事，花样百出地耕耘着王淑敏这块处女地，让她心荡神摇，认为自己找了一个如意郎君，虽然晚上那些事有些下作，但也毕竟带来了不少乐趣。

随着郭大郎和下边几个孩子的出生，昔日苗条清秀的姑娘被岁月和孩子侵蚀得腰身变粗、奶子下垂，只是娘胎里带来的那身白白的皮肤还油光水滑的。

两人刚结婚时郎才女貌，走在一起青春焕发，似乎是鸳鸯般天生的一对。等过起了日子，有了孩子后，女人拉扯孩子、操持家务，很快就会埋汰、老态毕现，而男人却还是意气风发。

随着集体化、公社化的实行，村一级政权的权力越来越大。实权庄上千亩土地上生产的一切、村里的宅基地、村后的果林、村前龙阳河里的鱼鳖虾、每家每户养的鸡鸭都掌握在郭太郎手里，想怎么拿就怎么拿，想给谁就给谁。村里村外，他重点照顾了两个人，首先是当年把他扶上台的工作队长后来逐步爬到商业局副局长位置上的贾为民。此人原来是河海北面榆河县一个小镇的油坊会计，算盘打得清，胆子也大。解放军进关时油坊老板到南方买油菜籽没回来，他自作主张把二十大缸油捐献了出去，撒谎说是自己家的，随着参加了革命队伍，跟着到了河海被留下当了干部，家里的小脚女人和几个孩子也进了城。工资不多人口多，被郭太郎看出了门道，白面、小米成口袋地往家里送，四季青菜不断流，逢年过节，龙阳河的大鲤鱼、村里养猪场里大肥猪的后臀尖、白条鸡一样都不少。看着贾局长的老伴在小房子里实在闲得难受，几个孩子住得也太挤，他就在实权庄的一个大场院里盖了一溜五间大北房，院子里种菜、养鸡样样皆可。来看房子的那一天，贾为民那黑漆一样的小眼睛闪了两下精光，说商业局的旧宿舍正在修缮，临时来这里借房住几天。郭太郎连连称是，说城里有几家都来借房子了，这里是大队的一个临时仓库，闲着也是闲着，"老房子只有有人住才不会坏，你来这儿住是帮了我们村的大忙"。贾为民暗暗赞叹说"懂事，懂事"，以后总是在适当的场合说实权庄的支部书记是农村少见的优秀基层干部。说得多了，场合也用得正好，引起了某些领导的好感，郭太郎还成了当时的公社党委委员。

较 劲

郭太郎另一个重点照顾的人是天津来的小裁缝秦玉芬。她是在一九六二年国家号召下作为城里人下放到这里来的，身材小巧，被海河水养得细皮嫩肉，特别是说话带着水音的"真哏""真得""美死我了"的口头语，让这些土鳖男人心里痒痒的。郭太郎身为村里的一把手，想着要尝第一口，于是在村东头交通方便的地方盖了三间门市房，把村里笔刷厂的工作服包给了她。一来二去，勾上手，他在床上亲耳听到了在特殊情景下的"真哏""美死我了"的话，得意无比。这种事时间长了当然瞒不过王淑敏，打架生气是免不了的。郭太郎想出了新招，找到贾为民，提出自己老婆在村里的供销社也干了好多年了，该安排安排了，这正对了贾为民多年的心思，想睡觉来了枕头。贾为民自然照办，很快把王淑敏提拔为商业局办公室副主任，并以住得远、工作繁忙为名，在局里的楼上给她安排了一间宿舍。王淑敏也来了个眼不见心不烦，加上孩子们也都上了学，就安心在局里住下来。一个夏天的傍晚，人们都下班了，她在食堂吃完饭，浑身燥热，就在宿舍里洗澡。贾为民瞅准了机会，用早就留起来的钥匙开了门。一方厌倦了小脚女人，一方为了报复、报恩，或是为了寂寞，总之，世界上的许多事情看似偶然实为必然，两个人顺理成章地苟且在了一起。没几年，王淑敏就被提拔成了局下属的生产资料公司经理。

等到郭大郎下乡回来的时候，贾为民按照市委调整干部的规定，已经到市工业局当了局长。王淑敏找到他安排，他翻了翻文件说："这次安排的原则都到工厂。厂子你随便挑，工种随便选。"孩子大了，当娘的也不敢随便做主，回去跟儿子一说，郭大郎骑上自行车转了一天，最后相中了河海最大的企业发电厂要去做电工。贾为民一个姑姑早年远嫁到山西，尖脑袋刘厂长是他姑的婆家亲戚。电厂东迁来到河海，尖脑袋刘当时还是个技术员，需要找一保护伞，就认了贾为民的门，后来高升到厂长，贾为民功不可没，所以对他的话从来是认真贯彻不走样，郭大郎就这样顺顺当当地进了电工班。

有了好工种，下一步就是找个好媳妇，然后美美地过日子，这是郭大郎最初的想法。一家人吃饭的时候，他说了自己的打算，王淑敏满口支持，而他老爹郭太郎却嗤之以鼻说："当个工人有什么意思，别忘了咱们村叫实权庄。人啊，还是要掌握点儿权力，想法管人。"郭大郎当时还没有理解他爸的意思，依然按照自己的道走，仗着自己是电工可以到各个车间转悠，寻找漂亮姑娘。郭大郎最初看上了发电车间的"花露水"，后来一打听，此女背景

较 劲

复杂：她爸是原来市委的一个领导，现在还在牛棚里受审查呢；她妈是解放军战地剧团出身，转业到地方号称"交际花"，眼睛往上看，哪级领导都够得着。她妈虽然是市直机关党委的一名科长，可能量不小，要不就凭"花露水"有一个历史问题未做结论的父亲，不可能被分到最好的发电车间。想自己三代贫农，母亲是生产资料公司经理，也属于正科级。她父亲虽然官大，但还背着"走资派"的帽子；自己的父亲虽然不够品级，但还是公社党委委员，掌握着一个村大权的支部书记。论工种：发电车间虽然轻巧干净，可也就是抄抄仪表，看看发电量输出，没什么技术含量，还得八小时一动不动地坐在那里；电工既有技术又自由，还是厂部直属队伍。论长相：虽说"花露水"个子快到一米七了，留一头披肩发，长腿细腰，在姑娘群里出类拔萃；自己也是快到一米八的大个子，虽然有人说自己的大眼珠子是狼眼，但也可以说是浓眉大眼。

掂量完自己和对方的条件之后，郭大郎信心满满，开始行动。每当下班前，班里就不见了郭大郎的身影。在大烟囱不断洒落灰尘的发电车间楼下，"花露水"那辆"飞鸽"二六自行车被他擦得干干净净、明光锃亮，在几十辆土头土脑的自行车中犹如一群丑小鸭中的白天鹅，引得她的女伴们羡慕不已，开玩笑说准是有个白马王子看上咱们的仙女了。"花露水"心中有些诧异，嘴上却说"说不定有人学雷锋呢，也许是擦错了呢"，而后卖弄地骑车回家，心里甜滋滋的。以后姑娘多了个心眼，一次下班前借故早出来了一会儿，看到郭大郎正卖力地擦车，就悄悄地站在旁边看着。郭大郎擦完后轮的最后一根辐条时闻到了雪花膏的味道，从明亮的瓦圈反光中看到是她，正要站起来说话时，她却远远地跑开了。第二天，她来晚了，把装饭盒的绿挎包落在了车把上，晚上下班时发现包里沉甸甸的，打开一看，是那个年月饮料中的奢侈品——两瓶橘子汁。郭大郎走过来，看看四处无人，把一个折叠成燕子形的信和两张电影票递给了她，飞快地骑上自行车跑了。

"花露水"脸红心跳地回到家，把信打开，上面只有短短一行很霸道的字迹："咱们能比同志的关系更进一步吗？"她正琢磨时，外面传来市直党委女科长威严的声音："下班了，还不快去做饭，在屋里腻歪什么？"听到自父亲到干校后脾气越来越暴躁的母亲的话，姑娘浑身一激灵，赶忙跑到小伙房捅炉子、淘米去了。

她刚坐上锅，北屋又是一声断喝："你过来！"女科长端坐在椅子上拿着

较 劲

那封信和两张电影票让她说清是怎么回事。听女儿怯怯懦懦地说了事情原委后，女科长站起来，把齐肩发往后拢了拢，皮鞋急促地敲打着地面转了几圈说："哼，一个城郊农村的小子也敢给你写这样的信，也敢约你去看电影，也不尿泡尿照照自己是什么东西！我跟你说，你爸爸是市委常委，你出生在革命干部家庭，他是蒙冤的；你妈我曾经是军人，是解放军的一员，瘦死的骆驼比马大。我和文工团的老团长，"说到这儿脸红了一下，咬了咬牙继续说，"和军分区的沈司令，也就是现在的沈书记是老战友。不是他，你也进不了发电车间。现在叫你当工人也是没办法，大学停止了，但不会不办。你的将来是上大学，当干部，明白吗？明天我叫沈主任给你们厂打电话，让你们厂长教训那小子。你也主动和刘厂长联系一下，如果明年大学招生推荐还得让他给使使劲呢。人啊，就得跟命运较劲。女人不是天生的弱者，也有自己的办法。"最后这句话，好像是在提醒女儿什么。

在电影院门口等了一个晚上的郭大郎垂头丧气地回到家，第二天一早尾随"花露水"进厂上班，发现她并没有去车间，而是到了刘厂长在厂部最后一排东南角的办公室。他悄悄地溜到窗户后面，藏在一棵小树下，隔着玻璃看着这一男一女窃窃私语，先是看到她在站着，随后坐下了，最后看到她的长发蹭到了刘的尖脑壳上。他再想看的时候，身后传来几个工人的说话声，赶紧跑开了。回到班里，主管电工班的生产科长把他叫到一边说，学徒期间要安心学技术，不要想花花绿绿的事，否则会影响转正定级。话里话外有些威胁的味道。

他明白了。不久，"花露水"被调到了工种更好的化验室。不长时间，厂里就传出了她和刘厂长暧昧的传说。他趁着中午没人的时候，来到发电车间楼下，用一把锋利的改锥扎瘪了他曾经擦过的那辆自行车的车胎，咬断了嘴里叼着的一根电线，狠狠地说："老子才不喝刷锅水呢。"

很快他把目标放在文文雅雅、小家碧玉的谭俊雅身上了。从"花露水"那里他看到了权力和女人特殊的力量，这次他改变了战术，回到家里，不吃不喝也不说话，躺在床上看着天花板发呆。娘心疼儿，摸额头，看脸色，嘘寒问暖。看着郭大郎的大眼眶里竟然含着泪珠子，做母亲的百般追问，大郎才把追求"花露水"的事说了。坐在一旁的郭太郎哈哈一笑说："你真没出息，白长这大个子、一身好力气，看准了就下手，抽个机会，摁倒一回就是你的。"王淑敏立刻想起了自己当年在柜台上被他侮辱的事，脸红了，杏眼圆

较 劲

睁厉声说:"放你娘的屁,不让孩子学好!滚出去!"郭太郎自知失言,讪讪地走了。

王淑敏对儿子说:"'花露水'确实有点儿背景,咱不追她了。世界上好姑娘有的是,相中谁了,妈妈给你去说。"于是,郭大郎说出了谭俊雅。王经理想了想说:"你说的是糖酒公司经理谭中天的二闺女吧。我和老谭在党校学习时,她给老谭送过衣服,是挺秀气的,见人也有礼貌,喊了我好几声'大姨'。好儿子,别着急,我托人给你说去。她爹虽然资格老,是个经理,可你妈我也是,也算是门当户对。你呢,也在厂里和她多接触接触,想法套套近乎。"

可现在,他还没来得及行动,倒是那个小村里来的自己的对头和俊雅套上近乎了。

这天晚上他没回家吃饭,在食堂里吃了一碗面条、两个肉包子后蹲在了厂部办公的那排房子旁的树下,后来又爬到那棵枝叶茂密的大杨树上,看着政工部出小报纸的那间屋子。明亮的日光灯下,于步青捋了一把额头留起的乌黑长发,拿起一支蘸水笔,在红墨水瓶里蘸了一下,时而抬头思考,时而运笔如风,改动着俊雅写的稿子。俊雅在一旁悄悄地把散乱的报纸叠好,放在报架子上,把稿纸、笔记本等一样一样地分类,整齐地排在桌子一角,而后拿起抹布,把窗台、衣架、桌面认真地擦了一遍,扫净了地上的碎纸,从脸盆架上扯下一条毛巾洗净,递给了改稿子的步青。

郭大郎看在眼里,一会儿暗暗赞叹,多么温柔、勤快、善解人意的姑娘啊,娶到家里那得有多么幸福;一会儿满腔仇恨,"于步青,你这个小村来的穷小子,凭什么享受这种美好";一会儿担惊受怕,"于步青你这个王八蛋可别拉灭了电灯下黑手啊"。

他担心的事并没有发生。于步青改完稿子后让俊雅看了一遍,调好了油墨,铺上了蜡纸,挽起白衬衫的袖子开始印刷。俊雅轻快地走了过去,站在他旁边帮着翻纸。一条粗壮的胳膊把滚子推一下,抬起纱网,一只白皙柔荑的手灵巧地翻动着白纸。一只苍蝇飞来,落在了于步青的额头上,他顺手挠了一下,手上的油墨立刻在脸上画出了一个半圆,眉毛旁边长出了半圈小胡子。谭俊雅看到立刻笑了起来,拿起一张绵纸要给他擦,他一躲,俊雅手走空,脚底下一歪,一只手扶在了油墨盒上,急着去捋甩到前面的辫子,一蹭脸颊,鼻子上也抹了一点儿黑。两人互相看着对方的花脸大笑起来。

较 劲

那笑声在刚刚度过黄昏的夜里传得很远,惊飞了树上的鸟儿。在树上的郭大郎听来,于步青的笑声是榆柳堡那头最难看的老花牛的哞哞声,粗嘎烦人;而谭俊雅的笑声是银铃,是百灵鸟在林间的歌唱,悦耳动听。

室内,二人洗了脸,把印好的报纸分成几沓,走了出来。于步青做了两个扩胸动作,望着树梢上的月亮长出了一口气,赞叹道,"多么美丽的月色啊",随口唱了一句,"路边一棵榕树下,是我怀念的地方。晴朗的天空,凉爽的风,还有醉人的绿草香"。俊雅说:"真好听,你唱的什么歌啊?"于步青凑在她耳边说了句什么,随后打开了旁边文艺宣传队的排练室,拿出一把小提琴,二人向着发电大楼走去。郭大郎手脚并用爬下了树,学着游击队里侦查员的样子,蛇形鬼步,利用每一个暗影掩盖着自己,鬼鬼祟祟地跟在了后面。

26

发电循环用水冷却塔下需要一个巨大的晾水池,这是任何一个发电厂的标配,而且需要环境相对干净。

河海发电厂的晾水池建得很标准,一圈高大的绿树和矮矮的灌木拦住了远处的风沙和近处的垃圾灰尘,足有三个足球场大的四四方方的一池清水映照着绿树蓝天和大楼上的点点星火,在白云环绕的朦胧月光下显得特有诗意。

站在洁净的水泥平台上,于步青看着天上的月亮和水中的月亮,大声朗诵着:"明月几时有?把酒问青天。不知天上宫阙,今夕是何年……"俊雅有些崇拜地看着他说:"我知道了,你朗诵的是苏东坡的《水调歌头》,小时候我姥爷教过我。我跟你说,我姥爷家的老书可多了,还有许多老唱片呢。小时候我不听话,他就用留声机放给我听,我就能安静一会儿。有的唱片上还有许多外国字呢。"随后低着头嗫嚅地低声说,"我姥爷家在新中国成立前是开绸缎庄的,他还在北平上过学呢。后来新中国成立时他把家产都捐献给国家了,是开明士绅。我爸爸还参加过八路军区小队呢,不过不像你们是三代贫农的子弟。"

于步青朗声说道:"出身不由己,道路自己选嘛,你现在也是工人阶级啊。"说完,琴尾上肩,左手把定,右手把弓子一抖,门德尔松的《仲夏夜之梦》的曲子悠悠荡漾,给炎热的夏夜带来一丝清凉的缠绵。谭俊雅听着听着，舒展开柔软的腰肢，双臂伸开，双脚有次序地移动，凌空漫步，人在旋转，裙摆在转，手眼身法脚步浑然一体，那双脉脉含情的眼睛向着明月，向着美丽的大自然，向着琴手，撒播着无穷的魅力。一曲奏完，于步青赞叹道："好，起舞弄清影，何似在人间。"随着又拉了一首欢快的曲子——《毛主席派人来》，是他们宣传队经常演出的节目。俊雅跳得熟悉而又优美。

　　郭大郎先是趴在一棵树下，而后躲在一丛紫穗槐里，忍着蚊虫的叮咬和满腔的怒火，两只拳头攥得紧紧的，眼睛里几乎冒出血来，急速地想着怎么办。出去打一架吧，一来自己未必打得过这小子，二来会让谭俊雅看不起，说他是跟踪别人的小人。举报他们拉靡靡之音吧，就凭这一条，就会让于步青挨批斗，但是那样会把俊雅也扯进去，也不行。再说，他们还拉了歌颂毛主席的革命歌曲，如果真告了，他俩准不承认，还会说自己是污蔑，搞不好他们会说是利用业余时间跑来排练节目，更好地宣传毛主席革命路线，自己会闹个打不着狐狸落一身臊。

　　思前想后，郭大郎还是强压下了怒火和委屈，抹了一把不知什么时候落下的泪花，蔫头蔫脑地回家了。

　　月光都是一样的，对它感觉的好坏来自人们各自的心情和环境。今晚郭家大院的月光是清冷的，郭太郎不知是去喝酒还是鬼混了，还未回家。几个孩子都睡了，王淑敏臃肿的身子坐在躺椅上百无聊赖地摇着大蒲扇，看着西天远处一块蠢蠢欲动的乌云发呆。自从贾为民调到工业局当局长后，联系少了，自己当了经理有了专车，也就回家住了。郭太郎还是那样，在外边胡吃海喝，东头那个小寡妇裁缝秦玉芬那儿也没少去。她和贾为民虽然联系少了，但那个事也没断，所以也就懒得管他了。

　　她喝了一口茶，看着天上飘浮的云，想谁都不可靠，还得靠自己生养的儿女。"吱扭"，大门开了，看到儿子推着自行车没精打采的样子，久经商场、情场的她立即猜出了原委，没等他说什么，站起来给孩子打气道："还是为谭家二丫头那件事吧，别这么灰心丧气的，媒人已经跟那头说了，我也见了谭经理和他老婆赵会计了。他们说，都是老同志了，家里的情况都了解，大人们没什么意见，关键是看孩子的态度。赵会计也私下问她的二闺女了，那丫头红着脸没表态，可也没说反对。我看这件事有门。你也主动点儿，显出点儿本事来。人啊，尤其是搞对象这事，只有多接触，才会产生好感。"

　　郭大郎点了点头，进屋睡觉了。

27

恋爱是一棵树摇动另一棵树,是一朵浪花推动另一朵浪花,是一个灵魂唤醒另一个灵魂。

姑娘的芳心一旦被一个男人唤醒和搅动,就会变成无穷无尽的思念和专注的倾情。但是,如果被两个男人所追所爱,两个男人的较劲就变成了对女人的撕扯。

二十一岁俊俏可人的俊雅姑娘正在被两个男人撕扯着,同时也满足着一个女人被多个男人追求的虚荣。

昨天下午下班时,于步青交给她一个信封,说是最近出版的《电厂通讯》,上面有她的文章和张书记的批示,让她回家好好看看。

糖酒公司经理的家是一所平房,三间北房一个小院,俊雅的父母住一间,一间是客厅,另外一间截成了两间,她和姐姐一人一间。此刻,父母吃完饭出去遛弯儿了,姐姐还没回来,她坐在自己的闺房里打开了信封。那张小报右下角登着她写的文章,记述一个好管库员认真负责、勤俭节约的事。原来她写的题目是《认真的管库员》,于步青给她改成了《管库员要做到三勤》,把里面的事提炼成了"手勤"(把库房整理得条理清洁)、"眼勤"(发现车间有浪费的原材料及时捡回来)、"嘴勤"(常向上级报库存单,及时进货不耽误生产)。这样一改,标题突出、条理清楚,又发在了比较显著的位置上,于是引起了领导的注意,张书记在上边批示道:"这个稿子写得好,提出了我厂具体工种学大庆的新标准。"

她美滋滋地看完,发现下面还有一封折叠成梅花形的信,展开看是用美术体写的一首诗。那字写得很艺术,错落有致,在洁白的纸上如同一朵朵盛开的墨菊。

> 或许我可以用夏日来将你比方,
> 但你比夏日更可爱也更善良。
> 夏风狂作常会摧毁五月的花蕾,
> 夏季的期限也未免太不够长。
> 有时候天眼如炬人间酷热难当,
> 但转瞬又金面如晦常惹云遮雾障。

较 劲

> 每一种美都终究有凋残零落之日,
> 或见弃于机缘,或受挫于天道无常。
> 然而你永恒的夏季却不会终止,
> 你优美的形象也永远不会消亡。
> 死神难夸口说你在它罗网中游荡,
> 只因你借我的诗行可长寿无疆。
> 只要人口能呼吸,人眼看得清,
> 我这诗常在,使我们万世流芳。

她羞红了脸,这首诗的语言是滚烫的,是明亮的,像窗外明媚的月光,照亮了她的心,让她感到了一种圣洁和高远。这首诗肯定不是他写的,是抄录的,虽然在中学课本上肯定没学过,但她有印象。她想起来了,在姥爷家住的时候,也是一个夏天,她在上海上大学的小姨拿着一本厚厚的外国诗集在桂花树下朗读过这首诗。记得当时小姨把长长的脖颈高扬着,一头乌云披散着,对着满天的朝霞如醉如痴。她虽然是第一次收到情书,但她见过同龄的小姐妹收到的求爱信,大都是"让我们比同志的关系更进一步""让我们在学大庆的道路上并肩前进""那天,在车间里我看着你的背影久久没有离去"等干巴巴的句子。她敢肯定,自己收到的这封情书是最高级的。

怀着说不清的甜蜜,她枕着那封信睡着了,连父母回来在客厅里议论她的婚事也没听见。

第二天,她早早地来上班,把刚进库的原材料用手推车推进不同的存放分区。汗水打湿了额前的刘海,她奋力把一个个纸箱搬到货架上。不断弯腰起身的动作把她凹凸有致的身材展现得更加曼妙。远处,有一个人正在贪婪地欣赏着,不时地用舌头不自觉地舔着嘴唇。

这个人就是郭大郎。按河海的说法,他除了从郭太郎身上继承了"孬"的基因外,还有虎背熊腰的大个子和聪明伶俐劲儿,手也很巧。那天母亲王淑敏跟他说的话他记住了,一直琢磨着怎么讨得谭俊雅的欢心。

这不,他进来了。他先文雅地打了个招呼,摘下腰上的电工工具袋,手脚麻利地帮她把一个个原料箱摆好对齐,而后对她说,厂里号召搞技术革新,他带领电工班的几个团员成立了"青年技术先锋"小组,针对库房的体力劳动强度过大做了一个机器。他一挥手,电工班的两个人推进来一个用四个小

较 劲

拖拉机前轮胎架起一块木板的平板车。车的后半截有一个铝合金的小箱子，里面装着电瓶，和前驱动的齿轮相连。电瓶箱后面是一个小方向盘，下面是一把小椅子。坐在小椅子上，打开通电开关，把住方向盘，挂上挡，自动前进后退，上面一下能装五六个原料箱。郭大郎上去示范了两遍，谭俊雅跟着上去一会儿就学会了，高兴地说："小郭师傅，太谢谢你们了，这下可好了，再也不用使劲拉这个死沉的小铁车了。"郭大郎得意地笑着说："我虽然比你们早来一年，可也是刚出徒，不是什么师傅，咱们就叫革命同志，也叫一帮——一对红。"随后凑在她耳边说，"要不暗地里叫哥哥也行。"俊雅立刻羞红了脸，刚要说什么，郭大郎机灵地说："电瓶需要经常充电才能使，我给你安个专用闸盒。"说着，抬起长腿，登上高高的原料箱，从房顶上引下一根电线来，乒乒乓乓一阵忙乎，在离地一米高的地方安上了闸盒，接上了保险，手把手地教给俊雅使用方法。姑娘的心里一阵热乎，看到他头上的汗水，拿出香喷喷的小手绢轻轻地给他擦干，不过看到他工作服上的点点油污时，还是轻轻皱了皱眉头。

郭大郎陶醉在小手绢散发的芬芳和姑娘青春的气息中，自然没看见这些。

郭大郎带着初战告捷的喜悦回家报告给了老娘。王淑敏看见儿子高兴，自己也兴奋，饶恕了他偷了生产资料公司一辆电瓶汽车的事，说："儿子你打好了基础，老娘也不落后。明天我叫上媒人，和你们的贾为民局长以及谭经理两口子一起吃顿饭，把这事挑明了。你们俩把关系公开了，也就没人想着她了。"

糖酒公司的经理谭中天是个小心翼翼的人，特别听领导的话，这种性格形成于他在抗战时期担任区政府粮秣科长的时候。有一天他去收军粮，赶着马车拉着一千斤小米路过一个集镇，肚里饿了，又不愿啃背包里的冷高粱饼子，看到旁边小饭馆里的水煎包和苜蓿汤嘴里馋得要命，兜里又没钱，狠了狠心，卖了一口袋小米，吃了三盘子水煎包，喝了两碗鸡蛋汤，兜里还多了几块钱。回去之后，保管一点数，立即真相大白，这叫贪污在前方浴血奋战的八路军战士的口粮，问题非同小可，立即给了处分。这个处分一直跟到了新中国成立后，还进入了档案。组织部门做出决定，此人限制使用，内部掌握。正因为有了这个污点，按他的资格和干部级别，本来可以安排一个县级领导的职务，但一直在科级的岗位上动不了。

一听说王淑敏请他们两口子吃饭，还有贾为民局长参加，谭经理有些受宠若惊。席间，王淑敏直接把亲事提了出来，贾为民也在一旁帮腔说："这俩孩子我都见过，大郎是好小伙，干的是最好的工种，谭家的二闺女是个好丫头，他俩是天生的一对。再说，你们两家都是经理，也叫门当户对。"谭中天一面频频点头说"不错，不错"，一面看着自己的老婆。

赵会计到底出身大户人家，有股沉稳劲。她敬了大家一杯酒说："贾局长、王经理说的是好事，也是喜事。我想，喜事就是要大家都要喜，大人孩子都高兴。现在毕竟是新社会，不能包办对不对，讲究个婚姻自由。我们回去问问二丫头，只要她同意，我们两个没有意见。"话说到这个份上，不算皆大欢喜也算是不错的结局，只是老谭经理有了压力。

当天到家之后，两口子把俊雅叫到了自己的卧室把事情挑明了说，要她表个态。俊雅扭捏了半天说，不愿找个和自己一样在车间干活的，两人都是一身的油污，光洗衣服就累死人了，说完跑回了自己的屋。谭中天在她的身后追了一句："那还不简单，让贾局长说句话，把大郎调到科室不就行了。"

正当郭大郎活动去科室上班的时候，于步青却自愿离开了政工部，一头扎进了尘埃里，进了全厂最脏、最累的地方。谭俊雅感情的天平一下子倾斜了。

28

这天早上，于步青迎着灿烂的阳光，听着厂广播站放出的《东方红》乐曲，依旧是白衬衫、洗得有些发白的劳动布裤子，脚上穿一双星期天刚买的皮鞋，迈着轻快的步伐，哼着："我们年轻人，有颗火热的心，赤胆忠心为人民……"显得特别青春潇洒，引得几个凑在一块上班的女工在远处指指点点，发出娇羞的笑声。

在他经过三门传达室的时候，一个技术科的女技术员对他说："快来看《河海日报》，上面有你写的诗。"他的心被巨大的幸福拱了一下，连忙看了一眼，在不少人艳羡的目光中加速跑到了办公室，翻开新来的报纸，在《河海日报》文艺版"河海花"上找到了自己的作品《致敬大庆油田》。

带上祖国的期盼，
带上人民的期盼，

较 劲

我们赶紧出发吧。
向松嫩平原出发,
向大庆油田出发,
数十万大军奔赴战场,
雄赳赳,气昂昂,
头顶蓝天,脚踏荒原。

没有住房,
就住废弃的牛棚。
没有粮食,
就自力更生,艰苦奋斗。
没有机器,
就用自己的双手和肩膀。
没有条件,
克服困难创造条件也要上。
宁肯少活二十年,
拼命也要拿下大油田。

一个铁人在奋斗,
无数个铁人在奋斗,
一个个井架竖起来了,
一台台机器动起来了,
一座座炼塔立起来了。
钻机钻透了草原,
炼塔刺破了蓝天,
冷看风雨雷电,
笑对酷暑严寒,
誓把地下的黑金取出来,
变成工业机器的血液。

三年时间啊,

较 劲

> 大庆人三年的血汗啊,
> 每一滴都是一种力量,
> 每一滴都是一种志气,
> 每一滴都闪耀着光辉。
> 祖国人民在欢呼,
> 毛主席在微笑,
> 这就是大庆人的骄傲。

原稿改动不多,发在了文艺版的头条位置,还配了一个大庆油田火热生产场景的刊头,很是显眼。他贪婪地又看了一遍,把报纸捂到了胸前,激动之余发现桌上还有老家来的一封信,拆开一看,立刻从春天到了冬天,刚才火热的心情跌到了冰点,一口气跑到晾水池旁的一丛野红荆下一遍又一遍地看着不到三页的信。

信是上高中的弟弟写来的,他随看随琢磨随落泪。开头说前天家里发生了"大爆炸",起因是嫁到本村后来寡居的小姑得了大病,医院要一百多块的押金,父亲要把家里这几年为大姐出嫁攒的彩礼钱拿出来,母亲和大姐强烈反对——这里面的钱除了他给的以外,还有大姐夏天用麦秸编草帽辫、割青草卖给周村镇骡马运输社的钱以及冬天纺线和在副业上的一点儿补助钱攒起来的。

农村有个规矩,女儿出嫁娘家要陪送两个樟木箱子。家里人曾经合计过,攒够一百块就可以到木材公司买樟木板材,父亲是木匠,可以自己做。他记得父亲有天在一家人吃完饭后说过,等攒够了一百块,买上好的木材,做成刻上"喜"字的衣箱,漆成大红色,让女儿的婆家大大方方地拉走,风风光光地嫁女,说得大姐羞红的脸上喜气洋洋。可这一下打碎了大姐的梦想,大姐还不知道难受成什么样呢。

弟弟接着叙述说,母亲和大姐拼命地护着装钱的小柜子,父亲像凶神一样粗暴地推开了她们,拿起斧子劈开了箱子盖,拿走了钱,吓得弟弟妹妹惊恐地躲到了临近猪圈的夹道里。全家哭声一片,中午谁也没吃饭。

这怨父亲吗?爷爷奶奶死得早,一个叔叔去当八路好多年没有音信。奶奶临死的时候瞪着大大的眼睛看着跪在地上两个未成年的姑姑就是不闭眼,父亲跪在病床前跟奶奶发了誓,老人家才合上了眼皮。是父亲凭着一把斧头

较 劲

把几个妹妹拉扯大的。可怜的小姑嫁过去没几年丈夫就横死了,孩子还没长大,这个时候,父亲不管谁来管呢?

弟弟接着说,母亲哭得背过气去了,大姐狠了狠心,说,"钱是死的,人是活的,生在这个穷家里,有这么多穷亲戚,是命不好。我就是晚结婚两年,也要把两个箱子的钱挣出来",拿起镰刀背着筐下地割草去了。

他知道,运输社收草价格是二分钱一斤。一百块是一万斤草啊,那是一座山啊。"可怜的大姐,你那柔弱的肩膀、布满老茧的双手,何时才能堆起这样一座山啊。"

他知道,大姐是个要强的人。当年,大姐不到五岁就蹬着小板凳蒸干粮、淘米做饭,十岁才上学。上了不到三年,初懂世事的她看不得街坊邻居对这个穷家庭鄙视的目光,毅然决然地回到生产队干活,和大人一样锄地、拉车,夏秋的中午割草,编草帽缏;冬天的夜晚在冰冷的厢房里纺花织布,手冻成了红萝卜,淌着黄水,顶着寒风到乡供销社领棉花、交土布。大姐就是这样几分、一毛、两毛一点一点地挣钱,补贴这个人口众多而又穷透了的家。

他记得,自己到县城上学的第二年,暑假过后,他临走的那天晚上,母亲为了四块钱的学费把装钱的小柜子来回倒腾了好几遍,还差三毛钱就是凑不出来,母亲愁得哇哇大哭大骂,自己在一旁无声落泪,父亲在自己的木匠房里喘着粗气。大姐劝住了母亲,把他悄悄拉到一旁说,要他做伴儿到十里地的乡供销社去一趟。两人顶着寒风,摸着夜路领回了一包袱皮棉。大姐一夜没睡,纺成线穗子,一早跑到供销社,卖了五毛二分钱交到了他手里。后来他听妹妹说,大姐的胳膊肿了好几天,晚上脱衣服疼得直抽凉气。

他记得,中学毕业回家,第一次跟着社员们去锄地,野草像毡片子一样长在庄稼垄里,一锄下去,草断根连。别的社员都是前腿弓、后腿绷,站好了八字步,一锄拉到底,连根锄断,草甩在一旁,土晒在阳光下。他不懂锄地的要领,又自以为聪明,想出了一个偷懒的办法,隔一锄锄一下,把前面锄过的土埋在了后面的草上,勉强跟上了队伍。中午收工后,大家都在家吃饭的时候,那个复员军人出身的队长在大喇叭里喊道:"上午咱队里锄地出了新鲜事。有的人觉着自己心眼多,用了美帝国主义将军麦克阿瑟的'蛙跳'战术,把地里的草锄一半埋一半,这是糊弄洋鬼子呢,不是给集体干活哩。今天要是不改正过来,晚上就扣工分,还要当破坏生产做检查。是谁我就不点名了,还是自觉革命得好。"

较 劲

听到这话,他脸红了,拿着一本书回到自己的小屋里。大姐疼爱地看了他一眼,收拾完碗筷,拿起锄头顶着烈日把他锄过的地又锄了一遍。下午上工时,大姐把队长领到那几垄地前说:"你看看我兄弟锄得合格不合格,别睁着眼说瞎话,败坏别人的名声。"队长无言以对。

家里为什么发生"大爆炸",还不是被一个"穷"字逼的。大姐在穷中表现出了尊严、骨气,这个家,尤其是自己,欠大姐的太多了。现在家里的状况是什么?哥嫂结婚出去单过了,自己就是这个家里的主要劳力,是堂堂七尺男儿,男人在家里遇到困难的时候,应该怎么做?

可自己又能做什么?学徒的第三个年头,工资仅仅二十四块,再节省再仔细,也就能给家里十一块。家里除了买盐、点灯,何时能给大姐攒够一百块买嫁妆的钱。作为农村姑娘,出嫁是一辈子的大事,也是唯一出人头地的机会,大姐绝不会放弃。

男儿有泪不轻弹。于步青感到了自己枉为男子汉的无能,他哭了,先像狼嗥一样冲天叫了一声,双手捂脸抽泣着,而后大颗的泪珠落了下来,透过指缝,落到了白衬衫上,流到了裤腿上,滚落到了皮鞋上,和微风从煤场刮过来的煤灰混合在了一起,形成了一道道瘢痕。

人生啊,每一步都是较劲。他站了起来,扯下了一根红荆条,放在嘴里,狠狠地咬成了三截。看着储煤场上拉煤的工人,想着拉一车能挣三毛钱的工资,他下定决心,回到办公室,向政工部老杨递交了调到煤场工作的申请。

老杨看了他的申请、听了他的原因后,用睿智、佩服又惋惜的目光看着他,先是仰着头叹息了一句"贫困让多少英才悲对苍天遗恨终生啊",而后说:"你是个有主意的人,不会轻易放弃什么,不考虑好不会来找我的。我佩服你的孝心和责任感。但是,你要考虑清楚,来到政工部是多么不容易,你这一下去可不是短时间的事啊,再想调换工种就难了。这样吧,张书记到党校学习去了,短期内可能回不来,我去跟刘厂长说一下,看能不能把你算作咱们厂小报的人到储煤场深入生活。干几个月你挣够了钱再回来。"

在尖脑袋刘厂长的办公室里,老杨让他看了于步青的申请,又说了此人到了政工部后把小报办得如何风生水起的优点,刘厂长淡淡地说:"年轻人主动到最艰苦的地方去是好事,咱们应该支持啊,本来就有规定学徒工不能调科室的。至于这张报纸嘛,人才有的是啊。我看,发电车间的华露浓就不错,也是重点中学的学生,让她来办就是了。"

29

到煤场拉煤的第一天，于步青在宿舍里把白衬衣、皮鞋和稍微好的裤子全部锁进了木箱子里，换上了一身大姐在家织的灰土布衣服，脖子上围了一块蓝道道毛巾，脚上穿上了在翻砂车间发的黑胶鞋。老工友史得志听了他的遭遇后，给了他一副自己在农村拉大车时用白粗布做的垫肩。他早早吃了饭，把一顶前进帽压在了眼眉上，进了储煤场拉车的队伍。

华露浓脱掉了工作服，换上了藕荷色的连衣裙，甩着长长的黑发来到了政工部，写的第一篇稿子是"我厂青年工人于步青自愿到最艰苦的地方去奉献青春"。拿给老杨审稿时，老杨皱着眉头问她是谁让写的，她趾高气扬地回答是刘厂长的指示。老杨看着她走出去的背影自言自语地说："完了，这一下就把于步青钉死在储煤场了，可惜了啊。"

华露浓可不管他说什么，回到办公室就把这条消息发在了这期《电厂通讯》刘厂长讲话的下边，也就是第二条的位置上，加了引题"革命熔炉火最红，毛泽东思想育英雄"，还加了花边，特别显眼。到底是在中学里办过《红卫兵战报》的人，也颇懂新闻如何抓眼球的技巧。

《电厂通讯》原来发行三百份，三千多人的工厂基本是一个班组一份。于步青接手后搞了通讯员队伍，发行量达到了五百多份，涵盖了整个厂区各个角落。

这天的小报一发下去，人们争相看的不是头条刘厂长的讲话，而是登载的于步青的这条消息，一时议论纷纷。有的说，这是假积极；有的说，真是个傻蛋；也有的说，里面不知道有什么事呢，兴许是犯了错误，也兴许是被人顶下来了。

郭大郎得意洋洋地拿着报纸到了库房，对谭俊雅说："看见了吧，这就叫癞狗扶不上墙，他又下去了吧。"谭俊雅扑闪着两只大眼睛说："他这是为什么呀，在那儿干得好好的。"郭大郎说："为什么？你是没下过乡啊。我在他那个村里待过，小村的农民都那个德行。我们知青点旁的一个邻居，叫三德子，你要是叫他歇几天，他浑身都不得劲儿，不是这里疼，就是那里痒，只要到地里一干活，全好了。他于步青也是这样的贱骨头。"谭俊雅疑惑地说："我不信，得空我要去问问他。""你找他去，煤场能把你脏死，他身上的味能把你熏死。"谭俊雅随口说："也是啊，那个脏我还真受不了。"随后，郭大郎

较 劲

把自己要调到供销科的消息悄悄告诉了她,最后说:"在榆柳堡我就跟他说过,虽然鸡有时也会飞,但永远没有鹰飞得高。"

于步青对这些闲言碎语充耳不闻,帽檐压得更低,又买了一个深色的口罩,护住了大半张脸,吃饭不是赶早就是赶晚,尽量少和大家碰到一块。他心里记住了老工友史得志的话:"兄弟,咱是村里来的,没根没梢,和谁比都没用,老爹老娘养咱不容易,兄弟姐妹还在生产队里挣那个穷工分,咱出来了是幸运,给家里减轻负担是咱的本分。咱是爷们,就是要跟这个'穷'字较劲。还有,那个给你送糖水的管库的小闺女,长得是好,细皮嫩肉像个小白鸽一样,可那也不是咱盘子里的菜。看她那干净劲,要是跟你到村里去,别说咱那里的臭茅坑,就是土炕上的老鼠、臭虫,我敢保证,她连一天也住不下去。还是找个柴火妞保险。"

说来也凑巧,自从发电车间搞了超出力发电后,用煤量增加,厂里又出台了新的政策,拉一车煤四毛钱。从火车卸煤地到厂里的储煤场,一公里多的距离,厂里配备的胶皮轱辘长方形的小铁车装满是五百斤,于步青基本上一天能拉十车左右。每到下午的时候他感到特别累,脚步发飘,浑身冒虚汗,每前进一步,都觉得是用尽了最后一点儿力气,甚至有时撒尿都要扶着墙根一点一点地往外滴,完全没有了原来一泻千里的快感。但他想的是,自己每拉一车就挣四毛钱,等于大姐少割二百斤青草。他算过,每个月挣一百二十块,减去自己吃喝穿用,每个月最少能剩九十块,三个月就能剩二百七十块。他到木器商店看过,一对樟木箱子如果有购物票是二百块,没有票是二百四十块。当然,他这样的一个小工人是不可能得到购物票的,只能买高价的,就是那样,干上三个月,也可以给大姐买一对箱子,剩下的还可以给大姐买一件像样的衣服。好在自己是农村长大的,没少在庄稼地里干活,又在翻砂车间摔打过,只要过了思想上的懒惰关,把脖子后头的犟筋立起来,没几天也就适应了。

工厂就是用一圈围墙圈起来的城,在这个城里混,人和人总是要见面的。这天中午,于步青买了一碗大锅菜和三个馒头,看着食堂里人很多,就端出来蹲到一棵老槐树的背面,谭俊雅也正好从那里路过。看着昔日风流倜傥、月光下拉小提琴的他,姑娘心中涌起一丝柔情,尽量靠前,尽量忍住那扑鼻的煤腥土味说:"你在政工部待得好好的,为什么去那里啊,多脏啊。"于步青咬了一大口馒头,喝了一口菜汤,用满是煤末子的袖口擦了一下嘴角的菜叶，站起来横了她一眼说："寒冬腊月，荣国府里拿着手炉的林黛玉哪里会知道街头捡煤核老婆子的辛酸。"

这时，骑着一辆崭新凤凰自行车的郭大郎过来了，喊道："俊雅，搭理这个煤黑子做啥？走，回仓库吧，我带你一段。"说着，一条大长腿落地，停住车，等俊雅小蛮腰一扭坐上后座后，脚下一蹬，车把上的大转铃"丁零零"一阵清脆，在厂区大道上张扬疾驰，似乎在向人们炫耀着他俩的恋爱关系。

心中有气，脚下有劲。这天下午，于步青竟然连续拉了六车煤，多挣了两块四毛钱。在等着火车卸煤的时候，两个老师傅看着火车厢上写的"工业学大庆""农业学大寨"的标语，一个说："什么学大庆、学大寨，咱们河海就是庄稼地多，收得少，就学一样就成，多打粮食。"另一个卷着旱烟说："你说得也对也不对，地里收的粮食少是因为水少、肥少，工业上多造机器、多出化肥，地里就能多打粮食。我看啊，两个一块学就行。"

人，白天干着活儿，可以什么也不想，但到了晚上，身体的疲惫并不能阻止思想的力量，尤其是像于步青这样对文字情有独钟的人。

男青工宿舍里是从来不放尿桶的，包括冬天。都是精壮小伙，活力四射，半夜内急，披上大棉袄出门就呲，更何况到了夏天，后窗洞开，宿舍门根本不关。一排房十多间，住着三四十条光棍汉子，半夜里看到十来个一丝不挂的男子汉门前喷出的几十条水线是常态，上夜班的女工经过翻砂车间住的宿舍时都不敢抬头也是常态，当然，也有偷看的。

这天半夜，于步青内急起来，出门来到老工友史得志种的几棵玉米前，痛快淋漓地冲着它们的根部浇灌了一番，仰望着当空的皓月，想起了白天那两个老拉煤工的话，觉得里面好像有点儿什么。回到屋里，他关上门，拿出了久违的纸笔，伏在小桌子上写了一篇小评论，第二天装在了信封里，寄给了《河海日报》的编辑冯文斌。

那门那坎

市委的大门是可以进去的,也可以在里面待一会儿,但要想成为那里的正式一员,需要跨过一道又高又硬的坎。

30

河海市委办公楼,一把手沈书记的办公室,身体粗壮的他正有些烦躁地踱着步子,偶尔看两眼刚才已经看了两遍的几份文件:一份是省委来的要求精兵简政的通知,另外几份是各部门报上来的要求增加机构人员的请示报告。

通讯员悄悄推门进来,把当天的报纸轻轻地放在了他面前。他瞥了一眼,立刻被《河海日报》一版中间的一篇小评论吸引住了,题目是《相互促进,共同发展》。开头写河海学大庆、学大寨的大好形势,接着叙述了河海市农业地区的特点,最后提出在河海这个农业地区要把学大庆和学大寨紧密结合起来,用学大庆促进学大寨,用广大农村贫下中农大干精神促进工业按照农业的需要开发生产农村需要的产品,相互促进,做到两个指示一起落实、两种生产一起抓、两个战场一起干、两个成果一起大丰收。作者是河海发电厂工人于步青。

这个名字,他觉得有些耳熟,但又一时想不起来。谁写的并不重要,关键是写得好,提出了"结合"这两个字。对,就是结合,把各种工作找到一个结合点,就能把机构合并。减少和尚最好的办法就是拆庙,庙少了,和尚自然就会少。他心里像阴天的云彩裂开了一条缝,觉得这个作者不简单。

正想着,见市委秘书处长祖晨光拿着他明天的讲话稿进来了,他说:"你先把稿子放在一边,先看看这篇文章,我觉得很有道理。"祖晨光深知上级对

较劲

下级从来是不给空余时间的,所以一边看一边伸长了耳朵听领导说话。沈书记对他说:"这几年机构越来越多,臃肿且缺乏效率。上级先提出学大庆,我在市委这边建了一个办公室;后来又提出学大寨,普华市长为了争那点儿分配权,照顾他东边那一片,和我较劲,成立了学大寨办公室,人员比这边多好几十个。受这篇文章的启发,我想了个主意,把两个机构合并起来,叫双学办,也就是减少和尚先拆庙,你来当这个双学办主任,把写这篇文章的人抽上来帮忙。"

祖晨光喜上眉梢,说:"领导就是领导,一把手就是一把手,总是比别人棋高一着。好,我一定不辜负领导的信任。我想,把正式和尚遣散的过程中,选拔一批市直各单位的人上来帮助工作,既不占编制,还好领导,对省委上报我们还精简了机构、减少了人员。"

沈书记露出赞许的笑容,大手一挥说:"好主意,就按你说的办。"

一张克数较重、拿在手里沉甸甸、黑体字印刷严肃、盖着市委组织部带有党旗鲜红大印的借调令,摆在了发电厂厂长尖脑袋刘的桌子上。他反复看了两遍,摸着秃顶说:"是要借调那个拉煤的于步青吗?市委那么大机关,就找不出一个写字写材料的人了,有没有搞错啊。"

政工部老杨站在一旁不卑不亢地说:"不会的。我打电话问过了,据说是沈书记拍的板。市委机关的工作作风很严谨,尤其是在人的问题上更加谨慎。"

想到组织部见官大一级的权威,尖脑袋刘连连点头说:"是的,是的,我相信。这样吧,你去通知落实一下,让他抓紧去报到。不过,到底是借调,他的关系还得留在拉煤队。"

于步青在澡堂里痛痛快快地洗了个澡,把全身认真地搓了个遍,低头看看那身脏衣服,有心想一块洗了,想了想又停下手,找了一个塑料袋装起来,放在床底下一个纸箱里。

第二天于步青进了市委大楼,见了祖晨光扭捏了半天怯懦地说,能不能晚几天上班,再拉几天煤把钱挣够,随即说明了理由。祖晨光哈哈一笑说:"就这点儿事啊,好了,你不用作难了,我给木器厂打个电话给你两个平价箱子就是了。我这里可等着你来,急着用人啊。新建单位,两边较劲,市委管人,政府管钱,打字机只给配了一台。你字写得好,还会写文章,语法修辞也错不了,就先抄写材料,份数少的尽量抄写和复写,同时把和政府之间来往的文件管起来。里面的名堂多得很,净较劲的事。有空我给你讲讲,慢慢你就知道该跟着谁干了。"

"花露水"是个多嘴驴,占在厂部上班的地理优势,最早知道于步青借调到市委的事,加之和郭大郎有过小纠葛,也最早把这个消息散布了出去。晚上,谭俊雅和郭大郎看完电影,沿着斑驳月光下的榕花街耳鬓厮磨散步的时候,她说:"于步青到底是有点儿本事,被调到市委去了。"郭大郎大刺刺地说:"不是调,是借调,临时帮忙,本身还是个拉煤工,没有干部身份,根本调不过去。上面对这一点卡得很严的。我听贾局长说了,明年就要在咱厂推荐工人上大学了,到时咱俩一起去,毕业后就是国家干部,准比他强。我就不信了,一个小村来的穷小子能飞上天去。"

31

于步青拿着市委双学办主任祖晨光写的一张二寸纸条来到木器厂,白白胖胖的厂长脸上立刻堆满了献媚的笑,忙不迭地说:"条子不用看了,市委祖主任已经打过电话了。你是双学办的小于同志吧,欢迎来指导工作。"随即把他领到成品车间,指着一排刚上了油漆的箱子说:"这是正宗的南方樟木,放衣服绝对不招虫子,还有香樟味道。你是不是要结婚啊,小伙子,到时可得给我几块喜糖啊。"

于步青老实地给说了箱子的用途,他说:"那更得挑对好的了,闺女出门子陪嫁妆可是脸面事。对了,其实,我们厂做得最好的箱子是摆在展室那一对,底漆打得好,明漆也多上了几遍,能当穿衣镜用。走,我领你去看看。这样吧,怎么说也摆了一年多了,也算旧产品了,给你打个折吧,一对算你一百六,怎么样?"

于步青心里乐开了花,想着又省了四十,激动得涨红了脸,一时不知道说什么好。看到车间墙上歪七扭八的大标语,他灵机一动说:"市委要求学大庆、学大寨要有新气象,今天是礼拜天,我帮你们把这标语重写一遍吧。"厂长高兴地说:"我们这个厂啊,是原来街道一个木业社转过来的,人员文化普遍低,甭说找个写字的,就是找个能把报纸、社论全念下来的都难。领导能帮这个忙,再好不过了,省得每次上级检查评比,都说我们的政治环境差。"

这天上午,于步青给木器厂写了十几条标语,有仿宋,有楷体,还有两

较 劲

种颜色组成的立体字,把厂区露在外边的墙壁打扮得花团锦簇,平添了精神头。厂长高兴地留他吃了午饭,中间得知他是下边的柳城县人,还需要把箱子运回家,就说,下午厂里的小货车要到柳城送货,顺便给他捎走。

于步青再次道谢,出了厂子就去商场给大姐买了两丈灯芯绒和一个大红被面,一共花了四十五,包好后随着小货车奔向了榆柳堡。路上他自嘲地想着,过去是秀才人情纸半张,今日我是人情几面墙。

自从知青回城、干校解散、工作队撤走后,榆柳堡这个偏僻的村庄已经好几年没来过机动车了,小孩子们看汽车都要跑到五六里外前寨村后面的公路边上。

于步青乘坐的小货车从西北桥一进村就轰动了。一伙半大孩子跟着车后的尘土一溜烟地跑到了老于家的门口,牵着牛准备去耕地的二永华敲着玻璃问司机哪里来的,司机说是河海,给市委领导家送箱子的。随着各个生产队催促社员下地的钟声,这句话一会儿就传遍了全村。

于家当然更是满门沸腾。于父把司机让到堂屋的太师椅上喝茶,分配最小的孩子去看着汽车,叮嘱别让那些穷孩子砸坏了驾驶室的玻璃、摸脏了车灯。大姐喜上眉梢,和两个弟弟小心翼翼地把日思夜想的大红箱子搬进了家,在闺房里用清水擦了又擦,然后蒙上层塑料布,又盖上一层床单,拿着灯芯绒对着镜子比画了半天。她叫出了在屋里和父母说话的二弟,到粮食囤里装了一小袋小米和半口袋高粱放到了车上,说,听那个当兵的说,城里人的粮食也不富裕,家家喂鸡缺饲料,让弟弟给提携自己的领导带去,随后还往他的提包里放了三双鞋垫。

常年在村里没什么地位的于父很想让车在自家门口多停一会儿,最好是住一晚上。于步青解释说,这是借的车,到城里还得装货,自己明天也得上班,随即招呼司机上车走了。即使这样,于父还是在车发动的时候对围观的人群说,"我家二小子现在是市委的干部",在人们艳羡的目光中骄傲地昂着头进了家门。

一直蹲在门口的老饲养员花汉子双刚对老恒修说:"我敢说,这对樟木箱子在三里五乡盖了帽了,你看那个亮劲儿,一看就是老漆。"老恒修叹了一口气说:"这真应了那句老话了,儿女不在多少,有一个成器的就行啊。老于家要旺起来了。可惜我那俩小子,白长了个大个子,连个中学也没考上。"双刚嘻嘻笑着说:"不是他们不行,嫂子那块地也不错,是你的种差点儿啊,要是换上我……"老恒修没好气地说:"换上你更不行,生一堆丫头片子赔钱货。"

于步青黄昏时就到了河海,晚上吃过饭后把小米和高粱送到了祖晨光家里。祖晨光的家属,二轻公司的女会计拿出一把小米闻了闻说,"你看这小米多香啊,比咱们在粮站买的隔年陈米强多了,熬出来都能出油",随后把一把高粱撒给了几只鸡。它们争先恐后地啄着,咕咕地欢快叫着。祖晨光乐呵呵地对于步青说,下一个礼拜天来吃炒鸡蛋。

出了市委家属院,于步青特意绕道去了市委门前,看着自己临时上班的大楼想,真是良禽择木而栖啊。

32

凭着"文革"期间自己没事读了不少看守收来的旧书以及从中学到的知识,加上在村里给工作队写材料、在工厂办报纸的经验和对文字工作的热爱,于步青在很短的时间内就把机关文件运转的程序弄得很清楚了,手脚利索,归类适当,尤其是那笔好字,一笔一画的清笔小楷,堪比打字机。凡是要的份数少的材料都是他抄写而成,垫上复写纸,一式四份,清清楚楚。按祖晨光的说法是,这个小伙子上道很快,是块玩文字的料。

这天上午,政府办公室派人送来一份讲话材料,说普华市长最近要在河海东面的临海县东高村开一个全市农业学大寨会议,给沈书记写了一个讲话稿,让书记过目;如果书记不在,就由普华市长代表市委市政府讲。于步青看了一下,讲话写得很有气势,题目《全党全民紧张地动员起来,为尽快普及大寨县而奋斗》也很醒目,完全是一把手的口气。

看完后,于步青心里起了思量。据他掌握的情况,全市学大寨最好的典型其实是城西柳河县的西沙村,几年前就受到了省委的表扬,还在《人民日报》和中央人民广播电台上报道过,是沈书记的联系点。而且,沈书记到省委开会去了,集中学习无产阶级专政理论半个月,按上级定的开会时间,根本回不来。

他拿着材料到了祖晨光的办公室并说出了自己的疑惑,谁知祖晨光对那份材料连看都没看,随手一拨拉进了废纸篓,点燃了一支烟,站起来冲着窗外一棵分成两股杈的大槐树说:"唉,两头牛对着屁股拉着一股绳,河州和海州又在较劲啊。"看着不解的于步青,边踱步边吸烟给他讲起了河海的历史。

较 劲

河海是新中国成立后由海州和河州合并而成，从名义上来看，海自然比河大，但地处偏僻；而河州靠近西边的省城，上边的关系自然多一点儿。来自河州的干部里面出了书记，海州那边来的干部出了一个市长。书记、市长虽然都是正厅级，排名的时候毕竟书记在前、市长在后，原来的海州人还是觉得自己低人一等。省委组织部的人都是管人的人精，自然对下面干部群众的情绪了解得一清二楚，所以在安排其他领导干部的时候，就让海州那边过来的干部占据了一些重要岗位，比如组织部部长、纪委书记、常务副市长等，河州来的干部担任了宣传部部长、统战部部长、秘书长等职务。有海州人高兴了，说，"别看书记是河州人，可重要部门都在咱们海州人手里"。一智者说，"看问题要看实质，一百个副厅级也顶不了一个正厅级，这就好像家里一样，十个儿子也不顶一个爹的辈分大。别忘了毛主席说的领导我们事业的核心力量是中国共产党。别看市长也是正厅级，在整个河海，还是书记说了算，市长怎么说也是二把手"。有人不服气地说，"咱海州在常委班子里多着一个人呢"。智者说，"别光看民主，还有集中呢，家有千口，主事一人。就是真的讲民主，咱们河海人里面还可能出叛徒呢"。也甭说，抗战的时候，河海人里面出的皇协军和汉奸还真不少。

开始组建河海市的时候，书记姓赵，虽然是河州人，但多年在省委工作，与家乡联系并不多。他当了河海市委书记之后，有一天，市委门前来了一辆三匹马拉的马车，上面还带着篷子，几个中年农民扶下了一个撅着山羊胡子的老头，到传达室一坐，口口声声要找他的侄子"赵二饼子"。老头说当年自己在镇里开馒头房捎带着贴大玉米面饼子卖给穷人，他的一个远当家老赵家的老二穷得屁股用瓦片盖着，吃的就更甭说了，孩子饿得走路都扶着墙。他看着可怜，每天都偷着给他两个饼子吃才度过了兵荒马乱的灾荒年。老赵家为了感恩，给孩子起了个号叫"赵二饼子"，如今是这个院里最大的官。门卫一听他这么说，自然不敢怠慢，层层往上传。赵书记出来，听着山羊胡子比比划划地讲了半天，才依稀想起了自己五六岁时候的事，赶紧把他们让进食堂，自己拿钱让伙夫炖了一锅红烧肉，大馒头管够，还喝了老白干。山羊胡子吃饱喝足后说："'二饼子'，老叔可不是来贪吃你这顿饭的。俗话说，十里地赶个嘴，不如在家喝凉水，再说我们跑了上百里，光马料就多用了三十斤。"赵书记赶紧说："老叔，您有事请吩咐。"山羊胡子说："我是为咱村来的。河海是全国出了名的贫困地区，国家给调拨的物资不少，可咱那片更穷，咱

较 劲

村里也穷,你得多想着咱们那一片。俗话说,好狗护三邻,好汉护三村,你这么大官,怎么也得护着咱那半个县吧。"说完,还用老枣木拐棍在地上狠狠地戳了三下,在两个中年汉子的搀扶下颤颤巍巍地坐上大马车走了。

他们走后,赵书记开始并没拿着当回事,可是在分配物资单上签字的时候,笔尖总是不自觉往河海西边那几个县歪歪,底下的人自然心领神会。没几年,他老家所在的那个村拖拉机、抽水机、机井都比别的地方多,还修了公路,通了公共汽车。对这些,原来海州的人自然有了意见,常到普华市长那里念叨,后来把告状信写到了省委。反映多了,省委就把这个常犯本位主义的赵书记调走了,起用了从外省来的军分区司令员沈书记。任命前,省委组织部专门研究了老沈的档案。他虽然也是河州柳河县人,但只是在档案栏籍贯上这么写,其实从他父亲那一辈儿就闯关东到了黑龙江,他本人是在大顶子山老林子里伐木时扔下大斧头拿起三八枪当的兵,随着林彪的四野进关来的,对家乡的认识应该是个空白,河海领导班子也不会再出现较劲的事。

可惜的是,领导的愿望总是和民间的实际情况背道而驰,在中国这个农耕文明延续了几千年的社会里,每个人都和自己的祖籍所在地有着剪不断扯不乱、打断骨头连着筋的关系。

柳河的县长很精明,没有搞让村里的老辈去认亲的小儿科战术,而是在沈书记都不太清楚这里是他老家的西沙村搞了一个学大寨的点,培养了一个叫沈慧娟的初中毕业的女支部书记。县里稍微在化肥分配方面支援了一下,这村的粮食产量就比其他村高了一截,随着让县委报道组请来了《河海日报》的两位记者,文字、摄影一起上,在一版显著位置发表了一篇《革命重任挑在肩,盐碱地上创高产》的通讯,主要说西沙村在女支部书记的带领下,挖淋碱沟渠,改造盐碱地、种出好庄稼的事。照片上一个头裹白毛巾、赤脚抡大铁锨、带着一帮青壮劳力挑土的姑娘特别显眼,绿油油的庄稼也分外喜人。图文并茂的稿子自然引起了市委的注意,所以,在沈书记到柳河县调研的时候,很自然地到了那个村。

军人都有早起的习惯,沈书记那次调研是晚上到的柳河县城,连夜听了县委的汇报后,依然是早晨五点多就起来了,叫上县委书记就往西沙村赶。他们进村时看到在村外的打麦场上有一队女民兵在朝霞中训练,大喇叭里还播放着用毛主席诗词谱写的歌曲:"飒爽英姿五尺枪,曙光初照演兵场。中华儿女多奇志,不爱红装爱武装。"

较 劲

沈书记大喜,一个健康红润的姑娘身背半自动步枪跑步来到他面前,枪下肩,行了一个标准的持枪礼,朗声说道:"报告首长,西沙村女民兵连正在训练,请指示。"沈书记更喜,也两脚立正还礼,连声说了三个"好",表扬她们在农忙期间不忘战备。姑娘答说:"我们是新中国的女民兵,要一手拿枪,随时保卫国防;一手拿镐,建设大寨田多打粮。"沈书记看着眼前这个生机勃勃的姑娘,脸上乐开了花。

县长在一旁偷偷地笑了,暗暗地冲着姑娘竖了一下大拇指,上前对书记介绍说,这是西沙村支部书记兼民兵连长,叫沈慧娟。

"好啊,"沈书记豪爽地说,"我也姓沈,五百年前是一家啊。"姑娘想说什么,被县长用眼神制止了。

一行人进村,在沈慧娟的带领下,看了他们的大队部、学习毛主席著作阅览室、民兵连部。出村到了大寨田,青青的麦苗在春风中荡起绿色的波涛,油菜花在阳光下摇曳,蜜蜂在一旁辛勤地游走、飞翔。村里的广播里播送着"学大寨,赶大寨,大寨红花遍地开"雄壮的歌曲,一杆杆红旗插在地头,一群群社员镐起锄落,人欢马叫。

沈书记看得心花怒放,甩掉上衣,拿起大铁锨和大家挖起了排水沟,临走的时候说西沙村要作为自己抓学大寨的蹲点单位,宣布给西沙村调拨一台洛阳出的东方红-54链轨拖拉机,奖励民兵连两百发子弹打靶,让随行的秘书处长祖晨光回去找农业局和军分区落实。

沈慧娟当场再次敬了军礼,表了决心说,要在刚才沈书记劳动过的地里种上红薯和红高粱,秋后拿着最大的地瓜和最沉甸甸的高粱穗给市委献礼……

于步青全神贯注地听着,神往地说:"祖主任,说不定沈书记真是那个村的呢,西沙村肯定富起来了。"

祖晨光看着他,意味深长地说:"是不是那个村的不知道,反正那个女支书来送地瓜和粮食穗子,临走的时候管沈书记叫了一声'三爷爷'。林茂粮丰的何止是西沙村啊,整个柳河县,不,包括与它相邻的几个县也沾了不少光啊。"

他又点燃了一支烟,对着窗外蓝天上游走的几丝白云自言自语地说:"在历史上,贫与富产生的战争连年不断。河海自然条件极差,人们一直在为吃饱饭与穷较劲,围绕着上级分配的支农物资一直在争斗。在争斗中就产生了派别,在派别中就出现了圈子。这个圈子不是你想进哪个的问题,而是你的

较 劲

工作岗位决定了你必须在哪个圈子里生活。看来,你的老师陆文峰兄的选择可能是对的——三尺讲台,评古论今,吟诗作画,晴空一鹤啊。"

这几句话让于步青琢磨了好几天。

33

沈书记学习回来看着政府那边转来的简报、文件,尤其是看到在临海县开的全市农业学大寨现场会议的报告、支农物资分配表,越看越有气,愤愤地说:"这个普华,就是忘不了他当年打游击时待过的那几个县,在搞本位主义嘛。"

都说领导身边做文字工作的人是领导肚子里的蛔虫,这话一点儿都不假。祖晨光拿着一份省委来的传真进了沈书记的办公室,恭敬地看着他请示道:"省委通报表扬了咱们成立双学办的做法,机构建立后我们也做了一些工作,但离领导的要求还差得很远。最近工业局报来一份材料,说柳河县农机厂学大庆搞得不错,造出了简易小麦收割机,在全省县属企业里是第一份。往前也快到麦季了,结合西沙村学大寨的事迹,我们考虑在柳河县开一个双学双比现场会,在双学中比速度、比贡献。"

沈书记听完沉吟了一下,看着墙上的河海地图,脸上浮现出了笑容,欣赏地说:"我看可以,有新意。上次发电厂那个小伙子写的文章不说要结合吗,我们就是要把学大寨和学大庆结合起来,相互促进嘛,比速度就是看谁学得快,比贡献嘛,就是看工业怎么支援农业、农业怎么支援工业。让参加会的各个单位都拿出点儿具体行动来。"

祖晨光立即召开了各组组长会议,让于步青负责记录,安排布置了会务、简报、后勤等各组的任务,最后把于步青叫到了自己的办公室说:"这次沈书记的讲话由你来写初稿。结构是,开头写清我们这次是个什么会、都有什么人参加,接着写几个部分,第一说为什么开这次会,也就是提高认识;第二说要干什么,也就是要布置几个任务;第三说怎么完成这些任务,也就是说要采取几个办法;第四说在完成这些任务中要注意几个问题,也就是说不能出了偏差;第五说加强党的领导,要求各级党委要时刻抓在手上、落实到行动中。"

第一次接受这样重要的任务,激动和害怕轮流在于步青脑瓜子里上下翻滚。借调到这里一年多，他看出来写材料也是分级别的：报信息的只是每天综合各县市和市直各部门的情况，分类报给领导，属于较低层次；编发简报的需要了解下面各单位的经验，筛选典型表扬，是下面各单位很重视的人，属于中等层次；只有给领导写讲话的人才是最牛的，不仅可以当面聆听领导的想法，面授机宜，况且一把手的重要讲话是要上常委会讨论的，写材料的起草人还可以参加市委常委会。在众多领导面前念材料，这可是出头露面的好机会。怕的是自己写不好，把攀登的机会办成了下滑的深沟。

想到自己的处境，想到家里的情况，想到在厂里郭大郎的耻笑、谭俊雅的势利、尖脑袋刘的排挤，于步青暗地里咬了咬牙，利用两个晚上，翻阅了报纸上关于双学的新提法，省领导的讲话，市委书记、市长近一年来的批示表态的简报、通报，在上面画圈、画杠，装了一大兜子报纸、文件、杂志，迎着初夏的夕阳回到了厂里的宿舍。他找老工友史得志要了翻砂车间工具仓库的钥匙，拎了两桶水放在一个钳工案子下，坐着小板凳，把两腿放在桶里防止蚊虫叮咬，摊开参考资料，趴在上面写了起来。头顶上的灯泡暗淡无光，天大亮时他画上了一万多字的最后一个句号，低头看了一眼水桶里漂着的几只死蚊子，擦了擦泡得惨白的双脚，把稿子整理好急急地到了市委。

祖晨光接过来翻了几页，心中欣喜却面无表情地说"写得不错，但关键的地方要改"，说着，拿起大红铅笔在标题《全党、全民紧急动员起来，把双学双比活动推向新高潮》的"全党"后面重重地添上了"全军"两个字，看着于步青疑惑的目光说："告诉你，这两个字非常重要。沈书记是军分区的第一政委，只有他才能指挥和要求部队做什么，别人没那个资格。"随后告诉他第三部分落实措施里面加上参会的各单位要现场做出实际行动来。

在于步青即将走出祖晨光的办公室时，对方交代道，改完之后抄清送他看一遍，而后让打字室打印十份；后天上午和他一起参加市委常委会。

34

要不是这个机会，于步青压根也不会知道市委这座不起眼的楼里还有这么庄严的地方。

走过市委领导办公区长长寂静的楼道，两扇墨绿色的门打开，是一间布置庄严的中型会议室。长方形的大桌子居中，两边是木质软椅子，是常委们

较 劲

的位置；顶头是一张皮转椅子，上方的墙上是伟大领袖的标准画像，两边各三面鲜红的党旗和国旗。大桌子的后边南端和北端是两排小二屉桌和木椅子，是给列席会议的人员准备的：南端是市委部门，北端是政府部门，界限分明。

于步青跟着祖晨光进了门，坐在了摆着市委办公厅牌子的旁边。秘书处的人要走了他们手里打印好的材料，轻轻地放在了各个领导的座位前。

看着剩下的两份讲话稿，祖晨光悄声对他说："一会儿我来读，你注意记好各个领导的发言。"于步青点头，心头的火苗虽然被扑灭了，但那点儿灰烬还在发着热气——自己毕竟进了这个决定着全市几百万人命运的地方。

参加会议的人员陆续坐好后，沈书记在秘书的陪同下进了门，径直坐在了皮转椅上，用权威的目光巡视了一圈说："毛主席教导我们说，党委书记要学会弹钢琴，要十个手指头都动起来，协调配合，这个协调配合就是要结合。我们成立了双学办，就是学大寨、学大庆的结合。这次在省里开会，省委主要领导也肯定了我们的做法，既精简了机构，又提高了效率。"说到这里，他看了一眼离他最近的普华市长，接着说，"所以，我们要在柳河县开一个双学双比现场会，不搞单打一，更不能搞一头沉的本位主义，把两个学习结合起来，互相促进。"

随后就是祖晨光读讲话稿。在整个读稿的一个多小时时间里，于步青发现前排的常委们有的认真地看着面前的文稿，有的从提包里拿出夹带的文件批示着，有的在文稿上画着横线或者添点儿什么。离他最近的一个好像是宣传部的领导心不在焉地听着，手里的笔在文稿的背面竟然画了两队小人儿，中间是一根绳子直直地绷得很紧，小人儿们都弓着腰使劲，似乎是在拔河较劲。坐在后排的列席人员由于手里没有初稿，都沙沙地在笔记本上记着。

稿子读完后，沈书记让大家发表意见，多数常委都或多或少地讲了建设性的修改意见，只有普华市长闷闷地说了"同意"两个字。北端后排列席会议政府部门的工业局长贾为民站起来说："第三部分里说各单位在会议期间要有实际行动这一条不太明确。"坐在领导位置的一个小背头上有一撮白发特别显眼的人回答他说："怎么不明确，就是支农部门拿出自己的物资产品来现场支援农业。"

祖晨光低声告诉于步青，这人是市委的秘书长辛长发，资格老，原来在抗战时期的抗敌导报社做过总编辑，手中那支笔很硬的。

散会的时候，他们在门口和辛长发碰到了一块，对方扯着沙哑的嗓子对祖晨光说："小祖，我看着这次写的材料和你以前的风格不大一样啊，是不是添了新人啊。写材料这个活儿是好汉子不干、赖汉子干不了的，又辛苦又累，要及早培养新人。"说完，看了于步青一眼，匆匆走了。祖晨光喏喏地答应着。

在最后一次大会的准备调度会上，于步青目睹了这个头上有一撮白发的秘书长思路的清晰和说话的权威。面对着市直农业、工业、供销、物资、粮食和宣传、组织、教育、卫生一大堆部门的负责人，辛长发眯缝着眼，一支笔在签到簿上勾勾画画，不慌不忙点将分派任务，三言两语说清要求，各路诸侯老老实实领命而去。在说卫生局的时候，他特别叮嘱说这次大会参会者有四百多人，天气热了，要组织一支医疗队现场服务。最后在研究会务和后勤的时候，政府那边一位副市长说："这几天省里来了一个检查组，政府车辆紧张，你们市委这边是不是多出一辆车。"辛长发眯缝的眼睛开了，毫不客气地说："什么你政府我市委，毛主席怎么说的，领导我们事业的核心力量是中国共产党。普华市长不是市委的副书记吗，你不也是市委委员吗？就这么定了，两边各出一辆面包车。"那位副市长再也没敢说话。

大会如期召开，开到了全市公社一级的书记和村长，总算起来有五百多人。在秘书长的运筹帷幄下，大会分成了两个地点开。先在柳河县农机厂实地参观了该厂新生产的简易185型小麦收割机，就是在小拖拉机的带动下，一下能把八个垄的麦子割倒，而后再用人工捆起来拉到村里去打轧。厂长介绍了他们在大庆精神的鼓舞下，牢记毛主席"农业的根本出路在于机械化"的教导，想农民之所想，做农民之所需，发扬工人阶级特别能战斗的精神，攻技术难关。特别提到了市工业局长贾为民三次到厂里指导帮助的事，引得跟着河海发电厂厂长带着产品来支援农业的郭大郎一阵骄傲，得意地告诉押车来的管库员谭俊雅说："听到了吗，贾局长受到表扬了，他可是我妈的老战友了。你看着，他还得升。"谭俊雅看着台上蹲在一个角落做会议记录的于步青说："你看，他也来了，还在台上呢。"郭大郎不耐烦地说："他算什么啊，就是一个临时小跟班，不知哪天人家不用他了，还是回来拉煤。"

大会的下半场移到了西沙村的打麦场上。在灿烂的阳光下，成方连片即将成熟的小麦发着微黄的光芒，熏风刮过，传来一阵阵新粮的清香。临时搭建的主席台上，红旗招展，锣鼓喧天，几个精壮的庄稼汉子围着几面大鼓奋力敲打，女支书沈慧娟带着一队女民兵腰缠红绸，身挂腰鼓，唱着改编的陕西民歌"山丹丹的那个开花哟红艳艳，咱们的队伍大发展"，乐得在西部

较 劲

省份当过军分区司令的沈书记开怀大笑。沈书记带领一干人马健步走上主席台，宣布大会开始。先是典型发言，沈慧娟首先上台，她没拿讲稿，朗声说道："今天市委的双学双比大会在俺村召开，全体贫下中农乐开怀，学大寨当先锋，为革命种庄稼，革命壮志冲云天，多打粮，力争今年多交公粮十万斤，让城里的工人老大哥吃上大白馒头。"一阵掌声响过，而后是各个工业企业讲自己的体会和做法，市直各单位表态过后，沈书记开始讲话，于步青依然是坐在一个小凳子上垫着一块小木板低头做会议记录。

沈书记讲话过后是表彰发奖，市双学办主任祖晨光宣布获奖名单和上台领奖次序。九个人一组，依次上台，与市委在台上的九位领导对等领取奖状。

在欢快的《毛主席来到咱们农庄》乐曲中，第一批领奖者上台后，沈书记突然对秘书长辛长发说："把每个得奖单位支援农业的物资当众宣布一下。"

辛长发的头有些发蒙，大会的每一步都是预先精确设计好的，包括人员配备、每个人的任务、位置的锁定。现场最怕的是节外生枝，而现在是会议最后的关键时刻，台上包括祖晨光就十个人，九个领导发奖的位置不能动，祖晨光也不能动，可沈书记刚才临时增加的一项怎么办呢？他用锐利的目光一扫，看到了还蹲在主席台后面一个角落里做记录的于步青，一招手把他叫了过来，随手把一份清单交给他并急速地交代了几句。

于步青马上明白了，很快站到了主席台一侧，对着麦克风，拿出了在文艺宣传队报幕的姿态和普通话，随着领奖名单顺序宣布每个单位的捐赠产品名称和数量。带着磁性的男中音在悠扬的乐曲中传得很远。同时，这个年轻人的出现也引起了台下人们的注意。

当他宣布河海发电厂捐赠小拖拉机六台、电动机十七台、变压器八台的时候，原来的车间主任现在已经升任副厂长的郭泽普的眼睛离开了旁边谭俊雅的腰身，对着郭大郎说："这不是于步青吗，他怎么在台上讲起话来了？"另一个捐赠了三吨化肥的供销社主任也说："这个小伙子是哪儿的，我是从市委调出来的，没见过他啊。"

郭大郎看着周围疑惑的目光，尤其是谭俊雅看着台上有些羡慕的眼神，站起来愤怒地大声说："他啊，什么都不是，就是我们发电厂的拉煤工。"谭俊雅赶紧拉他坐下，说："是就是吧，你急什么呀？"郭大郎愤恨难消，红着脸喘着粗气，心里想，旁边这个女人的心在游离，得找个机会把她办了。

较劲

大会的午餐就安排在了西沙村，设在和打麦场隔着一小片油菜花地的西沙村小学里。教室里的桌子、凳子全部摆在了人间四月天的操场上，靠边搭起了两个大席棚，垒起了一溜儿土灶，芝麻秆子和大劈柴火苗呼呼地蹿起老高，几口大锅里炖着猪肉、粉条、豆腐和新鲜的黄花菜组合的大烩菜，旁边一人多高的笼屉里是暄乎乎的大白面馒头，令人垂涎欲滴、胃口大开。

虽然是同样的饭菜，但上下级还是有别的。市委领导和工作人员被安排在了中间的一排桌子，于步青也跟着祖晨光坐在了最末尾的角上。沈慧娟带着几个手脚利索的中年妇女麻溜地把一碗碗大锅菜和几簸箕大馒头端到了每个人的跟前。

于步青一直牢记着来河海时母亲的一句叮嘱："出门在外手眼要灵活，不能吃死蝇子。"他一边吃一边看着各位领导吃饭的进度，随时准备给他们盛饭。

他吃到一半的时候，看到旁边的祖晨光忽然放下了碗，捂着胸口，大口地喘着粗气，他知道这是多年熬夜写材料抽烟落下的哮喘病犯了，赶紧站了起来。祖晨光费力地指了指吃兴、谈兴正浓的沈书记他们，眨了眨眼，意思是不要打扰领导。于步青会意，扶着他向操场的西南角、大会医疗组几个穿着白大褂的成员吃饭的地方走去。他们走到一半的时候，聪明的柳河县县长也悄悄地跟了过来。

那几个医生已经吃完了饭，按照职业习惯戴上了白口罩，正坐在凳子上聊天，看到来了病人，听于步青一说，为首的一个人立刻拿出了一副简易的担架，让祖晨光躺在了上面，而后一个年轻的女医生利索地给祖晨光量了血压，听了心脏、肺部，麻利地打了一针，拿起雾化器往他嘴里喷了几下。这几个动作如行云流水，祖晨光马上不喘了，随即被抬到了旁边的教室里休息。

整个救治过程中，于步青总觉得这个女医生很熟，尤其是大大的口罩上面那一双蒙着一层雾的大眼睛。在对方一连串眼花缭乱的动作中，他始终没有机会多看她的正面。一切安顿下来后，女医生摘下了口罩，笑盈盈地对着他翘起了嘴角。

"远航，怎么是你？你怎么在这里？"于步青喊得有些忘情。

齐远航竖起手指"嘘"了一下，指了指旁边的病人，优雅地摆了摆手。两人走到了一墙之隔的油菜花地里的田埂上，惊飞了旁边一棵散发着枣花香树上的一对鸟儿。

齐远航抚摸着树上一根柔软的枝条说:"我们是大会后勤保障医疗组的,坐在台下最后边。你念捐赠清单的时候我听声音耳熟,站起来一看,果然是你。你不是在发电厂当工人吗,怎么到市委去了?你知道吗,我在卫校二年级的时候,听同学说你来河海上班了,我到你们厂去过两次,一次听说你上夜班了,一次听说你回老家了,后来就不好意思去了。你们那个门卫太讨厌了,问起来没个完。你是不是当了大工人成了领导阶级,就瞧不起老同学了,你应该知道我在卫校读书的。"

于步青抱歉而又自嘲地一笑说"我算什么领导阶级啊",随着说了这几年自己的工作情况。齐远航说:"你再怎么着也是在城里,不像我,毕业后分配到了柳河县,按照毛主席的把医疗卫生的工作重点放到农村去的'六二六'指示到了西沙乡卫生站。生活条件差点儿倒不说,一年到头也接触不到大的疑难病症,除了治治头疼脑热就是各种会议当差,业务水平根本就提高不了,哪怕是到县医院也好啊。"

听了她这句话,于步青心里一动。

看着吃完饭三三两两到田野上散步的参会人员和某些人看他俩有些异样的目光,两人就回去了。在教室门口,聪明的柳河县县长看着他说:"小于同志,你的普通话说得真好!哎,你怎么认识我们这里的医生啊?"于步青告诉他两人是中学同学,随着把齐远航介绍给了县长。齐远航尊敬地跟领导打了招呼后去看病人了,于步青灵机一动,把县长拉到一旁耳语了几句。

35

河海市的"双学双比现场会"是沈书记和普市长各自为了自己家乡的富足进行的一次较劲,此次沈书记完胜。上次在临海县开的"农业学大寨"会议是普华市长以沈书记不在为契机进行的偷袭战,虽然也胜利了,但有些胜之不武。

在任何地区,大人物之间的较劲都会殃及或惠及下面的一部分小干部,留下灾祸的种子、发展的萌芽和表面的浮华。

祖晨光再次受到了沈书记的表扬,哼着小曲摆开了好长时间未用的文房四宝,展开一张大宣纸,浓墨挥笔抄录了一首毛主席的《沁园春·长沙》:"独立寒秋,湘江北去,橘子洲头……曾记否,到中流击水,浪遏飞舟。"最后几

较 劲

个字几乎把中号毛笔压散,狼毫须发皆张,迸发出来的点墨和留白真像浪花托着的小舟在飞驰。

在写材料的小圈子里,给市委书记写过长篇讲话的于步青也算是一战成名,大伙儿都知道河海发电厂的一个青年工人笔头子上有两下子,在到各单位收汇报和总结经验的日子里,同行们都对他露出了敬佩之情,讨教些经验秘籍。他在和大家讨论的过程中也有意无意地隐瞒了拉煤工的身份,说自己是从厂政工部抽调到市委的,还说曾经在报社跟班实习过。

各单位大大小小的笔杆子们都是头头们讲话开会的拐棍、离不开的人,常在一起厮混,所以,这些话也逐渐传到了领导的耳朵里。

工业局长贾为民实在是腻歪了老婆的一身黑肉和那个站起来像一座小山包躺下是一摊黑泥的肚子,可是生理欲望又克制不了,憋得没法了就把屋里的灯拉了,窗帘捂得严严的,在伸手不见五指的黑暗里趴在她身上胡思乱想着操作一番,泄了火之后立刻回到自己的房间里,梦里依旧想着这些年时断时续的情妇王淑敏的模样。

中秋节的时候,老婆娘家的一个亲戚办喜事,她带着孩子们回去了,他马上给王淑敏打了电话,大白天插上门,在明晃晃的日头下亲热了一番,而后喝茶时说起了孩子。贾为民说:"你儿子在的发电厂出了个人才,抽调到了市委双学办,才二十来岁就能给书记写讲话。你叫大郎别光天南地北地玩着跑供销,也学点儿文化,机关写材料的人才还是缺的。"

回到家里,王淑敏把他的话转述给了刚打完篮球的儿子,郭大郎立刻火了,大声嚷嚷着说:"他说的是于步青!那个穷小子从我在榆柳堡插队时就和我较劲,一个臭农民、破拉煤工,走狗屎运的家伙!你一定跟贾叔叔说,把他要回厂里去拉煤。他还跟我抢过你的儿媳妇呢。"王淑敏正色道:"市委正用着的人,你说要回来就能回来啊。你贾叔叔就是一个局长,他能管得了市委啊。"郭大郎说:"我不管,反正不能叫那个家伙比我强了。你说话局长准听。"

于步青对发生在局长宿舍和郭家大院里的事一无所知,但他即将碰到一生中最重要的一个人,以后发生的事情再次证明了一句老话:"读万卷书不如行万里路,行万里路不如遇到明人指路。"

转眼来市委帮忙快两年了,厂子那边他已经出徒,现在是二级工,每月三十六块五毛,经济状况也有所缓解,在市委行政处买了些饭票,非常习惯这边的机关生活了。因为经常加班写材料，经过祖晨光的同意，他在小档案室里加了一张行军床，大部分时间晚上就住在那里。除了领工资，厂子里很少去了。

河海市委大院占据着两条街，分南门、北门。南门是正门，在新华街上，周围是政府、军区、邮电、电力、银行等重要部门，围绕着市委的主办公楼，显示着领导机关的威严和权威；后门开在兴盛街上，大门口两边大部分是菜店、粮店、商场，市委的伙房就在靠近北门的地方。隔着一条胡同是市委的家属院，门前的小广场上也常有小商小贩停留。因此，北门成了大院里的干部吃完饭遛遛弯、离退休干部到伙房里买个菜、家属院里的人到此买个日用品的必经之地，也成了这伙人聚集聊天的地方。这里的聊天内容绝不是市井百姓东家长西家短的俗事，大部分是河海的大事和官场的逸闻趣事。

北门临街是一排宽大的平房，大部分房门是朝里开的，是车库以及司机、伙夫等勤杂人员的宿舍，只有两间是朝着大街开的，门楣上挂着一块金底黑字的红木牌匾，"阅微堂"三个字古朴遒劲，一看就出自名家，里面卖些文房四宝、小学生书本和文具用品，也有毛主席像章和领袖的伟人画像。

今天人们议论的主题即是这家小店，吃完早饭也来北门溜达的于步青在一旁听着。一个戴眼镜的老者说："这个老岳，有两天没开门了，我那松烟墨快用完了，等着他买一块呢。"一个中年人说："你甭说，他的松烟墨就是正宗，写出的字水灵、顺眼。"老者说："那当然是，老岳不简单啊，你听他名字吧，叫岳鸣沙，一下子就让你想到了古文化灿烂的敦煌壁画。"中年人显然没有老者的功底深厚，转口说："那当然，辛长发秘书长的亲戚啊。"

太阳升起了两竿子多高，人们逐渐散了，于步青也要往回走，一辆大摩托突突地开了过来，停在了"阅微堂"门前，来人对着他喊道"小兄弟，小兄弟"，喊声亲切而急切。

于步青马上认出来了，就是六年前在大王坟给了他当时的天文数字换了几个破碗的黑皮大衣。今天，这个人没有穿黑皮大衣，穿的是水滑油光的皮夹克，他的名字叫岳鸣沙。

岳鸣沙金丝眼镜的后面闪动着睿智而又有些狡猾的光，把他叫到了柜台后面，摆开了他从来没有见过的一套南方的喝茶工具。洗杯、洗茶、泡茶、闻香几个繁杂的手续过后，岳鸣沙慢悠悠地喝着茶，看着一脸懵的他说："小兄弟，你对我有恩，恩有多大，我应该怎么报答你，怎么报答，什么时候报

较 劲

答,咱以后再说。此刻你心里肯定有一千个、一万个问号,你也别问,我先猜猜你。你离开了你们村,到这里的一个工厂当了工人,现在在市委一个部门帮忙,而且干得还不错。你已经接近了河海一股政治势力的边缘,最低也是在他们旁边转悠,是他们可以利用的人。这些,你自己可能没感觉,现在也不必感觉,因为你还没有感觉的资本。你现在最大的愿望是想进入这个大院,但是很难,难就难在你缺少一个身份,干部身份。"

于步青睁大了眼睛惊愕地看着他,像童话里满腹心事的孩子遇到了女巫,把所有的秘密都说了个清清楚楚;更像一个在山林中迷路之人跌跌撞撞四处寻找出路的时候,遇到上天降下一个南极仙翁,迷雾散尽,大道顿开。于步青惊叹中充满了敬意,向前倾斜着身子,伸长脖子看着他,可岳鸣沙不说了,转了话题讲开了自己的经历。

岳鸣沙六十年代初期就读于首都一所著名大学的历史系,读大二的时候,赶上国家为了提高新中国刚成立时一批工农干部的文化水平,从各地选调了一批有一定文化基础的基层干部到大学深造。辛长发凭着乡村高小的文化底子被选了进来,和岳鸣沙住进了同一个宿舍。那时候办学很严格,规定了三个月的试学期,三个月后进行文化测试,合格才能留下。辛长发做战地小报记者时接触了不少大文化人,对知识有着强烈的渴望,对政治、历史、语文的学习尚可,但是对数学、物理和当时流行的俄语就特别费劲了。看着老大哥每天啃书本痛苦而又坚毅的样子,岳鸣沙伸出了援助之手,牺牲了自己周末参加舞会、逛公园、进书店的时间,和辛长发在外语角一遍一遍地对口型,纠正发音,在宿舍的床板上演算公式,终于帮他过了关,得以在正规大学里深造了三年,两人也成了莫逆之交,常在夜里抵足而眠,讨论着历代王朝的兴衰、共产党赢得天下的秘诀。

三年后二人分手,辛长发回到了河海,成了整个市委班子里第一个有正规大学学历的人,而岳鸣沙则被分到了中央一个部门的政治历史研究室,不久被一个大领导发现被调去当了文字秘书。仅一年后,大领导被外派到西部一个省份开衙建府,他也跟了过去。水涨船高,他也挂上了省委副秘书长的官衔。"文革"开始,大领导被打倒发配他乡,生死不明,他也接受审查。掌权者看他是一介学历史的穷书生,实在没什么油水,过后便让他到骊山脚下一个寺庙改建的文保所做了守门人。

此时的岳鸣沙已经过了三十岁,每天上午扫完类似庙宇佛堂的青石板地

较 劲

后，常常扶着扫帚望着山上帝王的坟丘发呆，想着自己满腹经纶，曾在庙堂一侧，精研历史风云，见微知著，总结规律，为国献策；跟随一品大员，开疆拓土，执政牧民，镇守繁荣一方。他本想做一羽扇纶巾的小国丞相，呵呵，到头来却在此做了一个扫地把门知客僧，如今年过三十，古人讲的立言、立业、立德三立中一样未立，心中惆怅难解。一日，他来到山中，对着无字碑站立面壁良久，惨笑了几声，回到所里收拾行囊，把钥匙插在锁中，把锁挂在门上，把扫帚横放于门槛，回望两眼，下山直奔河海而来。

辛长发见到多年没有音讯的学弟，自然是欢喜无限，叫伙房的大师傅跟着回家炒了几个菜，拿出给领导特供的贵州茅台，推杯换盏，互道离别之情，回忆当年大学时代的趣闻逸事，好不欢畅。当他听到岳鸣沙要来此落脚后，不由得认真说道："你乃是厅局级领导干部，河海市也是个厅局级单位，庙小官微，可是安排不了的。按干部管理权限，你的职务审批权在省委。"岳鸣沙微微一笑道："贤兄此言差矣。大难之后，大彻大悟，跳出了官场红尘之外，愚弟只是来安身而已。你只需把市委北门的一排平房改造两间租给我则已，我卖些文房四宝、笔墨纸张足以糊口。"看到学兄有些疑惑的目光，他低声附耳道："你知道的，愚弟我在西北边陲，六朝的皇帝老儿、王公大臣、风流嫔妃都葬在哪里我一清二楚。千百年来，洛阳铲盗洞连连，摸金校尉手脚不闲，多少宝物流落民间。本人做扫地僧时，一辆旧飞鸽自行车伴随我转山下湾、走村串户，也收得一些，随便出手一件，便可买一栋小楼，衣食温饱不在话下，兄尽可放心。"

秘书长是市委的大管家，租出两间房子自然不是难事，但一向谨慎的他还是对外说，自己在抗战期间住的一个"堡垒户"的儿子要在此做些小生意谋生。行政处把房子很快改造完毕，岳鸣沙从此落户河海……

见对方和盘托出，于步青也把自己这几年的经历和困惑以及希望说得清清楚楚。

岳鸣沙随听随把喝剩的残茶倒掉，换上武夷山大红袍，倒上一壶滚开的水，闷好，先来了一个关公巡城，而后凤点头倒在了小茶碗里，慢慢地品着，还搬出来一架老式留声机，轻轻地放起了《空城计》的选段，摇着头手扶膝盖打着拍子，哼着"我正在城楼观山景"，饶有兴致地看了他半天，而后点燃一支烟，在屋里慢慢踱着步子，娓娓道出了一番话。

"按说你这个年龄或者按你前几年的年龄，应该是在大学读书，可天不

较 劲

逢时，你们这批人被赶出了课堂，较早地接触了社会，尤其到了农村是不幸；但对于你来说，能出来当了工人，是不幸中的小幸；在工厂又能出来到市委机关来舞文弄墨，充当领导身边的书办，是中幸；如果能调进来成为正式秘书班子里的人，就是大幸了。但是，在中幸与大幸之间，有着一道不可逾越的鸿沟，这就是你没有干部身份。按照国家目前的政策，取得干部身份只有一个途径，那就是上学。可惜的是，正规的大中专学校已经停办了。当然，学校还在招生，但进入大学的标准变了，不是文化的考试，而是凭着家庭成分的出身，凭着手上的老茧、脚上的牛粪。除了上述硬条件外，内里还是凭着权力运作走'后门'。

"我对这种所谓的工农兵学员是嗤之以鼻的。不过，荒唐年代里的荒唐事有时也是正事，是你取得干部身份的唯一途径，你可以试试。

"小兄弟，你是个男子汉，是对家庭很负责的人，肯吃苦，很聪明，读的书不少，有些小才华、小机灵、小心机，就是凭着这个和一点儿小投机，你才有机会暂时来到了河海这个最大的机关上班。但是，你的知识很零散，缺乏系统性；有了完整性，小才华、小机灵才能变成大智慧，再加上不错的天资和初心，经过磨炼，如果机遇适当，往大里说可以治国安邦，往小里说可以治县安乡。

"哦，扯远了，你说你来后参加的两个会，书记、市长较劲的事，看似偶然，实际上是符合历史规律和社会现实的必然的。河州和海州合并的初衷就是为了解决这一片的贫困问题。这里工业基本是空白，农业基础薄弱，改变生产条件主要是靠中央和省里的扶持，资金和物资的分配都来自上面。那么，这些物资到了河海以后，就开始了较劲，因为干部来自两个地方。人都是感情动物，对自己的家乡，对自己曾经战斗过的地方，总想多谋一点儿福利，这里既有那一方人的盼望，也有自己的一点儿虚荣心。'人为财死，鸟为食亡'，升斗小民较劲是为了生存，为了温饱；'汉官威仪，衣锦还乡'，官员较劲是为了面子。说到底，都是和穷较劲，不过是较劲的场地和方法不同而已。

"还有，你刚才说去找祖晨光帮忙当工农兵学员上大学。这人我认识，爱写几笔毛笔字，有点儿功夫，懂得藏头掖尾，那字还像那么回事，基本完成了从报社一介书生到行政人才的转变。他一直在办公厅做文秘，没掌握过实权，指点江山、激扬文字的东西还很多，在市委属于有声望、少实力的小领导干部。按目前市委领导用他的程度，他跟你们厂长打个招呼应该还是管用的。"

这是于步青二十四年来除了陆文峰老师给他讲文化课以外，听到的最震撼心灵、最受启迪的一堂人生课，里面既有个人的前途、人生的奋斗，还有社会的发展、政治的奥秘，太丰富了。他后悔自己没带笔记本来，把每一字都记下来，以后慢慢研读。

他怔怔地站在那里，用非常崇敬的眼光看着岳鸣沙，咀嚼着这个神秘的人物刚才说过的每一个字。

岳鸣沙依旧悠然自得地摆弄着那一套紫砂茶具，站起来给了他两支毛笔、一块松烟墨，想了想，又从货架底下拿出一个古色古香的砚台，嘱咐他送给祖晨光，至于怎么来的，让他自己想怎么跟祖晨光说。

36

于步青用了两个晚上绞尽脑汁编出的理由没用上。

祖晨光看到那两支湖笔和松烟墨两眼眯成了一条线，看到那方端砚更是眼睛放光心里乐开了花，拿在手里反复抚摸着，嘴里一个劲地说："好东西啊，好东西。"根本没听于步青说自家分的是一户大地主的老房子，在换后山墙时从墙角挖出来的絮絮叨叨的话。当于步青提出往前大学要招生，自己愿意去的时候，他随手就给发电厂的书记兼厂长的尖脑袋刘打了个电话。

这个电话让尖脑袋刘两手挠着秃顶直嘬牙花子。上级分配给了发电厂两个工农兵大学生的指标，文件还未下达，领导那边的电话就打过来了。第一个是沈书记的秘书打的，说领导的老战友很关心革命后代的孩子，让他关照一下华露浓，如条件允许，到大学深造一下。无论成与不成，最后给反馈一下。尽管语气很客气，可显然是命令式的，尤其是最后"反馈"一词，充满了无限的内容，其中就有非办不可的意思。这个他也想办。他知道市直党委那位五十多岁了，有部队文艺兵的底子，凭风姿绰约女科长的本事可以把女儿送入大学，何况自己还和她那长腿闺女有过那么几次呢。第二个电话是顶头上司工业局长贾为民打过来的，非常直接，点名道姓地要郭大郎和谭俊雅一起上大学。贾为民是当地政权中的实力派，也是自己来河海时最先依靠的人，更是在他的支持下自己才当上了厂长，挤走了张书记，实现了党政一肩挑。贾是自己的恩人，不办不行。这第三个电话是现任市委双学办主任祖晨

较 劲

光打来的，看似漫不经心，实际上处处充满了玄机，说你们厂的于步青在市委帮忙已经快两年了，表现不错，几次写的材料受到了市委领导的肯定，尤其是总结下面的典型材料很有特点，当然也包括你们厂学大庆的典型材料，准备上报省委。"对了，他去年还是这里的先进工作者，我们的意思是让他到大学深造一下，回来更好地为党工作。"尖脑袋刘反复琢磨这几句话，咂摸出了三层意思：一是于步青在市委干得很红火，领导都赞扬，应该去上大学；二是上大学回来之后可能还到市委工作；三是如果去不了，发电厂从张书记开始已经保持了四年的"学大庆先进单位"今年就要泡汤。这是不小的事，涉及单位荣誉和全厂工人对他的看法以及个人未来的升迁。

从个人意愿上来说，他最想让华露浓和郭大郎走，谭俊雅走不走在两可之间，最不愿让走的是于步青，这人不是自己发现的人才，是张书记硬拨到政工部的。更可恨的是这小子到了市委后，一次也没到他的办公室来过。自己几次到市委双学办开会，这家伙坐在一旁拿着笔杆只是朝他淡淡地点头，真觉得自己不是发电厂园子里的一根葱，是市委的干部了，更不用说像郭大郎那样，逢年过节还知道送点儿烟酒糖茶。

他再次把文件摊开，研究起工人上大学的条件来。首先是政治审查，这一条几个人比较，于步青是在农村入的党，党龄长一点儿，郭大郎在电工班解决的组织问题，华露浓在和他上床后也进入了党内，谭俊雅是团员；看出身，于步青家是贫农，郭大郎也是，其父还是解放军呢，比于步青有优势，华露浓是革命干部家庭，至于谭俊雅家庭成分也没什么问题。

那么，哪里是把于步青弄下去的突破口呢？尖脑袋刘苦苦思索着，当看到文件上的"推荐"两个字时，眼睛发亮了，像一个被围困在院子里的小偷看到了墙壁上的一个裂纹，可以凿洞而出——规定是由各车间全体工人推荐方可。

啊，终于有办法了，他站起来伸了一个懒腰，得意地笑了。郭大郎在供销科，自己给科长打个招呼就可以了，华露浓也一样，谭俊雅据说和原来的车间主任，现在的副厂长郭泽普不错，她自然会找他去帮忙，不用自己操心。至于于步青嘛，呵呵呵，已经不在拉煤队两年，自己稍微给队长一暗示，推荐这一关准泡汤。

想到这里，他拿起电话跟政工部老杨说，关于推荐工人上大学的事，厂党委初步定了四个人，今晚下班后在四个班组投票推荐，随后得意洋洋地给祖晨光打了一个电话，大意是厂里同意于步青去上大学，文件规定是由班组

较 劲

进行推荐,如果他所在的拉煤队推荐不上也就没办法了。谁知对方说得更清楚:按组织部门规定,人离开原单位一年以上所有评优鉴定也包括推荐都由现在所在单位负责,这个就不用厂里管了,市委双学办会随时把于步青这两年在这里的表现和推荐结果做出来,并要他派人去拿。

随着祖晨光那边把电话"咔嚓"一撂,他也"扑腾"坐在椅子上,又发起了愁。唉,难哪。不用看,仅是听祖晨光的口气就可以想象到,于步青的鉴定肯定是优秀,推荐肯定是全票通过。

郭大郎像猎狗一样推门进来了。这几年通过在供销部门的历练,和天南地北的奸商、社会上的嘎杂子和溜溜球的交往中,他的嗅觉变得特别灵敏。自从大学招生开始,贾为民局长给厂里打了电话以后,他基本就不出门了,每天都要到厂政治部探头探脑几次。刚才听到政治部的小刘给车间发通知,他马上就来到厂里了。

他现在变得乖巧了,不再像前几年那么直通通地说话了。他先把一盒云南三七在刘厂长眼前晃了晃,而后熟练地放在了后边的橱子里说:"厂长辛苦啊。贾叔叔不是给你打电话说好了我和俊雅去上大学吗,你怎么搞了四个人啊?还有那个于步青,他怎么能去呢?"

尖脑袋刘对眼前这个人有点儿爱但更多的是恨,爱的是每次出差都给他带一点儿土特产来,恨的是总拿自己的顶头上司来压他,便敷衍着说:"好中选优嘛,总得找两个陪跑的来衬托你们啊。"

"得了,厂长,这不是谈买卖,张口要价,就地还钱,就俩指标,搞推荐谁的票也少不了——'花露水'在你眼皮子底下,于步青在市委双学办。"

当面提到华露浓,当面提到自己的小暧昧,这是在发电厂所有人员中的第一次,刘厂长的脸上有点儿挂不住,心想,你妈和贾局长的关系再好,就是贾为民是你亲爸,你毕竟是我的下级,也不该当面揭我这个短,便正色道:"按文件规定,这四个人都符合条件,厂党委对他们的政治审查都没问题,实在不行就民主以后集中,报上去让上级决定。"

郭大郎的大眼珠子骨碌碌地转了一会儿说:"政治审查?对,你们根本就没有好好审查——于步青向往西方资产阶级腐朽的东西,散布靡靡之音。"

尖脑袋刘心中一喜,表面上不动声色地说:"他一个农村来的穷小子,懂什么资产阶级的腐朽,你有证据吗?"

郭大郎说:"当然有,你先别忙着搞推荐,明天我就把检举信交给你。"

较 劲

说完急匆匆走了。

郭大郎在尖脑袋刘说政治审查的时候,想起了那天夜晚于步青和谭俊雅在晾水池旁拉小提琴的事,一开始拉的那个什么松的《仲夏夜之梦》肯定是西方资本主义国家的艺术家搞出来的,肯定是靡靡之音,只要谭俊雅写一封检举信,哈哈,于步青上大学的事肯定是吹灯拔蜡,玩勺子去了。

用什么办法让谭俊雅写这封检举信呢?郭大郎坐在老柳树下骨碌着大狼眼想着主意,说是自己曾经看见了?肯定不行,那样不仅会让俊雅说他下作,还会翻了脸。一想起她那柳眉倒竖、杏眼圆睁的样子,他心里就痒痒得慌。

今年夏天的一个礼拜日,他去她家玩,正赶上俊雅的母亲出门,看到他说:"你来找二妮的吧,她午睡刚起来,在屋里呢。"他进了卧室看到俊雅刚穿上上衣,扣子还没系,下身只一条三角裤,两个小白兔是那样的嫩,大腿是那样的白。还没等他再看第二眼,谭俊雅脸上充了血,大叫一声"出去",拿起一个枕头砸了过来。他一躲,对方立即关紧了房门,他央求了半天也没开,只得垂头丧气地走了。为这事,俊雅还几天没搭理他,自己用了两盒大白兔奶糖才哄好,以后见面,牵手可以,别的地方就是不让他沾边。

看来土鳖老爹说得对,先把她拿下。他准备分两步走。

他有一把他妈王淑敏办公室的钥匙。有一天王淑敏去市政府开会,到了会场发现没带办公室钥匙,会议时间两小时,回去还要给单位职工传达文件,就打电话给在家休息的郭大郎,让他把钥匙送到单位去。途中,不知出于什么心理,郭大郎路过一个配锁换钥匙小摊的时候,配了一把,一直装在兜里没用过,这次可以用上了。

经过一番准备后,这天下午快到下班时间,他偷偷跑到仓库外面,看着四下无人,把谭俊雅的自行车前轮胎放了气。下班铃响了,他及时出现在对着瘪了胎的俊雅面前,说,"明天再说吧。龙阳河边新开了一家鱼馆,咱去吃个鲜"。他驮着她一溜烟到了饭馆,先给她说他们上大学的事基本定下来了,贾局长亲自打的电话。"大概过两个月暑假开学就可以走了。到那时,两人同在大学校园里学习、散步,毕业回来离开厂子,进入党政机关,过着美妙的生活",说得姑娘心花怒放。吃完饭郭大郎告诉她说,他妈去上海给她买了一条裙子,让她去试试。他拉起姑娘一溜烟到了生产资料公司的二楼,开门进了王淑敏的办公室。

五月天的夜晚,万木葱茏勃勃生机,窗外的花坛里和浓密的树冠中不断

较 劲

传来小动物求偶的声音和鸟儿双双对对地喃喃细语。办公室朝南，进门处有一张床，靠窗户是办公桌，窗台上摆着王淑敏一些简单的化妆品。

郭大郎把锁碰上，拿出了几颗河海少见的酒心巧克力糖，不让俊雅动手，亲自剥开依次送到她嘴里。烈性威士忌的辣味和糖的甜味让第一次接触酒的姑娘有些眩晕，眼神有些迷离。郭大郎得意地一笑，拿出了裙子让她换上。

虽然满心欢喜又有些迷糊，但姑娘的羞涩还是让她不好意思，又禁不住郭大郎的央求，便说："你脸朝外，冲着窗户，闭上眼睛不许看。"郭大郎连连答应。就是这样，她还是在他站好后，又在他背后放了一把椅子，想一旦这家伙冲过来，椅子一响，自己马上就能察觉。

但她还是失算了，郭大郎早把窗台上的一个小圆镜冲里放好，把在床前脱衣的俊雅看得清清楚楚。当她脱下上衣，褪下裤子，全身只剩下乳罩和三角底裤时，郭大郎血脉偾张，悄悄背着手挪开了椅子，一个箭步上前把她抱在了怀里，压在了床上，用热吻堵住了她的嘴，两手分工，上下抚摸。俊雅还没从惊愕中缓过神来，三角裤不翼而飞，刚刚有些生理冲动时，郭大郎已经长驱直入，经过短暂的疼痛，一种从未有过的舒服的感觉慢慢涌来……

过后，郭大郎看着床单上的血梅花笑了，姑娘眼里流着不知是什么滋味的泪花，娇羞地倒在了他的怀里。

待到双方的情绪平息之后，郭大郎告诉她说，这次上大学于步青通过市委双学办领导打来电话和他们争，要想法把他搞下去。据发电车间值夜班的工人反映，有一次他在晾水池旁拉小提琴，演奏了西方的靡靡之音，是重大的政治问题。谭俊雅说，是有这么回事，当时是拉给她听的，自己也跳舞了呢。郭大郎说，所以，你要揭发他，只有把他告下去，才有咱俩的幸福生活，否则……

在郭大郎的百般游说下，谭俊雅趴在桌子上写了一封举报信。

厂领导：

×年×月×日的晚上，当时在厂政工部工作的于步青把我拉到发电车间后边的晾水池旁，用小提琴演奏了西方资产阶级音乐家门德尔松作曲的《仲夏夜之梦》的靡靡之音，还叫我跳舞伴奏。这是典型的对抗无产阶级文化大革命，宣扬我们批判的"封、资、修"的行为。

谭俊雅

信写完之后，郭大郎送谭俊雅回家。凤凰自行车骑得飞快，她在后边搂着他的腰想，他刚才怎么那么有经验呢。记得去年国庆节，结婚不久的表姐来家里串门，悄悄跟妈妈说，第一天晚上和丈夫都猴急猴急地，就是找不到门，折腾了一宿才进入正轨。联想到偷听来的话，再想想郭大郎，看来这家伙不是第一次，自己不是他的唯一，但不管怎么着，身子让这个人破了，嫁鸡随鸡、嫁狗随狗吧，她的眼泪又掉了下来。

第二天这封信就到了刘厂长手里，他立即召开党委会研究。大多数党委成员都说，政治立场是大问题，于步青坚决不能进大学，只有政工部老杨说，这件事谭俊雅为什么过了一年多才揭发啊，为什么当时还伴舞啊，为什么不当时就制止于步青的不良做法呢，这说明谭俊雅也有问题，无产阶级觉悟也不高嘛。

对呀，尖脑袋刘脑子里灵光一闪，一拍大腿说："老杨说得对，这两个人都有问题，他俩都不能去，就定郭大郎和华露浓吧。"

事后，他到市委向祖晨光汇报，正赶上祖晨光去医院看哮喘病，听了以后忍着咳嗽说："扯淡，《仲夏夜之梦》是世界名曲，什么靡靡之音！"

刘厂长回来之后，想着贾局长的威名，还是把谭俊雅调到了厂财务部。

郭大郎临走时把谭俊雅叫到了他妈妈王淑敏的办公室，又折腾了一次，第二天便和华露浓去了省城的北华大学。他们是最后一批工农兵学员。

这一年，国家也发生了巨大变化，"四人帮"被粉碎了。

37

祖晨光告诉了于步青结果后，他并没觉得有多大委屈，反而感到有些幸运，因为他查了一下文件，工人上大学要带工资需要八年的工龄，自己才刚七年，真要去了这钱还真没法去弄，哪怕是一个月花十块钱，凭自己家里人在生产队挣工分攒的也给不了他，全家的生活也会因为他每月给不了二十块钱而发生巨大的困难。

在一个旭日东升的早晨，他吃完早饭跑到"阅微堂"把这些告诉了岳鸣沙，对方看着东方晴朗的天空说："那种学校，那种学生，不去也罢，不当也罢，省得将来被钉在历史的耻辱柱上。中国的天要变了，但不管怎么变，国家一穷二白的面貌在这儿摆着，这几年被折腾得更穷了，谁上台面临的第一个任务就是和穷较劲。从世界经济发展史看,任何一个国家改变贫困不是喊喊政治口号、动员千军万马拿着镐头去挖地球就能成的,需要科学技术。这和打仗一样,手里要有顺手的家伙,连美国的巴顿将军都说,打仗靠武器,打胜仗靠士气。现在,全国人民的士气是有了,缺的是武器,这个武器就是人才和科学技术,后者需要前者的发明创造来实现。小兄弟,别灰心,国家培养人才的办法只有一个,就是办大学。从历史上各个朝代办的太学到现代的大学,一直到共产党未掌握政权之前办的红军大学、抗日军政大学,再到各个边区的教导队,那才是培育人才的摇篮。我估计,用不了多久,大学就会正规招生,你也做些准备。今天我把我高中时代的课本给你找一些,你学习一下。按你现在的水平,政治、语文不会难住你,主要应该补习数理化和英语。你自己先学,不懂的来问我。"

在他抱着一大堆书上楼的时候,正巧碰见了在大楼台阶上等待专车的沈书记。沈书记对这个叫不上名字的小伙子颇有好感,拿过他手里的几本书来翻了翻夸奖地说,好,年轻人就是要多学习。

领导对政治永远是敏感的。沈书记去了一趟北京,回来后没让别人写稿,直接召开了一个市委常委扩大会,而且突破了往常这种会议只有政府市长、副市长参加的惯例,一下扩大到了各县的书记、县长和市直部门的一把手。他先讲了自己从老战友那里听到的粉碎"四人帮"的逸闻趣事,接着说了"四人帮"的反革命路线在下面造成的危害,而后强调了今后要一面揭批"四人帮"一面大力发展生产,要重视培养人才,要用新的科学技术和穷较劲,并指示双学办从生产力方面找一下和先进科学技术的差距。

祖晨光立即组织了一个由大企业老工程师,农业部门老专家、老技术员参加的座谈会。于步青既管会议记录又管签到,先是看到了发电厂来的电气工程师吴顺心和八级钳工王命长,最后意外地见到了柳城县农业局的李忠礼局长,分外惊喜。鉴于会议马上开始,两人也没说上几句话。李局长拍着他的肩膀说:"好,小伙子,能来这儿帮忙是锻炼人的好地方。你要有更大的发展,还是要想法上学去。我要不是有这个老中专学历,也参加不了这么高级的会。"

少了过去那种政治口号的压力,说发展生产的正事,大家普遍觉得心情舒畅,说得很多。王命长首先发言说:"农村里有个笑话说,只要把出了毛病的拖拉机、柴油机一装上小拉车,不用赶车,小毛驴就知道往河海发电厂走,说明咱生产的玩意儿返修率高。不是我们不愿生产质量高的机器,是咱的设备不行啊，加工精度达不到啊。人家都是精密的数控车床了，咱还是老皮带床子呢。"

旁边的吴顺心说："就是给你数控车床，你也不会用。"见王命长瞪了他一眼，接着说，"就拿发电来说吧，咱们的千瓦消耗煤和用水量是先进机组的一倍多，主要是目前汽轮机发电老化，锅炉燃烧室风机涵盖面不够，人家德国的涵盖面早就到百分之九十了。"随后还说了一句比较数字的英语。

王命长回击他说："你既然会放外国屁，怎么不去买一台？"

跟着贾为民来的工业局技术处长说："《河海日报》的一个记者对我说，食品厂生产的饼干像老城墙上拆下来的砖头，汽车来回压两遍还是整个的；而咱们砖厂出的砖像桃酥，拿在手里一不小心就碎成了八瓣。他建议把这两个厂长对调一下。这话有点儿损，但也确实反映了我们的落后，尤其是技术装备和工艺水平的落后。"

在大家的笑声中，李忠礼局长说："河海是农业地区，按说应该粮棉收得多一些，但我们年年和穷较劲，产量一直上不来，主要存在以下几个问题：一是品种单一，重茬地力受影响；二是制种技术不过关，植保技术主要依靠单批次农药，造成害虫年年增多；三是测土施肥的手段落后，对土壤的分析不够……"他一连说了十条，最后说："这些问题的出现有设备的原因，更多还是人的问题。这几年进的人都是些初高中生，专业学校毕业的少，即使有，也是没有经过考试进学校的工农兵学员，知识不扎实，顶不起事来。"

会后，于步青把这些意见分类整理出来，祖晨光送给了沈书记。沈书记仔细看了以后说："这些问题表面上是技术问题，实际上解决还是依靠人才啊。咱们不是送出去一批大学生吗，他们也快放暑假了。找个休息日，组织他们开个座谈会，把问题跟他们说说，让他们知道家乡的落后，毕业回来报效河海。我也参加一下。"

树上有蝉声、河里蛙鸣一片的时候，一个星期天的下午，座谈会如期召开。为了表示对他们的重视，会议设在了庄重、豪华的常委会议室。大会议桌两边，东为上，坐着沈书记和市委其他领导以及工作人员，西边是参会的学生。

郭大郎是第一次走进这样讲究的会议室，开始充满了新奇和骄傲，但他看到于步青也坐在这儿，而且是和市委领导坐一排，心里的气马上上来了。

会议由辛长发秘书长主持。由于祖晨光哮喘病未愈，上次技术人员座谈会的情况报告由于步青宣读,而后是被邀请来的学生发言。

郭大郎爱出风头习惯了,刚才光顾看着于步青生气了,于步青读那些材料的时候,更当是放屁,根本没听进去,但还是抢着第一个发言:"我们是根正苗红的革命后代,作为工人阶级的优秀分子上大学的,担负着上大学、管大学、用毛泽东思想改造大学的任务。我们去了之后,联合几个同学成立了学毛著小组,吸收教师参加,用阶级斗争的眼光监督那些没有改造好的知识分子的行动,很快发现他们制定的课程表上讲什么化学元素周期表、圆周率太多,学习毛主席著作的时间太少,这是典型的白专道路,我们进行了抵制批判。"

接着当年靠挖海河,干劲儿大,一天能推十方土,被誉为"挖河英雄"只有小学文化程度的韩广义瓮声瓮气地说:"大学里那些老师都很笨,我是学水利工程的,他们先教我微积分,三个人就是教不会我;当年我在村里教二十多个知识青年锄地,不到半天就把他们全教会了。"

华露浓说:"我是中文系的。河海的落后首先是思想和眼界保守,要解放思想,要从封建专制的藩篱中走出来,要开放文化领域,大力引进西方发达国家先进的普世价值观,比如像名著《飘》里面主人公郝思嘉追求个性发展……"

沈书记越听越不对味,嘟囔着说了一句"一群不靠谱的玩意儿"提前退场了,会议也就草草地结束了。

郭大郎出了市委大门,看到一条公狗拼命地追逐着一条母狗,他的情欲上来了,想着今天母亲休息,办公室一定没人,摸了摸那把钥匙还在,就想先上那里看看,把床整理一下,而后再去叫谭俊雅过来。

他大步流星地上楼,走过静无人声的楼道,来到王淑敏的办公室门前,兴冲冲地正要开门,忽然听到里面有动静。他把耳朵贴在门缝里仔细听,是男人粗重的喘气声、床的吱扭声和女人压抑着的得意的哼哼声。

他立即听出了里面是谁和谁,本想一脚踹开门,后来想了一想,把兜里的笔记本和一杆钢笔放到门口悄悄地走了。

晚上吃饭的时候,他看到王淑敏放到客厅桌子上他的东西,跟到去厨房洗碗的母亲后边低声狠狠地说:"今天下午我到市委开会看到于步青还在那里上班心里有气。你告诉那个贾为民,得想法把那个小子弄回厂里拉煤去,如果办不成,大家脸上都不好看。"说完,拿起一摞碗狠狠地摔在了地上,王淑敏红着脸没敢说话。

较 劲

第二天一早，王淑敏就进了工业局，来到贾为民的办公室，"砰"地一下插上了门，惊得贾局长赶忙站起来说："这大白天的，一会儿还有会呢，昨天不是……"王淑敏恼羞成怒，红着脸说："别放屁，都是你，昨天非……"随即小声把郭大郎发现了他们的龌龊事告诉了他，最后威胁说："这小子跟他爹一样不是个东西，是吃人不吐骨头的野狼，什么事都干得出来。发电厂是你的下属单位，你赶紧想办法把那个什么姓于的小子弄回厂里拉煤去！"贾为民连连点头，说一定要找个时机抓紧办这个事。

暑热退去，随着就是金秋十月，丹桂飘香、遍地呈现金黄的时候，国家发布了恢复高考的通知，并公布了十一月下旬的考试时间。

于步青心中燃起了希望，他已经敏锐地感觉到，随着这一年多来各种原来机构的恢复，双学办不再那么忙碌，撤销是早晚的事。回望厂里那些工友，除少数个别上大学的以外，有点儿门头的都开始往外调了，有的调到了商业部门，有的当了警察，有的去了事业单位；在河海没有门路的人，仗着来时县里的关系又回到了本县，依靠亲戚或者其他关系调回去，找了一个不在车间的岗位。反观自己，回县里无关系可找，在河海除了一个在搬运站拉小车的本家哥哥外，其余再无他人。在市委帮忙这么多年，虽然和祖晨光处得不错，但要找他调个单位交情还不够，同时也发现祖晨光真像岳鸣沙说得那样，有声望，势力小，况且最近他的哮喘病越来越厉害，上班的时间也少了。如果屈服命运，回到厂里，肯定没有什么好果子吃，自己的编制还在拉煤队，想想这些，他的心中不寒而栗，脊背发凉，目前唯一改变命运的办法就是背水一战考大学。他算了一下，十一月考试，下发通知书，入学怎么也到了明年，工龄也正好够八年了，工资可以照发，自己有学费，家里依然可以照顾。同时，他还算了一笔账，自己现在是二级工，工资每月三十六块五，按工人工资三年一调，长到三级工每月才四十一块三，而上四年大学出来后就是二十二级干部，每月工资五十一块五。

他拿着高考的文件来到了"阅微堂"，岳鸣沙看了后说："你看，文科考试四门，语文、政治、数学、史地；理科也四门，语文、政治、数学、理化。你就考文科，语文、政治你应该没什么问题，史地就是靠死记硬背，数学是你的弱项，你就重点复习后两门。从今天开始，我去西边几个省转转，这店关了，钥匙给你，你也别回厂了，在这里住，集中业余时间复习。在你参加考试的前一个星期我回来。你把不会的记下来，我集中给你辅导。"

较 劲

在于步青就着大葱啃凉馒头、不断用凉水冲头夜以继日备战高考的时候，贾为民终于抓到了让于步青回厂、让郭大郎高兴的机会。

市委沈书记要在工业局召开一个企业座谈会。按照惯例，书记的讲话稿由工业局起草，送市委审定。贾为民故意把写材料最好的办公室主任派出去搞调研，让其他人把稿子写了，他直接送到了市委秘书长辛长发那里。辛长发看了以后皱起眉头说："你们工业局不是有好写材料的吗，怎么这次写得连改的基础都没有啊。"贾为民故作为难地嘬着牙花子说："我的好领导啊，秘书长啊，我们那个办公室主任病了好几天了，新手水平又上不来，现在找个写材料的太难了。"看着秘书长颇有同感的表情，继续说，"我提个要求。发电厂有个叫步青的，在双学办帮忙，据说材料写得不错。你是不是可以给他们说一下，让给我们工业局。"秘书长想了想，"双学办本来就是临时单位，随着拨乱反正，早晚要撤的；发电厂是工业局的下属企业，回去也行"，便答应了，并给祖晨光打了个电话。

贾为民当晚和情妇幽会时，兴高采烈地对王淑敏说："那事成了。于步青头天到工业局报到，第二天我就让他回厂里拉煤去，已经通知刘厂长了。"

王淑敏一把搂住他的腰，一边帮他解皮带一边说："到底是你的鬼点子多，这样就好了，越快越好，最迟也得在大郎放寒假前办了，给他一个交代，堵住这兔崽子的嘴。"

第二天，于步青到厂财务部领工资，看到曾经的准恋人谭俊雅。她不知出于什么心理，是歉疚还是留恋或是郭大郎的粗鲁，是什么也说不清，她顺嘴把给厂长送财务报表时无意中听到的这个消息告诉了他。于步青听后大吃一惊，马上回市委跟祖晨光说了，并央求留他一段时间，过了高考。

祖晨光沉吟了一下说："双学办撤销市委已经定了，但还有收尾工作，你是管档案资料的，我看留到年底问题不大。"

于步青千恩万谢，抓紧回到"阅微堂"攻读去了。

十二月二十一日，于步青忍着总用凉水冲头有些感冒的难受，和上千个怀揣梦想的老青年来到了设在河海一中的考场。上午的考试题目是政治和语文。政治没多少问题，他最近注意了中央报刊的社论和文章，还有在市委工作能看到内部文件的便利，很快就答完了。语文除了把一篇文言文翻译成现代白话外，还有几道成语填空、形容词解释题。他最拿手的是作文，占六十分，题目是《最难忘的一天》。审题时他想，这难忘的一天肯定要和政治联系

较 劲

起来，大家很可能都写粉碎"四人帮"的日子，就会一般化、雷同化，再加上自己家里没有老干部，也没人直接受"四人帮"的迫害，绝对写不出感情来。写入党吧，自己是在村里入的，也没有老党章规定的预备期，当时也没什么激动，最后他决定写入团。那时"文革"还没开始，也正是自己上中学青春勃发的时代，并且在成了团员的当天还帮着志愿军的一个老英雄挑了一天水，觉得自己长大了，要继承革命先烈的遗志，建设社会主义强国。他按这个思路写了一千多字，觉得很流畅。出考场和别的考生交流时，果然是大部分都写的粉碎"四人帮"的一天，他知道，雷同是文章的大忌，自己押对了。

下午考数学，他感觉头有些疼，高中数学根本没学过，绞尽脑汁地琢磨了半天，到铃声响起来的时候，还是有两道题没做出来。他有些沮丧地回到市委双学办档案室的小床上，摸着额头有些烫，就到楼下医务室拿了几片安乃近吃了。第二天上午考地理和历史，凭着岳鸣沙的讲解和自己死记硬背，尽管感冒闹得身体有些发虚，他还是都做下来了。晚上和岳鸣沙对题时，历史关于五代十六国的一题答错了，地理有非洲的几个小国的山川气候题答得也不理想。岳鸣沙看着他垂头丧气的样子说："小兄弟，我看考上一流的名牌大学希望不大了，上个省内的大学希望还是不小的。考过了就什么也别想了，好好休息几天吧。"

高考过后是焦虑，别人焦虑的是成绩和录取通知书，于步青还多了一项焦虑，就是工作。新年已过，马上春节也要来临，不知考上没有，通知书也不知何时到。昨天在楼上碰到了贾为民，那家伙一脸奸笑着说："是步青同志吧，大笔杆啊，咱们局里可等着你上班呢。"看着这个口蜜腹剑的人，他恨不能上去扇他一个嘴巴，可自己目前的状况，哪敢啊。

学大庆、学大寨的口号报纸上很少提了，双学办的事也少多了，据说祖晨光要调到哪个局去当局长，也很少来了。原来抽上来的人大部分回到了原单位，只有他和一个半上班的中年女同志每日整理些档案资料，既无聊也没劲儿，可每每走出这大楼，心里又充满了无限的留恋和自我的惋惜。工人和干部身份的差别，在表上就是两个字，可这小小的两个字是绝壁天险，难以攀爬；是风狂浪急的大江大河，难以逾越。难道命运真的就这样算了，自己就是这座大楼的匆匆过客？从这里走出去之后是什么？是肮脏的煤场，是工友们的耻笑，是那一身粗布衣上起着盐碱汗水的一道道白印子，是每天下班

较 劲

后散了骨头架的疲惫，是耳朵和眼睛里塞满了煤末子，是能洗出半盆黑水的澡堂子，是发电厂永远的低等公民……他有些恐惧，不敢想，脊背发寒。

人有时很怪，越是情绪低落的时候，越往阴暗的地方走。于步青骑着自行车走在冬季的河海大街上，透过光秃秃的树和残留在上面几片卷曲的叶子，他又看到了八年前榆柳堡上空的太阳，像西头赵寡妇剪出的圆纸片挂在天空，苍白的，轻飘飘的，毫无热度和活力。

他不自觉地来到了发电厂的后门，门开着，大概是等着运煤火车的到来。空旷的煤场上，北风卷起的枯枝败叶以及垃圾和煤末子在空中盘旋，工人们都躲到小屋里烤火去了。他孤零零地站在那里，冷笑着对自己说："于步青啊于步青，你算什么市委的干部、什么写材料的能手，你的工作单位在这里，你的工具不是插在上衣口袋里的金星牌钢笔，是旁边的四轮小拉车，是大铁锹；你的任务不是在洁白的稿纸上写出字形优美、有思想、文字通顺的讲话稿，是把这一车车脏煤流着大汗送到锅炉旁。"

旁边小屋的门开了，走出来一个戴着尖顶毡帽，穿着一件少了三个扣子、满是油污的蓝大衣的人。他依稀认得是这里最老的拉煤工康师傅。对方说："你是步青吧，快两年了，你走了后就没有见过你。这里有你一封信，放了有一阵子了，也不知道去哪里找你。"说着，把信递给他，裹了裹衣服，又缩回屋去了。

于步青接过留有好几个脏手印被揉得皱皱巴巴的信封，看了一眼地址，心里动了一下，转到围着晾水池南面的高墙下，慢慢撕开信封。信是齐远航写来的。

步青同学：

你好，我非常非常地感谢你。去年市委在西沙村开会的时候，你跟我们县长说了一句话，今年，我终于调到县医院了，分到了妇产科，虽然累点儿、脏点儿，可毕竟是到了城里，再说看着一个个小生命的诞生，心里高兴极了，因为早晚每个人都要看到自己的小生命的。

我的业余时间除了学习业务外，就是想想咱们在学校的那些事，那时候真有意思啊，在一起学习、游戏，后来在一起编战报、搞广播，还在一起演节目，多开心啊。

对了，上月我到河海市医院去送一个病人，会诊后有一点儿空，我去市

较 劲

委办公厅找你，人家说没有你这个人，我也不知道你到底在哪儿，市委这个楼太大了，车又等着回去，所以，就把这封信写到了你的原单位。我想，他们会转给你的。

高考恢复了，对我们来说是大好事，凭你的才华一定能考得上，我也想去考，咱们要是在一个城市就好了，你就能帮助我复习语文了。

转眼咱们都二十多了，不知你的生活问题解决了没有，怎么想的。

市委的大干部别瞧不起我们这小医院的小医生啊。

致以革命敬礼！

你的同学齐远航

齐远航，那一双晨雾一样的大眼睛，还有那穿着白大褂依然显现出的窈窕身材。想不到去年在柳河自己一次小小的机灵，那个县长居然买单，把她调到了县医院，于步青不禁有些得意。还有那次去老家跟着书记去看农业机械化进展，沈书记让他复述中央的一个文件，引起了在场的一位副县长和农机局长的注意。临走的时候，他们把他拉到一旁，亲切地喊着老乡，问家里有什么事要办，他趁机把两个弟弟安排进了农机厂和拖拉机站，虽然是合同工，但毕竟离开了农村。但现在这种好事还有吗，并不是自己有多了不起，是沾了市委这块牌子的光啊，是骑的别人的马，耍的别人的刀。据说有的考生已经得到了录取通知书，而自己的还杳无音信。如果……他像跌进了万丈深渊，不敢想下去了。不敢想也得想，残酷的现实就在这儿摆着呢：你就是一个脏臭的拉煤工，有什么资格接受一个干部身份、穿白大褂女医生的爱情？回到家里，一个干粗活、满身油污煤末子的汉子如何面对一个干净美丽的白衣天使？那不仅是对对方的侮辱，更是对自己的侮辱。齐远航还说什么市委的大干部别看不起小医生，明明知道自己在市委工作，还把信寄到厂里来，这明明是对自己的嘲笑。

他把信慢慢地撕成了一条一条，又折过来，撕成了片片，撒开手，纸片随风飘走了。他不知道，他这次极端情绪化错误的思维，让一个姑娘伤透了心，自己也悔恨了多半生，直至到老。

快到中午了，寒风更加猛烈，他扬起袖口，抹了一把流着的清鼻涕，听着肚子里的咕噜声，推起自行车到食堂吃饭。经过厂部的大平房时，放寒假回来的郭大郎和谭俊雅双双走了出来，一见他，郭大郎立刻高声地喊道："哈，市委的大干部回来了啊，少见，少见。"谭俊雅拉了他一下，低声说了几句，郭大郎依旧高声骄傲地说道："我早知道了，就凭他这块料还想进市委，做梦去吧，我毕了业还差不多。我早就说过，鸡永远没有鹰飞得高。大秀才，拉你的煤去吧。"

于步青咬着牙没说话，躲过俊雅怜惜的目光，匆匆吃完饭，回到了两个月没去的翻砂工宿舍，从床底下拉出来一个纸箱子，找出了两年前自己封在塑料袋里那身拉煤的粗布黑衣服，慢慢端详着、叹息着。人生真是一个圈圈吗，无论是顺时针走，还是逆时针转，都要回到原点吗？

老工友史得志看着他悲苦、坚毅、无奈的神色，在一旁说："老兄弟，别灰心，不行明年再考。凭你的文化，我就不信考不上。不就是拉煤吗，咱在生产队里又不是没拉过粪。煤比粪强多了，起码不臭。哎，我听说，要分地了，实在不行咱回村种几亩地去，守着老婆孩子热炕头，收入也不少。"

于步青如同雕塑，看着那套衣服一动也不动，两眼直直的。

史得志有些慌，摇着他的肩膀说："兄弟，兄弟，你是怎么了，你可别吓我。"

他的话还没落，屋外就响起了看门老孙头破锣嗓子的声音："于步青，于步青，你的挂号信。"

看到是北华大学的信封，于步青的眼泪"哗"地一下掉下来了，拆开迅速看完，装在了贴身衣兜里，弯腰拿起那套沾着煤灰和尘土的衣服来到门前，划着火柴点燃了。风随火势，片片灰烬飞上了树梢，落在了还结着冰的阴沟里。他骑上自行车奔向了"阅微堂"。

岳鸣沙看了录取通知书后说："虽然是二流大学，可在省里也算是重点。去上吧，书籍是人类进步的阶梯。'四人帮'倒台了，中国的天晴了，知识和人才很快就会成为国家的中流砥柱，你的人生可以做加法了。"

"加法？"于步青看着他无数次熟练的泡茶程序和行云流水般的动作问了一句。

岳鸣沙端起紫砂小茶杯嘬了一口，回味着大红袍的清香说："人这一生从经济学概念上说，用数学表示，就是个加减法，欠账、还钱、平账、捐赠。人一生下来，什么都没带来，但你什么都不会，这时，需要父母把你抚养、老师教你学习，找工作需要得到别人的帮助，这都是欠账单，是减法。当你读了大学，学到了专业知识，也就是说你开始长能耐了，这是自己给自己做的加法。学成之后，或治国安邦，或经商，或搞科学研究，在社会上有了一定地位了，也就是有了资本了，你就可以继续做加法了——孝敬父母，帮着家里的兄弟姐妹，当然，这也是孝敬父母的一部分，继而用自己的能力回馈帮助过你的人，也就是把过去欠的账单还清。这时候是你最高兴的时候，因为收支平衡了。接着你就继续给自己做加法，给自己增加资本，也就是说从政的能办的事更多，经商的赚的钱更多等，总之，你的能耐更大了。这个时期你就要有选择地帮助别人，把加法做大，最好是惠及百姓黎民，直到老去。从政的大人物做大加法，这方面还得是咱们的领袖毛泽东，一介书生出身，横空出世得到了天下，凭什么，就是加法做得好，账本算得清，在理论上先提出了一个概念，就是为劳苦大众谋幸福，一下子抓住了中国的大多数人。有了军队后，打土豪，分田地，中国最多的人，也就是农民都跟着他走了。紧接着他又定了三条：建立党组织，统一战线，武装斗争。前两条是加法，后一条是减法，因为两军对阵，枪响必定死人，但不这样就夺取不了政权，有了政权之后就是大加法了，可惜老人家后来没做好。不管怎么着，毛泽东也称得上是千古一人，将来老百姓祭祀的神坛上必定有他一个重要位置。有人说'人生是赤条条来赤条条去，无牵挂'，我不认同。赤条条来对，赤条条去未必，总要带走一些东西，比如名声、荣誉、对后代的影响。人死了之后为什么三天后才下葬，因为三天之内脑子还是活着的，会听到葬礼上人们对他的态度和评价，在一片赞扬声中走还是在一阵骂声中走是不一样的。"

在讲这番话的时候，岳鸣沙站了起来，手臂自然地挥动着，依稀显出了大学讲师和高级幕僚的风采。

于步青认真地听着，似乎双脚在不自觉地攀登，又上了一层楼，看到了全新的风景和一条清晰的人间路。

晚饭岳鸣沙弄了几个小菜，拿出了一瓶用绵纸包着的西凤酒。在酒精的作用下，于步青又说出了齐远航来信的事。岳鸣沙眯缝着眼说："你这样处理，在未收到录取通知书以前是对的，收到以后是错的。不管对错，你反正是做过了。其实，男人找媳妇这事就是小学二年级的作文题，填空。像你这样的人，就找一个村里出来的，老老实实的，有一般工作，她家里有许多事要你办的人，省心。什么风花雪月、琴瑟和鸣、饮酒对诗啊，什么小布尔乔亚、绅士风度、淑女风范、小资情调啊，可以懂点儿，但千万不要沉迷，在人生得意时玩玩可以，过日子没用。"说着说着，他躺在藤椅上睡着了。

较 劲

市委沈书记虽然是军人出身,可从戎前上过民国师范。高考结束后,他让市委办公厅发了一个通知,要求各单位对恢复高考第一届上大学的人要做好欢送工作。

拿着通知书,于步青来到了发电厂,很快办好了户口、粮食、工资、组织关系,劳保处还补发了他两年的三身工作服。拿到这些,他浑身轻松,到了政工部,想看看老杨。别人说,老杨好长时间没上班了,说是调走了,到哪里去了不知道。他出来时碰见刘厂长,对方笑着说:"我正要去办公室找你呢。按照市委的要求开一个茶话会。祝贺你,你是咱厂上千人中第一个考上大学的,什么时候给你送行?"于步青第一次在他面前底气十足地哈哈一笑说:"谢了,刘大厂长,等我毕业分回来不让我拉煤就可以了。"尖脑袋刘尴尬地站在了那里。

于步青心里痛快极了,迈着矫健的步伐逐次到了翻砂车间、拉煤场、食堂,嘴里默念着毛主席一篇著名的文章《别了,司徒雷登》。什么掺了黏土的沙子,什么铸造电机壳的铁模子,什么提钩压勺,什么四轮小拉车、大铁锨,统统与我没关系了。我,是"文革"结束后的第一代真正的大学生,很可能是天之骄子,这才是真正的"昔日龌龊不足夸"!

在食堂门口碰到了夹着一摞伙食账本的谭俊雅,她甜甜地笑着说:"听说你考上大学了,也是北华,和大郎他们一个学校。"于步青骄傲地仰着头说:"谭大会计,你可弄清楚了啊,我们俩可不是一路人啊,他算什么。我告诉你,我是凭着真本事爬上悬崖峭壁到达绝美山川的,他是几把粪叉子举上墙头的一块烂肉,看到的不过是几个歪瓜裂枣,还不一定吃上最好的。"一口浊气从肺腑喷出,心里清爽无比。

回到宿舍,他把新工作服扔给了史得志。史得志拿在手里颤抖着说:"兄弟,你真不要了啊?有了这个,家里你大侄子三年不用买衣服了。"于步青想了想,从兜里把发电厂的饭票全部掏了出来,都扔给了他,随后拉着他和几个要好的工友进了一家饺子馆,点了几个菜,摆上了两瓶老白干。最后,史得志硬着舌头把瓶子里的最后一点儿酒一点一点地滴落在嘴里说:"于步青,你小子是个人才,但也不要太狂,太狂了对你没好处。"

那校那事

大学生活就这样开始了。在知识的海洋里遨游，让他增加了抛开门第、出身、金钱的自信，一改过去看他人眼色的懦弱，变得健谈和幽默起来。

38

北华大学坐落在千年古城的东南角，连接着中国最早的军官学校和总督府。西望，是连绵的群山；东看，是一马平川的大平原，是最早看到太阳升起的地方。

这所大学最早是从一个很大的海滨城市迁来的，随着规模不断扩大，分成了南院北院，变成了一所综合性大学。南院是理工科，北院是文科。于步青被分到了哲学系。

报到的这天于步青踌躇满志：共产党员、工人出身、八年工龄，有在市委工作过的经历，还带着每星期可以吃两次红烧肉不显囊中羞涩的工资。他填表的时候，得到了学生处和周围新同学的赞叹和羡慕。

这批学生真是太杂了，真是五花八门几代人的大聚会，既有刚刚高中毕业十七八青涩的小青年，也有二十七八甚至三十多的老青年，像于步青这样二十四五的算是中间的部分。在他填报到表的时候，旁边一个比他高出半头的大个子，平头，眼窝深陷在高高的前额里，披着一件将校呢大衣，身上散发出强烈的气场，让他不禁瞥了一眼，只见对方的字虽然不太规则，但坚毅有力，上面写着"武长风，军人，北京十四中毕业，一九六八年插队到虎山县狼牙屯。曾任大队支部书记、公社党委委员、某部队侦查班长"。于步青钦佩地看了他一眼，暗道，真是强中更有强中手啊，对方也友好地和他点了点头。

较 劲

旁边，一个梳着两条大辫子三十来岁的女人也在填表，身后还带着一个两三岁的小女孩。小女孩一手玩着妈妈的长围巾，一边用毛茸茸的大眼睛看着周围的人，一点儿都不认生。大辫子填完表后看着于步青说："这位同学，你是河海来的吧？"于步青点点头说："你是？""哦，我叫高原红，是到柳河县西沙村插队的知青。我见过你。那年在我们村开现场会的时候，你的普通话说得真好。记得吗，你们进村的时候，我还和慧娟一起唱过毛主席的《七绝·为女民兵题照》。"对方落落大方地说。"那你……"于步青迟疑地指了指小女孩。高原红坦率地说："插队八年，因为家里成分不好，一直回不了城，多亏了邓小平，这才考了出来。前两年和慧娟当兵的哥哥结了婚，就有了这小宝宝。对了，我们小宝宝还是你同学齐远航医生迎接到这个世界上的。她的医术好、人也好，听说通过一个同学的关系调到县医院去了，就是你吧。"

一个穿着刚刚摘了领章、帽徽还挂着三块红底色军装拎着大提包的男人走过来，体格健壮，眉宇间藏着英气。他抱起了小女孩，冲着于步青点了点头。高原红微微笑着介绍说："这是我爱人，刚刚复员。命运就是这样捉弄人，我在农村的时候他在外当兵，我考上大学了他却复员回来了，又要两地分居了。"小女孩在爸爸怀里说："我爸爸说了，要利用村里的马铃薯创业建食品厂，到时候来古城开一家商店呢。那时咱们就在一起了，是吧，爸爸。"男子坚定地说："一定的。"

北华大学的学生宿舍楼是按照当年苏联的标准设计建造的，四四方方一圈，中间是一个巨大的天井，每层楼都有一个宽宽的走廊，每间房后面还有阳台，特别敞亮。一个系的学生基本住在一起。巧得很，于步青和武长风分到了一个宿舍，还有两个外省来的学生，一个是太湖边上无锡渔民的后代，一个来自内蒙古大草原。

这可真应了邓丽君的一首歌："你不用介绍你，我不用介绍我，年轻的朋友一见面啦，情投意又合。"何况是经过"十年浩劫"之后高考选拔上来的第一批精英，人人都有炼狱般的下乡、插队、劳动、放马、锄地，苦恼、失望、奋斗的辛酸史。几个来自不同省份的青年互相帮着安顿好了行李，坐在下铺上很快聊得热火朝天。

辅导员来通知，说哲学系杨主任要大家晚饭后到教室开一个见面会，特别强调要形式活泼，最好搞成晚会形式的，体现出新一代大学生的风采。

较 劲

于步青做梦也没想到在这里会碰上河海发电厂政工部的老杨，杨启圣。当他拎着一把二胡来到哲学系教室门口的时候，看到杨启圣正笑模悠悠地站在那里，辅导员介绍说这是哲学系的主任杨老师，杨启圣笑着跟他握手说："这位就不用介绍了，我们是老工友了。"看到于步青惊愕的神色，杨启圣告诉他说，自己本来就是北华大学的老师，学校停办，才到了河海一个郊区的干校改造劳动。那年老人家发了一个号召，"要让哲学从哲学家的课堂上走出来，变成人民大众手里的武器"，工业口上干校选人，他为了脱离沉重的体力劳动就报了名，被分到了发电厂，大学一恢复高考，自然就归队了。

见面会别开生面，初春的教室里热气腾腾，杨老师先做了自我介绍，而后用高昂的音调、开阔的节奏唱起了《毕业歌》："同学们！大家起来！担负起天下的兴亡！听吧！满耳是大众的嗟伤！看吧！一年年国土的沦丧！我们是要选择'战'还是'降'？我们要做主人去拼死在疆场，我们不愿做奴隶而青云直上！我们今天是桃李芬芳，明天是社会栋梁；我们今天是弦歌在一堂，明天要掀起民族自救的巨浪！巨浪，巨浪，不断的增长！同学们！同学们！快拿出力量，担负起天下的兴亡！兴亡！"在唱第四段的时候，他的声音更为急切，更为热情的呼吁，使整个歌曲在高昂、激越的音调中结束。

杨老师的歌声感染了全场，使同学们明白了许多。于步青觉得，这是任何动员大会上讲稿都无可比拟的，他也明白了杨老师的许多意思——面对旧山河破碎的心碎、愤慨、奋起，对幸福宁静生活的渴望等，随着站起来介绍了自己，拿起二胡，拉起了《天涯歌女》。过门刚响起来，旁边一个长相甜美、玲珑窈窕的女生就站了起来，双手背着，踮着脚后跟唱起来："人生（呀），谁呀不惜呀惜青春，小妹妹似线郎似针，郎呀，穿在一起不离分。"

歌声刚落，那边一个叫朱流萤的姑娘把黑色绸缎一样的长发一甩，用调笑的语气说道："乡村小酒馆的音乐，看阿拉的。"一台金色的手风琴上肩，十指灵动，轻拉风箱，一串明快的音符流出，向着旁边的几个女伴轻轻点头，唱出了"正当梨花开遍了天涯，河上漂着柔曼的轻纱；喀秋莎站在峻峭的岸上，歌声好像明媚的春光"。意大利的手风琴音色好、音质纯、功率大，本身就是一支小乐队，再加上几位南方姑娘清丽的嗓音，镇住了全场，也让人心潮澎湃。只见武长风甩掉军大衣，露出一身猎装，来到台上，跳起了哥萨克骑兵的马刀舞，动作刚劲有力，节奏感极强。杨老师首先鼓掌，赞叹道："江南的娇媚与北国的孔武完美结合，体现了不对称之美，也是哲学上对立统一的诠释。"

　　大家都是从"文革"中过来的，语录歌没少唱，忠字舞没少跳，八个样板戏也没少看、没少演，出个文艺节目是小菜一碟。高原红表演了一段女民兵持枪舞，拉着于步青唱了一段现代京剧《沙家浜》的选段"军民鱼水情"。来自内蒙古的小伙子巴特尔借了武长风的军大衣，自己嘴里敲着锣鼓点，抬腿亮相，唱出了"穿林海跨雪原气冲霄汉，舒豪情写壮志面对群山"。在广阔草原上放马的汉子嗓门就是厉害，高亢嘹亮，声震屋宇。

　　哲学教授不愧是心理学的大家，文艺节目的随性表演暴露出了每个人的个性，艺术快速沟通了大家的心灵，陌生感瞬间消失。在第二天的课堂上，杨教授很随便、很融洽地给大家讲起了第一堂哲学课。

　　"同学们，大家上过小学、初中、高中，受到过不同程度的教育，遇到过许多老师。教育是什么，是一朵浪花推动多朵浪花，是一棵树摇动另一棵树，是用一个灵魂唤醒另一个灵魂。教师授课有三种境界，最差的教师是灌输，好一点儿的教师是讲解，最好的教师是启发。哲学最好的讲授方法就是启发。

　　"哲学是什么？学哲学有什么用？哲学是关于世界观和方法论的理论体系。世界观是关于世界本质、发展的根本规律、人的思维与存在的根本关系的认识，方法论是人类认识世界的根本方法。方法论是世界观的功能，世界观决定方法论。最原始的哲学是要解决人生三大问题：人从哪里来、人在世界上生活有什么目的、人过了今世后还到哪里去。后来总结出了对立统一、质量互变、否定之否定三大规律等。总之，哲学的书籍浩如烟海，无论东方的孔子、朱熹、王阳明，还是现代的毛主席，或是西方的康德、苏格拉底、笛卡儿等都是哲学大家。学校图书馆里有大量的著作，希望大家多读多想。哲学说到底是思考的学问。

　　"学哲学有什么用呢，可以改变人的性格，你们可以慢慢去体会。哲学可以让你改变对这个世界的看法，可以得到遇到问题找到分析事物和解决困难的方法，可以按照世界的运行规律找到你人生的正确方向和办成事的支持系统。哲学是和土地一样，是万物之母、各种学问的工具书。我在工厂待过，也可以说哲学是工作母机，是装备制造产业的基础性机器。科学靠具体的实验效果，但是，凡是科学解决不了的问题，可以用哲学的规律和方法去推测，反过来指导科学向前迈进一步。按我的理解，哲学是让人增长智慧的学问，让你变得更聪明。通俗地说，哲学虽然不能生产面包，但能让面包增加好吃的味道。

"哲学是思辨的学科，希望大家读懂弄通哲学的方法论后，大胆地去思辨世界上所有事物的矛盾，用正确的方法认识世界，培养独立思考之精神，预测未来，推动社会进步。"

杨教授这番开放式的讲课，深入浅出，亦庄亦谐，使同学们脑洞大开。下课后，众人立即到学生处办了借书证。图书馆成了于步青待的时间最长的地方，如同饥饿的羊看到了大片的草地，沙漠中疲惫口干的骆驼到了绿洲清泉，贪婪地吃着、喝着。

他的大学生活就这样开始了。在知识的海洋里遨游，让他增加了抛开门第、出身、金钱的自信，一改过去看他人眼色的懦弱，变得健谈和幽默起来。

39

北华大学的东面有一个巨大的荷花池，呈椭圆形，到了春夏两季，风景迷人：池内，"接天莲叶无穷碧，映日荷花别样红"；岸边，垂柳依依，用古城墙砖铺就的宽阔的散步甬道后边是一大片梧桐树林，绿绿的叶子和向天空伸展的枝丫把阳光切成了无数个光点，轻轻的微风刮来，林中就会听到窃窃私语，似乎在讨论着什么神秘的问题。路人们都说，就是这片梧桐树，引来了北华大学无数的才子佳人。

二十世纪八十年代初，农村人根本不知道空调是何物，城里人也只是梦里才敢想的东西，电扇已经是当时高级的奢侈品，可大学教室里根本就没有。

盛夏来临的时候，一个星期天，杨教授把于步青、武长风等几个男生叫到了机械系的实习车间里，指着一堆木条和一捆绿色的背包带说："你们几个把这些做成三十个马扎，每人给五块钱，从班里勤工俭学费用里出。"五块钱，可以买十斤猪肉，可以到食堂吃一个星期的红烧肉，几个男生马上动了起来。做马扎很简单，把木条做成两个不同的方框，套在一起，中间用大铆钉连接，上面打上两排眼，穿上背包带即可。于步青父亲是木匠，门里出身自然带着三分手艺，负责凿眼；武长风工程兵出身，开动磨床和钻床，负责磨光和钻孔；巴特尔和太湖渔翁的后代一个会缠马鞭子一个会织渔网，把往木框上穿带子的活儿包了。斧凿砰砰，车床飞转，黄昏的时候，马扎做成。于步青看着白茬茬地有点儿难看，在车间的角落里找来一桶防锈漆，全部涂

较 劲

成了绿色。

第二天上课的时候，他们把马扎拿到了教室。杨教授宣布，上午趁着凉快讲课，下午每人带上一个马扎到梧桐树林里开思辨会。按照上星期的布置，题目是《人文精神的哲学思考》，由于步青和朱流萤担纲引导，大家讨论思辨。

穿过烫脚板的散步甬道，大家来到绿意茂盛的树林里，感到分外清爽。于步青站在一棵巨大的梧桐树下，对着坐在绿马扎上的同学们说："'四人帮'时代的路线是对文化的一种摧残，也是对人性的蔑视，所以，这两年在中国的学术界以及大学校园和社会上的文学界都在讨论着一个问题，就是人文精神、人文关怀。什么是人文，什么是人文精神，我经过综合前一阶段的各种观点，其实也没有得出一个所以然来，真正有独立哲学思考、比较生动的东西并不多。今天按照杨老师的安排，我们大家一起讨论一番。"

朱流萤站了起来，裙袂飘飘，不愧是出身大学教授的家庭、上海名牌中学的毕业生，一开口就引经据典："人文精神这个词，在西语的世界里，英文也好，德文也罢，要找一个对应的词句很难，我们一般翻译成人道主义或者是人本主义。在西方文化传统里解释这个含义，有两种说法，也就是有狭义和广义之分，狭义指欧洲文艺复兴时期的一种思潮，广义指西方哲学所培育的欧洲精神文化传统。阿拉想按照广义的概念来谈这一问题。它的主要精神就是尊重人，尊重人作为一种精神存在的价值。那么什么是精神存在呢？实际上有两种含义：一种是人是有头脑的，有理性的，有一种认识能力的；另外一种含义呢，人是有灵魂的，有超越性的。人的精神属性其实只有两大属性，一个就是能够思考问题的，有头脑的，这就叫理性。还有一个呢，人是有灵魂的，是要追问生命意义的，这个叫超越性。人文精神在阿拉看来包含三个元素：第一个元素是人性，是对人的尊重，就是强调人的尊严，也就是广义的人道主义精神；第二个元素是理性，也可以说是对真理的追求、头脑对真理的思考，是广义的科学精神；第三个元素是超越性，是对生命意义的追求，就是广义的宗教精神。"

武长风思考着说："我接着朱流萤同学的观点说。人性，或者说人道主义，或者是人道主义精神，最基本的就是对人的价值的尊重，把人看作宇宙间的最高价值，这和毛主席在秋收起义前夕说的一样，世间最宝贵的是人，只要有了人，什么奇迹都能创造出来。人比物重要，比东西重要，同时尊重人也是和中世纪神学的一种对抗。尊重人的价值，具体表现在肯定人在这个尘世间的幸福。人生的价值应该在这个世界上实现，不能推到无限遥远的未来。人，有权追求自己的幸福。"

巴特尔在树下捡了一根树枝，把几个梧桐叶拧在一起形成了一个小马鞭样，轻轻抽了一下太湖渔翁后代的肩膀说："我觉得最重要的一点就是把人看作人，不光是肉体的存在，同时也是一种精神的存在。人是肉体的，人是动物，另一方面呢，人是有灵魂的，有头脑的，是比动物更高级的一种存在。那么人的尊严就在于人性中精神的存在，人道主义实际上更强调的是这一点，而且尊严高于幸福，这才是人文精神。在这方面，康德说得最清楚，他这个说法被看作人文主义的经典表述。他说，人有两个方面，一方面是人有身体，属于现象界。现象界受制于自然规律，是不自由的，和牛马一样，饿了就得吃，这个肉体需要生存就必须符合自然界的规律。另一方面呢，人又是一种精神的存在，这是人的本质方面。人属于本质界、个体界，不光属于现象界。作为精神存在的人能够为自己的行为树立一个法则，道德法则，能够依道德来办事。所以，康德就说人是自己行为法则的立法者，这就是人的尊严之所在。人是目的，是康德提出的非常重要的观点。你不能把一个本质的人作为一种手段。如果说，一个人为了自己的利益，完全不要尊严了，完全不要人格了，那他就把自己的精神存在抹杀掉了，实际上等于自己把自己杀了，只有一个空壳的肉体存在于这个世界上了，活着就是行尸走肉。"

高原红黝黑的大辫子在绿叶的映照下闪着明亮的光泽。她把两根辫子并在了一块，两只大眼睛望着树梢说："我觉得在中国文化里面，特别缺的就是人的尊严这个观念。有人一直在讨论中国人最缺乏的是什么，普遍认为现在最缺的是信任，也可以叫诚信，那么信任为什么成了中国人最缺失的东西了呢？追究它的根源的话，恐怕要从中国文化里面缺少人的尊严观念里找原因。这个诚实守信我觉得就是一种自尊。每个人都要把自己的尊严看得很重，对自己、对他人、对社会负责任，本身就有一种自尊在里面。"

她的观点很明确，说得也比较浅显，似乎还有一种什么东西在里面。于步青在听着别的同学发言时，总是思考着高原红这段不长的话。在一起同学快两年了，班上的女同学当中，他最注意的就是这个结了婚并且有了一个小女孩的高原红，自己也不知道是为什么，但绝对不是为了追求她。

后面发言的同学，又围绕着信任的产生、理性的思索、认真的人生态度、灵魂的拷问、宗教精神、普世价值等观点互相争辩发言。最后，于步青用在市委常委会上的同类项归类的方法梳理了一下说："人文精神到底是什么呢，简单说，就是包括人道主义精神、科学精神、宗教精神。用三句话来概括，一个是人的尊严，一个是头脑认真，一个是灵魂认真。所以我觉得，人文精神就是说，一个人活着，要活得有尊严，要有自己的头脑、自己的灵魂，要用自己的头脑去思考问题，用自己的灵魂安排自己的人生，在对世界的认识上、对人生态度的根本问题上，能够自己做主。这样活的话，我认为就有了人文精神。一个社会要为这样的追求提供合适的环境，这就是大的人文精神。"

杨教授自始至终在一边坐着，笑眯眯地看着他的弟子们，一言未发，结束的时候竟然掏出一把小刀，截取了一段小树枝，抽出了里面的小木棍，做成了一支柳笛，吹出了河北民歌《小放牛》的曲调，朱流萤和几个姑娘唱出了"天上的梭罗什么人栽"，喊着巴特尔"牧童哥"。

晚霞把莲池映照得像一幅水墨丹青画，散步的人多了起来。于步青和杨教授走出梧桐树林的时候，竟意外地遇到了郭大郎、华露浓和在榆柳堡插过队的北京知青秦半月和张梅文。

华露浓拿着一本《收获》杂志笑吟吟地说："步青，老工友，上次我回河海到咱们厂去了，才知道你考上了北华大学，你到底还是很厉害。"于步青看了郭大郎一眼，想起了刚才讨论过的人文精神，刻薄话咽了下去，改口说道："厉害什么，跟着你们跑罢了。"华露浓说："你别客气了，你是考上来的，我们是推荐的工农兵学员啊。"话语里带着一种低矮的软。郭大郎在一旁瞪着眼说："不管怎么来的，反正都是一个大学，毕业证也是一个大学发的。"杨教授正色道："不尽然啊，你们这两批学生有着本质的区别，你们是三年制，步青他们是真正的四年本科。据我知道的消息，你们这批工农兵学员可能算大学普通班，勉强算是培训性质的大专吧，毕业后工资待遇和分配使用上是有区别的。"

杨启圣不仅是哲学系主任，还是校党委委员，说话有权威性。郭大郎不好当面顶撞，但看着于步青心里有一种莫名其妙的气，就嘟囔着说："政策是死的，人是活的，主要还得看关系。"说完，扭头去看荷花了。

趁着华露浓向杨教授请教一篇小说的主题思想和艺术手法的时候，于步青过去和秦半月、张梅文打了招呼。张梅文告诉他，她们二人从榆柳堡回到北京后，托门子，找关系，到了一个国家部委办的中国企业的杂志社，一个做记者，一个做编辑。也是为了学历问题，二人是来北华大学中文系进修的。秦半月说，她们来后并不知道郭大郎也在，因为他老去找华露浓才联系多了，才知道他在水利工程专业。不过，这家伙挺大方的，到底是带着工资来上学的，兜里不空，隔三岔五地请她们吃饭，联系了不少家庭有背景的同学，为日后升官发财储备了不少资源。随后秦半月压低了声音对他说："你知道吗，我在中央一个权威部门听过一个报告，说目前国家干部处在一个青黄不接的年代，老干部被打倒了十年，干工作的好年华过了，即使再上位，也干不了几年了。况且，三中全会制定了有计划地实行商品经济体制的发展方针，他们原来的计划经济思想也不适应了，'文革'中上来的造反派们正在逐步被清算下去，中央又提出了干部年轻化、知识化、专业化的要求，新一代国家和地方的掌权者肯定是现在的工农兵学员和这批'文革'后的第一批大学生。当官不是做学问，不是一支笔、一沓纸、一摞书，自己在那儿研究就行了。当官，是一种群体行为，做成事需要联合起来。"

看着于步青有些开窍又有点儿懵懂的样子，她说："真是贫穷的乡村限制了你的想象力，封闭的小城市、小地方阻碍着你的眼界和格局，给你两本书看吧。"拉开背包，把《领袖们》和《出类拔萃之辈》塞给了他，跟着郭大郎下馆子去了。

40

这天晚上，于步青破例没有去图书馆，而是躲到了哲学系劳动工具的储藏室里，在地上铺了两条麻袋，用砖头和铁锨把做枕头，弯曲着身子把两本书读了一遍。启明星升起来的时候，他梦见美国的军人们在欧洲、亚洲的战场上纵横驰骋。尽管他们之间也有互相的轻蔑、挖苦、讽刺、打击、排挤，但有西点军校学缘的连接点，关键时刻还是大力帮衬，肩上都缀上了美利坚合众国的将星。赫鲁晓夫在担任共青团州委书记时，就开始与同僚们结盟，几个人共同用各种方法捧一人，这个人上去之后，再把众人一个个拉上去。以此类推，雪球越滚越大，最后滚到了莫斯科的克里姆林宫，夺得了政权。

在此后的一个多星期里，他一直琢磨着在古城的熟人朋友，一直琢磨着搞一次别出心裁的活动。在一次整理课堂笔记的时候，他看着从河海带来的

较 劲

一个上面印着毛主席手书"工业学大庆"封面的笔记本，想起了一个人。

大约是四年前，省里要召开全省工业学大庆经验交流会，从各市抽人总结典型材料、起草会议规章，河海派了他，正好和古城派去的一个人住省招待所一个屋。那人叫于金城，大他十来岁，文思敏捷，字也写得极好，一手流利的仿宋和于步青的清笔小楷不相上下。两人在一次协调会上同时交了两份材料，省里的一个处长看着赞不绝口说："人才啊，人才，这是我省工业战线上的杰出'双于'。"由于年龄小，平时打饭、整理卫生、跑腿的事于步青都主动包了；老于也教了他不少写材料的技巧。一天夜里，老于肚子疼得喊出了声。那时房间没有电话，医院也没有120，楼层那个胖得上下一般粗像个大油桶的女服务员鼾声如雷，于步青用床单把老于一裹，背着他一气跑了两公里多到了省第三医院，做完阑尾炎手术又陪了三天床，老于在下面县里当农业技术员的妻子才赶来。

将近一个月的会议筹备，两人成了忘年交，各自回到自己的城市后也联系过，但后来于步青觉得对方是真正的国家干部，而且还是古城工业局的副科长，自己则是一个发电厂的拉煤工，双方地位实在悬殊，在这样一种自卑心理的指挥下，慢慢关系也就淡了，但他总觉得友谊还在，尤其自己现在是正规的大学生，估计找他没什么问题。

跟河海一样，学大庆办早已撤销，幸亏看门的老头认识于金城，并且知道他调到农业局去了。于步青的到来，让老于很是高兴，兴奋地拍着他的肩膀说："小老弟，我早就看出你不是池中之物，北华大学可是出人才的地儿啊。"随即告诉他，"市里换了新书记，要搞干部交流。我分到了农业局，升了半级，成了经营科长。说吧，有什么事？看在当年同舍救命的份上，老兄我在所不辞。"古城豪侠之气溢于言表。

于步青说了读书的体会和那天秦半月说的话，并表示要搞一个活动，联络加深友谊。于金城摸着下巴上的胡子说："她说得有道理，书中讲的是真理啊。现在有句顺口溜说，'年龄是个宝，文凭不能少，关系最重要'。年龄、文凭你都有了，就剩下最重要的关系了。关系哪里来？一是家庭，要出生在名门望族，家族亲戚里面必然有达官贵人，不管谁拉你一把，你都会趁势而上；二是在生活中偶然遇到的贵人，比如说在某次政治运动中你凑巧救了一位当朝落难大臣，这方面要看机缘；三是在比较单纯的学生时代的友谊，尤其是大学里的同窗舍友。你们这帮人，三十年内是中国各个领域里的精英。"

较 劲

于步青连连点头。老于说:"你说搞个活动,我倒可以帮你。我们局下属有个农场,叫野草坡种植基地,前几年办起来之后,一直半死不活的,正想往外承包呢,还没包出去。那里有一片野山坡,长满了野树、野草,山下有一片野地,种了些瓜菜庄稼,还有一个野湖,里面有不少野鱼、野虾、野鸭子。我记得还有一个放大车的大敞篷。这几年发不了工资,工人们都走了,只剩下了两个看摊的。我借给你一辆小卡车,你们去搞个野餐野游吧,正好符合你们这些小知识分子的小资情调和小布尔乔亚的意识。其实,大家都是在装相,往上数三代,谁家不是农民呢。"

于步青欣喜若狂,回去又看了一遍党的十一届三中全会公报,完善了一下方案。他利用周末自习课自己是值日班长的身份,向大家宣布了这一决定,渲染了那里原始的旺盛和现代的荒凉,提出去那里搞一次野外调查,不带任何干粮,自己动手做一次野餐,讨论一下国家的富强之路,用思想之光探索未来国家的发展,并当场邀请杨教授参加。杨启圣含蓄智慧地笑着说,自己明天还有家务活要做,要求大家把讨论的结果写成一篇文章给他。

野游,野餐,老师还不去,到长满野草、杂树、五谷杂粮、湖水清清、鱼虾游荡、野鸭横飞的地方去放飞,让这帮在象牙塔里憋了快三年的年轻人乐翻了天。下课铃声一响,众人立刻跑出了教室,四散奔走。朱流萤带着一伙南方姑娘去买防晒霜、遮阳帽、小雨伞;武长风和巴特尔找来两块磨刀石,挽起袖子磨开了蒙古刀和军用匕首;太湖小渔翁吴连水则去莲池边上砍了一根竹子做钓竿;高原红和自己同宿舍的姑娘,也就是和着于步青拉的二胡唱歌的山东女生刘碧霞到学校的伙房里借了两个麻袋,准备了几把镰刀。

翌日清晨,一辆130轻型小卡车准时到了哲学系宿舍的门口。大家登车上路,迎着初秋的阳光,往东过了莲池路出城一直向北。金风阵阵拂过脸和发梢,日照征途风送爽,大家心情激荡,高原红唱起了《地质队员之歌》,"让那山谷的风,吹动了我们的头发;让那狂暴的雨,洗刷着我们的帐篷"。巴特尔则亮开了草原人天生的嗓门:"我们像双翼的神马,飞驰在草原上……"在汽车经过一段弯路放缓速度的时候,朱流萤伸手在一棵巨大的树上折下了一根柔润的枝条,轻轻打在巴特尔宽厚的肩膀上,大家都以为她要唱"在那遥远的地方,有一个好姑娘,将那细细的皮鞭轻轻打在他身上",可她朱唇轻启,唱出了大多数人未听过的歌:"路边一棵榕树下,是我见你的地方,晴朗的天空凉爽的风,还有那醉人的绿草香。"

较 劲

一路欢笑一路歌，很快到了野草坡。汽车驶进一个破旧的大栅栏门，越过一个小桥，来到了湖边。芦苇、茅草遮盖了半个湖面，几根大原木用铁丝绑在一起往里延伸，做了一个粗糙的亲水平台，上面还搭了一个草棚子。湖的北边是一片种着玉米、红薯、毛豆的庄稼地，稀稀拉拉地，看出来好久没人打理了。再往北就是山坡了，长满了不知名的野草，几朵菊花星星点点地点缀着。再往上就是灌木林，间或也有几棵大树。庄稼地旁边是几间土房子，也不知里面是什么。

司机刹住车。从一间土房子里走出一个戴着发黄草帽的老头，帮着司机从驾驶楼里拿出了三捆"钟楼"牌啤酒和两瓶当地产的"玉壶春"白酒，对着于步青说："于科长来电话了，今天这个破农场交给你们。"说完，叫上司机开向了附近的一个小山村。

大家跳下车，都被这无限的野趣震撼了。太湖渔翁的后代吴连水说："陶令不知何处去，桃花源里可耕田啊。"巴特尔说："水草丰美的天堂啊。"朱流萤竟然学着男声唱了一句《沙家浜》里郭建光的唱段："芦花放，稻谷香，岸柳成行。"一板一眼，带着行云流水走步的动作，颇有京剧小生之风。

于步青对大家说："各位同学先别抒情，今天上午的任务是各尽所能搞饭吃，做到有汤、有肉、有菜、有干粮，我这里只管酒，成立一个临时炊事班，班长是高原红大姐，大家都听她指挥调度。"

高原红兴奋地看着那一片庄稼地，对大家说："我和碧霞管做饭，你们各自发挥自己的特长去找原材料。"带头和山东姑娘进了玉米地忙乎起来。

还真应了那句老话，什么虫钻什么木头，什么鸟找什么食物。太湖小渔翁一来就发现了一堆茅草窝里有一只小渔船，高兴地跑过去，用两根木棍撑了出来，在船舱里还找到了一张渔网。船出了芦苇荡，他打了一声长长的呼哨，长篙一点，小船滴溜溜地转了一圈。朱流萤兴奋地尖叫一声，领着两个江南妹子上了船，迎着太阳又唱了起来："山清水秀太阳照，好呀么好风飘，小小船儿摇起来飘呀飘呀飘。"吴连水说："朱大小姐，别飘了，掌好舵。"说完，稳稳地站在船头，看准一片翻着水花的湖面，抡臂扬手撒网，在空中呈椭圆形落下，溅起万朵金花，轻甩慢拉，几条金色的鲤鱼和白色的鲢鱼，还有几只小螃蟹、小虾在船板上活蹦乱跳，朱流萤和姑娘们欢天喜地。他们把船划入芦苇深处，捡到了两窝野鸭蛋。

庄稼地里，高原红和刘碧霞掰下了一穗穗即将成熟的玉米，挖出了不少

较 劲

红薯。小镰刀在老知青和来自胶东平原农村的姑娘手里像是长了眼睛,熟练地拨开高高的野草,准确地找到混在其中的成熟谷穗。

野草坡上,巴特尔领着一帮同学悄悄包围了一片不太高、里面种着几簇花生的地,让大家每人拿一根木棍,围住三面不许动,不许出声。自己在上坡的一面拿出麻绳,拴在两棵小树中间,迅速结成网状,而后打了一个手势。大家嗷嗷齐叫,手中的棍子高高扬起,齐头并进扑打野草,随着花生棵子底下灰影闪动,几只硕大的野兔挂在了网上。巴特尔抽出蒙古刀一边宰杀一边说,兔子走上,鸭子走下,兔子前腿短,一般遇到危险时往上跑,往下会翻跟斗,而鸭子往下逃可以利用翅膀顺坡飞。

坡上的灌木林中,武长风像一条猎狗一样匍匐爬过一片草地,来到一丛灌木下,手握军匕,盯着一对慢慢飞来落了在旁边大槐树上的野鸡。他动了一下身子,换了个角度,匕首猛然甩出,一个箭步蹿出,两只花翎野鸡同时到了他手上。他来到湖边糊上厚厚的泥,扔到了刚点着的火堆里。

于步青推开小土房的门,看到里面有两个灶台、两口锅、一堆劈柴和一个长长的大案板,述说着这里往日的兴旺。他提来一桶湖水刷净锅和案板,掏出灶灰,到庄稼地捡了几个高原红她们挖出的大个红薯,拿起铁锹挖了一个坑,上面用树枝架好,把红薯和干草混在一起点着,而后用土蒙住,一会儿一股袅袅的蓝烟冒了出来。

中午的野餐极其丰富,煮老玉米、野鸭蛋、焖地瓜、炖鲜鱼汤、兔肉,还有两只叫花鸡。大家在亲水平台上吃着、喝着,兴奋异常,纷纷讲着自己捕获猎物的经过。朱流萤抱怨武长风不该以此残忍的手段烧鸡,应该把美丽的花翎子留下来,做成毽子,而后在冬天的雪地里踢。

于步青喝了一口啤酒,敲着栏杆说:"诸位,肃静。我记得清华大学一位著名的教授说过,授业之道不是给学生干粮,而是给他一支猎枪,让他打出一片天地,找到自己的所需。今天,我们要用哲学的武器,从历史的角度,讨论一下国家的兴亡和富裕贫穷之道。就好像我们脚下的这块土地,水草丰美,物产丰富,可为什么就经营不下去到了倒闭的边缘呢,到底是什么出了问题,道在何方呢?"

高原红思考着说:"讲富国、强国,需要回答几个问题,什么叫强国、富国。在我看来,不是以领土大小和人口多少为标准的,应该体现在以下几个方面:第一个是有没有自我更新能力很强的制度,第二个是经济发展水平是

较 劲

不是处于世界前列,第三个是老百姓的生活水平是不是富裕,第四个是对国际事务能有较大的影响。"

朱流萤说:"一个国家兴衰的关键在哪里,我认为最好的概括是诺贝尔经济学奖获得者亚马提亚说的,扩展自由是发展的首要目的,又是它的主要手段。"

巴特尔说:"步青兄昨天晚上跟我说了这个题目后,我翻了一下历史。一八九五年甲午战争战败后,严复打破了十几年的沉默,写了五篇文章,震动了中国的知识阶层,里面提出的问题是'为什么中国学习西方那么久,从十九世纪六十年代就开始学,学了三十年,到一八九四年甲午战争的时候,却被我们素来看不起的小日本打得落花流水',他说,身贵自由,国贵自由,一国家的兴衰,自由不自由非常关键。"

"守旧,是自由的最大障碍。"刘碧霞捋着一个籽粒饱满的谷穗说,"中国要富起来,首先是冲破阻碍生产力发展的旧体制。比如这片野草坡,是一个农场,丰饶肥美,但是一直处于亏损状态,如果承包给个人,假如给高原红大姐,一定会六畜兴旺、年年有余。事情发展得好与坏、快与慢,往往就是一个思路的转变。"

"那么,大家想一想,"于步青,这个唯一在机关工作过、善于分析新闻的人说,"我看了一下最近的报纸,好多地方都在讲解放思想、破除旧的观念,那在破的过程中障碍是什么呢?我想,第一个就是狭隘的民族主义。大清国为什么一错再错,是在学西方的过程中强调了所谓中体西用。中国的道德文化是世界上最好的,这个不能动。我们只学习西方的科学技术,社会体制、文化体制、教育体制照旧,结果呢,完了。而我们的邻国日本呢,明治维新和我们的洋务运动几乎同时起步。他们一开始就脱亚入欧,把我们打惨了。所以,要破除那种鼓动民族主义的情绪,动不动就和外国对抗,这部分人其实是对国家不负责任的,是无知、愚蠢的,也很可能是别有用心的。"

武长风说:"还有第二条,就是民粹主义。民粹主义是什么东西呢?抽象地讲是劳苦大众或平民的利益,空想的利益,常常是利用平民的偏见。一些人提出来,我们应该建立一个平均的社会,很多人都愿意接受。从道德制高点上说得头头是道,但是按经济发展规律来看根本不可能。"

接着,吴连水等几个人又从传统、社会、民俗、乡土、文化、家族、氏族等方面论述了一番,个个情绪激昂、思考深邃、妙语连珠,在这空旷的

较 劲

"野渡无人舟自横"的荒野上传得很远,惊飞了地上的鸟儿,惊吓了水里的鱼儿。开始,它们都跑得远远的,一会儿,似乎又被什么所吸引,几只喜鹊回到了树上,很用心地听着他们的谈话,偶尔还回应几声;几尾大鲤鱼也悄悄地浮了上来,游到离他们很近的地方抬着头,似乎要弄明白他们到底是在说什么。

这段在旷野上放开了情绪与思想的大讨论后来被于步青整理成《富民富国思想初探》的文章,经杨教授改动后发表在了一个规格很高的刊物上,署名是北华大学哲学系七七级全体,第二年在全国一个高层面论文评奖中获得了一等奖,使很多同学在以后评职称中受了益,同时也进入了北华大学建校大事记,题目是《野草坡论坛纪事》。若干年后,已经担任了北京一家中央媒体掌门的朱流萤借来古城参加研讨会之机旧地重游,写了一篇《那坡、那草、那湖、那水、那战栗、"那"花夕拾》的散文,意蕴深长,摘取了鲁迅文学散文奖一等奖的桂冠。这是后话。

在那次讨论中,太湖渔翁的后代吴连水大概是常年在船上养成的毛病——多动症,说话的时候还在平台上踱步,脑袋晃悠着,一不小心裤子挂到了一个凸出的树枝上,"哧"的一声,裤裆被撕开了一个口子,露出了里面的小裤衩,惹得大家哈哈大笑。看着男同学肆无忌惮仰天乐、姑娘们红脸弯腰抿嘴笑,吴连水尴尬地蹲在地上不敢起来。高原红掏出随身带的针线过去给他缝,他还是蹲在那儿不敢动。这位全班最大的老大姐一把揪住他的耳朵说:"你蹲着我怎么缝啊。小屁孩,站起来,我又不是没见过,谁稀罕你那玩意儿。"众人更是乐翻了天,惊飞了鸟儿,吓走了鱼儿。

晚霞中,大家坐车回城。上车的时候,刘碧霞帮着高原红把两布袋玉米和红薯装到了车上。看着于步青有些惊异的目光,悄悄地凑到他耳边说了几句话。当天晚上,于步青借了杨教授的自行车来到了南关的小东街上,见一间小门市部挂着"小馋猫薯片"招牌推门走了进去。高原红正和丈夫沈慧锁以及他们的女儿妞妞掰玉米粒,一点儿也不惊奇地给了他一个小板凳,待他坐下说:"大锁在家里承包了几十亩地种马铃薯,进了烘干、加味、炒制几套机器加工薯片,销路还可以,打开了河海老家的市场后,逐步扩大,来这里开了个门市。初来乍到,粮食不富裕,用这个补贴一下,也让他们吃个新鲜。往前说,明年也毕业了,农村是不想回了,看是不是能在这里找个工作,安个家。"妞妞在旁边说:"我爸爸说,让我妈妈去考北大的研究生,到时我们把薯片卖到北京去。"昔日的军人依然是斗志昂扬，说："要发展还是要到城市去，到大城市去。农村的落后是长期的，特别是教育和医疗卫生。赤脚医生没有了，乡镇的卫生院都包给了个人，看个病更难了，很难找到像给妞妞接生那样好的齐医生了。""齐远航，"于步青心里像被针扎了一下，脱口而出问道，"她还在县医院吧？"沈慧锁说："不在了。听一个战友说，也去上大学了，据说在北京的一个医科大学。"于步青还想多问几句，看到高原红意味深长的目光没有话了。

可不，一晃读大学三年多了。在回校的路上，于步青骑着车望着满天的星斗想，明年自己也要毕业了。今年暑假，学校送走了最后一批工农兵学员。真像杨教授说的，郭大郎他们离校远远没有进校时那么风光，锣鼓、彩旗当然没有了，就连老师同学依依惜别的场面也没见，横幅也没有，校长也没出面，只是班主任敷衍地说了几句，他们就背着自己的行装四散了。不像是大学毕业，倒像一伙刑满释放分子，灰头土脸的，背着行囊四散而去，无声地消失在了各个角落里。水利工程系的一个老教授在楼上看着他们的背影口占五言绝句一首："瘪谷随风去，饱满留在此。春日撒沃土，秋收万颗子。"

明年自己也要离开这所大学了，人生最值得怀念的生活要结束了。到哪里去呢，工作没问题，国家包分配，可是回河海，还是怎么着？班里有几个同学已经开始为报考研究生做准备了，是不是该回河海去看看了。三年的假期大多数泡在图书馆里，中间只回了老家两次。其中一次回家，邻居一个大嫂给他说了一个媳妇，是她娘家的叔伯妹子，说能带三间房。爹妈动心了，他没表态，也没去见面。

41

在于步青将近毕业为自己的前途考虑的时候，河海新上任的两位最高领导正在较劲。

任何一个朝代的开始都是更新吏治。新时期的机构改革已经结束，扛枪打仗、搞土改的老干部年龄大的离退休，还年轻点儿的退居二线成了巡视员或督导员，历史舞台交给了新的掌门人。按照中央革命化、年轻化、知识化配备领导班子的要求，省委这次给河海选的书记是来自丰和县的县委书记骆乔木。此公老中专卫生学校毕业，是新中国培养的第一代医生，不过本人的

较 劲

兴趣转移得很快,从研究病理学转到了精神学上,尤其对领导讲话精神颇感兴趣,早早扔掉了听诊器,混迹在各种政治运动派出的工作队里打杂,抓住了一个机会,从卫生站长直接到了乡里任副书记,而后一直在丰和县政治风云里耕耘,做到了县委书记。在六十年代参加工作的人里面,他算是有知识、有学历的,何况还进修了大专课程,政治敏锐性特强,特适合生活在搞运动的年代里的环境。据接触他的干部说,此人是"轴承脖子弹簧腰,头上插着风向标"。《河海日报》的名记者冯文斌说,在学大寨的年代里,他所领导的丰和县一年有四分之三的时间在《河海日报》上占着一版的部分版面,农业生产属于"春天种得早,夏天管得好,秋天收得少,冬季掀高潮"。县委书记虽然是一方诸侯,但对市报记者的怪话却无能为力,但很快这位记者也为图一时之快、显示小聪明逞口舌之利遭到了惩罚。

新上任的市长叫司徒森,一个颇具洋味的名字,来自一家大科研单位的自动化所,据说还有国外留学的背景。他上班是一身西装革履打鲜艳领带,脚上是锃亮的黑皮鞋,下班是浅色休闲装网球鞋,很是潇洒。

新皇登基要召集大臣训话,一个地方的新领导上任也要开一个全市县处级领导干部会议。会场设在星光大剧场,骆乔木书记会前做了许多功课。他早就发现省委书记有在大学历史系做教授的经历,讲话引经据典,常说"贞观之治""文景之治"以及本省历史名人、官吏的用人故事,他也东施效颦并有所发挥。正巧河海历史上有一小国皇帝改革吏治,曾让一方土地繁荣过一段,他就从此开始,说河海这地方人杰地灵,历史上也是星光璀璨,曾有一人在此图成霸业,如何识人用人。

他讲这些的时候,开始用白话,最后还把文言文读一遍,摇头晃脑,之乎者也,一下子把人们拉回了遥远的年代,都感到这位书记高深莫测、学问深厚,只有坐在台下的祖晨光和来报道本次会议的记者冯文斌觉得滑稽可笑。祖晨光说,按咱们国家体制,省以下都是基层,一个基层领导和古代的皇帝扯在一起干什么?冯文斌说,猪鼻子插大葱,装相,做给省里看呗。

不管他俩在下边怎么议论,乔木书记该怎么讲还是怎么讲。他说:"根据我的观察,咱们的干部也和流行性感冒一样,分为伤寒型、病毒型等不同类型,具体可分为保守型、开拓型、思想型、行动型、统帅型、先锋型。现在我们要开展商品生产,要振兴农村、农业,最需要的是开拓型、先锋型的干部。"

较 劲

领导在上面讲话，坐在下面的听众可都不是一般人——在一个地方能升到县处级，在北京就相当于部长级的高干，属于在官场上杀了几进几出的精英。他们都在琢磨着书记的话外音，判断着书记的用人导向。在这次机构改革中，由工业局长调整为人事局局长的贾为民舌头在嘴唇上舔了几舔又在嘴里转了几圈，咂摸出了一点儿味道，想到了老情人王淑敏刚大学毕业的儿子郭大郎分配的去向问题，心里有了主意。

书记讲完市长说。司徒森一身洋装上场，指挥政府办的人搬走了会议桌，搬来了投影仪，挂上了一块小荧幕。他拿着的不是厚厚的讲话稿，而是一个小金属棒。在台下人们睁大眼睛不知所措的时候，他一按电钮，金属棒变成了一根长长的教鞭。司徒市长随着图像的不断变换，教鞭上下移动，讲起了托夫勒的《第三次浪潮》，世界农业的前沿技术经营与发展趋势，美国的大功率拖拉机、播种机，自动化的喷药设备，农民的休闲生活，以色列的滴灌技术，法国的红葡萄酒庄园，英国的玫瑰园和呼啸的山庄。说到兴奋处，他憧憬地讲："将来我们河海的农业实现现代化，我们的农民从地里回到家，放下工具，打开冰箱，切一盘酱牛肉，喝两杯啤酒，洗完澡到村边打一场网球和高尔夫。"

到了市里当农业局长的李忠礼对着祖晨光说："要是到了那个程度，谁还当农民啊，真是胡日鬼。"

台上的司徒森还在讲："我们河海市南面不是有一片很大的湖滩地吗，开发出来种植玫瑰、丁香、含羞草，再盖上几栋哥特式建筑的别墅，吸引众多高阶层的人来旅游，名字不能叫湖畔玫瑰园，太土了，应该叫雅典娜风情园，说不定我们种植园的农村姑娘和阿拉伯的王子演出一段子爵与灰姑娘的故事呢。同志们，第三次浪潮已经席卷全球，自动化技术必定要渗入各个领域，说不定在不久的舞台上，机器人罗密欧与朱丽叶打起来了。"

李忠礼听得一头雾水，问祖晨光，他说的谁和谁打起来了啊，那两个人是哪儿的啊。祖晨光说，那是英国的大戏剧家莎士比亚的名作，爱情故事，名字叫《罗密欧与朱丽叶》，和咱们的《梁祝》差不多。"驴唇不对马嘴。"李局长嘟囔了一句。

散会后，留下了办公室写材料的秘书和报社的记者，骆乔木书记再次阐述了自己的思想。他发现，在自己说话的时候，其他人都沙沙地在笔记本上写，只有报社的冯文斌在一旁眯缝着眼听着，连笔记本也没拿出来，心中有些恼火，停下来冲着他说："你是记者吧，记者不记算什么记者？"冯文斌不慌不忙地说："记，有两种，一种是笔记，一种是心记，我属于后者。"乔木书记说："好吧，报纸出来后，我要亲自审稿。"

过了两天，《河海日报》把那天开会的消息登出来了，骆乔木书记仔细看了一遍，还真没有什么错误，有些地方发挥得比自己讲得还好。就是这样，宣传部在调整报社班子名单里报上了老大学生冯文斌任副总编，还是让书记给划掉了。那天的报纸还登了一条消息，"大学生郭大郎不挣工资回农村，建设第二故乡"。躺在医院里治疗哮喘病的祖晨光看了以后说："这是要退一步进两步啊，官场上这种人越来越多了，真没劲。"

不管他怎么说，河海的政坛还是按照一把手的意志转动着，组织部按照书记的几个型对干部进行分类，寻找、提拔干部。当然，上来的人以丰宁县的居多，人们就议论起来了，说："甭管什么型，听了骆书记的话，就把洋刀挎，沾了丰宁的边，就能升个官。"

而司徒市长则领着一个代表团到西欧、日本、韩国等地考察农业去了，回来做了一个巨大的引进计划，终因河海的经济基础还在小农耕时代而搁浅。

不久，省委就把这两个人调走了，一个到了省社科院，一个到了一个大厂矿。新上任的书记是曾在榆柳堡干校待过的市委原农工部长高杰，市长是省商业厅来的，叫胡早秋。

河海，又开始了一个时代。

那官那权

世界上最容易的事是做官，最难的事也是做官，说容易就是熟知和掌握官场的规律，不容易是不能世事练达。

42

大四的时候，杨启圣曾和于步青谈起他将来的去处问题，当于步青流露出回家乡的意思时，杨教授摇了摇头说："人生三立，我觉得立言为首，若要立功、立业，就得到社会的丛林中拼搏厮杀。各路英豪来自不同山头，都觉得身负绝艺，肯定是征尘滚滚、天昏地暗，较力、较劲、较智，就是侥幸取胜，也是杀敌一千自损八百，伤痕累累，有什么意思。不如留在学校，白天听仕子们书声琅琅，晚上莲池赏月，积累几年，写几本哲学研究著作，岂不快哉。"

当时，他还真动了心，后来两个弟弟来的一封信让他改变了主意，下定了回河海的决心。

一个弟弟在信中说："原来在咱们村插队的知青郭大郎回到村里，担任了村支部副书记，在村南办了一个化工厂，老好了。村里很多人都去那里上班，挣钱很多，小妹妹也想去，可人家不要。郭大郎还说，我们兄弟俩在拖拉机站和农机厂都是合同工，户口还在村里，让我们回来就得回来。"

另一个弟弟说："哥哥，前两天我们回家，听村里人问郭大郎，说，'我们村的于步青也在上大学，和你一个学校，是不是回来也可以到村里当干部？'郭大郎说，他自己学的是理工科，学好数理化，走遍天下都不怕。'像你们村的于步青学的是哲学，虚头巴脑的臭理论，没什么用，顶多是到中学教书，当个孩子王。'这是真的吗？你还是回来吧，爹娘都老了，你回来咱家

较 劲

还有个主心骨。"

回河海,于步青拿定了主意。毕业前夕,他用最近在校刊上发表文章得到的四十多块稿费买了古城特产的烧鸡、驴肉火烧、南关酱菜、几瓶"刘伶醉",分成几份,坐车回到了自己脱离农村起步的地方。

实际上,自从他上了大学,河海的任何单位都与他没有关系了,无论是他待了四年多的发电厂,还是原来他睡过的市委双学办的档案室,都没有了他的立锥之地,如果不去旅馆的话,唯一能住宿的地方就是岳鸣沙的"阅微堂"。

和第一次见面时一样,岳鸣沙还是在车上,不一样的是原来是摩托车,现在是一辆黑色的进口轿车,那次是刚回来,这次是要走。他把钥匙扔给于步青说:"柳河县修铁路挖了几个古墓,有些老物件,得马上去看看。第三个抽屉里有市委的饭票,冰箱里有肉蛋奶。"说完,汽车尾部喷出一股蓝烟汇入了车流。

铁打的营盘流水的兵,不动的衙门常换的官。于步青第二天早晨到市委伙房吃饭的时候,除了一个老伙夫对他还有点儿印象外,其余的都是生面孔。他故意把一碗粥喝得很慢,等老伙夫收拾桌子的时候,向他问起了祖晨光。老伙夫眯缝着眼睛想了一会儿说:"哦,你说的是那个祖气功啊,这两年人们都这么叫他。沈书记在的时候把他安排成了市直党委副书记,他那个病秧子,嗓子里整天拉着风箱,呼哧呼哧的,三天两头跑医院。自从去年开始,他不去医院了,迷上气功了,不知道跟着哪个气功大师练站桩、学吐纳去了呢。有的说他上了五台山,还有的说去了青城山。"

河海这个城市扩建得比较晚,新中国成立后,河州、海州合并时,第一任掌门人赵书记是农民出身,看到眼前绿油油的庄稼地,想到要加建许多机关和工厂,心里疼得慌,所以马路不宽,街道也很窄,各个机关都很紧凑、离得很近,出了市委的正门往西不远就是河海日报社。

于步青打听到冯文斌在记者部当主任,刚上楼还没到他的办公室,就听见这位河海的名记正在给一帮新人上课,说是上课,就跟讲故事、扯闲篇一样。他说:"写好稿的关键是采访,采访是真功夫,按咱们河海的俗话说,就是能煽呼。咱们报社自成立以来,有写稿八仙,也叫'八大煽','天煽''地煽''土煽''洋煽''老煽''少煽''胡煽''横煽'。遇到哪类采访对象,就派哪个煽去。比如,采访一个大城市来的洋博士、科学家,我们就派'洋煽'去;需要写一个老农民,就派'土煽'去,准能让采访对象把农家地里的事、土炕上的事说得清清楚楚，让他把自己干的事都说出来。土鳖事、土鳖话形象生动，写出的文章自然就通俗易懂，就是好稿子。所以，当记者、做编辑，要先学会说话，学会跟社会上各个层次的人说话，各方面知识都要有一点儿，煽呼住你的采访人，才会有好素材，才能写出好文章。"

于步青看到听训话的人中竟然有华露浓。她坐在男人堆里，一点儿也不显个子矮，两条大长腿被牛仔裤绷得紧紧的，左腿压在右腿上，一边晃悠一边听。他不由得多看了几眼，华露浓也流盼着两只大眼睛朝他笑了笑。

冯文斌看到他来了，说"散会，明天接着煽"，拉着这个昔日的报社通讯员进了一个小酒馆。在服务员准备菜的时候，他问于步青："你认识这只大仙鹤啊？"于步青说："一个厂子里的嘛。"冯文斌说："对了，按说他们这批工农兵学员是社来社去、厂来厂回的，她居然分到报社来了，有家庭背景的就是不一样啊。不过，这人的思想挺前卫的，适合做时事评论记者。""你看我呢？"于步青逗了他一句。冯文斌说："你是个怪胎。在你们这拨大学生里面，说你是工人吧，你在市委机关混了好几年；算是从机关上的大学吧，你又是工人。总之和他们不一样。你可别来这里，新闻单位是不错，但这种基层报纸实在是没干头。你要是真想做记者，还是到大媒体，空间大，格局高，独立性强，采访对象和见的领导都能让你眼前一亮，思想层次有提高，哪像咱们这儿，基本都是农民社会浸润出来的。农民就农民吧，还愣装相，你就说前年走的乔木书记吧，他真是糟蹋了'乔木'这个名字了。"

冯文斌想起自己堂堂老大学生，和他一样学历的大都提拔到了县处级，而他只是一个记者部主任，心里的气脱口而出："这小子整个一叶公好龙。在县里当书记的时候，我每次去了他都称兄道弟，晚上在招待所里虚前席抵足长谈；一当市委书记就变脸了，还跟我拿架子，难道把过去的事都忘了？"说着，一大口酒灌了进去。

于步青给他满上说："老师，历史不能忘记，历史也需要忘记，历史更不能细看。想当年康熙皇帝开始那么喜欢西洋的传教士，跟他们学历法、几何三角知识，还让众皇子拜师，可后来为什么雍正掌权后要下诏令驱逐传教士呢？一是在康熙晚年选择接班人，众人竞争时某些传教士卷入其中；二是这些洋人不懂中国君君臣臣、父父子子等三纲五常的道理，有时仗着做过皇帝的老师放浪形骸。像您这样洒脱耿直之士怎会入了几千年封建社会文化浸润的一方诸侯的法眼呢？"

较 劲

"好，好。"冯文斌一解心中之块垒，大声道，"后生可畏，青出于蓝而胜于蓝，士别三日当刮目相待，当浮三大白。"酒杯端起，喝了一半便掉在了地上，竟然靠着椅子睡着了。

中午，于步青在"阅微堂"睡了一觉，喝了两杯岳鸣沙从云南带回的百年普洱，神清气爽，信马由缰，随逛街随看风景，来到了昔日让他五味杂陈的发电厂。

三年多的时间，这里已经大变，三个大门改成了两个，人称"白话蛋"的看门老孙头告诉他，这两年改革，行业归口，发电车间归了电力局，在原来的中门处垒起了高墙，大门口改为冲东，说他们是不灭的灯火，每天迎接旭日东升；拖拉机厂搬到了郊外，和另一个农机厂合并了；电机车间成了电机厂，许多老工人不愿离开，留在了这里，包括制造拖拉机的王命长等老师傅。老孙头叹息地说："可惜了这批发电车间的老人了，电力局比这里待遇高多了。现在电机厂的厂长是郭泽普，谭俊雅成了财务部主任，吃香得很。对了，现在电机厂归口为市农业局，听说局长姓李，是从你老家柳城县来的。"听到这里，于步青心里不由得一动，打消了原来想上厂里转一圈的想法。

他正要出门的时候，开进来一辆日本名贵的皇冠牌轿车，谭俊雅挺着微凸的肚子在厂女医生的陪同下慢慢走下来，脸上带着趾高气扬的笑容。女医生看到他说："嘀，大学生回来了啊，快毕业了吧。"谭俊雅斜眼看了他一眼说："大学生有什么了不起，毕了业不就挣五百多大毛吗，我挣得比这个多两三倍。现在是商品经济社会，没钱什么都不是。"

于步青没有说话，而是微笑着饶有兴趣地看着她，目光在她身体的各个部位上游走，看得谭俊雅直发毛，也不由得看着自己的全身，然后说："你看什么呀，我和郭大郎已经结婚了，怀孕是每个女人的权利和幸福。"

于步青说："我在看孔雀开屏后羽毛不再掩盖的身体，尤其是后半部分。"说完，转身走了。

读过大学的女医生说："到底是读了几年大学，说话够刻薄狠毒的。"看到谭俊雅疑惑的眼光，悄声跟她说了几句。

谭俊雅恨恨地说："这个缺德鬼。"恼怒的语气里似乎还含着几分娇嗔。

在农业局，大个子李局长看到他眉开眼笑，拍着他的肩膀哈哈地说："我早就看出于家木匠的二小子不是孬货，是个有出息的主，我没看错吧。上次开会我和祖晨光坐在一起，才知道你去上大学了。好小子，有志气啊。人啊，

较 劲

就和这地里的庄稼一样，一茬一茬地长，一茬一茬地收。不过哟，收得好不好关键在于选种子。你说咱河海这领导干部吧，'四人帮'倒台后换的第一茬那两个人，一个是冒充大尾巴狼的客里空，一个是盲目崇洋媚外的洋大憨，弄得我们这些干实际工作的不知咋干。现在好了，高杰当书记了。对了，他和我一样，是老农校毕业的，实干家。他还在你们村五七干校待过呢，你认识吗？"见于步青摇了摇头，李局长继续说："这工作一级就是一级啊，不一样啊，在县里时干实际事就行了，市里机关大，不光得干事，还得用文件指导工作、向上汇报。尤其是省农业厅，总是要材料，我这里找个写材料的是真难啊。怎么样，你毕业后来我这里吧。"

于步青想着自己一路走来的历程，毫不犹豫地答应了。李局长大乐，拉着他进了局里的小厨房。第二天，跟着局里的车到了柳城县，两人和原来的伙伴们在原来的大伙房里又吃了一顿羊腥油炝锅杂面汤贴大饼子。趁着李局长开座谈会的工夫，他独自去了已经恢复正常招生的柳城一中，看了自己的恩师陆文峰。

斗转星移，物是人非。自从一九六八年离校，已经十三年了，母校的一砖一瓦是那么亲切：昔日操场上的胶泥土，大城墙砖垒就的教室，夹在墙缝里顽强生长的野草，合抱粗柳树上的老鸹窝，还有和老柳树差不多高的钟楼——那个自己曾和齐远航在上边一个编词一个广播的地方。于步青爬了上去，待了许久，才进了陆老师住的小院。

三间青瓦房，两扇红漆小木门，一圈半人高的花砖墙，枣树上挂着红珍珠，树下菊花黄，小菜畦里葱绿葱绿的。十年的岁月给这位老教师脸上刻下了几条皱纹，但人更加洒脱了，坐在树下的藤椅上正操着一把京胡自拉自唱："我正在城楼观山景，乱哄哄来了司马的兵。"旁边一张藤编的小圆桌上坭兴壶里飘着茶香。

看到于步青，陆文峰放下琴弦说："今天早晨我还跟柳絮她妈说，枣树枝头喜鹊叫，必有高足到。这不，你来了嘛。你是我的学生中恢复高考后第一个考上大学的，当然，不包括我女儿柳絮，她是比你晚一年考上的北大，正准备到日本去留学呢。"

于步青行了弟子礼，送上了古城的特产，刚要说什么，陆文峰摆了摆手说："不用说了，你的情况启圣兄、文斌那小子都跟我说了。人生天地间，各有各的境遇，各有各的选择，凡是存在的都是合理的。一会儿我写一幅字，

较 劲

你带着，终生不要丢掉和忘记。我的理想就是老了之后小院一个、老枣数株、方塘半亩、翠竹几丛、清风明月、吟诗作画、操琴吟唱。你今天来了正好，来操琴，我痛痛快快地吼两嗓子，而后再来个中西合璧演奏几支名曲，省得你日后当了官忘了这些雅事。"

这天下午，一老一小先是京剧演唱，后是小提琴、二胡合奏，荡气回肠的《武家坡》《穿林海过雪原》，优美的俄罗斯歌曲《喀秋莎》《三套车》，把人带入内蒙古大草原月夜的《草原之夜》、带入彩云之南的《蝴蝶泉边》的旋律飘荡在礼拜天的校园里。鸟儿停止了鸣叫，纷纷来到小院的墙头上、树枝上，甚至菜地里也落下了几十只，都来享受这人间的音乐盛宴。

临别时，陆老师到书房里挥动大号狼毫，在一张上等的宣纸上写下了"仁义礼智信，人品即官品"十个遒劲有力的魏碑体字。于步青小心地吹干，折好放在了背包里。

"阅微堂"里，星光满天的时候，岳鸣沙清理完几件陶器上的泥土，又把玩了一番，和于步青开始面对面品茶聊天。他把南面的窗户打开，星光和市委办公大楼上的灯光同时倾泻而进，斑驳地照在屋内青铜器、瓷器、陶器等老物件上，给人一种亦梦亦幻穿越的感觉。

岳鸣沙听完于步青的叙述，照例是一套熟练而优雅的泡茶程序，点燃一支烟，在烟雾和茶香中侃侃而谈："你明年就要毕业了，方向自己也定了，我无话可说。你上的虽非名校，可也算是二类重点大学。按大清国的规矩，参加省试是举人，参加国家考试算进士，所谓两榜进士就是这个概念，大都是进过太学，也就是国子监的人。你上的这个大学比太学低一点儿，叫我看，可算一榜半进士，也就是有了功名。功名在身，取得了入仕做官的资格。自古以来，中国的知识分子就是两种选择：一种是按照儒家入世进取的精神，直接做官；另一种是设馆收徒、著书立说，引起皇帝老儿的注意，最后也是出来做官。这就是'学得文武才，卖与帝王家'。"

于步青点了点头，身子前倾，动手给他倒了一杯茶。

岳鸣沙继续说道："清代李鸿章有句名言，说'世界上最容易的事是做官，最难的事也是做官'，说容易就是熟知和掌握官场的规律，不容易是不能世事练达。你要做官，就是加入了一个政治系统。政治是一个很复杂的生态系统，得失成败很难简单地总结，政治人物的是非功过也很难用简单的标准来衡量。对于我这样一个对历史和政治都有些兴趣的人来说，大可以用自己的方法去

较 劲

研读舞台脸谱和帷幕后隐藏的一些东西,见仁见智,自得其乐,你可听之,也可参考之。在大的政治系统中,你必须加入一个团体,或者叫一个派系,你如果置身事外,其结果很可能是被边缘化,上边没人照顾你,下面也没人追随你,孤家寡人一个,既成不了气候,也难以施展自己的抱负。所谓朝中有人好做官,就是被人推荐、赏识、提拔。良禽择木而栖。目前河海的当家人是高杰,据说是很实在、很厚道的一个人。他组班子时,把我那正直认真的老学兄辛长发拉进去了,掌握中枢,是秘书长。你要进市委机关,我可以助你一臂之力。"

于步青摇头说,"不,我不想做佞臣",随之说出了自己的打算。

"好,孺子志气可嘉。"岳鸣沙击掌称赞,"凭自己的力量铺路架桥修台阶,这就是给自己做加法,小人物的加法。要说做大加法,我最佩服的是小平同志。你看啊,"说到这儿,眼中放出奇异的光芒,崇敬地道,"他出山之后,第一个解散了人民公社,实行了生产责任制,把土地分给了农民,八亿农民都欢呼拥护他,这是多大的加法;解放了一批老干部,政治上支持者多了数倍,是高级的倍增加法;平反了一大批右派,给新中国成立初期和历次政治运动中所有的所谓四类分子摘了帽子,使他们恢复了国民待遇,是非常英明的加法。小平同志这几招一出,自然而然地就成了新中国的第二代英明领袖。看见了吗,想过吗,这就是政治啊。"

于步青说:"按对立统一规律讲,任何东西都是一把双刃剑,也和自然界的鲜花一样,在化学家手里,可以制成造福人类的香水,也可以成为置人死地的毒药。"

"对,"岳鸣沙击掌道,"运用之妙,全在一心,这颗心就是民为贵、君为轻、社稷次之的为民心啊。"他端起古铜色的茶杯,和于步青碰了一下,"来,为河海能出一能吏浮一大白。"

临睡前,岳鸣沙问:"你们榆柳堡南面是不是有一个村叫武功店啊?"于步青说是,他说:"我在那里有一个同道,明天要去看看他收的一件宝贝,顺便盘盘道。你不是要回老家吗,正好顺路,顺便也给你抖抖威风。"

第二天,当明光锃亮的黑色轿车停在于木匠家门口的时候,整个榆柳堡轰动了。"于家老二步青坐着两头平回来了",消息通过刚才跟着轿车跑的孩子们的口,瞬间传遍了这个一年到头难见一两个外人、一两辆小汽车的偏僻村庄。

较　劲

　　在二十世纪八十年代初，各级领导干部的配车是固定的：乡里书记一三零，就是客货两用的轻型卡车；县委书记帆布篷，就是北京、天津、武汉、唐山产的吉普车；市委书记两头平，大都是上海产的"上海"牌轿车。红旗轿车虽然也有，但省以下是不能配置的。

　　老恒修抽着大烟袋说："郭大郎不是说于家老二大学毕业后也就是个教员，现在咋这么大来头，比县长的车还好呢？"

　　花汉子双刚一副见多识广的样子说："你哪里知道啊，比市长的车还好呢。刚才我看了，上面全是洋码子，是外国货。那年八路军打省城，我去当支援前线的民工，在国民党省政府门前看见过这种车，叫林肯和奥斯汀。"

　　老恒修把嘴一撇说："整天显摆你那点儿鸡巴事，不就是赶着老牛车拉着几个炮弹和几袋粮食吗，回来时还偷了半口袋小米。要不是俺娘病了，我也去了。反正，于家老二不简单，该老木匠说道说道了。"背起粪筐走了。

　　在村部里，支书徐老金和于新生也在议论。于新生说："郭大郎说于步青学的是哲学，这是一门万能的学问，干什么都行，可以进机关当干部的。"徐老金说："兔子走时气，城墙挡不住，咸鱼也有翻身的时候。咱自己的事还是得咱自己做主，亏了没听郭大郎的，把于家老二两个弟弟从县城要回来。种上蒺藜就扎脚啊，老话一点儿都没错。"他俩正说着，穿着一身廉价帆布工作服、带着刺鼻化学味的二永华闯了进来说："甭管二步青上的什么学，坐的什么高级车，以后当多大官，反正没给乡亲们办什么事。你看郭大郎厂长，也就在咱村插过几年队，回来后办起了化工厂，一天能赚一辆小拖拉机，大伙也在他厂子里挣了钱了，比种地强得多。老话也说了，甭管什么药，能拔出脓来才是好膏药。""是啊，"徐老金说，"你也娶上媳妇了，不用和小母牛较劲了。"

　　这些，于步青没听见。南风吹来，于家小院里也和整个榆柳堡一样，空气中充满了化学刺鼻的味道，引得直想干呕。父亲告诉他，郭大郎回来后，在村里担任了支部副书记，聘来了外地的技术人员，在原来村南八个队的打麦场上办起了一个生产靛蓝粉的厂子，老赚钱了。"村里许多人进了厂，就是不让你妹妹去，一个月家里少收入好几十块钱。"

　　于步青没有说话，他知道，靛蓝粉是一种很毒的化工染料。他听化学系的同学说过，里面含有对土地腐蚀性很强的氯和氰化钠，一两年之内，这块地就会寸草不生，时间长了还会造成地下水污染、引发癌症等，在发达国家早就不生产了。但他知道，不能跟他们说，目前也没能力制止，只能本着"穷则独善其身"的道理，把自己家想法搬走，但这也得等上班之后。

于步青回到学校后，在外边推销货物的郭大郎坐着新式的北京213吉普车回来了，这次他以差价的名义，给自己赚了一千多块。他听到村里的议论后想，轿车县里没有，河海市委也就有两辆，属于书记、市长专车，电机厂郭泽普有一辆，自己的老婆偶尔坐得上，别人没门。他于步青从哪里弄的呢？看来这小子长本事了。不行，得赶紧跟担任人事局局长的贾为民说，明年春天他一毕业就把档案扣住，非把这小子弄到一个偏远的小学或者是中学教书去不可，要不，显得他在榆柳堡说的话太没分量。

43

于步青这批学生是七八年春季入学的，毕业也赶在了春天。早春二月，莲湖水波荡漾，鱼儿欢跳，小草泛绿，但他们的年龄早已过了春天的季节，已经不像近两年高中毕业直接考入大学的学弟学妹们漫步田野和湖畔、念着"草色遥看近却无""小楼一夜听春雨，深巷明朝卖杏花"的闲适和浪漫，男生不再青涩，女生也不再山花般天真烂漫。他们经历了太多的苦难，对人间的酸甜苦辣已经品尝了许多，是带着泪水、带着汗水、带着彻夜不眠的疲惫争取到的来之不易的四年大学生活。他们褪去了手上拿锄头、抡榔头的老茧，每个人右手的中指上都磨出了拿笔杆的新茧。他们读了很多的书，写了太多的笔记和日记，思考总结了新中国成立以来的林林总总，得出了太多的规律，抒发了太多的感受，曾经在无数个夜晚争论过许多问题。他们是成熟、稳重的，他们的内心是清晰、明亮的。岁月不饶人，他们想的更多的是肩上的责任，如何修身、齐家、治国，如何为这个刚刚脱离深重灾难的国家尽一份自己的绵薄之力。

所以，在毕业的时候，少了浅薄的歌声，少了鲜花，少了感情大宣泄的号啕大哭。四年的相识、相知、相守、相惜毕竟是宝贵的，但告别的方法也是深沉的：男生们把手紧紧地握在一起，红着眼圈说着"兄弟"，久久不撒开；女生们互相抱在一起，长发相连，头靠在彼此的肩膀上，泪水任意抛洒，但谁也没有出声，只是紧紧地抱着。

在最后一次班会上，于步青念了给同学们写的一封信。

较 劲

敬书数语与众学兄学弟学姐学妹为别：

  人生聚散本无常，偶然聚合便顷刻要分离，虽然遗憾，又何必悲伤。命运难期，何处不相逢。我愧无嘉言懿行，足为众助，但愿他日相逢，耿耿此心依旧，为大家一饮庆功酒。

  文字的老练与语气的沉稳，让大家停顿了片刻，随着立即鼓起掌来。作为班上的老大姐也是班长的高原红提议：每人给全体同学写一封告别信，拍一张合影；将这些辑印成册，大家终生将其带在身边，珍惜到永远。

  学校、班级的例行大会开过，大家各奔东西。高原红考取了北大政治系的研究生，柳河县西沙村的复员军人也已经把"小馋猫"炸薯片的生意做到了北京；上海阿拉朱流萤去了人大新闻系继续攻读；武长风回到了部队，因大学生的身份告别了列兵，肩上扛上了一杠三星，成了上尉军官；刘碧霞到了胶东半岛；巴特尔回到了他的内蒙古大草原；太湖小渔翁留恋自己的太湖水，哼着"小小无锡景"回到了家乡，说要去那里白日上班、夜晚到岛上吟风弄月，用哲学的辩证思维去解释水中的月亮和瞎子阿炳《二泉映月》的哲学思考；于步青自然是到河海农业局报到。

  在河海，市人事局局长贾为民没有完成情妇的儿子交给自己的任务，虽然三次给大学生毕业分配办公室下令，通知北华大学哲学系毕业生于步青的档案一到立即交给他，但被市委书记高杰的一个决定泡汤了。原来，书记听了一个退居二线的老组织部部长的建议，说现在急缺有真正知识的干部，对恢复高考第一届的毕业生要多加注意，因为这伙人不单单是学生，而且大部分都有一定的社会经验，有的上学前还担任过领导干部，稍微磨炼一下就能挑大梁。高杰深感有理，一声令下，分配权拿到了离他更近的市委组织部干部二处。二处根据个人的意愿和各单位要的名额分配，由于李局长提前打了招呼，于步青一点儿周折没费，顺顺当当地进了市农业局办公室。

  坐在这个被无数棵大榆树掩映的小楼里，面对桌上铺开的二百零四字的格式稿纸，望着窗外一棵开满鲜花的大梨树，于步青心里才有了踏实的感觉，真正告别了翻砂、推煤梦魇般的生活和在市委帮忙的忐忑不安，觉得自己在河海这个地厅级城市里有了一席之地，成了一个真正的市民，能像个人似的生活在这里。

  农业局的工作包括种子管理、植物保护、土地养护与管理、技术推广、生产情况布置和统计、农机化、畜牧养殖几大块。好在于步青生长在农村，又在县农业局帮助工作组写过材料，对此并不陌生，加上四年大学的功底，把这一切用哲学的方法去分析总结，写出的材料比其他人高出一筹，又因国家提倡重用知识分子，他很快就被明确为办公室副主任，并和下面事业单位的也是从农村出来的一个女会计结婚成家。妻子精明、贤惠、能干，儿子也随之出生了。

一天早晨刚上班，李局长来到他办公室说："农业生产责任制实行几年了，地里多打了粮食，农民再也不为肚子发愁了，可我总觉得哪些地方有些不对劲儿。单干地块小了，大机器用不上了，过去的集体财产管理没人了，办企业的乱占地了。'文革'前我看过苏联集体农场的电影，挺来劲儿的，那个洋大懵市长——司徒森也讲过美国的大农场，比咱们地里收得多得多。这样，给你一辆车，你带人去搞个调查，看能把这些问题理清不，也想出个办法来。"

大李局长说这话的时候刚过了中秋节，是漫山遍野的庄稼由苍绿变为金黄的时候，是华北大平原迷人的季节、收获的季节。于步青计算了一下自己管的几个兵，一个男的专管编写《生产简报》，动不了；另一个男同志管文件传送，抽不出来；还有一个是女同志，家里的小孩才三岁，出门也不方便。这么一想，他索性就自己带着司机小牛出发了。一专车，一司机，一辆绿色的北京吉普奔驰在河海一万多平方公里的土地上。于步青坐在副驾驶座上，看着满眼化不开的绿色，闻着新粮的清香，望着远处地里劳作的人们，心旷神怡，浑身充满了激动和自得，找到了当领导的感觉。

一个市局的办公室副主任，充其量也就是个副科级干部，但到了县里、乡里可就成了人物，按级别说，和县里的副局长、乡里的副书记一样，尤其是那辆半新的北京吉普，更是给他平添了许多威风。到县城住招待所，于步青的第一顿饭由正局长作陪，下乡到村有副局长和秘书、股长跟着。开始于步青是每天早出晚归，后来小孩的姥姥来家里看孩子，住着不太方便，加之小牛是单身汉，两人一商量，索性不回家了，一个县一个县地挨着转。这天，他们在海东县白塔镇乡一个村座谈，村长是个话痨，说到了太阳落山。吃过饭下起了雨，两人干脆住到了乡里。

由于昨晚多喝了几杯酒，半夜口渴，起来喝了半壶水，早晨于步青被尿憋醒了。起床出屋，痛快淋漓地放水之后，他看着还在沉睡的乡政府大院，

较 劲

站在台阶上远眺。空气湿漉漉的，格外清新，白雾在青翠的田野里缭绕，串串晶莹的露珠在路边的叶片上闪烁，清风徐来，露珠在欣然舞蹈。旁边红墙蓝瓦的村庄，一片片小菜园依偎着爬满豆角、丝瓜的墙头，绿树红花烂漫点缀。农家小院里妇女早起做饭的说笑声，叫孩子起来上学的呼喊声，还有久违的鸡鸣狗叫声，一片温馨。

回到屋里，看到小牛还在酣睡，他拿起吉普车的钥匙，想在门前的广场上再练一把，目标是在一个月内学会开车。车子发动，看着四处无人，他把车头一拐，顺着一条田间还带着一点儿泥水的小路开了过去，不想手一抖，车陷进了路边的小泥沟里，想退回去，挂倒挡时油门和离合器总是配合不好，几次点火都没成功，脑门上还出了汗珠。他索性不开了，下车沿着小路往前散步。

不经意间，一大片玉米林傲然走进了他的视野，撞到了他的眼前。挺拔的玉米林，棵棵伟岸挺立，整整齐齐，郁郁葱葱，一望无际展延到天边，在金风里，宛如层层叠叠翠绿的海。他顺着林间的小径继续往前，那宽广的叶子一左一右很对称地向两边伸展开，好像在向他挥手敬礼；那粗壮结实的秸秆上举起坚挺饱满的玉米棒子，张扬着丰收的希望。玉米棒子尚未全部成熟，上面的红缨子毛茸茸的，像戏剧里武生的红胡子，分外惹人注视。

眼前的情景牵动了他的乡愁，摇曳出了童年的时光。记得在上高小从田镇回村的时候，他和村里的小伙伴们跑到玉米林里捉迷藏，表演《地道战》《铁道游击队》的儿童剧，捡拾干树枝作为柴火，烤熟了玉米，香气缭绕，香甜可口。想到这儿，他有了寻找一个成熟的棒子，点火烤一个吃的欲念。

再往前走，三间红砖房的背面出现了，一条小黄狗冲了出来，"汪汪"地叫着。一个头发上带着碎草毛毛、拎着一个水桶的中年妇女走了出来，后边还跟着一个走路歪歪扭扭的小男孩，脸上带着一块锅灰，手里拿着一根玉米秸当甘蔗啃。

他看着她的眉眼有些面熟，她也打量着他。片刻，对方开口："你不是于步青吗，听说你去河海当工人了，怎么来这里了？"对了，是她，自己的中学同学，由于眼睛眨得快，外号"电闪"的吕素青。柳城中学的学生基本都是本县生，她怎么到这儿了呢？看到他疑惑的眼神，吕素青告诉他，自己是嫁过来的。这里原来是公社的农场，男人是这里的工人，自己贪图他那商品粮，就听了一个远房亲戚的话结婚了。生产责任制后，农场解散了，两口

较 劲

子包了几百亩地，在这里安家了。于步青看着她家里的简陋摆设和门前的农具说："不错啊，有这么多地，大片的玉米，随便烤着吃啊。再说你们还可以种点儿果树、蔬菜，夫妇俩男耕女织，世外桃源啊。"吕素青完全没有了中学时代少女的腼腆，生活的磨砺使她变成了一个农妇，直通通地说："你别浪漫了，我们过的是庄稼日子，你们当官的哪里知道农民的苦啊。上面说'以粮为纲'，又不让种别的，玉米收了卖不出去，粮站'打白条'。现在是不缺吃了，可手里的钱紧啊。化肥、农药实行双轨制，指标内的尿素和市场上一袋差好几十块，我们买不到。"听到这里，于步青拿出了永不离身的笔记本。

两人聊了一会儿，吕素青的丈夫大柱子扛着大锄头、带着一身露水回来了。三个人说了几句话，远处传来汽车的鸣笛声，吕素青也急着下地锄草，便匆匆分别了。

于步青回到乡里，乡长和海东县的农业局长开玩笑地说，于主任去玉米地里体验生活了。于步青说，"在这里碰上一个中学同学，嫁到你们这里来了。这么大农场不能搞种植单一化，市场经济的概念是以市场为导向、以效益为中心，什么赚钱种什么"，而后又说，自己的同学这么远嫁到这里不容易，请多照顾一点儿。二人自然满口答应。

在离开白塔镇乡奔向下一个县的时候，于步青坐在吉普车上，回望了一眼那片浩瀚粗壮的玉米林，心里有一点儿感觉，很快就消散了。他万万没有想到，十多年后，这里的玉米林变成了树林，成了他的避难地。

整整一个月，于步青跑遍了全市十五个县三十多个村庄的地头、场边、炕头，接触了一百多个乡村干部和农民，笔记本用了五个。

大李局长是个很会用干部的人，看到于步青风尘仆仆的，说："不用汇报。从明天开始，你到咱们局招待所开一间房，一个星期之内拿出一篇报告来。"

河海农业局的内部招待所在市西郊的种子公司大院里。于步青下车的时候，意外地看到老工友史得志和心高气傲的王命长师傅正在排队购买小麦种子，连忙走了过去。史得志对他说："兄弟，你算跳出了火坑，咱厂子快完蛋了。郭泽普和谭俊雅两个狗男女只知道往手里搂钱，老式电机卖不出去了，大伙的工资三个月没发了。我和王师傅家里还有几亩地，这不算计着种上点儿麦子先顾嘴啊。"王师傅也巴结地朝他笑了笑。

看着两个老工友穿的破工作服，于步青叫来了种子公司经理，问他能不能从试验田用的良种里面调剂一下，无偿给他俩解决一下。公司经理看着这个局长的大红人，自然满口答应。二人千恩万谢地走了。

看着两个骑着吱吱呀呀自行车缓缓离去的背影，于步青心里感叹了一下，从吉普车上拿下提包，进了房间，摊开笔记本和一大堆材料，凝神思考起来。他把所有座谈时记录的材料和从下面拿到的文件重看了一遍，经过摘录、分析、总结、思考，用历史、现实、未来三个维度去衡量，想清楚了、找到感觉后动笔写了起来。不到四天，一篇文章便形成了。

农业生产责任制后农村出现的新问题及对策

一、农村"能人"进城，农村班子瘫痪

农业生产责任制解开了对农民的束缚，许多人开始离开土地到城镇去从事工商业。据调查，出去的这些人大部分是见过世面的"能人"，这些能人中大部分担任过村干部，而且现在还是支部和村委会的成员。这些人平时的部分时间在城镇自己的企业里，很少回村理政，仅限于节日回家或者是为上级某项工作匆匆给群众开个会，落实很少，使许多农村班子名存实亡，班子瘫痪。

二、地块变小，大型机具闲置浪费

在许多原来的生产队宅院里，可以看到不少常年废弃不用的大型拖拉机、播种机和其他大型农机具，锈迹斑斑。变小的地块不再适应它们作业，造成了很大的浪费。

三、小农机具重复购置，造成农民投资过大

现在的农村，几乎家家户户有小拖拉机和其他小农机具。受小农经济的影响，一家有，大家都要有。花了许多钱，买了半年闲。建议组织农机具租赁公司，减少农民投资。

四、农村集体财产被无偿、无序占用

农业分田到户后，许多过去生产队的场院、牲口棚、小队部等闲散土地和设施被村干部和外来一些办企业的人相互勾结，办起了各种加工厂，有的还是污染企业，破坏了农村的生态环境。

五、种植结构单一，农业增产不增收

许多县乡职能部门还抱着"以粮为纲"的老观念不放，下达种植计划，还在种小麦、玉米、棉花老三样。地里增产了，但市场销售不畅；产量增加，农民手里的票子还是紧张。

六、小生产的方式弱化了农村的社会结构

较 劲

农村有个固有的社会观念叫"亲帮亲，邻帮邻"，家里有事首先想到的是亲戚。生产责任制的小生产方式促使本村、距离较近的村结婚的多了起来，目的就是一个，互相帮着干活方便，这样不利于人口的优生优育。同时，在生产中，男劳力的作用很大，使得许多农户想法生育男孩，也不利于目前国家推行的计划生育政策。

下面他根据这些问题提出了在不改变所有制的前提下走让农民组织起来的新型道路，提出建立各种服务公司、调整种植结构、农业部门下沉建立技术指导服务站、培训青年农民等措施。在第四部分，他毫不客气地举了家乡榆柳堡的例子。

李局长看后，大声叫好，说："你小子的大学真是没白上，把我这几年一直琢磨不透的事一下子全整明白了。这些事不是咱一个局能办的。快，印成专门报告，送市委市政府各位领导。"当晚，把他拉到家里，李局长拿出了一瓶放了十几年的西凤酒，让老伴炒了几个小菜。二人对饮到半夜，于步青怎么回的家都忘了。

第二天上午，他还在酒醉梦中的时候，这份报告已经到了市委书记高杰宽大的办公桌上。书记眼前一亮，思考良久，喜上眉梢，拿起电话说："大老李，你们局送的这份材料好啊。我知道你是个实干家，这样有思想的东西你写不出来，是谁执笔的，我要见他一下。明天上午我有个会，下午四点吧。"

这些，于步青不知道，也不知道这篇专题报告又一次改变了他的命运，更不知道这篇报告成了河海经济发展历史上著名的《于六条》。

44

河海这个地方，建市较晚，山少无矿，没有大工业，除了原来的土著外，市民都是各县凑来的。报社名记者冯文斌总结说："农民城市，熟人社会。"如果两人在街上撞了车，双方找人的话，不用找第三个，第二个来的就可能互相认识，不是亲戚，就是老乡、同学或者是战友，结果往往就是大家哈哈一笑了之，刚才还在鸡飞狗跳地对骂，下一刻就进了酒馆推杯换盏，弄得交警一脸沮丧地收兵回营。所以，上到政府衙门，下到民间家庭，哪里发生了什么事，不用一天，大部分人就都知道了，何况有些有心人还在关键部位安排了耳报神。

贾为民是颇有政治野心的人，这个小油坊会计出身的干部，不仅算盘打得滚瓜烂熟，对自己的人生仕途也算计得很准。"四人帮"一被粉碎，他就敏感地感到上级的干部政策要变，抓紧在自己商业局下属的商业学校里弄了张文凭，以后又上了函授大学，挤进了知识分子的干部队伍里。骆乔木当书记的时候，他凭借自己在丰宁县工作过的历史，很快也攀上了关系，从工业局调到了人事局。按照惯例，挂了一个组织部副部长的衔，算是沾上了党委系统干部的边。打算进一步往上走的时候，原来和他没有渊源的高杰来了。多年的官场经验告诉他，要想被提拔重用，不能光看一把手平时的讲话和在大庭广众之下冠冕堂皇的活动，那里面假象很多，更重要的是掌握一把手独处时和在人少的地方时对某些人、事表现出的喜怒哀乐。

王淑敏有一个娘家侄子叫王小喜，人长得很机灵，在部队给一个团长当了三年勤务员回来了。一次和贾为民幽会时，王淑敏在他在自己肚皮上得意时说："我娘家就这么一个侄子，你现在是人事局局长了，管复员军人就业，得给我侄子安排一个好地方。"见他不作声，就要往下推他，贾为民正在紧要关头，马上点头答应。事后，他找了市委一个管行政后勤的副秘书长，把这个王小喜安排到了勤务班，专门给市委领导打扫卫生、分发报纸。临上班那天，堂堂人事局局长亲自请这个小伙子吃了饭，并秘密交代了任务，规定单线联系。在他俩咬耳朵的时候，王淑敏和郭太郎也在场。看着自己的侄子频频点头的样子，王淑敏笑骂道："你这个小兔崽子，和贾局长比你亲姑还亲呢。"郭太郎也有些醋意地说"嗯，比我这亲姑父还亲近"，遭到了老婆的白眼，说："和你亲有个屁用，你能安排我侄子啊。"

那天高杰书记看完于步青写的专题报告和大李局长通电话的时候，王小喜正去送报纸，而后又利用晚上打扫卫生的时候，看见那篇报告被书记用红笔批上了"一篇针对性很强的调查报告，转各常委传阅学习"，赶紧把这个消息报告给了贾为民。

贾为民听了这个消息，坐在沙发上思索着。他知道高杰是个爱惜人才的人，看他那批示和大李打电话的情况，这个于步青调市委办公厅将来被提拔重用是板上钉钉了，这又得引起郭大郎的不满。对这个情妇的儿子真是没办法，自己那点儿事被这个狼崽子抓着，可谁又让自己当年贪图那两条大辫子呢。出来混总要是还的。他打通了郭大郎的电话，不出所料，那头一听就炸

较 劲

了,说:"你不是还兼着组织部副部长吗,想法阻止他啊。"贾为民耐心地说:"我在组织部是挂名,不分管任何工作。再说,一把手要的人,谁能阻止得了呢。"郭大郎说:"那就这样,我也去市委办公厅,去看着这个小子,不能让他比我强了。我下乡后不是被评为河海市的优秀青年吗,凭这个还进不去吗?"贾为民摇了摇头,用老到的先压后扬的语气说:"你学的是理工科,那里要的是写材料的,不用说动笔杆子你那两下子不行,就你那像屎壳郎爬的两笔字也不行啊。"听到对方不说话了,贾为民继续说,"但是,不管怎么说,你也是大学毕业,还有优秀青年的帽子,回来安排个好地儿问题不大,理想的是去政府办公厅。我呢,和新来的胡早秋市长有一面之缘,过去都在商贸系统,最近我去找找他。你呢,也需要再加一把火。"接着,如此这般地对郭大郎传授机宜一番。

安抚好了这一头,贾为民驱车赶往市政府,盘算着和新来的市长的交往。这位胡市长早年是省商贸厅的一位处长,毕业于中央财经大学,是个既聪明又有开拓精神的人。改革开放之初,他是北河省第一个跨过山海关到满洲里建立贸易基地和俄罗斯做生意的人,因此被提拔为副厅长,又到这里当了市长。贾为民在当商业局局长的时候,在那个计划经济的年代,投其所好,逢年过节,都给省厅处以上干部送上喷香的小磨香油、浓香的花生油,本地的熏野兔、脱骨烧鸡和湖里的大鲤鱼以及小杂粮、鞭炮等。每家两箱子,年货基本都全了,过年就不用买了。胡处长自然也有一份。基于此,胡市长来之后,经过了例行的见面大会,下去调研第一站去的就是人事局,并破例在局里的小食堂里吃了饭,还喝了一点儿酒,算是对老朋友的一点儿意思。就是这点儿意思,让贾为民在众多的局长里鹤立鸡群了,连政府办的那些秘书都对他刮目相看。所以,他到了市长办公区的九楼,毫无障碍地进了市长的办公室。

胡早秋正对着一张河海的地图想着自己的执政方略,看到贾为民进来也没客气,让他随便坐。贾为民可没随便,黑漆一样的小眼睛看着干净的办公桌和一尘不染的沙发茶几,悄悄把要掏出来的烟塞了回去。看到市长站着他也没坐,但也没和市长一起站在地图前,而是站在了市长右斜方一米左右靠近墙角的地方——他可以看到市长,市长也可以用余光看到他。这个距离、这个方位,一点都不像上下级谈工作,倒像主人要挥毫泼墨,旁边机灵的奴仆捧着砚台随时伺候着。

较 劲

胡早秋市长可没想这么多,反正觉得心里很舒服,顺手拉过一把椅子来了个倒骑驴,大马金刀地坐在上面说:"老贾,你是河海的老人了,你说用什么方法让这里尽快发展起来呢?"为官许久的贾为民何等机灵,知道领导说的设问句根本不需要自己回答,而是要发表大论,继续倾听就是,马上恭敬地拿出了笔记本。

果然,胡市长宏论开始:"河海这个地方,山少无矿,地下没有石油,倒是土地广阔,但一直种植小麦、玉米、棉花老三样,这样发不了财。你说一个家庭、一个城市干什么来钱最快?干买卖?做生意?你我都是农村出身,在村里种菜的没有卖菜的赚得多。同样,工厂制造产品的不如大商场卖他们货的挣钱多。当然,要做生意,要有自然条件。纵观历史上形成的商埠,一是靠地利之便,港口码头货物集散地;二是靠当地特产,比如福建樟树的药材市场;三是靠建立设施齐全的市场,用优惠的政策和周到的服务吸引商人来此经营,逐渐形成大市场。比如,美国的拉斯维加斯,本来是一片沙漠,可有人在那里建起了宾馆、饭店。有了舒服的服务,这才成了世界最大的赌城,一年的财政收入超过了咱们的一个省。我的意思不是说我们也要开赌城,而是说,我们这里有大片的土地,人均在东部省份最多,可以建起一批设施完善的市场,进口货物,吸引商人变成商埠。按照亚当·斯密的理论,用一只看不见的手加快河海的发展。"

顺杆爬是贾为民的强项,何况他还做过商业局局长,于是说:"胡市长你真让我脑洞大开,比听多少解放思想的报告都管事。经商发财是多少年的真理,咱们河海历史上的龙阳河过去也是从西边来,往东直通天津入海口的。这里也曾是大码头,也是桅杆林立、酒铺遍地,商业发达得很,东来西往的货在这里开店的也不少,只是龙阳河水少了不能行船了才衰败的。你刚才说的正好是重振河海的商业雄风啊。咱们这里离入海口也不算太远,海沧市不是正在修建大港吗,才一百多公里。咱给省里打个报告,修一条高速公路,汽车才一个小时的时间啊。再说,咱这里闲散土地很多,建大货场、大市场一点儿问题也没有,加上你和俄罗斯贸易的经验,办几个大贸易公司,河海几年就富起来了。"

这番亦真亦假的马屁拍得对方心花怒放,胡市长兴奋得大手一挥说:"好,老贾不愧是干商业的人才。这样吧,我准备提个战略思想,叫商贸立市。等市委常委讨论过后,成立河海商贸总公司,我亲自当经理,你来当市长助理。"

贾为民收获满满地走了，胡市长低头写自己的施政方针。

就在同一天，郭大郎也回到了市里，是带着钱、带着一股气回来的。到底是商人的后代，到底是在发电厂供销科干过，榆柳堡靛蓝粉厂的销售权他一直抓在手里，除了偶尔回厂外，大部分时间都在外边搞销售。他除了拿厂里的销售提成外，还勾结客户故意降低价格拿回扣，钱挣了不少，最近还到法国去了一趟。

开着新式北京213吉普专车，摸摸兜里的钱，他一阵得意，可想到于步青胸中一股闷气。自己堂堂一个城市的知青，也上了大学，怎么就会斗不过榆柳堡一个农民的穷小子呢？于步青上农业局也就算了，农民出身干农业，也不会有多大出息，如今居然要上河海最大的核心机关，去人人都羡慕尊敬的市委办公厅，贾为民那个还兼职市委组织部副部长的王八蛋竟然还阻止不了，这真是让人是可忍孰不可忍。

人急车快，回到家太阳还没落山，他一个电话把谭俊雅叫了回来。看到他狼一样的目光在自己的腰部和胸脯上扫描，她立刻明白了他的目的，脸色微红地说："人家还上着班呢，就你那点儿事急。"郭大郎掏出一沓钱说："来，这是咱的收成。"看到钱，谭俊雅高兴起来，熟练地点了一遍说："不少啊，我这个财务部主任也涨工资了。照着这个速度进钱，咱很快就可以买一套龙阳河边上的小别墅了。"一边说着，一边宽衣解带，任他折腾。郭大郎在她身上发泄了情欲后，提起裤子拿起大提包就往外走，谭俊雅收拾着战场抱怨地说："每次都是这么粗鲁，一点儿前戏都没有，你当是来逛窑子呢。"

郭大郎根本没有听见也不想听，上车一脚油门到了报社，上楼找"大仙鹤"华露浓。

《河海日报》的名记者还真没看错，大仙鹤还真是干新锐评论的料，思维超前，看问题别有角度，如今主持《青年与时代》版，思想解放，新论、怪论频发。此刻她正在写一篇评论，题目是《女人的第三地》。看到郭大郎进来，也不问他来干什么，她站起身，高跟鞋有节奏地敲打着地面，述说自己文章的观点。她说，现在是大变革时代，任何时代的任何社会变革都是以思想解放为前导的，各种解放的标准、社会进步的标准，首先要看妇女的解放程度。过去由于受封建传统的束缚，已婚妇女只有两个地方，住宿上只有娘家和婆家，在家庭里只有丈夫和孩子，这是对妇女精神和感情的极大限制；

较 劲

现代妇女应该有自己的第三地,宣泄和保留感情的第三个地方。

看着华露浓的大长腿和紧束的腰身,郭大郎说:"你就是说,要有个情人呗,还要有个地去幽会。"

大仙鹤鄙夷地看着他说:"你太低级了,也太庸俗。我是说,女人在思想深处,要有自己的秘密花园、自己的绿洲、自己的伊甸园。那里鲜花盛开,芳草萋萋,女人在那里栖息自己疲惫的灵魂、放飞自己的向往。"

郭大郎在大学里听过"好女不嫁哲学男,好男不娶中文女"的话,知道自己谈这方面的话题是"老虎拉碾子,根本上不了套",赶紧转到来的目的,拿出一套法国原产化妆品"兰蔻",从香水到面膜到洗面奶,从晨妆到晚妆,瓶瓶罐罐,一应俱全,随之说自己把产品卖到了法国的印染厂。

化妆品对爱美的女人是致命的诱惑,是不可抗拒的东西,尤其是来自法国的名牌,尤其是对大仙鹤这样视自己天生丽质、美色如生命的女人。她伸出保养得很好的白皙的青葱十指,轻轻抚摸着说:"来自美丽的法兰西塞纳河畔左岸的咖啡馆,一个生产思想的地方。啊!"语调很抒情。

听完郭大郎的叙述和要求,她说:"这么说,你把一个贫困落后农村生产的染料卖到了法国的印染厂,世界上著名的雅美的女人穿着它染成的衣服行走在香榭丽舍的大街上,徘徊在凯旋门和卢浮宫的广场上,还登上了巴黎的铁塔。"

这么美丽抒情的语言郭大郎当然不敢接话,连连点头称是。

"有这些就好办了,"华露浓一扬头,捋了一把自己乌黑带着洗发香波味道的披肩发说,"明天我写一则通讯,主题是'法兰西女人的新装',副题是'优秀青年郭大郎闯世界,小小乡村靛蓝粉扮靓巴黎城'。"

郭大郎击掌叫好。

当晚,两人去了河海一个香港来的老板开的叫"雅典娜"的大酒店,吃了西餐,喝了洋酒,而后在歌厅里缠绵了半夜。大仙鹤似乎找到了自己的第三地,似乎又没有找到,零点刚过,她还是自己回家了。

把她送出去后,郭大郎感到头有些晕,便到洗浴部汗蒸了一下,洗了个澡,在一个小伙子的引导下,来到了按摩部,单独的一间大床房。在暧昧的灯光下,一个看来也就十八九岁模样俏丽的姑娘穿着泳装走进来,关键的部位护着,诱人的部分外露,浑身细腻得如精致的白色烤瓷,还散发着淡淡的香气。还没等柔软的小手给他按摩完,郭大郎在酒精的刺激下已经把对方压

较 劲

到了身下，春风一度后睡着了。他醒来时已经是凌晨时分，小姑娘揉了揉惺忪的双眼，娇滴滴地喊了他一声大哥，要求他把自己送回家。

郭大郎迷迷糊糊地起来开车，在白瓷娃娃的指引下，车竟然开到了自己的老家实权庄。当姑娘轻声要他在一栋小楼前停车时，他惊愕地发现这里是村东头早年天津来的小寡妇秦玉芬的裁缝店，让他更惊愕的是这个叫秦红丽的白瓷娃娃进门后，他还在愣神的时候，那个小楼的门又开了，他老爹郭太郎走了出来。

气愤、惊愕、厌恶，在一堆说不清的感受驱使下，他一脚油门开回了电机厂宿舍。这时天已大亮，谭俊雅送女儿去幼儿园刚回来，看到他柳眉倒竖，厉声逼问这一夜到哪里去了。郭大郎支支吾吾地说，老娘突然发烧，到报社谈完事后直接送老娘去医院打针了。谭俊雅醋意大生，说："到报社，你准是和那个大仙鹤勾搭去了。当年你追求过她，还给人擦过自行车呢。一会儿我得问问妮妮她奶奶。"

看着谭俊雅出门，郭大郎急忙拨通了王淑敏的电话。王淑敏听完后，狠狠地骂了他一句："你们郭家真是差不了种，没一个好东西，都一个德行。"郭大郎装作没听见，躺在床上一会儿又进入了梦乡，梦中又出现了那个白瓷娃娃。

没几天，华露浓策划的稿子在第一版见报，引起了胡市长的重视，说这就叫商贸立市。不久，郭大郎被调到了政府办公厅，在市长助理贾为民的运作下很快成了商贸处的副处长。

45

于步青去见河海市委书记高杰是在一个星期天的下午。

一个管着几百万人口的市委书记是没有休息日的，他有太多的事要管，有太多文件要看，有太多的问题需要思考。

高杰，这个从田野走出来的农业技术员身材魁梧、器宇轩昂、两眼炯炯有神，"文革"前就是市委农工部长，运动过后去援疆，担任自治区农委主任。一台吉普车曾载着他跑遍了天山南北，推广了水稻旱直播和棉花种子改良技术，回来后担任过河海下属的两个县的县委书记，而且都是在两个县主要领导出事、整个班子陷于瘫痪的情况下去的。按市委前书记沈书记的说法，是最优秀的救火队长。省委对他的评价是：政治立场坚定，能团结人，性格沉稳，工作作风稳健、开拓。

此刻，他正在看胡早秋市长写的《关于商贸立市的战略构想》，一边看一边想着这个省委派来的搭档：人年轻、聪明，也懂规矩，干部的事除了他自己身边的人外，别的没怎么干涉；工作热情很高，敢拍板，思维超前，就是与实际结合不够。"人无完人啊。"看完后，他自言自语地说。

门开了，秘书告诉他农业局的于步青来了，在接待室等候。他说请他进来。

于步青进来时看到高杰书记已经绕过宽大的办公桌，坐在了沙发上，并指着让他坐在对面，心里想到了"礼贤下士"，紧张和不安消失了，二人对话开始。

高杰："你的六条抓住了农业、农村、农民问题的要害，很有参考价值。你说，目前农业生产责任制后最大的好处是什么？"

于步青："农作物全面增产，农民获得了自由、吃饱穿暖。"

高杰："弊端？"

于步青："增产未增收，粮棉满囤，猪羊满圈，售粮难，卖棉难，价格低，手里少现钱，日子过得依然紧巴巴。"

高杰："有何良策？"

于步青："调整种植结构，发展加工业，改变出售原始产品的状态，增加农产品的附加值。"

高杰："如何让农民进一步富起来？"

于步青："重新走组织起来的道路，不是行政的、政治的强行组合，而是用经济联合寻找利益共同点的方法去自愿联合，政府有关部门要起到穿针引线的服务作用。"

一老一少、一问一答，两人的谈话越来越深入。高杰看着这个自己在遭受不公平待遇时在那个接受劳动改造村子里出来的年轻人，不由得心中滋生出一种复杂的感情，凝视着面前这个也算曾经经历过不少波折、读了大学的年轻人，一种回忆让他突然问道："你是榆柳堡人？"

于步青点头称是。

高杰说："你记不记得你们村有个河海市的五七干校？"

于步青依然点头。

较 劲

高杰继续:"你记不记得那年冬天,有两个干部拉水,被卡住了,你拿着铁锨铲平了道路,帮着推了一把,还拾到了一个钱包,你把它还给了主人?"

于步青心里一震,机灵地回答:"记得,那时我还小,忘了两位领导的模样了。"

高杰:"你知道里面有多少钱吗?"

于步青:"不知道,没看。"

高杰哈哈笑了,说:"你知道吗,那里面有三十八块钱,还有三十斤全国粮票。当时你们的工值是两毛三,也就是说,那些钱相当于一个壮劳力一年挣的工分,那三十斤全国粮票按当时的情况可以到粮站买四十斤平价粮,够一个家庭掺上野菜生活一个月的。小伙子,说实话,你当时为什么不揣在兜里拿回家呢?"

于步青说:"我听村里的老人说,这些干部都是好人,是来这里受罪的,生活也不容易。"

"好。"这一次高杰真是开怀大笑了,站起来拍着他的肩膀说,"我也在你们村劳动过,算是我第二故乡了。小老乡,来我这里工作,咋样?"

于步青说:"在大学里我的一个老师说过,一个人一生碰上个好老师是良缘。我想,在一个地方工作碰上一个好领导更是幸运。"

下楼出了市委的大门,于步青才发现脊梁上出的汗把后背都湿透了,被风一吹,凉飕飕的,但心情无限好,遥想起大二的时候到毛主席的故乡朝圣,过长沙时曾寻访过汉代名臣贾谊居住过的大傅里故宅的情景。他非常喜欢贾谊气势澎湃、议论纵横的《治安策》《过秦论》,刚才的一幕似乎正如贾谊在《鹏鸟赋》中所云:"天不可预虑兮,道不可预谋;迟速有命兮,焉识其时。"

他非常感谢大李局长让他做的这次调研,非常庆幸自己被招到市委书记办公室被问询。茫茫之中,是苍生,而非鬼神。

楼上,高杰快步来到市委秘书长辛长发的办公室,看着对方问询的目光说:"人可靠,有本事。把他调来,先平级安排,担任综合处的副处长。"

秘书长点头,拿出于步青写的专题报告说:"里面的问题提得很尖锐,有些事需要发文制止一下,尤其是无偿占用集体耕地办工厂。"

高杰说:"特别是办污染土地的工业更不允许。"

文件很快发下去了,榆柳堡的化工厂在郭大郎走后停产了,留下了一片废墟,那刺鼻的味道过了多半年才小点儿了,第二年长出了青草。老恒修和花汉子双刚做伴去放羊,回来有好几只羊吐了白沫,眼看着羊闭上了眼睛,羊肉也没敢吃。两人在村部门前骂开了大街,说郭大郎真是一条狼,狼心狗肺坑了榆柳堡。二永华不乐意了,上来说:"死几只羊你们心疼了,去年你们家三个小子在厂里上班月月往家拿几百块老头票咋不说了。哎,我跟你们说,河海要大办商业了,说是政府成立贸易总公司,市长亲自当经理,郭大郎是处长。咱们有空得去找找他,在他办的公司里挣大钱去。"两个老家伙说是,得把羊钱补回来。

支部书记徐老金从村部里走出来说:"你们别忘了自己是吃几碗干饭的。咱们是老农民,人家是国家干部,这样去,准不成。我给你们想个法,到时村里给你们出封信。"把三人叫到一起,耳语了一番。

46

于步青骑着自行车走在河海的大街上,新添置的公文包挂在车把上,抛光的黑牛皮在朝霞的映照下闪烁着点点金星。到了市委门口,他把红色的中共河海市委工作证一亮,警卫点头放行。他新理的头发一甩,放好车子来到大门的台阶上,看看表还不到八点,便稍微停顿了一下。

威严的大门,站得笔直的警卫,进出的车辆,一切映入眼帘。啊,河海市委,六百多万人口的首脑机关,这里每打出的一个电话,每发出的一个文件,都是权威的,都会改变某些人的命运,都会使生活在一万多平方公里土地上的人们看到一个新的提法、新的标语,出现一个新的行业。在这里上班的人都是内敛的、稳重的,走路不慌不忙,说话不急不缓,穿着朴素干净。他刚来河海的时候曾和工友们来过,看着院里的大楼,猜测里面什么样,一个来自天津、知识青年出身的工友说:"你看这里进出的人,穿得多土鳖啊,还不如我们天津的买卖人。"旁边一个老者说:"你别看这里的人穿得不怎么样,可这里净出县委书记、县长。"十年前自己刚到市委双学办帮忙的时候,也很神气,但那种神气只是表象,内心是空虚的、胆怯的;而今天就不同了,是理直气壮的,自己不但是市委的正式编制,而且还是副处长,可以在人们艳羡的目光中堂而皇之地出入各位领导的办公室,参加高级别的会议,知道各项政策的决策过程。

较 劲

不过,他还是高兴得早了点儿。综合处有十来个人,负责领导讲话、文件制定、随领导或根据市委的意图专题调研和编发市委办公厅通报四大块,其中为领导起草讲话稿是大头。处长老肖是"文革"前毕业的大学生,已经五十多岁了,常年熬夜身体不太好,按照惯例,正等着安排到一个不错的局里当局长,不怎么动笔了。其他人都是高杰上任后从市直和各县办公室、宣传部、文化局等单位选调上来的,虽然学历都不太正规,大部分是中专或者是函授大学的,但都是一个地方、一个行业公认的硬笔杆,公文语言运用熟练,实战经验非常丰富。他还发现,这里的人没有一个领导干部的后代,清一色的平民子弟,而且大部分都是来自农村。

这天正好中央下发了一个进一步抓好"三农"工作、促进农村发展的文件,市委要开大会,高杰书记做主题讲话。天下的文人都是相轻的,既然来了一个正规大学毕业的副处长,别的人都没往前凑,任务自然落到了于步青头上。高杰书记和综合处的同志见了个面,说主要讲继续稳定农业联产承包责任制、调整产业结构、促进农业增产增收。领导定下这个讲话的主基调后,肖处长对于步青说:"我们搞综合的人最重要的是站位要高,也就是说要关起门来当书记。"

于步青深以为然,回到办公室翻看了近期的《人民日报》《农民日报》和中央省委的有关文件,而后动手开始写,第一部分写马克思主义告诉我们任何事物都存在着矛盾,矛盾是在互相斗争中主要矛盾战胜了次要矛盾得到发展的,作为联产承包责任制也存在着许多矛盾需要解决,而后才能螺旋形前进;第二部分写中央和省委如何重视这一工作,摘录了许多上级文件和领导的讲话;第三部分写了各级领导要认真抓;第四部分写了要考核评比等。他洋洋洒洒写了一万多字,送上去之后紧张不安地等待着,比交高考试题还焦虑,整个上午什么都没干下去,在同事们瞩目的眼神中装着翻报纸。一直到下午下班时,秘书把他叫到了书记办公室。

高杰翻了几页说:"这里面的哲学道理太多了,实际措施虚了点儿。你去找一下辛秘书长。"

秘书长微笑地看着他说:"你是那年跟着祖晨光在'双学办'写材料的小伙子吧。"于步青点头称是,秘书长低头把稿子认真看了一遍说:"你的理论功底不错,写这个稿子查了不少资料,也费了劲儿,但不实用,花架子太多。领导开会讲话是要解决问题的,不是讲理论的;是要布置工作,不是喊口号。

较 劲

目的要明确,语言要平实,措施要实在得力。第一,开宗明义说我们这次是什么会议,要干什么事。第二,写为什么要干这个事,因为中央有要求,农民有盼望,实际落实中有差距,不干就会阻碍农业的发展,影响农村的稳定,这就叫提高认识。第三,写要干哪些具体的工作,一共要抓几项。第四,写怎么干,出现了问题如何解决。第五,写各个部门如何转变作风到基层,找出每个县和乡镇的特点,分类指导。第六,写在整个工作中要加强党的领导,里面就包括了督查、检查与评比等工作。"

秘书长的一番话让他豁然开朗,于步青晚上没回家,到档案室仔细研究了上级领导的各种讲话以及书记以往的报告,发现基本都是辛长发秘书长说的这个结构和路子,只是内容不同罢了。任何哲学都来自实践,来自对规律的总结,触类旁通。

点亮一盏灯,照亮一大片,方向明确,干劲倍增。于步青到楼下买了一包蛋糕,准备了一壶热水,重新开笔,到旭日东升的时候,一万多字的报告完成。书记那常年僵硬的脸上露出了满意的笑容,常委会上大家一致说好。从此,给领导写讲话稿,这个在机关工作的大活,他基本就拿下来了,也奠定了他以后成为河海第一支笔的基础。于大秘的声名渐渐传开,他走在市委大院里和大街上明显感受到了艳羡的目光。

港台之风已经刮入内地,在市委所在的绒花街上,常常看到穿着喇叭裤、留着长发的男女青年,拎着四个喇叭双卡收录机,里面放着叶倩文的"岁月不知人间多少的忧伤,何不潇洒走一回"。歌唱得很好听,但词浅薄了点儿,在这个世界上,人人都想潇洒走一回,但能做到的太少了,有的人根本就潇洒不起来,尤其是高级领导干部,他们肩上的担子太重了。夜深了,高杰书记的办公室里还亮着一盏台灯,在思考着胡早秋市长商贸立市的战略构想。

上次贯彻中央农村工作会议上,他讲完了于步青起草的稿子,主持会议的胡早秋市长只是草草地说了几句各单位要贯彻落实的话,并没有说具体的要求,让他感到了对方的敷衍。散会后,胡市长在路上又对他说:"高书记,咱们俩是今年夏天上任的,省委给咱的任务是一年拿出思路、两年迈开步子。眼看要到冬天了,我们是不是应该把战略定一下了。"语气虽是商量的,但也有点儿逼宫的成分。

从心里说,他是不太同意胡市长这个战略构想的。河海是传统的农业地区,产品单调,在全国能够排上名次的土特产很少。山少无矿,工业优势

较 劲

也不大，几家工厂生产的大都是和农业有关的机械、化肥，大众生活常用的肥皂、脸盆、毛巾之类，技术含量不高，在全国也没什么市场。再者，河海的交通也相对闭塞，至今没有一条主干道铁路和高速公路，要实现胡市长说的"建市场，卖全国，全国卖"，有很大困难。他的根本思想还要从农业上找出路，找突破口，虽然有些朦胧的想法，但一时还没理清楚。以他一向稳健的工作作风，想还是要进一步调研思考，最终拿出一个有利于河海未来发展的长期战略，也不枉自己为官一任、长期造福一方的初心。目前纠结的是往前就要到年底了，总要开一个总结大会，布置一下明年的工作，会议的主题怎么定，怎么把胡市长的战略构想融合进去，但又要不占主体地位。俗话讲，生意好做，伙计难搭，作为一个市的一把手，班子团结稳定是第一位的，一二把手的关系是团结稳定的基础。

在任何一个单位，秘书长永远是一把手最贴心的伙伴与朋友：书记不在，坐守老营，协调八方；书记在，不离左右，随时听候召唤。秘书长往下，就是秘书处和综合处了，一个及时提供生活服务，一个随时接受文字起草任务。一把手只要在机关，这些人就不会下班。

高杰到了辛长发办公室，说明来意，想全盘托出时，秘书长建议把综合处长于步青叫来一起研判。

于步青已非昨日吴下阿蒙，聪明的大脑和勤奋的工作已经和两位直接领导建立了互相信任的基础，达成了某些默契，但说话还是改不了哲学系毕业生先要理论阐述的毛病，好在领导已经见怪不怪了。

他听完高杰书记的叙述后，敲着笔记本说："世间任何事物都是螺旋形前进的，都有一个量变到质变的过程。凡事急则败、缓则成，一个'缓'字，里面包括了许多回旋、斡旋。"高杰书记和辛长发秘书长对视了一下，同时微微皱了一下眉头，又露出了和善的笑容，继续听他说。于步青继续按照自己的思路说："立市是个定性的名词，是凝聚全部力量要去做的事，不可轻易提出。我建议，下次会议不提什么立市，而是讲农业稳市、工业强市、商贸活市。"辛长发首先赞赏："这个'稳'字提得好，站稳了才能立起来。"高杰书记也表示赞同。

过了一个月，全市总结今年、布置明年的工作大会召开了，书记的讲话稿仍由于步青主笔，共写了三个主要部分，一是稳定基础，靠大面积的农业丰收致富；二是发展工业，增强全市的财政税收基数；三是商贸活市，尽快走入商品生产新时代。后一个副标题显然非常虚，下面听会的都是在强手如林的战场上杀了几进几出的人，自然知道怎么理解这次会议、回去后如何贯彻执行。

会议结束后，胡市长虽然心里不太满意，但也觉得自己的战略总算进了书记讲话的大盘子、写进了市委的决定，自己就可以甩开膀子干了。

高杰书记按照省委的安排，要去中央党校进修几个月，临走的时候把工作布置一下，顺便研究了一批干部，于步青被提拔为市委政研室副主任，进入了县级干部的行列。谈话时，书记告诉他要尽快搞出一个河海经济发展的构想来。

47

郭大郎觉得手里的钱越来越不够花，按说在榆柳堡折腾了几年企业，和二永华合伙做假账，自己管销售吃回扣，也攒了几万，除了交给谭俊雅外，手里还私存了两万多。在胡早秋的运作下，省里下文明确了贾为民为常务副市长，他也水涨船高，成了政府办公厅副主任，还兼着河海贸易总公司的秘书长，工资也涨了不少。他在政府办公厅分管行政后勤，首先响应胡市长商贸活市的号召，把政府周围的围墙全部拆掉，跟财政要钱盖成了门朝外的门市房。政府处在四通八达的大街旁，来这里办事的人也多，自然是繁华的商业圈，许多经商的人纷纷来租。郭大郎大权独揽，让木匠做了一个长长的衣帽架，钉在他办公桌前面的墙上，把五十多间房子金灿灿的钥匙挂在上面，下面是房号，谁来租赁，他都要亲自谈。

城郊村支部书记的儿子、街痞子出身的他自然有一批狐朋狗友，七大姑八大姨的亲戚也不少，做小买卖开饭馆、弄小吃部的很多，这些人来找他，自然价格低些。这些人在城里混，也都是眼皮活络的人，知道便宜不能独吞，每月都给他进贡一部分钱，送得多还能把电线接到政府大楼的变压器上。这些钱他除了孝敬胡早秋市长一部分外，其余都进了自己的腰包。说起来胡市长对送钱是绝对不要的，其他需要的也不多。胡是知识分子出身，常说平生最大的爱好是"五个一"：一杯好茶，一盒好烟，一本好书，一帮好朋友，干一番事业。自从贾为民把胡市长的"五个一"转达给他之后，茶、烟、书这几样他承包了。过去在发电厂当供销科长时，常跑上海、杭州与福建，他给

较 劲

原来上海的朋友打个电话，给对方寄点儿河海的土特产品，最好抽的"3"字头的中华烟就会源源不断地来。茶，春夏天让市长喝龙井，秋冬季喝铁观音和大红袍。至于书，他偷着到市长办公室看过，于是打发人到北京和省城买了《哈默博士》《羊皮卷全书》《杜邦家族》等一批世界商界精英的传记，令市长很是满意。他自己呢，和于步青比，职务级别也差不多，于步青那里是辛辛苦苦写材料，自己是喝着茶水挣现钱，就是不如对方地位显赫，没机会参加常委会，和领导接触的机会少。

但这些，也没多少开支，和他收的钱比是小数，大多数钱都花在瓷娃娃秦红丽那儿去了。

自从那天清晨他把秦红丽送到郭太郎给小寡妇秦玉芬盖的小楼前，看见了他爹后，心里有些膈应，尽管互相留了电话号码，尽管自己梦中常出现她细腻的皮肤，可一直没有联系过，对方也没找过他，这事似乎就过去了。再说，当时他也没少给她钱，双方谁也不欠谁。

有一天下午，他到西郊的流花宾馆去接待市长的朋友，去得早了点儿，在大堂的一角，整整齐齐地坐着一群俊男靓女服务员正在上礼仪课，教师竟然是秦红丽。她穿着一身合体的藏蓝西服工装，大方而优雅，正在说："我们接待客人时语言的运用和声音高低很重要，不能像河海土著那样，看见人进来就问'你有事吗'，那样会让人很反感，应该这样说：'先生或者女士，您有什么需要我服务的吗？'还有声音，既不要过高，也不要过低，按宋美龄上的美国卫斯理学校的标准，声音定位在4，也就是音符的'发'上，少用生硬的2声和4声，多用1声和3声，这样让人听着很舒服。"她随说随用英语和中文做着示范，并做着弯腰、伸手、脸上露出甜美的笑容等动作。

郭大郎看着婀娜的曲线和白皙的脖颈，想到了那一身的白瓷细腻，口水到了嘴边又咽了下去。她似乎也看到了他，忙里偷闲地送给他一个媚笑，让郭大郎心神摇荡。

郭大郎在"百合花"餐厅吃完饭，送客人离开的时候，一个女服务员过来说："这位先生请慢走，我们秦老师请您到咖啡厅。"说完，左臂微伸，靠前半步引路，把他送到了秦红丽面前。

在铺着苏格兰蓝色大条纹布的小桌前，秦红丽用柔软的小手摇动研磨机，给他泡了一杯蓝山咖啡，加了少许的糖和一大勺鲜牛奶，调好送到他嘴边，用多情的目光看着他，用哀怨的声调嗲嗲地叙述着，说自己家乡是江苏扬州，

较　劲

毕业于长江边上一个城市的旅游学校，从小爱好文学，一直想写一本现代青年的魔幻生活的非虚构文学作品。那次在酒店相遇是她在体验生活，只是郭大郎英俊的模样和健壮的体魄以及高高的个子吸引了她，因为她在南方见到的都是小男人，很少领略北方汉子的粗犷和豪放，所以就……

郭大郎听着，心里很是舒服，曾经的不快烟消云散，眼前风光春意满满。

秦红丽不经意间捋了一把长发，整理了一下上衣，露出了白花花的一小片胸脯，很快掩住，继续绵绵地说道，刚来河海时，不熟悉情况，囊中羞涩，通过朋友介绍，便租了实权庄一个裁缝二楼的一间房，也是图个便宜。现在挣了一点儿钱，在星河湾小区首付买了一套小房子，刚刚布置好，想请郭哥哥去看看，顺便给大哥哥煮一碗粥，舒服一下被酒水泡着的胃。"

郭大郎像吃了迷魂药，跟着她出咖啡厅、进电梯到了地下车库。秦红丽开出一辆湖蓝色的小车，让郭大郎坐舒服后，一脚油门开上了大路，穿过灯光璀璨的大街，来到绿树掩映、地灯闪烁的星河湾，上了一座塔式高楼。

小屋不大，一室一厅，暖色调装修，布置得很温馨。一张西方名油画《浴》镶在一个金色的框里，挂在床头上方，铺着洁白镂花手工织品的餐桌上，一个细瘦长颈的湖蓝色玻璃瓶里插着两枝水仙花，散发着淡淡的清香。

她让郭大郎坐好，换了一件居家服，到小厨房里很快煮了一碗薏米百合莲子粥。郭大郎慢慢喝着，胃里特别舒服，看着这里的布置和可人的姑娘，心里就一个感觉——美。在他美意充盈中，秦红丽从一个精致的盒子里拿出了一把小提琴，关紧了窗户，拉上窗帘，琴尾上肩，玉手抖弓，一曲缠缠绵绵的《梁祝》飘荡开来。

这一晚，郭大郎没有回去。两人在云雨之时，他除了再次欣赏了瓷娃娃白嫩的皮肤、修长的大腿外，还充分领略了对方那花样百出的手段、夜莺般的呓语，这一切使他想起了谭俊雅生过孩子之后逐渐变粗的腰身，经常跟郭泽普应酬喝酒的口臭，全身松弛的皮肤。当然，搞对象时，谭俊雅也算是发电厂的美人，但现在看来，谭俊雅顶多是北方的小家碧玉，哪里能和眼前的南国娇娃比。自家的媳妇顶多是有点儿秀美，而身下的这个女人是雅美兼娇美。谭俊雅当然也懂文艺，但只限于唱几首革命歌曲、哼几句样板戏而已，哪像白瓷娃娃还能拉这样高级的西方小提琴。郭大郎一时神乱意迷。

几番征战后，二人睡着了。早晨，秦红丽轻轻地把他抚摸醒，吐气如兰地对他说："哥哥，你要不嫌弃，就把这儿当家吧，有空就来，小妹时刻等着你，给你一个休闲的港湾、一湾碧水、一片绿洲、一个伊甸园。"郭大郎连连点头，心甜如蜜，暗香满怀，出来时啧啧赞叹，工人出身的谭俊雅哪有如此浪漫与文雅。

既然把这里当成了家，就不能白吃白喝白享受。郭大郎每次来都会给她买些东西，小到饮料食品、衣服化妆品，大到换一件新出的时髦的音响和电视、冰箱。每次秦红丽都要抱怨他乱花钱，说家里都有，图的是两情相悦。"人啊，难得碰上一个知己，老话说得好，'百年修得同船渡，千年修得共枕眠'，我图的可不是钱财。"她越这样说，郭大郎就越觉得亏欠她许多。

有一天，郭大郎坐车路过星河湾小区大门，看到秦红丽正在等公交，烈日下把白白的脸晒得通红，令她心疼极了，赶忙下车。秦红丽不好意思地说，那辆车是借一个闺蜜的，这几天对方有事开走了。郭大郎二话不说，要她上自己的车。秦红丽瞥了一眼黑色的政府公务车说："那哪儿行啊，你是领导，要注意影响啊，我可不能坏你的名声。"说完，跳上一辆到站的公交走了。郭大郎感动得一塌糊涂，第二天就拿出私房钱给自己心爱的女人买了一辆小红车，虽然不太贵，不到十万，但也把私存的钱花去了一大半。

一个月满西楼、星光疏朗的秋夜，郭大郎跟着常务副市长贾为民参加劳动局的贸易公司开业典礼，吃了一盘子鲍鱼、海参，喝了一个袖珍瓦罐团鱼汤后，兴冲冲地来到了她的暖巢，发现秦红丽正含着眼泪擦拭那把小提琴。问其原因，秦红丽幽幽地说："这把小提琴是侨居德国的姑姑送给她的，阿玛蒂牌，是世界著名的意大利克雷莫纳制造，是琴中的上品。这个月房贷还不上了，打算卖掉。"说着，含泪亲吻了琴的全身，而后对他说："在和这把名琴分别的夜晚，我再用它给你拉一曲《秋思》吧。"红妆美人垂泪，弦弓交织抒情，如泣如诉的琴声把郭大郎感动得化成了水，一股豪情冲天而起，对着她说："心爱之物不能卖，剩下的房贷归我还。"

秦红丽转身放琴的时候偷偷得意地笑了，回头又是一脸的甜美，如夏日的睡莲慵懒，轻轻依偎在他怀里说："这琴，连我都是你的。"

就这样，郭大郎口袋里的钱就有些紧张，心里想，看来瓷娃娃搞培训也挣不了多少，得给她找个别的生意做。礼拜天回家吃饭的时候，谭俊雅告诉他，她们厂长郭泽普看到政府机关都办起了商贸公司，也想把临街的平房拆掉盖成小楼做商业。他心里一动，眼珠一转，第二天就给小时候跟他结伴打架的街痞子后来当兵转业后通过他的关系在建设局当了规划处长的杨一棍

较 劲

打了电话,说"根据贾市长指示,凡是国有企业改动临街建筑均需市政府批准",而后运作一番,批准权到了他手里。

郭泽普找了他三次他都没见,谭俊雅跟他说了四次他也没说话,逼急了就哼哼哈哈地应着,就是不办。半个月后,当郭泽普再次找到他的时候,他才露出了真实的意思,说市领导的一个亲戚要做点儿生意,电机厂的临街楼盖好后,要拿出几间来归领导的亲戚使用。到了这个地步,郭泽普只有点头答应的分。

房子盖好后,郭大郎带着秦红丽看了一遍,让杨棍子找了经常求自己找活的一个装修队忙了两周,取名为"一帘幽梦"的夜总会开张,秦红丽当上了老板,还顺便解决了郭大郎榆柳堡的麻烦事。

也是前几天的中午,门卫给他打电话说,有个柳城化工厂的副厂长找他。郭大郎当商贸处长时,和许多企业打过交道,也帮着底下办过一些事,以为这次又是找他办事并有礼物送来了,便说让他们进来吧,谁知进来的是榆柳堡的二永华、花汉子双刚和老恒修,还拿着村委会开的一封信。信写得很有意思,上面开头是"河海市政府郭主任、柳城县榆柳堡村党支部郭副书记,今有我村(咱村)村民原靛蓝粉厂副厂长二永华带领双刚、恒修二人去河海开展商贸活动,请帮助",另外,还有一封徐老金封着口的私信,打开一看,只是一张处罚具保复印件,郭大郎赶紧放在了抽屉里。

那是他在榆柳堡办化工厂时,到西安跑业务,晚上进了一家夜总会,正在和一个大长腿的东北大妞行苟且之事时被公安抓了正着,他不敢说自己是大学生,是国家干部,说是榆柳堡的农民。警察马上给徐老金打了电话,徐连夜带着五千元赶到了西安,把他保了出来。

郭大郎明白,看徐老金的意思,这几个人是非安排不可了。他让杨一棍找了一家建筑老板,安排三人到工地看仓库,工资还不低。这次夜总会办起来了,他们就可以派上用场。二永华原来是化工厂的副厂长兼会计,算盘打得精得很,可以监视一下秦红丽;花汉子双刚年轻时走南闯北,逛过窑子,经常讲泡姑娘打茶围的事,可以管理那帮明着是歌手暗里是娼妓的女人。就是这个瞎恒修不好办,土鳖不说,还长得寒碜,"一帘幽梦"那样高级的地方实在安排不下,连打扫卫生都不行,何况这三个人在村里,恒修的辈分最大,要是干的事不如那两个人,肯定不干。同时他还记得,那年在村里写标语,这个老家伙当着那么多社员的面说,他的字没有于步青写得好,还说城里的

较 劲

娃也不是都好，就凭这个，也得整治他一下。

晚上，他带着烧鸡和两瓶五粮液屈尊来到了他们三人住的地方，先胡聊了一会儿，等到老恒修上厕所了，他叫二永华和花汉子双刚凑过来耳语了几句，便摆开了酒场。秋风明月，开怀畅饮，农村的土鳖们哪里喝过这么好的酒，酒到杯干，一会儿就喝了个醉醺醺。郭大郎拿起了工地上用的一段螺纹钢，说："现在这个东西最缺，谁有门弄来就能发大财。前几天有人从天津钢厂弄来十吨，出厂价一千五，来这里卖两千，一下子就赚了五千。谁要干，我出路费，回来后二八分成，我只要二；如果弄不成，路费白出。"二永华说："恒修大伯，你不是在天津有亲戚吗？"恒修说："是有个表弟，走的时候是学的打铁，后来公司合营归了天津钢铁厂。"花汉子双刚说："亲表弟啊？姑舅亲，辈辈亲，你去准没问题。"老恒修说："我们两家过去走得很近，按说没什么问题。"二永华说："去吧，一趟就是五千多啊。"郭大郎拿出了五百块给了老恒修，对方乐颠颠地接了。二永华和花汉子双刚顺理成章地到"一帘幽梦"上班了。

48

市委政研室副主任出行到县里调研，不可和昔日在农业局下乡同日而语，绿吉普换成了轿车，司机旁边坐着秘书，提包有人拿，水杯有人端，车门有人开，后排座位上只有于步青一人，可坐、可卧。于步青斜倚在司机后边的首长席上，在均匀车速中，望着窗外秋季的原野和匆匆路过的城镇乡村，若有所思。

每天出发都是秘书预先发了通知。河海第一大笔杆，书记跟前的第一红人，能参与核心层决策的"内阁大臣"，谁人不知，哪个不晓，所到之处，县委书记、县长出来作陪吃饭，下乡有县委副书记和办公室主任跟随，到村里去，乡里的一把手必然引路。从河海出来时一辆车，到了村里就变成了四五辆，好不威风，但于步青觉得越来越不理想，似乎多了点儿或者是少了点儿什么，疑惑丛生。

这天在东林县白水乡，车队被堵住了，一条窄窄的乡间公路上停着一辆半新不旧的吉普车，车上没人，两边是半人高的谷子地和人进去就看不见的玉米林。乡里的书记大喊："这是谁的破车，挡着市委领导的车，快开走。"

较 劲

于步青有些尿意，也下了车，看到地里拱出了两顶大草帽，农业局的司机小牛和李局长一人手里拿着一把谷穗。

李忠礼看到了于步青，摘下草帽扇着风满不在乎地说："我当来了啥大领导呢，不就是一个政研室的副主任吗，有必要这么威风吗？"

看到老领导，于步青赶紧跑了过去，说了下乡的目的。李局长说："小子，要听蝈蝈叫，得上豆子地里去，北京皇城根下蝈蝈笼里叫的不是真声音。你这么大阵势，老百姓认真搭理你才怪，别忘了你是于木匠家的二小子，是榆柳堡出来的。"

如同一记重锤敲在了于步青的脑袋上，这两天的疑惑一扫而光。当天晚上，他跟秘书说，明天去柳河不再通知县里，直插西沙村。

还是那条路，还是那个村，十几年前自己第一次被临时抓差在全市大会上登台亮相的地方，是气得郭大郎在台下哇哇乱叫的地方，也是最后一次见到中学女同学齐远航的地方。

已经找了本村的人结了婚，还在当着支部书记的沈慧娟见到他高兴异常，少了姑娘时的那点儿羞涩，底气足，说话更加敞亮，上来握住他的手说："现在也不学大寨了，也不是典型了，沈书记也不干了，也没人来了，你是这几年来俺们村最大的干部。说吧，什么事？"于步青也知道，这里是老书记的老家，学大寨老典型的村庄，来的人多，这里的干部、群众都见过世面，对上面来的干部不怎么当回事，县里、乡里的干部也不敢来这里指手画脚，这是李局长说的豆子地里的蝈蝈，敢蹦、敢叫。他一改学生腔、机关调，用农民的语言说："来看看你。你说，生产责任制后，你们村里谁家混得最好，有吃有穿还不缺钱花？"沈慧娟说："那得说方大脑袋，独头蒜。"

河海有句俗语，叫"狗鸡巴辣椒独头蒜，抬头老婆低头汉"，并称为不好对付的东西。前两者说的是植物：细细的辣椒最辣，能辣掉嘴唇；独头蒜能把心脏辣得疼，浑身出大汗。后两者说的是人：走路抬头望天的妇女很厉害，泼辣得没边，吵架、做事一般人不是对手；低头走路的男人心眼最多，能算计，会过日子。

"好，咱去找他聊聊。在哪儿？"

"这老头准不在家，一定在村南他那片地里算计呢。"

走在久违的田埂上，在秋日的艳阳里，和一个朝气蓬勃的少妇并肩而行，于步青觉得心里很是痛快。沈慧娟久不接待上边的干部了，也是兴致勃勃，

较 劲

她说:"于主任,今天你别走了。明天是礼拜天,我嫂子要回来,你们老同学也见个面。"高原红要回来,他心里一阵狂喜。他知道,高原红从北大政治系硕士毕业后,分到了中央一个很重要的部门。他心里这个狂喜也不仅仅是要见到高原红,似乎还有别的期盼。

地离村不远,到了一块既有枣树林也有玉米林还有菜地的边上,沈慧娟张嘴就喊:"方大脑袋,独头蒜,猫到哪里去算账了?快出来,有人找你。"听口气,沈慧娟在村里辈分不小。

果然,一个五十多岁的老头拉着一把锄头从玉米林里钻了出来,抬起头来说:"小姑,俺在这儿呢。谁找俺啊?"

于步青:"你说说,就凭这几亩地,你怎么就混得好呢?"毕竟出生在农村,来到这庄稼地里,他的话也特顺溜。

方大脑袋说:"你可别小看这片地,一百多亩呢。地是什么,是老天爷给咱庄稼人的宝贝,你得好好算计着种。俗话说,吃不穷,喝不穷,算计不到就受穷。这算计不是往穷里算,得往富里算。你看见我这地里长的,那一片是铁杆庄稼,一年两季,小麦、玉米,够吃的了吧?这一片是菜地,茄子、辣椒、茴香、韭菜,连吃带卖。这是小园子,来不了多少钱,大片的是大萝卜。我把它们切成丝加上调料腌成咸菜,装在小瓶里卖,一点儿也不比北京的六必居、保定的槐茂酱菜的味道差。城里卖大萝卜才三毛一斤,我这小咸菜一斤能卖三块五。还有那片枣树。小姑,你们大队管着的时候,净收些青枣蛋子,让孩子们当零食吃了,一点儿现钱也没有。我承包后,一到秋天就看着它,红了半个才摘,摘了也不卖,弄个大缸加上糖料捂上三个月就成了蜜枣,过年时出售,一斤两块多,比卖鲜枣多一倍。"

于步青听着这些,这几天因为调研课题不顺当的混沌脑袋里闪出了一丝光亮,思路渐渐清晰起来。对于机关写材料的人来说,再没有比困守愁城好几天突然在一种启发下找到了突破口高兴的事了,赛过饥肠辘辘的乞丐要到了一个肉包子、长途跋涉的骆驼看到了甘泉。他激动地掏出一盒中华烟说:"来,老哥,抽一支。不,都给你吧。""你说得不对,你和我小姑一个辈分,我该叫你小叔。"老实的庄稼人如获至宝地把烟揣在怀里。

当天晚上,于步青住在了沈慧娟家里。晚饭后他到小学校转了一圈,特地在当初和齐远航遛弯儿的那棵老枣树下站了一会儿。第二天早晨,他让司机去县城的车站接回了高原红。

较 劲

高原红还是那副和善老大姐的样子,不同的是明亮的眼睛里偶尔闪出一丝凌厉的光。于步青知道,那是在某个工作环境里养成的一种特殊的气质。高原红毫无顾忌地拍着他的肩膀说:"一晃毕业快十年了,难得一见啊。"于步青说:"是啊,重新走上人生路,虽然起点不同了,但世俗的日子还要过啊,忙着结婚生子、拉家带口。""还有调动升迁。步青,你在地方发展得还真不错,不到四十岁到了县级,也算少壮派。"于步青有些得意地说:"还算可以吧,家有老婆孩子,出有车,食有鱼。红姐,咱们同学现在咋样啊?你在北京,肯定知道得多,不像我们这些地方干部,信息闭塞。"高原红说:"就说那次沾你的光上野草坡的那几个家伙吧。朱流萤人大新闻系读完硕士后,进了一家大媒体,现在成了副总编。这个上海小阿拉,文章写得不错,媒体人的流气也学了不少,每次见了我总是不说自己的正式职务,说自己是什么半个掌门,有好几次把我的同事说得很蒙。那个将门之后武长风调到了山东,和刘碧霞结婚了。他们两口子一个管部队的煤矿,一个接了她爹的班,搞起了海上捕捞运输出售管理,都把专业丢了。"于步青惊奇地说:"他们俩怎么搞到一块去了?"高原红瞪着眼睛说:"怎么是搞呢,正常恋爱嘛。你忘了,在野草坡,你没看见武长风把烤好的一只野兔腿悄悄塞在刘碧霞的挎包里呀,没看见盛饭时刘碧霞把鹌鹑蛋往他的碗底藏啊。"说完,哈哈笑了一阵,又说,"上次我到南京出差,听说那个太湖小渔翁成了什么算命大师了,还在无锡城里开了个'未知堂',生意还挺红火。""多元文化时代,什么都出啊。"于步青感叹道。

在谈话中,于步青总觉得有一种东西或者叫情愫在拱着他,绕弯问道:"看你的身体不错,京城的医疗条件毕竟好得多。"高原红说:"还可以吧,大病没有,小毛病不少。我比你们大,过了四十了。对了,上次我到医院看病,碰到你那个同学齐医生了。她首都医科大学毕业后到了国家疾控中心,在搞传染病研究,经常出国。她说下一步要深入现场搞麻风病临床药物实验。对了,她还领着一个小男孩,长得可漂亮了。她丈夫是海军。"

于步青听了,心里的石头落了地,但又有些失落感。

临别时,高原红对他说:"你的工作我从侧面了解了一下,还是不错的,也看了几篇你在国家报刊上发表的文章,写作进步很快啊。其实,中央部委也很需要你这样的人才,到那里天地要更广阔一点儿。"于步青听懂了大姐的意思,摇了摇头说:"不,我家、她家有许多的事需要我办,在河海也有很多的恩需要报。"高原红两手搭在他肩上说:"真是闭塞和从小的贫穷限制了你的想象力,我理解你。可贵的初心啊。"

于步青又走了两个县,思路越来越清晰,最后一站是家乡柳城。他知道,在家乡人的眼里,你出去时什么样,多少年后,你还是什么样。你不要去显摆嘚瑟,嘚瑟他们也不认账。再说,自己也已经过了显摆的年龄。所以,他草草和县委办公室的同志见了个面,推掉了县委领导晚上准备的接风宴,驱车往榆柳堡赶去。

将近一个多星期的奔波劳累,即将到家的放松的心情,以致车一出县城他就迷迷糊糊地睡着了。走到一半的时候,司机喊醒他,告诉他后面有两辆警车一直跟着。他回头看了一眼说:"不管它,咱走咱的。"

他的车进村,警车也跟着进了村。一拐弯到了大街上,警车嗷嗷地叫了起来,直奔和他家相邻不远的老恒修家。几个警察牵狗拔枪扑了过去,不一会儿押出了老恒修和他的两个儿子。

村民们立刻围了过来,他也停车下来了。一个年龄较大的警察跑过来给他敬了一个礼,他认出来了,是柳城县公安局的一个副局长,春节跟着高书记慰问一线干警的时候在一起吃过饭,便笑着说:"我说警车怎么跟了一道,原来是来我老家办案啊。"副局长说:"本来想超车的,一看车牌号是市委领导的车,就没敢,一直跟到了村里。不知道于主任老家在这儿。"接着说了案情的原委。

那天老恒修接了郭大郎的钱,回家取出了所有的存款,又向亲戚借了一部分,而后直奔天津,找到了在钢铁公司上班的老表弟,说要买螺纹钢,不多,十吨就行。老表弟知道大表哥的脾气,先没说事,把他叫到一个小饭馆里,要了四个菜,打开一瓶大直沽高粱酒,先敬了他三杯说:"我的大表哥啊,我原来就是一个打铁的,公司合营并到了钢铁厂,小工人一个,到哪里去弄啊。"老恒修生气了,把酒杯一放,翘着胡子说:"你整天和铁头打交道,厂子里堆的钢铁比生产队时的谷草垛子还高,我就不信你弄不出来一点儿。俺是买,又不是叫你去偷。"老表弟说:"你说得没错,可这些钢铁都是总公司按国家计划调拨,我也不认识人家计划处的人啊。"老恒修说:"俺不信。俺看了,你这个公司也就是和咱们村差不多大。你说,一个村的人哪能不认识呢?分明是不愿帮忙,看不起俺庄稼人。你别忘了,你也是庄稼人出来的。咱们是老表亲、姑舅亲,打断骨连着筋,是最近的亲戚了。土改那会儿刚分

较 劲

了地,你家里没有车马,连头小毛驴都没有,你在天津当学徒,家里没劳力,都下霜了,你家地里的高粱秆子都运不回家,还是俺和俺爹,也就是你舅舅,顶着大北风,用俺家的小黄牛给你家拉了三趟,你家连草料都没出。要不是俺,那年冬天你家连烧炕的柴火都没有。还有,你前年回家,我还让孩子给了你二十斤小米呢,那可是大王坟北边那片白沙地里的谷子,十里八乡的独一份,俺那年夏天一个汗珠子摔八瓣锄了三遍。人啊,不能没有良心。"

老恒修在庄稼地里吆喝牲口惯了,说话的声音很高,引起了边上一个桌子吃饭的两个男女的注意,一边慢慢喝着酒,一边侧着耳朵听着这边的信息。

老恒修发着牢骚,筷子不停,酒杯也不闲着,一会儿就菜净酒瓶干。老表弟扶着他进了一家小旅馆就回家了,那两个男女结账后悄悄跟了过去。

老恒修在屋里躺了一会儿,喝了一碗水,越想心里越有气,拎着大烟袋出了大门想在街上逛逛,随走随嘟囔:"在钢厂里上班都好几十年了,我就不信弄不出点儿螺纹钢来。"这时,那两个男女凑过来问:"老大哥你要买钢材啊。"老恒修斜着眼说:"是啊,你有啊?"男的说:"什么叫你有啊,就是有啊。"女的说:"老大哥,我们是津门金属贸易公司的,刚从国外进了一批线材,整整五十吨,都是螺纹钢。你看,这是提货单。"老恒修闻着女人身上的香水味说:"一张纸片片,谁知是真是假啊,得见着实际玩意儿才算。"男的说:"对啊,我领你去看,就在大港二号码头仓库。"挥挥手招来一辆出租车,三人一块儿到了海港。在一个露天仓库门口,男的先下车,跟看门的不知说了什么,大门拉开,出租车直接进院。女人指着一堆螺纹钢盘条说:"看见了吗,国外的产品,五十吨只多不少。一千一吨,一共五万。咋样,没骗你吧。这样得了,你先拿一万,提货单归你。明天早晨九点,咱们在这儿集合,你带车来提货,车出了天津市你再交那四万。"老恒修高兴异常,解开裤腰带,从裤衩兜里数出了一万交给对方,把提货单装了进去。

第二天早上,他兴冲冲地雇了一辆大汽车来到货场,一直等到中午也没见到那对男女的面。他拿起提货单去找看门的老头,老头说,这里根本没有什么津门金属贸易公司的货,都是国家物资总局调拨的,老恒修这才知道上了大当。

回到家里,他不吃不喝在炕上躺了三天三夜,旱烟叶抽了一簸箕,小窗户里突突地往外冒着黑烟。第三天起来,他拿着从河海建筑工地拿来的那半截螺纹钢,在阳光下研究了半天,自言自语地说:"不就是个形状吗,五八年大炼钢铁的时候我还是炉长呢，我也能做。"把三个光棍儿子喊了过来，当场分工，两个跟着他盘炉子、弄模具，一个拉着小车到四乡收废钢铁，说："咱家的新房、你们的媳妇都在这里面。"不到一个月，就捣鼓出了十来吨，拿到河海去卖。建筑工地图便宜，用这个盖的房还没封顶就倒塌了，一报案就来抓了。

于步青问是谁帮他们卖的。局长说，他找的郭大郎，郭大郎给规划处的杨一棍打的电话，杨一棍介绍的建筑老板。于步青说，他们俩没从中牟利吗？因为他知道，这个杨一棍不是什么善茬。公安局局长摇摇头说："我们查了，还真没有，老恒修到河海连他们的面都没见着，就是打了两个电话。"

"唉——"于步青长叹了一声。

49

于步青有个毛病，白天写不了材料，夜晚灵感才至。

吃了晚饭，看完《新闻联播》，检查了已经上了初中的儿子的作业，拿着妻子准备好的面包、火腿肠，自己开车去了办公室。

他的办公室在十二楼，是书记和部分常委办公的地方，安静得很。值班的服务人员悄悄送来一壶开水，他泡上一杯铁观音，翻了一遍笔记本，把材料在脑子里组织了一遍，铺开质量很好的八开大稿纸，抽出一个企业老板送的美国派克金笔，唰唰地写了起来。

关于河海调整农业种植结构，
实行种养加工"三三制、三条龙"布局发展的设想

在长期的农耕文明历史的进程中，土地始终是农民赖以生存的主要生产资料，一直到实行了农业生产责任制的今天，依然是农民致富的基础。根据市场的需要，要想从温饱走向小康，必须把多年的土地重新安排，让古老的农业焕发出新的青春。

河海有九百万亩可耕土地，目前种植的大部分是棉花、玉米和小麦等传统产品，生产方式落后，产量不是很高，出售原料较多，在很大程度上阻碍了奔小康的速度。

所以，建议这样调整：三百万亩土地种粮食，保证人民的基本口

较 劲

粮；三百万亩土地种植棉花、蔬菜和其他经济作物，让农民作为商品出售；三百万亩土地种植林果和牧草，培植木材、水果，发展养殖业，通过兔、羊、牛、鸡让牧草过腹，变成肉蛋奶。

在此基础上，围绕农业办工业，发展棉花蔬菜加工一条龙、木材水果加工一条龙、肉食品和动物皮毛加工一条龙。

在发展龙头加工业的过程中，注重和外地大企业搞联合，大力引进先进技术，创出河海自己的名牌产品，通过商贸、物流逐步占领全国市场，进而冲出亚洲、走向世界。

墨水流动，笔尖移动，一行行清晰的行书在稿纸上排兵布阵。于步青虽然在大学里学的是哲学，但在中学编节目、在农村和工厂搞板报，形象思维能力也很强。在写作中，他似乎看到了按照他的思路调整后的河海大地：优质绒长的棉海、大片的碧叶蔬菜、无边的树林、广阔的草地牧场、成群的牛羊、可爱的獭兔和悠然散步的蛋鸡群……新建的棉纺厂、木材加工厂、蔬菜生产厂、肉蛋奶生产车间，一条条生产线上，男女工人在欢快地劳动，棉纱、棉布、合成纤维板、水果罐头、果汁饮料、香肠午餐肉、方便面等包装诱人的产品源源流向四面八方，农民手里拿着成沓的人民币。

夜晚，静谧的市委大楼上只有他的办公室还亮着灯光。随着启明星的出现，他写完了最后一句，画上了句号，躺在床上酣然入睡。中午起来回家喝了二两小酒，补了一觉后又把稿子重新看了一遍，满意地伸了个懒腰，叫来司机到了农业局。

长期坐田埂和在土地上席地而坐的人有个习惯，起身先拍屁股。为了让尘土快点儿飞走，拍的力量很大，声音也大。久而久之，就形成了习惯，不管在哪儿坐着站起来都这样。

河海市农业局李局长看完于步青写的布局设想，腾地一下从椅子上站起来，两只大手把两个大屁股拍得噼里啪啦地响，兴奋地大声说："好，小子，你想得好啊，河海这么干，希望大大的。"

看到李局长肯定、高兴的样子，于步青把身子一仰，坐在了大沙发上，脚跷在了茶几上，悠然地点燃一支烟说："大功告成。"

"什么大功告成，这只是万里长征走了第一步，还早着呢。"李局长扬起大脑袋说，"你当一个地方的一把手推行一项新政策那么容易啊，光在纸上说不行，你还得有事实让大家服气。你没看见大街上搞的那些乌七八糟的公司和贸易货栈啊，那些赚了些钱的小老板的张狂劲儿啊，政府的简报上对他们的表扬啊，这是早秋市长在为他的商贸立市造势啊。我们是高杰书记圈里的人，他还有三个月就从中央党校回来了，在这段时间里，咱得抓出个典型来。到时候，既有你这个规划，又有成功的典型，他在常委会上说话就硬气多了。一个篱笆三个桩，一个好汉三个帮啊，当多大的官也是这个道理。"

听到此话，于步青深以为然，赶紧收回了脚，正襟危坐道："对，可到哪儿抓呢？"

李局长说："有，你记得西周庄段老嘎的三小子叫段什么森的吗，好像是你同学。"

于步青说："对，段长森，在咱们县良棉厂上班。"

"早不在了。这小子跟他爹一样，嘎心眼多。对了，他爹叫段老嘎，原来是西周庄的大队长。学大寨的时候我在他们村蹲点。冬天平整土地，妇女们不愿出工，他动员了一帮半大小子，给每人发几张草纸，谁家的娘们不出工就给谁送去，统一说，大队知道你来了月经。那时封建，谁也不愿说这个事，结果，妇女劳力都出来了。他家这个段老三也是个嘎咕蛋，聪明，嫌在车间干活累，辞职到新疆倒腾棉花，发了点儿小财，自费到广东学了饮料制造技术，回来后看上了西大洼的茅草根，生产了一种叫什么太阳雨的饮料，在咱那一块卖得还挺好。西大洼你知道，打井全是甜水，那里的茅草根当然也甜啊。我琢磨着咱这庄稼里面含糖分的也不少，要是也能倒腾出饮料来不就算深加工了？你说的那条龙不就抬起头来了吗？"

于步青深深地为高杰书记的老校友老成谋国的精神感动了，立刻拉了李局长下楼，驱车赶往段长森的"太阳雨"饮料厂。

饮料厂就在城边上，一所四四方方的大四合院，磨砖对缝的青瓦房。南边是个大车间，一大堆梳理整齐的甜茅草根被打成捆，经过洗涤、淋干、挤压出汁，而后进入密封罐里，再经过加料搅拌，装瓶贴上商标打包出厂。

段长森穿着一件白大褂，坐在一间屋里正在摆弄一堆瓶瓶罐罐，里面盛满了各种液体。他把这个倒出来，那个掺进去，像是做化学实验。看到他们进来，他起身让座后说："于大秀才，是来尝尝老同学的饮料啊，还是替我宣传宣传啊，我这可是天然的野生饮品。"回头看着李局长说，"我这算不算农业产业化项目，是不是给点儿钱支援一下啊？"

较 劲

　　李局长上去给了他一个脑瓜崩说："小兔崽子，和你爹一样。老子问你，是不是所有五谷杂粮都能榨出汁来？"段长森说："那当然，都是碳水化合物嘛，由脂肪、蛋白质和水构成。就咱们这片地生产的粮食来说，细分是可以出水的和可以出油的。"李局长又问："那高粱、玉米、小米能不能组成合成营养饮料？"段长森像一个化学家一样莫测高深地说："理论上没问题，实践中需要一种新品种玉米做基础原料，也就像中药中的药引子一样，再加上我的其他原料做成的独门配方，比如糖啊，茶多酚啊，药材啊，等等，这是秘密，不能告诉你们。"

　　李局长喜上眉梢，说："我还不知道你那配方保密？老子也不要你的，刚才你说的玉米新品种是什么？"段长森说，叫甜玉米。李局长说："这个我倒是听说过，广东、海南有。这样，我给你进一部分，你尽快倒腾出一种饮料来，把咱的其他粮食产品加进去。"

　　段长森看着于步青说："不用进，咱们河海就有，在海东县，有百八十亩呢。前几天我去买，让人家放狗咬回来了。"

　　海东县白塔乡的玉米林？于步青回忆着，笑着说："是不是咱们老同学吕素青那儿啊，你小子是不是对人家起了什么坏心啊。"

　　段长森说："去去去，她都四十的老娘们了，我还能有什么想法啊。你忘了咱们上学的时候我给她编的顺口溜了，'咚了个咚，咚了个咚'，她和我有仇啊。"

　　于步青想起来了，段长森和吕素青还有一个姓杨的同学分别来自东周庄、西周庄、北周庄，三个村只隔着两个大坑。长森和素青离得比较近，常在一块走，可长森在路上不是捉青蛙就是到豆子地里抓蝈蝈，让素青在路边等他，经常迟到。后来她就不和他做伴了，每天约那个姓杨的同学。身边少了女伴，段长森不高兴了，说人家俩一个是杨宗保一个是穆桂英，往往是两人在前面走，他在后面喊，"咚了个咚，咚了个咚，杨宗保、穆桂英，拉着手，过苇坑"，一直念叨到校门口。这还不算，有一次上体育课，看见吕素青进了厕所，他弄了一条菜花蛇扔了进去，吓得素青一下子提着半截裤子跑出来。他还把顺口溜进一步完善了一下，说："咚了个咚，咚了个咚，杨宗保、穆桂英，上厕所，掉茅坑，提着裤子直喊疼。"那时，都是十六七岁的小子、姑娘，这样奇耻大辱谁能忘记。

　　于步青说："你当年干的缺德事，吕素青没叫他男人抡大棍子打折你的腿就不错了。这样吧,今晚上你请客,明天我陪你去。你给她鞠个躬,保证你把甜玉米拉回来。"

"就这样定吧,我想法从新种子实验费里拨给你点钱儿,要尽快搞成,要是办不成,我和你爹老嘎子两人一块打折你的腿。"李局长又弹了他一个脑瓜崩。段长森喊着"老叔"连连称是。

当晚,于步青没去县委,和老同学喝了一壶小酒,睡在了厂子里,第二天两人做伴去了四年前去过的海东县白塔镇乡。

还是那条路,还是那片地,还是那片玉米,但长势和景色大不相同:昔日的玉米个高、墨绿、粗壮,像一群准备出战的彪悍士兵,又粗又长的大玉米棒子像挂在身上的大号手榴弹;而今这片玉米林像身材窈窕的少妇,柔软的叶子像裙角,在微风的吹动下,半遮半掩地露出细巧玲珑散发着甜味的小玉米棒子。

听到车响,两条德国大黑背跑了出来,后面跟着吕素青。大概这两年生活好起来了,她穿得很利索,头发梳得整齐明亮,两只大眼睛闪动着,似乎有了当年在中学文艺宣传队里跳《洗衣歌》的那点儿风采。吕素青看到下车的于步青,一阵欣喜,赶忙喝退了狗,高兴地迎上前来说:"老同学啊,这两年我们到处找你想报恩啊。听县农业局的人说,你调到市委当大官了,不好找了。"

于步青听着有点儿蒙,说:"我对你有啥恩啊?我算什么大官啊,就是一写材料的。"

吕素青说:"你就别谦虚了,咱们这伙同学中数你混得好了。你知道吗,那年你走了之后,乡长和农业局的一个副局长来了一次,给了我们不少平价化肥和农药,还允许我们不光种老玉米和小麦了。我那口子从南方引来了这甜棒子,别看个小,按穗卖,可赚钱了。一会儿我把两只大公鸡杀了,感谢老同学。"

于步青说:"你别光招待我啊,车上还有一位老同学呢,让你叫狗咬跑的那个。"随后说明了来意。

吕素青咧着嘴乐了,说:"你说的是段三段嘎子吧。嘿嘿,上次来买我的甜棒子,你知道他干了什么缺德事吗?他来了不好好说话,戴着个大墨镜,看见我就念那个顺口溜'咚了个咚',那小子当年多不是玩意儿啊。"说完,又哈哈笑起来。

较 劲

从小的同学，一笑释怀。在于步青的坚持下，段长森向吕素青鞠了个躬，三人又笑了一回，叫来了她丈夫冯大柱和兄弟二柱子、三柱子三个铁塔一样的大汉，几个人在玉米地里转了起来。

又一声汽车喇叭响，一辆苏联的伏尔加轿车停在了地边，乡长喊着冯大柱的名字跑了过来，说海东县委书记孙志成来了。他的话还没落地，儒雅的孙书记已经走了过来，说："于大秘真是稀客啊。我刚到白塔镇，有人说有一辆小牌号的车来这里了，我一猜就是你。现在哪有干部到地里来的，除非是你这管调研的大主任。来到我的地盘也不打声招呼啊。"

此人是高杰书记从原来任职的县里调来的，原来在县里是常委办公室主任，到市委后任组织部副部长，前年放到县里执政一方。于步青也不见外，把他拉到一旁，讲了自己最近搞的规划设想。孙书记也不笨，知道没有一把手的授意，于步青也不会费那么大劲儿搞那么大的规划，只是不能说破罢了，因此配合很积极，思考着说："这可是个长期方向性的战略规划，我们海东县积极响应。这样，先从这个农场搞起，再给他们几百亩地，凑够一千亩，搞林、粮、菜间作，兼顾畜禽养殖加工，重点支援一下。弄个试点，搞出经验，给你的规划设想提供事例支撑。"

那边，双方已经谈好价格，乡里自愿出车送货。在孙书记的坚持下，一行人到县宾馆用餐。席间，孙书记把县农业局、畜牧局、土地局和分管农业的副县长叫了来，当场拍板建立调整农业结构试点农场，给各单位分配了任务，高兴得冯大柱两口子拼命给各位领导敬酒，迷迷糊糊地回到家吐了一天才起炕。

段长森有了原料，很快造出了以甜玉米为基础加上其他杂粮提纯精华的饮料。李局长尝了一口，咂吧咂吧嘴说，有点儿小甜味，又有粮食的香味，和刚下来的新小米在大铁锅里用柴火熬的汤差不多，喝到胃里舒服，适合中老年人。

在谈到叫什么名字的时候，三人起了争执。段长森说，想打造"太阳雨"系列品牌饮品，叫"太阳雨老年乐"。李局长不高兴了，摆出了大辈的架子说："你他娘的和你爹一样，净说嘎话，什么太阳雨，有太阳天哪来的雨。"

于步青说："产品的名字本身就是广告，广告的概念分这么几个层次，对谁说，说什么，叫谁说，怎么说。我们这个饮料是给中老年人的，主要是强身保健功能，要让长寿健康者说。你那太阳雨是港台歌曲里的东西，青年人喜欢。现在的中老年人一部分是从旧社会过来的，一部分是生在新中国、长在红旗下的，他们都崇拜毛泽东，但是，拿毛主席做广告肯定是不行的，我看可以叫'东方红，五谷丰'长寿健康饮料。"

李局长马上高兴地说："对，'东方红，太阳升'，喝着饮料，马上想起了毛主席给咱的幸福生活。就这么定了。我说小段三啊，你别跟着你爹学嘎，要跟人家于步青学点儿真知识。"

段长森说："谁能比得了他啊，要不咱考不上大学呢。不过，这小子将来不一定比我有钱。"

于步青没搭理他的张狂，思维的空间极速转换着，似乎又回到了当年在县城搞墙报宣传的年代，对着段长森说："笔墨伺候。"段长森屁颠屁颠地拿来了纸笔和各种颜料。于步青挽起袖子，运笔如风，蓝天下一轮朝阳冉冉升起，万道金光照耀着广阔原野上茁壮成长的庄稼，小麦黄、稻花放、玉米、谷穗新粮清香，老寿星、南极仙翁、传说中的彭祖拿着饮料冲着太阳笑呵呵地喝着。他画完一边欣赏着一边说，以后还可以请革命样板戏里现存的名演员，扮演杨子荣的童祥苓、扮演李玉和的浩亮、扮演阿庆嫂的洪雪飞等来做广告。他们都已经到了老年，他们一张口，人们肯定想到了东方红，自然要喝东方红牌饮料。

知识就是力量。一番话说得老同学心服口服，段长森连连道谢。大功告成，于步青的车载着晚霞回到了河海。在市委门口刚下车，碰到了胡早秋市长，市长说："于主任，我看了一下各单位贯彻商贸活市方针、开办公司的统计表，就你这政研室行动不快啊。我不仅是市长，还是市委的第一副书记呢。"

于步青的心里"咯噔"了一下，赶紧说："胡市长，您批评得对，明天我就考察市场，尽快把企业办起来。"

50

用简报指导工作，是机关常用的方法。翻开政府办的《商贸活动简况》，于步青才觉得自己太功利了，市直所有的部门都按照胡市长的指示开办了各种各样的贸易商业公司，就连党史办这样的单位还开办了一个"党史服务公司"，为写回忆录的老干部、基层写革命史的单位提供某一个时期的资料，按页数收取一定费用。就这个，胡市长还做了批示，说不在于收多少钱，而是

较 劲

增强了商品生产意识,紧跟了市委市政府商贸活市的战略部署。当然,简报里表扬最多的是郭大郎,把政府四周改成了门面房,吸引了许多商家来做买卖,还开办了娱乐场所,大胆创新,从外地引进了人才,贸易活动做到了俄罗斯等。

看了这些,反观自己就有点儿迂腐了,高书记虽然从内心不同意商贸立市,但在公开场合从来没有讲过反对意见,还把商贸活市写进了市委的文件里。政府是统管经济与社会发展的,市长的讲话是对全市各个单位讲的,都应该落实,而别的单位都办起了企业,只有自己领导的政研室是空白。自己从内心说是紧跟高书记的,但表面上给人的印象是市委书记的大秘不听市长的,把书记和市长的矛盾暴露在了大庭广众之下,这既是幼稚,更是愚蠢。按老百姓的话说,这种较劲是最没劲的。

深刻地反思之后,他准备明天骑一辆自行车考察下市场。自从当了市委政研室主任,担负起河海第一大笔杆的责任后,于步青的生活基本上是两点一线,回家吃饭和到办公室看、写材料,再就是下乡调研,有好长时间不逛街了。

河海有一名小吃,坐落在龙阳河畔,叫"马小辫馄饨",堪比北京的"馄饨侯"。它的特点是一个"鲜"字,用料特讲究,馄饨皮是早晨现擀的,肉是隔壁郑屠夫三小时内杀的猪,从猪大腿上现剜下来的,要冒着热气包在里面,虾米也是早晨从龙阳河里捞出来的,菜码用的是当天早晨地里刚拔出的小葱、香菜。总之,一切都是当天新出来的东西。不是当天的原料,马小辫宁肯不开张,每天也只卖一百碗。一碗鲜鲜的馄饨,加上沾满芝麻的小烧饼,按河海人当地的土话说"一吃一个不言声",按北京人的话说,就是一个字,"美"。

半夜想起了这个馄饨,于步青破例地起了个早,骑上自行车奔龙阳河而去。河岸的一侧是绿地,绿地中夹着一块块小广场。这几年气功大流行,一伙伙不同年龄段的人做着不同的动作在练功,凝神静气,煞有介事的样子。他觉得不能打扰他们,想疾步而过,一声"小于"让他停住了脚步,只见祖晨光在向他招手,昔日市委的大处长如今宽袍大袖,三缕长髯也留起来了,像终南山的一个道士,说起话来更像。不管于步青听与不听,他开口就说:"世界上的一切都是虚空,唯有道家最精。天下万物相通,天人合一,人法地,地法天,道法自然。人聚则为形,散则为气,气可冲斗牛,气可如冥界。练气是使一个人身体中走向平和的功力,练好了可以长寿,达到新一重境界

较 劲

后可以给人发功治病。你是学哲学的,知道任何事物都是对立统一的,人生有一病,天地间便自会生有一药或一方去治之。中医的辨证施治就是这个道理。可惜的是近代中医只知用药而忘记了人本身气的调理。我的哮喘病过去吃了许多药,基本不管事。去年我到青城山学中功之后,每日早晚吐纳,吸天地之灵气,吐出污秽,现在喘气匀称。还有一种功,两腿站好,脚尖虚抬,打开头顶的天门,脑子里想着百花争艳,吸收天地间一切植物的香气,而后通过血脉在身体里流动,再通过毛孔散发出来。"他随说随做,对着于步青喊:"我开始散发了啊,你闻到香气了吗?"于步青嗅了嗅,说没有。祖晨光说:"再闻,这会儿我发出的更多了。"如此反复几次,于步青明白,今天要是闻不到他说的香气,就甭想走了,对老领导顿生怜悯之心,也学着他的样子,比画了几下,连说闻到了,这才算完,而后拉对方到馄饨馆吃了两碗美食。于步青看着老领导心满意足地擦嘴,发现祖晨光竟然没有吸烟,心想,你那哮喘病哪里是气功治好的,是戒烟的结果。祖晨光拿出一个小陶瓷罐说:"最近海东县出了一个姓狄的大气功师,在峨眉山修道十年,居高临下,吸收了山川湖海、日月星辰的精华,而后发功到了一百个小瓷罐里面,价值三百块,带在身边,可以祛病强身。你在机关写材料不易,我送给你。下月我也要到峨眉山修道了,在充分了解狄大师的生活轨迹之后,写一本书,到时你帮着给润色一下。"于步青明白,今天要是不出点儿血,不答应他点儿什么,这位祖老先生是不会放他走的,赶紧拿出了三百,骑车往大街上奔。

甭说,在胡市长的号召下,街上确实比过去红火了许多,各条主要街道上,商业招牌琳琅满目,名字大得惊人,什么"环球贸易""京港公司""太平洋商行"。霓虹灯闪动起来了,氢气球挂着产品广告升空,马路上隔不远就是一个庆祝某公司开业的横贯大街的横幅,连电线杆上也挂着广告小旗子。洗脚房、练歌房、KTV、按摩屋一家挨着一家,星巴克、猫屎咖啡也在这个内陆小城市里落了户,也有三三两两的男女在里面故作深沉、高雅,更有喝着喝着露出了本来面目,大声喊着:"老板,有没有老白干,来一瓶,弄盘花生米和拌白菜心。"

于步青无声地笑了,推着车子信马由缰地转悠。似乎有一种文化信息吸引着他,他转到了河海日报社门口。昔日颇有英国皇家贵族品位的铁艺栅栏被拆掉,变成了门面房,一个高大的从房顶到地面的标牌赫然而立,上书四个大红字,"东海渔港",底色是蔚蓝的大海,上面是成群的鱼虾、扬帆远航的大渔船。名记者冯文斌正指挥着两个小伙子把卸下的黄花鱼、刀鱼、燕鱼、螃蟹、大对虾、皮皮虾往大冰柜里放，也有各个饭店的小三轮从这儿往外拉。

于步青说："哈，冯老师，你也下海开公司了啊？"冯文斌还是当记者时那样简洁，说："两条，一是被逼无奈，二是时也运也。两个小子没上好学，所在企业效益下降，往后要娶妻生子，公家分房时代又结束了，当爹的总要给他们准备出来；我这记者部主任也当到头了，临退休也得攒点儿钱。胡市长真不简单，大抓商贸流通，政策真优惠，除了给垫资金外，半年内单位工资照发。你说，上哪里去找这样的好事。我从小就爱钓鱼、爱吃鱼，也感谢胡市长修通了到东山港的快速路，车半夜赶到海边，早晨拉回来。"

于步青看着他的得意劲儿说："那一定赚得不少吧。"

冯文斌说："不多，主要是咱不能直接去渔船收货，让码头的渔霸扒了一层皮。唉，市场商品放开，政府监管不到位啊。"

于步青脑瓜里突然一动，问道："你进货的地方是不是东山金银滩渔港？"

"是啊，那里正好是这条快速路直达的地方。"

"好，进屋，借电话一用。"

于步青拨通了一个电话，听到对方"您好"的清脆声音，知道就是要找的人，对方也听出来了，开口说："是于大师兄啊。听老大姐说，你已经是地方的要员了，有什么需要小师妹效劳的，我这里可只有鱼虾没有笔墨纸张。"于步青说："一个女渔霸，一个煤老板，咱们哲学系出的奇葩啊，当年的野草坡之游变成了野草坡之恋了。""哎呀，"刘碧霞咯咯笑着说，"这个老大姐怎么也八卦起来了，什么都告诉你啊。"二人嘻哈了一阵，感情融洽得差不多了，于步青告诉她，他这里有一落难时期对他有恩的老师，在做鱼虾批发生意，要她照顾。刘碧霞一口答应，说给他发一张进港通行证，直接到渔船谈价格，接着又说："大师哥啊，我是商人，在商言商，你也得帮我一个忙。一是我看你们河海爱吃海鲜的人不少，我想在那里建一个仓库，搞仓储销售，你给找块地皮。二是我听说部队不让办企业了，武长风那个煤矿我家投资了不少，想尽快转出去。你们河海的土豪不少，你给找个买主。"于步青看着冯文斌，点头答应了。

看着于步青不费吹灰之力办好了挠头事，冯文斌非要拉他找个饭店撮一顿不可。于步青说："我那里还有胡市长发的一笔开办贸易的资金，也有几个爱鼓捣鱼虾的人。我把资金投在这儿入股，让那几个人有空也来帮帮忙，就算政研室有企业了。"冯文斌当然一口答应。

看着天色还早,他溜达到了河海最繁华的商业街上,在一个装饰特别豪华的大门前,居然碰到了曾在榆柳堡插过队的北京知青秦半月和张梅文。

当时,他正看着中俄两种文字的"京海远东贸易公司"的大牌子,隔着落地大玻璃窗,两个穿戴不俗的女人在向他招手。他进去一看,嚄,二位当年的北京知青身上清一色的香奈儿大牌,特别是张梅文腕上做工精美、引领时尚的卡地亚白金手表,在她左臂有意无意地轻轻晃动中恣意张扬着富贵,便笑着说道:"两位北京新闻单位的名记,不,款姐,也来我们河海做生意了?"秦半月说:"是啊,感谢你们河海的好政策,更是依靠郭大郎主任在当地开辟的市场啊。"张梅文把嘴一撇说:"其实,完全是靠我们家老爷子的关系,要不,哪有这么多的俄罗斯货物啊。""对,对,"秦半月说,"咱们这个公司能赚钱,全凭你家的关系硬。不过,没有郭主任,咱们的货也不能销售得那么快啊。"

于步青知道她们俩是一对离不开的冤家,经常攀比、互怼,很快在她们半开玩笑半交锋的过程中弄明白了公司的原委。

贾为民告诉郭大郎,要想进一步被提拔重用,给一把手的印象至关重要。"你是政府办的干部,就要看着胡市长的眼色行事。他提出了商贸兴市,号召机关单位做生意,你做的这些出租门面房的生意都是小生意,得做大生意,最好是国际贸易,才能让胡市长开心,你才能提升。你看市委的于步青,就是顺着高杰书记的思想写材料,也不送礼,提拔得比你还快。"

一提于步青,郭大郎心里就恨意满满。虽然一个在政府,一个在市委,两人见面的机会不少,但很少说话。在家里,晚上看电视的时候,河海电视台一播送当地要闻,看到于步青跟着高杰书记下乡调研的镜头,他就立刻换台,弄得爱在屏幕上看熟人的谭俊雅很不满意,说:"你这是何必呢,有能耐你也跟着书记去啊,都这么大岁数的人了,还这么较劲。"这几年谭俊雅跟着郭泽普混,也挣了不少钱。俗话说,经济独立气势壮,她对丈夫说话就有些硬气。郭大郎呢,也就是往家里交点儿工资,其余的收入都跑到秦红丽那儿去了,也不大敢和谭俊雅吵架,自己回卧室里生闷气。想着贾为民说的话,想着干个大买卖,挣大钱满足秦红丽,让自己的权力和地位超过于步青,想来想去,他拉着一车河海的土特产品到了北京,找到了曾和自己有过小树林之欢的秦半月。

较 劲

秦半月到底是京城的记者，眼界宽，对他说，苏联解体后，许多工业产品滞销，又急需轻工业和农产品，可以在满洲里开个公司，把河海存量颇丰的农产品和日用品发到那里，和俄罗斯的重工业产品以货换货。

两人的谈话是在北二环一家装修很私密的海参馆里，二人包了一个小包间。郭大郎听了这话，兴奋地喝了一杯他带来的茅台酒，隔着桌子抓住了对方的手说："好啊，这几年实行生产责任制，农业大增产，产品有的是，我给哪个县的县长打个电话，他们都听。价格咱们定，赶紧干起来吧。"

秦半月拿起一个钢质小勺，敲了一下他的手，矜持地说："请放开，这是在北京。"随后讲，可以干，但还需要两个条件，一是要有运输的火车皮，二是要找俄罗斯方面的关系。"第一条我有亲戚在铁道部运输局，可以活动，我们拿钱送礼就可以了；第二条得把张梅文拉进来。"你别看张梅文长了个大高个，细高挑，找的丈夫却是个三寸矮地丁，整个一武大郎。她看重的是武大郎他爹，东北老抗联出身，开国大校军官，资格很老。在二十世纪三十年代，东北抗日联军被鬼子围堵，无处藏身的时候，越过国境线到了苏联西伯利亚，接受了苏军的整训。他是远东抗日独立旅的排长，他的教官叫谢尔盖·易卜拉西乌里扬诺夫，对他有恩。一次集训时他掉进雪坑里，是这个谢尔盖把他救了出来。新中国成立后，当年抗联的排长到了北京成了空军的大校军官，谢尔盖在满洲里苏联海关当了关长。当时中苏友好，大校到边疆视察，见到了谢尔盖，假期把他们一家接到首都玩了一个星期，逛遍了历史名胜，吃遍了大江南北的美食佳肴，临走还送了他一箱烈性老白干，谢尔盖给他即将出生的孩子送了俄罗斯套娃。孩子出生后，大校想想自己也正好姓谢，就给孩子起名为谢卜西。军队大院的孩子，从小顽劣，十五岁当兵，转业后到了一家工厂，在一个偶然的机会，认识了张梅文，拼命追求。张梅文出身小业主家庭，胡同串子，没见过大世面，被谢家四室两厅的大房子唬住了，成了家。不管怎么说，谢卜西也是开国大校的后代，原来的关系还在，能打通俄罗斯口岸的通道。

第二天，他就宴请了张梅文。小买卖人家的闺女，当然更爱钱。三人一拍即合，就办起了这个公司，倒腾了一批轿车、机床、钢材，河海的鸡蛋、猪肉、冻鸡也往俄罗斯走了不少。

听她们说完，于步青这才明白了河海最近各机关为什么出现了这么多俄罗斯车，连海东的县委书记也坐上了伏尔加，影院附近一家新开的时髦商行

较 劲

卖开了苏军的望远镜和军用皮带，还有鱼子酱和伏特加。

看着天色将晚，于步青尽地主之谊，叫来了司机把两个女人拉到了市宾馆红叶餐厅。席间，酒喝多了，真话也就出来了。秦半月抱怨道，郭大郎这小子不实在，上月十台车少卖了十万，不知道是真少卖了，还是开的假发票自己把钱独吞了。

于步青没搭这茬儿，到服务台签完单让司机把两人送走，自己还是溜达着继续逛街。在一家标着红十字的小诊所前，他看到两个熟悉的身影，从走路的姿势看，一个是本村的花汉子双刚，一个是二永华。榆柳堡离此百里，这俩在村里不算是太正经的人大半夜地跑到这里干啥呢？他动了小时候看电影抓特务的童心，在后面悄悄地跟着。

前面的两人随走随说。二永华说："真倒霉，打炮没花钱，修炮筒子花了一千多。"花汉子双刚说："我也是。看着那个小娘们儿长得挺干净，浑身白溜溜的，谁知道她有那个脏病呢。也不知郭大郎给咱报销不。"二永华说："够呛，你别看他当了那么大的官，可对钱看得紧得很。他小老婆，秦红丽那个娘们给他生了个儿子，花钱海了去了。其实，我来了这两年，盯住了多少跑单啊，有好几次服务生和小姐共同贪污客户的钱被我要回来了。"花汉子双刚说："他们哪里会经营这样的买卖啊，我把过去省城'春满园'的经营模式教给了他们，对当红的姑娘先养着，而后第一次见面打茶围，也就是光陪着喝茶，开始赚第一份钱，第二次陪唱歌，赚第二份钱，最后才是拉铺陪床，赚第三份钱。还有，怎么管教那些小姐，都是我出的招。要不，他这里会挣这么多钱？"二永华说："你是经验多，花炮也没少打，这不，咱们打出病来了，这要是传到村里，乡亲们还不骂死咱啊。"

于步青听明白了，原来郭大郎开了一家妓院，这两个家伙是来打工的，干这种下流活，病了也是活该，可一想到村里"好汉护三村，好狗护三邻"的老俗话，想目前在榆柳堡除了刘姓人家的一个后代在外省一个军分区当政委外，下面就数自己官大了，虽然不是什么好汉，但看着一个村长大的乡亲在河海遭难，尤其是因郭大郎干的坏事而起，心里还是愤愤不平。

于步青继续跟着他俩走，倒要看看郭大郎在什么地方兴妖作怪。真没想到，就在他脱离农业户口的电机厂门前，眼看着二永华和花汉子双刚钻进了装修得很有浪漫情调的"一帘幽梦"夜总会。

于步青站在门前，听着里面唱的荒腔走板不成调的歌声，看着各个包间

较 劲

里忽明忽暗的幽蓝、暗红的灯光,望着厂子里的办公楼,暗道:"谭俊雅呀谭俊雅,你真是个傻蛋,你老公在你眼皮子底下带着情妇开妓院,你还蒙在鼓里。郭大郎啊,你这小子在榆柳堡污染了一片土地还不算,还把我的乡亲拉到了这污水之中,真是欺负榆柳堡没人啊。"沉思片刻,到路边的公用电话亭给新来的公安局局长打了一个电话,而后沿着大街往东,打算从市委的后门进去,看看今天来的文件,想不到碰上了好几个月没见人影的岳鸣沙。

岳鸣沙换了车,皇冠换成了丰田大吉普,车上落满了尘土,正从后备箱小心翼翼地往外搬一个个塞满了泡沫塑料和柔软棉花的箱子。于步青帮他搬进屋后,他照例泡上了一壶茶,抽着中华烟说:"太行山西边那两个省正在修高速路、建高铁,古墓动了不少,我捡了不少漏。说这个你也不懂。这几个月河海变成大市场了,招牌多多,人人都当生意人了,连看门的老头刚才都问我是不是能从山西弄点儿煤炭,他管销售,给我提成。呵呵呵。"

于步青结合今日逛街的体会说:"文化多元化的时代来临了,有人赶科场求功名,有人回归当田舍翁,有人向道教入空门,有人尘世奔求金银。经济基础决定上层建筑,过去在一大二公的经济体制下,对人们进行集体主义先公后私的教育是可以的,现在私有制占据了一定的市场,不让人们想着自己的一亩三分地向钱看是不可能了。尤其是胡市长搞的这个商贸兴市,把人们不劳而获,或者讲,是不生产光倒卖、少费力多挣钱的欲望激发起来了。我总觉得,这不是好兆头,尤其是黄赌毒的东西沉渣泛起,开始腐蚀人们的思想。"

岳鸣沙沉思了一下说:"从历史上看,天道变,有大忠也必出大伪,像气功啊、成功学许多伪科学是天道变化时刻昙花一现的东西,这是意识形态层面;从经济层面说,官府办企业,必然与民争利,权力变成了商品,把正常的政府服务功能变成了让民众用钱购买的东西,那还了得,不腐败才怪。不过,在河海这个长期农耕社会的圈子里,胡市长用这个方法促进一下,开化一下农民僵化的头脑,增加一点儿商品意识是可以的,但一定会被取缔的。这次我路过北京,看望了我一个从政官职不小的同窗,他说,中央已经发觉了这个问题,部队已经不让办企业了,机关也快了。不过,我倒觉得你有一个利用这个临时政策挣点儿钱的机会,作为你将来进一步升迁的老本。"

见于步青不解地看着他,这个名牌大学历史系毕业,曾在大机关待过,现在是精明的古董商人的他再次点燃一支烟,侃侃而谈:"你在市委工作大概

较 劲

有六七年了吧,现在的级别是正县,还不到五十岁,下一步的目标是进入市级领导干部序列。但是,党内有文件,高升一级需要有在县里工作的经历。高杰书记也上来六年多了,也到了升迁和挪地的时候了,你当大秘的时代也就要结束了。你下一步的走向是到县里去主政一方,级别不变,权力大了,也就是去混资格。在那个岗位上,贪污受贿你肯定不敢,出身草根,真出了事没人给你兜底。在那个岗位上你想坐稳,就得有维护成本,就是每年中秋和春节得给上级的有关领导送礼融洽关系。这个成本你现在不用,因为你只对一人,成本是你的脑子和辛苦,这不需要钱,可到了下边就需要了。这是需要你挣钱的理由之一。之二是国家政策的大趋势,住房、医疗、教育产业化,这就意味着以后老人看病、孩子上学、毕业后到大城市安家买房子,都需要钱,凭你的工资肯定应付不了,这也需要挣钱。不用多,挣个三五百万即可。有了这些钱,基本就无后顾之忧了。你到县里之后,就可以有底气抵制那些对你行贿者,所谓,'仓廪实而兴礼仪,衣食足而知荣辱',也就是这个道理。共产党人也是人子、人父,我就不信,一个全家饿得饥肠辘辘的人还会像君子一样去学雷锋。"

于步青融会贯通地思索了一遍,深以为然,给他讲了山东的同学要出售煤矿的事,说:"一个煤矿少说也得上千万,我哪有那么多钱啊。再说,买了之后卖给谁啊。"岳鸣沙说:"钱的事你不用发愁,我借给你,你加利息还。至于卖给谁,你更不用发愁,电力是一切工业的先行官,国家从国外引进了那么多大项目,用电量肯定要增加,发电要靠煤。你的任务是明天去登记注册一个贸易公司,而后跟我去银行贷款,到山东去找你同学买煤矿。"

51

于步青回到家,第一次没拿起王阳明的《传习录》读一段,而是双手垫在脑后,望着天花板反复分析论证岳鸣沙的话。自己处在市委第一秘的位置上,接触的面很广,知道的事当然也很多,跟着高杰书记参加过纪委、组织部处理干部的会议,发现那些犯小贪污、占小便宜的干部基本都是出身泥腿子。非常可笑的是信息处一个姓刘的家伙,到车站货场调研,竟然要了人家一小车杂木杆回家盖小伙房。还有的在宴席上偷偷把剩下的半盒烟悄悄装在兜里;而那些城里出身的或者是干部家庭出身的子弟从来不干这个,自己若

较 劲

有一袋米，怎能去偷别人的一把米？说到底，还是贫穷造成的。说到将来的家庭生活，儿子很争气，以优秀的成绩考上了河海一中，等于一只脚跨进了名牌大学的大门，将来肯定不会在河海，要在一线城市安家或者出国，自己这点儿工资肯定没法给他买房子。而把后代抚养大、给孩子一处房娶上媳妇是老家的传统，也是父辈的责任。

人们赞美清贫，却不可讴歌贫困。人生的种种乐趣是需要好的心境的，而贫困会剥夺好的心境，足以扼杀生命的大部分乐趣。金钱的好处便是使人免于贫困。看一个人素质的优劣关键是获得财富的手段是否正当。"矫枉必须过正"，这是历代统治者常用的工作方法，利用胡市长短时期的特殊政策自己赚点儿钱，防备有了大权之后不犯、少犯错误也许是正当的。

有了理论支撑，他还是很谨慎，第二天让在县城做采暖器材生意的弟弟注册了一个公司，他跟着岳鸣沙去工商银行。胖胖的戴着一副金丝眼镜的行长看来是岳鸣沙的同道，看了一眼他带来的于步青似曾相识的四个古碗，睁大了眼睛失声叫道："乖乖啊，我的岳大哥啊，这可是钧瓷的青釉碗啊。俗话说，家有黄金万贯，不如钧瓷一件。就凭这，你这江北收藏界第一把交椅算坐稳了啊，你可让老弟开眼了。你说吧，贷多少钱，我马上批，最好是你还不起了，我收下。"岳鸣沙笑着说："净想美事，一千五百万吧。""这么点儿，两个就够了。你把那俩收回去吧，放在我这儿，坏了我可赔不起。"随后把款打进了于步青弟弟新开的公司账户上。

于步青给刘碧霞打了个电话，自己开车去了东山港。新修的快速路，不到三百公里的路程，当晚霞映照海面的时候，他已经进了港区大道，正碰上满载鱼虾的冯文斌的车。冯一脸兴奋地说："你这个同学真够意思，让我直接从渔船进货，成本低了两成。"随后拿出一沓钱，继续说，"你来看她正好，我几次送不进去，你给代劳吧。"于步青推开说："渔霸头差的不是钱，我们同学之间也用不着。"冯文斌说："那就给你吧，你放心，你单位应得的利润不在把头这里头。"于步青说："都给我们单位的会计吧，我可不要。"冯文斌大悟地说："对对，兔子不吃窝边草。"欢天喜地地上车走了。

转过大道，进入金银滩入口，一座二层小楼上挂着"金银滩海产品销售服务站"的牌子。刘碧霞早已不是大学时代梳着两条小辫子、见人就抿着嘴笑的小姑娘了，身上长了不少肉，大波浪披肩发留起来了，山东妇女的大嗓门也亮开了："我的大师哥，你可来了。我让手下的人到进港的道上看了

较 劲

好几次了,他们说没看见河海的车号。"于步青说:"嘀,还有手下了,看来你这女渔霸头当得有滋有味啊。""什么渔霸头啊,还加个'女'字,难听死了。你这地方要员可不许污蔑我们个体经营者啊,我们也是先进生产力的代表。对了,吴大师也在这里,我让长风去城里接他了。今晚咱们在海滩上设海鲜宴,对着清风明月,聊一个晚上,好好叙叙这十几年的离别之情。多么想念那个大学时代啊。"于步青说:"哪个吴大师?""就是太湖小渔翁吴连水啊,人家现在可了不得了啊,在南京大学又读了神学系的研究生,开堂立山门,扯成了算命相面的大师了,算生死,算富贵,算仕途,看风水,在江南一带可有名了,这次是青岛和烟台的几个大企业家亲自请来的。对了,一会儿也让他给你算算,什么时候再高升一步。"于步青联想到河海的祖晨光的气功说,点头笑道:"真是经济体制的多元化带动了文化的多元化啊。"刘碧霞说:"这符合量变到质变的哲学规律。"

　　两人说着话,一辆挂着军牌的大吉普开了过来。武长风还是那么干练彪悍,一身两杠三星的上校军服,从副驾驶上一步跳下来,大臂带动小臂,行了一个标准的军礼,上前紧紧抱住了于步青。后门慢慢打开,走下了吴连水,一身剪裁合体的中式裤褂,一副遮住了半个脸的玉石养目镜,小胡子也留起来了,头上戴着一个古时文人三块瓦的秀才帽,手中拿着一把唐寅画面的折扇,对着于步青鞠躬道:"师兄安好,小弟有礼了。"于步青忍着笑上前拍着他的肩膀说:"你应该单掌稽首行礼,说善哉善哉。"对方说:"师兄差矣,本人既非道家也非佛家,只是遵循天道,看一下天地阴阳,指点世上匆匆过客的人生道路的一杂家而已。"刘碧霞:"我看你就像一个牛鼻子老道。去,咱们到瞭望台上去,今晚不醉不归。"吴连水恢复了原样,跑到车上拿两瓶江南糯米酒,于步青从自己的车上搬下了烈性老白干,武长风拿出了山西老汾酒,刘碧霞指挥着几个手下搬着桌子、椅子和一堆煮烤海鲜的家伙。

　　所谓瞭望台,就是在海滩上铸起一座水泥平台,四周有栏杆,罩着一顶大大的太阳伞,是平常看海里归航渔船用的。此时,金乌西坠,玉兔东升,天空蔚蓝,海面平静,天上一个月亮,水中一个月亮,远处白帆点点,灯光闪烁,无数条渔船争相向岸边驶来。三个人对这些视而不见,只有于步青凭栏远眺,称赞道:"金风送爽,海天一色,渔舟唱晚啊。"

　　太湖小渔翁制止住准备鱼虾的人说:"碧霞,你这筐里的东西是赶早海来的吧,不新鲜。于师兄,咱俩赌一把咋样?""咋赌?""看见来的渔船了吗,

较 劲

咱俩看船估计哪个上面海鲜多，就包下来，谁输了罚酒三杯。反正有女渔霸头买单，今晚吃个够。""好。"于步青兴趣大增。

有十多艘渔船缓缓开进码头，于步青指着标有0098号的船说，"我赌这条"，吴连水则指着最后一条很旧的船0032号说："我说那条最多。"结果，于步青相中的那条船只有十来条刀鱼和几个小螃蟹，而吴连水说的那条船上不仅有大小黄花、带鱼、石斑鱼、螃蟹，还有十来个野生大对虾。吴连水获胜，大呼小叫给于步青倒酒。

刘碧霞指挥着手下把吴连水赌的那条船上的鲜货卸下来，整理之后，在平台上架起大锅，放上海滩野葱和其他调料，底下大劈柴火生起来。火苗呼呼，滚水沸腾，海鲜味弥漫夜空。刘碧霞一边捞着大虾、螃蟹一边说："于师兄，你为什么赌那条船？你的思维一向缜密，说说理由。"

于步青说："理由有两点：一、那船比较新，肯定跑得远；二、网很大，一定捞得多。"碧霞说："师兄错矣，新船是试航，不敢跑得远；网大眼小，是在近海捕捞。而吴连水说的那条，老船敢远航，最重要的是吃水线深，当然里面的货多。你别忘了，这家伙可是太湖小渔翁啊。"于步青认真点头，吴连水得意地微笑。

看着满桌的鱼虾，武长风脱去军装上衣，给每个人夹了一个大对虾，端起酒杯说："海上生明月，天涯共此时。四年的相遇、相伴、相知，加上今日的重逢，我和碧霞敬二位一杯。"一仰脖，半两老白干进肚，脸上泛起了红润。刘碧霞喝了半杯，脸上飞着红霞，劈手夺过小渔翁的杯子，倒掉里面的糯米酒，倒上汾酒说："小渔翁，你还是个男人吗？！来，干了，我陪你。"

吴连水喝完满脸痛苦状，斜着眼说："你这唱着悦耳沂蒙山小调的姑娘怎么变成章丘大葱了呢，又壮又辣，真不愧是渔霸头的女儿。我说，你家霸着这么一大片渔场，又投资煤矿，挣那么多钱干什么？"

刘碧霞说："你问他吧。"

"问他干什么，将军的后代还缺钱吗。你八成是有别的想法。"太湖小渔翁不依不饶。

武长风说："说来话长啊，一个很俗的故事，还得从她们山东说起。老爷子当年在沂蒙山打游击，就像《沙家浜》里唱的那样，'十几个人七八条枪'，被鬼子追得晕头转向，在一个小山村里被一对农民夫妇藏在了炕洞里。夫妇俩被鬼子打了个皮开肉绽，男的还被打折了一条腿，愣没把他说出来。事后

较 劲

两男人在院子里撮土为香，对着月亮结拜为兄弟，几十年来一直没断了来往。老爷子一半的工资都给了他们，每年都上门看望，还让我认了干爹干娘。这对夫妇还真能生，一连生了四个儿子，我也凭空多了两个哥哥和两个弟弟，麻烦从此开始。老爷子在位时，给四兄弟安排工作，进了同一家工厂，又一块下岗，他们的子女自然是外出打工。乡下的干爹干娘到北京跟老爷子一哭，得，我家的收入一大半给了沂蒙山，还特意开了家庭会议，给我们姊妹几个分了任务，叫对口扶贫。就为这事，我妈跟他闹过，他说：'如果没有那山里的老哥老嫂，哪里还有我？没有我，你能当将军夫人，住这将军楼，你娘家的几个孩子能当兵？'说得我妈无言以对。我们几个就更甭说了，谁敢说一句他就吹胡子瞪眼骂，说我们忘本忘恩，如果没有那两口子，他早就被日本鬼子杀了，哪里还有我们。我包的是沂蒙山的老大，我想法给他两口子办了低保，生活算有了着落，可下面还有两个孩子呢。一个小子去上海打工，不知怎么地，搞上了一个艺校毕业的苏州妹，小情侣拎着太湖白鱼、无锡糖醋排骨和两瓶高粱酒到了北京，双双先弯腰鞠躬叫爷爷，而后立正行军礼，老爷子眉开眼笑。尤其是苏州小妹，还会按摩，给老爷子从头到脚拾掇一番，让老人浑身通泰，而后在大客厅里表演起了舞蹈，先跳了一段《红色娘子军》，后唱了沂蒙山小调，表演了《红嫂》中'我为亲人熬鸡汤'选段，还拉着老爷子唱了八路军战歌，把老头子乐得直拍大腿，最后问他们俩安家的事，对方趁机提出了要在上海买一处房。乖乖，那得多少钱？可老爷子像分配作战任务一样，大手一挥说：'好，找你长风叔叔，他家有煤矿，几百万不成问题。'你们说，我咋办。老爷子八十多了，我还能让他临终不痛快？所以，只有卖煤矿了，好在中央军委已经不让部队办企业了。"

于步青不愿意让别人知道他做生意的事，马上打断他，对着吴连水说："武长风伉俪挣钱是为了延续老爷子的初心，而且干的是实业，而你太湖小渔翁是用概率骗钱。"

吴连水很不服气地道："何以见得啊，你以为那些找我的官员、国企改制后的大老总、暴富者都是脑残啊。"

于步青啃完一条烤鱼，抹了抹嘴说："他们是很聪明，但是，他们的智商都用在升官发财上了，忽视了社会趋势和职业涨停的规律，忽视了职业规律曲线变化的作用，让你用概率算出来了。比如，做生意有赔有赚，官场有沉有浮，开车有停有走，你只要总结出在什么情况下、多大的年龄段、从业时

较 劲

间经常遇到的事会出现什么情况的概率,再具体到个人的实际情况就可以算个八九不离十。比如说有个司机找你,你一眼就能看出他驾驶的年龄、脾气性格、开的什么车,问他最近要跑什么路、到哪里去,基本就可以算出跑多少公里容易疲劳;问他哪里的路比较难行,那就可以算出他可能在哪里出车祸,如何避免。当官也是如此,在一个地方干了多久,把党的干部制度看一下,就给他说要高升了,或者是要调动了。阴阳八卦、奇门遁甲都没什么了不起,基本都是总结各行各业、各色人等的发展和命运规律、特点,而后再套到具体人身上而已。"

刘碧霞听了恍然大悟道:"还真是这样。这几年光顾了研究鱼虾的内外差价了,把哲学是研究社会的规律都忘了,还是地方要员厉害。太湖小渔翁,牛鼻子老道,没话说了吧?"

吴连水说:"我承认你说得对,但是也需要去总结研究这些规律啊,我也是凭智商赚钱啊。你们说,他们钻政策的空子不劳而获挣那么多钱,不应该拿出点儿来救助一下天目山区贫困的孩子啊。我爹是渔民,家里没有一个吃官饭的。上大学之前我是民办教师,回去后教育局就把我分到了一个山区小学。我一看,学生统统是小济公,鞋儿破,帽儿破,身上的衣裳破,还有一部分根本上不起学,辍学率高达一半。我想,我的任务首先不是让学生学习好,而是让他们来上学,所以,弃教从道,学武训算命化缘。别看我挣钱不少,其实大部分给了山区的孩子,也算是对富豪的钱进行二次再分配,向平民倾斜。"

刘碧霞说:"可你也有了别墅、汽车啊。"

吴连水说:"在这个一切向钱看的年代,在大部分人以衣帽取人的时代,我要没有点儿行头,哪个县太爷会接见我啊,哪个会陪着我到村里把钱发到每个孩子手中啊?"

武长风说:"有道理,人们常把金钱作为万恶之源,不对,这也是错怪了金钱,钱本身在道德上是中性的,没有善恶。毛病不是出在钱上,而是对钱的态度上。"

于步青说:"贪与不贪,关键是态度。对不贪之人来说,金钱永远是手段,一开始是保证基本生活质量的手段,在某一个行业能混得下去并能有所作为的手段,这个要求被满足之后,则是实现更高人生理想的手段。但这里有个重要的前提,就是他确实有更高的人生理想。"说完,觉得好像是为自己找理论根据，又好像不是。

四年的大学教育是任何教育取代不了的，烙印常在。三个人的讨论也把刘碧霞从海鲜堆里拉回了理论层面，她思考着说："公开讴歌财富，是资本主义造就的新概念，不过，仔细分辨起来，这新的财富观究竟新在哪里，按照韦伯的解释，资本主义精神的特点就在于一方面把获取财富作为人生重要的成就予以鼓励，另一方面要求节制享受物质的欲望。这里的关键是把财富的获取和使用分离了，获取不再是为了自己使用，在获取的时候要敬业、使用时要节制，也可以作为一种防波堤。"

总之，金钱像自然界的花朵，既可以酿成香甜可口的饮料，也可以制成致人一死的毒药，是一堵挡风的墙，也是坠入欲望的深渊，关键是如何使用它——这是四人达成的初步共识。

夜深海风凉，大家酒足饭饱，精神收获也不小，当晚就宿在了刘碧霞公司的客房里。第二天，武长风拉着于步青到了东平州煤矿，略看了一下属于在部队名义下的刘家矿井，便签订了合同。于步青把一千四百八十万的支票交上，明确在未卖出去之前还由原来的经理经营，利润平分。

在回来的路上，于步青问起武长风以后的打算。武长风说，转业回北京，到公安部八局。"老爷子也八十多了，需要有人守候，孩子也到了上中学的时候，回到首都高考也容易些。部队大院那一块搞拆迁，我买了两间门面房，让刘碧霞开一个东山港海产品销售部。我们都住在家里，让空荡荡的将军楼添些人气。"说着，递给于步青一支烟，停车握着他的手道，"真感谢师兄啊，让我赚了些，你以后和犯罪分子打交道时心里也有了底气，能拒绝金钱的诱惑。"

于步青回到河海没一个月，一个国字头的电力公司就打来电话，说要买断东平州所有的煤矿，他的那个矿井给价两千万。于步青同意了。对方的钱打过来之后，他去银行还了贷款的本息，赎回了岳鸣沙的两个碗；去税务局交了该交的税款，把弟弟叫来，注销了公司。没过多久，中央的文件就下来了，机关办的企业一律叫停，干部下海经商者一律归队。

52

正当于步青完美地赚了一笔钱的时候，郭大郎正在为钱发愁，愁中有乐，

较 劲

乐中有忧。

那是他与秦红丽勾搭成奸半年后,一个大雪纷飞的黄昏,郭大郎驾车到了星河湾,从车库顺着电梯直接进了秦红丽的香巢。一番云雨过后,秦红丽柔声对着他的耳朵说,今天可是最后一次了。在他惊愕的神色下,拿出了一张化验单,说:"我有了。"郭大郎第一个反应是,"做掉"。秦红丽温柔地按摩着他的腰部说:"看你吓的,我还不知道你怕影响?再说,我也不能影响你啊。你别怕,明天我就回苏州,我的一个小姨是苏州妇幼医院的产科医生,可疼爱我了。我到那里做完之后养得姑娘一样的身材了,回来再伺候你。"

郭大郎感动得连着亲了她好几口,拿出了几万元。秦红丽说:"一万就够了,要这么多干啥,我小姨还能不管我吃住啊。"第二天,二人到了火车站,秦红丽坚决地拒绝他进候车室,说:"你在河海熟人这么多,车站离电机厂这么近,你不怕影响,我还怕影响你呢。"扭着有些笨拙的身子,拉着大皮箱自己坐车走了。郭大郎眼里一阵湿润。

这一走就是多半年,中间,郭大郎每逢看到谭俊雅满身松弛的赘肉就想起瓷娃娃,几次打电话让她快回,对方总是嗲嗲地说:"你再等等嘛,人家在床上躺得都快成小肥猪了,正在练瑜伽啊。再说,你家里不是有吗,你也别委屈自己,也别怠慢了她啊。"

郭大郎更加感动,真是好女人啊,不仅有了问题自己去解决,还不吃醋,天底下难找啊。

在来年夏天的时候,郭大郎收到了一封来自苏州的快递,里面是一张照片两张纸。照片上一个虎头虎脑、白白胖胖的小男孩瞪着两只大眼睛正在笑,带着藕节的小胳膊、小手拿着一个拨浪鼓,就像杨柳青年画里的一样,人见人爱。那两张纸,一张是亲子鉴定,一张是秦红丽写的信,上面说:"本来到了苏州是想做了的,后来一检查是个男孩,就舍不得了,主要考虑你只有一个闺女,好几年了也没见有儿子,所以就留下了。""亲子鉴定是那天晚上临走时拔下你的一根头发,也不是为做鉴定,而是想分开这么多天,留个念想。我还给孩子取了名字,想到苏州有大小梅山,有虎丘,就叫郭山虎。他爸爸是狼,儿子是虎,一代更比一代强。"

郭大郎高兴坏了,想起老爹一直想抱孙子的眼神,退休的老娘想要孙子和谭俊雅吵架的情景;想起谭俊雅总是把闺女放在姥姥家,很少和他们家人见面,以致和奶奶家不亲的情况;想起每次同房她总吃避孕药的样子。秦红

较 劲

丽就是天上掉下个林妹妹，不，是福星。

他顾不得写信，马上打电话说要她赶紧回来。对方说，一定，但这两天小家伙有点儿感冒，得调理几天。他二话没说，马上汇去了两万，从此每天盼着儿子归来。

一个月后，一个艳阳高照的中午，他刚走出政府的大门，一辆红色的小汽车停在了他身边。车窗摇开，秦红丽俏丽的脸露了出来，招呼他说去看儿子。郭大郎大喜，一边埋怨着她为什么不让他去接，一边心狂喜地跳个不停。

秦红丽含笑不语，汽车一直开到了他们村东头秦寡妇秦玉芬的小楼下，也不管他惊愕的神情，拉着他上楼进了客厅，只见年近六旬的秦玉芬正抱着那个小男孩玩。也许是血缘的关系和基因密码的作用，那个小家伙见了他扔掉了手里的小汽车，张着两只小手向他扑来。郭大郎当然是爱不释手，亲了又亲，直到胡子扎疼了孩子的嫩脸，秦红丽才把孩子接过去到里屋喂奶去了。

他也要跟进去的时候，被秦玉芬叫住了，刚才的圆脸变成了长脸，脸上冷得能掉下冰碴子来，让人不寒而栗，声音更冷，"嗞嗞"地冒着凉气说："怎么，儿子好吧，还没看够吧，还想看吧。今天咱们当面锣对面鼓地说清楚吧，秦红丽是我的闺女，跟着她苏州的姨妈长大，来河海碰上了你，让你给糟蹋了。你霸占了她这么多年，儿子也给你生了。你们爷俩都不是好东西，你爹欺负了我这么多年，只给我盖了这个房子。他老了，病在炕上了，也来不了了，我的生活怎么办？你也别觉得你当着个什么官，我们不怕，光脚的不怕穿鞋的，你要不怕丢人，就把郭老狼拉来，我们娘俩对你们爷俩，在一张床上睡，你看我敢不敢。"说着，一把脱下上衣，露出半身白肉和肥嘟嘟的大奶子，起身到茶几那儿拿电话。

"别，别。"郭大郎羞愧难当，吓得冷汗直流，连忙去拉她。劲儿使得大了点，再加上她身上滑腻，郭大郎的手触到了大乳房上，秦玉芬上去给了他一巴掌，两手叉腰，眼里露出凶光说："怎么，你睡了我闺女，还想调戏我啊，想跟你爹钻一个眼啊。"

"不，不。"郭大郎连忙磕头作揖道歉。昔日的野狼变成了任人宰割的羔羊。

看着收服得差不多了，秦玉芬说："你要想看儿子、有儿子，答应我两件事。第一，每月给我三千的养老钱，把这房子写在我名下。第二，星河湾那

较　劲

房子不能住了，小暂且不说，小丽是个大闺女，突然带了个孩子来，街坊邻居也笑话，你在刚建成的雨荷小区买一套大的。只要有一样做不到，你不但见不到孩子，我还敢把这个小野种摔死，扔到你郭家祖坟上去。"

按河海的土话说，郭大郎彻底认怂了。他当场交了两个月的养老费，找到杨一棍去威胁开发雨荷小区的房地产老板，以不批下期规划为要挟，低价购买了一套三室两厅的房子。后来孩子大些进了幼儿园，他办起了"一帘幽梦"，钱有了新的进项。可没多久，夜总会被公安局查封了，亏了他登记的时候用的他在电机厂电工班小兄弟赵金良的名字，当天秦红丽也不在那儿，后来他把赵支到外地躲了一段时间，又通过关系活动了一番，钱也没罚多少，这事就算过去了，但是，挣钱的道就少了一条。现在机关办企业又不允许了，政府周边的门面房归了商业局，那些租房的家伙给他的孝敬费也少了，钱又少了一点儿。所以，在秦半月和张梅文弄来的十辆苏联的伏尔加轿车销售中私自昧下了十万，交给秦玉芬作为养老费和秦红丽母子的生活开支。他不知道，这十万元十几年后给他的家庭带来了巨大的侮辱。

他低沉的情绪当然瞒不了主管政府办公厅的常务副市长贾为民。有一天贾为民把他叫到屋里，他支支吾吾地说一些后，贾为民告诉他："你虽然现在也是正县级，但在这个政府大院里，不是官，是吏，不是君，是臣，没多大权，要想干事，要想挣点儿家业，得往下走，去县里当君，那里的钱厚得很。根据我的经验，高杰书记也快到挪地的时候了，他走之前，一定会安排一批干部，你那个死对头于步青肯定要受重用。你这段时间多往胡市长那里跑跑，我也使点儿劲，争取你能到下边当一方诸侯。"郭大郎频频点头，心里有点儿感激母亲王淑敏了。

往前的方向有了，可现在还有一个问题很棘手，办不了，就是秦玉芬要的宅基地房产证的事。郭太郎办事很毒辣，当初勾搭秦玉芬的时候，这块宅基地写的是他的名字，后来利用权力盖起的二层小楼办证的时候也是他自己的名字。他和王淑敏因那年夏天半夜求欢被对方拒绝后，分房而宿多年。卧室的钥匙王淑敏自己拿着，里面家具上的抽屉都上了锁，郭太郎几次回家想进去都没得手。郭大郎想了半天，要想办成此事，非王淑敏莫属。

这天，他从宾馆拿了两盒刚出锅的母亲最爱吃的鲜藕炸茄夹，回到家，见王淑敏正百无聊赖地对着一碗米饭慢慢吃。郭大郎献上贡品，拿出一张郭山虎挥着两只小胖手、瞪着两只大眼睛对着蓝天笑的照片说："妈，你看，这

较劲

个小家伙好看吗？"王淑敏说："好看有什么用，又不是我孙子。你那个媳妇生了一个丫头片子后成了一只不下蛋的鸡，看见她我就心烦。"郭大郎嘻嘻笑着说："他要真是你孙子呢。"王淑敏仔细看了看说："还真是和你小时候差不多。"随后扬起头看着他说，"怎么，你在外面又养了一个啊，你们郭家的男人一个好东西也没有。"郭大郎继续嬉皮笑脸地说："老妈，你真是有了孙子了啊。"

王淑敏心里一阵狂喜，把碗一推，拿起照片又仔细看了几眼说："我真有孙子了啊，在哪里，我去看看，不管谁生的只要是咱郭家的种，就是我的亲孙子。"

郭大郎马上拉上她到了一个贵族幼儿园，小朋友们正在做游戏。郭大郎朝小山虎招了招手，小家伙迈着两条小胖腿，张着两只小胳膊跑了过来，先跑到了郭大郎的怀里，而后歪过头来看着王淑敏竟然奶声奶气地喊了一声"奶奶"。就这一声，把王淑敏乐得差点儿晕过去，搂在怀里亲了又亲，马上跟老师请假，领着孙子到大商场买了一大堆玩具、好几身衣服。从此之后，到幼儿园来看孙子成了她的大事。

趁着这个机会，郭大郎向母亲提出了秦玉芬的房子过户的事。王淑敏说："姓秦的那老娼妇虽然不是个东西，可她闺女毕竟给咱郭家生了孙子，再说过到她的名下早晚还不是我孙子的。你爹那老犊子不知什么时候又靠上一个，说不定就把房子给了别人。这事我来做。"于是，在一个夜晚，她主动献了一次身，把老郎折腾了大半宿，趁他呼呼大睡的时候拿出了宅基地契证明。以后的事情不用郭大郎跑，杨一棍就给办好了。

尽管夫妻、婆媳关系越来越淡，谭俊雅还是按照河海的规矩每月带着女儿到婆家一趟。这天，王淑敏看完孙子赶回家，正喜滋滋地回忆着孙子的音容笑貌和趴在她怀里撒娇的模样，谭俊雅带着女儿进了门。王淑敏看着进门也不打招呼的孙女说："去给奶奶倒杯水。"正在低头看手机的孙女说："你没有手啊。"王淑敏说："这么大闺女了，一点儿事都不懂，真是不如孙子。"谭俊雅冷眼看着她说："我没生儿子，你哪儿来的孙子呀？"王淑敏知道自己说走了嘴，连忙掩饰说："昨天我见了我弟弟的孙子，那孩子可懂事了。我弟弟的孙子不是叫我姑奶奶吗，也是我孙子啊。"谭俊雅想到今天来的使命，也随葫芦打汤地说"是，是"，心里却别扭得很。

十几年的婆媳关系，谁什么样心里都跟明镜似的。王淑敏的刻意掩饰更加深了谭俊雅内心的狐疑。郭大郎经常早出晚归，有时甚至彻夜不归，她心中早就有了疑惑。后来"一帘幽梦"被公安局查抄，本厂工友穷小子赵金良成了老板，而且还到海南旅游了两个月，回来后跟工友喝酒吹牛说，夜总会的实际老板是一个漂亮的小娘们儿，后面还有更大的背景，是市政府的官员。赵金良的情况她非常清楚，从农村来的，亲戚都是种地的，他一个普通工人，哪会认识什么政府的官员，要认识，也就是和他一起当过电工的、自己的丈夫郭大郎。

这些事她翻来覆去地琢磨过，也想找个机会和郭大郎问个清楚，但一想到自己那次去北京跟着郭泽普到中央一个部委跑项目，让那个司长灌多了酒，晚上跟郭泽普稀里糊涂地睡了一张床，让那个老家伙在自己身上爬上爬下地弄了好几次，也就不能再问了。不仅不能问，现在还有一件事需要向郭家赔笑脸：厂里改制，她和郭泽普用厂里的固定资产做抵押，向银行贷了几千万，准备买断后占大股、发大财，可这事需要发改委批，发改委说需要主管市长签字，而这个主管市长就是贾为民。他们找了几次，贾市长就是不见面，报告送上去就是不批。要想搬动姓贾的这尊神，非找婆家的人不可。为了钱，为了自己家在其他企业下岗的姐姐、弟弟能来电机厂体面地上个班、挣点儿钱，就是有天大的委屈，也得给婆婆赔笑脸。

53

在中央党校学习的高杰书记给秘书长辛长发来了一封信，说最近中央要批判抵制资产阶级精神污染。据中宣部舆论检测中心反映，我们《河海日报》有一个专栏散布了不合适的观点和言论，市委要适当管一下。辛秘书长把这个任务交给了于步青。

凡事先做调查研究，是于步青多年来养成的习惯。对于《河海日报》，他过去当工人和一般干部时是要全部看的；自从当了政研室主任后，基本上是只看第一版，也就是登载书记、市长活动和讲话的版面，看是否正确贯彻了市委的精神，市委市政府两个主要负责人对某些事情表态是否一致、步调是否协调。现在很少看其他版面。

他让资料处找来了最近几个月的《河海日报》，慢慢看了起来，发现在第二版的右上角有一个固定的专栏，叫"鹿鸣鹤语"。专栏设计得很漂亮，用虚

较 劲

线圈起来，刊头图画的是一条小河，河岸上是一片小树林，林中一头顶着多叉鹿角的雄鹿昂首向天，河中一只大白鹤亮着翅膀，伸长了脖子向着岸上频频示意。

看到这只大白鹤，于步青马上想到了发电厂的老工友、和郭大郎一起到北华大学、毕业后到报社那个外号叫"花露水"的华露浓。这个家伙，快四十了也不结婚，和她一起开这个专栏的一定是一个激进派的男记者或者是男编辑。他给冯文斌打了一个电话，果然如此。前年报社新分来一个人大新闻系的毕业生，高高的个子，长发飞扬，一身牛仔装，高帮雪白的耐克鞋，背一背包，言必谈欧美说西方，讲氛围、情绪传染、性格取向、价值文化、思想漂流、个性自由。此人叫鹿洪荒，自己解释说，他这只鹿来自洪荒时代，无拘无束。这样的人必定和追求个性自由、女权主义、在报社外号"大白鹤"的华露浓一拍即合。

翻开专栏看，文章是对话式的。

鹿鸣：当一只鹿奔跑在洪荒的河岸上，阳光追逐着它的身影，草地上留下了它健美的身躯。从来没有被污染过的、碧波荡漾的河水中有一只美丽的仙鹤在戏水，她看到这只壮硕的鹿应该是什么反应？

鹤语：鹿是美丽的，鹤更美丽。爱美之心人皆有之，但鹤更要看看这只鹿奔跑的原因，是不是有虎狼在追击。如果有，鹤，远游而避之，或振翅高飞蓝天。

鹿鸣：好，这就印证了民间的一句老得不能再老的俗语——"夫妻本是同林鸟，大难来临各自飞"。无论多美的东西，在生存面前都是无所谓的。从这个意义上讲，波德莱尔的《恶之花》是一朵伟大的花，比中国传统文化中的"人之初，性本善"更加直逼人性的真实。

鹤语：无拘无束展示人性的真实是世界上最美的乐章，和现象与形状的丑陋无关。

鹿鸣：这个问题结束。还是在这条河上，一只麻雀晕头晕脑地掉进了河里，而且那个地方的水很深，有漩涡，无论是鹿去救，还是鹤去救，都有可能发生危险。那，应该不应该去救助？

鹤语：这是个非常有意义的设定，需要用价值取向来衡定。这只麻雀曾在历史上被定为害虫，虽然现在不是了，可对自然界的作用也是微不足道，

较　劲

哪有麋鹿和白鹤给予世界的精彩那么亮丽。为了一只麻雀无论牺牲哪一个都是得不偿失，也可以说是愚蠢。

鹿鸣：说得好，"愚蠢"两个字揭露了多年蒙蔽人们的假道学。经济学上有个概念叫比较效益，就救人落水这件事上也可以用此方法去衡量。如果一个老人落水了，一个年轻力壮的小伙子为救他而献出了生命，按照传统的文化思维，人们就要大力歌颂青年是英雄，是人们学习的榜样和道德楷模。从更深一层分析，这位老人是一个清洁工，或者是一个工人、农民，已经退休了，什么也干不了了，只是耗费社会资源活着；而这位年轻人是刚刚毕业的大学生，风华正茂，满腹才华还未用上，还能为世界创造许多财富，救与不救的比较价值不言自明。

鹤语：精彩。在大变局时代，在我国从计划经济走向市场经济、从封闭走向开放，同世界接轨的年代，思想的解放就是要颠覆传统。比如过去宣传的某某战士勇拦惊马，是为了保住公社的一片麦田不受践踏；两个如花似玉的小姐妹为了几十只羊在大风雪中冻伤致残，一辈子再也享受不到做女人的快乐……这些多么虚伪，多么没有价值。

鹿鸣：好，我们的价值观正在走向统一。还是这条河，东方人崇拜河流，西方人崇拜太阳。东方人逐水草沿河而居，开荒种地，城市大部分都在内陆，出门看见的是黄土和大山，思想自然封闭，低头种庄稼自给自足；西方人面海建城，看见的是蔚蓝色的大海，造船出洋，走向世界。

鹤语：……

于步青再往下翻，基本上都是这种表现手法，涉及的内容很广，什么女人的第三地、男人的终极追求，什么蓦然回首的历史真相、基督教对世界的推动作用、中国的儒道佛信仰的死胡同，等等，基本是宣扬西方的普世价值，实质上是贩卖资本主义私欲高于一切的东西，散布的是资产阶级自由化。他也看过近年来许多单位办的全国性报纸、杂志，这种似是而非的东西很多，版面设计精致、形式新颖、语言生动，用此掩盖着很多糟粕，对群众迷惑力较强。怪不得中央提出要清除精神污染，连河海这个内陆小城都出现了如此奇葩的"鹿鸣鹤语"。

于步青点燃一支烟，靠在椅背上想着怎么完成书记交给的任务。报社是知识分子集中的地方，也是比较自由的地方，行动懒散、思想多元、说话刻

较 劲

薄，充满着桀骜不驯的气息。尤其是近几年新毕业的大学生，没受过生活的磨炼，在学校里浮皮潦草地读了几本介绍西方世界的书，就趾高气扬地认为站在了制高点，空泛议论，标新立异，和小城里华露浓这样自以为思想解放、追求小资的人一结合，自然就会迸发出不健康的思想火花。

如果按照传统的工作方法，把总编叫来，批评几句，而后召开编辑、记者大会，传达领导指示，讲一通党性，肯定大家不服，还会造成一些负面影响，这些"无冕之王"肯定要说市委压制民主，说高杰书记这个农校毕业生没文化，是个共产党的官僚，而这些，在自己的恩人高杰书记即将升迁的时候是绝对不能出现的。"擒贼先擒王"，这个"王"不是社长和总编，而是这头鹿和那只鹤，重点是这头野鹿。他决定，吃过晚饭到报社的"煽坡"上和他们论战一番。

河海日报社的"八大煽"，包括"天煽""地煽""土煽""洋煽""胡煽""横煽""老煽""少煽"，煽的领域各有不同，煽的方式术有专攻。"土煽"来自遍地是玉米、小麦的农村中学，毕业后从村广播站、公社报道员、县委报道组一直干到《河海日报》的编辑，他的代表作是"三类苗"。有一天，"老煽"的媳妇割完了麦子，种上了夏苗，锄了三遍地后到报社闲住。一个女记者上完厕所后告诉"土煽"说："那个农村老娘们真土啊，什么年代了还扎着一根红裤腰带，身上味得呛鼻子。""土煽"回去后有词了，对着大家说："'老煽'的媳妇是个宝，全身就是个尿素化肥厂。以后哪个村里的麦苗需要追肥就把她请去，把裤子一脱，看苗情决定怎么办。大体上是一类苗地头上站，风一吹，她身上的味往地里一散，麦苗噌噌地长；二类苗顺垄串，来回走几趟，麦苗大变样；三类苗围棵转，只要转两三圈，准能多长几个粒。""老煽"的代表作就一句经典，有一天"少煽"问他："怎么煽着煽着就没词了呢？"他说："这就是'少煽'和'老煽'的区别之一。"

报社主管后勤的副总编原来是县里管农业的副县长，盖了一个旧社会老地主一样的雕梁画栋大门楼，还从工作过的县里移来两棵枝繁叶茂的大榆树，树下修了带着台阶的斜坡，夏天有阴凉，冬天有阳光，成了人们闲谈聚会的地方。"八大煽"在这里各显其能，听众甚多，被名记者冯文斌命名为"煽坡"。

"煽坡"热闹的时光是晚饭后，准备上夜班的编辑、交稿的记者、在外面采访酒肉回来消食的人均聚在此，听"八大煽"的新段子。

于步青到的时候，"地煽"正在讲他上邯郸涉县开会的见闻，说那里的

较 劲

厕所特别深，自己还便秘，拉完之后走出十步才听到"扑通"一声。"横煽"说："我在那里当过兵，厕所都是石头的，不仅深，还有横洞呢。日本鬼子在时，藏过八路军。"

站在一旁的鹿洪荒说："都什么时候了，还在提打鬼子的事。可惜啊，中国的民众还是抗战时的民众，现在的日本人早已不是当年的鬼子了。明治维新之后再一次改革，脱亚入欧，在蔚蓝色海洋文化的导引下，向先进的西方开放、学习，很快成了亚洲的四小龙，成了世界的第二大经济体，诺贝尔奖每年都拿一个啊。可惜喽，如果当年不抗战的话，日本人占领了中国，如今的祖国也像它们一样强盛了。"

站在一旁的大白鹤用崇拜的目光看着他说："对啊，一条半封闭的、四平八稳的河流，加入了奔腾的海水，必然会波涛汹涌起来啊。"

"土煽""横煽"一起说："你这是数典忘祖，卖国理论。"

鹿洪荒说："你们理解有误。我是说，我们中华民族的汉文化有着无比强大的同化力量，无论是蒙古铁骑南侵、满清入关，他们原来是茹毛饮血的鞑子和野蛮民族，到了中原大地之后还不是被我们的文化同化了，也读汉书，穿汉服，用儒道治国吗？如果那样，日本不就变成了中国的一个省了？"

看着大家有些一脸蒙的样子，于步青走了上去，向大家点了一下头说："这位记者的论点很新奇，也有一些道理，不过，看问题、发议论都离不开历史的基础、辩证的分析。当时的日本奉行的是军国主义的扩张侵略政策，到中国来是烧杀抢掠，难道要国人打开家门像汉奸、地主一样，任其糟蹋，而后幻想着把闺女嫁给他们，等着生了小孩当外公，再通过对小孩的教育，认祖归宗地搞同化吗？"

于步青虽然没在报社待过，但是是通讯员出身，和报社的许多老编辑、老记者很熟。他的话既有道理，也形象，当然还有些诙谐的狠毒，立刻引起了大家的共鸣。"八大煽"一齐鼓掌，"土煽"还加了一句："农村有句老话，'外孙是狗，吃了就走'，何况这个外孙他爹还是狼，人怎么能同化畜生啊。"

鹿洪荒两眼望天，两手做出很夸张的动作，感慨地道："悲哀啊悲哀，黄土文化的悲哀。"

于步青说："确实，在广袤的黄土地上流淌着一条河，让山川林茂粮丰，哺育了亿万子孙，也培育出了孔子、老子、韩非子、朱熹、王阳明、魏源等一大批思想家，儒家的忠君爱国、孝悌、进取，道家的辩证、洒脱，佛家的

较 劲

慈悲、普度众生，处处闪耀着思想的光辉，见证着黄土地文化的文明，比西方的苏格拉底、笛卡儿等伟大的哲学家都早了几百年。当然，蔚蓝广阔的海洋文化，绿色灵动、奔腾的草原文化都有它们独特的光辉。但是，就年代来讲，就发展史来说，它们都吸收了儒家文化的精髓，受到了华夏文化底蕴的影响。比如，世界各国奉行的文官制度就来自我国科举选拔人才的办法。"

鹿洪荒也不是轻易认输的主，说："对，你还可以说中国古代的四大发明，可惜的是火药到了西方，变成了征服世界的坚船利炮，而我们仅仅停留在节日的礼花、年夜的爆竹上。再则，近百年来改变世界的科技成果，比如，汽车、飞机、电脑哪一样是中国发明的啊？"

于步青说："你说的我承认，中国在这方面是落后了，可改革开放以来，我们正在奋力追赶。其实，国与国之间的竞争，不仅包括军事、经济、政治的竞争，还包括文化软实力的竞争。大家都知道，从唐朝时，日本就派遣了许多人来长安学习，他们今日的发达强盛不也借助了华夏黄土文化的底蕴吗？"

鹿洪荒看了看站在一旁的华露浓，她凑在他耳边说了几句，他脸色变了一下，说："想不到在共产党的机关里还有你这等人物。学新闻的看角度，中文系的说形象和氛围，哲学系的是强辩加诡辩。和哲学家争论不是一个聪明人该干的事。"说完扬长而去。

人们散了。穿着一身蓝色布拉吉的华露浓迈着两条大长腿走过来拍了一下于步青的肩膀，指着对面蓝色的咖啡屋说："老工友、师弟，敢不敢和我到那里坐一坐？"

于步青看着这只离开了鹿的"大白鹤"说："何惧之有，不就是喝杯咖啡吗？"

在肖邦《幻想曲》的钢琴声中，她没要咖啡，而是打开了一瓶赤霞珠红酒，醒酒之后给两人各倒了半杯。和于步青轻轻碰了一下对饮一口后，她仰起长长的脖颈静静地听了一会儿曲子，晃动着红色的液体，用迷离的眼神看着他说："我很佩服你，也很可怜你，有时候也很瞧不起你，有时候我还想，你很危险。"

对于这只"大白鹤"，于步青没有多少反感，甚至还有许多好感，除了那次在厂宣传队里跳舞时对方嫌弃自己脏的味道外，也没有说过他什么。现在回想起来，当时带着一身的油腻加入姑娘群里跳双人舞，引起对方的反感是

较 劲

正常的，也是自己对别人的不尊重。她也毕业于重点中学，后来接替他办厂报时，有些专栏设计得还是不错的。上大学时她虽然是工农兵学员，不过在报社写的文章文笔很好，有思想，虽然有些观点不对，尤其是在那头鹿的影响下，宣传极端的个人主义、女权主义、独身的好处和过度吹捧西方的一些浮华的东西，但才华还是有的。另外，他今天的情绪也很好，整天在机关写材料，出入正规严肃的会议，偶尔来到了这个让人放松还有点儿小浪漫的地方，心情有一种说不出来的愉快。他笑着说："何出此言，愿听教诲。但愿不是风声鹤唳，而是花开鹤鸣。"

大白鹤又悠然地喝了一口酒，撩开布拉吉的下摆，露出大白腿，晃动了一下，跷起了二郎腿说："我真的佩服你。你说你，一个小村里来的穷小子，换句文雅的话说，是比较优秀的农村回乡知识青年，进了工厂有个工作就算不错了，就算是工种不好，换一下也就可以了，可你，就是不屈服于命运，一直在抗争、奋斗，和当时的社会较劲，和你周围的人较劲，和自己较劲，有时较劲得近乎自虐。我不知道你的动力在哪里，后来我明白了，你是为了脱离体力劳动，是为了出人头地。"

"较劲，"于步青说，"你这个词提得好。其实，较劲也是分层次的。为了鸡毛蒜皮、闲言碎语与人较劲的人是庸人；为了嫉妒与人较劲的人是小人；为了满足自己的贪欲与人较劲的人是坏人；为了改变自己的命运想为人民做点儿事因而较劲的人是值得尊敬的人；敢于和自己缺点错误较劲的人是勇士；等着天上掉馅饼，机会来了也不稍微较一下劲的人是懒人。还有，平时不显山、不露水、关键时刻出手较劲的人是鬼才；不看形势、胡乱较劲的人是杀才；顶着压力、不卑不亢、为了自己的理想长期较劲的人是栋梁之材。"

"大白鹤"说："不愧是学哲学的，形式逻辑如此严密。不过太复杂，太费脑子了，不想听，也不想明白。"

"贾府里拿着手炉的林小姐永远不知道北京街头捡煤核老婆子的辛酸。"于步青调侃了她一句。

"你不要跟我说这个，《红楼梦》谁没读过？你听我说。"大白鹤粗暴地打断了他，"后来你愣是考上了大学，让我非常佩服。你知道吗，在北华大学校园里碰见你的时候，我的心是激动的，尽管你对我们的眼神是鄙视的，可我是真佩服你，当时都想跟你搞对象。当然，这个念头只是闪了一下，而且是一小下。你大学毕业了，而且是恢复高考的第一届，天之骄子，你本来可

较 劲

以选择在大城市的，可以找一个比较体面潇洒的职业，比如在大学当一个老师，或者是到大报大刊当一个记者，而后找一个文化程度相当、情投意合的爱人，完美地过一生。而你呢，偏偏又回到了河海这个封闭、落后的农村城市，还进了臭规矩很多甚至不能笑的市委机关，去写官样文章。你知道，我爸爸就是那里的干部，而且也是写材料的，还当过副秘书长，我就是在市委大院里长大的，最烦的就是他没黑没白地加班写材料、开会，回到家里教训我们动不动就是'毛主席教导我们说''党的文件规定'什么的，我每次都捂着耳朵。一个活泼的人在那里被制式化了，多么悲哀啊。你也可能是为了当官，为了你的家族、亲戚。趋利避害是人的本性，除非是至亲，其他人概莫能外。我爸爸在职的时候，许多亲戚、老家的朋友来我家，亲得不得了，可是在'文革'中，他被打倒了，谁来看他呢，连我的姑姑、他的亲妹妹为了孩子当兵都和我们划清界限了。最后，我爸爸平反了，他们又来了；可是我爸爸退休了，没权的时候又不见他们的影子了。别看你现在很得意，在家族中享受着众星捧月，等你哪一天倒霉了，或者下来了，你再看看，有几个人来看你？还有你的婚姻，我见过她，也无意贬低那位同性，勤劳、朴实、精明，没有你，她不可能从企业调入事业，她的许多家人也不可能都得到了好的待遇和安排，她对你百依百顺，可除了肉体上那点儿事，你和她有过思想上的交流吗？一起欣赏过一部电影、读过一部文学作品、讨论过一首诗吗？心灵上产生过共鸣吗？"

于步青政治上是成熟的，知道不能把自己想为人民干点儿事的愿景告诉她，更不能把小时候对娶媳妇的认识告诉她，再说，这位大小姐也不理解。他只能继续听她说。

"大白鹤"一口气喝完了杯中酒，继续说："还有，你一直和郭大郎较劲。当然，他那人是不怎么样，但也不是白给的，家庭背景就不用说了，告诉你，我们那批工农兵学员里有不少权贵子弟，有几个和郭大郎私交很深，他们的老子都住在北京的胡同里，独门独院，胡同里有便衣，门房里有警卫，临街是车库。他能和你一样升为正县级干部，不光是他妈和贾为民那点儿事，还有别的助力，他比你更懂得人的另一种需要。"

这句话让他警惕起来，他知道这个话题不能再进行下去了，看着她脖子上的皱纹说："感谢你跟我说了这么多话，老工友、漂亮的师姐，你为什么不找一个白马王子共度人生呢？上次我和辛秘书长看望老干部，你妈、杨书记

较 劲

可是老多了,她还让我劝劝你呢。"

"哼哼,她不光对你说,对任何人都这样讲。那个老太太退休之后把我嫁出去成了她后半生的事业与追求。我是不婚主义者,永远不会嫁人、生孩子的。所谓男女平等,是一种政治宣传,绝对不是真理,也永远不会实现。一个女人结婚生了孩子,就要围着孩子转十几年,大好的年华都耗费在里面了,还有什么幸福可言。和男人的平等靠的是自己争取。"

于步青说:"那就形影孤单地过下去。"

"我凭什么孤单?告诉你,女人的名字不是弱者,一个女人如果整天想着自己是女人,或者整天都忘了自己不是女人,都不是真正的女人。"大白鹤文雅地招了一下手。服务生送过来一瓶酒,她倒上一杯,站起来,随着《圆舞曲》的钢琴声转了一个圈,叫来了咖啡厅的经理,让音响师放了一段藏族音乐:"是谁帮咱们翻了身呢?是谁帮咱们得解放呢?是亲人解放军是救星共产党。"伴随着《洗衣歌》,她硬拉于步青跳了一段他们在发电厂常演出的节目,在最后"巴扎嘿"结束的动作中又用芭蕾舞的动作多转了一个圈,骄傲地说:"我有如此曼妙的身材,岂能白白虚度?不婚不等于禁欲,女权主义者也不是排斥男人。"说完,一口喝完,又倒了一大杯,脸色绯红地说,"男人的青春和活力是对女人最好的美容。"

于步青知道了她和那头鹿的关系,看出她开始醉了,买了单扶着她走了出来。夜风已冷,银河倒悬,他明显地感到她打了一个寒战,往他怀里靠了靠。他躲了一下,又站住了。她有些鄙视地看了他一眼,把布拉吉紧了紧,指着不远处的红色小楼说:"看见了吗,那是河海最新的公寓楼,我在那里买了一套两居室,师弟敢上去欣赏一下吗?那里有正宗的巴西咖啡豆,小妹我会给你调制一杯蓝山,加奶不加糖。"

那天晚上,于步青像做了一个梦。梦醒之后,他像往常一样坐在了办公室里。《河海日报》的总编辑来访,这个"文革"前毕业的老大学生不卑不亢地告诉他,本报"鹿鸣鹤语"专栏的两个作者已经调往南方的一个城市,去寻找蔚蓝色的海洋文化了。"为了吸引读者,报社新开办了一个'河海新语'专栏,主要讲开放与继承的关系,请于主任支持一下,写几篇文章。"

于步青知道,搞新闻的人很敏感,知识分子也很要面子。双方心知肚明地寒暄了几句。

正好机关也没什么大事,他就写了《开窗与苍蝇》《脏水和孩子》《纱窗

较 劲

的作用》《选择与抛弃》几篇夹叙夹议的杂文,大意是说:在引进外来优秀东西的同时,就像打开窗子进来了新鲜的空气,但也进来了苍蝇,这就需要把苍蝇赶出去,安上纱窗;不能因为给孩子洗澡,水脏了连孩子一起泼出去,要有选择地引进,寻找中外文化的最佳结合点。总编辑又打来电话说:"听说于主任有过办板报、厂报的历史,绘画创意、技能好生了得,请给这个专栏设计一个题图。"于步青明白,这都是场面上的话,潜台词是鹿驮着鹤走了,那个专栏不再有了,希望他上天言好事,市委不要再追究了。经过"文革"的老知识分子总是怕事的。

他稍微考虑了一会儿,画了一条波浪宽的河流,两岸绿树成荫,麦苗青菜花黄,一直通向大海,远处,无数挂着万国旗的巨轮奔涌而来,经过庄严的海关,依次规规矩矩地进入内河的航运轨道。画面既表达了开放,又突出了国家的尊严。专栏的署名是"榕树"。他让秘书处把这些报纸寄给了在北京中央党校学习的高杰书记。

一个周末的下午,中央党校的一位女教授到学员宿舍和高书记交流思想,看到这几张报纸,饶有兴致读了起来,说:"高书记,你们地方上这张报纸的专栏办得有水平啊,非常符合中央既要改革开放又要清除西方资产阶级思想精神污染的方针,我想推荐给大报用一下。"说完,看着"榕树"两个字玩味了一会儿,提笔写下了"榕树生南国,独木可成林。几番风雨后,阳骄叶更阴"。高书记谦虚了几句表示感谢。

在高书记快回来的日子里,于步青正在按照书记在电话里的指示,赶写全市调整农业种植结构大会的稿子,桌上的电话铃声响了起来,拿起听筒,里面传来一首带着南方口音的女声独唱:"路边一棵榕树下,是我想念的地方,晴朗的天空凉爽的风,还有那醉人的绿草香。"他马上道:"上海小阿拉朱流萤,啥时改当歌唱家了?"对方咯咯地笑了:"到底是老同学啊,大师哥,还没忘记小妹的嗓音啊。你的文章可是上了我们京城的好几家大报啊,颇有洛阳纸贵的趋势啊。"于步青说:"别开玩笑了,我一地方小吏,何德何能在帝都出头露面。"对方继续笑着说:"别装了,你虽然用了'榕树'的笔名,但是刊头图上那条河让我看出来了,野草坡太湖小渔翁抓鱼刮破裤子的那条河嘛。那次要不是有高原红大姐在,那个小渔翁在我们这伙女生面前还不知多么狼狈呢。"于步青告诉她市里要开一个大会,是否屈尊来报道一下,对方说:"你刚才说了,你只是一小吏,我才不为他人作嫁衣裳呢。等你主政一方的时候，小妹一定为你助阵擂鼓、摇旗呐喊一番。"

这天，于步青的情绪相当好，材料也写得特别顺，心中也升腾起了一种欲望。

新闻是可以发酵的，京城大报的作用不可低估。不久，省委宣传部部长带着一个小组来到了河海，总结表扬了河海清除资产阶级精神污染、正确把握改革开放的经验。书记不在，第一接待人自然是市委第一副书记胡早秋市长，郭大郎也参加了。人到了这个岁数，干部也到了一定级别，自然不会像在榆柳堡的玉米地里动手打架，也不会像在发电厂车间里斗鸡眼，但劲还是要较的。郭大郎打开一瓶老白干，倒在了两个大杯子里，对着于步青说："祝贺于主任妙笔为我们河海市争光，我敬你一杯。"论酒量于步青是拼不过郭大郎的，多亏了宾馆的女经理是于步青的老乡，平时挺恨郭大郎来宾馆仗着市长颐指气使的样子，趁他转身的时候，手疾眼快地给于步青换了一杯白水。二人一饮而尽。当晚，郭大郎吐了一床，被谭俊雅一脚踹到了地上。

54

河海的当家人高杰书记从中央党校学习回来了，按照惯例，先召开了一个常委会讲了自己一年来的学习体会，而后听了各分管常委的工作汇报，叫上于步青和农业局长李忠礼在下边调研了两个星期，紧锣密鼓地筹备"河海市调整农业种植结构，阔步走向商品生产新时代，加快致富奔小康"大会。

行事者众，谋事者寡。不管多大的领导，有多大权，管多少万人，在身边跟随的、能一起谋事的也就那么几个人，许多大事、大的决策都是由极少数人最先谋定的。上到中央，下到地方，多么重要的文件最初都有一个起草小组，而这个小组是最能理解领导意图，成员也都是领导最信任的人。

受在中央党校学习电化教学方式的启发，高杰书记把辛长发秘书长、农业局李忠礼局长和于步青叫到一起，说让他们找两个靠得住、有创新思想的人把会议形式设计一下，开一个让人觉得别开生面、效果更好的会议，并告知他们，会议最后他负责把省委书记林峰同志请来。

书记说这段话的时候，是在市宾馆的一个接待室。室内一大两小一套沙发，书记坐在了大沙发上，秘书长和局长各坐一个小的，于步青搬了一把椅子，坐在书记旁边，打开笔记本，援笔在手，文不加点，一字不漏地记下了

较 劲

领导的指示。他回到办公室认真看了三遍，细细琢磨，两手托腮，如老僧入定悟道，心里明朗起来。老秘书长是坐镇的，李局长是提供现场支援的，都是书记的挚友，自己才是真正干活的。市里开一个会，书记说要把省委书记叫来，这里边也预示着很深的内容。自己跟高杰书记也五年多了，自己那点儿本事书记也了解得透透的，要不不会说让找两个有创新思想的人。

趁着到书记办公室送一个文件的机会，他说了几句话，得到首肯后，当晚把《河海日报》以抓角度刁钻的名记者、自己的引路人之一冯文斌和电视台最能出抢人眼球画面的副台长请到了家里，拿出了珍藏多年的茅台，让妻子炒了几个菜，在酒香菜味中谋划了一番。

会议如期召开，规模大，往常的市、县、乡三级干部会变成了四级，扩大了村支部书记和村长；规格高，市委、市人大、市政府、市政协领导全数到场，省委农工部长、省农业厅长也坐在了主席台的前排。整个大礼堂满满当当地坐了五千多人。

市长主持会议，书记做主题报告。这次的讲话稿于步青经过领导同意，改变了过去"老四段"的写法，即"干什么，为什么干，怎么干，干中要注意什么"，而是用了一种排比的形式逻辑，语言也新鲜活泼了一些。

高杰书记沉稳地打开了讲话稿，通过面前的三个麦克风，洪亮的声音传遍全场。

"同志们，今天我们这个会议，是河海历史上规模和规格空前的会议。为什么要召开这么大的会议，是基于三点考虑。

"一是形势喜人，形势逼人，形势不等人。改革开放十余年来，我市各项事业取得了长足的发展，尤其是农业，在生产责任制这一伟大举措的促进下，极大地解放了生产力，极大地调动了农民的积极性，告别了缺吃少穿的日子，从温饱走向富裕。但和先进地区比，和中央的要求比，差距还很大，我们要以只争朝夕的精神带领大家走向幸福和小康。全国的发展都很快，我们已经落后了，形势不等人，要正确认识我们过去取得的成绩，更要深刻意识到我们的落后，要百尺竿头，迎难而上。

"二是土地有潜力，我们有能力，大家齐发力。河海无矿山，最大的财富是土地。每人平均三亩地，还有很大的潜力没有开发出来，我们有能力开发，在开发过程中各个行业、各个部门齐发力，就一定会把河海变成全国最富裕的地区之一。"

较　劲

　　他接连用虚问和虚设而又坚定的语气讲了上面的话，吊起了参会人的胃口，底下听会的干部有人心里琢磨起来，这个一向以务实著称的书记今天怎么也讲起一些虚头巴脑的话来了，难道真的想出了什么妙招吗？

　　随后，高杰书记的语气兴奋起来，说："怎么富裕？我们经过认真调研、长期思考、多方论证，从今天起，我们河海要走一条新的发展道路，把我们的九百万亩土地重新安排，具体说就是实行'三三制'的种植结构：三百万亩土地种植粮食；三百万亩土地种植棉花和经济作物；三百万亩土地种植林果、蔬菜、牧草，大力发展畜牧业，把草、秸秆变成肉蛋奶。在调整农业种植结构的基础上，发展'三条龙'，即围绕农业办工业，逐步形成粮食生产加工一条龙、棉花加工一条龙、林果畜牧加工一条龙。延伸产业链，增加附加值，生产出以我们河海本地原料为主的各种名牌产品，通过我们的商贸、物流在本地、本省、全国各地建立销售基地，占领市场，走向世界。全市各条战线要紧张地动员起来，找准自己的位置，围绕市委这个战略搞好产前、产中、产后三大服务。为了更好地让大家理解这次战略调整，下面请大家看一段未来发展的三维动画和真实的电视纪录片。"

　　工作人员搬走了桌椅，把领导请到了台下。一块大荧幕落下，伴随着悦耳的音乐声、激昂有力的旁白，画面依次展开：航拍的河海大地，河流、湖泊、树林、原野、城市、村庄，春天的秧苗，秋日的金黄。

　　旁白是于步青和冯文斌反复推敲的解说词："这是一片神奇的土地，这是一片肥沃的原野，养育着几百万河海勤劳的人民。党的十一届三中全会以后，政策生辉土生金，老百姓告别了贫穷走向了富裕。今天，为了实现致富奔小康的宏伟目标，我们要把河海大地重安排，大力度调整土地利用结构，发展产业化种植、养殖、加工……"

　　随着解说，三维动画开始演示：如盘古开天，一支如椽巨笔在挥洒移动，把九百多万亩土地分成了三块。第一块小麦金黄、玉米茁壮，农民在收割脱粒，面粉厂、饲料厂机器轰鸣，面粉变成了各色食品，走进了大小餐厅，饲料进入了市场，后面是一组数字：一斤小麦从原产品的一块增值到了三块，玉米也从八毛增值到了两块。第二块棉海茫茫，雪白的棉花变成了皮棉，在纺织姑娘的经巧手中变成了条条银线，织成了五颜六色的花布，经巧手裁剪后成了各式服装，贴上了国家、世界名牌的商标，在各大商场热销。第三块林木森森、瓜果满园、草地青青，苦楝树、白杨树、苹果树、鸭梨树、甜杏

较 劲

树、苜蓿地、露地菜、大棚设施菜园成方连片，成群的牛、羊、鸡、鸭、獭兔在林下和草地上觅食成长。一车车木材被送进了加工厂，粉碎之后压缩成了中密度纤维板，变成了时髦的家具；各种水果蔬菜进了北京、天津的菜市场，被加工成了果汁饮料和脱水菜，动物宰杀后变成了火腿肠、午餐肉，皮毛变成了裘皮大衣和美丽的围巾，鸡鸭禽蛋奶盒装上市。

在这些画面依次推出的过程中，围绕着三个板块，粮食加工厂、棉纺厂、织布厂、印染厂、制衣厂、木材厂、家具厂、果汁饮料厂、肉食厂、裘皮服装厂在城乡拔地而起；新修的大路上，各种运输车辆来往穿梭；衣冠楚楚的业务员带着精美的样品乘火车、坐飞机赶往北京、天津、南京、广州、重庆、成都、哈尔滨、沈阳、大连等大商场的经理谈判接洽。一沓沓人民币装进了农民、工人的腰包，财政收入数字步步高升，城市的住宅、道路、公园建设如火如荼。

激动人心的旁白解说着："同志们，这就是我们河海要走的农工商一体化发展的康庄大道，这就是我们美好的未来。如果有人认为这是画饼的话，下面请看两个真实的纪录片。"

蓝天白云下的海东县白塔镇吕素青夫妇的千亩农场，郁郁葱葱的甜玉米长势喜人，一大片苦楝树根深叶茂，开着淡黄色的小花，鸡鸭在树下悠闲漫步。

旁白："甜玉米是从南方引进的新品种，是做饮料的上等天然原料，夏种秋收，每穗价值相当于本地玉米的四倍。苦楝树浑身是宝，叶子、树皮、果实均可入药，同时也是密度、硬度最好的板材。"

画面继续，镜头离开树林，映入眼帘的是一片小拱棚蔬菜，瓜果飘香，无垠的青青苜蓿草在微风的吹动下起伏，成群的小尾寒羊、獭兔在其中快乐地觅食嬉戏，最后定格在吕素青夫妇和二柱、三柱等人摘瓜、扒菜的场面。吕素青摘下草帽扇着风，满脸喜悦地说："我们农场自从实行了'三三制'种植、养殖，每亩地的收入从原来的一千二百元上升到了四千多元，只要肯用心，土地能生金。"

第二个纪录片聚焦段长森的"东方红"饮料厂。一溜载重车拉来了甜玉米、瓜果，经过筛选、消毒、漂洗、粉碎，加入其他配料，经过长长的管道进入封闭的车间，从不锈钢的漏斗里流出了鲜嫩清香的饮料，封口、贴标、装箱运往了各大商场。段长森西装革履，拎着公文包从一辆高级轿车上走下

较 劲

来说:"广大农民朋友们,只要你种出我这里需要的合格原料,我就给你大价钱,叫你发财。"

坐在于步青旁边的李局长说:"你看这个小兔崽子的熊样,好像他不是农民似的。不过,他说的这句话农民爱听,能勾起大伙种地的瘾。"

旁边一个村长说:"我操,敢情这地还能这么种啊,咱这半辈子光种老三样了,使的劲算是白瞎了。"和他挨着坐的一个人抠了抠鼻子,把鼻涕悄悄抹在椅子腿上说:"二犊牛,你他娘的说话文明点儿,这是市委的大礼堂,不是在二寡妇的炕上。"

片子放完后是参观,几十辆大客车浩浩荡荡地出城,先参观了段长森的饮料厂,而后到了白塔镇吕素青的农场。趁着她丈夫冯大柱给大家介绍情况的时候,吕素青把于步青拉到了一旁,段长森也跟了过来。吕素青说:"我真得好好谢谢你,老同学。那年你调研走了之后,县委孙书记又给我们几百亩地,银行送来了贷款,农业、畜牧、林业部门都来蹲点,我们一下子就发起来了。给你钱你准不要,瓜果你又带不走,以后你叫我干啥就干啥。"段长森看着她都四十多岁了还凹凸有致的身子坏笑着说:"真的呀,干什么都行啊,也包括我吧。""包括叫狗咬你。"吕素青一脚踢了过去。

会议快结束时,省委书记林峰同志真的来了。高杰书记总结了这次会议的成果,提出了河海"农业立市、商贸富市、工业强市"长期发展战略。胡早秋市长听了心里舒服了一点儿,因为毕竟把他提出的"商贸立市"往前排了一位,把上次的"活市"变成了"富市"。

林峰同志最后做了简短的讲话,他说:"所有干部都要牢固树立'为官一任,造福一方'的决心。一个地方的经济要发展,就要不唯书、不唯上、只唯实,因地制宜,扬长避短,找到适合自己发展的道路,做好规划,确定好眼前和中长期的目标。要一张蓝图绘到底,一任一任接着干下去,要有'功成不必在我,功成必定有我'的胸怀和气度。在这方面,高杰同志给全省的干部做出了榜样。"

他最后这句话,震动了河海县级以上中高层干部,许多人在心里反复琢磨着。郭大郎的两只大眼珠子转了几圈,下午散会后,回到家里进储藏室选了几样东西,到银行去了一趟,连夜驾车去了北京。

晚上九点多,电机厂宿舍,原河海电机厂厂长、现河海电机股份有限公司总经理郭泽普看到对面宿舍楼上窗帘拉起,阳台上新添了一盆串红,便悄

较 劲

悄下楼,来到那家的门前,拿出钥匙开了门,进去就把刚洗完澡披着睡衣的谭俊雅抱起来压倒在床上。谭俊雅推开他说:"你的眼挺尖,来了就知道弄这事。快说说,你这次到市里开会,有啥新精神,对咱们公司有利吗?"

自从上次她回婆家,王淑敏不小心说出了孙子的事,她就对丈夫郭大郎产生了巨大的怀疑,但常务副市长贾为民压着电机厂改制的报告就是不批,这边郭泽普催得紧,自己看着大钱不能挣,只得忍气吞声哄着婆婆,到外边买了许多好吃的,给王淑敏买了两身好衣服,亲自下厨炒了几个菜,陪着公公婆婆喝了几盅酒,爸爸妈妈叫了无数声,还在半装醉中说现在是思想大解放的年代,许多领导干部在外面有点儿外遇不算个事,并按摩着王淑敏的肩膀笑着说,"如果大郎在外边真找人给您生了孙子,那省得我费劲了,我也一定当亲儿子看待",乐得婆婆笑逐颜开,笑得浑身肥肉乱颤,说自己不知哪辈子修来的福,遇见了这么一个贤惠的儿媳妇。趁此,她向王淑敏说了厂里改制的事,王淑敏满嘴喷着酒气说"为了我孙子,我也得让老贾把这个事办了",当场打了电话。

电机厂改制启动,郭泽普和几个老友成了股东,打发大批老工人买断工龄下了岗,卖掉了前边的黄金地段搞了房地产,赚了一大笔钱;任命谭俊雅为副总经理,发给她公关有功奖金五万块,把她在别的企业下岗的弟弟、姐姐调到了公司,安排到了拿钱不少、干活不多的岗位,唯独让她持股的事一直未提。

此刻,郭泽普看着肥白的大腿和时隐时现的大乳房,强咽下口水,像吃了辣椒的猴,手舞足蹈地说:"要说这个高杰还真不简单,制定的这个'三三制、三条龙'的规划还真靠谱,农业种植结构调整就要搞农业机械化、电气化,咱们厂的电机肯定销路大增。我想用搞房地产的那笔钱把原来分走的农机厂兼并过来,生产在田间地头跑的柴油农用汽车,肯定要大赚一笔。你放心,到时候准有你一股。"说完,利索地脱下了裤子,扯掉了她身上的睡衣。

也是在这天晚上,于步青把高杰书记送回家后,在岳鸣沙的"阅微堂"里坐了很久。

那县那菜

一方水土养一方人。一个地方的经济发展要不唯上、不唯书、只唯实，扬长避短，发挥优势，走出自己的特色道路。

55

省委书记那天的讲话和人们的猜测正在向现实走近，"业余组织部部长"们散布的消息不再是谣言，市委要动干部了。

干部的调动升迁，并不像外界想象的那样，以为组织部根据需要提名，常委讨论决定就可以了，事情要复杂得多，和唱戏差不多，"台上十分钟，台下十年功"。党管干部是组织原则，更是一把手至高无上的权力。作为市委书记，除了应付面上的工作外，最伤脑子的事就是所有县级单位的领导哪个岗位出现了空缺、哪些人的岗位需要调整，拿着干部名单反复比较、反复琢磨，当然有时也会征求主管常委的意见，前提是这个常委必须是和自己保持一致的人。书记深思熟虑之后，叫来组织部部长说清自己的想法，组织部部长领命后会拿出一个名单，再次让书记确认后，就会跟副书记们征求意见，说组织部根据需要拟定了一个调整干部的名单，请各位领导把关。副书记们谁也不傻，知道这是一把手的意见，一看没有妨碍自己的利益，也有自己的人，基本都同意。而后就召开有组织部部长和秘书长参加的书记办公会，大家意见统一后，书记宣布，择日召开常委会，各副书记负责做好分管常委的工作，并负责通气。实际上这时候就已经成了定局。到了常委会上，组织部部长也不先说话了，看到各位领导神情严肃地坐好，组织部的一名副部长就会来到汇报席上，说："根据党管干部的原则，根据中央的组织条例，根据我市改革开放工作的需要，我们组织部经过深入调研考察，准备调整一批干部，请各位领导审查。"随着他的话音，干部处长把名单发到了各位常委手里。这时，书记会说，大家认真看一看，有没有意见，举手表决。一般的规律是，他的话刚落，所有常委的手也就举起来了。在常委会所有的议题中，研究干部这个议题往往是用时最短、形成决议也是最快的。

　　河海市委也是这样。不过，高杰书记还是比较民主的，除了各县的党政一把手和市直各单位的主要负责人以外，市政府办公厅的人基本由第一副书记、市长说了算，其他单位的副职也尽量听分管常委和副市长的意见。这次调整干部的重点是河海北面的两个县的县委书记，这两个县的书记一个到龄，一个调到了省里。组织部部长按照他的意见选了两个人，一个是现任市委政研室主任的于步青，一个是现任的教育局局长，到了胡市长那儿，胡早秋把那个局长划掉了，换成了现任市政府办公厅副主任兼事管局长的郭大郎。看着名单上被划掉的痕迹和郭大郎的名字，高杰想重新改一下，但想到昨天晚上在家里接到的北京和省委的两个电话，无可奈何地叹了口气，就把笔放下了，两手垫在脑后，靠在椅子上望着天花板。

　　这批调整干部的名单在常委会上通过得很顺利，比较引人注目的是于步青和郭大郎同时被任命为县委书记、《河海日报》的名记者冯文斌被提拔为副总编。

　　河海的北半部有一条发源于太行山的河，叫土龙河，横贯东西，直通东海，有水的时候中间一条小河缓缓流淌，行洪的季节河面达三里之宽，属于河海管辖的三四个县都在这条大河两岸，几座县城沿着南大堤一字摆开。县城的名字是根据大堤上种的树种起的，柳树多的地方叫柳河县，枣树多的地方叫枣河县，榆树多的地方就叫榆河县。于步青去的地方是柳河县，也就是河海第一任书记沈老的家乡西沙村所在的县，又是北河大学哲学系大师姐高原红当年知青插队的地方，还是她婆家。郭大郎去的是枣河县。两县地域相连，交界的地方村连村、地挨地。知悉他们两个人关系的一个在市委市政府机关里混了多年号称"大明白"的人说："这两人，开始在一个村里、一块地里较劲，后来在一个厂里较劲，在一个大学里较劲，再后来在市委市政府两个大楼里较劲，这回呀，跑到一条河边上较劲去了。荒郊野外，地域辽阔，都是县里的一把手，手下都有战将百员、精兵数千，摆什么阵势、出什么招数，谁也弄不清啊，有热闹看了，谁输谁赢，等着瞧吧。"

　　调整完干部，人们议论一番是常态，议论者大多为事外之人，当事者自

较 劲

然有自己的活动程序。

于步青向继任者交代完工作，把办公室腾空拾掇好后，被高杰书记叫到了办公室。老书记一改他每次去只是坐在办公桌后边的姿势，和他一起坐到了沙发上，告诉秘书不许打扰，用慈爱的眼光看着他，拍了拍他的肩膀，和他促膝长谈。

高杰书记说："你来市委工作六七年了，各方面都很出色，咱们配合得也很好，从我的需要，从感情方面说，我是真舍不得你走。"老书记说着，眼圈有些红了。

于步青第一次看到这个和自己几乎朝夕相伴，平时面孔严肃、坚硬如铁的领导这个样子，知道是动了真感情，不禁流下泪来。

高杰平静了一下说："古人讲，'千里搭长棚，没有不散的宴席'。官场也是威风的衙门流水的官，说不定这座大楼的主人明天就会易主。所以说，当领导的不能太自私，尤其是对身边人，不能用着顺手就不松手，共产党的干部不是谁的家臣，要为党培养人才，所以我才下决心把你放下去。柳河县经济基础不是很好，但是民风淳朴、土地潜力很大。我二十世纪六十年代农校毕业后在那里当过农业技术员，你可能知道。那里的干部也不错，现任的人大主任、原来的县长柳东旭是个说事的人，你认识，据说你还找他办过一个人调动的事。现在的县长老金也是实在人，好配合。你记着，当一个县委书记，第一是处理好干部问题，许多矛盾都起源于用人上，要善于协调好县委班子的关系。第二就是给老百姓办几件实实在在的事。我在咱们河海当了五六年书记，你们给我总结了许多经验，什么青年工作、民兵武装、创新方法、社区建设，我不是说那些不重要，但毕竟虚了点儿，给老百姓的感受不深。其实，我就做了两件半事。一件是跑上级，找国家部委，引来资金建设了一个大电厂，解决了多年用电难的问题。另一件是把城南那片大水洼开发出来，从黄河引来了水。你和那帮文人起了一个很好的名字，叫流花湖，让河海也有了旅游景区；那半件事是这个'三三制、三条龙'的发展规划。一方水土养一方人，一方水土也能富一方人，关键是你得摸清它的脉搏，开动脑筋去开发它、改变它。我不反对引进外来的企业，但不能破坏原有的生态系统。人家的孩子毕竟是人家的，怎么弄也不会和咱一条心，何况人家是来赚钱的，不如自家培养起来的孩子可靠。我也不羡慕那些在沿海和发达地区工作的干部，没生在那里，党也没派你到那里，就得认命，守住自己的摊摊，

较 劲

干自己的事，别让老百姓骂，对得起自己的良心就可以了。你去当一任县委书记，干一年你只能是摸一下情况，做做规划，什么也干不成；当两三年就能干成一件事，当四五年就有可能干成两三件事。这就需要集中精力。县委虽小，也是五脏俱全，党政工团、经济、政治、文化、宣传、纪检、计划生育，事多了去了。上边千条线，下边一根针，你要样样抓，什么也抓不住，就现在这个风气，不用说抓工作，你光应付上边的检查，喝酒陪同就把你的时间全占没了。所以，你要分清轻重缓急，把有利于老百姓致富的事紧紧抓在手上，别的事让别人去做，有的应付一下就可以了。铆足劲，集中力，就干一两件事，干成了，等你走的时候才不后悔。"

看着老书记慈祥的面孔，听着这发自肺腑的话，于步青心里酸酸的、热热的，眼圈又红了，泪花再一次涌了上来。就是眼前这位长者，把自己从一个刚毕业还有些狂傲的大学生培养成了一个党的领导干部，而且还要去主政一个县。他想起了那年冬天，高杰在榆柳堡干校拉水的情景，自己去大王坟拾柴火、挖田鼠洞找粮食的无奈，那刺骨的寒风，那身上的破棉袄，还有在农业局写了调查报告，高书记亲自和他探讨责任制后农村如何增产增收的问题，和书记下乡共同住在老百姓家里，白天一起割麦子，晚上回来在一个盆里洗脚彻夜长谈，回来后在路边小摊上吃馄饨、烧饼。和眼前这个人的相遇，是邂逅？是缘分？是命运？都不是，是幸运。人在六十岁以前有三大幸福，小时候有好父母，上学时有好老师，工作时有好领导。好领导是最不容易碰到的，而自己却碰到了。眼前这位好领导是自己的恩人、大恩人，而这个大恩人并没要回报，只是要求他多做一些实事，对老百姓好一点儿。

今天是周六，星期一由组织部门送他上任。他打消了原来预定的两天休息日找有关人聚一聚的念头，和高杰书记一同下楼，抢先一步拉开车门，等书记进去坐稳、关好车门，看着河海一号车进入了大街的车流，回身去了市委后门的"阅微堂"，把岳鸣沙的雷克萨斯凌志大吉普开出了门。

也是在这天晚上，河海桥东街一座古色古香名为"八仙居"的酒楼里，郭大郎和从小在一起打架斗殴、抢乡下来卖菜老头的瓜、踢城里焊洋壶摊子的杨一棍，加上电机厂的小兄弟赵金良以及几个混得不如他的发小在一起喝酒。

按说在政府办工作多年，又下派成了一路诸侯，应该有同僚践行祝贺，但没有，因为他的提拔打破了办公厅干部升迁的一种平衡。无论哪级办公厅，为领导写讲话、报信息、出文件的处室叫一线，如综合处、信息处、秘书处、

较 劲

研究室,行政、车队、财务及事务管理是二线。提拔时,一线处室的干部往前排,分管他们的主任也是这样排序,管综合、秘书、信息的从来就排在管行政的前面。这次郭大郎提拔到了他们前边,一个连简短讲话都写不出的半吊子大学生,不是像他的前任到市直一个小局里任局长,而是到县里当书记,这是前所未有的。

机关的人城府都很深,从来不会把百种轻蔑、千般不满、万般愤怒表现在脸上。当郭大郎的任职明确之后,许多同僚在楼道里见了他都会客客气气、半笑不笑地说"很好很好,祝贺祝贺",而后走进了自己的办公室,并没有一人说请他吃饭、喝酒、送行。当他说要请大家时,许多同僚依然是客客气气、半笑不笑地说"一定一定,有空有空。"而后关上了自己办公室的门,宽阔的楼道里只剩下了他一个人。

这种不动声色的轻蔑,让郭大郎感到了悲哀、无奈和恼怒,总觉得有一种情绪需要发泄。下午例行公事地见了周末要回省城的胡早秋市长后,他跑到雨荷小区秦红丽的住处,不顾二丈母娘秦玉芬在场,把瓷娃娃拽到卧室里滚了一回床单。即将到手的权力春药让他虎虎生风,弄得秦红丽大呼小叫,让外边那个六十多的老太太都有点儿老草返青。

发泄过后,他稍微平静下来给杨一棍打了电话,而后往外走。这次秦玉芬破例没有用大白眼珠子瞪他,反而站起来欢欣地说:"你看我们山虎他爸,龙行虎步,一看就是个当大官的料。"

这句话让郭大郎心里舒坦至极,坐在"八仙居"主位上神气活现。杨一棍端起酒杯站起来说:"祝贺郭大哥升任七品知县,您是咱们这条街上,不,河海城东南角一带,咱们这帮人里最有出息的一个。我们干了,大哥随便。"

电机股份公司的小电工赵金良说:"就是我们老电机厂里也是头一份。"

郭大郎说:"不,还有于步青呢。"

杨一棍再次端起酒杯说:"他哪能和您比,小村里来的。您就说他去的地方吧,在您治下的西边。自古以来东为上,毛主席都说,东风压倒西风。再说名字吧,您是枣河,他是柳河。枣树多好啊,大枣养人;枣木硬邦邦的,是做家具的好料。柳树是什么,软了吧唧的,穷人做棺材用的玩意儿嘛。"

郭大郎心花怒放,站起来要给大家敬酒,杨一棍又说话了:"大哥,您先别动。"指着一旁长着枣核脑袋的当建筑小老板的刁小三说,"你小子还不赶快站起来给大哥敬酒!将来大哥上了任,枣河县的工程你还不随便挑啊?就

较 劲

你这个枣核脑袋，枣河县是你的福地。"刁小三赶紧喝了一大杯。

郭大郎随便喝了一口，大狼眼珠子转了几转说："我说杨一根，你小子当兵三年党没入、官没提就回来了，现在才混了个副科级别，还不如跟我去枣河呢，先当县委办公室主任，明确正科，以后进常委就是副县了。你这科级干部调动不用找组织部，让贾市长给人事局打个招呼就行了。"

杨一棍脑子转得快，先是站起来两腿并拢，大臂带动小臂，行了一个标准的军礼："是，感谢首长栽培。"而后单腿跪地，抱拳行礼敬酒。

喝完酒后，杨一棍凑到郭大郎耳边说："首长，枣河县是农村，落后，肯定没有娱乐场所，就是有，你作为一把手也不方便。趁着你还没上任，咱到'雅典娜'潇洒一回吧。"郭大郎欣然接受了。

看着满身酒气被杨一棍送回来的丈夫，谭俊雅近几年第一次没有河东狮吼。这个出身小资本家、小官吏的小家碧玉，太知道世态炎凉了。从今天下午起，"书记夫人""官太太"的称呼不绝于耳，就连和她几十年不对劲的人见了她也主动赔上笑脸，有一个人还送了她一条丝巾，说："听说郭师傅要上俺县里当书记了，以后俺家里有事你可得叫他帮个忙啊。"看着他们巴巴结结的样子，谭俊雅心里得意得像上了天，有了夫贵妻荣的感觉。她太知道官场了，太知道人们的眼皮子多浅了。父亲当年仅仅是一个副乡长，她在学校里就当班长，演节目领唱、站队总是在第一排。她爷爷当过村里的地保，也就是村长，最常跟人说的就是到县衙大堂见过县太爷。当年征粮有功，县太爷送给他一个玉石小烟嘴，他临死的时候还攥在手里跟人说，这可是天子门生县太爷给的，他要带到坟里去。已经退休的爸爸妈妈和一伙老人在树底下扯闲篇，也是三句话没完就会说"我家姑爷在市政府大楼里管事"，连弟弟的孩子和别人玩耍时也会吹个小牛，说他姑父在市政府里是大官。

看着这个躺在沙发上、两只大狼眼紧闭、两条大长腿上长满了黑黑的汗毛的人，这个当年的大个子电工，现在竟然成了县委书记；而自己呢，当年厂里公认的厂花，一个能歌善舞的姑娘，居然和他成了两口子。按现在的话说，初恋不懂爱情，目前是会计师的她从现实算账，到底合不合算呢？嫁了他，自己虽然没上大学，但调到了厂财务科；嫁了他，企业改制时自己不但没有下岗还成了副总经理，捞了一笔钱。感情上呢，她突然想起了于步青，那富有浪漫文学气息的谈吐、娴熟的二胡独奏和醉人的小提琴，笔下美丽的图画、漂亮的美术字、锦绣文章，曾经让她心率加速的爱情诗歌，还考上了大学，并且也要去当县委书记。而眼前这个家伙，虽然也挂着大学生的牌子，但是个粗鲁的人，自己的第一次给了他，后来从她做女人的经验感到，那个下午在婆婆王淑敏办公室的床上，他肯定不是第一次。结婚几十年来，这家伙就没老实过，外边肯定有女人，而且还不止一个。可自己呢，不也和郭泽普那个过吗，吃亏的是第一次给了他，这也算五十步笑百步吗？她弄不清。不管怎么说，自己、家里的亲人在政治上、经济上还真是沾了这个人的光，而且这个自己在当初和现在都想不清楚是否嫁对了的人，还能升官，自己还能沾光。

想到这里，她轻轻脱掉了他的皮鞋、衣裤，沏了一杯解酒的蜂蜜茶，拿了一块新毛巾，在温水里浸湿，拧半干，先给他擦脸后洗脚，使出洪荒之力把对方搬到床上。自己认真洗了个澡，在腋窝、脖子和手腕以及脚腕脉搏跳动的地方洒上了法国香水，赤身裸体来到床上，脱下他的短裤，轻轻拨弄着男人的胯下之物，可郭大郎鼾声如雷毫无反应。最后发现那上面还沾着一点儿卫生纸。谭俊雅觉得窝囊透了。

尽管这样，第二天，她还是让郭泽普在公司的小食堂里摆了一大桌，请了当年郭大郎在电工班、供销科关系不错的工友。公司领导班子全体参加。谭俊雅以县委书记夫人的身份和丈夫盛装出席，坐在了主宾的位置上。郭泽普大吹大擂地说："今天这个宴会是庆祝我们厂出的第一个大学生，第一个县委书记，第一个县委书记夫人。"有一个不开眼的人说："咱们厂还有于步青呢，也是要当县委书记的。"郭泽普说："那不一样，咱们郭师傅比起他来有三早——进厂早，上大学早，娶媳妇早，还有这次去的是枣河县。几个'早'加起来，那就叫旭日东升、光芒万丈、前途无量。"听到这样赞美的语言，郭家两口子自然是心花怒放，推杯换盏，喝了个昏天黑地。当天晚上，谭俊雅才得到了妻子应该得到的一点点儿鱼水之欢。

56

"一分钱，一分货。"开着日本制造的世界名牌车，于步青再次感到了河海老百姓经常说的这句俗话的正确性。这车马力足、空间大、方向盘轻盈、隔音效果极棒。苏步青轻轻一按音响键，一首俄罗斯歌曲倾泻而出，显出了他们那个年代的大学生对苏联文化的向往："冰雪覆盖着伏尔加河，河面上跑

较 劲

着三套车……"他觉得这首曲子与当下的景色太不搭了,自从惊蛰那天一声雷响,生机勃勃的春天就到来了,应该是叶佩英的女高音"我爱你中国,我爱你春天蓬勃的秧苗,我爱你秋日金黄的硕果",或者是更早一点儿的"麦苗来菜花黄,毛主席来到咱们农庄"。进入了柳河县界,于步青望着窗外层层叠叠泛绿的大地想,这里,将是他人生的又一段旅程,是凯旋门,还是滑铁卢?

一条土龙河把柳河县分成了两半,河南、河北各有几个乡镇,县城坐落在河南,紧靠南大堤。于步青过去来柳河县不少,但因为几个工作有亮点的村都在南片,很少到过河北,这次要来此主政了,必须了解全面情况。他穿过县城,越过南大堤,驶过河滩,上了北大堤,被眼前一片白色的海洋吸引住了。与河南相比,这里的大地不是一片苍绿,而是被连绵起伏的塑料大棚所覆盖,一座挨着一座,一直连接到地平线,在春风的吹动下,如同大海中的波浪,轻轻地摇动着。过去,他听说过柳河县的一个农民从北京郊区引进了大棚菜的种植方法,发展得不错,可没想到几年间到了如此规模。

他锁车进地,看到几个大棚的门大开,几个农民正在把一筐筐胭脂色的西红柿,顶花带刺的黄瓜,长长的豆角,紫色的长茄子、圆茄子,一捆捆青翠欲滴的韭菜、茭白,还有用纸箱装起来的本地的羊角蜜和从国外引进来的伊丽莎白大甜瓜从棚里搬出来。湿润的空气中弥漫着瓜果的甜香,旁边的田间路上停着北京、天津牌照的两辆大汽车。

看到这些,小时候帮菜园老大伯摘瓜的习惯回来了。于步青搬起一箱甜瓜,对着一个戴着草帽、面色黢黑瘦长脸、腰带上别着一根旱烟袋的农民说:"老乡,好收成啊。"瘦长脸说:"收成是不赖,比种粮食强好几倍,就是不好卖啊。本地出去卖要交税,外地车来得少,许多好菜白瞎了。"于步青说:"交税?农业税中央都取消了,还交什么税?"老农说:"交警那帮黑狗子说是交通税,咱也弄不清,反正本地往外拉菜要拿钱,要不就扣车。"

他这边正说着,那边,一个身高体壮,把头发捆成了一个大马尾,挽着裤腿,穿一双高帮黑色旅游鞋的青年妇女喊道:"杜老三,过来。"瘦长脸赶紧跑过去,她拿着一个瓜说:"你看,你的瓜把上都有一块白,是氮肥用多了。"随后抓起一把瓜叶子擦了擦,"咔嚓"掰开,送进嘴里嚼了起来说,"味道不错,含糖量不低。"嘴里吃着,又拔起了一根韭菜对着一个花白胡子的老头说:"钱大爷,你这里钾肥少用点儿,把根烧坏了就接不上茬了。"声音特

较　劲

别洪亮，底气特足，是典型的农村妇女的大嗓门，是他在河海的菜市场上经常听到的。不过，这个嗓音觉得有点儿耳熟，模样也有些相识。

他看着她，努力在记忆中搜寻着，对方也注意到了他，眼睛急速转动着，并瞥了一眼大堤上停着的车。

到底是女人心细，大脚一迈到了他跟前，大嗓门笑着说："哎，你不是于提琴吗？"于步青也马上说："你是希望的田野上。"双方哈哈大笑起来。

那是上大三的时候，赶上"五四"青年节，团省委在古城组织了一场大学生文艺汇报演出，五月的鲜花、五月的青春激情汇集在五月的广场上。北华大学的他拿着小提琴上场，拉了一曲《爱的奉献》，赢得了热烈的掌声。报幕员上场："下一个节目，女声独唱，《在希望的田野上》。演唱者，省农业大学孔秀林。"一个高大微胖、梳着一根粗黑大辫子的姑娘噔噔地走了上来，开口唱："我们的家乡，在希望的田野上，炊烟在新建的住房上飘荡，小河在美丽的村庄旁流淌，麦苗在春风里成长，瓜果在秋天里飘香。"声音高亢嘹亮，带着田野的风，带着高粱、玉米的健壮，除了音节不太准有些跑调外，味道一点儿也不亚于这首歌初唱的那个闻名全国的女歌唱家。

那次会演，二人都获了奖。在强强对阵的时候，他放下了小提琴，和她来了一段二重唱。他看她比自己小，特地选择了一首张振富、耿莲凤唱的比较老的歌。他首先唱道："哎，山也笑，水也笑，你看祖国大地满园春，形势无限好啊。"孔秀林一点也不费力地接上："哎，天也新，地也新，一代革命新人在成长，一片新面貌啊。"

一晃快二十年了，于步青看着她有些粗糙的手说："你怎么在这儿啊？"孔秀林心直口快地答："我怎么不在这儿啊，我凭什么不在这儿啊，庄稼院里长大的闺女。多亏邓小平让咱考上了大学。爹娘种地一辈子，亲戚里一个吃官饭的也没有，回来能分到哪里去啊，在这满流乡当农业技术员呗。我也正好是学蔬菜栽培的，也算专业对口吧。我记得你是哲学系的吧，你们这个专业的人不是当教授就是去当记者要不就是当官。看你这身休闲打扮，一定是在城里干事，是不是来我们这里弄什么乡村一日游啊。我最烦的就是这些人，明明是农村出来的，在城里待了几年，下乡就拽起来了，把掰棒子、刨红薯说成是采摘，什么树林里的空气是天然大氧吧，装什么大头蒜啊，就真是城里人，往上数三辈，谁不是农民啊。"

听着这位已经完全农村化的女大学生说的话，于步青仿佛回到了榆柳堡

较 劲

的嫂子们中间。他拉着她坐在田埂上，把一个羊角蜜甜瓜掰成两截，一人一半啃着说："学妹说对了，我就是在河海的一个机关里写材料，写不出来了，来村里转转。"随之问起了杜老三说的卖菜难的事。

孔秀林到底是读过大学，逻辑很清楚地说："大棚菜的种植确实给柳河河北里的四个乡镇带来了福祉，一个一亩地的大棚，四季种植，三季产菜，收入顶种粮食四五亩。和本地农民比，收入不少，但和山东的寿光比，效益差得很多，主要是市场问题，单门独户地种菜，自己去找销路，终究形不成规模。卖菜难主要是三点：一是路不行。你看见了，这里通往大公路就七八公里，道窄坑洼多，外地车进来不易，来的全是看准了这里的菜没化肥、没农药。你看见这围着棚子飞的那些小虫子了吗，都是来吃蔬菜上生的小虫的，这还是我的一个分到华南昆虫研究所的同学给引来的。二是当地没有小市场，也就是小的集散地。三是农民自己往外卖，交警又卡着。我婆家的侄子在交警队上班，据他说，农民开车技术差，在大公路上出事故多，影响了他们的考核事故率。这些事我也向上边反映过，一个个牛皮哄哄的，谁听啊，谁拿咱一个乡农业技术员当人啊，也就是菜农们见了我亲。"

于步青把这些一一记在了心里，对她说，看见前段时间河海市里开了大会，要调整农业种植结构，实行"三三制、三条龙"发展，这里的蔬菜林果就能变成一条龙。孔秀林说，话是这么说，事得有人干，按照前段时间《河海日报》上说的那样，这里真能变成一条龙。现在龙尾巴已经很大了，龙身子也就是市场和运输还没伸开，更别说搞加工的龙头了。

两人说着话，不觉天已经到晌午，孔秀林推起靠在大棚柱子上沾着黄土、菜叶、瓜秧的摩托车。车上有两个大筐，被菜农装满了小葱、辣椒、西红柿，还有两个大面瓜。她对于步青说："表学兄，到我家吃顿农家饭吧。不远，就在前边，你跟着我就行。"说着摩托排气管里吐出一溜黑烟，上了大堤，突突地往前走了。于步青点火挂挡开车，缓慢向前，大堤两侧都是合抱粗的百年老柳树，叶子苍绿，树干虬髯，老树皮黝黑，诉说着沧桑。

孔秀林的家就在满流乡政府旁边的孔店村，五间大北房，一个大院子，一小片向日葵占了小半个院子，靠墙是鸡窝、狗窝，旁边的一小块空地里种了几棵南瓜。看到把瓜叶拱到了一边的两个圆滚滚家伙，于步青不由得念起了大学时在一个文艺刊物上写的一首诗，"在我住的小南屋后面／长着几棵南瓜／也没人管它／它的秧子愿往哪儿爬就往哪儿爬／愿开花就开花，愿结果

较 劲

就结果／不开，不结，也没人管它／我崇尚自由，向往自然"。

孔秀林看着他见景生情的样子，笑道："你们这些文科男啊，就是酸。我这两棵南瓜，种子是大风刮来的，去年春天没种它自己长出来的，冬天用草帘子盖着，也没坏。要说自由、自然，还是老县城里面。你知道吗，柳河河东面的枣河县，原来县城在南大堤边上，每年起土筑堤，越来越低，一九六三年发洪水都冲了，后来上级拨款几年前建了新城，老城多少年没人管了，住户也越来越少，连野兔在那里都安家了，许多多年不见的野菜也长出来了，那里才是自由、自然呢。今天咱就吃这个自由、自然的大南瓜，烙南瓜饼吃。我记得你也是农村出来的吧，烧火会吧。我和面，你烧火。"她说话像打机关枪，手更快，摘下南瓜上屉蒸熟，三拳打碎，和在面里，加上油盐，大擀面杖一转，大饼就出来了。

于步青抱来干树枝子，找来引火的树叶，熟练地在灶膛点火，拉动风箱，火苗就蹿了出来。孔秀林手脚麻利地烙了两张饼，又从鸡窝里摸出两个鸡蛋，切了刚摘下的西红柿，做了一个汤，二人边吃边聊。看着他四处张望，她说："别看了，孩子他爹大壮带着儿子去城里补习功课了，我和婆婆搞不到一块，就我们三人过。对了，刘老二家的韭菜生了地蛆，一会儿我还得去看看。你吃完了走也行，不走就睡一觉，临走把门锁上就可以了。走的时候把瓜菜装上，回去吃个新鲜。"

看着这个昔日的女大学生，于步青想起了青年时代在家乡县城写过的标语："知识分子要走和工农相结合的道路。"

等孔秀林把门锁好，握了握她常年和泥土打交道的有些粗糙的手，看着她的摩托车顺着小道钻进了庄稼地，他开车去了老县城。

午后的阳光更加和煦，在各种各样的树遮掩下的老县城更加静谧。于步青轻轻转动着方向盘，顺着低洼的下坡路往前走。除了城边上的路是水泥和少许沥青铺的外，里面的路面全是青石板和青砖铺成。也许是长时间不过车、人烟稀少的原因，砖缝里长出了布丁草、灰灰菜，旁边是扫帚苗。在一个小院子里，还有几棵野山谷米结出了谷穗，几只麻雀正兴奋地在上边蹦蹦跳跳，偶尔啄一下还带着水分的谷粒。在房檐下的墙角旁，两只似乎是出生不久的胖乎乎的灰色野兔啃着一束小白菜。没人修剪的老枣树、老槐树、老榆树，枝连枝、叶连叶，牵牛花、喇叭花在上面恣意攀爬。树枝上喜鹊窝一个挨着一个，新出生的小鸟在里面探头探脑，它们的父母安心地站在树干上，慈祥

较 劲

地望着它们。

老县城里没有楼房，胡同里全是青砖灰瓦的小平房，不大的小院里老枣数株带小菜畦，木头窗户木头门，不带一点儿铁腥气，因常年没人住，带着一丝冷清、破败与荒凉，但那种古朴的氛围很迷人。偶尔也会有穿戴既不像城里人也不像乡下人的老人从小门里出来，拿着小锄头侍弄一点儿菜园和城南的庄稼地。

老县城的大街不宽，也就是两辆汽车并肩的距离，但那个时候走马车是足够了。老街两边的建筑比胡同里的平房高大一点儿，北面都是高大门楼，屋檐上雕刻着狮子、老虎、老龙头，门口宽大，基本都是三进院或者是四进院，分明是原来的衙门所在地，后来被新政权接收了，有的还能依稀分辨出门口牌匾上柳河县政府，柳河县人民委员会，柳河县公安局、法院、粮食局等名字；南面都是前出一步廊带抱厦的商户，门楣上刻着刘家布庄、吴家饭庄、王麻子剪刀铺、阚记油盐店等。所有的建筑都是磨砖对缝，青瓦蓝砖的四合院，很有明清建筑的风格。

过了十字街继续往东，一座坐北朝南的大门前，两棵老榆树中间的晾衣绳上搭着的一件工作服引起了他的注意：粗纺劳动布，卡克式，袖子上的扣子是铜的，前边两个兜，兜的上方印着五个白字"河海发电厂"。衣服蓝色洗得发白了，两个扣子还闪闪发光。二十多年前，于步青脱下大姐织的粗布衣，换上的就是这样的工作服，当时赶紧到照相馆照了一张相，自己还在相片题上了"咱们工人有力量"几个字，第一个月回家的时候，还穿着这衣服到姑家跟表兄显摆。

他不由得下车去抚摸那件衣服上的白字，一个声音传过来，"嗨，谁啊，想偷衣服啊"，声音里少了恐吓，多了戏谑。

咦，这不是吴顺心师傅吗？河海发电厂有名的电气工程师，还和原来一样，胖墩墩的，脸色油光，只是头顶原来浓密的黑发换成了稀疏的白发，走路也不像原来那么利索了，算算也应该有七十多岁了。

"吴师傅！"他热情地喊道。对方摘下眼镜，仔细看着他说："这不是于步青吗，得有二十来年没见了啊。分厂的时候我去了电力局，听说你去市委帮忙了，后来又说你去上大学了。快，家里坐。"

嗬，跟县衙一样的大三进院。于步青跟着吴师傅随走随看。门洞里有门房，院子里东西是厢房，中间是三大间客厅；二进院里是卧房，中间是堂屋，后面还有后花园。二人坐定后，于步青问："吴师傅，这是你家啊，好阔气啊，祖上一定非官即商啊。"

"那当然是，"吴顺心拿出描金画彩的茶壶茶碗，摆上茶道不无骄傲地说，"我的祖上是浙江奉化人，和蒋介石是老乡，可比老蒋家发得早。我太爷爷是前清的进士，中榜后分到这里做知县，看到这里林茂粮丰，就把全家搬到这里来了。太爷爷的两个弟弟在南洋做生意，后来也落户在此。三个老兄弟用从南洋赚来的银子挨着县衙盖起了几座大院，统统按照老北京的样式。随着子孙的增多，每家一处，也就形成了一条明清建筑街。乡民们当然跟着我们家学，全城都成了一样的建筑模式。你说我们家祖上功劳大不大？有钱没有？我退休了该回来吗？"于步青连连点头。

吴顺心可能是一个人孤独久了，见到了熟人，话更多了，说："不光是柳河，还有东边的枣河县，也是我一个祖爷爷把地买到了那个县里，扎根落户，也建了这样一座城。有句老话叫'土龙河上两颗星，柳河枣河两座城'。你说我家要不是这样富，我怎么能在新中国成立前上北洋的电工大学堂，学会了英语。哪像王命长那个土鳖，一辈子就认得扳子、钳子、大刮刀，连个英语单词都不会说，更不用说认识了。"于步青心里暗笑，这老人记仇记得可够长的。

吴顺心继续说："当然了，后来吴家的子孙都走了、散了，有的去了海外，有的到了北疆，有的又回到了南方，就我一个留在了河海。再后来，新中国就成立了。那时的共产党有良心啊，虽然占了这些大院当这当那，可一点儿也没破坏。这房子结实啊，发洪水时一间都没倒。县委政府搬走了，这里冷清了，想当年热闹着呢。"

"对，吴家对党有功，这里记录了共产党发展的历史啊。"于步青由衷地说。

吴顺心说："这老房子里的事多着呢，我跟你说吧，从我这个大院往西数那六七个大院，还有后边那个跑马场，现在是县中学的操场了，大人物们来得多了。乾隆下江南，从北京通惠河出来，进土龙河再上运河，在衙门那个大院里驻跸过，他坐过的龙椅和妃子睡过的雕花床我还藏着呢；僧格林沁王爷和太平军打仗，在大院里议过军情；曾国藩在直隶当总督到天津处理教案也在这里打过尖；小凤仙送蔡锷出京在这里住过一晚上；贺龙元帅在这个大院里看着地图指挥八路军打过一个大胜仗，消灭小鬼子一千多人；解放军的一个师从南方到东北过鸭绿江抗美援朝在这里休整了一个星期，在跑马场上练过兵；解放军野营拉练时林彪的三十八军来过；'文革'时许多老干部被一

较 劲

个受过毛主席接见的劳模接到这里藏身过;红卫兵大串联时在这里白吃白喝过;知识青年下乡时在这里整训,演过节目,表过决心。我们吴家大院就像个大戏院,在这里演过戏的人多了,心里都记着呢,说不定哪天就回来看看,就是自己老了来不了了,他的子孙们也会来的。现在有人发展乡村旅游,我看该发展老城旅游,比农村里的内容丰富多了。"

"是,你家大院承载着太多的历史,是应该好好保护。你保护得不错啊。"于步青真诚地说。

吴顺心来了气,说:"我,我也就是保护这一小块,县里那帮人狗蛋的不干,也不懂,你看看老城南边那一块,都让那些弄门窗拉大锯的、杀猪宰羊的、造假药假酒的糟蹋了。可惜啊。"听到这话,于步青心里有个念头闪动了一下。

吴师傅说得一点儿都不假,过了十字街往南就比较乱乎了:青砖灰瓦的小院有的被拆了半个,旁边盖起了刺眼的红砖棚子,搭起了灰白色的轻钢车间,有的壮汉正把从乡下收来的大柳树砍枝条、去老根,在电锯刺耳的声音中肢解成一根根农村盖房用的椽子;一伙腰缠油布围裙的人手拿明晃晃的牛耳尖刀,把捆成粽子的牛、猪、羊抬到大案子上,手起刀落,传来一声声惨叫,油污和血水流淌到了大街上;几座垃圾堆旁苍蝇乱飞,几个妇女在一边搅拌着什么,发出刺鼻的味道;还有几个小贩骑着三轮车拉着茅台、五粮液、绵竹大曲、汾酒等花花绿绿的酒瓶子送到了一个封闭得严严实实的大铁门里。

于步青把车停在路边,爬到一个高坡上,拿出岳鸣沙经常在车上放着的日本佳能带望远镜和过滤镜头的照相机,拍了几张照片。远处一个秃顶的汉子看见了喊道:"看,有人在拍我们,准是记者。"说着,推起一辆自行车向这边追来,后边几个拿着牛耳尖刀的人也撒开了脚丫子。

于步青微微一笑,上车一脚油门,大吉普蹿出老远,从后视镜里看着那几个气急败坏又无可奈何的家伙,无声地笑了,心想,这些人的胆子毕竟还是小的。

车过西沙村,他看见了夕阳下的小学、画着红十字的卫生院,想起了中学的女同学齐远航医生、高原红大姐、沈慧锁的"馋嘴鸭"烤薯片以及支部书记沈慧娟,有心想下去看看,甚至到慧娟家吃顿饭,但又一想,大大不妥。这个老典型村的支部书记是个政治敏锐性极强的人,一旦露出什么口风,他这次微服私访就会在柳河县演化成许多传说和谣言,不利于以后的工作。

较 劲

妻子的娘家离河海很近，家里就有菜园，小孩他舅每个星期往他家送一次菜，他拿回来的菜家里用不着。当天晚上，他把孔秀林给的那些瓜菜送到了市纪委书记家。

57

周一上午，市委市政府门前各停了两辆车启动待发，送两位县委书记上任。大机关工作的人对这些你下去我上来的事司空见惯，依旧上班进出。市委这边送于步青的是他的主管常委、秘书长辛长发和一名组织部的副部长，政府那边是胡早秋市长和另一名组织部的副部长。郭大郎兴奋异常，对着杨一棍说："看见了吗，规格和级别不一样吧：送他是常委，虽然资格老，排名靠前，但只是副厅级啊；你看咱这边，市长出马，第一副书记，正厅级。"即将跟随他到枣河担任县委办公室主任的杨一棍吹捧地说："那当然是，一个小村里来的穷小子哪能跟咱这河海城里长大的比啊。"郭大郎说："对这个小子也不能太轻看，他还是有点儿能耐的。哎，柳河那边有咱亲近的人吗，得盯着点儿。"杨一棍说："有啊，我早想好了，我的一个战友叫邢大军，和我一个闷罐火车去参军的，又是一个连的，是那里的县委副书记。"郭大郎说："好，以后多跟他联系，变成咱的一双眼睛。"

县委书记上任组织部门有一套严格的程序，先和县委常委、副县长、人大常委会主任、政协主席见面，开个小会，而后召开全县科局级干部大会，宣布任命，各方讲话。

由于临出发前于步青到纪委去了一趟，辛秘书长又年龄大了，前列腺不好，中途停了两次车找厕所，到了柳河县就快中午了。大家和县长老金、人大常委会主任柳东旭、副书记邢大军等人寒暄了几句就到宾馆吃饭了。稍微休息一下，下午三点，柳河县头上有点儿乌纱帽的人就聚集在了礼堂里，市委组织部副部长宣布了市委的决定，辛秘书长介绍了于步青的情况，提了几点希望，而后因为省委的一个领导要来河海视察，就早早回去了。

高杰书记和他谈过话后，于步青认真研究了县委书记和县长的关系。自从新中国成立后县里书记、县长两个一把手格局的领导体制确定后，一个是党委领导一切的"家长"，一个是行政首长，关系就很微妙，也是矛盾的起点。虽然许多文件上讲了党政分工，实际上许多事根本分不开，尤其是中央

较 劲

"以经济建设为中心"的大政方针确定之后,在县里,书记、县长都要抓经济,谁大谁小、谁说了算的问题就非常突出了。总结、分析河海十几个县几十年来两个一把手相处的情况,于步青总结出了三种类型。第一种是强弱结合型,书记较强,也很宽容,县长较弱,大事在一起商量,小事让县长看着办,既保持了书记权威,也让县长有一定的权力,而且也不能太出格。第二种是强强相搏型,书记、县长均是正县级干部,都是一把手,都想自己说了算,常委会上烽火硝烟,平时工作中各拿各的号、各吹各的调,搞得下面无所适从,什么事也干不成,根本不懂在一起共事互相拆台共同垮台、互相补台一起上台的道理。在柳河县的历史上,出现过书记、县长来自外县的同一个乡,许多人说,这次可好了,两个老乡在一起,准没矛盾,能干点儿事。结果有一天书记上班想开个乡镇书记会议,县委办公室主任告诉他,各乡镇的主要干部都让县长领着去外地参观考察了,气得书记在电话里和县长大吵一通。这事闹到了市委组织部部长那里,部长根本不听他们那些陈芝麻烂谷子、公说公有理婆说婆有理的事,全部免职,又派了新的执政者。第三种是恃强凌弱型,书记来头大,气势足、能力强,让县长明白自己虽然也是正县级但同时是县委的副书记,永远处于二把手的位置,知道自己大事说了不算,还要好好干活。

他经过审慎考虑,毅然选择了第一种。

送走了市委的一行人,于步青重新坐在了主席台上,没拿稿,也没翻笔记本,站起来双手把台下是真是假弄不清的掌声压了压,开始了一路诸侯坐镇柳河的一把手的第一次讲话。

"同志们,市委安排我到咱们柳河来工作,我倍感荣幸,衷心感谢组织的培养与信任,尤其是老秘书长送我到岗,心中很是感动。我要恪尽职守,勤政务实,不辱使命,不负众望。

"柳河历史悠久、人杰地灵,有着良好的生态、淳朴的民风,是一方热土,历届县委县政府认真贯彻省市委的决策,为柳河的发展做出了很大的努力。我要接过接力棒,和县委一班人坚决落实市委提出的'三三制、三条龙'的经济发展战略,实现科学发展、绿色崛起。"

台下,鸦雀无声,几百名乡科级干部看着这个留着分头、据说是大秀才出身、深邃的目光能看透人心的新来的县委书记,探索、猜测、品味着他说的每一个字,从个人认识的角度,从个人处境、个人利益、个人盼望各方面

较 劲

去理解着话里话外的意思，咂摸着味道。

面上的话说完之后，他换了个姿势说："其实，大家并不太关心我上面讲的话，最关心的是这个县委书记来了以后想干什么、怎么干、我的前途怎么样。一个新的县官到任，这里的人都有新的盼望，基本分两种。一种是老百姓，看能不能干点儿有利于他们生产、生活提高的事，不管大小，哪怕是把他家门前坑洼路修平整了，在需要的地方建个厕所，他们也是高兴的。再一种就是在座的各位，想的是能不能被提拔重用。我在这里说明，想被提拔、想升官不是什么丢人的事，是正常现象。对任何职业，社会和个人都有一个评价标准，农民多打了粮食是好农民、工人技术好是大工匠，就多挣钱；教师教出的学生考上了重点中学、上了清华北大和名牌院校，就是好老师；知识分子搞出了新的科研成果、出了好书，才有自己的地位；做公务员同样如此，升得快、受重用，这才说明你有本事、有能耐，家人、亲戚、同学才瞧得起你。如果一个人当了半辈子干部，最终还是一般干部，就像一个农民种了一年地没有收成一样丢人。那么怎么才能不丢人呢？这就要用对立统一的规律来解释了，也就是说，无论干部大小，只要把你每天做的和老百姓需要的结合起来了，你的升迁之道就有了、被提拔之门就打开了。咱们柳河的全体干部要做到我们讲的，老百姓想的、老百姓盼的，就是我们干的。只要是有利于我们柳河的发展、有利于老百姓幸福指数的提高，就大胆地去办、去干。"

第一次在大会上听到一个县委书记说升官、要官有理，大家觉得非常新鲜，都竖起了耳朵。

于步青继续说："一个新领导上任，大家最关心的是干部调整问题。我在这里说一句，我要打破过去遵守的新上任半年或一年不动干部的惯例，县委很快就会出台几个为民工程招标，会涉及不少职能部门，只要你能完成，我就提拔重用。干部的调动使用，一切围绕我们县农业结构调整的'三三制、三条龙'的建设，其余的干部一律不动。"

政绩招标，这可是个新词，底下的人听得更认真了。

于步青的话题转了："据我观察，目前在官场上有三种人：一种是理想主义者，不管客观条件如何，总想干点儿事；另一种是机会主义者，不想干事，总找机会升官；最后一种是现实主义者，能干就干，不能干就在一边看或者是应付。今后我们县委的主要任务就是创造一个让理想主义者和现实主义者

较 劲

都能干事、让机会主义者没有机会的环境。"

最后这几句话说完,底下才响起了真诚的掌声。

金县长宣布散会,坐在主席台稍微偏一点儿位置上的县委副书记邢大军第一个从偏门走了出来,立马就有一胖一瘦一壮的三个人主动凑过来。粗壮的城建局副局长苏登才给邢大军递上一支烟说:"听了他的讲话,我有点儿明白还有点儿晕。"旁边的工商局副局长和城关镇副镇长也说:"这个家伙敢说,说得还很透彻,不是善茬儿,咱们用什么法对付他?"邢大军看着自己的三个亲信说:"我也是刚接触他,别着急,沉住气,世界上没有攻不破的堡垒,这几天让那几个厂子先停下来,晚上抽空咱研究一下战略战术。"

于步青在临时秘书小路的陪同下,认了一下自己的办公室和宿舍,直接到了县长老金的办公室。看着对方正对着窗外紧皱眉头沉思的样子,他哈哈一笑,从兜里掏出了几个信封说:"金县长,不就那几件破事吗,给家里的亲戚安排了几个人,盖房要了点儿建材,都是违规没犯罪的事。我把这几封告状信拿回来了,上面也销案了。"

金县长激动得一下子站了起来,握着他的双手说:"于主任,不,于书记,我真得好好请请你、谢谢你。柳河你说咋干就咋干,我一定好好配合。我五十多了,书记我当不上,市里我也不想去,干完这一届,安安稳稳能到人大、政协去就烧高香了。"

一招收服了这个二把手,于步青心里很得意,但表面上不露声色,微笑着让他坐下,点燃一支烟慢慢抽着,听他进一步表态。

一个当地人能当到县长,也是老江湖,知道对方最想听到什么,金县长谦恭地问:"你刚才在会上说了几个为民招标工程,到底是什么?你放心,不管是什么,我都支持。"

"哈哈!"人大常委会主任柳东旭人还没到笑声先传了进来。于步青赶忙起来让座,柳东旭摆摆手说:"你们别说话,让我老头子猜猜,一是河北里那几个乡大棚菜的销售市场和运输的事,二是怎么建立蔬菜加工厂的事,三是老城里的保护和改造问题。于书记,对不对?"

于步青惊奇而又平静地说:"一点儿不差,老县长,柳主任,你真神啊。"

柳东旭摸着自己的秃脑门说:"不是我神,而是我有太多的耳报神。柳河生,柳河长,十六岁到外边上了几年农校,回来一直没离开,从乡农技员干起,技术站长、副乡长、乡长、书记、农业局长、副县长、县长,再到人大

较　劲

主任，快四十年了，认识我的人得有多少？我家从上辈到我这一辈兄弟们多，我那老婆子家姐妹多，亲戚就多了。就这柳河城里，叫我叔、伯、舅、姨夫、姑父、姐夫的不能说有一个营，也得有一个加强连，连老城里的吴老头还是我的一个远房老表哥呢。"

于步青听出来了，面前这个老头和高杰书记是一个学校出来的，不是师兄就是师弟，关系很不错，是自己人，而且在柳河势力不小，还能帮自己一把。他再次递给对方一支烟，说："老县长啊，我早就该感谢你啊，二十多年前你就给我办了一件大事啊。"

柳东旭想了想说："你说的是小齐医生的事吧。当时你跟我说了之后，我随口跟给卫生局长打了个招呼，过后就忘了。有一天老伴说一个县医院的女医生给送来了两瓶酒，我才想起来。那孩子有出息，有良心啊，后来去北京上大学了。前几年我老伴去看妇科病，还找过她呢。"

于步青心里一动，但当着老金县长的面什么也没说。

柳东旭继续说："市里提出的'三三制、三条龙'太符合柳河的情况了，叫土里生金啊。你说的那三件事抓住了牛鼻子，我们人大全力支持，建议赶紧做个规划。"说完，乐呵呵走了，走了几步又回头说，"于书记，今晚没事到我那里喝两杯啊，也算给你接风。"

他走了之后，金县长摊开了柳河县的地图，把各个区域的土壤、作物、产量说了一遍，最后两人形成了一致意见：柳河北面的几个乡水利条件好，全部种蔬菜；河南里几个乡主要种粮食；中间这一块河滩地、沙土地多，种林果和牧草，发展养殖业和肉食皮毛加工业。总的规划是，柳河以北，全部良田全部菜；柳河以南，全部良田全部麦；中间是林果牧草全覆盖。说到高兴处，金县长说："你一下子就把柳河发展的根本抓住了，过去我怎么就没想到呢。"于步青说："这哪里是我想到的，是市委提出的发展战略好啊，我们不过是把上级的精神具体化了。什么事情都要抓一个结合点，摸清下头，吃透上头，找一个最佳结合点。两点对接好了，就能擦出火花，起到一种正能量的膨胀作用。"

金县长感到眼前比自己小十来岁的大学生书记真是不简单，什么事都能说出一番带点儿哲学味道的道理来，连忙说："于书记，你这几句话真是让我受益匪浅啊。一会儿到我家，让你嫂子炒几个菜，咱俩喝几口。"于步青说："你的好酒好菜先留着，以后再去吃，一会儿我到柳东旭主任那打一顿秋风。"

较 劲

对于来柳河县工作到谁家吃饭的问题,他来前就有考虑。在河海工作二十来年,在市委政研室也待了七八年,经常到各县调研,同学、工友、不同工作岗位上结识的朋友很多,柳河也不例外,但自己的职务地位变了,吃饭就得定个原则,他的自我规定是:在干部群里,只和自己平级的同志单独在家里吃饭,其余的一律免谈。

柳东旭家住平房,一个大院子,两棵老枣树,还有一个大菜园,靠墙长着两排修剪过的小冬青。院子中间盖了一个八角凉亭,四根柱子是带着青枝绿叶、年年噌噌往上长的毛白杨,顶子是轻钢瓦,上面糊了一层金黄的麦秸泥,四周种的是黄瓜、豆角和黑脆瓜,蔓子爬到了凉亭上,果实挂满了柱子和亭角上。

月中月圆,银辉遍地,酒宴就设在了不伦不类却很有特色的亭子里。二人对饮了三杯酒,柳东旭伸手从头顶上摘下一根大黄瓜,掰成两截,递给于步青一半,说:"其实,在哪里当这个一把手,糟心的都是干部问题,无非是你升了我没上去,你去的地方好我去的地方不好,为这个闹意见。我觉得你说得对,动态式管理干部,和学生考试一样,县委根据群众的需要出卷子,下边答题,干得好就提拔,不好就下来。"

于步青点点头说:"老县长,这几年我跟高杰书记搞调研,也看出了一些门道。一个地方的干部基本分为三部分,一是真心干事的,二是跟着干事的,三是私心大、不干事捣乱的。柳河也是这样吧。"

柳东旭喝了一口酒,习惯地向对方亮了亮杯,于步青也跟着喝了,继续听他说。柳东旭道:"基本差不多吧。柳河这个地方世代在土里刨食吃,在这块地里长出来的干部都很老实,能耐也不大,干正事顶多弄个中上游,干坏事也弄不出高水平来。自从这个邢大军来了之后,进了班子,当了县委副书记,带出了几个坏干部,人称'一棍三棒'。

"邢大军的老家在靠近枣河县的捞河湾。土龙河在那里拐了个弯,发大水时上游冲下来的东西在那儿集中,村里水性好的就下去捡洋落。旁边还有一个村叫汇水湾,属枣河县管。两村常为水里的东西打架。村里还有个码头,码头聚人,能人、坏人多,地皮子硬。人们为了自保,都会弄拳耍棒。邢大军的爷爷号称'水火棍',在衙门里当过差,一根水火棍使得出神入化,打犯人时,给了钱的,棍子打得乒乓乱响,无论打多少棍,只是皮肉伤,里面完好无损;没给钱的,棍子打得无声无息,外伤不重,里面筋骨全断。凭着

较 劲

这点本事，当差几十年，也攒下了些许家当。到了邢大军他爹那一辈，吃喝嫖赌把家业败光了，也就成了贫农。邢大军从小不好好上学，天天到堤上的大柳林里练武术，十六岁当兵，有点儿武术根底，在军区刺杀比赛中得过奖，后来提干了，调到了后勤部门，二十年后调了回来，先在县武装部当部长，转业后到了县委成了副书记。当了官就有人凑，他身边慢慢形成了一个小圈子，比较近的有三个'棒棒'。一个是'横棒'苏登才，老城里南关人，家里兄弟多，街痞子，架着胳膊牵着大狼狗在城里横着走，是城建局的副局长。一个是'孬棒'牛玉可，工商局的副局长，为人阴损嘎心眼儿多。他当市场管理员时，清理占道经营的小商小贩，晚上去看了看，黎明时在卖菜的那儿喷了一地消毒水，在卖熟食的那儿撒了一地人粪尿，在卖鸡的那儿撒上了有毒的玉米粒。还有一个'花棒'杜恒业，城关镇的副镇长。他的花不是搞男女关系，是他嘴特会说，一块烂砖头他能给你说出花来。这就是柳河人所传的'一棍三棒'。'三棒'都是河海中专毕业的工农兵学员，谁叫那时候咱缺人才呢，就把他们提上来了。听群众反映说，他们几个在老城里搞了几个加工厂，造假酒、制假药什么的。"柳东旭继续介绍道，"由于邢大军和前任书记走得很近，那三个'小棒棒'也断不了给他送吃送喝的，我也就没管，不是懒得管，是管不了。对了，邢大军也有一个死对头，就是武装部的一个副部长转业的公安局局长付双剑。"

看着于步青沉思不语，柳东旭说："干事就得把脚底下打扫干净，我倒有个主意，你听听行不行。这三个'棒棒'担任副科都超过五年了，有的十来年了，前任书记老是给他们画饼，一直没吃到嘴里。你把他们调到我这里来，明确人大常委，正科级，都圈到我这里，我把他们看住，那个'大棍子'你去和他较劲、对阵。"

于步青面露笑容，说："好，捆怕破，帮怕拆，就这么办。"二人击掌、碰杯。

58

于步青很快砍出了三板斧，他召开了常委会，重新调整了领导分工，把原来由书记直管的组织部、宣传部、统战部、农工部、党史办、工会、妇联、共青团、计划生育、文联、科协等部门全部给了邢大军，还让他负责联系政协、武装部两个平级单位，自己只管办公室、政法委、纪委。他心里有底，组织部部长老郑是市委组织部研究室下来的，曾多次在一起写材料，交情颇深。至于其他部门，都和发展生产力关系不大，部门的一把手都不傻，关键时候还是听他这个书记的。

邢大军有些蒙圈，一下子给了他这么多单位，他激动得直搓手，有些献媚地站起来对着于步青说："你太信任我了，你看我哪有能力管这多啊……"没等他说完，于步青不动声色地说："邢大军同志，你年富力强，从部队来的，带来了解放军的好传统，县委和我本人相信你一定能把这些部门的工作抓好，年底一定能在全市名列前茅。"

邢大军坐下来高兴的劲儿还没过，让他更高兴的事来了，组织部部长老郑宣布：城建局副局长苏登才、工商局副局长牛玉可、城关镇副镇长杜恒业由副科级调整为正科级，调县人大常委会任常委。他刚念完，于步青说："主要是这三个同志在副科的位置上待得太久了，最少的五年，最多的已经八年了，别的地方又暂时没有位置，所以先到人大解决了级别。从我这儿开始，到了人大、政协不是退居二线，以后全县的干部要统一使用，不分一线、二线。"接着又研究政协的一名文史委的副主任到县委党史办任主任。

书记刚上任，第一次常委会，第一次研究干部，组织部部长念完名单第一个发言，县长老金紧跟着表态同意，在座的常委都是在宦海里游了几个来回的人，傻瓜都能看出是站队的时候，均举手表示同意。邢大军的手举得最高，并借上厕所之名，到外面给三个棒棒发了信息。

第三个议题是为民工程招标发布，于步青把会场挪到了大礼堂里。在办公室的提前安排下，县直单位和各乡镇的干部早已恭候在台下，县长老金首先宣布了县委常委会刚才的两项决定，即柳河县调整农业种植结构、实行"三三制、三条龙"的规划和实施意见，随后于步青讲话。

他扫视了一眼全场，发现来的人很多，有的村支部书记也来了，说："同志们，实现我们县种植结构调整是当务之急。柳河的老百姓有着多年种植、养殖的经验和技术，种什么都能丰收，养什么都膘肥体壮，关键不在于种和养，而是怎么把生产出来的东西卖出去，通过加工多卖钱。柳河河北的四个乡镇大棚菜种植已经有了一定规模，现在存在的问题是销路不畅，出售原始产品附加值低，造成这种现象的原因有三条：一是我们没有专业市场，外地客商不能集中采购；二是产菜区的公路距离国道七点五公里的道路破烂不堪，

较 劲

行车困难；三是我们那么好的菜没有一个加工的龙头企业，让菜就地增值。解决这些问题，是我们县现阶段最大的为民工程。谁能把这三个问题解决了，谁就是柳河县的功臣，我们就提拔重用，这就叫在第一线上考察提拔干部，草原赛马场上选千里马，运动场上选冠军。我代表县委郑重明确一下，谁能把这些问题解决了，一般干部提为副科，副科提为正科，正科列为县级干部提拔人选，进入三梯队，在工程进行期间，先按科级干部待遇，等工程干成后正式列入编制。"

一石激起千层浪，在柳河县的历史上，第一次把提拔干部这么严肃而秘密的事情公开说了出来，而且说这话的还是手握重权的县委书记。人们惊呆了，不由得小声议论起来，会场有些骚动。老金县长刚要站起来说话，被于步青挥手制止了。他悠然自得地喝了一口茶，轻轻地敲了敲麦克风，继续说："有的同志要问，基础建设应该是政府投资，说得对，可是，我们县穷啊，吃财政饭，我们的税收只能保证各位的工资和教育经费以及必不可少的事业开支，没有多余的钱搞建设。哪里有钱呢？有，我来的时候到市财政局看了一下各项专项资金下拨情况，我们柳河最少。财政局局长对我讲，'你们柳河是革命老区，风格高，不给不要，不吵不闹'，我觉得是对我们柳河的极大讽刺。改革开放的时代，商品生产的时代，就是走出去招商引资，引进资金，引进人才，为我们的基础产业服务，延伸链条，搞活经济。政府要制定一个招商引资的奖励政策，让各个部门、各个单位都动起来，把各种对外关系用起来，把适合我县发展的人才、资金、技术引进来，让我们这块土地生银、生金。从今天开始，所有干部都要重新定位，就是凡是有利于柳河发展、老百姓高兴的事就大胆地去做，不利于柳河的事就不要去做。我还要正告各位负责同志，经济的搞活不等于政治的随便、纪律的松弛，记住'三不要'，不要坐错了位子、装错了袋子、盖错了被子。"

一番讲话，有张有弛，有理论、有实践，有原则、有灵活，有气魄、有方法，柳河的干部被折服了，暗地里纷纷竖起了大拇指。

估计到效果后，他继续说："还有一个为民招标工程就是老城的保护开发。老城是我们柳河的活历史，要开发利用首先得保护好，要解决目前存在的乱拆乱建乱用问题，谁把这个问题解决好了，照样重用提拔。"

说这话的时候，他特意看了一眼坐在第一排的政法战线的头头脑脑，发现公安局局长付双剑那鹰一样的眼睛里闪过了一丝光芒。

较 劲

金县长宣布散会，告诉大家谁想做这几个为民工程到于步青书记办公室毛遂自荐，直接面谈。于步青表示，一个星期之内，随时恭候各位。

当天晚上，柳河的各级干部，有点儿本事的能人，都三五成群地聚集在了一起。

在柳河县最好的酒店"登云楼"的一个雅间里，邢大军正和三个"棒棒"开怀畅饮。他已经喝得半醉，舌头发直、吐字不清地对着三个家伙忽悠说："怎，怎么样，跟着我干没错吧？一下子变成了正科级，这可是一道大坎，上了这个层次，就可以往七品县令那个位置上转悠了。你，你们知道吗？我和新来的于书记是老同学，老同学啊！苏'横棒'，你这么看着我干什么，你不信啊？"苏登才赶忙给他倒了一杯酒说："信，信，邢书记说的话我句句都信？"邢大军说："这还差不多，我是军校毕业的吧，可我和他是党校的同学，虽然只有一个月，也是同学啊。你们的事我给他说了好几次，光中华烟就赔了好几条。""孬棒"牛玉可夹了一个油焖大虾，剥好皮放到他盘子里说："邢书记的大恩大德我们没齿不忘，一定好好报答。可是，我在想一个事，我们三个虽然提了正科，可到了人大就没实权了啊。"邢大军不高兴地说："你小子真是鼠目寸光啊，你没看我在县里管多少部门吗？于书记给了我多大权啊，连组织部都归我管了！你们在人大待个半年，还怕我不给你们安排啊。""花棒"杜恒业拿起筷子敲了"孬棒"的头一下说："你小子平时发个小孬小坏还行，大事上你就不如邢书记了。你不知道啊，跟着组织部，年年有进步；跟着邢书记，有吃有喝有玩的。"随后转了话头请示邢大军说，"邢书记，我们提拔了，可谁跟谁也不能白干事。尽管你和于书记是同学，我们是不是也该给于书记表示表示啊？"邢大军当场表态说："那当然是，千里做官，为了吃穿，哪有不爱钱的主啊！去，明天就去。"

灿烂的朝霞映红了满地的秋庄稼，金色的阳光洒满了柳河县委大院，十几排宽大平房的玻璃窗上闪动着大小不等的火焰。于步青处理了几份急办的文件，一面等人上门，一面看着墙上挂着的柳河县的地图。一条大河把县域分成两半，二十多个乡镇散布两岸。方圆百里，有四十多万农民祖辈耕耘着这片土地，这都是他的地盘，都是他的子民。当年，自己也是他们之中的一分子。记得中学毕业后和老少爷们在地里锄地时，大队长说公社书记来检查了，大家像天神要来一样，赶紧加快了锄头和土地撞击的速度。他到过公社大院，觉得是那么神秘，当时他就想，不用到里面当什么官，就是抄个材料、

较 劲

打个杂也是幸福的。如今，他管着二十七八个乡镇大院、数百名乡镇科局级干部，想到这里就有些飘飘然，但想到高杰书记的谈话，想到柳河的财政收入，破破烂烂的大街、破房子、土台子的乡村学校，心里又沉甸甸的。要改变这一切，都需要钱。

在中国农民的传统观念里，在他们的精神和现实世界里，一个是神，一个是官。神在天上，在他们心里是虚无缥缈的；官在眼前，是现实的。畏惧官，巴结官，想当官，是大众的普遍心理。他坚信，做出为民工程招标决策是正确的，一定会有人来请缨出战的。

门开了，秘书领进来两员女将，一个是老典型西沙村的支部书记沈慧娟，一个是满流乡的农业技术员孔秀林。沈慧娟因为他们最早认识，并在她家留于步青吃过饭，又因为和大师姐高原红的关系，开口就喊"书记大哥"，一点儿都不拘束；而孔秀林没有了那天在大棚菜地里的泼辣和洒脱，怯生生地喊了声"于书记"并解释说，前几天不知道他是书记，慢待了。

看到秘书沏好茶出去了，于步青笑着说"当时我还不是书记嘛，你说呐，师妹"，这才让孔秀林解除了尴尬的武装，随后问道，"你们俩怎么在一起了，认识啊？"

沈慧娟说："三里五乡的，亲戚连亲戚呗。秀林是我奶奶她表姐的孙女，我们算姨表亲，她算是我表妹。她赶上了好时候，上了大学，我回去学大寨去了。你的讲话可火了，县电视台全文播发了，都说这次县里的头头要干点儿正事了。我跟我哥说了。他去柬埔寨开拓市场了，让我来跟你说要办一个蔬菜加工厂，先从做咸菜开始，引进北京的六必居、重庆的涪陵榨菜、保定酱菜的技术、品牌，利用咱们县的资源和劳力，结合起来，就地加工，就地增值。估计一年能加工几百吨。厂房我们也找好了，就是满流乡原来的拖拉机修理厂，闲了好几年了，你跟乡里打个招呼租给我们就可以。我也不要什么副科、正科的官，我们村从老支书那一辈就是乡里的党委委员、县人大代表，我也继承下来了，最多我想当一个县人大常委，多些发言权，给老百姓多说几句话。"

多年的农村女干部，嗓门大，快人快语，一口气都说了出来。于步青听着，虽然比他原来想象的差了不少，但总算是把产业链条延伸了那么一点点儿，也算是一种进步。"不积跬步，无以至千里"，他马上给满流乡的党委书记打了电话，对方当然是满应满许。

较 劲

　　读过大学的孔秀林比她表姐细致得多，拿出了一份项目建议书，要在省道旁边、蔬菜的集中产区建一占地一万平方米的批发市场，图纸上质量检验区、存放区、交易区、加工区和进口、出口通道标得清清楚楚，露天敞篷整整齐齐，一目了然。

　　看到书记欣喜的面容，孔秀林说："我这个想法早就有了，往乡里和工商局报了好几次都没人理睬，这次拿出来，是看到工商局那个姓牛的副局长被你调走了，刚才你打电话时乡里的书记也很买账。其实，我来报这个名也有私心，我倒不在乎那个副科级干部，我是技术员，走的是职称工资，现在是中级，到了高级比你这个县委书记工资也不少。主要是我那口子和他妹妹都下岗了，一个在农机厂，一个在棉纺厂。我婆婆有病，家里负担不轻，往后孩子要考大学了，费用肯定低不了。市场建成后让他们在里边干点儿事，增加些收入，盖上几间房子，通上水管，修上水槽，建个净菜加工车间。去年我去省城，看到超市里卖的都是洗净、去根、捋了黄叶的菜，回去用水冲一下就能下锅，咱在这里加工好了，一斤用塑料袋一封，可以直接进超市，也能多卖一些钱，这些活儿棉纺厂那些女工就可以干。"

　　"好。"于步青击掌，站起来亲自给她续上茶水说，"以后你就是满流乡副乡长兼县工商局副局长的人选。土地、资金存在什么问题，一块讲。"

　　孔秀林说，土地没什么问题，她常年和菜农在一起，大家对她很信任，每家少种一点儿，互相调剂一下就有了；资金需要三十来万，自筹了一半，还有一半没着落。

　　于步青马上拿起了电话，用免提接通对方后直接说："老金县长，咱们财政上还有多少富余资金？"对方说："于书记啊，存啥钱啊，丁吃卯粮、等米下锅多少年了。不过，要说一点儿没有也不是，原来定的县委县政府搬家盖楼房存着一百多万，一直没敢动。"于步青说："好了，我在任期间，不盖办公楼。你先拨出十五万来，借给满流乡建蔬菜批发市场，两年期，到时还不了我用我们家的存款顶上。"金县长那边笑着说："得了，我的大书记，你是老大，你说了算。等你干完一届五年，我早就挪窝了，别说你家的存款，凭你当的市委写字的官，肯定没有这么多。我给财政局打个电话，让她们去提款吧。我猜，准是孔秀林那个老娘们吧，早该提拔了，以前我说了不算啊。"

　　两个女将欢天喜地地走了。于步青看着她们的背影想，金县长真是老江湖，答应得痛快，话说得明白，可就是一点儿没看透，自己还真有钱，他

较 劲

不知道。

第二拨来的是县交通局的田副局长,黑黢黢的脸庞,大个子,也是个大嗓门,进门就说:"于书记,我得给你提个意见。我媳妇她舅是省交通厅的处长,我可没少从上边要钱,要来的钱都让我们的老局长老耿头给前任书记干别的用了,要不,十条路也修起来了。"

于步青上任时就给自己定了一个原则,绝不介入和追究上任书记的事。他敏感地抓住了对方语言中的一个点,开口说道:"你这个副局长也是靠你爱人的舅说的话吧。"他知道田原来是县农机厂的一个工人。田有些紧张地说:"是,但我是经过转干考试才进的机关。"于步青说:"别紧张嘛,以前的事我不管,这么说,你还可以从省厅和市局要钱对不对?"

老田拍着胸脯说:"那当然,亲戚嘛,但是……"

于步青截住了他的话:"不用说了,老耿局长年龄也不小了,准备安排他到政协去。你把钱要回来,路修成,就明确正科级,以后经过考察没别的问题,局长就是你。"

"好嘞,于书记,你就请好吧。"田副局长大脚丫子一迈,大长腿一撩出了屋,在院里竟然哼起了"二呀么二郎山,高呀么高万丈"的小调。

第三拨来的是公安局局长付双剑。这位部队侦察连长出身的精悍的中年人目送着秘书小路离去,又到门口看了看,轻轻关上门对于步青说:"敢问于书记是否军人出身?"于步青摇头否认,说自己是一介书生。

付双剑继续:"书记客气了,昔日诸葛亮、张良也是一介书生,运筹帷幄之中,决胜千里之外。你这招调虎离山用得好啊,'三棒'离开巢穴,'大棍子'不在政法干警头上挥舞,给了我们铲除老城毒瘤的战机,职部一定战则必胜。不过,决战时刻还需要你和柳东旭主任幕后配合。"

于步青谦虚地说:"前方将士用命,我们做好后勤工作理所当然。局长准备如何出手?"

付双剑附耳对于步青说了一番,看到书记点头后满怀欣喜地离去。于步青看着他虎背熊腰的背影,觉得此人可重用。不知怎么地,他想起了大学的军人同学后来转业到公安部的武长风,总觉得这两个人有点儿相通的地方。

金乌西坠,晚霞满天,一天落实了三个为民工程的招标,于步青心中畅快无比。走出屋子,他看着只属于自己使用的五间大平房的小院,呼吸着百年大柳树过滤后的新鲜空气,在平整的花砖路上做了几个扩胸动作,便去吃

较 劲

饭了。

夜幕降临的时候,柳河县有名的三个"棒棒"进了县委书记的办公室。孔武有力、腮帮子上鼓着三条肉褶子的"横棒"苏登才在前,小眼睛不停闪动的"孬棒"牛玉可在中,后面是有着一双薄薄嘴唇的"花棒"杜恒业。三人进来之后,于步青平淡地打了一声招呼,坐在了宽大办公桌后边的皮转椅上,看着他们。

"横棒"和"孬棒"看了一眼"花棒",示意他发言。杜恒业站起来带着那两人深深地向于步青鞠了一个躬说:"于书记啊,你来柳河是柳河老百姓的福分啊,更是我们三个的恩人。你给我们解决了多年发愁的事,这几天我们哥仨都高兴得睡不着觉啊,要不是你来,我们三人还得在副科岗位上干到退休啊。现在的人都说,人生能有几次搏,其实,自己再努力,碰不到好领导也是白瞎啊。你就是阳光雨露,把我们三个快要枯死的小苗救活了,让我们又茁壮成长起来了……"

于步青心里笑着,面色冷静地打断了他的喋喋不休、胡乱比喻的车轱辘话,说:"好了,我也没你们说得那么伟大、那么高尚、那么英明,只不过是按照党的干部路线做应该做的而已。既然到了新的岗位,希望三位恪尽职守,注意学习和党性修养,提高水平。以后咱们柳河的发展与改革,是少不了你们各位担当重任的。"

这几句话一说,大饼一画,三个人更是心花怒放,连忙点头表决心,看着于步青拿起了文件,告辞就走。

"等等,各位留步。"于步青喊住了他们,指着茶几下边的一个大档案袋说,"是你们落下的吧,拿走。"

三个人一愣,"花棒"说:"是这样,于书记,那是我们三人这段时间学习你在全县干部大会上讲话后写的体会,有空请你看看。"

于步青走过去拿过来说:"呵呵,有半斤沉啊,三沓啊,写的书吗?那应该交到出版社去啊。"

看到"花棒"张口结舌的样子,"横棒"苏登才干脆挑明了说:"于书记,你看咱们非亲非故,在这个世界上,没有谁给谁白办事的。按前任书记的价码,提个正科给一万算是便宜的了,你就收下吧。我们也打听过了,你在市委就是个写材料的,没有什么实权,也没什么外找,工资也不高。"

于步青沉下了脸,严肃地说:"怎么,你们是不是想让我通知组织部把你

较 劲

们再免掉，让纪委书记来把钱拿走啊？！"

三人急忙拿着袋子溜了出去。

他们走后，于步青心里暗笑："我有多少钱，你们哪里会知道。一帮蠢货。"

在邢大军家里，三个人汇报了碰钉子的情况，邢大军说："你们三个就是蠢蛋，哪有送钱一块去的，都滚。"说完，两眼死盯着"花棒"手里的档案袋。"横棒"一个眼神，"花棒"放在了沙发上。

他们出去之后，邢大军副书记仰天长叹："怪事啊，还有他妈当官不要钱的，以后柳河的事不好办了，这小子在柳河也不会有多大作为，大概是来镀镀金就走的。等春节再看看吧，到那个人人送礼的时候，我看你还跟钱较劲不。"

59

枣河县交警二中队队长郑晓峰站在路口，看着远去卷起一股尘土的县委书记的视察车队，想着这几天是否去拜访一次这位发了迹的师兄。

郑晓峰也是二十世纪七十年代初和于步青一起到河海发电厂参加工作的学徒工，因舅舅曹福林当时是副县长的关系，工种比较好，分到了汽轮机车间，成了吴顺心的徒弟。在一次大检修期间，他和当时的电工班长郭大郎共同调整到一个配电室，在一起待了两个星期，晚上在一块用电炉子煮过面条，吃过他带的枣河特产脱骨烧鸡。他清楚地记得，那天晚上，郭大郎为追车间那个外号叫"花露水"的高个子姑娘，没顾得吃饭，一口气吃了两个大鸡腿，自己只吃了一个鸡翅膀。

前两天，县委办公室来通知，说新来的郭书记要到乡镇视察，交警大队出一辆警车开道，大队长把任务交给了他。他带车到了县委之后，气魄很大、派头十足的新来的办公室主任杨一棍宣布了视察的车辆安排是警车打头开道、书记的面包车居中、后边是新闻采访车和后勤保障车，并通知各乡镇到地界去迎接，好像皇帝出巡一样。

等到九点多，郭大郎才在秘书、副书记、副县长、办公室主任杨一棍的簇拥下出来。秘书端着水杯头前开门，杨一棍拿着一件质地很好的灰色风衣跟后，郑晓峰根本凑不上前，只得上了警车，令司机拉响警笛向城外走。到第一个乡的时候，书记、乡长早已在地界等候，出来时四辆车变成了五辆，后面的车队拉出了三里地，浩浩荡荡，好不威风。

较 劲

每次中午在下边吃饭，郭大郎都是在众人的簇拥下在单间里用餐，而他们这些人被安排在大伙房吃大锅菜、馒头，三天也没捞着和这位师兄说句话。到了第四天，看到郭大郎中午吃完饭要上厕所，他正要借此跟过去，却被杨一棍拦住了，问他："你是交警队大队长吗？"他说："不是，我是中队长。"谁知这位杨主任发了火，说："闹了半天你们才来了一个中队长啊，你们大队长干吗去了？一个副科级干部，架子还不小，对县委书记什么态度？你赶快回去，把你们大队长换来，现在就走！"

郑晓峰灰溜溜地回到了单位。住在老房子里的爷爷打来电话说，听说老房子要拆掉，这可是清朝时吴家在这里做生意盖的，两进院大门口带上马石的，是他的父辈给吴家当掌柜的时候老东家赏的。为这事他找了县长曹福林，县长说这是县委那边定的，他管不了。"听说新来的县委书记原来在河海发电厂待过，和你是工友。你一定要想法给这个书记说一下，不要拆。"

郑晓峰知道，枣河老城的十字街和柳河老城一样，都是柳河的吴家大财主建的。老城被废弃的时候，爷爷说什么也不肯搬出来，说死也要死在这老宅子里。郑晓峰从小跟着爷爷长大，老人家八十多岁了，说什么也得满足他这点儿心愿。自己怎么也得找一下这个大师兄，让他对郑家的房子高抬贵手。

吃过晚饭，他拿了两条好烟、两瓶好酒，骑上自行车到了县委大院。因为是交警队的人，大门口没拦，他直接到了书记小院。这边小院的格局和于步青住的一样，也是五间大平房，不同的是于步青占三间，另外两间是秘书和司机。郭大郎把格局变了。杨一棍命令基建科在院里盖了两间小南房，让秘书、司机搬了过去，五间大平房自己占了两间，书记依然占三间。在他和书记的办公室里后墙又往外扩了十来平方米，改建成了洗浴和卫生间。改完之后他站在台阶上看着小南房说："尊卑有序，主人和仆人要分清。"

郑晓峰一进门，被秘书拦住先报告了杨一棍。杨一棍抓着腰看着他问："找郭书记啥事，和书记什么关系，有预约吗？"

郑晓峰看着他盛气凌人的样子，只得把他问的说了一遍，还特别把和郭大郎在一个车间干活吃烧鸡的事讲得清清楚楚。在他说话的时候，秘书凑到杨一棍耳边说了几句，使杨一棍多看了他两眼。

杨一棍到了郭大郎的办公室说了来人的情况，郭大郎眯缝着大狼眼说："郑晓峰，后来当兵走了，似乎有这么个人。什么？他是政府那边曹福林县长的外甥，不让拆老城？"

较　劲

看着领导皱起了眉头，杨一棍马上说："我让秘书把他打发走。"

看着杨一棍魁梧的身材见了他故意弓着腰的样子，他越来越喜欢这个儿时在街上打架斗殴、专门坑蒙乡下人的伙伴了，拆老城的主意就是这个伙伴想出来的。那是刚来没几天，下午他接待市里的一个局长，杨一棍自己开车出去转，晚上回来对他说，这里有一个老城，没多少住户了，可以按照胡市长的意思把那些老房子都拆掉，建成一个大市场，让刁小三带资施工，白用地，然后分给他一部分摊位门市出租，剩下的卖给来经营的商户。为了保证全部卖出，命令工商局关闭县城周围的集市。

郭大郎一听是好主意，一举三得，一可以尽快出政绩，二可以贯彻胡市长"商贸立市"的方针。他认为高杰书记很快要走，书记肯定是胡早秋接任。三才是最重要的，刁小三不用竞标就揽了这么大活，给自己的提成肯定少不了。他目前最缺的是钱。来上任的前一天晚上，老寡妇秦玉芬和瓷娃娃秦红丽做了几个正宗的天津菜和江南小吃，而后小娘们又百般温存，告诉他母亲岁数大了，想回天津买房定居，儿子山虎将来在天津上了大学、安家也需要一笔钱。让那个老家伙走郭大郎非常高兴，儿子的事也很重要，都得办，而且还得让这个老家伙快走，赶紧在天津买一处房子，抓紧弄一笔钱。杨一棍说的这个办法好是好，就是来得慢了点儿，况且政府那边还有个曹福林不一定同意。

郭大郎脱了皮鞋，仰躺在沙发上，大脚丫子搭在茶几上，抽了两支中华烟，大狼眼扑棱了三下，想出了一个两步走的战略。

他安排杨一棍回河海，找建筑部门的工程技术人员来枣河，勘察老城的土地，设计市场规划和房屋图纸。他继续下基层调研，不要警车，不坐面包，不要其他领导陪同，轻车简从，一人一车一司机，到了乡镇，分别和领导班子成员背靠背谈话，不说工作，题目就一个，"对个人的前途有何考虑，希望县委怎么安排"，并要求每个人把自己的简历和要求写一份材料装进信封给他，对县直各局也是照此办理。

在一个县里，能爬到乡镇长和局长位置的基本都是人精，没有一个傻瓜，对官场的门道一清二楚，从上次这位郭书记视察时吃饭要精、吸烟要好的习性上也看出了领导的需求，所以每个信封里除了一页简历外都加了一沓薄厚不一的老头票。每晚回来，拆信封成了郭大郎的首要任务和一大乐趣。跑一圈下来，到天津买套房的钱已经富富有余。郭大郎常常夜里笑出声来，默念

较 劲

着:"官位真是个好东西,尤其是在县里当官,感觉真好。"

他收够了第一笔钱,杨一棍也从河海回来了,带回了市场规划图,有建筑施工图、平面图,还有渲染图,五颜六色,相当漂亮。一排排蓝白相间的现代轻钢建筑代替了一片片青砖瓦屋和门楼飞檐斗拱上刻着花鸟鱼虫的古老大院,铺着青石板的老街不见了,马路宽敞通畅,车辆川流不息,商贾云集其间。

他看了之后,喜上眉梢,当即指示杨一棍说,以县委的名义起草一个通知,大意是以后为了发扬民主,提高决策的正确性,枣河经济建设的大事要召开县委县政府联席会讨论,连同这张图纸,一起送政府那边曹福林县长。

河海的地产建筑商刁大贵、外号"刁小三"的也来了,来得很诡秘,没有和杨一棍一起,也没进新城区,而是坐着新买的美国大林肯在老城区转了一圈,避开司机,以上厕所为名,在一棵老枣树下用手机给郭大郎发了一条信息,随即去了离枣河不太远的另一个城市的大酒店。下午六点多的时候,大林肯停在了县委后门那棵浓密的大槐树底下,郭大郎戴着大墨镜坐了进去。

灯影市有港资背景的美丽华大酒店,服务极具特色。大林肯刚停稳,一个穿着藏蓝色西服、雪白的衬衣领上戴着黑色领花的英俊小伙就拉开了车门,说了一声"郭老板,您好,请跟我来",领着他从被法国进口的大水晶吊灯映照得金碧辉煌的大厅进入一个铺着厚厚羊毛地毯的楼道,到了一个专用电梯口。门自动打开,一个穿黑西装、唇红齿白的女服务员甜声说道:"郭先生,您请。"电梯门轻合,她陪着他上了顶楼。还是带花的波斯地毯,服务员带他来到一个橡木门前,悄然而去。正当他的目光眼馋地看着她的背影时,橡木门自动打开了,两个身材高挑、留披肩长发、红色软缎旗袍开衩处雪白细腻大腿时隐时现的姑娘向他鞠躬道:"郭先生一路劳顿,辛苦了,请您允许我们为您洗尘。"

当他在那个能洗浴、能冲浪、能旋转的巨大浴缸里彻底洗去风尘后,刚才和他嬉戏并帮他穿好衣服的两个小姐悄然飞走了,一个穿着职业裙装的年轻女人过来对他说:"郭老板,请这边用餐。"

明明是贴着花纹布的墙壁移动打开了,那边是一个竹影摇曳、小桥流水、放着江南丝竹乐的小餐厅。刁大贵晃着枣核秃脑袋过来向他鞠躬道:"郭书记,郭大哥,辛苦了,小弟略备薄酒,来,来。"说着把他引到了一个餐桌旁。茅台、五粮液、海鲜、山珍等精致的美酒菜肴已经摆好,两人边喝边聊。

较 劲

好久没有这么享受过了,郭大郎看着眼前这个河海街上当年的小混混,心里有些愤愤然——老子大学毕业,贵为县委书记,还不如这小子享受得多!

"刁小三"可没管这些,向他汇报说,看了老城的情况,都拆平之后,可建设一百万平方米商铺。建筑成本五百一平方米,投资五千万,建好后卖到八百至一千一平方米,粗略估计毛利达四千多万,除去修路、水电等费用,怎么着也得赚两千多万,按百分之十给他提成。关键是要把土地证早早给他,用来贷款抵押。

郭大郎点了点头。临别的时候,"刁小三"把一个卡片塞到了他的上衣口袋里,小声说,这是一百万,密码是书记的生日。

原路回到枣河,这一夜郭大郎睡得特别好,早晨起来精神焕发。他刚坐到办公桌前,县长曹福林黑着脸走了进来。

曹县长也是枣河本地人。敦敦实实的车轴汉子把老城改造计划往沙发旁的茶几上一摔说:"郭书记,这个计划我不同意。"郭大郎嘻嘻笑着说:"曹县长啊,有不同意见是正常的嘛,所以,咱们要发扬民主啊。一会儿不是要开县委县政府联席会吗,有什么看法到会上去说。"说着,递给对方一支烟。两人并肩向会议室走去。

在路上,曹福林想,联席会就联席会,反正我们本地的干部占多数,看你能通过才怪。

等会议开始,曹县长才知道开这样的会议上了郭大郎的大当。书记、县长虽然都是当地的党政一把手,但是政在党的领导下。如果开政府常务会议,县长是主持人,这个主持人可不同于电视台那些鹦鹉学舌的主持,而是舵手,是把握和改变会议方向的人。如今,郭大郎召开的这个联席会,书记是老大,剥夺了县长主持人的权力,成了会议的舵手。还有,经济发展项目是政府分内的事,政府研究完后县长拿到县委常委会上,就可以说是政府全体班子的意见,一般来说县委也不好否定,可现在你就不能代表政府了,只是联席会上的一员。

此时曹福林只能坐在助手的位置上,看着舵手主持指挥。郭大郎坐在长条会议桌的顶端,扫视了一下分列两边的参会人员,先声夺人道:"改革开放的主要目的是发展经济,发展经济是我们枣河县的首要大事。各位都是枣河县方方面面的负责人,以后,凡是涉及枣河县经济的事,都要通过这种会议研究决定,以便集思广益、民主决策。"

较 劲

锣鼓听声，听话听音。曹福林心想，坏了，政府的大权又叫这小子拿走了，而且说得冠冕堂皇。

郭大郎继续说："今天发给大家的老城改造利用规划，是我们县商品生产的新开端。大家知道，我是从市政府来的，这个规划也跟政府主要领导同志交流汇报过。大家可以算一算账，老城开发出来，我们不用投一分钱，可以增加一万个商户，每个商户一年交税一千，财政收入即可以增加一千万，胜过多少亩地的收入，又胜过多少工厂的上缴利润，更不用说我们的许多企业处在亏损状态，并且这是一次投入，年年产出，这就和种枣树一样，种下了，它就年年长枣让你吃。"

这番话极具煽动性，参加会的几个人交头接耳一番说："对啊，是好事。"郭大郎脸上露出了笑容。

曹县长一看要坏事，赶忙说："这个规划是不错，但也有许多需要考虑的地方，首先是零地价我们县还没有过。老城的住户都是老人，是有宅基证的，我们怎么补偿？其次是这些老住户搬出来到哪里去住？最后，我们能不能招来这些商户？在我的记忆中，老城里最兴盛的时候也就几百家商户。"

他这么一说人们又转过来了，在座的都是枣河本县人，有的自己或亲戚还在老城里有点儿家业，也想多弄些钱。有的说，不能这么便宜了开发商，这地得多要钱。有的说，地上建筑物也得高额赔偿。还有的说，把这些老住户的房子拆了，他们要闹起来上访，这可是政治问题。

新任的县委常委、办公室主任杨一棍和郭大郎耳语了几句说："土地是国家所有制，不管什么时候的宅基证，都要符合国家的需要、发展的需要。比如国家要修铁路，或者是战争年代要在这宅基地上挖战壕，你就不让修、不让挖了？零地价出让南方早有先例，至于老住户问题，倒是可以考虑让开发商在新城区找一块地，盖两栋楼安置。"他的实际意思是把新城区的地多给"刁小三"一部分，多出的地盖商品楼出售，就又多赚一笔，这想法和郭大郎心照不宣。

他这么一说，有的人又觉得有道理，不过也有人反对。老资格的政协主席武老头站起来说："老城都是几百年的老房子，快成文物了，我看还是不拆的好。听说西边的柳河县要保护老城呢，我看那边那个书记有远见。"

郭大郎最不愿听到于步青那边的消息，更厌烦有人当着他的面说对方好，马上顶了上去说："别人怎么做我管不着，枣河的发展我说了算。你也别忘了，

较 劲

你不是柳河的政协主席。"武老头更倔,说,"我是哪里的政协主席你说了不算,我说的是这个理",一抬脚,走了。

看着大家争执不休,郭大郎开始和颜悦色地说:"大家说得都很好,都有道理,一时也定不下来。我看是不是这样,大家委托我和曹县长以及老城改造利用领导小组的同志来办这件事。"

书记这样说了,还有县长参加,还能不信任吗,再说已经到中午了,大家举手同意散会了。

到了郭大郎的办公室,曹县长才知道自己又上当了。这个领导小组的成员,郭大郎是组长,县长是第一副组长,杨一棍是常务副组长兼办公室主任,另外还有两个副组长,一个是人称"墙头草,随风倒"的宣传部部长,另一个是杨一棍从市里城建局聘请来的工程师。再讨论此规划,一比四,县长当然败北。

曹福林憋着一肚子窝囊气回到家里,想着自己当年中学毕业后回到村里,从大队支书干起,转干上学,后来一直干乡书记、商业局局长、副县长,再到县长,从来没有像今天这么丧气过。他叫老婆弄了两道菜,开了一瓶酒就喝,只剩下少半瓶时昏头昏脑地倒在了床上,起来时已经是繁星满天。他洗了一把脸,骑上自行车进了老城,先在郑晓峰的爷爷那儿扯了一会儿,半明半暗地告诉了他老城要拆的消息,而后推着车子一条街一条街转,一个胡同一个胡同地看,最后坐在了一棵老枣树下的大石头上,连着抽了好几支烟,掉下了两滴眼泪,对着天上的半个月亮仰天长叹:"罢罢罢,我曹福林一没有当大官的爹,二没有在上层工作的同学、亲戚,愧对父老乡亲啊。"

回到办公室,他拿出了一张病情诊断书,给市委写了一封暂时外出看病的申请书,走了。

此时,枣河县有两个人正在布置任务,一是郑晓峰的爷爷,他对孙子说:"听说西边柳河的县委书记于步青也是你们在河海发电厂的工友,应该和郭书记不错,你去找找,劝劝郭大郎别拆老城了。"郑晓峰嘴里答应着,心里直犯愁,自己和这位郭书记在一个车间里干过活、吃过烧鸡,人家还不认呢,和于步青只是在他编厂报的时候来发电车间采访时见过面、说过几句话,谁知人家认不认呢。不过,爷爷说了,怎么也得硬着头皮去。

另一个是郭大郎。他晚上吃完饭翻报纸时,看到《河海日报》头版有一篇署名"本报记者"也是副总编的冯文斌写的一篇通讯,题目是"柳河大步

较 劲

迈进新天地",赞扬于步青开创了新局面。他把杨一棍叫了过来,说:"不能让那个小村里的穷小子占了上风头,这涉及将来谁先提拔的事。你抓紧去那里找找你的战友,让他收集一些于步青行贿受贿的证据。"杨一棍连连答应。

60

柳河县公安局局长付双剑带着几个新来的精干警察化装来到了老城区的南半片。他们推着破自行车,戴着草帽,装作收废品的,踏着被大小车辆压碎的青石板路面,嘴里喊着"收废品喽",一家一家地查看着。

这里两条胡同的青砖瓦屋大部分被拆散,正房的大门窗户被打掉了,换成了铝合金和铁门,偏房和院墙被推倒,盖起了宽大的轻钢车间,拉橡子的、搞电气焊的敞着门,机器吱吱乱叫;宰鸡鸭的、杀驴杀猪的、灌香肠的大门洞开,几个人穿着皮裤,拿着各式各样的刀子,把捆绑好的大小动物放在大案板上,扯过高压水管子插进肛门,呼呼地往里冲水,待它们的肚子溜溜圆了,白刀子进去,红刀子出来,血水、污水、粪便流了一地,绿头苍蝇成群结队地在人们头上盘旋、俯冲。

再往里走,胡同里就幽静了,紧连着的三个大院大门紧闭。他们弯腰把耳朵贴在墙上,听到传来一阵阵机器的嗡嗡声,从高大的围墙里面飘出酒味、烟味和药味。

远处传来轻微的汽车鸣笛声,而且是三长两短。付双剑一挥手,三个干警嗖嗖爬到了两棵枝繁叶茂的老枣树上,他则躲到了一丛紫穗槐中。三辆汽车停到了三个门前,被一阵风吹开的苫布下露出了酒瓶、烟标和一袋一袋的粉状物。大门无声地打开了,汽车不见了。

当天晚上,付双剑来到于步青的办公室,和人大常委会主任柳东旭三人谋划了一番。

第二天一上班,于步青来到县委副书记邢大军的办公室,微笑着说:"邢书记,听说你最近抓文化宣传在市里得了奖,尤其是槐花镇搞得不错,咱们去看看。"玩政治的对同僚尤其是上级每天的每个动作都要问一个为什么,这是习惯。邢大军想,这个书记是文化人,据说早年还在文艺宣传队里待过,歌唱得不错,乐器会的也不少,可是来了之后一直在他的"三三制"里打转转,今天怎么关心起文化工作了。不过,书记重视总是好事。他连忙说:"把

较 劲

分管的工作干好是本分。槐花镇靠着一个小水库,风景空气好,许多老干部在那里休养。那里原来有个京剧社,他们去了就更热闹了,加了现代歌舞,天天有演出,节目不少,宣传党的基本路线,都是正能量,市里不少领导都去过。走,我领你去看看。"

于步青含笑说:"邢书记错矣,不是你领我去看,而是到你抓的点上去学习。"

书记的话让邢大军一时找不着北,书记后来的表现更是让邢大军瞠目结舌。

波光粼粼的一池碧水旁,飘着槐花清香的偌大的树林里,锣鼓铿锵,琴声悠扬,歌声嘹亮。

一伙退休的老人正在自娱自乐,看到县委书记来了,纷纷站起来打招呼。于步青抱拳让大家继续,拉着邢大军饶有兴致地看起节目来。台上一伙老干部演唱现代京剧《沙家浜》选段"智斗"时,他拿起了一把京胡,有板有眼地伴奏起来,引起了在场乐队的赞叹。这还不算,他向乐队指挥说了一声,又上台唱了《智取威虎山》著名的唱段"打虎上山"。

在一阵急急风的锣鼓点的前奏中,于步青稳步上台,气沉丹田,声从百会穴中涌出:"穿林海,跨雪原,气冲霄汉;舒豪情,寄壮志,面对群山……"声如裂锦,雄浑高亢,赢得了大家的欢呼。镇党委书记上台使劲鼓着掌说感谢于书记与民同乐,于步青说:"别光说我,邢书记也来同乐乐。"邢大军不得已上台,红头涨脸地说:"我不会,我不会。"于步青说:"你不会不要紧,一会儿吃饭时你多喝酒。"他说那没问题,于步青说"那就这样,我唱一段你多喝一杯酒",并让镇里的黄书记作证。

于步青自从当了市委政研室主任一直到这儿来当县委书记,已经十几年没过文艺这把瘾了,今日有重大任务在身,又因为现场气氛的感染,索性偷得浮生半日闲,放开了。他想起了中学时和齐远航男女声二重唱,在河海发电厂文艺宣传队里和谭俊雅、华露浓跳丰收舞,大学时代在野草坡与高原红、上海阿拉朱流萤表演伏尔加船夫曲……一连唱了《毛主席的书我最爱读》《翻身农奴把歌唱》《莫斯科郊外的晚上》十几首老歌,还表演了小提琴独奏《梁祝》,把一伙老干部喜得直拍巴掌,并说一会儿一定得敬书记酒。于步青声明,自己不善饮酒,由邢书记代喝。结果可想而知,中午邢大军喝得酩酊大醉。

也是在这个上午,柳河县人大常委会主任把柳河的三个"棒"叫到了办

较 劲

公室，对他们说："经主任会议研究，你们三个准备接手三个委员会，苏登才去环境城乡建设委，牛玉可去代表选工委，杜恒业去内务司法委。三个人一琢磨，去的地还真不错。"横棒"想，自己是从城建口出来的，在立法部门还管这块，那些建筑商还得巴结自己。"孬棒"想，去的这个委是管人大代表资格审查的，那些代表都是县直的局长、乡镇的领导和富裕村的支部书记，油水不小。花棒想，内务司法委主要是监督政法单位，上了班就常找理由去公、检、法视察，找他们点儿小毛病，以后谁犯了事，求他的时候就可从中得利。

看到三人高兴的样子，柳东旭说："你们得先学学分管部门的文件。一会儿我们到宾馆开个会议室，和办公室主任一起学习最近全国人大、省人大、市人大的文件，还有领导讲话。中午弄二两，给你们几个接接风。"

有好地方去，还有酒喝，几个人到了柳河宾馆三楼的一个小会议室。刚关上门，县委机要科的一个小伙子就在门外服务台不显眼的地方放了一个屏蔽器。

室内，柳主任坐好，和办公室主任轮着念，念完还讨论一番，一直到了十二点多。

老城的南部，上午十点多的时候，锯木厂、宰杀厂附近的一个变压器突然冒了一下蓝色的火花，停电了。一个扛着木头的大汉说："伙计们，过去在村里干活的时候说'下雨刮风，干活的歇工'，如今在城里是'停电、停电，咱就不干'。走，到新城里的老顺兴羊肉馆喝几杯去。"叫上宰杀厂几个人吆五喝六地走了。

付双剑带着一小队警察悄悄地包围了昨天侦查过的三个大院。

这三个大院统称为"柳河县科工贸公司"，三个经理是"横棒"苏登才姑家的三个表兄弟，人长得和苏登才一样，身高体壮满脸横肉，只是脑袋有点儿偏，据说是他们的娘小时候没管好他们，睡觉一边躺，人称"大扁铲""二扁铲""三扁铲"。"大扁铲"是正经理，那两个人是副职，一人经营一个大院，造假烟、出假酒、卖假药。地方是担任城关镇副镇长的"花棒"杜恒业出面租的，厂子是苏登才改造的，商标是工商局副局长牛玉可提供的，资金当然也是他们三人的，里面给了邢大军一个干股。三个"扁铲"只管组织人生产、看管，根据利润多少拿提成。两个女人当会计、出纳，一个是牛玉可的小姨子刘翠兰，另一个是杜恒业的大姨姐周翠玲。这个公司不在银行开账户，不接受汇款，只收现金。

较　劲

　　三个院子从外面看是分着的，其实里面有密道相连，还有一条密道通往城外，不过只有一个人知道。

　　看到停电了，"二扁铲""三扁铲"从后边两个院里的密道里钻出来，来到老大的办公室，一边看翠兰、翠玲穿着短裙子的白大腿，一边和两个女人调笑。老三说："两个妹妹，你们的裙子还是长点儿，明天我给你们买个超短裙。"翠兰的嘴快，说："你有那么孝顺啊。"老大说："老三，别胡说，这两人是东家的亲戚。去，让伙房老八把今儿早晨我从周三拐子摊上拿来的那几只野鸡宰了，炖上，喝几盅，别忘了把骨头下水喂咱们的警卫兵。"

　　围墙外，两个警察把手一搭，刑警队长吕勇一只脚在上边点了一下，一个虎跳便上了墙头。一条德国黑背大狼狗不声不响地跑了过来，往上一蹿，足足跳起了三米多高，张嘴向他的胸膛咬了过来。吕勇不慌不忙，掏出一枚三棱飞镖，一扬手，准确地送到了狼狗的咽喉里，它连叫都没叫出来，就倒在了墙下。

　　吕勇跳下高墙，一个箭步就到了大门洞里，刚要开门，一条藏獒吼声震天扑了过来。吕勇一个戳脚，把它踢出了两丈多远，那畜生大吼一声，打了个滚又扑了过来。

　　藏獒一叫，"大扁铲"立刻感到不妙，摔掉酒杯大喊："老二，快去后院把货物烧掉；老三，快给三个东家打电话。"自己则把屋里的一堆酒瓶子全部扔到了院里，骨碌碌满地乱转，以阻止人进入。两个女人吓得躲到了大号保险柜的后面。

　　"三扁铲"拿起电话，连拨了三个号码，都说不在服务区，急忙说："哥啊，打不通啊。""大扁铲"说继续打，随后跑到里屋，掀开床板，钻了进去，进入了密道。

　　院子里，吕勇一边和藏獒厮打，一边拉开了大铁门。一群警察冲进来，有一个端起麻醉枪，连冲着狗的颈部发了两枪，藏獒倒在一边睡觉去了。

　　付双剑带人迅速到了后院，抓住了要点火的"二扁铲"，夺下了老三的电话，把工人集中到了院子的一角靠墙蹲下，然后各屋检查。嗬，假五粮液、茅台足有七百多箱，刚贴好标签的中华、南京、黄金叶、黄鹤楼等高级香烟有两千多条，用红糖和玉米面做的"壮腰补肾丸""健脾健胃散"等市场上畅销的药品一千多箱。大保险柜里有四百多万现金和一个分红账本。

　　从密道里逃出的"大扁铲"坐在城南的一个大坟头上，擦了擦汗，拿起

较 劲

手机给三个东家也就是三个"棒棒"打电话,结果都一样,均提示不在服务区。他咬着牙给邢大军打,响了半天,语音提示说,"你拨打的电话无应答"。

直到天快黑的时候,他才找到这三个"棒棒",三人目瞪口呆,最后还是"横棒"苏登才给邢大军打了一个电话,特别说明公安局拿走的账本上没有他邢书记的名字。那边沉思了一会儿说:"这件事绝非突然,不那么简单。你先找找公安局的人,让你那两个表弟不要胡说,让老大暂时到外地避避风头。"当夜,"花棒"亲自开车把"大扁铲"送到了省城的机场。

也是在这天傍晚,枣河县有两个人硬着头皮往柳河县赶来,一个是郑晓峰,一个是杨一棍。

郑晓峰是为了爷爷的嘱托,一路走一路想,这人啊,不光是官大脾气长,还有官大朋友变,想当年自己和郭大郎在一个车间干过活儿,有交情人家还不搭理呢,和于步青呢,同厂几年也没说过几句话,偶尔碰上点个头而已。人家现在是县委书记,能不能见到还两说,但一想到爷爷那个可怜劲,就硬着头皮来了。

杨一棍是为了执行郭大郎的指示。其实,他和邢大军的关系并不像他自己吹得那么好。两人虽然是一年的兵,但在部队上邢大军会武术,军事训练是尖子,又上过高中,笔杆子也行,很快提干了,一直干到副团职才转到地方武装部,脱了军装就是县委领导。而自己呢,仗着是城市兵回来准有工作,吊儿郎当,在河海街上养成的街痞子习性不改,谁也不服,和班长干,与排长顶,当兵三年一没入党二没提干。多年后战友聚会时,邢大军自然坐主位,开口就是"我是首长,他们都是战士",让坐在末尾的杨一棍心里非常不舒服,以后干脆就不去了。这次他必须硬着头皮来,所以在车上放了一个大提包。

两人一前一后进了柳河城,郑晓峰进了县委大院,杨一棍则去了邢大军副书记家里。

农家出身后来又熟读了孔孟学说的于步青,在当官之后,尤其是当了县委书记之后,在心里给自己定了一个原则,"苟富贵,勿相忘"。当官是一阵子,做人是一辈子,多大的官最后都要回归老百姓,因此他对过去的同学、工友、老乡提出的事,只要不出大格,能办尽量去办。前几天,几个调回柳河原籍、原河海发电厂的老工人找他,说所在的企业效益不好,要求换换单位。他考虑了一会儿说:"几位师傅都五十靠上了,办个提前退休吧,石油部门要在县里设一个分支单位,把你们的孩子安排一下吧。"几个人皆大欢喜,

较 劲

共同凑了一万送他,他笑着推了出去。

于步青听秘书小路说有工友来找,并且还依稀记得这个名字,赶忙迎了出去。

二人落座,郑晓峰说明来意,于步青没有回答,先问起了郭大郎在枣河的口碑。郑晓峰气愤地说:"枣河县算倒了大霉了,走了一个'大瓦刀',来了一个'张口钳子'。前任书记姓翟,从外市来的,最早是个瓦工,不知怎么混上了建工局长,到了枣河,先当县长,后当书记,正事没有,就是捞钱,不管什么工程,他都要掺和。按他的话说,'不管哪里有好东西,不管是硬还是软,我这把大瓦刀都要插进去,铲一堆出来'。捞了几年,腰缠百万走了,还升了,成了人大副主任。这个郭大郎比那个还狠,跟干部谈了个人前途升迁愿望的话后,人人都觉得有希望了,请他喝酒,喝酒就划拳。郭大郎划拳就出三个数,'三星照,四喜到,五魁首',开始人们不理解,后来有聪明人看出来了,一般干部喝酒他出三个手指头,是要拿三万才能升副科;副科级干部喝酒他出四个手指头,就是说要想升正科就得拿四万;正科级干部要想换个好地方或者是进入县级干部后备序列,他出五个手指头,指的是你要拿五万。还有人说,郭大郎划拳无论是出三星还是四喜、五魁,手指头总是半捏半张着的,像个张开口的电工钳子。大家说,过去那个'大瓦刀'无论怎么铲,还能剩下一点儿,现在这个'大钳子',闭口不松嘴,连骨头都吃进去了,一点儿都不剩。"

于步青听了这话想,毛主席说得真对啊,群众的眼睛真是雪亮的。城边街上出身的混混真是嘎得出圈、坏得流脓啊,能把酒场划拳的把戏用到受贿数字传递上,奇葩,奇葩。

他给昔日的工友点了一支烟说:"老工友啊,你说的这事我还真帮不了。你知道,我们俩从他下乡在我们村一直到咱厂子里,就一直不对劲。我去说,肯定起反作用。不过,我倒建议你把老城拆下的青砖老瓦囤积下来,说不定将来能发一笔小财。"

杨一棍进邢大军家门的时候,邢大军正坐在沙发上想今天发生的事情,总觉得蹊跷:于步青为什么突然叫上他去槐花镇,去了之后为什么一改平时正襟危坐的样子,大放歌喉,放浪形骸,罚酒于他?还有柳东旭那个老东西为什么要找那三个"棒"到宾馆谈话学文件?这里面一定有文章,很可能是于步青的阴谋。

较 劲

他正想着,杨一棍进门了,往客厅中间一站,首先敬了一个军礼,说:"首长好,首长辛苦,三团九连八班战士杨一棍到枣河已经多半年,没来看望首长,今日特来赔罪。"说着,拿出了中华烟、茅台酒、鹿茸、人参等高级补养品。

邢大军看着和自己一块入伍的杨一棍一本正经的下作样,心里满足地乐了,按照部队的口头禅说:"你这个厎兵,今天带着这么多好东西来看我,一定有什么事,坐下说吧。"

杨一棍说明了来意,邢大军想起今天的事,干脆地说:"于步青这人真不是什么好东西,这事你就甭管了,明天我给县委办公室的秘书小路布置一下。他和我老婆沾点儿亲,当年还是我推荐去的那儿。"

第二天上午,于步青先给公安局局长付双剑打了个电话。对方说,查获的假酒、假烟、假药准备销毁,搜出了六百多万现金。于步青说:"按照规定,你们提取百分之十做办案经费,剩下的存到财政局,没有我的签字,谁也不能动。"

刚放下电话,县纪委书记老严进来说,听到公安局查办造假窝点的事后,就想到一定有领导干部在里面插手,因此纪委提前介入,现已查明,苏登才、牛玉可、杜恒业三人均有重大受贿嫌疑,充当了保护伞。于步青淡淡地说:"他们三个人还在试用期,还是副科级干部,不用上常委会讨论,你看着处理就行了。不过,老严啊,古人打仗还讲究围三缺一,我在柳河当几年书记,可不想把人得罪死了。"

他在说这话的时候,柳河东面的枣河县正在开全县干部大会,宣布老城改造开始。郭大郎明确表示,凡是在职在岗和老城住户有亲戚关系的干部,都不用上班了,帮助县委做工作,做下来的,继续上班,做不下来的,降职、降级,甚至给予处分。

下午,杨一棍带着老干局长、民政局局长来到老城区,宣布,为了体现县委对老年人的尊重与关怀,决定明天用专车拉着七十岁以上的老人到省城大医院免费体检身体。等他们回来之后,几百年的枣河老城已经变成了一片废墟。

晚上,柳河县委办公室秘书小路被他表姨也就是县委副书记邢大军的妻子叫到了家里。邢大军亲自谈话,安排给他一项秘密任务,如果完成得好,许诺两年后让他到乡里去当副书记,给他明年中专毕业的妹妹安排工作,还在村里给他家再分一块宅基地。小路连连点头称是。

61

自从到柳河任职后，于步青没有配专职秘书和司机，小会讲话不用稿，在笔记本上写几句提纲即可，开大会的材料还是自己写，除了到市里和省里开会外，平时在本县自己开车转。

自从为民工程政府招标开工之后，他每个星期都到工地转一趟，既不让人陪同，也不听汇报，把车停在一旁，看工程进度，看建筑质量；先看市场建设，后看酱菜厂改造，最后看修路。刚开始的时候，已经是满流乡副乡长的孔秀林、酱菜厂厂长沈慧娟和交通局田副局长都赶紧把所在乡镇的一二把手叫来，并向他汇报工程进度，陪着他。他一声不响，看完后把他们叫到了一棵大柳树下，严肃地说："每个人都有自己的工作，任何人都无权占用他人的宝贵时间。你们来陪我，乡里的干部不如用这个工夫去完成县委布置的一项任务，孔副乡长不如去工地搬一块砖，沈厂长不如去给调试的机器拧一个螺丝，田副局长不如去铲一铁锨混凝土。我也是农村出来的，当过工人，有眼，有手，如果有看不明白的地方，一定向各位请教，谢谢大家。"说完，开车走了，弄得大家面面相觑。孔秀林心里明白，他是在给干部灌输一种思想，树立一种作风。再以后就没人管他了，书记来了，只要不叫他们，他们就赶紧干活，工程进度加快了不少。

上个星期，公路正在铺沥青，他刚停好车，田副局长领着一个穿警服的胖墩墩的中年人说，这是县交警大队长，是他表弟。那人上前，一本正经地给他行了一个军礼道，报告于书记，柳河县交警大队长马远超向您报到，有什么指示请下达，有什么任务请分配。看着对方精干的样子，于步青问："马队长是军人出身啊？"对方说："是，原来在北京卫戍区警备二师军务处。"于步青突然想起军人出身的大学同学武长风曾对他说过，军务处是管士兵调动和复员安排的单位，灵机一动问："那你的战友在北京安排的一定很多了？"马队长依然保持着立正的姿势说："是，和我一样当警察的很多。"于步青握了他一下手，让他改变了姿势说："那好，我给你一个任务，路修好后，你每天护送本县二十辆卡车到首都的四季青蔬菜市场。""这？"马队长有些蒙圈。于步青没理他，转身就走，只听后面田副局长说："你这小子，这什么这，赶

较 劲

紧去办啊,你想在这个队长位置上干一辈子啊。"

踏着秋日的艳阳,于步青先到新修好的公路上转了一圈,看到来自北京、天津和本县满载着蔬菜的重卡川流不息,心里越加兴奋,转一把方向,来到了酱菜加工厂。车间已经建好运转,几百个山东淄博大缸整齐排列,萝卜、辣椒、黄瓜、白菜、小油菜泡在盐和香料混合的水里,尽管盖着柳木板盖,还是一股咸香弥漫。

厂长沈慧娟穿一身白色的工作服笑吟吟地走过来。她仗着嫂子高原红和于步青的同学关系,私下里对于步青是另一种称呼:"书记哥,这回我可以陪你转了吧?"于步青含笑点头。往前走,是加工车间,工人们把腌好的蔬菜分类切成不同形状的条块,加上拌料装瓶封口,最后到包装车间贴上北京六必居、重庆涪陵榨菜、保定酱菜的商标装箱出厂。

于步青看着和自己老家母亲腌咸菜的程序差不多,问道:"一年产量是多少?""一千吨左右。"于步青沉吟着说:"一千吨,二百万斤,咱们县的蔬菜产量是十亿斤。"

聪明的沈慧娟说:"是,加工消化量太少了,同时,借船出海这个办法虽然打开了销路,可提供商标的大企业拿走了我们利润的百分之十。"

于步青说:"还是邓小平说得对,落后就要挨打,没有自己的品牌和特色产品就要受气。"

沈慧娟说:"书记哥,我哥说他到日本去销售薯片,发现那里有一种萝卜,叫什么黑田七寸,胡萝卜素含量极高,用一种什么新的破壁技术榨出汁来能治许多病。我们这里就可以种,可小日本很缺德,在咱们这里种了打不出种子来,还得年年买他们的。他寄来了一本资料,上面有很多外文,我看不懂,给你吧。"

迎着落日的晚霞,于步青开车来到了蔬菜批发市场。车辆在环形路上整齐列队,缓缓而行。存放区、质检区、交易区、交货区秩序井然,旁边的一排大敞篷木板房里一群妇女正对着在流动水槽把各种菜掐头去尾,洗净后装在塑料袋里,打上"柳阳"商标,装在了来自京津大超市的厢式货车上。

旁边,在三棵苍绿的老柳树下圈了一个篱笆小院,盖了一排青砖瓦屋,是市场管理处的办公室、伙房和远途客商休息过夜的招待所。

于步青打量着市场大门口挂着的"柳河县柳阳蔬菜交易市场"的牌子,总觉得两边长长的白色围墙上少了点儿什么,走进市场,在鼎沸的人群中找到了孔秀林，耳语几句。一会儿，一个小伙子拎着一桶红油漆和一支大号排笔走了过来。

于步青仔细端详了一下，迈开大步量了量尺寸，挽起袖子，拿起排笔，在围墙上写了几个大字，"天下蔬菜看中国，中国蔬菜看柳河"。在晚霞的余晖中，几个大字亮亮闪闪，分外醒目，引得路人纷纷观看，几个菜农啧啧称赞。

于步青往后走了几步，转身站定自我欣赏着。

"嘀，于书记的字横平竖直、结构严谨、间距得当，典型的牌匾体，是童子功啊。"孔秀林忙完了市场的事，擦着汗水跑过来说，"就是吹得大了点儿。"

于步青笑道："有咱们农大毕业的女乡长在，早晚会货真价实的。"

暮色中，两人并肩走在车走人散后空旷的广场上。

于步青看着旁边菜农巧手码出的绿色的黄瓜墙、红彤彤的西红柿垛和紫色的茄子山，问道："一天能销售多少？""原来是八九十万斤，自从你给交警大队下了命令后，达到了一百多万斤，和咱们县十亿多斤的产量差距还不小，不搞就地加工效益上不来。再说，咱们的品种也过于单一，在市场上竞争力也差。"

于步青想起了夏天市委组织各县到江浙一带参观学习时，看到许多蔬菜送往几个大品牌的方便面厂，在南京拜访了大学同学、太湖小渔翁吴连水，当时他正在给几个大老板批八字，相面看财运。于步青往外掏手机时，碰到了沈慧娟给的材料，便给了孔秀林，让她研究一下。

电话响了好几声对方才接，于步青说："吴大师安好，又在忽悠谁呢，这半天才接电话。"对方说："于大师兄啊，夏日秦淮桃叶渡一别，杳无音信，你这北方县令今日怎么想起小道士来了？""你少给我拽文。我这里盛产蔬菜，你看能不能忽悠一个做方便面的大佬来投资一个脱水菜厂。""还真叫你说着了，明天预约了一个做藏师傅方便面的大王，他的厂子着了一把火，想让我算算如何避难。你那里不是靠近渤海吗，左青龙啊，往北是玄武，基石牢靠，让他去你那里投资吧。不过，你得把你县城所在位置、办公地点有什么特点发我，比如树啊、水啊什么的提供给我，我让他按图索骥。"于步青笑道："你不来啊？"对方说："师兄外行了，我一去不就露馅了吗？干我们这一行的是看面相知道过去之坎坷，摸手指讲未来之命运，坐地看万里之外的风景，开天眼指点迷津。说实在的，资本的流动是寻找成本低谷，你懂的，天机不可泄露啊。""请问大师，多长时间见吉祥呢？"对方停顿了一下说："两千里之遥，大概十天之内吧。不过，你要给你看门的衙役说好，有戴金丝眼镜、操南方口音者要放行。"

"好，我暂且信你一次。"于步青放下电话。这边，孔秀林已经把黑田七寸萝卜的资料看完，看了看四周无人，也改了称呼："表学兄书记，这个黑田七寸还真是个好东西，我原来在外文网站上看过，没有这么详细。它含胡萝卜素达到了百分之六十。胡萝卜素对高血压、心脏病都有预防作用，尤其是对癌症手术后化疗有很强的促进作用。如果用新的破壁技术开发出来，做成饮料，是对人类健康的一大贡献。"

于步青被吸引了，这会儿他看到孔秀林的两只大眼睛里充满了探讨的光芒，那个粗粗拉拉的女乡长形象消失了，代之而来的是一个女科研工作者的形象，忙问："咱们这里能种植吗？加工后效益怎么样？"毕竟是县委书记，政绩观念占了上风。

孔秀林说："我刚毕业时在县农业局实习，曾参与全县的土壤考察。柳河两岸五公里之内，全是温和型的沙壤土，都可以种植。一亩地产量按一万斤算，试种一千亩可收一千多万斤，可出果汁五百万到六百万斤，最低可灌装一千万听。按目前比较高档的茶饮料价格计算，五元一听，产值应该在五千万，利税可以达三千万左右。不过，就是这种子引进和细胞破壁技术买断是一笔不少的钱。另外，破壁技术不光是在日本，中国农科院也突破了，我的一个大学老师是那实验室的主任。"

说到钱，于步青和所有经济不发达的县的领导一样，皱起了眉头。他和自己有个约定，县里的体制是书记管人、县长管钱，自从任职之后，在用干部上，老金县长从来都很配合，没给自己出过难题，自己也自觉在钱的问题上不乱伸手，尽量不动县财政那点儿有限的钱。他知道，光维持全县发工资、正常的机关运转就够金县长挠头的了。

对了，刚才孔秀林说到了农业局，农业上有专项新技术、新品种推广资金啊。县里那一块不用想了，恐怕早让金县长安排完了，可还有市里啊，有自己的老领导李忠礼局长啊，那人可是过日子的人，什么时候都留着一手。他马上打通了李局长的电话，先问候了一番，老局长说："二步青啊，都这个点了还给我老头子打电话，肯定不是光问安吧。我前几天在高杰书记那里串门，听说你对农业结构调整'三三制'抓得不错，'三条龙'开始了吗？这可

较 劲

是我那老学兄在河海任职最大的心愿啊,你这嫡传大弟子可得卖卖力气啊。"

志向相同,一个人脉系统,不管何时思想都相通。于步青条理清楚地说了黑田七寸胡萝卜的事,对方说:"好事啊,在种植结构调整上有突破。我这里还留了一点儿钱,你们赶紧写个项目建议书来。""好嘞。"于步青乐得跳了起来。

站在旁边的孔秀林用崇敬的眼神看着他,惊奇地说:"你还认识李局长啊,我在市里培训时见过他,挺好的一个老头儿。我的表学兄书记啊,一个电话解决了几百万的投资,你真是柳河县的救星啊。"激动得上前抱了他一下。

于步青被她刺激了一下,也兴奋起来,说了当初在县农业局大伙房里吃羊尾巴油炝锅杂面汤贴饼子的事,那是长到十八岁吃得最好、最饱的饭。

孔秀林说:"闹了半天你爱吃这个啊,你知道咱们柳河最好的杂粮是什么吗,是绿豆。我这里有面粉,也有羊油,今天让你吃个够。"说着,喊伙房的师傅烧火,她到旁边地里拔了几棵大葱,摘了两个大辣椒,揪了三个茄子。锅碗瓢盆一阵乱响,一大盆宽宽的杂面条汤、几个带着嘎巴的玉米面大饼子上了桌。正好在咸菜厂管检修机器、孔秀林的丈夫大壮也回来了,切了一盘黄瓜,端出了几根香肠、一碗酱,洗净了一缕小葱,拿出了两瓶老白干。三人连吃带喝起来。

带着肠胃的满足,带着口齿间的留香,带着烈性酒后的燥热,于步青走出了小院,在秋风的微拂下,平静了许多。孔秀林给他搭上一件大壮的工作服,陪他散步。

农村秋夜的风景是迷人的,尤其是今夜柳河岸边,瓦蓝的天空,一弯新月,无数星光闪烁的朦胧的天河,黛色的大地,新粮的清香,瓜果的甜香,脚下松软湿润的田埂,让他悄悄自然地脱去了白天官员的盔甲,走入了真我。他点燃一支烟,坐在一棵横长的大柳树上,望着不远处聚集在一起的长满青草的坟茔和大堤上昔日的官道,自言自语地说:"江上何时初见月,江月何时初照人。在这片古老的土地上,在这条神秘的古驿道上,曾经有多少农人在这里耕耘收获,曾有多少县令、州官的轿子、马车从这里走过,如今又去了哪里?我今日也来到了这里,是偶然,还是必然?"

孔秀林也似乎被他的情绪所感染,说:"你来这里是必然,我们再次相遇是偶然。你们文科生在那个年代毕业不是做学问就是当官,你既然选择了在河海当官,到县里任职就是必然。你就是不来柳河做官,上边整天检查评比,

较 劲

你肯定会出现在某一支队伍中,也会在这里碰到我。不过,可能是匆匆一瞥,也许能认出来,也许认不出来,绝对不会像今天在这田埂上坐着了。"说着,给他往上提了提快要滑下肩膀的外衣。

"命运的造化啊,谁知二十多年前古城五四青年大学生的一场歌会换来了今日蔬菜地里的重逢啊。"粗厚的工作服给他内心带来了一阵温暖。同时,他下意识地看了一眼不远处小院里的灯光,有意往旁边挪了挪。

女人再粗糙也是敏感的,这点儿小动作自然瞒不过孔秀林的眼睛,她哈哈哈笑道:"我的表学兄书记大哥,不用担心,大壮是不会出来监视我的。刚才说到偶然、必然,我们夫妻才是必然呢。我们初中到高中都是同学,高考他名落孙山,去了拖拉机站。我们家穷,他家比较富,我大学四年的学费都是他供应的,结婚是必然的。"

看到他沉默不语,孔秀林拿出一支竹笛说:"为了纪念我们那年在古城五四广场上的相会,我给你吹支曲子吧。"说完,试了试音符,悠扬的笛声在田野上飘荡开来。他听出那是西部歌王王洛宾的名曲《在那遥远的地方》。

这天晚上,他因喝酒太多,宿在了小院的小招待所里。一明两暗的三间房,大壮两口子睡在了西里间,他独自睡在了东里间。夜里,带着寒意的秋风袭来,孔秀林起来给他盖了两次被子。

第二天,市里要召开一个党风廉政建设会议,他和县农业局长带着孔秀林一起出发,带着黑田七寸胡萝卜种植项目建议书拜访了市局的老李局长。

七天的会议结束,孔秀林来汇报,市农业局的三百多万专项资金已经到账,她们准备去北京洽谈购买种子和破壁专利技术。政府那边金县长打来电话说:"于书记啊,什么事不要老自己跑,咱们县再难,你要干点儿什么事,钱还是有的。"放下电话,他心里很是高兴,想,真是应了那句老话,'人心对人心,八两换半斤'。县委书记强势不能只仗着自己的职位,心理和能力上的强势才能使人心服口服。

院外传来一阵鸟叫的南方口音。他出去一看,一辆玛莎拉蒂豪华车停在了路边,秘书小路旁边站着一个微胖的人,一身淡黄色港式西服,白皮鞋,戴一副玳瑁金丝眼镜,脖子上挂着一条白金链子,手上有三个白金戒指。他正在说:"你们不要说话的,我要自己看的啦。哇塞,真是这样啊,院子里有一棵百年老柳树,这个对。树下有一水池,对。旁边还有一张石桌、三个石鼓凳子,也对。全对的啦。嗯,房子是五间,主人在东边,东为上嘛,这也对的啦。"

于步青一看就知道是太湖小渔翁吴连水大师忽悠的那个名叫黄金宝的投资蔬菜加工的大商人来了，遂负手含笑而立。

黄金宝看着他，拿出一张小纸片看了看自言自语："嗯，中等偏上的个头，八字眉，大眼睛。"而后问，"先生是不是这个小院的主人？"于步青颔首。黄金宝又自己嘟囔："嗯，颔首龙头，这个也对。"抬眼再问，"先生是不是壬辰年二月的龙？"

"请进屋看身份证。"于步青心里憋着笑，引导他进屋，示意他坐在沙发上，也故作高深说，"先生何方高人？跋山涉水找到在下何事？我只是一方小吏，能为您做点什么？"

黄金宝跷起二郎腿，点燃一根雪茄说："先生可知道臧师傅方便面否？"于步青说："如雷贯耳，名闻天下，在下出差，经常用其果腹，味道鲜美，只是近来市面上少见了。"

黄金宝哈哈大笑说："它的大老板就是本人。厂子原来在中原地区，那里的北方小麦品质很好，只是气候寒冷，所需要的配料也就是脱水蔬菜不好解决，于是到南方寻找货源建厂，谁知连续两个在江浙的脱水菜厂失火，便在金陵找了一位名震江南的大师算命，指点迷津。大师说，我命属金，又叫金宝，南孔雀属火，火克金，发生火灾是必然，让我到北方找一河，河的名字必须前一个字带龙字，找到一个属龙还得是壬辰年二月生的，在一个有着百年大柳树、树下有水池的小院里住的人，便可逢凶化吉，财源滚滚。我问他，那里的冬天也是寒冷的，怎么会有蔬菜？大师说，龙能耕云播雨，也能偷天换日，创造一小气候便可让万物逆生长。我按图索骥，找到了这里，找到了你这个贵人。"

于步青想，怪不得老师杨启圣说，哲学是万学之母。用这个基础理论，把世界上万物都可以融进来，稍加结合，便可形成一套较为完整的理论体系，经世致用不敢说，但用来说服一个人是没问题的。他不由得暗暗佩服起吴连水把"融合"的方法论用得炉火纯青。

于步青说："大师真是神机妙算，我这里确实有大批的蔬菜。""真的？"黄金宝睁大了眼睛问，"冬天也有啊？""当然，偷天换日之能嘛，把冬季寒冷变成夏日的温暖，加上清清的泉水，何愁蔬菜不生、不丰？先生，可以跟我去看看。"随即让秘书通知了建设局长、土地局长和工商局有关单位。

较 劲

过了柳河北大堤,黄金宝看到偌大的蔬菜批发市场、连绵不断的蔬菜大棚,一个劲地"哇塞,哇塞",并张着两只胳膊扑到黄瓜墙上对孔秀林说:"不要卖了,不要卖了,这些都是我的。"弄得女乡长笑个不停。

黄金宝转身对于步青说要在这里建厂,马上勘察地方。于步青带他到了沈慧娟的咸菜厂后面,这里原来是农机修造厂的一大块平地。黄金宝拿出望远镜向四周看了一遍,测量了距离,用小计算器一算,显示出了商人的精明。他看着停产已久破旧的厂房说:"一百四十亩,厂房、仓库、办公区足够了。请问于书记,地上的附着物咋办?"

"我们负责清除,达到三通一平。"于步青以前看了,除了旧车间的檩条、窗户还有部分砖瓦能用,附近农民盖房会争着来拆。让乡里组织一下,谁来拆房负责挖沟埋管道,来个以工代赈。

黄金宝的金丝眼镜后面露出欣喜,继续说:"地价?"

于步青答:"零。"

"什么,零地价?"

"对,零地价,不是卖给你零地价,而是租给你零地价。"

"租期多少年?"

"你说。"

黄老板掐着指头算了一阵说:"二十年,最低十五年,要走司法认证合同。"于步青答应了。

黄金宝说:"税收给什么优惠?"

于步青说:"按照我们省的规定,如果你有港资背景,免二减三,也就是说,免去两年所得税,减去三年印花税;如果没有,就是免一减二。"

"当然有的喽。"黄金宝大声说道,随后靠近他说,"建筑队你们有什么选择,你有什么考虑吗?"他想,这个县委书记让他占这么大便宜,说什么也得要块肉吃啊。

于步青被他身上的古龙香水味熏得有些发晕,错开两步说:"黄老板放心,我们这里一切公开,建筑队你自己找。从你开工之日起,我让县公安局和监察局来此值班,在本县域内,如果有谁抢揽你的工程,或者是来工地捣乱,按破坏经济建设的相关罪行论处。"

"哇塞,好。"黄老板兴奋异常,上来给了在场的每个人一个大大的熊抱,沈慧娟和孔秀林赶紧躲开了。

较 劲

黄老板算的是他的盈亏赚钱账，于步青算的是农民收入的大账。按照黄老板脱水菜加工的规模，一年能吞掉五六亿斤蔬菜，占全县产量的一半以上，还可以给县财政增加几千万的收入。

在以后的日子里，这个来自改革开放前沿的黄老板，让长期处于农耕社会的柳河人见到了现代建筑的新技术和建设的新速度。

合同签订以后，几十辆满载新型轻钢建筑构件的陕西重卡轰隆隆地开进了柳河，紧接着来了一支穿统一工作服、以四川人为主的精悍的建筑队。大型浇注机和碾压机器把地面平整后，这伙工人像猴子一样蹿上爬下，乒乒乓乓，日夜奋战，只一个星期，乳白色的小办公楼、宽大的厂房就建起来了，设备安装完毕。开工时，卷扬机把成车的蔬菜送进足能吞进一头大牛一样的进料口，形成的方便面调料随产品销往全国各地；冷藏车、大厢式车拉走了成百吨的产品，批发市场上的黄瓜墙、西红柿山不见了，保证了早晨摘下的新鲜蔬菜中午就能到首都人民的餐桌上。柳河县蔬菜滞销成了历史，柳河以南的几个乡也发展起了大棚。

沈慧娟找到已经被提拔为农业局长的孔秀林说，西沙村也建起了几个大棚，想在里面试种一些她从日本进口的黑田七寸胡萝卜。孔秀林知道沈慧娟和于步青的关系比自己还近，再说这新品种是她哥沈慧锁提供过来的，想了想说："按咱们这里的农时，是头伏萝卜二伏菜，三伏过了种荞麦。日本和咱们这里的纬度差不多，生长期是三个月。现在是秋末了，在大地里种肯定不行，大棚里倒可以试试，关键是掌握好温度。"沈慧娟也是个机灵鬼，说："孔局长不用担心，我们村有的是树枝子，在每个大棚边上盘一个地炉子加温，棚里装上日光灯，增加日照。如果种坏了，我们包赔种子钱。"孔秀林打了沈慧娟的肩膀一下说："我的娟姐，你再喊我局长就不理你了啊。"

下午，两人带着仪器到了西沙村小学旁边刚搭建好的大棚里，测土施肥后，将种子下地。没几天，青青的萝卜苗如同星星点灯，齐刷刷地长出来了。

62

秋风起，天气转凉，很快就要到新年了。于步青看着窗外被寒风扫光了叶子的大柳树，裹了裹武装部发给他这个第一政委的军大衣，翻开了今年县财政收入预算表，看到地方可支配资金的赤字没有了，似乎还多了一点儿。

较 劲

他正要看明细账的时候,电话响了,金县长兴奋地说,今年由于蔬菜批发市场的建立,农村这一块营业税收增加了不少,那个巨大的脱水菜厂虽然免了一些税种,但也交了二三百万。地方可用财力除了按今年的开支预算外,明年还富余出来五六百万,问他怎么花,还说邢大军书记提出在宣传文化事业上多花一点儿。于步青说:"他那个报告我看了,净是什么办专栏、写标语等形式主义的东西,我们不搞那些。钱怎么花是你政府的事。不过,我有个建议,把去年干部该涨的还挂在档案上的那一级工资涨了吧。我们共产党人不是苦行僧,现在也不是八路军、新四军吃大锅饭、搞供给制的年代,都是以家庭为单元生活,人人都有老婆孩子。"对方连声说:"对对,我们县财政困难,每年上级来了涨工资的文件,我们都跟大家说'现在没钱,先记在档案上,以后有了钱一块发'。三年多了,一次也没兑现过。这次大家要过个欢喜年了。"于步青说:"你们政府那边准备一下,近期上常委会研究。"

电话刚放下,组织部部长老郑进了屋,说:"于书记,把你的条子拿出来吧。"于步青无奈地苦笑了一下,把钥匙递给他说:"文件橱第三个抽屉,你自己打开看吧。"

作为县委书记,最头疼的就是每年都会收到很多要求提拔干部的条子,有上级的,有平级的,还有偶尔来县里视察的或者是自己到北京和省城办事碰到的很大的领导干部,往往说,你们县某人和他是亲戚,是朋友,很能干,希望书记在可能的情况下提拔重用一下。在那个情景下,你不能不听,给你的条子也不敢不接。这样,就攒了一大堆。一开始他还看看,后来就不看了,又怕得罪了不知哪一方神圣,就全部锁在了一个抽屉里。

看着老郑一个一个地翻着,于步青说:"你也别那么仔细了,我也懒得看,对这些条子,我不说谁提拔不提拔,只说一个原则,你看着办。这些条子大体有三种情况,第一种是真老乡、真亲戚,两家交往很深,实在退、推不出去的。第二种是上下业务部门跑熟了的,又不断地送点儿小礼,磨不开面子写来的。第三种是找门子、爬窗户找来的关系,用金钱、美色拉上的关系。处理的方法是否可以这样选择:一是不管是谁推荐的,只要素质好、能干,有群众基础的,我们就重用提拔。二是被推荐人素质能力一般,但写条子的人很有权势,又掌握着我们县物资、资金分配权,得罪不起的,也要用,但是,不能到组织、纪检、政法、农业、工业、财政、教育等关键部门去,可到人大、政协的科室或者是党史、地名办、工会这样的单位,那里也是乡

较 劲

科级。他们说话了，我们也提拔了，尽管地方不太理想，他们也说不出话来。这样做，起码在财、物分配上他们不会亏待咱们县。同时，跑他们门子的人到了这种清水衙门，可利用的公共资源少了，关系就慢慢淡薄了。三是不够领导干部条件的，坚决不予提拔，还要把你们对这种人的考察报告送给推荐人一份，说明情况，要尊敬而客气地写上，'某某领导，你推荐的人我们认真考察了，还有一定差距，我们一定好好培养，并且要求老领导也帮我们一下忙，给那位同志提醒一下，并把您的领导和做人的经验传授于他，也帮着我们培养一个好干部'。我估计，这样一说，领导也就不好意思再说什么了。"

郑部长听完，"扑哧"一下笑出了声，说："于书记啊，你真不愧是学哲学的，不管多么对立的东西，都能找到它们的统一点。这也叫圆融，或者是比较嘎的滑头。"他俩都是从市委机关下来的，说话比较随便。

在两人谈话的时候，于步青总觉得窗外有人影在晃动。郑部长刚走，办公室秘书小路就进来了，收拾着茶几上刚才根本没人动过的茶杯。他感到这个小伙子最近有些反常。

县委常委会如期召开，几十个干部的调整顺利通过，没有什么周折和震动，涨工资的决定更是让人们兴奋异常。

散了会，市委的通知下来了，年底前要搞一个由书记、市长带队，市直各局长和各县书记、县长参加的年度拉练大检查。这是多年延续下来的一种工作方法，目的是对各县一年的工作进行考核和评比。

他和金县长碰了个头，云淡风轻地说，汇报材料主要由政府那边起草，重点是经济建设，县委这边的宣传、纪检、组织等工作略写。不管什么工作，最后都要落实到县里的钱是不是多了、老百姓的收入增加了多少上，只有大家的钱袋子鼓起来，才会说共产党好。这和当年共产党闹革命看中了穷人这个大多数群体，提出了"打土豪，分田地"的口号，最后取得了成功一样，所谓"为官一场，造福一方"也是这个道理。

金县长暗暗点头，心里啧啧称赞。在他的经历里，能把上级那么多文件、讲话，报纸上那么多社论、评论浓缩成这么几句浅显易懂道理的县委书记不多见。

于步青没管他，开起本田轿车，打开音响，听着德德玛优美、嘹亮、广阔的歌曲《美丽的草原我的家》，到西沙村看新出来的黑田七寸胡萝卜苗去了。

他这里气定神闲，而邻县的书记郭大郎却急火攻心。老城拆平后，新盖

较 劲

的八千套门市板房只卖出去不到三分之一,"刁小三"的垫资成本收不回来着急找他;集市的日子里四乡的农民来得少,撑不起市场来他着急。枣河县文化馆一个叫万里浪的尖酸文人编了一个段子:"枣河书记郭大郎,拆了老城建市场,一片白板房,一片白茫茫,寥寥不见人,好像大坟场。天刚蒙蒙亮,三人进了场,一个剃头的,一个卖鸡的,还有一个炸麻糖。卖鸡的去吃热麻糖,两只公鸡钻出了筐,一只飞到了剃头挑子上,剃头佬惊吓得手一抖,把顾客脸上划了一道伤,血珠子往下淌。两人去抓鸡,公鸡更慌张,撞倒了炸麻糖的锅,四人全被烫,齐骂郭大郎。"一时间传遍全城。他听到之后虽然心里很愤恨,但最着急的还是即将到来的拉练考核。大市场是他要展示的政绩,他和杨一棍商量了一番,拿出了两条计策。一是派出纪检、检察部门调查省直、市直驻枣河县的单位,如电力、税务、电信、银行、保险头头们的劣迹,拿到手后逼着他们拿公款到老城买门市部。二是到了市里来考核时派公安、税务、工商关闭周围十公里以内的集市,把所有赶集的人赶到老城市场上来。

这一招还真管用,市场的门市房很快卖出了一多半,剩下的挂上了各种管理所和居委会的牌子,到市里拉练考核的那一天,老城市场上果然是人山人海、摩肩接踵,但于步青还是看到了许多门市的货是新上的,许多小老板连秤都不会用,秤砣和秤盘经常掉在地上,说话间露出了基层机关干部的神态。他想,别的领导也不傻。

考核拉练结束后,书记、市长讲话。高杰书记高度赞扬了柳河县推行市委"三三制、三条龙"农业战略调整进度快,没提枣河的市场,倒是胡市长把枣河发展商贸的做法表扬了几句。郭大郎对杨一棍说,姓高的不提就不提吧,反正他要走了,书记准是胡市长的。他嘴上这么说,心里却想,二把手的表扬毕竟不如一把手的肯定有分量,又让小村里来的这个穷小子压了自己一头。

63

新年过后,春节很快临近,附近的村里时不时传来零星的鞭炮声,一场雪花飘过,大地一片晶莹。进了腊月二十之后,于步青发现来县委大院里的各局和乡镇的头头以及企业的人多了起来,人人都夹着个小包或提着个大包串游在各个办公室,有做伴来的,也有单个来跑的。最早来他办公室的是孔

较 劲

秀林和沈慧娟，一改见了他很随便的样子，一本正经地说，一年来，在县委的领导下，特别是在书记的亲自指导下，工作取得了一定成绩，写了一个材料，请书记过目。于步青奇怪地想，各单位的汇报会刚刚开过，在会上都把今年的工作、明年的任务讲得很清楚，现在来汇报什么。他拿起信封一摸，是人民币，不少于一万，当场就翻了脸，把二人骂了个狗血喷头。孔秀林委屈地流着泪小声说，这是规矩啊。沈慧娟没敢出声，也含着泪花，看着他铁青的脸把信封拿走了。这天，他一连骂走了好几拨这样的人，全是科局级领导干部。

下午快下班的时候，人大柳东旭主任打来电话，说快过小年了，叫他来家里吃顿饺子。按照他来柳河工作给自己吃饭特别是到私人家里吃饭定的规矩，平级的、感情好的去吃，下级的家一律不去，这样就剩下了人大常委会主任、县长和政协主席三个人。柳东旭主任又是高杰书记的同学，当然要去。

三杯酒过后，柳东旭说："于书记，我知道你是清廉的好干部，可是，你这样干，是要断了大家的财路，坏了规矩啊。谁家没个大事小情不求人，哪个单位一年年的没个困难不需要领导帮一把？真帮和假帮一样吗，严格按文件办和灵活一点抬抬手就让过去是一回事吗，逢年过节还没个人情礼往了？"

于步青想说什么，被他挥手拦住了，他继续说："再说，我们做县太爷的，一年到头为这些孙子操心费力，逢年过节了，他们还不该孝敬点儿？又不是什么大钱，我们也不是给他们办超原则的事。我们的机关干部哪一个比那些发了财的家伙们智商低啊，凭啥他们就该花天酒地，我们就得受穷啊？没有党的好政策，他们能致富啊，政策还不是靠我们来执行啊？"

看着老头情绪有些激动，于步青主动端起杯敬了酒，笑呵呵地说："老兄言之有理，不管是歪理、邪理还是真理，起码是现实主义态度。"

柳东旭一口喝干，放缓了语调说："书记兄弟啊，老规矩不能破啊。你要是羊群里出个骆驼，那些羊就吓坏了，不跟着你走了。你知道吗，好几个被你骂跑的干部跟我说，小毛驴不吃高粱拉车会有劲？老黄牛不吃料豆能耕好地？于书记做这么高的姿态，分明是来镀金，不和咱们一条心干啊。这样下去的话，人们就会表面上尊重你、心里害怕你，躲着你、疏远你、孤立你、不帮你啊。你再能，手大捂不过天来啊。"

后边这几句话震动了于步青的心灵，他睡前读书时拿起了《清史稿》，里面记载了地方官员给中央各部夏天"冰敬"、冬天"炭敬"以及皇帝发养廉银的事。他思考道，自己怎么办呢？行贿送礼是浊流，自己单纯做清流肯定不行，不随波逐流也不可取，是否有一个办法做一个随波逐流中的清流呢？就像渭水和泾水一样，清浊分明，还在一个河道里顺着一个方向往前走？

他从沈慧娟那里知道沈慧锁去南洋开辟市场了，便拨通了高原红的电话，想她在那样的机关，说不定有办法。

听完他苦恼的陈述，高原红朗朗的声音传来："步青师弟，于书记啊，官员贪墨是历朝历代执政者面临的最严峻的问题，还没有彻底的解决方法，连朱元璋皇帝杀人如麻、剥皮揎草那么严酷的做法都未能根除，主要还是人治、法治问题，要找到一种有用制度。我们也在研究啊，相信一定会有新时代新思想指导把这个问题解决好的。你也别发愁了，别忘了黑格尔大师的语录，凡是存在的都是合理的。我给你一个账户，你把钱汇来吧，我和齐医生要干一件事，你也别问什么事了，是我们女人的事，对男士保密。"

"齐医生，远航吗？你见到她了？"于步青脱口而出。高原红那边爽朗地笑了："是啊，我在柳河下乡，生孩子时落下了妇科病，一直是齐医生给看的。她在疾控中心忙得很，昨天又出国了。怎么，你很想见她吧？"接着又是一阵笑声。他似乎看到了这个知青大姐那双睿智而又带点儿狡狯戏谑的眼睛，忙说："不，不，没有。"高原红说："师弟啊，我告诉你啊，青少年时代男女青涩的故事就像陈年的老酒，越放越有味道，等到开坛的那一天，一定是喷香扑鼻的，可以喝，但一定记着不能喝醉。你呀，虽然当了七品县令，读了不少的书，可不懂女人啊。"

听她越说越多，于步青赶紧放下了电话。

在以后的几天里，还是不断地有人来，有的放下两瓶好酒、两条好烟，有的就是装着所谓汇报材料的信封。于步青连看都不看了，一股脑扔在了抽屉里。每次客人一走，办公室秘书小路都会出现在门口。

离春节还有三四天的时候，金县长来到他的办公室，开门见山地说："于书记，又到了进庙烧明香的时候了。你刚来，不好意思跟下边张口，我去征公粮，咱们一块去。"于步青坚决地摇了摇头。金县长说："我知道你是高杰书记的大秘，他那里不需要你送礼，他也不要。可别人呢，那些管纪检、组织决定我们命运的人呢，还有管着分配钱物的市长们呢，你就不去走动走动？不是为了自己，就是为了柳河的利益也应该去串个门啊。"于步青还是冷冷地拒绝了。

较 劲

其实，他有自己的打算，算了算，自己那几百万存款，利息也得几万，打发几尊神足够了。他记住了岳鸣沙那句话，在目前的政治生态条件下，出来做官是要有成本的，但他这个成本不用柳河一分钱，更不能摊在柳河的老百姓身上。

大年二十九，他开完了年度最后一个常委会，到公安局借了一辆老旧的北京绿帆布吉普车，找孔秀林要了几筐新鲜的蔬菜，盘点了一下那些信封，大概有十来万，苦笑着一并装上，驾车回到了河海，先给老书记送了菜，而后到附近一个建行的网点把钱汇到北京。中午，他和妻子、在外地上大学回来的儿子一块吃了顿团圆饭，下午把该串的门串了，第二天就回老家了。

他不知道，那天上午，一直有一辆柳河的车跟着他，车里坐的是县委办公室的秘书小路，车是邢大军手下的"第一棒"——"横棒"苏登才提供的。

离开家乡二十多年了，榆柳堡的变化不是太大，榆树更苍，柳树更老。不变的是村庄，变的是人：老支书徐老金已经作古，现在的支部书记是本家哥们于新生。造假螺纹钢的老恒修死在了监狱里，两个儿子大海、二江还在服刑；花汉子双刚带着一身梅毒回来，被老婆孩子赶了出去，在村东头的一个小瓜棚里安身，没吃没喝，夏秋靠捡拾庄稼糊口，冬天没能熬过去，挖地里残留的红薯时窝在雪坑里没起来；二永华的媳妇跑了，他仍旧是光棍一条，在村里乱晃荡；曾经就着辣椒吃糠窝头的老光棍大才也没了，据说临死还抱着一直不肯交给派出所的那杆土枪。

这几年外出打工的人不少，还是老祖宗的规矩，挣回钱来修房盖屋，甭管住不住，先显摆一回再说，所以新房添了不少。于家老三、老四在县城，一个搞玻璃钢管道，一个卖采暖器材，市场好，也挣了不少钱，把老屋拆了，翻盖成了一溜八间的青砖瓦房，院里还修了一座小凉亭。勤劳的母亲开了一块小菜园，搭上了于步青从柳河引进的小拱棚，里面的韭菜嫩绿、茴香青青。大门楼宽大气派，能开进汽车。

他到家的时候，大哥正站在凳子上在门楣上写下了"于宅"两个颜体字，看到他说："老二，咱家就你读的书多，你来吧，看这两边和横批都写什么。"老四说："写招财进宝啊"。于步青说："发财谁都想，关键是怎么发，发小财靠勤、中财靠道、大财靠运。"说着上了高凳，先在两边写上了"忠厚传家久，耕读继世长"，横批写的是"仁义礼智信"。在一旁观看的三弟妹原来在娘家当过大队的妇女干部，心直口快地说："这不是孔老二说的吗？可是受过

较 劲

批判的。"

按照老家的规矩,大伯哥是不和兄弟媳妇搭话的,可既然她说了,于步青看着自己刚写的字说:"那时批判是错误的,孔夫子是伟大的教育家和哲学家,他的半部《论语》就可以治天下,这句话是可治家的。"她似懂非懂地走了,嘟囔着:"他说的这是啥意思啊?"

中午,一大家子在一起吃了一顿团圆饭,于步青拿出了两瓶茅台酒。喝完一瓶后,父亲不让喝了,把酒藏了起来。吃完饭,本家的一个叔叔来串门,他又拿了出来,说:"老云轩,我叫你喝一杯你一辈子没喝过的酒。"倒了一小杯,看着对方喝下去之后又把酒锁在了柜子里。

于步青每年都回来几次,每次都是来去匆匆,从未在家住过,今日住下来了,就出去转转。他刚出门,碰见二永华拎着一副麻将去找赌友,对他说:"二步青,我看你在外面混得不怎么样,开的还是一九五八年大跃进时县长坐的帆布篷,人家都是明光铮亮的两头平了。"他也没争辩,给了对方一支烟,继续顺着胡同往北走,大街的墙上还残留着他当年写的"农业学大寨"的标语。过了大才留下的快要倒塌的三间小土房,越过更加矮小的寨墙,跨过西北桥,当年的知青点和五七干校的四排红砖房门窗已经被人撬走,里面栖息着野狗野猫和成群的麻雀,有人路过,就是一片喧哗。

路还是被寒风冻僵的路,车辙依旧,旁边的大王坟依然高耸光滑、寸草不生。

他穿着军大衣站在猎猎风中,北望河海,思绪流动。二十六年前,一个苦逼青年,着粗布棉袄,腰缠麻绳,背着粪筐,在这条道上帮高杰书记推过拉水的车,在大王坟下挖过田鼠仓和几个古碗,遇到了岳鸣沙,到县城送棉花遇到了齐远航,加入"红海洋"宣传组,进入李忠礼局长的工作队,到河海发电厂翻砂,流着泪考大学……这些,是命运的安排,还是其他?

生活没有"如果",生活如果有"如果",如果没有当年这些巧遇,他会怎么样?在村里当一个干部,在村小里教书,或是种上几亩地,日出而作,日落而息,都说不清。其实,人生就如眼前的地平线,你往前走,它就扩展;你不动,就看那么远。生活就是较劲,和自己较劲、和自然较劲、和周围的人较劲,说到底是自己和命运的较劲,永远不屈服命运的安排,相信奋斗会改变命运。自己今年已经四十多岁了,按活七十多岁计算,已经过了三分之二。看着地里长着几蓬衰草的一片坟茔,他想,自己过世之后,要在墓碑上

较 劲

刻上这么几个字,"这里安息着一颗一生不屈服命运、永远奋斗的灵魂"。

北风更大了,他也感慨完了,回头往村里走。刚到胡同口,穿着小红羽绒服的大哥的小孙女跑过来,奶声稚气地说:"二爷爷,咱家来了一个人,说是找你的,坐着一辆好漂亮的车,拉来了好多东西,一块猪肉那么、那么地大。"一边说,一边还伸开小胳膊比画着。他低头亲了一口小红脸蛋,抱起孩子往家走,见门口停了一辆霸道十足的美国军用吉普悍马,中学同学段长森正指挥着司机和秘书往屋里搬东西,有猪、白条鸡、大带鱼、新鲜蔬菜和成箱的烟酒。

于步青上去打了他一下说:"你小子怎么大年三十就来串门啊,你是骆驼啊,还弄来这么多东西。"

段长森油腔滑调地说:"七品县令返乡探亲,理应早来拜访,也该给大伯、大娘拜年,只是海南的饮料市场出了点儿问题,来晚了。"说着进了堂屋,把羊绒大衣甩给秘书,当真给二老磕了一个头,乐得两位老人满面菊花笑。

于步青把他拽起来说,别出洋相了,拉进自己屋里问道:"商人无利不早起,说,找我什么事?"段长森开门见山:"我听说你那里引进了小日本的黑田七寸胡萝卜和细胞破壁技术,我要掺和一把。你知道吗,目前市场上的饮料都是解渴型的,胡萝卜汁可是保健型的,蝎子屁屁,独一份。""你怎么掺和?""在你那里买地建厂,进灌装设备,垄断技术,建一大型保健饮料厂,保证一年缴税过千万。"于步青说:"你想得美,一个县的骨干企业都变成私营的了,政权怎么稳固?遇到大事、难事,我找谁去?我告诉你,段嘎三,当一个县官和掌握一个家庭过日子一样,手里没有自己的存款,心里不踏实啊。过去欢迎,怎么经营再商量。""好,好,只要让我过去就好办。"商人都是灵活的,认为世间万事都是可以商量的。段长森连连点头。

送段长森出去的时候,他看到母亲正在给大嫂和老三、老四家分新到的年货。

大年初一黎明的鞭炮声响起来的时候,于步青和大家一样跟着大伙到各家拜年。看着人群很多,其实分得很清楚,一个辈一伙,有哥哥头领着。他们这一辈的哥哥头是一个八十岁的叫于新坡的打头,按年龄于步青只能排在队伍的中间。全村的人都拥到大街上来了,嫂子们喊着他的小名,少年时的伙伴还互相弹着脑瓜崩,他都接受了。他知道,不管你在外边当多大的官、发多大财、事业干得多么大,在乡亲、同学眼里,还是当年的你,当年你在村里什么样、在学校什么样，他们认为你现在还是什么样，该怎么对你还是那么对你，除非求你办事的时候有所改变。

过完年回去上班的第一天，他把土地管理局长叫到了办公室，问因农村适龄儿童减少、学校合并而被闲置的西沙小学的土地归属权。土地局长告诉他，这是一九五九年的县政府划拨用地，属于教育局。他说："你把这块地转到农业局名下，理由是未来的苗圃试验场。"

过了正月十五，段长森真的带着他的人马到了。三辆加长版的美国悍马卷起一阵风，稳稳地停在了宾馆门前，总工程师、总工艺师、总会计师和女秘书、男保镖一个个西装革履，把农业局长孔秀林、西沙村支部书记沈慧娟看得一愣一愣的。

于步青笑着迎上来说："你也别显摆你的几辆破车，小心我让交警找个碴扣留了。"

段长森也不示弱，说："你也别嘚瑟你们行政机关的臭规矩，什么进宾馆报到、在会议室坐下谈工作。走，先看萝卜苗去。"

西沙村的大棚里，黑田七寸胡萝卜苗一片碧绿，萝卜缨下的土地有的已经出现了裂纹。段长森拔出一棵细看，顺溜、光滑，一掰两截，送进嘴里嚼了嚼说："真是好东西，出汁率起码百分之三十。好，就在这儿建厂了。于书记，给地吧，多少钱一亩，明天打款。"

于步青笑眯眯地把他们领到了西沙村小学里说："不要钱，这个学校闲置了，归你用。"段长森一摆手，他的手下拿出皮尺，一溜小跑量了一圈说："一共十亩五分，建车间、办公楼、检验室足够，没有仓储。"段长森看着学校后边原来生产队时的场院说："你们再去量一下那儿。"两人很快回来汇报："五亩四分，正好建六个仓库外加停车场。"

段长森看着于步青说："于书记，怎么样？那块地也给我。同学是同学，生意是生意，我是为了我的企业赚钱，你是为了你柳河县的百姓挣钱，各取其利。说吧，算十六亩，一口价，多少钱一亩。"

于步青不慌不忙地点燃一支烟，慢悠悠地说："我说过了，不要钱。这个学校的地产权现在是农业局的，还有她们买断的胡萝卜破壁技术也属农业局；后边那个场院是西沙村的，产权属于沈慧娟领导的村委会；设备、厂房是你的。你们三家搞个股份制，按投入多少界定持股比例，管理方法你们再商量。"

较 劲

看着段长森低头不语的样子，他又加了一句："全国生产饮料的厂家多的是，可这种胡萝卜的引进种植，就我们柳河独一份。"

段长森靠近他，狠狠地给了他一拳，咬着牙说，"好吧，就这样"，便指挥他人和孔秀林、沈慧娟以及县土地评估所的人在一旁摁计算器去了。结果是按总投资概算，柳河县农业局占百分之四十二，段长森的"东方红"饮料有限公司占百分之三十八，西沙村占百分之二十，品牌定为"柳阳牌"。

在转场址的时候，于步青指着小学东墙外二十年前他和齐远航曾在此徘徊的那棵老枣树说："不管你小子怎么折腾，这棵树你一定要保留下来，少了一根树枝，我饶不了你。"

段长森坏笑着说："怎么，你在这里上演过'月上柳梢头，人约黄昏后'的故事啊？"

于步青说："到时候你自然会知道。你小子要敢胡说，小心让吕素青放狗咬你。"

他俩正嬉笑着，沈慧娟赶过来说："于书记，你看天都快中午了，这么大的老板，中午咱吃什么饭啊，一点儿准备都没有。"

于步青说："准备什么，大锅菜，杂面汤，贴大玉米面饼子，这小子就好这一口。"

孔秀林凑到沈慧娟的耳边说："咱们的书记也好这一口。"

事实证明，于步青的决策是正确的。后来土龙河发大水，邻县枣河的郭大郎把国有企业全部卖给了私人，洪水来了，那些私营企业主都避难跑了，而柳河县委一声令下，柳阳饮料公司的三千职工全部上了堤。

64

搞脱水菜的广东佬黄老板够意思，给县委政府捐献了两台丰田大吉普，书记、县长一人一台。

桃花红杏花白，春深似海。于步青午休过后，喝了一杯茶，处理了几份文件，开上马力十足、宽敞明亮的新车奔向了柳河滩。

在贯彻市委"三三制、三条龙"的农业发展战略决策中，他和老金县长有个分工，他抓点，对方负责面上推动。在一二把手的合力下，农业结构调整经过一年多的努力，已经初见端倪。在绵延十多公里的河滩上，往年东一

较 劲

口、西一块的小菜园和杂粮庄稼不见了,成方的桉树林在春风里欢快地晃动着柔软的枝条和青绿的叶子,连片的苜蓿、地丁等优质牧草像一张巨大的绿色地毯铺向了天边;成群毛色光亮的小尾寒羊、毛发浓密的獭兔在草地上觅食嬉戏,还有通过昔日大学同窗、现在已经是大牧场场主的巴特尔那里引进的三个月便可以育肥上千斤的大肉牛、渤海滩上的黑色大菜驴也在牧人的看管下风卷残云地吞食着嫩绿的叶子。远处,一排排蓝白相间的板房矗立。据金县长讲,肉食加工、裘皮制作企业都在加速筹建。到年底,果菜生产加工、牧草种植、畜牧养殖加工这两条龙基本就可以建成,在县域内实现良性循环。

"念中央经,说地方话",这是市委高杰书记经常讲的。就像毛主席把马列主义同中国革命的具体实际相结合一样,对上级的文件不能照本宣科,不能僵化教条地去执行,一定要和本地的具体情况结合起来,找到属于自己的独特的发展路子。粮棉加工一条龙他不准备搞了,因为西边的槐河县有一个巨大的面粉加工厂和一个现代化的纺织印染企业,如果自己也上,投资巨大不说,印染这一块会污染环境。自己这个县只是更换品种、提高价格,给他们提供优质原料就可以了。倒是老城的改造利用该提上日程了。春节后,老工友、枣河县交警中队长郑晓峰来看望他,说自己按他的主意,在刁小三拆老房建市场的时候,收购储存了一大批青瓦老砖,还有部分老榆木雕花门窗。

手机响了,组织部部长老郑打来电话,说河海市委主要领导变动了,高杰书记调到省里去了,胡早秋市长去了一个沿海城市,新来的书记叫文渊博,据说大学时写的朦胧诗曾震动过文化界,是从外省的一个文化单位来的;通知明天开正县级干部见面会,要求他和金县长参加。

见面会还是在大礼堂。老程序,省委组织部部长宣布省委的决定,老书记讲话,文渊博书记表态。文书记宽阔的前额,不太多的头发梳得整整齐齐,黑框大眼镜,一副学者教授的模样,讲完了套话开场白后说:"从古到今,所有的发展都是竞争式发展,现代社会更是竞争的社会,一个地区,一个城市,一个企业,一个单位,相互之间有资源的竞争、人才的竞争、产品的竞争、品牌的竞争,最终还是文化的竞争,雄汉盛唐灿烂的文化带来了国运的强盛。用满怀激情的文化提振精气神,就会带来经济的大发展。所以,我们河海从今天开始,要抓根本,要文化立市……"

散会后,于步青和金县长去给高杰书记送行,回程时两人坐到了一辆车

较 劲

上。金县长习惯地挠着头皮说:"真是一个将军一个令。于书记,你是写材料出身的大文化人,你说,这文化立市到底抓什么呀?"

于步青说:"文化这个题目太大了,既有广义的文化,也有狭义的文化,一个民族的记忆是文化,一个民族的风俗和行事风格也是文化。通俗地说,文化就是一个地方人民的活法,同时不断地增加新的东西、发展先进文化。对于企业来说,文书记说得确实对,三流企业说管理,二流企业说品牌,一流企业说文化。不管市委怎么布置,我们要抓企业文化,重点宣传咱们的蔬菜、脱水菜、胡萝卜汁,给它们增加文化含量,扩大市场。其余的让宣传文化部门去做,坚决落实文书记的指示。"

说话有放有收,还有重点和自己的主张,金县长更加佩服这个伙计了。

也是在小汽车上,枣河县委书记郭大郎和县委常委杨一棍也在议论着新来的市委书记的讲话。郭大郎说:"文书记说要用激情的文化来振兴河海,你说咱该怎么办。"平时爱看点儿唐诗宋词、在人前显摆的杨一棍说:"诗言志,词抒情,咱们可以搞一个全县的赛诗会。"郭大郎高兴起来,说:"对,当年我上大学的时候,江青在小靳庄搞诗歌会,我还写了一首诗呢,描写我们去参加劳动的情景,'一片大地一片黄,割麦割到九天上。玉帝看了微微笑,王母娘娘送茶汤',还得奖了。"

杨一棍说:"郭书记,你到底上过大学,比我们这些大头兵强多了。这样吧,我回去之后,立刻组织文化单位、行政部门、学校写诗歌、填新词,歌颂改革开放,歌颂我们这个伟大的时代,歌颂你在枣河县的施政方针。全民动员,全民放歌。到时候让文书记来开个现场会,准能压倒那个小村里来的于步青。"

郭大郎开心地笑了,心里想,用人还得用自己人。

他说得一点儿都不错,一个月后,市委的通知下来了,让各县拿出文化立市的新举措、新行动,下半年要进行联查评比。

郭大郎看后马上叫来了杨一棍,兴奋地说:"咋样,我没看错吧。上次我到文书记那里去,从市委后边的'阅微堂'花了六万多买了一个紫檀木桌围屏风,一面是万年历,一面是王羲之的兰亭序。他一掭我赶紧说,'是仿紫檀的,不值钱',他说,'重要的是这上面的字写得好,如果换上李杜的诗歌就更完美了'。咱们得赌一把,先积极响应市委文化立市的号召,做出成绩来,而后用雅的玩意儿围猎他。"

较 劲

"对，到时他不提拔咱才怪。"杨一棍答应着。

郭大郎拿起桌上的铃兰笔，在一张白纸上写了四句话："文化立市就是好，河海大地诗歌飘。枣河人民志气大，战天斗地冲云霄。"

"好诗，好诗。"杨一棍在一旁吹捧道，"书记带了头，群众有劲头。我们是不是开个会动员一下，来个全县提振精气神诗歌大赛？"

郭大郎思考着说，不要搞一窝蜂，要分分层次，机关干部是一块，教育线上的老师、学生是一块，农民是一块，企业工人是一块，到时来个诗歌大比赛。同时，要营造氛围，标语、宣传牌也要搞起来。争取两个月内见成效，把文书记请来指导。

自己讲的就是领导想的，自己干的就是领导盼的。干了两年办公室主任，杨一棍悟出了一个道理，作为领导的大秘、内当家，要做三虫，即领导肚子里的蛔虫、行动上的跟屁虫、面对面的应声虫。

下午，他就和宣传部部长组织召开了全县领导干部大会。郭大郎亲自讲话布置，提出了"文化立县"的口号，分配了任务，并把这项工作列入了年终干部考核的内容，提出了提拔重用和降级惩罚的标准。真是头头带了头，下边齐磕头，枣河县沸腾了，"提振精气神，文化立县""让诗歌在枣河大地传唱""以实际行动响应县委的号召，人人写诗，个个填词"的标语遍布了大街小巷、公路两旁、乡镇村庄，各个单位都在写诗、读诗、交流诗，大门口竖起了赛诗板、诗歌栏。文化馆的几个半吊子文人，由平时的没人理变成了现在的香饽饽，这个单位请，那个单位叫，整天喝得醉醺醺的。有一个诗人半夜喝醉了酒跑到河边上大发感慨："啊，我的家乡，诗歌的春天来了，来得那么快、那么突然，让我的脑瓜发蒙、心里膨胀。那么多的才情，喷发而出；那么多的感慨，今日抒怀；那么多的酒肉，摆在了面前；那么多的美女，向我绽开了笑脸。叫我怎么能不开怀畅饮，叫我怎么不把腮帮子甩开，叫我怎能不想入非非！啊，这一切，是真的吗，我不会是在做梦吧？没有，一切都是现实，而现实，又是那么美好。这美好有未来吗？我不知道，我不知道，不知道。"吟唱完毕，一头卧在了河滩上，直到第二天早晨才醒过来，吐了一大摊酒肉，醉倒了好几条大黄狗。

在柳河县，于步青看完主管宣传的县委副书记邢大军拿来的市委文件后说："上级的规定要严格执行，自选动作要有特色。文化是一个地方的根，也是鼓舞一方人民奋斗前进的魂，表现在我们柳河县人民的每一个劳动成果里。

较 劲

尤其是我们县最近生产注册的'柳阳牌'蔬菜、脱水菜、胡萝卜汁,河滩上成片的桉树林,上万亩的小草原,上面奔跑的牛羊,还有即将开展的古城保护开发项目,都是我们柳河人民智慧的结晶,也是我们新的经济增长点。要通过贯彻市委提出的'文化立市'决策,给它们增加文化含量。"

邢大军答应着离开了。于步青看着他的背影想,自从处理了三个"棒棒"后,这仇算结上了,甭指望这位老兄全力配合自己的工作,不捣乱就是万幸了,有些事还得自己亲自动手抓。他随手拨通了大学同学、京城一家大媒体的掌门朱流萤的电话:"上海小阿拉啊,朱总忙什么呢?"对方欢快的声音立刻传了过来:"大师兄啊,你这地方小官吏怎么想起小阿妹来了。"于步青说:"地方小官吏遇到困难了嘛,有事求大老总啊。"随着把自己的目的告诉了她。朱流萤说:"好啊,策划包装是我们的强项啊。不过,我有两个条件。"于步青说:"提吧。"对方说:"第一,我们是自负盈亏的单位,你得出点儿血。"于步青说:"好,我就伸长脖子等着你来宰。不过,你的刀也不能太快了啊,你师兄我这里还是贫困县啊。"朱流萤说:"少在这儿给我装穷。还有第二条,就是我们离你那里也就二百多公里,你得到县界来接。"于步青说:"好,我一定亲自去,再带上一部警车,迎接王后娘娘。"对方说:"别说'王'了,你那个前妹夫早跑到爱琴海冲浪去了,只剩下我这个'后'了。"

老同学沟通起来就是畅快。三天后,于步青叫上公安局局长付双剑迎着朝阳上路,早早到了通往京城大道的高速路口。两人下车吸烟的时候,付双剑问起那次抄了三个"扁铲"的假工厂缴获的几百万现款的问题,于步青说,等接待完这帮记者,很快就会用上的。

一辆挂着京牌的银灰色的旅行车驶来。已经四十多岁的朱流萤依旧打扮得流光溢彩,跳下车来给了于步青一个大大的拥抱,笑颜如花地说:"师哥真的没有负我。县委书记亲自来接,让车上那帮小子大跌眼镜吧。"公安局局长上前一个标准的军礼,更让她兴奋异常,拉着于步青上了旅行车。于步青的车由付双剑带来的警察开着在前面开路。

在车上,朱流萤介绍了同来的三个人,一个是他们单位的记者部主任李平和,薄薄的嘴唇,细长的眼睛隐藏在镜片后面,一看就是个文思敏捷而又说话尖酸的人;另外一男一女是电视台的主持和摄像,一个长发飘飘、青春飞扬,一个络腮胡子、满脸沧桑。

到了宾馆,金县长、孔秀林、沈慧娟和脱水菜厂的老板黄金宝,还有胡

较 劲

萝卜汁厂的段长森都在等候，于步青一一介绍。看到美女，黄金宝两眼放光，尤其是朱流萤的"阿拉"口头语一出，他赶忙说："朱大美女老总是上海人啊，我们这些可是乡下人咪，我这广东佬见到你可是三生有幸的啦。我们都在江南，算是半个老乡。"朱流萤在北京已经工作多年，北方粗粝的风把她江南姑娘嗲嗲的风度吹走得差不多了，除了"阿拉"的口头禅外，普通话纯正得很。身为大媒体的总编辑，见的各色人等多了去了，知道这个金丝眼镜是个有钱的主，便打趣道："黄老板客气了，和北京人比，我们还是外地人了。中国有句俗语，'老乡见老乡，两眼泪汪汪'，你可要帮小妹一把了。"黄老板连连说"没得问题啦"，高兴得手舞足蹈。

介绍到沈慧娟时，朱流萤揽住对方肩膀说："怪不得高原红大姐在那么重要的机关一身正气、两袖清风，原来不光有一个做大生意的老公，还有一个企业家的小姑妹啊。家中存粮满仓，何必去捡泥土中的几穗稻黍啊。所有的文明都是建立在温饱之上的。"

于步青说："也不尽然啊，关键是给自己定一个标准，不超越，不出圈，这种自律也是很难的。"

朱流萤点头，回头问金县长："你和我师兄主政的这个县叫什么县？对了，叫柳河县，有什么典故吗？"金县长说这是土龙河的一段，两岸种柳，所以为柳河。朱流萤随口念道："'碧玉妆成一树高，万条垂下绿丝绦。不知细叶谁裁出，二月春风似剪刀。'春天的风景一定很美吧。"看着金县长有些发蒙的样子，于步青说："当然。'白玉堂前春解舞，东风卷得均匀。蜂围蝶阵乱纷纷，几曾随逝水，岂必委芳尘。万缕千丝终不改，任他随聚随分。韶华休笑本无根，好风凭借力，送我上青云。'"李平和眨巴着小眼睛说："绝妙好词，该不是章台柳吧。"于步青随口答道："那里的柳树只配王公子孙当拴马桩，我们这里的柳树可是防风固沙、阻挡洪水的栋梁之材啊。"朱流萤手里的派克笔上扬，狠狠地敲了记者部主任的脑袋一下。

金县长把于步青拉到一边说："于书记，你请来的这帮人学问太大，一会儿还是你介绍咱县的概况吧，我还是撤吧。"

大家说说笑笑地来到会议室坐定。于步青向京城来的客人说了柳河县的历史、发展趋势，最后说："我们这次活动是为了落实市委提出的'文化立县'的意图，请来了京城的策划宣传高手，把我们近两年出的新产品的文化底蕴挖出来，插上文化的翅膀，叫响全国，冲出亚洲，走向世界。各单位要把你们产品介绍好、说全面，让朱老总一行给提炼加工一下。"

朱流萤把马尾辫甩了一下，顾影流盼扫视了一圈，绕着弯子说："我和于书记是同学，他是我大师兄。在那个特殊的年代里我们都下过乡，在广阔天地里练过红心，也是在那个值得纪念的日子里，我们是第一批凭着本事进入大学校园的大学生，我们有着太多共同的经历和感受，我们那个年代的感情太深厚。我们那代人，已经走出校园二十多年，都在坚守着当初的信仰。于步青书记现在主政一方、功成名就，但不坠青云之志，在履行着自己的责任。刚才我俩就咏柳的诗词交流，他说，'好风凭借力，送我上青云'。我想，他所说的青云，是要把柳河这块神奇而古老的土地上的产品送上青云。我们作为国家队的新闻单位，到一个县里来，机会难得，一定要完成这个任务。我们的作品一定要物超所值，我们不会错过这次创作的机会，同时也深信，柳河人民不会亏待我们。"

语言很带感情，也很煽情，带有巨大的感染力。一段不长的话，包含了三个意思：一是自己和县委书记铁的关系，二是作为国家新闻单位到这儿是下嫁，三是作品质量决定了价格不会很低。

于步青心里感叹道，今日的上海小阿拉已经不是原来唱法语歌、说毕加索的小淑女了，京城的帝王文化和新兴的商业文化浸透了她的全身。

接着，孔秀林、沈慧娟说了柳河蔬菜的特点，黄金宝讲了脱水菜的质量，段长森则反复说了新生产的胡萝卜汁新的破壁技术、保健功能，特别是对高血压、便秘、心血管病，尤其是对癌症病人术后化疗康复的促进作用，并且在几个大医院做过实验，还取得了一定疗效，有医生的结论性论述。

朱流萤示意自己带来的团队发言。

李平和端起透明玻璃杯里红红的胡萝卜汁晃了一下，喝了一口说："好东西啊，既像节日的焰火，更是天堂的彩霞。说白了，我们这次跟着朱总来就是要做一个有文化含量的广告宣传片。一个产品，要想打开市场，要有知名度、美誉度和忠诚度。知名就不要说了，就是出名，好的可以出名，坏的也可以出名，关键是美誉度，让人说你好，在说好的过程中忠于你、买你的、喝你的。有了美誉度，一切都有了。美誉度怎么来呢，就是抓住产品独特的美的特点，填补世界上缺少的那种美的缺陷。段老板刚才说了胡萝卜汁那么多独特性，也就是许多的美，到底哪一种美是人民大众最需要的？要说美容养颜，就太烂了；要说你这产品女人喝了让男人更高兴、男人喝了更精壮，那也不靠谱。"

他说这话的时候，大胡子摄像在旁边嘟囔说："那还不如说，这个饮料女人喝了能生小子、男人喝了治阳痿呢。"

长发飘飘的女主持给了两人一人一记粉拳说："两个臭流氓，不许喷粪，说正经的。"

新闻单位人的洒脱、工作中放荡不羁的风格表现出来了，大家都笑了。

李平和继续说："柳叶眉小姐的这一拳打出了我的灵感。段老板的产品最大的美在于配合癌症的治疗，给几千万患者带来了新的希望，就好像观世音菩萨手中的杨柳净瓶一样，杨柳枝轻轻一扬，普度众生。"

"等等，"朱流萤的灵感也被激发出来了，"你刚才说天堂的彩霞，还有杨柳枝，我想起了仙草。我们都看过白娘子，小青不是去峨眉山盗仙草救许仙吗？大胡子，你看我们是不是拍一个电视片：段老板厂子的蒸馏塔上放着一瓶胡萝卜汁，画外音打出功效。医院里，一伙病人痛苦地等待着，望着那瓶仙药急切地盼望着。一个白衣飘飘的女子在月色中拔地而起，盗取了那瓶饮料，几个妖魔鬼怪奋力追赶。姑娘急速逃跑，累倒在山花烂漫的山坡上，醒来一看，是段老板的厂子和成片的胡萝卜汁，最后说，'仙药在柳河'。"

"好！"段长森首先鼓掌，大家也赞叹，都为这位上海美女老总敏捷的才思折服。

大胡子说："还应该加上一个镜头，众多的病人幸福地喝着，脱掉了病号服，奔向了工作岗位，齐声欢呼。"

"好，"朱流萤当场拍板说，"这个任务大家一起来完成。今晚出剧本，柳叶眉当女侠。段老板广告部的人不会少吧，你们出配角，布景就在你的厂子里搭。"

段长森说："没问题啊。"

"我们的菜怎么办呢？"孔秀林和沈慧娟有些着急。黄老板也说："还有我的脱水菜呢。"他们的神情像得了重症的病人，急等着一位神医开出救命的药方。

"且慢。"朱流萤得意地看了一眼于步青，把马尾辫上的橡皮筋拿下来，变成了披肩发。她往后理了理，似乎又来了灵感，说："阿拉的师兄说，柳河是千年古县，黄河故道，种菜的历史很长，肯定有好多生长在这里、从这里路过的名人吃过这里的菜，吃了菜后干了许多动人或者是惊天动地的故事。

有了这些故事，菜里的文化就有了。比如，乾隆皇帝吃了一种什么菜去批奏折，就可以叫皇帝菜；妃子吃了什么菜，就叫娘娘菜；僧格林沁在这里和太平军开仗，喝酒时吃着一种什么菜，就叫王爷菜；过路的秀才去京城赶考在这里歇脚，吃了一种什么菜考上了，就叫状元菜；还有八路军在这里夜里宿营，吃了地里的一种什么菜，第二天打了胜仗，就叫胜利菜……以此类推，故事加上菜的品种，文化就出来了，比那些宣传环保无公害、无污染的陈词滥调强多了。"

"对对，"黄老板大受启发，"我那脱水菜也这样，比如秀才吃了一盘西红柿，我的西红柿鸡蛋面就叫状元面，以后什么将军面、皇帝面就都有了啊。"

沈慧娟小声对着孔秀林说："我的娘哎，这帮人可真能忽悠啊，死人能让他们说活了啊。我嫂子可不像他们这样。"

孔秀林说："人家是大地方来的人，咱比不上。"

"好，"朱流萤把手一挥说，"就这样。李平和，你负责写一篇柳河蔬菜考，把蔬菜品种和不同时代的故事糅合在一起。"

于步青说："我让办公室通知文化局、党史办、地名办全力配合。"

吃完中午饭后参观，于步青罕见地要秘书通知，所到的乡镇村庄的主要负责人迎接陪同。

还是警车打头，县委的车开道，中间是京牌旅行车，企业的车在后边跟着，浩浩荡荡，威风气派。这些大媒体的人见过的现代化企业太多，对胡萝卜汁厂、脱水菜厂、咸菜厂匆匆一瞥就出来了，只是大胡子把段长森的广告部主任叫到一边，比比划划了一番，好像是在布置拍摄场景。

到了绵绵相连的菜地里，色彩纷呈的各种蔬菜才把京城来的这帮人的情绪调动起来。络腮胡子摘下一个大大的西红柿和自己的拳头比量着；李平和拽下一个顶花带刺的大黄瓜掰成两截，咔嚓咔嚓地嚼起来；柳叶眉轻轻拿起一个小香瓜，用湿巾擦干净，轻轻地咬了一口，并把一朵小红花插在了自己的长发上。

特别是到了几万亩的河滩上，在初夏的阳光下，桉树林和牧草地一片碧绿望不到边，到处是成群的牛羊、蹦跳的獭兔、嗷嗷叫的大黑驴。此情此景，别说是在京城，就是在华北大平原上也很少见。络腮胡子放下大背囊，叫了一声："啊，我的母亲。"翻了一个筋斗，一个箭步上去，抢过一个放驴人身边的一匹白马和一把锄头，一个虎跳，骑在马上，锄头上肩，打马疾驰，歌

较 劲

声出口:"骏马奔驰在辽阔的草原,钢枪紧握战刀亮闪闪,祖国的山山水水连着我的心,绝不容豺狼来侵犯,啊哈嗨……"声音高亢、嘹亮,一点儿也不输蒋大为。被抢走白马的农民刚要喊叫,看到一旁站着的村长、乡长还有县委书记,张了张嘴没敢出声。

李平和则玩弄着手里的一只小兔子说:"这小子真没差了蒙古人的种,看到草原和马比见了他爹娘还亲。"

柳叶眉在一片湿润的苜蓿地里找到了几棵嫩白的小蘑菇,不知从哪里弄来了一个小竹篮和一顶草帽,把长发分成了两个小辫子,辫梢上扎了两朵小兰花,拎着小篮子,晃荡着脑袋,两条大长腿来回蹦着,唱着:"采蘑菇的小姑娘,背着一个大竹筐,清晨光着小脚丫,走遍树林和山岗。"小蛮腰轻巧地扭动着,还真有点儿天真烂漫的少女模样。

和于步青并肩站在一起的朱流萤灵机一动说:"师兄,你写个歌颂柳河的歌词吧,让这两个家伙谱曲演唱。你别小看了他们,一个是北京电影学院的,一个是中国音乐学院的硕士,还是上了二十年春节联欢晚会的大歌唱家的学生,说不定唱火了呢,也算是你在柳河执政的一点儿纪念。"

文人都有重操旧业的嗜好,于步青想了想当年编演"学大寨"文艺节目的历史,爽快地答应了。

朱流萤把他拉到一旁说:"步青师哥,你真想在这穷乡僻壤干一辈子吗?咱们那批学生的从政者有的都做到厅局级了,我那儿的一个副总去年调到中南海了。凭你在市委做政研室主任的资格,凭你的笔杆子,也可以到那里当几年御用文人,再出来最低也是正局,说不定当个副部呢。"

"不。"于步青坚决地摇了摇头说,"我父母是农民,我生长在农村,在我的家族里,叔叔是抗战的干部,最大也就做到了湖北一个县的副县长。我现在已经是正七品了,如果不出什么意外,做到副厅级从五品大概没什么问题。我在河海这片土地上工作了二十多年,一直有一种感觉,我离不开这里,需要报答的人很多,需要我帮助的人也很多。我不敢奢谈什么理想、信念,大概是一种良知吧。另外,我对大城市没有向往感。记得咱们大学时代去过的野草坡吗?老了之后,我要找那么一个地方,盖上几间瓦屋,窗前栽上几丛修竹,种上几畦蔬菜、老枣数株,白天听听音乐,写点儿东西,晚上仰望星空,拉几首曲子。"

朱流萤望着蔚蓝天空上的几丝白云幽幽地说:"到底是出身、贫困和闭塞限制了你的想象力啊。你挺可惜的。"

等络腮胡子策马归来,大家在夕阳中回到了宾馆。朱流萤说:"于书记今日陪了我们一天,肯定还有许多文件需要处理。我宣布,今晚,让他回办公室,柳叶眉和大胡子策划研究广告片脚本,阿拉和李平和再和黄老板谈谈宣传细节。"

于步青回到机关,批了几份紧要的文件,摊开稿纸开始写歌词。

天下的风光哪儿最美,
柳河的大地柳河的水。
菜香瓜甜飘四海,
河滩草原羊儿肥。
奋斗了多少年,
盼望了多少辈,
改革开放带来了这好光景。

天下的风光哪儿最美,
柳河的大地柳河的水。
甘泉淙淙润沃土,
玉米金黄麦苗翠,
无边棉海连天外,
丰收的喜讯惹人醉。
奋斗了多少年,
盼望了多少辈,
改革开放带来了这好光景。

第二天,他拿给了朱流萤他们,大家说还真不错,有意境,有画面,还讲政治。大胡子拿出了一个大吉他,叫上柳叶眉到了另一个房间,拨弄了一会儿,女高音《柳河美》的歌声就传了出来,引得好几个男女服务员过来观看,并跟着哼唱。

一个星期之后,各种作品完成,开始谈费用。朱流萤开口道,看在老同学的面子上,一百万元整。"什么?"在大家心目中一向稳健的县委书记居然

较 劲

叫出声来，说："我说，小阿拉，你们来抢钱了啊？你知道你这一百万是多少车蔬菜吗？减点儿，八十万吧。"

朱流萤笑着说："师兄啊，你知道我们这样一宣传，你得多卖出多少蔬菜吗？还有你的胡萝卜汁，得多占多少超市和医院的市场吗？古人尚有千金买一笑，你怎么就不能区区百万买一名呢？"

看着两人争执不下，脱水菜的老板黄金宝笑眯眯地说："于书记，别争了，我多拿二十万出来。放心，到年底绝对不会少交税。"

于步青看了他们一眼，想，这个上海小阿拉用了什么锦囊妙计，让这个抠门的广东佬慷慨解囊呢？

不久，全国各大媒体，从平面到立体出现了朱流萤团队策划的柳河蔬菜产品的宣传广告，黄金时段，铺天盖地。"天下的风光哪儿最美，柳河的大地柳河的水；华北之行哪里去，柳河蔬菜甲天下。"柳河，声誉鹊起。从北京回来的段长森打电话给他说："二步青，你这个大学同窗、上海小娘们真够意思，他们帮我把'柳阳'牌胡萝卜汁打进了好几个三甲医院，等着拉货的汽车在西沙村排成了队。村里有个叫方大脑袋会算计的家伙，开了一个小旅馆，一个月进了两千多。还有，我在京城的报社里打听了，小阿拉现在单着呢，不行你把她收了算了。反正，你老婆经常到国外看孩子。"

于步青笑骂道："滚，段嘎三。"翻开了朱流萤办的报纸登的一整版李平和写的《柳河蔬菜赋》，文笔老到流畅，历史故事挖掘得很到位：乾隆下江南，在此夜喝翡翠菠菜汤；僧格林沁与太平军打仗，士兵每人带一个大西红柿；江浙秀才赶考，在柳河岸边啃着大黄瓜作诗；八路军驻防训练，抗战边区党校在此兴办，每顿都离不了南瓜汤；等等，每一个故事都和现代生产的蔬菜结合得很巧妙。他听配合李平和采访的文化馆的人说，这些故事都是听住在老城里的一个姓吴的老人讲的，一个个子很高的女人帮着整理的。他知道，老人是吴顺心老师傅，那个女人是谁呢？他准备抽出时间来去看一看。

县委书记的时间永远是紧张的，还没等他做出安排，市委书记文渊博发令了，要召开全市"文化立市，提振精气神"拉练观摩大会，先坐车到各县转，而后在枣河县重点观摩结论。

文渊博书记带领一干人马来到柳河，听于步青汇报过后，书记淡淡地说："别人都是以诗咏志，你这里是用诗歌咏物，算不得上品。不过，也不错，推销了你这里的菜。"他看到，文书记在说这话的时候，郭大郎得意地冲他笑了

较 劲

笑，显出嗤之以鼻的神情。

第二天一早到了枣河县，中学的大操场上，人山人海，红旗飘扬，大喇叭里一个女高音反复唱着："歌如潮，花如海，欢迎朋友四方来，文化立市就是好，河海跨入新时代。"文书记满面春风上台，宣布观摩开始。一队队西装革履的干部、着连衣裙的女教师、身穿工作服的工人、举着鲜花的小学生、戴着草帽的农民，轮流上台表演、朗诵，文渊博书记现场点评，群众鼓掌。书记最后结论说："枣河县是一个文化立市的典型。在这里，我们看到了县委贯彻市委决策的坚定性，看到了人民在市委的决策指导下爆发出来的冲天的热情与干劲，各个县都要向枣河县委学习，把文化立市工作进一步推向深入。"

散会后，杨一棍对郭大郎说："首长，你看见了吗？我们今天是一枝独秀、独占鳌头啊！那个小村里来的穷小子蔫头耷拉耳，吃冰棍拉冰核——没话（化）了吧。"

郭大郎说："那当然，别看他会写材料，干这大场面的事，跟我较劲，他差得远。我说什么也得比他提拔得早，管着这个家伙。"

领导发话了，全市当然要紧紧跟上。滨湖区的书记琢磨了好几天，想着自己这里有一个得天独厚的优势，就是有一个大湖，眼睛一亮，想出了一个主意，举办湖上赛诗会。现有的游船面积太小，又看不到湖面风光，他就组织人做了一个足有篮球场大的大木筏，在筏上搭建了主席台，让文书记在大太阳伞下看一百多名小学生唱诗赛诗表演。结果，活动进行到半截，老天突然变脸，一阵狂风吹来，几十个小学生掉进了水里，淹死了十来个。

这当然是特大事故，中央、省委来了调查组，结果是文渊博书记被处理免职。

听到这个消息，郭大郎捶胸顿足，连摔了三个茅台酒瓶子。

很快，省委给河海又派来了新的书记。

65

新来的书记姓华，大名华景川，高高的个子，气宇轩昂，一双鹰眼特别有神，早年在大学学的是化工专业，担任过一家大化工综合企业的老总。

新书记行事很有自己的风格，来后只跟市委常委们见了个面，拜访了几

较 劲

个老干部，就轻车从简地下到县里调研了一圈，而后召开了全市县级干部大会，明确提出，河海是一个一直以农业为主的城市，一直停留在农耕时代，需要大力度地解放思想，大步走向工业文明，完成大步奔向小康社会的任务。随之带领各县的书记、县长，市直各局的局长和重点企业的经理、厂长到了东北、西北，参观了数十个大型化工企业，提出了"工业立市"的发展战略，要求各县发展两头在外的外向型企业，充分利用本地的土地、劳力资源，开展第二次创业，掀起工业大发展的热潮。他提出了具体要求，每个县每年要办一到两个投资上亿元、利税超千万的企业，苦干三年，一举摘掉贫困落后的帽子，进入全省经济发展的第一梯队，向河海人民、向省委交一份合格的答卷。讲话富有激情，很有煽动性，要求很具体，任务很明确。明确规定，每年考核的指标就是工业发展，以新办企业的大小论成败，以工业效益为标准，列入每个干部考核的主要内容：干得好的，就地提拔；干不成事的，就地处理免职。今后，要在工业发展速度和质量上论英雄。

回到县里，于步青对大会发下来的书记讲话的文件没细看。在市委写了十几年材料的他知道，领导在大会上的讲话都是口号性、方向性的，要真正理解上级的意图还是在很小范围内的表达。前几天，华书记来柳河，看了这里的企业后，对他说："老于，你是学哲学的？"于步青点头。华书记说："哲学理论基本是把某件事情的发生、过程、结果说得有条有理，闭环式循环，就和我们学化学的环式分子式一样。你这里的工业也是这样的，土里刨食，在土里种，在土地上加工，然后又卖给在土地上生活的人消费。太内向了，一点现代化的感觉也没有。这不行，一定要跳出农耕文化和农业生产的圈子，发展两头在外的大企业。我们河海虽然无山无矿，但是我们东邻、西邻的省份可盛产煤炭、石油和海盐啊。现在交通很方便，我们要借他们的原料发展自己，建几个煤化工、石油化工、盐化工企业，见效快，利润也高。"

化工企业赚钱，他是知道的，可是就柳河的实际说，经过这几年的调整，遍地几乎都是无污染的蔬菜、林果、牧草，这与化工企业是不相容的，化工企业排出的废气、废水、废渣必然会影响瓜果蔬菜的质量。当然，三废治理也有办法，但那笔巨大的投资是县财政承受不起的。

华书记说得也对，柳河县的工业门类确实太单纯，但是怎么增加新的产业呢？华书记是学化工、干化工的，他根据自己的经验提出的发展项目也没错，发展是硬道理更没错，但发展的路子并非就是搞化工，一定还有别的路

较 劲

子可走，世界上的事情绝对不是非黑即白，还有灰色。

于步青点燃一支烟，摸着头顶上日渐稀疏的头发和发白的鬓角苦思着。

一支烟燃尽，他霍地起身，驾车去了县人大常委会，向人大常委会主任柳东旭大哥直言了自己的苦恼。

柳东旭看着这个自己的老同学高杰书记的嫡传弟子，在自己的秃脑门前额上连拍了几巴掌说："干什么行业首先是人才。你看海东县，那里老辈的人在天津三条石打铁、开机床的多，机械加工企业很快就办起来了，可咱们这里的人最大的能耐就是种地。不过，也出了些不愿干农活的能人，南岗村就有一个，和我岁数差不多，叫穆子言，过去走街串巷收废铜烂铁，收着收着就出了县、出了省，据说后来落在了东海市，干了一个炼铜厂，还挺大。咱把这小子叫回来，办个企业。"于步青说："这倒可以试试，明天咱俩走一趟。"

正当柳河县的两个巨头为了寻求项目赶往东海市的时候，他们的东邻枣河县的书记郭大郎谈成了一个项目。他听了华书记的讲话，摸清了上级的意图后，立刻联系了他在榆柳堡办化工企业时认识的朋友，此人姓毛，叫毛庵山，原来是大同一个印染厂的供销科长。郭大郎在榆柳堡办靛蓝粉染料厂的时候，没少贿赂他，遂成了朋友。不想，这家伙很贪，凡是往厂里卖货者通吃，终于东窗事发，被开除了。

他拿着贪污的家底在这个到处是煤的地方开始做煤化工，开始建了几个小土窑炼焦炭，后来炼焦油。有了点儿钱就不是他了，竟然勾搭上了他厂区所在地村支书的儿媳妇，先是偷偷地你来我往，没过一年竟然在县城的旅馆里公然行淫，被人发现。能在村里当上支书的人自然家族大、家里人多，一个夜黑风高的晚上，几十个小伙子带着刀叉棍棒，把他焦化厂的看门人一闷棍打晕，嘴里塞上臭袜子，脑袋上套上了一个麻袋，捆在床头上，进厂把他的办公室砸了个稀巴烂，但没找到躲在储气罐里的他。对方扬言，抓住毛庵山，先把他那玩意儿剁下来喂狗，而后挑断脚筋，放在猪圈里，和两头老母猪吃住在一起，每天早晨、中午、晚上各抽三皮鞭。母猪发了情，就往他身上赶。

毛庵山吓得肝胆俱裂，趁着天未明逃出了大同地界，仗着手里有几个钱，东游西逛。一日在太行山一个庙里碰到了来此算命求官的郭大郎，两人在山下的一个酒馆里胡吃海喝一顿。这位昔日的供销科长说，要想升大官，就得出政绩，国家讲以经济建设为中心，实际上就是鼓励多挣钱，多挣钱就得干

较 劲

企业，企业来钱最快的是干化工，而他手里就有化工项目。当时，华书记还没来，郭大郎就和他留下了手机号。这次爱干化工的书记来了，他自然把毛请到了枣河县。毛庵山也是瞌睡来了个枕头，说只要给他找块地，再到银行贷一部分款，他则把自己的储蓄拿出来，找一部分技术人员过来，就可以办起一个硫酸铵厂，原料是山西的煤，而后产品销往东北和俄罗斯，典型的两头在外，只是要先免两年的营业税。郭大郎一口答应，让县委出了一辆车，拉着他去筹备了。

他走后，已经兼任了常务副县长的杨一棍说："郭书记，你真是朋友遍天下，干什么都有人帮啊。这个厂建在哪儿啊，我们政府抓紧去落实。"

郭大郎这会儿春风得意，像个大将军一样说："拿地图来。"杨一棍瞬间把一张枣河县的大地图摊在了宽大的办公桌上。郭大郎的两只大狼眼扫了两眼，又背着手在屋里转了两圈，而后指着枣河和柳河顺着南大堤交界处的一个村庄说："就在这儿，捞河湾。"

捞河湾，捞河湾，水在这里打转转，金银财齐聚集，要想发财水里钻。从西向东流的土龙河，走到这里突然向北拐弯，形成了一个死角，上游的水在这里打转，发大水时带来的东西也在这里停留，檩条、柜子、衣服、猪羊、柴草等。居住在这里的人大部分都好水性，"捞河"是过去每年夏秋发大水时人们收获的一部分。曾有一家水性好的哥仨，凭着一股横劲，一人扛着大铡刀在岸上阻止别人下水，两人在漩涡里捞东西，靠着一个星期捞出的木材盖了三间房。当然，现在河里基本断流了，剩下的是深深的沙坑和稀疏的野草。

捞河湾是统称，其实是两个村，分为东西两个捞河湾，中间隔着一个苇子坑，以此为界，分属枣河县和柳河县，这边种柳树，那边种枣树。两个村早年为河水浇地、水里捞财发生过械斗，多年来，鸡犬之声相闻，老死不相往来。郭大郎说的捞河湾指的是属于枣河县的东捞河湾。

两个村都在土龙河的南大堤下，地势平坦，西捞河湾村北建有一所乡里的小学，有十几个村的小孩在此学习。由于东捞河湾的半大孩子们受父辈的教唆，常来学校捣乱，欺负来上学的单个学生，往学校里扔砖头，学校除了加强警卫力量外，还把墙头垒得高高的，只要学生在校就大门紧锁。

在学校的北面，还有一座西捞河湾刘姓大户在外面化工学校毕业的人办的柠檬酸厂，以玉米、甜棒秸为主要原料，经过粉碎、加温、蒸馏之后变成

较 劲

一种食品添加剂,被省里有关部门评为绿色产品。厂里那个高高的蒸馏塔每隔三天就通过铺在地里的管道传到一个大烟囱里,放出一股白色的水雾,味道甜酸,很好闻,每当北风吹来,小学生们都愿意吸几鼻子。

毛庵山作为曾经的化工企业的老板,是懂得一点儿化工知识的。他去看了地点后,对郭大郎说,生产硫酸铵是要排出废水、废气的,废水可以排在那个沙坑里,没人会管,可二氧化硫等废气可是有毒的,会不会污染周边的环境,尤其是西边还有一个柠檬酸厂,会不会出来干涉。

郭大郎阴险地笑着说:"姓毛的,你看清楚了,你眼前的我可不是当年那些求着你进靛蓝粉的业务员,是堂堂共产党的一个县的县委书记,一把手。这块土地我当家,地白给你用,贷款我说了话,银行把钱给了你,你愿干就干,不干我另找人,你滚蛋。"

毛庵山一看这架势,自然不敢再多言,赶紧盖厂房、进设备、拉原料、调试机器,很快投产。东捞河湾上空浓烟滚滚、废水横流,原来人们捞财的大沙坑里不仅没有了财宝,连草都不长了。硫酸铵出厂,果然畅销,按杨一棍写给市委的报告说,枣河县引得凤凰来,捞河湾出了硫酸铵,一天一辆桑塔纳,日赚十多万,自然受到了华景川书记的大力表扬。

在柳河县,于步青还在为引进那个炼铜厂想办法。他和人大的柳东旭第一次到东海市去见穆子言,就感到此人虽然是农民出身,但几十年在外闯荡得不简单。

在柳东旭介绍的时候,于步青仔细看着穆子言:一米七左右的北方车轴汉子,自来卷的浓密的黑发,一身奢华而颜色低调的名牌衣服,两只大眼炯炯有神,里面是历经苦难的沧桑和过人的精明。在宽大的办公室里,听了关于柳东旭的介绍,穆子言双手伸过来握着于步青的单掌说:"于书记啊,我听老家的人说了,你可是个好领导啊。我这一介草民,能让县太爷来看,这真是祖坟上冒青烟了。"

柳东旭说:"书记都亲自来了,就是请你回去办企业。你忘了哪儿也不能忘了老家啊。"

穆子言说:"柳主任,不,我还是喊你柳书记吧,你在俺们乡里当过书记啊。我怎么能忘了老家呢。在南岗村,俺们姓穆是小户,势单力孤,混得差,家里穷啊。我十八岁结婚,爹娘给了三间土房、几斤玉米面、一口袋山药干就不管了。成家第三天,媳妇回娘家了。我骑着一辆破自行车驮着一个筐出

较 劲

村，坐在了村北那棵老柳树下，琢磨着以后的日子怎么过。在生产队里干活吧，一天三大毛，也混不上吃啊。当时要是认识你柳书记，可以向你要点儿补助啊。"他刺了一下柳东旭后，继续说，"我看到吕家坟地里有个土井上有一架辘轳，架子是用大木车轱辘做的，上面有个熟铁圈。我拿了一个干树枝给撬下来了，放筐里就走，到了张庄村头，捡了一个剩了半个边的大铜勺，在公社农机厂墙头下拾了三根半尺长的铁棍子，到了供销社卖了一块八。那时候才知道铜比铁值钱，捡破烂也比在生产队里干活强，后来就收废铜，一直收到了东海市，分清了什么是黄铜、紫铜。碎铜不好卖，我就和几个朋友炼成铜条，就干了这么一个炼铜厂。"

穆子言说着，领着他们看了自己的厂子。于步青发现，绝不是他说得那么简单。货场上，各种碎铜堆成了山，三个车间里，三台小高炉子火光闪闪，炼出的各种规格的铜条排放得整整齐齐，不断有正规大厂的车来这里提货。在最后一个车间里，几个电焊工在一个有艺术家气质的人的指挥下，正在焊接一头铜牛。那牛四体强健，昂着脑袋，撅着尾巴，两只大牛眼圆睁，两只犄角弯翘，很是传神。穆子言说，这是他从首都工艺美术学院请来的设计师，这只铜牛是华北的一个城市准备放在街心公园的，以后要往铜雕方向发展。

于步青敏锐地感觉到，这是一个朝阳产业。随着中央提出的"记住历史，建设文明城市；记住乡愁，建设美丽乡村"要求，铜雕这个行业一定会兴盛起来，而且，从工艺上来看，除了产生一点儿灰尘和噪声外没其他污染。他的脸上现出了欣喜，暗暗下了将其引回去的决心。

看到书记的表情，柳东旭说："老穆啊，回去干吧。你还记得那个农机厂啊，那里已经闲下来了，地你白用，还有别的优惠政策，保证你发大财。"

穆子言说："回去可以啊。其实，回去乡亲们也就说，看那个捡破烂的穷小子回来了，发了财了，小家小户的一样被人瞧不起。要说发财，我挣的钱下辈子也花不完。"说完，看着于步青。

于步青已经洞察了他的内心，走过去拍了拍他的肩膀说："穆老板，我理解你，富贵不还乡，如锦衣夜行。你目前还是富，没有贵，我会让你满意的。我们明天还有个会，你再考虑一下，不急。"上车回了柳河。

第二天，他把南岗村所在的乡党委高书记叫到了办公室，如此这般地说了一番，最后严肃地要求必须不折不扣地执行县委的精神。

一个月后，穆子言的电话打过来了："于书记啊，乡里高书记给我出了难题啊。我没在家，村里换届把我选成了支部书记兼村长，这是我们穆家从来没有过的事。据说，县委组织部已经批了。"

于步青乐呵呵地喝了一口茶，慢悠悠地说："哦，这个事我倒不太清楚，我准备提议你补选县人大常委，同时兼任乡里主管企业和科技进步的副乡长。"

对方显然愣住了，一会儿说："好，我的于书记啊，我算佩服死你了，士为知己者死。你放心，明天我就把厂子往回迁，给你争气。我这里给你鞠躬了。"

当穆子言带着十几辆大汽车拉着设备回来时，于步青带着县委、人大、政府、政协四套班子的主要成员迎接到了县界，警车开道，一直将其送到新厂区和家里。乡里高书记组织人在穆家门口放了鞭炮，全村的人和穆家邻村的亲戚都被吸引过来了。县委组织部部长当场宣读了任命书。在乡亲们艳羡的目光中，穆子言满面红光、得意非凡，撕开一条大中华，见人就往手里递。尤其是他的老母亲，含着泪说："俺老穆家几辈子没在村里抬起过头啊，这是哪辈子修来的福啊！小言啊，你可给祖宗争了气了啊！"

当企业生产正常后，于步青还通过大学同窗、太湖小渔翁吴连水广泛的客户关系，以及刘碧霞的公爹老将军的部下们，在不少城市和革命战争纪念地揽下了不少表现城市文化特点的铜雕造型以及威震敌胆的英雄铜像，使"柳河铜雕艺术有限公司"的名声很快传遍了大江南北，独霸了半个中国的市场，产值很快达到了一个多亿，利税一千多万。在市委华书记眼里一举扭转了柳河县工业发展落后的印象，当然，也得到了表扬，尽管比郭大郎晚了多半年，总算也挽回了一点儿面子。

尤其是在一次工业项目全市联查评比中，穆子言从于步青说的"华书记说只看新的不看旧的、只看大的不看小的，这次让他们看什么呢"一句话里悟出了官场的一点儿规律，回去把中央美院设计的一套《昭君出塞》的作品放大了六倍，不惜成本在厂区里造了一片沙漠、草原。战旗猎猎，大漠秋风中，几匹高大的战马上骑着汉朝英武的将军、娇媚的公主，来迎接的都手拿弯刀、举着牛皮酒坛，是粗犷的蒙古汉子。大家仰头张望，极具神韵。华景川书记听穆子言说这组群雕卖了四百多万时，回头对于步青说："老于，你们是在做文化啊，不错。"于步青告诉他，回头准备开发老城的旅游资源。他听了方案连连点头，对站在一旁的郭大郎说："我早就听说，土龙河畔两颗星，柳河、枣河两座城。你们那里咋想的？"郭大郎含糊地说了一句正在考虑，就赶紧离开了，临走，狠狠地瞪了昔日的工友一眼。他回去后，把已经成为枣河第一建筑商的刁小三叫到办公室，问道："你有铺设地下管道的盾构机吗？"刁小三说，当然有啊。郭大郎拉着他到了捞河湾，指着自己县里的硫酸铵厂和柳河县的柠檬酸厂三百多米的距离布置了一番，并说，先秘密把工程做好，什么时候行动听他命令。

　　为了给柳河县彻底留住这个财神，于步青命令组织部、武装部和工会、青年团、妇联会等部门，"三八"节给穆子言所领导的支部发"妇女工作先进单位"的奖状，"五一"节给他的企业挂"工会先进单位"的牌子，"六一"把"关心少年儿童"奖杯发给穆子言，"七一"是优秀党员，"八一"是民兵模范单位。这些荣誉每次都敲锣打鼓地送去，有时自己还亲自参加，高兴得穆老太太把这些奖状、奖杯都挂在了新盖好的宽大的大门洞里，每天坐在那里当义务讲解员。

　　穆子言干得更欢了，厂子再次扩大，还主动上了除尘的环保设备。到快春节的时候，一个晚上，他来到了于步青的办公室，拿出捆得整整齐齐的十万人民币说："于书记，你是我的恩人，是我们家几辈子的恩人，老哥哥我不是来贿赂你，也不是来感谢你。我听说你的老父母还在，你的儿子、我的大侄子在国外，还有了小孙子，我这是孝敬大伯、大娘的，也是给小孙子的压岁钱。你要不收，就是看不起我，从此你做你的官，我为我的民，谁也不搭理谁了。"话说到这个份上，于步青只能苦笑收下。这些，当然没能逃过办公室秘书小路的眼睛，也被头上日光灯里的一个小机器记录下来了。没记录下来的是，于步青当晚回了趟河海，把钱寄了出去。

　　过了正月十五，穆子言又来了，说厂里的原料出了问题，废品收购量上不来，大厂的铜锭也提价了，有好几个大活等着干，听说苏联解体后大批的老坦克要往外卖，废品价，老坦克的水箱是好铜，看他是否有关系给联系一下。

　　于步青想起了当年号召机关办企业时，郭大郎和北京知青秦半月和张梅文合伙开公司，利用她公公和苏联某些人的关系进口伏尔加小轿车的事，便和穆子言进了京。

66

坐在穆子言舒适宽大的进口旅行车上，于步青总觉得心里有一种期盼，想给高原红大姐打个电话问号码，但又怕身边这个过于精明的老板听出、看出什么来，有损县委书记的尊严。他一向认为，一个领导干部如果把全部的政治、生活底牌都亮给下属，尤其是让搞企业的人知道得很清楚了，是非常危险的事，保持一点儿距离感和神秘感是完全必要的。

到了北京，他让穆子言先去中央美院联系个人业务，自己打车去了五棵松附近的一个部队大院，进了离大门口不远的"东山港海鲜店"。

这家店的老板，胖胖的依旧是唇红齿白的刘碧霞看到他说："我的天，大师兄，你是从哪里冒出来的啊？我以为你做了知县把我这渔家女忘了呢。"于步青看着她的店里摆满的鱼虾蟹说："昔日哲学女，今朝龙宫婆。"

刘碧霞没应对他的调侃，吩咐手下，赶快订个单间，把今天刚到的几桶海鲜拿上，让饭店加工。"盯着点儿，别让那些家伙换货。"说着随即拿起手机不停地拨，第一个电话通了后说："你甭管多忙，今晚回来。我告诉你啊，来的可是本姑娘我当年的偶像，你不来我就跟他私奔了啊。"第二个电话说："你这死妮子，腿倒挺快，离了婚没人管着你了是不，跑那么远干什么？"第三个电话声音就小多了，说："你们这种机关真是纪律严明啊，刚过了年就去巡视，不怕省委的人烦啊。"

从这三个电话的口气，于步青就知道她在找谁了，来时的那种期盼没有了。看来，今晚上只能和武长风两口子对饮了。

在豪华安静的包间里，吃着海鲜，喝着茅台，武长风与他对喝了三杯后问道："你们县的公安局局长是付双剑？""对，你们认识？""说起来是我的兵，也算战友，他也是野战陆军出身。那年军区搞战术演练，我们是一个连，我是连长，他是一排长。前几天他来北京部里办事我们碰到了。他说你在那儿群众威信很高，我给他说了，让他好好保护你，有大事直接找我联系。"

于步青说："得了，老同学，我一七品芝麻官，在北京扔一块砖头能砸着仨这样的小官，谁来害我啊。"

武长风说："你可别这么说，群众当然不会，但是在同级官员队伍里可就没准了。官场残酷，本来就是一个竞技场，表面上风平浪静，实际上刀光剑影，比斯巴达克斯的罗马斗兽场还危险。"接着说了几件最近他们破获的下边

较劲

市县班子为争官互相雇用杀手取对方性命的案子,手段之残忍,让人不寒而栗。

第二天,于步青叫上穆子言,去杂志社找秦半月。看着车上拉的酒、油、蔬菜等一大堆东西,秦半月笑逐颜开。于步青直接说明了目的,并半开玩笑地说:"咱们都是在榆柳堡待过的,你们可不能给郭大郎帮忙不管我啊。"而且还强调说,"我们穆老板是大方人,会论功行赏的。"

秦半月哈哈大笑说:"快别提什么郭大郎了,我们早就绝交了,现在梅文被他气得还没上班呢。不过,那小子家里也没得了什么好。"接着讲起了事情的来龙去脉。有些细节他是后来听张梅文说的。

自从那年他们合伙在河海开了"远东京海贸易公司",从苏联倒卖伏尔加小轿车,郭大郎昧下了她十万,秦半月一直心里憋着个疙瘩,想当年在榆柳堡就占过老娘身体上的便宜,现在又昧良心贪了她的那份钱,总想着怎么报复他,正赶上她和张梅文之间也在闹女人间的小别扭。有一次,郭大郎来北京办事,她问孩子的婚事咋样了。郭大郎和秦红丽的私生子郭山虎正好在天津大学毕业,刚参加工作。郭大郎说儿子毕业了,还没对象,让她给找一个。秦半月想,正好张梅文家有一个不靠谱的闺女,人长得不错就是有些放荡,就给他们两家牵上了线。北京的姑娘嘴甜能说,很快就把郭山虎迷得五迷三道。郭大郎在北京买了房子,两人很快就结婚了。郭大郎说以后两家联手,把山虎调到北京。有个周末的下午,郭山虎从天津回来,进家开门正赶上梅文的闺女和她中学一个男同学鬼混,当场打了一架。山虎回到河海给老爸哭诉,秦红丽也埋怨他找儿媳妇选人不淑。郭大郎心头火怒起,想我一堂堂县委书记岂能被你一杂志社小编辑欺负,回到枣河,让杨一棍到刁小三的建筑队里找了几个二愣子民工,带上短铁锹把,开着三辆车进了京。在车上,郭大郎给提拔自己当县委书记时贾为民曾领他去过的、门口带车库的独门独院的主人打了个电话。

车到了杂志社家属院,他们没坐电梯,直接从消防通道上了九楼,一脚踹开张梅文家的门,抡起棍棒,把她家砸了个稀巴烂,还把她母女俩扇了几巴掌。

张梅文也不是吃素的,打电话给在检察院的弟弟。当法警队长的弟弟带着几个人赶到门口时,一辆军车驶来,下来几个戴着特殊臂章的军人。张队长一看,一摆手,悄悄地撤了,事后对姐姐说:"戴这种符号的军人,别说咱惹不起，就是公安和武警也不敢与其对抗。"

白受气的事谁也不干。张梅文和弟弟以及刚出差回来的丈夫谢尔盖密谋了半天，拍出两万，雇了什刹海胡同里两个膀大腰圆、一高一矮的小混混直奔河海，当晚就摸到了河海发电厂的家属院里，上了三楼，直接把刚洗完澡的谭俊雅堵到了屋里，开口问道："这里是郭大郎的家吗？"谭俊雅被这两个突如其来的京片子吓住了，连忙点头说是。高个的混混说："你是郭大郎的老婆吧？"谭俊雅继续点头。矮个的混混说："你们是有个儿子叫郭山虎，在天津大学毕业工作吧？"谭俊雅说："没有啊，我们就一个姑娘。"啪啪，高个的混混上去打了她两巴掌，骂骂咧咧地说："放你妈的屁，娶了我们北京的姑娘，还敢到我们张姐家里去撒野！砸！"二人手起棍落，噼里啪啦把屋里的家具、电视、沙发、冰箱砸了个稀巴烂，谭俊雅只有在床上瑟瑟发抖的份。

两个小混混砸累了，坐在椅子上喝了两瓶饮料、抽了一支烟，看着谭俊雅睡衣下露出的白大腿和肥美的屁股起了淫心。两人一使眼色，上床把她扒了个精光，轮番出战，一个把她的大腿举起来，老汉推车，一个揪着她的头发，蹲裆骑马，足足折腾了她两个小时，趁着夜色，扬长而去。

他们走后，谭俊雅披散着凌乱的头发，忍着下身火辣辣的疼痛，爬了起来，到卫生间洗了洗，坐在地上。到这时候她什么都明白了，郭大郎这个挨千刀的不仅背着她在外面养着女人，而且还有了儿子，娶了媳妇，真是可恨啊。最可恨的是自己还代他受过，家被砸了，自己一个快五十岁的老婆子被两个二十多岁的小流氓给强奸了，不能说，说不得。真是窝囊透顶，被羞辱到家。她找到郭大郎大吵大闹大骂一通，离婚了。

于步青听完，心想，怪不得去年开县委书记会时，郭大郎萎靡不振，原来是这事闹的，也是咎由自取。

中午，他在有名的王府饭店摆下了盛宴，款待两位曾在榆柳堡下过乡的女知青。席间，穆子言拿出了两个闪闪发光的钻戒和两条白金项链。两个女人迫不及待地戴上，互相比较，笑语连连。于步青和她们推杯换盏，回忆了在榆柳堡下乡时的趣事，最后轻描淡写地说了此行的目的，而后推说自己还有事，早早离开了，只剩下穆子言应付她们，至于后来他们又做了什么，不闻不问。

晚上，喝得红头涨脸的穆子言来到他的房间，兴奋地说："于书记，成了！明天让我的车把你送回去，我和她们坐飞机去绥芬河口岸。"

较 劲

于步青说了声好，总觉得这次进京似乎达到了什么目的，又似乎没达到。

半年后，一列从东北边境开来的、载着二十多辆苏联旧式坦克的货运专列到了河海火车站，几十辆重卡拉着这些没了武装的大家伙进了穆子言的工厂。水箱被化成了铜水，进了沙模，成了铜雕艺术品，变成了将军像，矗立在昔日八路军在平型关痛歼日寇的战场上。优质的坦克炮塔、装甲钢板也被穆子言卖出了好价钱。铜雕公司的规模又扩大了一倍，并盖起了宿舍楼、餐厅和工人文化活动室，成了县里财政收入的一大支柱，同时也列入了河海文化产业优质产品的目录。

在一次河海市政府组织的名优特工业产品展销会上，头发梳得整整齐齐、扎着红领带、西装革履的于步青刚作为贵宾讲完话，正要上车的时候，被穿着一身破烂工作服、头发胡子白了大半边的老工友史得志拉住了，把他拽到一边说："老伙计，我知道不该在这个时候找你，可别的时候找不到你啊。我们都下岗了，在路边修自行车呢，饥一顿、饱一顿。我看了，这个铜雕铸造也是用的沙模，是翻砂技术，你能不能跟那个老板说说，我和几个工友也去那里干活，听说一个月能挣一千多哩。"

于步青立刻觉得心里被针扎了一下，连连拍着自己的脑袋说"这事怨我"，随之叫出了穆子言。穆对他当然是言听计从，又知道了他们是老铸造工人，当天下午就把他们几个带回了厂，安排了宿舍，还买了一辆小面包车来回接送。

67

又是一年秋风劲，满地金黄，不是春光，胜似春光。

于步青又驾车出游了。午后的秋阳暖洋洋的，透过大道两旁大柳树的疏枝密叶，金色的小光点在汽车的挡风玻璃上跳跃，车里放着他小时候最爱的电影《地道战》插曲，"太阳出来照四方，毛主席的思想闪金光，太阳照得人身暖哎，毛主席思想的光辉照得咱心里亮，照得咱心里亮"，心里特别惬意。

他把方向盘一扭，上了柳河的北大堤，下车站在一棵钻天杨下眺望。脚下，北面是连绵十多万亩的大棚菜，人来车往的蔬菜市场，黄金宝乳白色的脱水菜厂和沈慧娟的咸菜腌制公司；南面是宽广的河滩地，绿色的小草原，成群的牛羊和欢乐奔跑的獭兔、大黑驴，还有在建的屠宰、皮毛加工厂。远

较 劲

望，是段长森的胡萝卜汁企业和穆子言的公司。现在的柳河，可以说是一片欣欣向荣，农林工牧全面发展。县委办公室那帮写材料的，提笔开头都会说"目前是柳河历史上最好的发展时期"。不管他们心里是怎么想的，他觉得是实至名归。

算算自己来柳河执政已经是第四个年头了，他觉得对得起这方土地、这方人民。县委书记的第一责任是抓班子、带队伍。主要领导干部里，自己和人大常委会主任柳东旭的关系没得说，和县长老金配合得很好。这不，昨天，金县长告诉他，山东一带的大棚种植有了新创举，在大棚里冬天种植水蜜桃、葡萄，培植西洋参，效益提高了好几倍；今天一早就约上人大常委会主任柳东旭，领着三十多个乡长、村长和一部分种植能手参观考察去了。自己和其他常委、副县长关系也不错，就是副书记邢大军有些别扭，有时候拉拉横车，但无碍大局。

按照党章规定，县委班子是五年一届，自己也到了快要离开的时候了。算上在市委政研室那段经历，正县级干部将近十年。和全市十六个县委书记比，他和郭大郎任职时间最长。上次到市委开会，他去拜访了和他关系最好的一个组织部副部长，对方神秘地告诉他，最近市委空出了一个副市级干部的名额，按照二选一的原则，很可能是在他和郭大郎之间出一个。

又是这个老对头，于步青苦笑了。一直和这家伙较劲，从十几岁在榆柳堡，到二十多岁在河海发电厂，再到市委市政府，再以后到县里，现在快五十了，几十年了，还得较劲。用什么办法战胜他呢？于步青在河堤上踱开了步子。

在他发愁的时候，河海市委大楼上，华景川书记也在对着两份干部档案思考、比较。他来这里三年多了，也到了快走的时候了，很可能是他最后一次主持研究干部。这次缺的是一名检察长，省委明确从县委书记里面出，组织部推荐了两个人，一个是于步青，一个是郭大郎。于公于私两个方面考量，于公，他俩都是工人出身，都是大学生，但于步青是恢复高考后上的大学，是正规军；郭大郎是工农兵学员，混来的学历，但后来又读了硕士、博士，虽然说是在职的，但上级也承认。论能力，于步青是公认的硬笔杆，在高杰时代为河海农业结构的调整当过大参谋；郭大郎在政府工作也不错，市长们对他印象很好，自己到职后，他响应号召快，很快办起了化工企业；可于步青后来弄了个铜雕艺术公司规模也不小，可以说是平分秋色。单论群众基础，

较 劲

郭大郎似乎又差了一点儿,告状信有好几封;而于步青却没有。于私,逢年过节,于步青也送上几个红包,但没有郭大郎的多,属于中等水平;何况,郭大郎平时还有馈赠,而于步青则没有。还有,每逢节日,于步青来送红包,说几句客气话就走,好像走过场,而郭大郎则是恭恭敬敬地说半天话。何况,省委组织部的一个领导经常来电话要他多关心郭大郎的进步,并说这不光是自己的意思,也是住在北京西城一个独门四合院里一个老领导说的。

在心里摆了几个"何况"后,他叹了一口气,站起来望着窗外,发现刚才还是晴朗的天空飘来了一片乌云,还刮起了风。

这云、这风也到了柳河岸上。风,吹乱了于步青的头发,乌云遮住了阳光,突然,放在车里的手机急促地响了起来,县委值班室向他报告:"于书记,西捞河湾小学发生烟雾中毒。"他心里一惊,一脚油门,吉普车立刻向南堤奔去。

对于西捞河湾,他只去过一次,还是市委组织联查工业项目看邻县的硫酸铵厂的时候,后来未去的原因有两个,一是那个办柠檬酸厂的老板很牛气,对他爱理不理的;二是他处理过的三个"棒棒"有两个是那里的人——"横棒"苏登才、"花棒"杜恒业。本着宽厚待人的原则,县纪委对这三个家伙只是免去了职务,给了个党内严重警告的处分。据说,他们三个也没上班,苏登才和杜恒业回村找了块地,办了一个胶管厂,后来"孬棒"牛玉可也去了。如果自己去了,必然要看企业,碰到之后是很尴尬的事。

车到西捞河湾,只见一股呛人的浓烟笼罩着这所规模不大的学校。早到的乡里管教育的女乡长告诉他,今天下午全校一百多学生集中到一个大教室里上政治思想教育课,北窗户本来是关着的,可有的小孩知道今天是柠檬酸厂放气的时候,说又可以闻到甜酸的薄荷味了,就悄悄地把窗户打开了。下午四点多,一股呛人的含有二氧化硫的浓烟就冲了进来,当场呛晕了好几个女生。上课的老师一看不好,就喊着大家往院里跑,可一出门,北风更烈,又一股浓烟来了,充满了院子,四面是高墙,一时散不出去。本想往院外跑,看门的老头儿按照惯例,怕东捞河湾的半大小子来学校捣蛋,上课期间是把大门锁住的。这会儿,那个老头儿去他家的二亩地里砍玉米去了,门一时还打不开,老师惊慌失措,又把学生往屋里领,这么一来一回,又晕倒了几个学生,还踩伤了三个。

"快开大门啊,还啰唆什么!"于步青大喊。女乡长拿着借来的大锤子哭喊着说:"砸不开啊!""给我!"于步青摆出当年在发电厂当翻砂工砸铁块

较 劲

的姿势，站好马步，把大锤抡了个一百八十度，咔嚓一声，大铁锁落地，推开大门喊道"别慌，老师们组织学生往外走"，随后抱起一个晕倒的小女孩跑到学校门前小高地上，自己也被呛出了眼泪，脑瓜子有些发晕。他定了一下神，又冲进了教室。等他抱出第三个学生时，看到主管教育、卫生的县委副书记邢大军带着两辆救护车和一帮人赶来了，他心里一阵欣喜，又冲了进去。这时，天已经黑下来了，教室里很暗，他隐隐听到角落里有小孩的呻吟声，便摸了过去，也许是常年没干体力活的原因，身上冷汗直流，筋骨酸软，再加上有毒烟雾的侵入，感到有些窒息，被一个凳子一绊，头磕在了一个桌子角上，晕倒了。

此刻，在暗中三个用黑布蒙着头只露出两只眼睛的人把他抬起来，打开墙角上的一道小门，把他放在了大堤下的一个深深的草丛里。那里，还有一个废旧的水坑。

邢大军把那个呻吟的小孩抱出去时，公安局局长付双剑的警车怪叫着冲了过来，跳下车吼道："于书记呢？谁看到于书记哪儿去了？"邢大军鄙夷地看着他说："谁像你似的，整天巴巴结结的，像个跟屁虫一样跟着县委书记。"说完，带着救护车一溜烟走了。

付双剑没空跟他理论，在学校内外找了一圈后，脑袋上的汗珠子就下来了。此时，已经是晚上八点多了，周围一片黑暗。他拿出一双于步青穿过的鞋子让带来的警犬闻了闻，大狼狗带着他一气跑到了大堤下的一片草丛。他隐约看到有几个黑衣人正拿着铁锨扬土，大吼一声："谁？"那几个人钻进草丛里不见了。他看到了昏迷在草丛里的县委书记，身上还压着几块新土。

"他妈的，这是要活埋人啊。"他气得拔出手枪，冲着黑衣人逃跑的方向"砰砰"就是两枪。

四道雪亮的灯光直射过来，挂着京牌的一辆救护车和一辆警车飞奔而来，在草丛里戛然停下，车上跳下了武长风和一个中年女医生。看到痛苦地躺在地上的于步青，女医生的眼泪刷地掉了下来，赶紧指挥大家抬到了救护车上。武长风对着付双剑狠狠地说："你干的好事！我怎么给你说的？一定要破案！"说完，两辆车飞驰而去。

付双剑的手机响了，县委办公室通知他，马上到常委会议室参加邢书记召开的事故分析会。

邢大军强调保密，让工作人员收走了大家的手机，而后在会上又是各部

较 劲

门汇报，又是分析情况，啰啰嗦嗦地开到了天色大亮。等付双剑再赶到现场时，一切都没了，倒是看到了一条新土填起的大沟，证明这里曾经埋过管道，是从那边硫酸铵厂过来的。他问柠檬酸厂的老板是不是他埋的，老板冤屈地大叫："我吃饱了撑的埋这个啊！他们那边的毒气过来，还毁了我八百公斤产品呢，我找谁说理去。我的大局长啊，你不看看，埋这个玩意儿是需要盾构机的，我有吗？你知道要租赁这个机器一天多少钱吗？再说，我们两个村都多年不来往、不说话，我和他们通管道干什么？"

这几句话说得他无言了，到了邻县的硫酸铵厂也吃了闭门羹。他和枣河县的公安局局长交涉，想联合办案，对方说要请示县委，给市局报了上去，也没了音信。付双剑的头发一夜白了多半边，甭管谁问，他就是不说于步青的去向。

再说河海市委，既然候选人之一去向不明，就理所当然把郭大郎提拔成了市人民检察院的检察长。郭大郎兴高采烈地上任，把杨一棍带到了他的地盘，担任反贪局长兼法警队长。

研究完了这次干部，华景川书记调走了，来了一位名叫刘德邻的书记。"德邻"，几个有文化的干部玩味着他的名字，"德高，邻不孤"，来自《论语》，说明这个人是有较深道德修养的人。报社副总编冯文斌采访了他一次，在书记的办公室里发现挂着一幅条幅，遒劲的隶书写着"天命之谓性，率性之谓道，修道之谓教。道也者，不可须臾离也，可离非道也"，这是《中庸》里的原文。刘书记说，中庸就是中正、平和，恪守中道，坚持原则，不偏不倚，追求中正、中和、稳定和谐。

市人大常委会主任贾为民找到他说："柳河的县委书记畏罪潜逃了，柳河的班子不能这么空下去。我看是不是把那里的邢大军考察一下提为书记，那个同志不错。"刘德邻书记淡淡地笑了笑说："感谢贾主任关心市委的工作。不过，你有一句话不妥，于步青同志是不是有罪，需要另说，事件还没调查清楚嘛。就是清楚了，一个小学出了点儿事故，也不能说县委书记有罪，至于潜逃也说不上，可能是到哪儿看病去了，我们可以找一找。先让老金县长主持柳河的工作，别的以后再说。"说完，客客气气地把他送出了门。

贾为民把这话跟郭大郎一说，他心里有些发慌。一是据刁小三报告，于步青确实被两辆车拉走了，什么车，他的人没看清楚，去哪里了，更不知道，并说，枪一响，他们吓得就没敢回头。二是他怀疑新来的书记知道于步青的去向。这个刘德邻不是说于步青没罪吗,那就把他的罪证拿出来。他赶紧让杨一棍给邢大军打了个电话,让他把柳河县委办公室秘书小路的记录拿来。

第二天,作为检察长的他进了市委书记的办公室,把于步青担任柳河县委书记以来,每年中秋、春节在办公室收受现金一百多万的清单、录音、录像证据以及在河海市建行汇往北京的账号摆在了刘德邻面前。

刘德邻瞥了一眼说:"哦,证据还挺全的,你们检察机关的工作很细啊,一下就跟踪了四年。我记得你才上任不长时间啊,你们的证据哪儿来的?"

见郭大郎不语,他看着他说:"怎么,对我这市委书记保密吗,还是信不过我?"

郭大郎说:"不,这是县委办公室一个秘书提供揭发的。"

刘德邻站起来,踱着步子看着墙上"中庸"的条幅说:"一个秘书,从书记到任就偷拍、偷录,目的是什么,真实性有多少,现在电子合成技术这么先进。另外,步青同志汇往北京的账号查了吗?"

"查了,是个私人账号,但银行拒绝提供主人的名字和工作单位。"

刘德邻还是很平静地说:"哦,问题还需要进一步搞清楚啊,还是等于步青同志回来再说。"

"可他现在杳无音信啊。"郭大郎有些着急。

"那就想法找一找嘛!"刘德邻还是不紧不慢。

郭大郎一开始就对刘德邻的态度不太满意,尤其是把受贿的证据都拿出来了,他还称于步青为"同志",最后终于听他说了一句"想法找一找",这就等于拿到了尚方宝剑,"至于我用什么办法找,那就是我的事了"。

对于于步青他太熟悉了,他老家、亲戚、同学、工友,郭大郎都知道。他和杨一棍先到榆柳堡和附近几个村于步青的亲戚家转了一圈,当然一无所获,而后他们去了柳河县穆子言的铜雕艺术公司,找到了曾和于步青一个车间的老翻砂工史得志。老史一听就蹦起来了,指着他们的鼻子说:"我说,郭大狼崽,你给我听好了,谁要说你贪污受贿,没有不信的。要说于步青贪污,谁也不信!要不咱上老发电厂里打听打听,包括你那乱靠人、离了婚的老婆谭俊雅。"把他们顶走后,回到车间说,"老弟兄们,于步青可是咱们的恩人,他的事大伙都得操着点儿心。"

实际的人找不到,接着就是监控手机了,可监控了好几天,于步青用的两部手机一直没动静。郭大郎狠了狠心,咬着牙签下了通缉令,发出去了。

68

其实，于步青现在用的手机河海谁也监控不到，他在的地方谁也找不到，即使找到了也进不去。

那天夜里，那辆在警车护送下的救护车向北开了一段后，直接向东，一路疾驰，来到了港湾里经常停泊着几艘军舰的东港市。在车上，齐远航迅速给于步青打了针、吃了药，始终用胳膊托着他的脑袋，深情地看着那张棱角分明的脸和微闭的双眼。她非常感谢高原红大姐从遥远的海南给她打了电话，语言很简短，说："我在西南巡视。慧娟说，于步青在柳河可能遭到了暗算，你赶紧跟武长风去救他。"

天色微明时，车子进了一所有海军战士警卫的医院，刚刚停稳，立刻涌出了几个白衣天使，推着于步青做了一系列加紧检查，结果显示肺部受毒气感染，脑神经受损，右大腿膝盖骨裂——大概是被黑衣人铁锹拍的。

单间病房里，吸痰器、氧气瓶全部到位。武长风里里外外忙着拿这拿那，齐远航守在床头，将床调整到合适的高度，把一瓶矿泉水倒在茶杯里，用消毒棉蘸湿，轻轻地抹着于步青干渴的嘴唇。

也许是于步青从小在庄稼地里干活，在工厂翻砂、拉煤底子壮，加上抢救及时，当清晨的第一缕阳光照进洁白的病房，他醒了，第一眼就看到了多年梦中的那双水灵灵的大眼睛，她也看到了他那坚毅、永不服输的眼神，两双手紧紧地握在了一起，心底的柔情悄然升起，互相从对方经过世事磨炼的沧桑的眼睛里看到了只属于自己的那份纯净、那份深情、那份久别重逢的甘霖，眼角同时湿润，泪水同时在眼眶里打转，同时落下，一滴落在他的胸前，一滴落到了她的手上。她情不自禁地趴在了他的胸膛上，听着他的心跳；他的手贴在了她的后背上，感觉到了她微微的抖动。

这一切，把拎着饭盒进来的武长风看得目瞪口呆，过了一会儿才明白了，为什么沈慧娟把柳河县发生的事告诉远在大西南的高原红大姐后，高原红立即命令他会同国家疾控中心的这位女医生赶去施救。他是认识齐远航的，那是在前年，妻子刘碧霞生了第二个小孩后得了妇科病，需要动手术，是高原红介绍认识了齐医生，齐医生将他们带到了一所有名的医院，那里的主任是齐远航读硕士时的同学，两个同学一起上了手术台。他看到这位齐医生从口罩上方露出的一双毛茸茸的大眼睛里目光是明亮坚定的，动作娴熟而又轻柔，

较 劲

职业化的微笑永远挂在脸上,和蔼亲切,落落大方。几次在一起吃饭,她聊的几乎全是疾病控制、保健治疗,从来没说过女人之间的八卦和家庭私事。当时他认为,这是一个完全融入自己事业中的女人,高尚得没有一点儿私情的女医生,想不到还有如此深情的表现,更想不到自己的同窗大师兄还有如此的女友,这个被县委书记坚硬外壳包装得严严实实的人还能爆发出如此充沛的感情。

"当啷"一声,看得忘情的他手一松,饭盒掉在了地上。声音惊醒了自己,也惊醒了那一对青梅竹马时就有了初恋情愫、几十年后才有了第一次身体轻微接触的人,大家都怔住了。三个木雕一样的人形成了两组群像,一个孤立地站着,两个紧紧地挨着。

还是军人出身的公安侦查员反应快。他拿起饭盒,迅速打开,清炒虾仁、油煎带鱼、清蒸大黄花鱼、蒜蓉芥蓝和海蛎子汤及米饭摆到了桌上。热气腾腾的海鲜味掩盖了一切的尴尬,三人一边吃着,武长风一边把这几天发生的事讲给于步青听。

根据付双剑汇报的情况,此案可分为两个部分。第一,为什么柠檬酸厂会排出有毒的二氧化硫,现场已经证明了有人用盾构机连接了管道,是想在柳河县制造事故。第二,为什么有人趁机把于步青中毒后在黑暗中抬到草丛里并想置之于死地,一定是有深仇大恨,或者是为取得一样东西,成了你死我活的竞争对手。

于步青的头脑清醒了,拿出一支烟想抽,被齐远航迅速抢走了,换上一杯水,还用嘴吹了吹,试了试凉热。于步青喝了一口说,那就一定是郭大郎,接着详细述说了他与郭大郎之间几十年的恩恩怨怨和这次考察提拔市级干部的事。

武长风分析着说:"这就符合逻辑了,你和他在几十年的较劲过程中,他占上风的时候不多。在干部序列中,从处级到厅局级是一个很大的坎,谁能上去,基本上就取得了绝对的胜利。所以,他要下死手整倒你。现在的形势是,你在河海失踪了,他已经上去了,并且是市检察长。在公、检、法三家中,检察院的权力是很大的,他们既有侦查权,还有执法权和起诉权,并且可以独立办案。我想,他现在一定在收集你的罪证,把你公开地置于死地。你这段时间就是安心养伤,不要乱动。齐医生这里是部队大院,比较安全。你也不要随便对外联络,把手机关掉,卸下电池,最好是锁在金属箱里,注

较 劲

意电信保密。我这里有一部海事卫星手机，通信波段不用移动和联通的基站，省以下政法部门监听不到，你先用着，有急事找可靠的第三方转达。我刚才接到部里的通知，得赶紧赶回北京。齐医生，我学兄的安危就拜托你了。"说完，深深地鞠了一个躬，又行了一个标准的军礼。

于步青陷入了沉思。齐远航悄无声息地给他打针、换药，而后又沏了一杯茶水放在床头柜上，两手托腮看着他。

几天后，于步青能下床走动了。齐远航开来一辆白色的小汽车，把他拉到了四面都有岗亭的临海的小别墅里。看着客厅里悬挂着五口人的全家福，她和一个大脸庞、露出憨厚笑容的海军大校坐着，怀里抱着一个两三岁的小姑娘，后边站着一个英俊的青年海军军官和一个穿连衣裙的少妇，于步青试探着问："大校先生出海了啊？"

齐远航脸上露出一丝淡淡的悲哀说："先生前年在一次训练中魂归大海了，儿子带着媳妇到一个欧洲国家大使馆当武官，三年期，还有半年就回来了。哎，真想那个小丫头啊！"说着，给他披上一件军装外衣。两人出门走向了海滩。

看着被夕阳染红的海水，她挽起他的胳膊，幽幽地讲起了自己的婚事和生活。于步青听着，如同眼前一波一波的海浪冲击着心灵的沙滩。

她说："那年协和医学院硕士毕业后来这里实习，已经是二十八岁的老姑娘了，也没人想着。"她说这句话的时候，有些怨恨地看了他一眼，看着他躲闪的目光，接着往下讲，"白天工作还好说，夜晚真是孤枕难眠。大学同学聚会时，大家争着说自己的老公、孩子，晒照片，我一句也插不上嘴，只能暗地里默默流泪。我的导师，一个慈眉善目的老太太，通过部队首长的亲戚给我介绍了一位海军少校。你也看到了，人长得还行，心眼也憨厚，性格方面，军人嘛，有点儿粗糙。我们妇产科的医生看病的对象身体结构非常复杂，需要细腻，不过那时我是冲着把自己嫁出去的目的谈的，进展也很快，一个假期就基本定下来了。下一步就是结婚生子。在部队要了房子，也想着毕业后在东港市找个医院安居过日子，可是，一次巡诊让我改变了主意。也是这个季节，我们应地方政府的邀请，到大山里的一个麻风病村去巡诊，在那里我看到了许多烂手、烂眼，腿上、胳膊上流着脓水的病人。尤其可怜的是一个女患者，冲着刚刚生下就少了鼻子的婴儿痛哭。我被震撼了，同样是妇女，为什么她就没有权利生下一个健康的孩子呢？我作为一名医生，为什么不能

较 劲

帮助她们实现自己应该有的心愿呢？我毅然报考了传染病博士进修，毕业后进了国家疾控中心，家就分在了两处。几十年就这么过去了。人啊，真是什么都能习惯，甚至能习惯和一个与自己完全不同的人过一辈子。"

于步青说："是啊，习惯成自然，凡是存在的都是合理的。好的婚姻是人间，坏的婚姻是地狱，别想在婚姻中寻找天堂，人终究是生活在人间的。想想我们这一代人，出生在新中国成立的年代，成长在困难年代，学习在动乱年代，工作和再求学是在断裂年代，幸运的是我们还有信仰，支撑着自己去奋斗，去和命运较劲。因此，一生总觉得有一根鞭子在追赶着，随时打在身上，只能往前奔跑，许多美好的事物好像还没来得及体验就匆匆过去了，包括婚姻，就好像小学四年级的作文第二题，填空。"

齐远航把他身上的军装外衣往上提了提，和他坐在了一块岩石上，近距离地看着逐渐退潮的海水说："上小学时那可是童年啊。读博时我在北京住单身宿舍的夜里，也常常翻一些与业务无关的书，记得有一个叫圣埃克苏佩里的人说，使沙漠显得美丽的是它在什么地方藏着一口水井。我相信童年包括少年是人生沙漠中的这样一口水井。始终携带着青少年人生梦想的人是幸福的，由于心中藏着永不枯竭的爱的源泉，荒凉的沙漠也就化作了美丽的风景。"

于步青说："对，往事并不如烟，有往事的人爱生命，对时光的流逝特别痛惜。因此，怀着一种特别的爱意，把自己所经历的一切珍藏在心灵的谷仓里。"

从清醒过来见到齐远航的那一刻起，于步青心里那盼望已久的东西落地了，但是知道过程后，心又提起来了，知道两个人之间必定有一场心灵的对话。他读过一本书，说人要善于遗忘。他的理解是，对于他这样从小受苦太多的人就是要遗忘痛苦。自从大学毕业调到了市委，命运开始顺风顺水起来，就不愿意回望那些一想起来就筋骨酸软、背上冒凉汗的痛苦，尽管在那些痛苦里面也有些小小的甜蜜，可总觉得那些甜蜜是虚假的。尤其是做了县委书记之后，职业的要求使他的嘴唇不能随便开启，有时候心中汹涌澎湃，冲击到了喉咙，充满了口腔，都被那两扇厚重的嘴唇牢牢封住了。唯一的办法就是独自哼一些别人感到莫名其妙、自己却非常清楚的歌曲，有时则把那把二胡的音调调得低低的，慢慢地或激烈地拉上一会儿，而后扔在一边，回到现实的角色里，该干啥干啥。

较 劲

他想，作为女人，作为资深医生的齐远航，未必会有他这样的心量，但作为青梅竹马准恋人的她，作为面对着大病初愈的他，她一定也充满了悲悯之心，她也一定要把憋了几十年的话说出来，但不会太冷酷，毕竟有着几十年的思念，毕竟是快五十岁的人了；也绝对不会温柔，应该有尖刻。

果然，对方逼上来了。齐远航有些发冷地呵呵笑着说："不知道县委书记同志的谷仓里是否还珍藏着二十多年前一个在穷乡僻壤工作的小医生写的一封信。"于步青说："把它珍藏在心里了。"他想起了一九七七年等待高考结果痛苦的日子里，被贾为民从市委打回了发电厂的拉煤队，在晾水池旁含泪看信、撕信的情景，心中掀起了狂涛巨澜，但表面上还是那么平静地看着海水。他知道，有些事可以说，有些事是不可以说的，有些事即使是真的说了对方也不会相信，还不如不说。

齐远航似乎被他的平静激怒了，站了起来，走到他对面，盯着他的眼睛说："于步青，你能不能把你当县委书记那点儿臭习惯改一改啊，说句实话就能杀了你啊。我承认，你对我有恩。上中学闹'文革'时，我们上街写标语，你用滚了一身泥的身体挡住了我写的反动标语，尤其是我在柳河县西沙村卫生院的时候，你跟县长说了一句话让我调到了县医院。难道我对你就没有回报吗？你记得吗，中学毕业时，你孤零零地到校园后围墙上去拉琴，是谁伴着你的琴声唱出了《天涯歌女》中的'家山啊，北望'，谁不思青春？还有我给你写的那封信，那是一个二十出头的大姑娘第一次给一个男人写的求爱信，那是处女恋，你知道吗？可你，竟然没有回信，是因为你考上了大学吗……"

齐远航越说越激动，于步青还是不语。他知道，女人激动起来是没有道理可讲的，最好的办法是不争辩、不说话，让她发泄够，而后用另一种场景去转移她，让她继续发泄。

他看着不远处的海滩上篝火熊熊，闻着空气中传来烤鱼的香味，等到齐远航稍微平静下来的时候，拉起她的手，揽着她的肩膀，平了平气息，调了调嗓子，用那年唱歌的男中音在她耳边悄声说："航妹，美丽的朝霞永远在我们心中，胜过那里的篝火。走，我们去吃点儿东西吧，我也饿了。"

第一次主动拉她的手，第一次离得这么近，那粗重呼吸的气息在耳边，吹动了她的短发，带来了久违的男人的气息，女人的心立刻被融化了。

两人坐在一条板凳上，默默地吃着烤鳗鱼，涮着海鲜，喝了几杯啤酒。看到老板的案子前放着一架卡拉OK，于步青走过去，选了一张唱片，拿起话筒唱了起来:"夜幕降临,孤独开始陪伴,遥远的你有没有看见。昔日的时光不再有缠绵,留下来只有空虚和思念。回首过去甜美浪漫爱恋,美好回忆浮现在眼前,如果用金钱能买回昨天,绝不会让你我各守一边……"声音苍凉、真实,在海滩的夜空中传出了一种特别凄凉的美。周围吃烧烤的人停止了咀嚼,有人还大声喊出了"好"。于步青充耳不闻,始终在看着一个人。齐远航完全释怀了,满眼的泪珠在打转。

她端了一杯啤酒送上去,看着他喝了,看着他回到座位上,拿起了麦克,唱道:"天边走来,走来一片片云彩,是你把眷恋落在我的心怀,阳光知道,知道我的情怀,那一片花海在为你盛开。风儿带走,带走一片片云彩,是你把牵挂寄在我心怀,月光知道,知道我的思念,心上的人啊,何时才回来,我爱你,就像天上的云彩,心随你远走,走向那天之外,我爱你,就像那绵绵的山脉,一生一世为你等待……"唱的时候,她的泪水流了出来,而看着她的于步青也早已泪流满面,用双手捂住了脸,指缝里流出来的水和海水一样咸。

泪流过了,心情通过歌抒发出来了,两人的心情都平静了。在海边月光的陪伴下,他们回到了那所小别墅。

第二天早上,齐远航推开门,看到还在熟睡的于步青,回到厨房,做好了小米稀粥、烤鸭蛋和小咸菜,开车出去了。回来时,她带回了油条、小馒头和当天的报纸,还有河海市检察院发的一张通缉令,照片是于步青在柳河县委党代会上做报告的新闻图片。于步青看了冷笑说:"说我贪污受贿,笑话,真是贼喊捉贼。"

69

两人吃完饭,齐远航的手机响了,单位通知说沿海的一个县发生了疫情,要她在东港市等着,明天和总部的人一起驱车去。于步青说:"你去吧,我坐火车回河海,给他们讲清楚。"齐远航说:"那可不行,只要你一出这个军港警备区,马上会有人抓你。"于步青说:"那怕什么,我心里清白,没问题怕他们干什么。"齐远航说:"你是当县委书记当傻了,还是发号施令惯了?你没听武长风说啊,他们是想要你的命啊。你以为政法部门那些人都是好人啊,恐怕你还没到说理的地方,他们就把你打残了,或是屈打成招了。不行,我

较 劲

得听长风的。要不,我找一下隔壁的方参谋长,派辆军车去送你。"

于步青连连摇头,看着手里的报纸说:"有了,你看,东方红饮料集团在这里建了分厂,老段一定在这里。我用你的电话给他打个电话,让这小子接我回去。"

"谁?"齐远航有些迷惘地看着他,"你说谁呀?""段长森啊,尖脑袋,挺坏的,在最后一排坐着,经常逃课。"齐远航说:"你说是段嘎三啊。""对啊,你和他没联系啊?""初中的同学我只和几个女同学有联系,和男的没有。你都不搭理我,何况那个嘎小子啊。"说这话的时候,远航露出了一点儿嗔怪,笑了笑,按他说的号码拨通了电话,开口就说:"段长森,段嘎三,我是齐远航。"对方愣了一下,但很快就反应过来了,说:"哎哟喂,你真是齐远航啊?班花、校花啊,你怎么想起给我打电话了啊!我心中的女神,这么多年,你跑到哪里去了,让我相思半生啊。"

齐远航说:"你小子哪来这么多贫话啊,你是在东港吗?"听到对方说是后,她说:"你马上赶到军港警备区来,我等你。"段长森说:"就你自己啊?"远航说:"你真是个嘎小子啊。告诉你,于步青在这儿,你马上。"段说:"好好,我找他好多天了,立刻就到。"

三人见面后,段长森立即否定了于步青的想法,除了重复齐远航说的公、检、法个别人手段毒辣外,说:"你现在不仅不能坐火车,连轿车也不能坐,也不能直接回河海,你坐我的饮料运输冷藏车回去,到吕素青的农场暂避几天,看看风头再说。我跟你们说啊,那娘们儿,"看到远航皱起了眉头,赶紧改口说,"咱那女同学现在可干大了,千亩农场,菜绿花红,鸡鸭成群,五百亩的桉树林遮天蔽日,林中还有轻钢小别墅,门前鱼塘,屋后花园,左边是菜园,右边是果树,简直就是世外桃源。这都是沾了书记大人的光啊。二步青,你先去她那里养养身体,我给你打探消息,看情况再说回河海的事。"

女医生还是有点儿不放心,杏眼圆睁说:"段嘎三,我告诉你,你一定要保护好咱这位老同学的安全,出了事,我要拿你是问。我给你一个电话号码,一有情况,马上打这个电话。"

"好好,"段长森连连答应着说,"我现在就回去改装一下冷藏车,里面放上一个大沙发,车顶上开个天窗,让二步青舒舒服服地到海东县白塔农场。我说远航啊,你啥时候也对我这么好一次啊,也不枉我想了你这么多年。你

较 劲

知道吗,那年你俩在咱们学校舞台上唱《天仙配》,我多么想把这小子踢下来换成我呀。"

"别放屁,滚。"文静的女医生在老同学面前爆了粗口。

当天晚上,两人又在海滩漫步。皓月当空,群星闪烁,清风习习,海浪轻摇,从柳河县西沙村小学的枣树下一别,整整二十五年了,四分之一世纪,明日又要分手,不知何时才能相见。齐远航心底一种酸楚的滋味涌起,不由得轻声哼起了黄梅戏《风尘女画家》海滩别的唱段:"本愿与你长相守,同偕到老忘忧愁,孤独的滋味早尝够,萍踪浪迹几度秋,怎舍两分手,叫你为我两鬓添霜又白头。"于步青自然地和了上去,也哼道:"你我久别方聚首,怎叫离愁别恨方下眉尖又上心头。可知道那海水因何红似胭脂酒,"齐远航靠近了他,两人对着明月对唱:"那是你点点血泪和着海水日夜流。你可知道那海潮因何似泣如诉,那是你轻轻呼唤伴着海风声悠悠。失去你我好像风筝线断随风走,失去你我好像离巢孤雁落荒丘。没有你谁来与我共欢乐,没有你谁来和我分忧愁。莫叫相思寄红豆,形影相随情更稠。"一曲唱完,随风飘去,两人苦笑着对望一眼,叹息一声,双手紧握,相互依偎着回到了那所小别墅。

第二天,于步青坐上了段长森的饮料冷藏运输车。甭说,车改装得还真不错,一个可躺可坐的大沙发固定在了车厢里端,头顶是玻璃天窗,温暖的秋阳可以照进来。看着前面段长森开路的大路虎,于步青自嘲自语:"想不到我一个共产党的县委书记,竟然坐上了这种类似囚车的东西,真是世事难料啊。"

车进河海地界的时候,还真遇到了盘查的。几个穿制服的人拿着印有于步青照片的通缉令叫停车,要段长森和司机、秘书出示身份证并检查了宽大的后备箱。段长森这时表现出了商人的圆滑和精明,拿出几盒中华烟,将码在沙发外面的两排饮料搬出了几箱,还出示了自己的名片。东方红饮料集团是国家名企,有着中国驰名商标,自然人人知道。他们一看名片,客气得很,恭敬地说着"怪不得车这么气派,原来是段老总啊"就挥手放行了。

车到白塔镇农场已经是晚霞夕照了。吕素青和丈夫大柱以及小叔子二柱、三柱牵着狗迎接到了门口。狗多了,由原来的两只变成了四只,品种也换了,狼狗变成了大藏獒。

看到段长森有些畏惧的神情,吕素青对他说:"嘎三,你这回干了件好事,我不会叫狗咬你的。"

较劲

段长森看了看周围没人，指挥着把车开到了桉树林边上。在苍茫的暮色中，藏獒一前一后护送，几个人簇拥着于步青沿着林间只能两人并肩的小路进了轻钢小别墅。由于事前已经联系好，一切都布置得很妥当。二楼朝南的一个大房间，摆放着书桌、电视、电脑和最近几天的报纸，还有几本哲学书、一把二胡。

在于步青洗漱的时候，几个人在外屋做了分工：吕素青一家负责吃住，保护安全；段长森负责打探消息和外围的联系。吕素青端上了土鸡汤、野兔肉、热面、小米粥、新蒸的馒头，还有刚从菜园子里摘下的时令菜蔬。饭后，大家坐在清风明月下聊天，谁也没提于步青被通缉的事，只说着中学时代的趣事以及熟人最近的生活：陆文峰老师已经随女儿定居日本，在东京池袋的一个艺术剧场搞了个中国京剧社，每天乐在其中；李忠礼局长由于不满市委不再提"三三制、三条龙"的农业结构调整战略被提前退休，回老家包了几十亩地，搞林、粮、菜间作试验去了。吕素青告诉于步青，近年她这里搞了大棚蘑菇，劳动力需求量大增，连河海的许多下岗工人也来了不少。她骄傲地笑着说，过去特羡慕能到工厂上班的人，想不到现在工人来给自己打工。她丈夫大柱说："还不是嫁到我们海东县来了，这里地多。"吕素青立刻河东狮吼，瞪眼说："你别放屁，这都是沾我同学的光！要不是我，谁认得你啊！"对方立刻不说话了。于步青为了缓和气氛，拿过二胡拉了一个那个年代大家熟悉的《毛主席派人来》。欢快的曲子逗起了素青的舞兴，在门前空地上跳了起来，段长森也跟着笨拙地扭动着，在跟着前面的舞伴学下腰的时候一下子蹲在了地上，引得大家哈哈大笑，惊飞了树上栖息的鸟儿。

晚上，于步青看了几页由叶圣陶先生点校的王阳明的《传习录》，对着窗外的一棵石榴树"格物致知"，想起岳鸣沙跟他说的"官道艰险，需侧身而立"，想自担任县委书记以来，也不是没有警惕前后左右的小人与黑手，为了洁身自好在周围也竖起了几道墙，对一些犯错误的人也没有穷追猛打，都留了一条活路，防人之心和害人之心的规则该做的都做到了，但还是被人算计了。他想起了母亲从小对他说的"肚里没病死不了人"，算了，过去的几十年，总是说"人生难得几次搏"，今日，看来只能是"偷得浮生半日闲了"。对于县里的工作他倒没怎么担心，老金县长是个能干的实在人，各种基础已经打好，只要不穷折腾，经济会按照它固有的规律向前发展。再说，这个世界离了谁照样存在、照样运行。对于家庭里的人，老婆、儿子、孙女在国外，

较 劲

他每隔两天就用武长风给他的海事卫星电话与他们视频一会儿，看到他们在塞纳河畔挺幸福的。比较担心的是家里人，爹娘跟着老三、老四住到了县城里，还在农村的大姐不知咋样了。春节回家看望她的时候，发现大姐老多了，身体瘦了不少。于步青想这想那，脑袋昏昏沉沉的，一会儿就睡着了。他半夜起来上厕所时，听到了藏獒低沉的吼声，看到了星光下大柱、二柱拿着一根枣木棍子在别墅周围巡逻的身影，心里感动了半天。

第二天他发现，在别墅后边的一大块空地里种着黑田七寸胡萝卜，显然是段长森安排的。青青的萝卜苗长势旺盛，他拿起一把锄头，想着在老家时老恒修教他的锄地要领，"前腿绷，后腿弓"，锄起地边上的野草来。锄头浅浅地伸进泥土，划断草根的声音特别动听。他一连干了三四天，吃饭时胃口大开，身体也强壮了不少，比每天强制自己散步五公里舒服多了。

人都有一个习惯，平时用惯了的东西，看到了总愿摆弄一会儿。一天饭后，他打开齐远航送给他的皮箱，想换件衣服，看到了静卧在里面的手机，不由得打开了，里面除了有无数个未接电话外，还蹦出了一条信息，是大姐发来的："步青，我这段时间总是胃疼，想去河海医院检查一下，不知你有空不。"他心里一阵酸痛，他知道，大姐从来不给他打电话，一是怕耽误他的工作，二是心疼电话费。

他立刻找来吕素青、段长森等人，说自己要回河海，并出示了大姐的短信。都是初中同学，在那个年代受苦过来的，知道他对大姐的感情，几个人商量出了一个办法。

在河海人民医院旁边，有一个小宾馆叫"好得快"，靠近公园的人工湖，就一栋三层小白楼，房间不多，干净雅致，尤其是以做病人营养膳食出名，还有食疗小灶，是许多准备住院和出了院还需要不断到医院复查的人住宿的首选。院子很大，可以停许多车。那里的老板是海东县人，与大柱家沾点儿亲戚，也是他们农场无公害蔬菜的专供点，有市里发的专门运输通行证。他们的意思是先打电话把小白楼的三楼几个房间包了，而后送于步青先去那里住下。行走方案是，还是段长森的路虎打头开道，于步青坐中间拉蔬菜的厢式货车，后边大柱、二柱、三柱带上三条藏獒坐客货两用车压阵。为了躲开盘查，不走国道，绕道城固县，从小道进河海。

方案定下来之后，段长森到旁边树林里打了一个电话。大家走出别墅，在出桉树林的时候，于步青看到一群到大棚里采蘑菇的人里，有一个人穿的

较 劲

是河海发电厂的旧工作服,不由得多看了两眼,那人好像是和郭大郎的小情妇秦红丽一起开过"一帘幽梦"的赵金良,因为心里一直想着大姐的事,也没多想,就上车了。

车队穿过金秋原野中的小路蜿蜒前行,路边的风景引得三条神兽快乐地欢叫,地里劳作的农人看到了,赞叹:"好威风的狗啊。"

车队进了"好得快"小白楼宾馆,刚刚安顿好,几辆喷着"检察"蓝白道的警车呼啸而来,郭大郎和杨一棍带着几个法警跳下车直接把小楼围住了。

于步青在白塔农场看见的不错,那个穿河海发电厂工作服的人就是赵金良。自从他顶名实际是秦红丽开的歌舞厅被公安局查封之后,机关办企业时,郭大郎给他在一个公司找了个看门的活儿。后来郭到县里当书记了,机关办的企业也取消了,他就回到了厂里。每年他还是到郭家里去,送点儿小土特产,换回几条好烟、几瓶好酒。厂子让郭泽普改制搞黄了,他也下岗了,就跟着海东县的一个工友来到白塔农场干活,待遇不错,一天能挣八十多,还管吃。这次偶然看到了于步青,想到通缉令上说有赏钱,他赶紧给郭大郎打了电话。郭大郎对于步青的追捕一点儿也没放松,几小时前,于步青的手机一开,他马上就跟踪了,发现是在河海地界内,就一路跟踪到了这个宾馆。要不是抓捕县委书记需要市委一把手批准,这会儿早抓到手了。

在他向刘德邻报告说发现了于步青后,刘不慌不忙地说:"你们需要写两个报告,一是给市委,按照党内规定,需要市委书记签字;二是给人大,因为于步青还是市人大代表,按照法律原则,抓捕于步青需要首先罢免他的人大代表资格。"人大好办,人大主任是贾为民。报告上去之后,他那里立刻召开了常委会,不到一个小时就搞定了。麻烦的是市委这边,刘德邻迟迟未批,也不敢催得太急,到了忍不住的时候再打电话,对方竟然关机了,问秘书,秘书圆滑地说,"可能是在休息,也可能来了省委领导在谈话",弄得他一点儿脾气也没有了,因此来晚了,决定先把小楼围起来再说。

看到郭大郎、杨一棍带着警察来了,于步青这边的人在大柱子的指挥下也迅速布防。吕素青陪着于步青进了三楼的一个大房间,门外,三柱手里拿着一个老枣木棍子,带着一条大藏獒站在那儿,巡视着整个三楼。一楼的楼梯口,大柱、二柱手里也拿着老枣木棍,各带一条藏獒,威风凛凛地站在两边。大柱脱了上衣,露出古铜色的肩膀,挥舞着手里的棍子说:"谁敢上来,先过我手里的棍子和两只神兽的牙齿。"藏獒看到主人这样,张开大嘴,露出

较 劲

獠牙,前腿立起,做扑人状,吼吼地叫了几声,震荡着小楼,让人不寒而栗,几个警察赶紧后退了几步。二柱干脆在大堂里耍开了少林棍法,满天棍影,风声呼呼,杀气逼人。

外边,段长森正和郭大郎说话。老段因为是商人,这几年赚钱不少,也是广结善缘,不仅当上了市政协常委,还给公检法部门捐了几十辆车,包括今天来的几辆也是他捐献的。所以,郭大郎对他还是要客气的,说:"段老板,你怎么也蹚这个浑水啊,于步青可是个贪污犯。你这是窝藏罪啊,要负法律责任的。"段长森递给他一支特级南京烟说:"我和二步青是中学同学,我还不知道他啊。他家里兄弟们做生意,儿子是美国大学毕业的硕士,在国外挣大钱,他贪污钱干什么?再说,你有证据吗?你肯定是弄错了。"郭大郎说:"不可能啊,有录音录像的,还是身边的人搞的呢。老段,我可不是忽悠你啊。"段长森哈哈一乐说:"郭检察长,你别逗了,现在的电子科技多发达。你不知道啊,那合成技术老厉害了,我的身子可以安在你的脑袋下边,你的脑袋也可以安在我的身子上,更甭说录音了。你看见我们集团的广告了吗,说是刘德华唱的,其实那歌就是我们集团一个看门的唱的,花几个钱,让录音师摆弄几下子就成。"

郭大郎让他忽悠得有些发慌,把杨一棍叫到一边说:"你那个战友邢大军弄的是真的吗?真弄错了,我和姓于的这次较劲可就输了,咱可输不起啊。"杨一棍说:"没错,怎么也得让这小子输,只要他一露面,咱就赢了。"看到郭大郎疑惑的目光,他继续说,"你不知道我爷爷是河海县老衙门里的杨三香棍啊。他那根棍子是百年老枣木的,在香油锅里煮了三天三夜,既硬又柔软。第一棍叫香酥棍,打在腰上,准让他腰间盘粉碎。第二棍是闻香棍,在鼻子上边轻轻一敲,准让人脑震荡成植物人。第三棍叫香风棍,在耳朵根子下边一棍,让人魂归故里。这些我都学到手了,只要于步青一出来,他手脚一动,我们就说他袭警,上去一棍准让他迷糊一辈子,啥也当不成了。"

他们说话的时候,没有注意到旁边的小树林里隐藏着一个穿清洁工衣服的人,正是于步青的老工友史得志,他把这些话用小录音机录了下来。

小白楼前的小广场上传来刺耳的刹车声,一辆红褐色的玛莎拉蒂跑车和一辆黑色的奥迪一前一后开了进来,都挂着京牌。朱流萤和高原红来了。朱流萤亲自驾车,戴着大墨镜,长发飞扬,蝙蝠衫、牛仔裤,一双高帮白色旅游鞋。她跳下车喊道:"谁是检察长?凭什么随便抓人?"

较 劲

郭大郎是个一见美女就主动往前凑的人，尤其是看到这等高个、时髦、神采飞扬既带着江南娇娃的柔美又有些野性的女人，更是兴趣大增，赶紧迎上去说："我是，请问你是于步青什么人？"

朱流萤摘下墨镜看了他一眼，又戴上，高扬着头说"阿拉是他妹"，随手扔出一张名片。

郭大郎一看说："京城大报的总编辑啊，幸会，幸会。可惜犯罪嫌疑人我们还没抓到，案件还没审，还不到开新闻发布会的时候。不过，这确实是一个大案要案，证据确凿。"

穿一身西服套裙、齐耳短发的高原红稳稳当当地走下车说："私人偷拍的东西是不能作为法律证据的，有些证据经过证据链完善之后，可能得出相反的结论。"

郭大郎说："你是哪儿的，是于步青什么人？"

高原红平静地说："我是他姐，也是来完善证据链的人。你们不是有于步青汇款到北京的账户吗，那个账户的主人就是我，那笔钱已经转给国家麻风病防治学会了。"

郭大郎看着这两个突如其来的不平凡的女人，心里有点儿慌，嘴上强硬地说："你说给了那个学会了，有什么证据，说不定你们合伙贪污了呢。我这里的证据证明于步青是真正的贪污受贿。"

"少安毋躁。"高原红平静地回答，望了望高远的蓝天。

正在这时，一辆黑色的本田轿车驶了过来，郭大郎一看是市委书记的专车，赶紧跑过去打招呼。刘德邻点了点头，向两位女士微微笑了一下，径直向一楼业务经理值班室走去，稳稳当当地坐下，看着窗外。

郭大郎跟进来说："刘书记，快下令抓吧。你看，来了三个打手还有三条恶犬，你给我们调公安的特警支队吧。"

刘德邻没有回答他的问题，而是说："对，弄不好会伤人的。你出去看着，别发生其他恶性事件。"

郭大郎出去之后，他对秘书说："你去告诉他们，没有我的命令，谁也不许乱动，更不许上去抓人。"

他说这话时心里是有点儿气的，本来他就不同意郭大郎发通缉令，可是检察机关独立办案，党委干涉多了不好，自己也说过尽快找到于步青，可想不到他用这种办法找，自己也不便再干涉。另外，他通过自己在北京的关系，秘密查过于步青汇款的账号，发现主人不是一般人，是中央一个重要机关的司长。

书记不发话，场面僵住了。刘德邻稳坐钓鱼台；大柱、二柱、三柱百倍警惕，三条藏獒虎视眈眈；郭大郎和杨一棍如同吃了辣椒的猴，坐立不安，到处乱蹦跶；高原红和朱流萤则悠闲地漫步，看着院里盛开的几盆黄菊。

天空传来隆隆的飞机声，一架草绿色的标有"海军航空兵"字样的直升机缓缓落地，穿一身白大褂的齐远航背着红色药箱下来后，跑到高原红面前，把一个大信封交给了她。

高原红把郭大郎叫过来说："你要的证据来了。你看，这是于步青给我账号的汇款明细，这是我当天转给中国麻风病防治学会的记录，这是收据。还有，国家有关单位发给于步青的荣誉证书，上面有钢印，有红印章。这是一套复印件，你拿去存档吧。"

郭大郎傻了，丧气地一挥手说"撤"，带着他的虾兵蟹将走了。

刘德邻走出来，一一和大家握手，不卑不亢地说："各位领导和朋友，我是河海新来的市委书记，叫刘德邻，感谢你们为河海做了一件大好事，证明了一个好干部的清白。请你们转告于步青同志，把身体养好，把家里的事处理完后，到我办公室去一下。"

高原红说："谢谢书记，在中央旗舰的带领下，各个航船都需要一个稳健的舵手。"

这一幕，郭大郎没有看到。在车上，杨一棍告诉他，邢大军来电话说，公安部的一个人和他们县的公安局局长付双剑正在侦查西捞河湾学生的中毒事件。他咬了咬牙说，你赶紧安排刁小三和他那两个手下走人，最好永远别回来。

几天后，在河海街上长大的刁小三，大号叫刁大贵的房地产开发商，驾车和两个手下去南方风景区旅游，在一个盘山道上，汽车冲向了悬崖，掉下了山涧，人车俱亡。

70

在段长森的带领下，大家来到三楼，大柱、二柱、三柱带着藏獒离开。于步青看到两位大学女同窗，双手一抱拳说"大恩不言谢"，随后开起了朱流

较 劲

萤的玩笑:"我说上海小阿拉,你这身打扮这么潮,开着敞篷跑车,我估计,你要开着车在河海街头跑一圈,准得让交警忙得不亦乐乎。"朱流萤说:"是吗,要不是天黑,我倒真想试试。你瞧和你较劲的死对头,看见我,两只大狼眼珠子都快掉出来了,真恶心,像只绿头苍蝇。"

段长森看着眼前的四个女人,只有高原红他不熟,不过也常听沈慧娟念叨这个嫂子,便说:"哎呀,今天可以说是'四美救英雄'。不,二步青还算不上英雄,算落难公子吧。尤其是我们的齐医生,白衣天使从天而降,众瘟神逃之夭夭。远航,啥时候叫咱也坐一回军用直升机,抖抖威风。"

齐远航正和吕素青小声说话,看了高原红一眼,转身踢了段长森一脚说:"段嘎三,别臭贫了。这伙人中就是你小子发了大财,还不快去给大家准备饭。"

吕素青看看这三个人,她只认识齐远航,另外两人一个优雅、稳重,身上带着重重的官威,一个时髦高冷,还伶牙俐齿,都不是自己能凑上去的,便和段长森下楼安排晚饭了。

这天晚上,大家吃的是白塔农场生产的自然生长的蔬菜、土家鸡,还有新鲜的老玉米。朱流萤大呼好吃,有当年野草坡的味道。

饭后,吕素青要给大家安排房间,高原红说不用了,这里距离柳河不远,自己要回去看看公公婆婆。朱流萤也要跟着去,要去那里拔花生。段长森说:"我也去看看自己的胡萝卜汁加工厂,把车留给于步青。我给上海的小阿拉当一回司机,也开开玛莎拉蒂跑车。"

第二天早晨,细心的于步青先开着大路虎到街上遛了一圈,熟悉一下车的情况。他回到宾馆时,齐远航背着药箱下来了,要跟他一起去看大姐,于步青说:"你不看看你在卫校时的同学吗?"远航说:"我怎么能不去看大姐呢,我还吃过大姐做的饸饹面呢。"

他想起来了,那年暑假,城里的女中学生骑着车子到农村转悠,顺着一条新修的机耕路跑远了。快中午时,正在砍草的于步青在榆柳堡村口碰到她,只得把她引到家里。大姐看到弟弟的女同学来了,家里实在没什么吃的,便到邻居家借了一斤白面,和高粱面掺在一起,做了一顿外白里红的饸饹面。他俩在里屋吃,大姐在灶间啃山药面窝头。

于步青心头又一阵酸楚,说"你还记得啊",两人开车到了大姐的婆家耕耘庄。七十多岁的大姐满头的白发像秋后刨出被太阳晒干的茅草根,干燥、凌乱、细弱。远航把她扶上车,到了河海人民医院,找到了在此工作的当年在

较 劲

河海卫校的同学，细细检查了一遍，检查结果是常年劳作和吃凉食落下的萎缩性胃炎。于步青让她住院，大姐说什么也不肯，于步青只得拿足了药，把她送回家，放下了一万块钱，随后拉着远航直奔柳河西沙村，陪她故地重游。

听说当年的齐医生回来了，许多找她看过病的人都拥到了乡卫生院，齐远航立刻打开药箱义诊。看着当年这些年轻的小媳妇、大闺女如今都变成了半大老太婆，有的还当上了奶奶，齐远航不禁感慨万千。待人群散去，她注视着曾经住过的宿舍、坐诊的屋子，眼圈发红，鼻子发酸，久久不愿离去，想着，当年的自己，一个卫校毕业的二十二岁的姑娘，孤身一人来到了这里，一年后，在这里碰到了中学同学于步青……

中午在沈慧娟家吃过饭，她对于步青说："一会儿我们都休息，起来后到一个地方见面，我不说是哪儿，但你必须在那儿等我。"说这话的时候，露出了姑娘时代的调皮与妩媚。

于步青点头答应，回到西屋躺了一会儿，起来看到北屋的窗帘还挂着，门还关着，就悄悄出了门，来到了原来西沙村小学东墙那棵老枣树下。过了一会儿，齐远航穿着白大褂来了，特意像当年一样，戴上了白色的工作帽和口罩，看到他，摘下了口罩，一双毛茸茸的大眼睛起了雾，拉着他的手说："步青，谢谢你，我这一辈子，值了。"这一刻，于步青非常庆幸让段长森建厂时留下了这棵树。

送走了齐远航，于步青来到了柳河县委，在秘书小路惊诧的目光中，叫来了老金县长和人大常委会主任柳东旭，命令小路回到自己的房间值班。三个人说了一会儿话，他开着自己的丰田大吉普回到了河海，一个小时以后，出现在市委书记刘德邻办公室。

刘德邻看到是于步青，赶忙从大桌子后快步走出来，先紧握手，而后拥着他的肩膀来到会客的沙发上，亲自倒上一杯茶水，坐定说："老于啊，身体好些了吧，家里的事处理完了吗，大姐的病咋样。我在省医院有个亲戚，不行到那里去看看。"

这一连串的关心，让于步青心中涌起了一股暖流，同时也感觉到，这几天的一举一动都在这位市委书记的视野之中。

刘德邻继续说："步青同志啊，我来得晚，也刚上任没多长时间，就发生了那件不该发生的事情。那个什么令，是他们背着市委下发的，我已经对他们提出了批评，这是对革命同志不负责任嘛！"

较 劲

当秘书出身的于步青本来就是琢磨领导谈话潜台词的高手，立刻明白了书记的意思——这件事领导没有什么责任，这件事就要翻篇过去了。他说："刘书记说得对，一切都过去了，一切都会好起来的。"

"这就对了嘛，"刘德邻真的高兴了，说，"于书记啊，你是市委机关的老人了，按现在的县委书记算，你也是资格最老的了。况且，工作也干得不错，上次就该上来了。机会还是有的。有一个常委要调整，我向省委推荐了你，不过还要等一段时间，柳河的工作你还要抓起来。"

于步青点头表决心。

刘德邻说："那件事肯定给你的威信造成了影响，坊间的传闻也少不了。这样吧，明天，我和你一起回柳河，开个大会，正正名，如何？"

于步青想了想说："正名倒不必了，我倒是希望刘书记到我们县去视察一下，提出今后发展的方向。"

"好，"刘德邻一口答应，看了看表说，"你是单身过吧，我在河海也是光棍一条。走，我这里还有在定远当市长时别人送的一瓶老酒，今晚我们把它干掉。"

河海市委的机关餐厅很大，分大灶、小灶，大餐厅、中餐厅和小包间，大餐厅是县以下干部吃饭的地方，中餐厅和小包间供市级干部享用。刘德邻拉着他没从侧门进，而是穿过大餐厅，在中餐厅，和正在吃饭的人大、政协、政府的头头们热情大声地打着招呼，尤其是还和人大常委会主任贾为民开了句玩笑，而后进了小包间，大声招呼上菜。

于步青知道，这是刘书记在给他正名，不一会儿就会传遍河海的每一个角落。

吃过晚饭，于步青礼貌地送走书记，绕过车队办公室，出了后门，来到了"阅微堂"，跟岳鸣沙说了自己近来的遭遇。当他说到自己差点儿被活埋时，岳鸣沙的脸色变了，阴声问郭大郎的后台是谁，听说是贾为民时，霍地站起来，拿出一把古剑，一按弹簧，"喳啷"一声，利剑出鞘。岳鸣沙高高举起剑，寒光一闪，把眼前的红木茶桌劈下了一个角，厉声说："虽然是官道险恶，争个官、告个状也就算了，怎么能随便要人性命，是可忍孰不可忍，我要他们难看。这几年他们在我这里开假发票低价去行贿、受贿又高价卖出的事多了，声音、录像、文字记录都有，你甭管了，这一箭之仇一定要报。"

于步青走后，岳鸣沙整理了一份照片、录像、文字资料，装在了一个大

较 劲

袋子里,第二天一早寄到了省纪委。三天后,市委后门来了一辆集装箱大卡车,在此有二十多年的"阅微堂"人去屋空,牌子也摘走了。

多年以后,在首都的一家古玩店里,河海有人看见了已经须发皆白的岳老先生。他脸色红润,坐在一张黄花梨官帽椅子上,淡然地看着街景慢慢品茶。

再说于步青,第二天一早回到了柳河县,叫上老金县长来到县界,接上刘德邻书记,一起看了大棚菜地、批发市场、脱水菜厂、咸菜厂、胡萝卜汁公司、穆子言的铜雕艺术公司以及河滩草原上的树林、鸡鸭牛羊驴。

一路上,刘德邻一直笑眯眯地,一句话都没讲。中午在宾馆用餐时,他突然对随行的市委办公厅主任说,通知各县书记、县长,市直单位一把手和新闻单位,下午来柳河开现场会。

不到两点,各路诸侯就赶到了。刘德邻书记的车打头,沿着上午的路线又走了一遍。回到大礼堂,他开始讲话,首先肯定了柳河县的工作,并抛开讲稿,大声说道:"河海怎么发展,拿什么立市,不应该是一个标准,要就实际情况做实际分析。各县的情况千差万别,要按照陈云同志说得那样,不唯书,不唯上,只唯实,总的原则是,因地制宜,扬长避短,发挥优势,全面发展。市县乡村四个轮子一起转,找准着力点,哪个转得快就让哪个先转。"

市委书记第一次关于施政方针的讲话赢得了雷鸣般的掌声,这掌声是真实的,大家好像解开了身上的绑绳,卸下了压在肩上的石头、套在嘴上的笼头。

会后,随行的已经做了报社总编辑的冯文斌组织记者写了一篇长长的通讯《今日柳河》,图文并茂,述说了近四年来柳河的巨大变化。头版头条转四版,还加了编者按,让郭大郎看了非常不舒服。过了几天,让他更不舒服的事又来了,省纪委带走了贾为民,把他送给文渊博书记六万多元的紫檀小屏风的事也揭发出来了,很快,处理结果就公布了:贾为民贪污受贿四百多万,双开入狱;郭大郎断崖式降级,成了副主任科员。当然,他也不去上班了,其间,他给北京的那个四合院打过电话,那里已经换了主人,原来的住户不知去向。

较 劲

71

送走了市委刘书记，于步青知道自己在柳河的时间不会太长了，便把大部分工作交给了老金县长，自己全力去抓旧城的保护、开发、利用了。

又是一个春夏相交的季节，草木葱茏，他开着车独自逛老城。街道上静悄悄的，前两年拆除的柳河几个棒棒开的各种黑工厂的空地上，生态已经恢复，长满了新鲜的野草，有的地方还冒出来几棵小杏树。

绕过一棵古老的老槐树，于步青来到吴顺心老师傅的古宅大院前。大门洞开，一进院北屋的大客厅里就传来轻柔的江南丝竹乐声。一个高个子穿月白色旗袍的女人正在梨花大案子上轻轻挥毫，一行行蝇头小楷落在雪白的宣纸上，煞是好看。

也许是写累了，也许是听到了脚步声，女子抬起头来，竟是华露浓，他那三十年前河海发电厂外号叫"花露水"的老工友，十年前跟着鹿洪荒跑到南方去闯江湖的《河海日报》的女记者。

"怎么是你？你怎么在这里？"于步青探询地问。

前额上鱼尾纹细密的华露浓少了昔日的高傲和张狂，给他倒了一杯茶，捋了一把长发，单手扶着椅子背，扬起长长的脖颈，看着外面高远的天空平静而幽幽地说道："是啊，一年多以前，我也这样问过自己，我为什么到这里来？是历史潮流的冲刷，是岁月积淀的必然，是寻根的结果。"

十年前，她和于步青在报社门前分别后，第二天，跟随着那只鹿踏上了南下的列车，来到了蔚蓝色的海边。在那个新兴的城市里，两人凭着手中的一支笔，凭着听烂了三台录音机学习英语的顽强，很快成了跑外线的机动记者，几乎走遍了九州大地，到过十几个国家，有过激扬文字、指点江山的快感，有过深刻思考后的空虚，有过纸醉金迷的放荡，有过不知所措的迷茫。尽管空落落的心情时常出现，好在身边还有那只鹿。那只雄性十足的鹿在填满欲望的同时，也使她暂时忘记了一切。三年前，那只鹿在大巴山区飞来的一只黄鹂鸟悦耳的叫声中，跑了，而且跑得无影无踪，也就在这时，她接到了父亲病重的信，回到了河海。在老干部病房里度过了以泪洗面的三个月，她眼睁睁看着壮实的父亲变成了一具骷髅。老人临走前，拿出了一个老蓝布封面包着的厚草纸本子，用枯瘦的手拉着她说："大妮子，你是咱们家最有文化的人。这里面记着咱们家的根，不管你以后走到哪里，也别忘了这

较 劲

条根。"

办完父亲的丧事，她把自己关在屋子里，看了三天三夜。父亲读过私塾，一手清笔小楷相当棒，文字流畅。那年冀西大旱，鬼子进村，才不到二十岁的他带着爷爷、奶奶、姑姑、叔叔逃难到冀中，遇到了八路军的一二零师，参加了队伍，成了冀中军区司令部的文书，就住在这个老城的吴家大院里。在这里，他写过无数的文件，编印过抗战小报，八路军的卫生队在这里给爷爷奶奶看过病。在这里，叔叔和姑姑上了抗日小学，参加了队伍。他去军区送信，回来的路上被鬼子包围在一个院子里，青年农妇认他作丈夫，忍痛看着自己的男人遭受毒打。在野战医院里，白求恩带领的医疗队用嘴给伤员吸痰、导尿；许多农村哺乳期的妇救会员送来了自己的乳汁；作战回来的八路军战士不顾一身的血水，给老乡挑水、扫院子，下地帮贫困的农户拉犁耕地。在攻打、解放大城市时，这里的老乡踊跃支援前线，上千辆小车推着弹药、粮食一走几千里，用最后一尺布做军装、最后一碗米做军粮、送最后一个儿子上战场、最后一件老棉袄盖在了担架上。姑姑在这里整训之后，随着四野大军踏上了三湘大山的剿匪之路，临牺牲前还在高喊着这座老城的名字；叔叔在跨过鸭绿江大桥前在这座老城补足了炒米炒面。在国家三年困难时期，已经是东北某军区参谋长的叔叔接到这里老乡在吃糠剥树皮的消息时，亲自带着三辆军车拉着十万斤高粱米来到这里，后来受到了纪律处分；"文革"时，父亲被造反派打得奄奄一息的傍晚，是吴师傅带着乡亲把他抢了出来，在这座老城的一个地窖里养了一个月；自己在河海一中上学时，跟着一帮红卫兵到北京串联，第一晚也住在这里，享受到了热炕头、洗脚水和喷香的小米干饭。

华露浓讲完后，看着于步青说："这就是我来这里的原因。我不想重复艾青那句"我为什么眼里常含着泪水，是因为我对这片土地爱得深沉"，我是因为在父亲的日记里看到了共产党博大的胸怀，感动于在她成长时期带起的"我为人人、人人为我"的社会风气，而我在外漂泊的时间里看到了太多的自私、贪婪，看到了现代社会培养出了大量的精致利己主义者。"

于步青深以为然，看着她说："你可真是断崖式的思想、思维方式的改变。"

华露浓说："江河遇到断崖，才能迸发出浪花，思想也是如此。我在德国去了马克思的墓地。你说，马克思主义的生命力为什么那么强？"

较 劲

　　于步青没有正面回答她的问题，思考着说："只要这个世界上存在着不平等，马克思主义就有存在的必要和扩张的空间。"

　　"精彩，不愧是哲学系的。作为县委书记，不正面回答挑战，而是绕着弯子说出了结论。我来这里，就是要重新整理记录马克思主义曾经创造过的平等。可惜啊，只能搞文字记录了。"

　　于步青说"不会的"，接着详细讲了振兴老城的计划，包括修复南城被几个棒棒破坏的那部分。修旧如旧后再增添一些设施，变成人们寻根的旅游景点，进一步带动柳河的产业升级发展。

　　"好啊，你这县委书记没白当，真要做成了，也是给我们柳河办了一件大好事啊。"吴顺心老师傅披着那件印有"河海发电厂"的工作服从里屋走出来说，"你们刚才说的话我都听见了，你们的谈话就像咱们电动机的转子和定子一样，不是严丝合缝，但有合理的间隙，转起来很顺畅。不像王命长剜的那个槽、配的那个键，硬邦邦的。从你们一进厂我就看出来了，你们俩是新徒工中最有才的，可惜没成一对。"

　　"吴师傅，"五十来岁的华露浓竟露出一丝撒娇，说，"不过，我相信，你这个姓于的徒弟准没得到过真正的爱情。再说，他一个从农村来的土鳖小子，我能瞧得上他？"

　　一番触及灵魂的谈话消除了几十年的隔阂，尤其是于步青保护老城的计划让三人的心更近了。太阳偏西了，华露浓炒了几道菜，放在老石榴树下的石桌上，对于步青说："县委书记同志，把酒拿出来吧。"于步青拍着脑袋说："真是罪过罪过，怎么忘了这茬呢，吴师傅可是海量啊。"说着打开后备箱，搬出了一箱五粮液。

　　华露浓利索地打开一瓶，给大家分别倒上说："说好了啊，这箱酒就留在这儿了。"

　　酒香四溢，开怀畅饮。吃完饭后，月亮升起来了，三人起身走出大门散步。融融的月光，幽静的老街，虬髯的古树，微风吹动着青瓦檐上的枯草，三人踏着石板路上的小草慢慢往南城走着。华露浓的旗袍，吴顺心四十年前的老工作服，于步青的西装革履，让人有一种时空错位又有种穿越的感觉。

　　华露浓对他说："这里的历史真是太深厚了。我在吴师傅东边的县衙里发现了民国的一个县长写的日记，夹在墙缝里，用油布包着，里面记载着这个老城过往的客人，有北平'一二·九'运动失败后跑到这里的学生，'九一八'

较 劲

事变后东北流亡的师生，还有军阀混战时被张作霖打散的西北军的一个连逃亡到此。记载得可详细了，从哪里进的城，在哪个胡同里整队，在哪家房子里宿营。我正在一件一件地整理考证。吴师傅的记性真好，有的还真找到了。"于步青说，这可真是珍贵的资料，修好以后准用得上。

来到南城，吴师傅兴奋起来，指点着说：这里是刘家大院，那里是南方来的绸缎商盖的白墙黛瓦的徽派建筑；他们是怎么发起来的，后人去了哪里；抗战时住过八路军的老六团，大军南下时做过整训地……一个个人名，一串串故事，让华露浓兴奋不已，埋怨他说："你怎么在家不说啊，我都没带本子来。"

吴顺心笑呵呵地说："你这丫头啊，不知道师傅老了啊，看不见这个地方，我就想不起来啊。"

华露浓对于步青说："我一定要好好挖掘柳河的历史，写一本书。古人讲，人生三立，我觉得立言最重要，唯有好书流传百世。"

看着前面有一块砖头，于步青跑过去拾起来放到一边，扶着吴师傅说，老城修复工程启动后，请他做技术设计顾问，请华露浓做历史文化总设计。还说，如果她愿意，把她的工作关系转到县文化馆。华露浓直视着他的眼睛说："你该不是可怜我吧？"于步青说："不是，我们聘请你，是柳河人民需要你。"

一周后，于步青找到公安局局长付双剑，通知财政局，启封动用那笔四百万的罚没款，让枣河县的郑晓峰拉来郭大郎在拆除老城时买下的砖瓦以及门窗。吴师傅一见，乐得老泪纵横，趴在一摞老瓦上说："这可是我家的祖产啊。"四个发电厂的老工友把于步青留下的四瓶五粮液喝了个精光。

柳河铜雕艺术公司的穆子言主动捐献了两百万，找来了北京的一个古建筑修缮队，正式开工。工程历时半年多，全部建设、修缮完毕。华露浓的资料也整理齐全，利用捐款组织柳河的企业生产出了老式的桌椅、老式的床、老式的被褥、老式的暖瓶、老式的搪瓷缸子、老式的军用水壶，灰粗布的八路军装、黄绿色的解放军装、中山服、学生装，还有仿真的步枪、大刀、手榴弹等。有的屋子里还盘起了大炕、灶台，放上了那个年代的煤油灯和马灯。

完工那天，华露浓挨着看了一遍，兴奋难耐，趴在大梨花木案子上，铺开一张大宣纸，写下了一篇激情澎湃的锦绣文章。

较 劲

"一二·九"运动和"九一八"事变后流亡的老师和同学以及子弟们，八路军冀中军区警备四旅的将士们，第四野战军南下的老战士们，南下干部团的老同志们，抗美援朝在此练过兵的战友们、英雄的后代们，大串联时的红卫兵小将们，在那个特殊年代在这里避过难的老领导们，在这改革开放的年代里，四十万柳河人民向你们致敬！

你们都曾经在这里流过血和汗水，你们都在这里驻扎过，这里是你们的第二故乡，柳河人民永远不会忘记你们。来看看吧，你们当年住过的老房还在，你们躺过的老炕已经烧热，你们当年用过的钢枪已经擦亮，你们的大刀依旧挂在床头上，你们练兵的操场、打靶场上的小树还想听到当年的枪响，你们坐过的小板凳、你们烧过的老灶台、你们用过的碗筷、你们穿过的衣服都在静静地等待着你们的归来……

于步青指示宣传部叫来了市电视台，拍了一个"柳河老城，欢迎您"的专题片，连同华露浓这篇文章，在中央媒体上反复宣传，很快有了效应。一位九十多岁的老教授带着祖孙三代来到了这里，说他是当年东北大学的流亡学生，曾在这里的吴家西屋住过三天，吃的棒子面窝头，喝的菠菜汤，看到西屋还是老样子，高兴得热泪盈眶，说为报这三夜九餐之恩，要英国剑桥大学当教授的儿子引进一个计算机耗材厂。而后又来了一个老将军，在刘家胡同的一个小平房里对部下说："当年，我的团指挥部就在这里。你们看，墙上还有枣核地图钉呢。"一批在此工作过的老干部也来了，争相指认自己坐过的大板凳。省委党校的一个校长来此考察了一番，干脆把三百人的青年干部培训班搬了过来，穿老粗布军装，吃小米干饭，喝菠菜汤，坐在小板凳上学习毛主席的党的三大作风建设和邓小平理论。附近几个城市的大学也纷纷效仿，把新生入学的军训课放在了昔日八路军的练兵场上。

一个月明星稀的晚上，于步青站在柳河南大堤上，看着脚下昔日死气沉沉的老城如今灯火通明、人声鼎沸，深深地吸了一口清新的空气，摸了摸头上日渐稀疏的头发，望着县城新起的几座高楼，遐想着这片大地，自言自语："六年多了，我该走了。"

那爱那恨

往事并不如烟。无论当多大的官，退休后生活都会回到原点。当初的爱，还在继续；一生的恨，也在聚合、爆发。

72

省委组织部来了一个副部长，会同刘德邻书记和于步青谈了一次话，给了他两个选择，一是进市委领导班子，担任市委常委、秘书长，二是到市政协担任副主席，都是副厅级干部。于步青想，自己从二十多岁进入这个市委大院，不管是临时帮忙也好，正式调来也好，担任政研室主任也好，经过了六任市委书记，今天他家起高楼、明日他家宴宾客、后天他家楼坍了的事见得太多了。按郭大郎的说法，一个小村里出来的穷小子，混到这个级别，已经很不错了。市委常委、秘书长的地位显赫，跟随一把手左右，协调八方，确实很威风，但一换书记，个别小心眼的后任就会把你当成前任的亲信，作为打压的对象，日子肯定过不安生，自己也五十多了，再干几年就退休了，还是平平安安的好，于是，毅然选择了后者。同时，他自己心里还有一个朦胧的理想，就是把几十年的生活认真回忆思考一番，写点儿东西，最好能写本书，看看能不能实现中学时代陆文峰老师说他的那句话，是个当作家的料。

告别的形式在官场上千篇一律，依然是市委组织部部长宣布任命，他发言，新任书记表态讲话。车出县委大院大门时，欢送的人群里除了县委县政府的干部外，大街上出现了四支队伍，分别有沈慧娟、孔秀林、黄金宝、穆子言带队的咸菜厂、胡萝卜汁厂、脱水菜厂、铜雕艺术公司的职工，穿着不同颜色的工作服，向他行着注目礼。他摇开车窗，挥手含泪告别。

较 劲

在他的车出柳河县界的时候，一辆摩托车从旁边高秆庄稼的田间小道上冲了出来，一下子停在了路中间，县委办公室秘书小路滚鞍下车，直挺挺跪在了车前，给于步青磕了一个头，满脸羞愧，流着泪说："于书记，我对不起你。"他马上明白了怎么回事，把小路拉起来，拍了拍他的肩膀说，"小伙子，没事，一切都过去了"，而后缓缓上车走了。

市政协也在市委大院里，独立的一座五层小楼，绿树掩映，很安静。政协主席们办公在三楼，三间房，两间办公室，一间休息室，很舒适。于步青深知，在地方政权的结构里，市委编剧本，政府唱戏，人大、政协是看戏的，到时候拍拍巴掌、举举手就可以了，少干事、不找事就是对掌权者的最大支持。他分管文史委和提案委，也没多少事，倒是在政协文史委编的资料上看了不少河海历史上的奇闻逸事，访问了许多过去很少接触到的老文人、老历史工作者，参加了几次文联召开的作家、画家、书法家座谈会，很是羡慕他们口无遮拦、放荡不羁的性格，也很敬佩他们躲进小楼成一统、不闻天下嘈杂事、钻研业务的精神。

这中间，他去了一趟法兰西，看了出生不久的小孙女，在塞纳河的左岸喝了咖啡，在里昂的葡萄酒庄园里喝了橡木桶里的老酒，逛了凯旋门，在卢浮宫逗留了三天，为伟大的艺术作品所震撼，想写点儿什么的欲望更强了。他回国后，想到儿子过得不错，真是应了那句话，"儿女强于我，留钱干什么"，就把存在银行的那几百万捐给了齐远航的基金会。

这天下午，他坐在办公室里，看着远处市政广场上的儿童游乐园，想着在这个大院里，几十年了，书记、市长你争我斗，各个派系之间台上握手台下踢脚，你上我下，就好像儿童们玩的跷跷板，谁对谁错，谁是谁非，一时说不清楚，但随着历史长河的往前奔腾，实践总能检验出真理，于是，他马上想到了一个标题——《跷跷板的秘密》，刚把提纲写了几行字，老工友史得志推门进来了。

史得志有些局促地站在桌前，挠着头上的白发说："于主席，不，老兄弟，还是叫这个顺口，你应该帮帮她。"

于步青把他拉到沙发上，递给他一支烟说："你这个老驴，吞吞吐吐的，帮谁啊？"

"谭俊雅。"

"她怎么了？"

较 劲

"倒大霉了。"史得志说，河海电机股份公司的郭泽普利用改制侵吞国有资产的事让人告了，前几天进了公安局，赃款一共八百多万，把谭俊雅也扯进去了，说她也落了六十多万，眼看也得进去。

史得志有些着急地说："这娘们儿也够可怜的，和郭大郎离了婚，还让北京的小流氓糟蹋了一回。当然，她也不是什么好玩意儿，被郭秃子靠了那么多年，还给供出来了。不过，现在过得不容易，老爹死了，老娘病着，闺女也不成器，连个大学也没考上，中专毕业后还当临时工呢，她要进去了，这个家就完了。再说，她原来也不是这样的，刚进厂时挺好的小姑娘。那年，我儿子结婚没床，还是她从库里给了我几根铜管我才焊的呢，当时在村里是头一份。再说，你们还在宣传队里一块演过节目，她还帮你印过小报呢。"

听着老工友语无伦次地说着，于步青也回忆着那段时光，不管当时如何艰难困苦，青春总是美丽的。他俯下身子说了几句，史得志疑惑地问："这个办法行吗？""肯定行，目前法律上还没有这一条，就是有点儿丢人。"于步青肯定地说。"干都干了，还怕说啊。"史得志急急地走了。

市委后门的一棵老槐树下，站着头发花白、脸色发灰、眼圈红红、满是愁容的谭俊雅，看到史得志，问道："史师傅，他说管了吗？"他点点头，四周望了一下，小声说了于步青的办法。谭俊雅愁苦的脸上现出了一点儿红晕，说："哎，够丢脸的。"史得志说："都什么时候了，你是要脸还是要命？""要命，要命。"谭俊雅连连说。

三天后，公安局经侦支队审讯室，谭俊雅被传唤进来。一名警察说："据郭泽普交代，你们合伙贪污国家资产，你贪污六十八万。"谭俊雅说："我没有贪污国家财产，那些钱是他给我的。""他为什么给你钱？"谭俊雅低下头，用长发盖住了脑袋，低声说："九年前的八月中旬，我们去太原谈一笔业务，我喝醉了，他把我送到宾馆，把我那个了，做完后给了一万。以后他又多次在宾馆里、在我家里对我那个，每次都给我钱。""一共多少次？""这么多年了，多少次我记不清了，反正一共就给了这么多钱。"

在一旁坐着的经侦队长皱着眉头，示意让警察把她带出去，拍了一下桌子说："完了，完了。""什么完了？"审讯的警察不解地看着他。"这娘们儿的罪行定不了。他妈的，目前法律上还没有性贿赂这条罪责。""那咱们怎么办？""还能怎么办？放人！"说完骂骂咧咧地出去了。

335

较 劲

公安局门口，史得志看她出来了，问道："没事了？"谭俊雅点点头，说："史师傅，这次我大难不死，真亏了你，谢谢你啊。""谢我干什么，得谢人家于步青。这小子当过大领导，就是办法多。我请他喝回酒。""我请，可他肯来吗，那么大官？""我去请，没问题，怎么也是老工友。你去准备吧，就明天晚上。"

在史得志的强拉硬拽下，于步青来到了电机股份有限公司旁边的一个小饭馆，一看都是几十年前翻砂车间的老工友，还有谭俊雅。她大概是心理负担少了，心情好了一点儿，焗了头发，还化了淡妆，但依然掩盖不住落魄和凄凉的神色，强颜欢笑地和大家说着话。席间，她悄悄走到于步青的座位后边，敬了一杯酒，低声说："于大哥，我对不起你，谢谢你。"从此之后，他和这帮老工友的联系多了起来。

周一上班后，他接到了柳河县文化馆华露浓的一封快递，是一本她刚出的书，《柳河春秋》，厚厚的，有五十多万字，扉页上写着"赠老工友步青"，下面还有一段话："笔尖圆圆，你写了几十年，字有万万千，留下来了吗？没有。嘴巴圆圆，你讲了十来年的话，人们记住了吗？没有。"

他知道这是老工友在激他，便找出了以前拟好的《跷跷板的秘密》的提纲，开始动笔创作小说。除了开会和工作的时间，他就写，连星期天也不休息，到临退休的那一年，稿子写就，寄给了北京的一家出版社。两个月后，那个浑身充满了世界名著气息、眉眼里跳动着唐诗宋词、优雅热情的女编辑专门来了一趟，对他说："于老师，你真有生活，写得真好。我断定，中国文坛上又多了一个实力派作家。"

书很快出版了，新华社发了消息，上海小阿拉朱流萤专门开辟一个专栏评论介绍，上了各大销售网站，进了高铁、机场的书屋，城市的书店。河海市的几个书店进了一批，很快售罄。正在他兴奋之中，收到了法院的一张传票，有人状告他侵犯他人隐私权，通知他届时出庭受审。

原告是和他较了多半辈子劲的郭大郎。郭大郎自从被降职后，也就不上班了，杨一棍远离了他，和他来往的只有当年在一个车间、和他合伙开过舞厅、后来报信抓捕于步青得了一笔赏钱的赵金良。谭俊雅和他离婚后，女儿知道原因也不理他了。儿子郭山虎离婚的时候，岳母张梅文对他说："当初是你爸爸找的我们，他也不是什么好东西，和秦半月有一腿，还对我起过不良心思呢。"山虎一听这个爹这么不靠谱，回家和他干了一架，找到同学调到

较 劲

了南方一个城市。秦红丽也跟着走了，以后干脆断了关系。不过，城边村小混混出身的他很有自我调节能力，心想，老子这一辈子大官做过、好饭吃过、豪车坐过、好酒喝过、好女人也玩过，婚也结了两次，儿女算什么，都他妈的是要账鬼，看着老子不行了，不理我了。哼，老子还有刁小三给的一大笔钱。那小子已经死了，钱查不着、追不回去了，老子要玩个痛快。

故态复萌，他找到小时候在一起的小伙伴，喝大酒、打麻将、推牌九、钓鱼、养狗、追兔子，玩得不亦乐乎。这天下午，他骑着自行车、戴着大墨镜在街上闲逛，看到绿叶广场的一棵梧桐树下，祖晨光和几个市委的老干部正在翻一本书。一个说："于步青到底是咱们市委的大才子，写得真好。"另一个说："那当然，一九七七年恢复高考第一届的大学生，就是棒啊，哪像那批工农兵大学生啊。"还有一个说："你们看，这里面好多事写的好像是原来在政府工作后来当了检察长又被撤的郭大郎啊。"祖晨光说："这是小说，大家不要瞎猜。不过，倒是真实地反映了河海的一段历史。"

这些话引起了他的注意，偷着看了看书名是《跷跷板的秘密》，还真是于步青写的。他到新华书店买了一本，随看随骂街，越看越生气，越翻越有气："这个小村里来的穷小子，你他妈的大官也当了，退休比老子待遇高，老子都这样了，还在书里糟蹋我！"第二天，他一纸诉状把于步青告上了法庭。

开庭的时候，听说昔日的检察长和政协副主席打官司，来旁听的人很多，市委市政府的老干部居多，原《河海日报》的总编辑冯文斌也来了。两个老冤家见了面，双方都觉得自己不简单，没请律师。法官念完诉状后，直接法庭辩论。

于步青气定神闲，说："这个诉状是诬告，我没有侵犯别人的隐私。"冯文斌在底下帮腔说："这是文学作品，是虚构的，不是通讯和报告文学。"郭大郎反驳："侵犯了，这里面许多事都是河海发生过的，许多事都像我做的。"于步青说："小说是虚构作品，鲁迅先生说过，小说是创造典型环境中的典型人物，为此，这个人物可能头在北京、脚在江西、身子在青海。"郭大郎说："我不管什么鲁迅不鲁迅的，毛主席说，利用小说进行反党活动，是一大发明。你用小说糟蹋人，是一大罪恶。"冯文斌笑着说："郭大检察长，看来得对你进行文学创作的A、B、C教育，亏你还读过大学。"人们哄笑起来。

于步青向冯文斌点了点头，换了个角度说："请问郭先生，我作品里面写的地点是河海吗？"郭大郎说："不是，是东山市。"于步青问："里面的主人

较 劲

公是你的名字吗？"郭大郎说："不是，叫生铁锅。但是，名字是你瞎编的，事是糟蹋我。"于步青问："里面的主人公生铁锅是个欺男霸女的恶棍，而且他老婆是个破鞋，你是这样的人吗？你家是这样的吗？"郭大郎无语，人们又大笑起来。

最后的结果当然是原告败诉，冯文斌当作奇闻写了稿子，发到了一家通讯社，各报纷纷转载，于步青的书卖得更多了，此事也在河海的政治历史上成了笑谈。

输了官司，白花了一笔诉讼费的郭大郎回到家里越想越窝囊，叫来了赵金良陪他喝酒。两瓶老白干喝完，他一头栽到了地上，人事不省。赵金良赶紧把他送到医院，治好后落了个半身不遂，一条腿不管事了，走路靠拐杖，路远了还得坐轮椅。到了这个份上，家里是没法待了，他从报纸上看到一个建筑商在河海火车站广场旁边盖了一所高级养老院，拿出一笔钱，把过去受贿的好烟好酒全带上，住了进去。别人都是一人或两人一间，他自己包了两间，里面是卧室，外面是客厅，专门有人伺候，一天三顿点菜点饭，没事就靠着窗户看街上人来人往。

再说于步青，第一部小说叫响后，创作热情高涨，接受了华露浓的建议，着手写一本反映七十年代青工生活的作品。她说，不管那是什么时代，不管人们做了什么，那时的青年是有信仰的，是迸发着美丽光辉的。他深以为然，于是，经常开着车到原来的发电厂宿舍区转悠，采访座谈。

这天，他刚把车停在发电厂宿舍区一棵大杨树下，看见谭俊雅端着一碗饺子、史得志推着一个自制的简易轮椅匆匆地过来了。他问："你们这是去哪儿？"谭俊雅说："王命长师傅家。""就是那个八级钳工王师傅啊，他现在怎么样？"史得志说："一个下岗工人，还能怎么样，一个月挣不了一千，住着破房子，凑合活着呗。"谭俊雅絮絮叨叨地说："本来还能凑合着过，老太太常年有病，除了那点儿工资外，全靠王师傅上街摆个修车摊挣个菜钱、药钱，现在可好，前天王师傅让一个骑摩托的冒失鬼把腿撞断了，家里连个做饭的都没有了。八十多岁的人了，骨头都糠了，什么时候才能好啊。"

于步青跟着他们转过一栋大楼，来到了"三级跳"的老住宅区。所谓"三级跳"，指的是二十世纪七十年代用红砖盖的家属院，四十多年了，马路不断加高，住宅区的地比马路低，院子比门前的小道低，屋里比院子低。下雨往屋里灌，房间阴暗潮湿。

较 劲

走过流着污水、堆着垃圾的小胡同,推开一扇锈迹斑斑的小铁门,两间小平房里住着当年威震河海、二十世纪五十年代就被省工业厅评为八级钳工的王命长师傅。里屋有两个老式躺柜、一个铁架子床,老太太盖着被子正睡觉,发出有些痛苦的呻吟声。外屋,椅子是几把铁管做的,八仙桌上放着一台黑白电视机,墙上挂着毛主席开国大典时的标准像,墙角有个蜂窝煤炉子,右腿缠着绷带的王命长拿着两个馒头,扶着一把椅子,单腿蹦着,正艰难地往墙角那儿挪,刀削斧凿核桃皮一样的脸上沁出了汗珠。

谭俊雅赶紧过去,接过他手里的东西,利索地打开炉火,坐上锅,把馒头和饺子热上说:"我不是跟你说了吗,我会天天来给你做饭、送饭的,你就别动了。"

王命长坐上史得志送来的轮椅说:"不错,高矮正合适,就是活儿做得糙了点儿。你看,这个槽没剔好,键配歪了,你一定是拿扁铲的姿势不对,没呈四十五度角。还有这焊口,应该用九号焊条,电焊机的电压也没调对,焊缝太宽了。"

"吏禄三百石,曾不事农桑。"一句古诗跳了上来,于步青的眼泪快要掉下来了。他掏出了一千,马上被那双像老树根一样青筋毕露的手有力地推回来了,混浊的眼睛里现出了正直与倔强,说:"你是于步青吧,听说你当大官了。我王命长十六岁进厂学徒,毛主席时代给我评了八级工,我也一辈子听毛主席的话,自力更生,奋发图强,凭劳动、凭手艺吃饭。给我钱的人我有'三不要':不要贪污受贿得来的昧心钱,不干净;不要人家的工资钱,谁都要养家;不要轻飘飘得来的钱,不实在。我只要凭手艺挣来的钱。"

于步青灵机一动说:"王师傅,我会拉二胡,到街上拉几个曲子挣点儿钱,那算不算手艺?"

"算。"王命长肯定地点头。

于步青跟几个人商量,史得志会敲太平鼓,自己会拉二胡,谭俊雅能唱歌,再叫上几个老电厂文艺宣传队的人,凑成一个小班子,把王师傅的困境做个宣传板,每天傍晚到火车站广场唱老歌、演样板戏,唤起从毛泽东时代走过来的老人的爱心,救助一下这位为新中国工业建设做出了巨大贡献的老钳工。同时,老工友们在一起也是个乐趣。

大家拍手叫好,很快联系上了在电力局退休的原宣传队长杜一鸣等几个人。于步青跟城管局打了个招呼,小宣传队很快在广场的一个角上开张。开

较 劲

场锣鼓欢乐喜庆，二胡、扬琴、大小提琴乐声悠扬，昔日毛泽东思想宣传队员们亮开嗓子，感情充沛地唱起了《毛主席的话儿记心上》《歌唱二郎山》《我送阿诗玛回家乡》《美丽的草原我的家》等耳熟能详的歌曲，吸引了众多在此遛弯的老人、南来北往的旅客，看到宣传板，都扔下了爱心钱。谭俊雅把这场面拍下来给王师傅看，老人说，这钱来得干净。

杨新城
二〇二〇年六月十三日星期六下午三点五十三分初稿成于个人工作室
二〇二〇年六月二十五日星期四二稿改于个人工作室
二〇二〇年七月二十一日星期二三稿改于个人工作室

后记：那花夕拾，感悟真实

生活是一切创作的源泉，创作是对生活的回忆与思考。

回望人生，边走、边看、边想，这是我写这部小说的状态。

以文从政四十载，在企业、事业、机关，县委、市委、省政府、新闻单位，转了一大圈，最后回归到坐在河边看夕阳、心如止水的日子，昔日的豪情万丈、叱咤风云化作了一切随缘、随遇而安。

但往事并不如烟。出了居住的小区往南三百米，就是家乡有名的滏阳河带状公园风景区。在河堤的健步道上，每天都有很多人伴随着缓缓流动的河水遛弯，走完一圈是九千步，从起点回到了终点，终点也是起点，这多么像人生。遛一圈你会碰到很多人，人在这个世界上走一遭也会碰到许多人，不同的是遛弯的路是平坦的、碰到的人也是平和的，或点个头、或开句玩笑、或问候一声就过去了，但人生的路是崎岖不平的，碰到的人或是对你有启迪的，或是对你有帮助的，或是有利益与竞争关系的。

带着这个思维模式，每日里也就有点儿超越现实时空的边走、边看、边想。

一代人有一代人的命运。命运与历史相连，那个年代尽管贫困，农村夏夜也是美丽的。天上，皓月当空；地下，一片翠绿。村口的老槐树下，用高粱和山药面窝头填饱了肚子的几个懵懂青少年围着一个叼着大旱烟袋的老者，听他讲老年间附近乡邻成功人士的故事：某某冬天去赶集在大道边救了一个老乞丐，其实是富翁临时遭难，来年春天送来一车财宝，从此发了家；谁谁外出学徒，被一支队伍裹走，日后成了共产党的大官；还有谁谁穷困潦倒，在寺庙里白天做扫地僧，和境遇较劲，夜晚傍着青灯古佛攻读，金榜题名，做了镇守一方的封疆大吏；当然，也有人得陇望蜀、贪心不足蛇吞象，最后落了个身败名裂、家破人亡。

较 劲

这些故事，激起了青年人的梦想和血气方刚外出闯一闯的决心。

那一代人曾有过中学毕业后无学可上，少年的肩膀上压上了沉重的生活担子，在黄土地上劳作，朝露打湿了裤腿，望着初升的太阳心中充满了绝望；曾有过在作坊式枯燥的车间里机械地挥着榔头，向往着书声琅琅、可以在知识的海洋里遨游的大学课堂；也曾有过走在大街上，看着有威严武警站岗的机关大院，羡慕地看着充满自信、迈着稳健的步伐进进出出的人，自己也妄想着成为其中的一员。

然而，这一切，对平民出身、没有任何家庭背景的人来说，需要机遇，需要机缘，更需要奋斗。他们也知道，大海不缺一滴水，森林不缺一棵树，单位不缺一个人；但是他们的家族，缺少一个扬眉吐气的人，缺少一个让家人过上好日子的人，缺少一个为了梦想而努力持续奋斗的人。没有靠山，自己就是山；没有天下，自己打天下；没有资本，自己赚资本。这个世界上从来就没有什么救世主，只有自己救自己。要把脖子后面的三条犟筋竖起来，把腰板暗暗挺直了，把拳头攥起来，把全身的能量调动起来，一刻也不懈怠，和眼前和未来的重重悬崖峭壁、条条急流险滩、崎岖小路上的根根荆棘较劲，和自己的懒惰、贪婪、矫情较劲，和袭来的无影脚、黑砂掌较劲。于是，我看到了在农村的土炕上，在车间的角落里，在电线杆暗淡的灯光下苦读的一代青年的身影；看到了在单位小心翼翼做事，努力表现自己的小人物的艰难人生；看到了机关的材料匠领悟了上级意图，冥思苦想后在稿纸上奋笔疾书的辛劳，以及第二天清晨揉着发红的眼睛把自己的作品细细地再看一遍，然后怀着忐忑不安的心情送往领导办公室的那一脸的疲惫；看到了在市县乡领导岗位上，干部为了自己治下的一方百姓能够早日摆脱贫困"五加二，白加黑"辛辛苦苦的忙碌，不为政绩为苍生；看到了他们在核心层决策的会议上苦心积虑的思索，既要摆平各种关系，又要照顾各方利益，还要把群众的利益放在第一位，把中国的语言表述能力发挥到极致的智慧；同时也看到了有些凭着家庭、背景等蝇营狗苟的手段爬上高位的家伙们如何耍弄权术，攻击同僚，与不法商人、社会渣滓狼狈为奸，把国家、人民的财富化为己有、纸醉金迷、奢靡堕落。

人之初，性本善也好，性本恶、性本无也好，在人世间行走的过程中，都有七情六欲，都为了实现自己的欲望和目的，和自己、和遇到的人和经历的事较劲，也就是在改造主观世界的同时改造客观世界。在这个较劲的艰难

较　劲

中，需要智慧，需要底气，需要背景，更需要初心。

我曾经和一位以前做过县委书记的仁兄畅谈，他在大学里把《资治通鉴》《史记》以及世界著名政治人物的传记读了许多遍，领悟了许多道理，并在从不示人的笔记本上写了好几万字关于当今中国基层干部政治经济诉求和思维方式的分析，使他在错综复杂的政坛上长袖善舞、扶摇直上。

我也曾看到，一位在机关耍笔杆的文人，业余时间辛勤耕耘，著书立说，外出讲学，稿酬收入颇丰，依靠自己的一技之长让全家过上了小康生活。衣食足，知荣辱。后来他到一个单位执政，对下面的小恩小惠、送礼行贿根本不屑一顾，最后得以善终。这位老兄退休后经常对人说，钱，人人需要，但要看怎么得来，要靠自己的真本事去挣，而不是巧取豪夺，更不是收取不义之财，那样，既不是君子之风，也被党纪国法所不容。

还有一位老兄，从村干部一路较劲拼杀过来，一直到了县政府，在自己住的院子里种瓜、种豆、种菜、种庄稼，吃饭大碗一端坐小板凳，工作起来风风火火，几次廉洁调查，他都未沾腐败的边。他说，自己从扛锄把子到了这个地位，一个是和工作中的难点较劲，另一个是和自己的欲望较劲。"人哪，别想得太高了，有饭吃，有钱花，还有公车坐着，以后退休还有一定待遇，就可以了。再就是经常回老家看看，看看自家的老房子，看看曾经砍过草的大芦苇坑，看看抡过锄头的那块地，看看曾经儿时的伙伴，你就知足了，别想那些邪的、歪的。一旦你想了、做了，世界上没有不透风的墙、没有不露馅的事，叫人知道了，查出来了，你这一辈子就赔得精光。人这一辈子，最怕的是算不清账。"

当然，我还看到了另外一部分人，生在了奸、馋、滑、懒的家庭，从小就三观不正，靠背景，靠关系，靠扒门子、登窗户上去了，地位高了，眼界宽了，欲望也随之膨胀，以攀比之心和和富豪、大款较劲，利用手中的权力中饱私囊，最后从人上人变成了阶下囚。

这一切，都与人性有关，与人在成长过程中、在不断变幻的环境中能否把握住自己的欲望有关，更与走向社会后的初心有关。由此可见，中央提出的"不忘初心，牢记使命"是多么的重要。

有了这些回忆，有了这些思考，也就有了这部小说。至于书中的人物，是典型的集中，也是那个时代社会现象的产物，并非指某一个人。我的《布局前传》和《布局》一二三四出版后，曾有人在电话里质问，说某个人写的

较 劲

是他。我笑问,书里的那个贪官,他老婆与别人私通,他本人流氓成性,儿子胡作非为让人砍断了腿,是你家吗?对方哑口无言。所以,读到这本书的人千万不要对号入座。如果非要对簿公堂,倒是我所希望的,因为可以扩大销量。

总之,源于生活,高于生活;那花夕拾,感悟真实……

杨新城

二〇二一年八月二十九日星期日于工作室